吴大澂 ● 著

图书在版编目（CIP）数据

天问讲稿 / 章必功著. —北京: 中华书局, 2013.2
ISBN 978 - 7 - 101 - 09158 - 8

Ⅰ.天…　Ⅱ.章…　Ⅲ.《天问》-文学研究　Ⅳ. I207.223

中国版本图书馆 CIP 数据核字（2013）第 013385 号

内容提要

《天问讲稿》是章必功教授的授课讲义，也是作者研究《天问》的专著。作者在前人和时人研究的基础上，梳理秩序，阐明诗义，力陈己见，务求透彻。全书内容厚重，文字明快，适合古典文学与传统文化爱好者阅读，也适合专治《楚辞》和先秦文化研究者参考。

书　　名　天问讲稿
著　　者　章必功
责任编辑　李天飞
出版发行　中华书局
（北京市丰台区太平桥西里38号　100073）
http://www.zhbc.com.cn
E-mail:zhbc@com.cn
印　　刷　深圳雅昌彩色印刷有限公司
版　　次　2013年2月北京第1版
2013年2月北京第1次印刷
规　　格　开本/700×1000毫米　1/16
印张35　插页13　字数560千字
印　　数　1-3000册
国际书号　ISBN 978-7-101-09158-8
定　　价　98.00元

郑玉春　摄

章必功教授，安徽铜陵人，深圳大学教授、校长（2005.4-2012.7），主要研究方向：中国古代文学、中国传统文化。著有《文体史话》、《红楼讲稿》、《中国旅游史》、《元好问及金人诗传》、《古典作业》；译有《意识形态的时代》（英译汉）；论文有《六诗探故》、《赋体起源》等。主编《华夏人文概览》、《近代岭南散文选注》等。

目 录

1

目 录

录

目

第一讲

疑古号角

中国理性精神，自初民到晚周，已聚水成渊，厚积薄发。诸子百家总揽宇宙，解读自然，探讨天人关系，论说国家、社会、人生的道理与规律，思维成果，精彩纷呈。

屈原生逢其时，饱受熏陶，有所学，有所思，有所惑，有所辩。

与诸子不同，屈原是诗人，不是文章家。屈原以诗为文，以问持论，一篇《天问》，凡376句，172问，在问难中表达疑心，疑神疑鬼疑人事；在问难中传递思想，思天思地思兴亡。

《天问》之问，上起邃古，下至晚周，时间跨度，已总揽宇宙时空和社会历史。《天问》之问，涉猎天地万物，思接人间万事，考虑范围，涵括天文、地理、政治、宗教、哲学、历史、战争、伦理、婚姻。《天问》质疑诸子的宇宙元气论、阴阳化生论、天行论、天维论、天圆地方论、九州说、君臣大义论、忠孝节悌论、天命论、红颜祸国论……；《天问》质疑神话的日月神行说、八柱撑天说、昆仑神境说、长生不死说、成仙说、鬼魂说……；《天问》拷问历史真相，女娲称帝、帝佑后稷、玄鸟生商、三代禅让、鲧禹治水、夏启家天下、王亥服牛……；《天问》拷问历史功罪，商汤革命、周武革命、周公平叛、共和行政……；《天问》拷问君臣之道、兴亡之由，商汤任伊尹、周文举姜尚、夏桀耽淫乐、商纣诛忠良……。反思锋芒，遍指古今传闻、传统意识、包括先进理念。

热烈的先秦思想界需要这份冷峻。

先秦思想积淀的明显特征，一是兼收并蓄，信而好古。犹如大海蓄水，不问来路，全盘收容，因而虚实相杂，真假混淆。《左传》、《国语》所引古人古事，不分神话与传闻，也不分神鬼与人事，信以为真，引以为据。诸子为学亦各执一端，勤于思想掘进，疏于遗产清理，虽有孔子甄别典故，说"黄帝四面"①，说"夔（kuí）一足"②，只是蜻蜓点水；《庄子·天道》说书是"古人之糟粕"，也是泛泛的哲理。二是周代制礼作乐，主流思想逐渐成形，真相时而屈从政治，评价时而服务观念，舆论宣传和文字记载往往"假作真时真亦假，无原有是有非无"。不这样做的，反而要受到指责。孟子《尽心》说《尚书·武成》"血流漂杵"：

> 尽信书，则不如无书。吾于《武成》取二三策而已矣。仁人无敌于天下，以至仁伐至不仁，而何其血之流杵也？

① 《太平御览》引《尸子》："子贡问曰：'古者黄帝四面，信乎？'孔子曰：'黄帝取合己者四人，使治四方，不计而耦，不约而成，此之谓四面也。'"

② 《吕氏春秋·察传》："鲁哀公问于孔子曰：'乐正夔一足，信乎？'孔子曰：'昔者舜欲以乐传教于天下，乃令重黎举夔于草莽之中而进之，舜以为乐正。夔于是正六律，和五声，以通八风，而天下大服。重黎又欲益求人，舜曰：'夫乐，天地之精也，得失之节也，故唯圣人为能和。乐之本也。夔能和之以平天下，若夔者一而足矣。'故曰夔一足，非'一足'也。'"

屈原问天　潘喜良　作

① 《楚辞·渔父》。王逸《楚辞章句》说屈原作《渔父》，实为秦汉间或汉初作品。

② 王充（27—约97），字仲任，会稽上虞人。太学生，代表作《论衡》、《养性》，与王符、仲长统并称汉世三杰。

③ 刘知几（661—721），字子玄。彭城（今江苏徐州）人。唐高宗永隆元年进士，武周、中宗时，历任著作佐郎、左史等职，兼修国史。玄宗时，官左散骑常侍。所撰《史通》是中国第一部史学理论专著。

④ 《史通·疑古》："《尧典》序又云：'将逊于位，让于虞舜。'孔氏注曰：'尧知子丹朱不肖，故有禅位之志。'案《汲冢琐语》云：'舜放尧于平阳'。而《书》云：'某地有城，以囚尧为号。'识者凭斯异说，颇以禅授为疑。然则观此二书，已足为证者矣，而犹有所未睹也。何者？据《山海经》谓放勋之子为帝丹朱，而列君于帝者，得非舜虽废尧，仍立尧子，俄又夺其帝者乎？观近古有奸雄奋发，自号勤王，或废父而立其子，或黜兄而奉其弟，始则示相推戴，终亦成其篡夺，求诸历代，往往而有。心以古方今，千载一揆。斯则尧之授舜，其事难明，谓之让国，徒虚语耳。"

⑤ 刘敞（1019—1068），字原父，世称公是先生，临江新喻（今江西樟树）人。北宋庆历进士，官至集贤院学士。欧阳修《集贤院学士刘公墓志铭》称其学识渊博，"自六经百氏古今传记，下至天文、地理、卜医、数术、浮图、老庄之说，无所不通"。

就是从儒家的主观立场批评原本符合战争本质的客观描述。

"众人皆醉我独醒"①，屈原睨观潮流，高歌《天问》，审视过往知识，检点古今说教，于"十家九流"之外，孑身疑古，孤独反思，虽因身处乱世，流放江南，荒野独唱，未能正面冲击先秦思想界，却开启了中国思想界疑古反思的风向。

继之者，东汉王充②著《论衡》，疾虚妄，考百科，"释物类同异，正时俗嫌疑"，或破或立，时有灼见。《论衡》的《问孔》、《刺孟》，挑战权威，怀疑经典；《奇怪》驳玄鸟生商，"异类之物相与交接，未之有也"；《论死》讥笑人鬼迷信：

> 天地开辟，人皇以来，随寿而死；若中年夭亡，以亿万数，计今人之数，不若死者多。如人死辄为鬼，则道路之上，一步一鬼也。

王充是廓清观念、矫正知识的疑古大师，学问比屈原更加渊博，思想比屈原更加深邃。

唐代，刘知几③著《史通》，辩论史学真伪，揭发"史之不直，代有其书"。《史通·疑古》说三代禅让徒为虚语④，商、周得国是以臣欺君，太伯让国是全身免祸，周公诛管蔡是政治算计，《尚书》所载桀、纣罪恶是"理有难晓"。《史通·惑经》说孔子修《春秋》"多为贤者讳"，"未谕者十二，虚美者五"，"真伪莫分，是非相乱"。

宋代至清代，疑古之风盛于经学。宋人刘敞⑤著《七经小传》，不守古训，重说

《尚书》、《毛诗》、《周礼》、《仪礼》、《礼记》、《公羊传》和《论语》。南宋王应麟[①]《困学纪闻》："自汉儒至庆历间，谈经者守故训而不凿。《七经小传》出而稍尚新奇矣。"南宋吴曾[②]《能改斋漫录》："庆历以前，多尊章句注疏之学。至刘原甫为《七经小传》，始异诸儒之说。"《四库全书总目》则称刘敞"好以己意改经，变先儒淳实之风者。"刘敞之时与之后，欧阳修《诗本义》、王安石《诗经新义》、苏辙[③]《诗集传》，郑樵[④]《诗辩妄》，集中攻击汉唐《诗》学。清人刘逢禄[⑤]力证古文经学的伪托，所著《左氏春秋考证》等，指《左传》是汉儒刘歆[⑥]附益《春秋》，《周礼》是"战国阴谋渎乱不验之书"。魏源[⑦]著《诗古微》，非议古文《毛诗》。邵懿辰[⑧]著《礼经通论》，指《仪礼》是刘歆伪创。清末，廖平[⑨]撰《古文学考》、《知圣篇》、《辟刘篇》，主张古文经是刘歆篡改之经。康有为著《新学伪经考》，猛烈攻击传统的"古文"经学，指历代尊崇的"古文"经典，都是刘歆伪造之经，是刘歆帮助王莽篡汉的"新莽之学"，"始作伪乱圣制者，自刘歆；布行伪经篡孔统者，成于郑玄"。梁启超《清代学术概论》夸张《新学伪经考》，"使清学正统

①王应麟（1223-1296），字伯厚，号深宁居士，浙江宁波人，进士出身。历事南宋理宗、度宗、恭帝三朝，位至吏部尚书。所著《玉海》属百科全书，《困学纪闻》属笔记类，《汉制考》属历史类，《通鉴地理通释》属地理类，《三字经》家喻户晓。

②吴曾，字虎臣，抚州崇仁（今属江西）人。宋高宗时布衣入仕，知靖州、全州、严州。

③苏辙（1039-1112），字子由，号颍滨遗老，四川眉山人。十九岁与兄长苏轼同登进士，官至尚书侍郎。文章出色，是"唐宋八大家"之一。

④郑樵（1104-1162），字渔仲，世称夹漈先生。福建莆田人。不应科举，专心学术，《通志》一书最负盛名。

⑤刘逢禄（1776-1829），字申受，号申甫，又号思误居士，江苏武进人。嘉庆进士，卒官礼部。

⑥刘歆（约前50-后23），字子骏，西汉末年人，刘向之子，古籍整理专家，著《七略》；经学大师，精通今古文；天文学家，编《三统历谱》；数学家，定圆周率为3.1547。章太炎称刘歆是"孔子以后的最大人物"。

⑦魏源（1794-1857），名远达，字默深。湖南邵阳人。道光进士，官至知州。所著《海国图志》与同时人徐继畬《瀛环志略》是中国最早的两部世界地理著作。

⑧邵懿辰（1810-1861），字位西，浙江杭州人。道光举人，官至刑部员外郎。所编《四库简明目录标注》二十卷，是研究中国目录版本学的重要参考书。

⑨廖平（1852-1932），初名登廷，字旭陵，号四益；继改字季平，改号四译；晚年又改号六译。四川乐山人，一生研治经学。

①顾颉刚（1893-1980），字铭坚，江苏苏州人。著名历史学家，民俗学家，现代古史辨学派创始人。

②阎若璩（1636-1704），字百诗，号潜丘，山西太原人，长于经学考据。

③《尚书古文疏证》所谓"非古非今"，是指以先秦古文字写定的《古文尚书》和以汉代通行的隶书写定的《今文尚书》。所谓"非伏非孔"指的是西汉经学家伏胜、孔安国。伏胜，济南人，原为秦博士，所授《今文尚书》，计29篇，并撰有《尚书大传》（有争议）。孔安国，孔子十一代孙，山东人。汉武帝博士，官至临淮太守，所传《古文尚书》比《今文尚书》多出16篇。《汉书·儒林传》："孔氏有《古文尚书》，孔安国以今文读之，因以起其家逸《书》，得十余篇，盖《尚书》兹多于是矣。"孔安国曾奉诏为《古文尚书》作传，即《尚书孔氏传》。

④梅赜，字仲真，东晋汝南（今湖北武昌）人。曾任豫章内史。晋元帝时梅赜向朝廷进献《古文尚书》58篇，附《尚书孔氏传》。唐人孔颖达《尚书正义》沿用之。南宋朱熹等人怀疑梅赜献书的真伪。明人梅鷟《尚书考异》，清人阎若璩《古文尚书疏证》，清人惠栋《古文尚书考》，都指证梅赜的《尚书》只有28篇录自西汉《今文尚书》，是真品，其余为赝品。不过，今天仍有人说梅赜《尚书》作伪案是史上最大的学术冤案。

⑤王柏（1197-1274），字会之，婺州金华人，任丽泽书院讲席。

⑥《孔子改制考》1898年刊行，刊行后，同年，康有为又修缮了一本进呈光绪，进呈本删去刊行本序言论述的大同思想，改为标榜"尊圣扶教"，可见为学的权术。

派之立脚点，根本摇动，一切古书，皆须重新检查估价。"

民国，顾颉刚①整理国故，辨伪古史，怀疑现存的上古史系统是后人在史前的层累叠加，周代的古史只有禹，春秋在禹之上加尧、舜，战国在尧舜之上加黄帝、神农，秦代在黄帝、神农之上生出三皇，汉代则在三皇之上生出盘古，越古出现的越后，主张古史系统应该重新发掘。为此编辑《古史辨》，号《古史辨》派。

与屈原相比较，屈原疑古，问而不答，引而不发，好处是启人疑窦，促人思考；后人疑古以文为之，一般有疑务破，有破务立。所立有些正确，如清初阎若璩②《尚书古文疏证》怀疑并证实了《古文尚书》"不古不今，非伏非孔"③，是晋人梅赜的伪造④。有些未必正确甚至不正确，如宋人王柏⑤《诗疑》的恣意删诗；或者如康有为《孔子改制考》⑥托疑古之名、行今用之实，过分过激，过于政治实用，缺乏疑古的诚信。但总的说来，疑古是理性的张扬，无论引而不发，还是标新立异，都有利于破除迷信、解放思想，有利于去伪求真、去旧求新，鞭策思想和学术的发展。

疑古，屈原一马当先，功在千秋。

第二讲

神话集锦

　　神话，特指原始人类凭借幻想、口头创作、信以为真的关于自然和生活的故事，本质上，是原始人类运用形象思维解释自然、理解生活的叙事和说教。正如马克思《政治经济学批判导言》所说："任何神话都是用想象和借助想象以征服自然力、支配自然力，把自然力形象化"，"是人们在幻想中用不自觉的艺术方式加工过的自然界与社会形态。"不仅具有不可复制的原始艺术的魅力，并且具有不可替代的原始思维的价值和原始生活的本真。

　　当今世界保存得比较完整的民族神话是希腊神话。这有赖于古希腊诗人荷马①在公元前9世纪创作的《伊利亚特》和《奥德赛》，古希腊诗人赫西俄德②在公元前8世纪创作的《神谱》，古希腊诗人品达③在公元前6世纪创作的诗歌，古希腊雅典三大悲剧作家埃斯库罗斯④、索福克勒斯⑤和欧里庇德斯⑥在公元前5世纪创

① Homers Epics（前873-?）古希腊盲诗人，因创作的《荷马史诗》是公元前11世纪到公元前9世纪古希腊唯一文字记录，史称古希腊这一时代为"荷马时代"。
②Hesiod，生于公元前8世纪。
③Pindar（约前522-前442?），以创作合唱颂歌著名，现存作品《胜利曲》。
④Aeschylus（前525-前458），现存代表作《普罗米修斯》、《阿伽门农》。
⑤Sophocles（约前496-前406），现存代表作《安提戈涅》、《俄狄浦斯王》。
⑥Euripides（前485-前406），现存作品《美狄亚》、《希波吕托斯》、《特洛伊妇女》、《酒神的伴侣》等。

作的一系列悲剧以及古希腊、古罗马流传于后的雕塑、绘画、壁画、文物。到1855年，这些作品所表现的大量的有关联的神话故事，玉成美国的一位银行小职员托马斯·布尔芬奇①编撰出流行世界的《希腊罗马神话》。

可惜华夏神话从口耳相传到见诸文字，犹如天女散花，随风飘散，或湮没，或变异，所幸周代子书如《墨子》、《庄子》、《韩非子》、《列子》，史书如《左传》、《国语》时有拾遗；小说书《穆天子传》亦有剪裁；地理书《山海经》、屈原诗歌和秦汉子书《吕氏春秋》、《淮南子》多有采撷，合起来看，虽阙系统，复藏脉络，使后世可以感知华夏神话的斑斓，窥知华夏神话的轮廓。

子史记写神话一般用作论据，旨在说理。非子非史的《山海经》、《穆天子传》和屈原诗歌则另具特色。

《山海经》约三万字，计十八经，分《山经》，东、南、西、北、中；《海外经》东、南、西、北，《海内经》东、南、西、北，《大荒经》东、南、西、北，及一篇单列的《海内经》。②原本有图有文。陶渊明《读山海经》：

> 泛览《周王传》，流观《山海图》。

后来古图佚失，仅文字流传。《山海经》的作者，刘歆《上山海经表》说是尧舜禹之时的益：

> 《山海经》者，出于唐虞之际，……禹别九州，任土作贡，而益等类物善恶，著《山海经》。

清人毕沅称《山海经》的始作者是禹时益，编

①Thortlas Bulfinch（1796-1867）曾就读波士顿拉丁学院及哈佛大学，最终供职波士顿商业银行。是波士顿自然史学会的秘书，业余研究神话和传说，形成"布尔芬奇神话系列"，代表作有《神话时代》、《骑士时代》及《查理大帝传奇》。

②《汉书·艺文志》著录《山海经》十三篇。或疑《大荒经》四篇及单列《海内经》一篇是刘向、刘歆校书所增。

述成型者是周代到秦代人：

> 作于禹益，述于周秦。①

今人多指《山海经》非一人一时之作，成书不迟于战国。

《山海经》按地理方位，记载物产神灵。《北山经》：

> 又北二百里曰发鸠之山。其上多柘木。有鸟焉，其状如乌，文首、白喙、赤足，名曰精卫，其名自詨。是炎帝之少女，名曰女娃。女娃游于东海，溺而不返，故为精卫。常衔西山之木石，以堙于东海。漳水出焉，东流注于河。

《中山经》：

> 又东二百里曰姑媱之山。帝女死焉，其名曰女尸，化为䔄草，其叶胥成，其华黄，其实如菟丘，服之媚于人。

全书体例均划一如此，神话特色是当作事实，刻意收集，泛而多，数一数，四方神灵约250多尊，缺点是孤神独灵，毫不相干。司马迁以为荒诞不稽。《史记》：

> 至《禹本纪》、《山海经》所有怪物，余不敢言之也。

这些"不敢言之"的"所有怪物"正是华夏神话主要是东南神话的宝贵矿藏。刘歆《上山海经表》："神不歆非类，民不祀非族。"《山海经》记录东方神人帝俊的活动，多至十六处

① 《山海经新校正》。撰者毕沅（1730-1797），江苏太仓人，乾隆进士，博学多才，著述丰厚。

十六事；记录南楚先祖帝颛顼，多至十七处十四事；风头远超黄帝、炎帝、帝喾、帝尧、帝舜；表明了《山海经》神话与东南氏族的亲密关系。

《穆天子传》是《汲冢书》文献之一①。晋初荀勖《穆天子传序》：

> 古文《穆天子传》者，太康二年汲郡县民不准盗古冢所得书也，皆竹简素编。以臣勖前所考定古尺，度其简长二尺四寸，以墨书，一简四十字。汲者，战国时魏地也。案所得《纪年》，盖魏惠成王子，令王之冢也，于《世本》，盖襄王也。案《史记》六国年表，自令王二十一年至秦始皇三十四年燔书之岁，八十六年。及至太康二年初得此书，凡五百七十九年。其书言周穆王游行之事。《春秋左氏传》曰："穆王欲肆其心，周行于天下，将皆使有车辙马迹焉。"此书所载，则其事也。王好巡守，得盗骊騄耳之乘，造父为御，以观四荒。北绝流沙，西登昆仑，见西王母，与太史公记同。汲郡收书不谨，多毁落残缺。虽其言不典，皆是古书，颇可观览。谨以二尺黄纸写上，请事平，以本简书及所新写，并付秘书缮写，藏之中经，副在三阁。谨序。侍中中书监光禄大夫济北侯臣荀勖撰。

《穆天子传》主要描写周穆王率七萃之士②，

---

① 西晋武帝咸宁五年（公元279年），一位名叫不准的盗墓者，在汲郡(今河南汲县)战国古墓中偷了一批竹简古书。简文属"科斗文"（战国古文字）。经当时人荀勖(xù)、束晳(xī)等整理，写定古书约十余种共七十五篇。计：夏商周编年史《纪年》十三篇，后称《竹书纪年》。《易经》二篇，《晋书·束晳传》："与《周易》上下经同。"《易繇阴阳卦》二篇，"与《周易》略同"。《卦下易经》一篇，"似《说卦》而异"。《公孙段》二篇，"公孙段与邵陟论《易》。"《国语》三篇，"言楚、晋事。"《名》三篇，"似《礼记》，又似《尔雅》、《论语》。"《师春》一篇，"书《左传》诸卜筮。"《琐语》十一篇，"诸国卜梦妖怪相书也。"《梁丘藏》一篇，"先叙魏之世数，次言丘藏金玉事"。《缴书》二篇，"论弋射法"。《生封》一篇，"帝王所封"。《大历》二篇，"邹子谈天。"《穆天子传》五篇，"周穆王游四海，见帝台、西王母。"《图诗》一篇，"画赞。"另有《周食田法》、《周书》、《论楚事》、《周穆王美人盛姬死事》等十九篇杂书。统称《汲冢书》、《汲冢古文》或《竹书》。

② 郭璞注《穆天子传》："萃，集也，聚也，亦犹《传》有七舆大夫，皆聚集有智力者，为王之爪牙也。"七萃之士，犹七队禁卫军。唐人许敬宗《奉和春日望海》："长驱七萃卒，成功百战场。"郭璞（276—324），字景纯，河东闻喜县人（今山西闻喜），东晋著名学者，既是文学家和训诂学家，又是道术学数大师、风水学和游仙诗的祖师。

驾八匹骏马，赤骥、盗骊、白义、逾轮、山子、渠黄、骅骝、绿耳，由造父赶车，伯夭作向导，从宗周（镐京，今陕西西安附近）出发，过陇西，礼祭黄河，登昆仑山，会西王母，赋多情诗：

> 癸亥，至于西王母之邦。吉日甲子，天子宾于西王母。乃执白圭玄璧，以见西王母，好献锦组百纯，组三百纯，西王母再拜受之。乙丑，天子觞西王母于瑶池之上。西王母为天子谣，曰："白云在天，丘陵自出。道里悠远，山川间之。将子无死，尚能复来。"天子答之，曰："予归东土，和治诸夏。万民平均，吾顾见汝。比及三年，将复而野。"西王母又为天子吟，曰："徂彼西土，爰居其野。虎豹为群，于鹊与处。嘉命不迁，我惟帝女。彼何世民，又将去子。吹笙鼓簧，中心翱翔。世民之子，惟天之望。"天子遂驱升于弇山，乃纪其迹于弇山之石而树之槐。眉曰"西王母之山"。

神话特色是专而雅，叙事又抒情，是周代人剪裁北方昆仑神话附会穆王巡游的小说家作品，缺点是加工过重，缺乏昆仑神话的原汁原味①。

屈原诗歌《九歌》、《离骚》、《天问》、《招魂》所运用的神话，优美多情，绚丽多彩，惊奇多怪，堆积起来，如七宝楼台，绚人耳目。

《九歌》神话优美多情。《九歌》是南楚的祭祀组歌，十一篇，祭祀多位神鬼。《东

① 清人姚际恒《古今伪书考》力主《穆天子传》源出《左传》、《史记》，多用《山海经》语，是汉朝以后好事者的伪托。今人常征著《穆天子传新注》，力证"《穆天子传》者，西晋所出汲冢周书也，非晋人伪造，非汉人伪文，亦非战国时人作"，而是"身随周穆王征巡四海的周史官作"。姚际恒（1647-1715），字立方，一字善夫，号首源，安徽休宁人。清代杰出经学家。作《九经通论》，论说诸经。又著《古今伪书考》，辨经、史、子三类伪书。为清初勇于疑古者。

① 宋玉《高唐赋》:"醮诸神,礼太一。"太一应是南楚诸神之尊贵者。

② 有说河伯泛指楚国境内河流之神,于典不合。《左传·哀公六年》楚昭王有"疾,卜曰河为祟"。昭王曰:"祭不越望。江、汉、睢、章,楚之望也,……河非所获罪也。"则楚人以河专指黄河。《庄子·秋水》:"秋水时至,百川灌河。……于是焉河伯欣然自喜。"此河伯固指黄河之神。屈原《天问》"射夫河伯,妻彼洛妃",此河伯,也明指黄河之神。黄河在周不在楚,《九歌》祭之,似乎表达了楚人一统南北的愿景。

皇太一》,南楚最尊贵的神①。《云中君》,女性云神。《湘君》,湘水女神娥皇。《湘夫人》,湘水女神女英。《大司命》,寿夭男神。《少司命》,生育女神。《东君》,男性太阳神。《河伯》,黄河男神②。《山鬼》,长江女神。《国殇》,专祭阵亡将士的亡灵,即战鬼。《礼魂》,泛祭人之亡灵,亡灵即鬼魂。

《离骚》神话绚丽多彩。《离骚》兼采南北神话。诗人神游天地,西至昆仑瑶池,东至咸池扶桑,巡天叩帝门,行地涉流沙,与日月风雷同道,与飞龙凤鸟共舞,思简狄在台,看宓妃濯发,展示了一个流光溢彩的神话世界。

《招魂》神话惊奇多怪。《招魂》历数东南西北的妖魔怪兽,记录的应是南楚民间的神怪异闻。

《天问》神话既绚丽多彩,又惊奇多怪。

《天问》中,神话比例高,份量大,内涵重。全诗172问,神话约占68问,131句。其中,说天地万物的自然神话,约40问、65句;说人主神迹的古史神话,约28问、66句。

《天问》自然神话,或涉天地,"八柱何当,东南何亏";或涉太阳,"自明及晦,所行几里";或涉月亮,"夜光何德,死则又育";或涉星辰,"女岐无合,焉取九子";或涉大海,"东流不溢,孰知其故";或涉江河,"河海应龙,何画何历";或涉高山,"昆仑玄圃,其尻安在";或涉风雨,"蓱号起雨,何以兴之";或涉神物,"日安不到,烛龙何照";或涉怪兽,"焉有石林?何兽能言";或涉鬼魂,"大鸟何鸣?焉丧厥体";几乎触类千种,旁及百态。

　　《天问》古史神话，上及女娲登基，下及周宣捕妖，富有历史解读深度，是《天问》论说远古和三代古史的主要话题，也是考察远古和三代古史的重要线索，有些见诸先秦其他古籍，可相互印证；有些则奇货可居，别无可求，如鲧治水的"鸱龟曳衔"、启出生的"勤子屠母"、后羿之死的"交吞揆之"。

　　研究中国神话，必须借重《天问》。

第三讲

历史补遗

三代（夏商周）以前的书籍，据说有"三坟五典、八索九丘"①。《左传·昭公十二年》：

> 左史倚相趋过。王曰："是良史也，子善视之。是能读《三坟》、《五典》、《八索》、《九丘》。"

西汉孔安国《尚书序》：

> 古者伏羲氏之王天下也，始画八卦，造书契，以代结绳之政，由是文籍生焉。伏羲、神农、黄帝之书，谓之《三坟》，言大道也。少昊、颛顼、高辛、唐、虞之书谓之《五典》，言常道也。至于夏、商、周之书，虽设教不伦，雅诰奥义，其归一揆。是故历代宝之，以为大训。八卦

① 书称"坟、典、索、丘"，后人释之，义多歧出。疑"坟"义取崇高。《礼记·檀弓》："古者墓而不坟。"郑玄注："土之高者曰坟。""典"，典范、经典。《说文》："大册曰典。""坟、典"所记大抵是先王言论、先王制度。"索"，本是结绳记事的工具，绳索，草索。索形似爻，"八索"似与"八卦"有关。"丘"，丘陵，似与地理有关。

之说，谓之《八索》，求其义也。九州之志，谓之《九丘》。丘，聚也。言九州所有，土地所生，风气所宜，皆聚此书也。《春秋左氏传》曰："楚左史倚相，能读《三坟》、《五典》、《八索》、《九丘》。"即谓上世帝王遗书也。

东汉贾逵[①]、郑玄[②]与孔安国看法相类。《三坟》是上古"三皇"伏羲、神农、黄帝的书，论述天地大道。《五典》是上古"五帝"少昊、颛顼、高辛、唐、虞的书，论述治国常道。《八索》、《九丘》是夏商周的书，解说八卦的称《八索》；解说地理的称《九丘》。则《八索》、《九丘》不是史书，《三坟》、《五典》才是记言史书。这四本书是否真有，不敢确定。疑一索形似一爻，《八索》是《周易》的底本；丘，山丘，关乎地貌，《九丘》是《尚书·禹贡》的底本；《三坟》、《五典》是《尚书》帝王言论与文告的底本。

《尚书》是周代王室按尧舜禹夏商周的次序编辑的王者言论与王室文告，是现存最早的历史文献汇编。春秋时，各国自著其史。晋国有《乘》，楚国有《梼杌》，鲁国有《春秋》。《孟子·离娄》："晋之《乘》，楚之《梼杌》，鲁之《春秋》，一也。"相继，又有《春秋左氏传》、《国语》、《战国策》。体例上，《春秋》是记事简略，微言大义的编年体断代史，《左传》是详述《春秋》记事本末的编年体断代史，《国语》[③]是记言为主的国别体断代史，《战国策》[④]也是记言为主的国别体断代史，皆文采斐然，文风遒劲，可观

① 贾逵（30-101）。字景伯，扶风平陵（今陕西咸阳）人。东汉经学家、天文学家。

② 郑玄（127-200），山东高密人。东汉经学大师，精通今古文，遍注群书。又是教育家，倡尊师重道。

③ 《国语》记录周朝王室和鲁国、齐国、晋国、郑国、楚国、吴国、越国等诸侯国的历史。上起周穆王十二年（前990）西征犬戎（约前947），下至智伯被灭（前453）。主记讽谏、辩说、应对之辞。作者相传是左丘明。司马迁《报任安书》："左丘失明，厥有《国语》。"后人多疑之。

④ 西汉刘向编《战国策》主要记述战国纵横家的政治主张和策略，按东周、西周、秦国、齐国、楚国、赵国、魏国、韩国、燕国、宋国、卫国、中山国依次分国编写，上起前490年智伯灭范氏，下至前221年高渐离筑击秦始皇，约12万字。是展示战国风貌、研究战国历史的重要典籍。

可赏，与"诸子散文"并称"历史散文"。先秦史籍的薄弱，是缺少通史，只能依赖两部作品冲抵空白。一部是晋代发掘于战国魏王墓的《竹书纪年》[①]，记录史前和夏商周三代历史，止于公元前三世纪战国魏安釐王或魏襄王，属编年体通史，但文字极为简单，成书的时间也至今争扰。另一部就是屈原的《天问》。

《天问》以诗歌之身似乎不经意地走进了史书行列。《天问》前一部分按从无到有，问宇宙形成、天地构造、日月运行和大地布局，类似一部简约的诗体自然史纲；后一部分按从古到今，问社会历史，上至女娲称帝，历经共工、尧、舜、禹、夏、商、周，下至战国后期，古今统揽，演变有序，类似一部简约的诗体史纲，或者说是一部简约的诗体通史史纲。

《天问》说史，主题集中，要害是兴亡二字。无关兴亡的朝代一般略过。所拷问的历史人事主要是圣主贤臣如何兴国，昏君奸臣如何亡国，并无涉及经济、文化、民生。所谓通史史纲，准确地说，是先秦朝代兴亡的历史提纲。

《天问》说史，史料珍贵。虽然主题在兴亡，人事在君臣，载体在诗歌，但她的显著特点，是用民间传闻质疑正史真伪，有些材料，非常稀罕。诸如女娲称帝，事关"一女兴华"；鲧的腹生，事关男性争权；启的屠母，事关原始剖腹；后羿的死后被烹，事关氏族内讧；王亥的偷情被杀，事关商族北上的商业战争；"吴获迄古，南岳是止"，事关吴氏民族的由来与根基。凡此种种为上古历史增添了生动的事迹和发掘的余地。其补遗之珍贵，不能不精读，不能不研读。

①《竹书纪年》自晋代出土，五代时亡佚，北宋官修《崇文总目》不提。到明代，出现二卷本《竹书纪年》，有注，有说注家是南朝沈约。清代，朱右曾搜罗北宋以前的材料，另行辑录，也编出一本《竹书纪年》。为示区别，称明代的本子为《今本竹书纪年》，称清代的本子为《古本竹书纪年》。古今本在文字、体例上确有诸多差异，指今本系伪作者声音较大，或指古今本差异，源自西晋的两次竹简整理。王国维有《今本竹书纪年疏证》，方诗铭、王修龄有《古本竹书纪年辑证》。

《天问》说史，态度鲜明。屈原用独立人格，独立思考，独立判断，质疑正史舆论，褒贬历史人物，特别是敢于贬斥正史上的圣贤人物。讥讽尧不告而嫁，违反礼法；讥讽舜停妻再娶，趋炎附势；讥讽大禹私通床笫，淫湎好色；指责武王蓄谋造反，指责周公心口不一，指责楚国名相子文谋杀君王，都是精彩的反潮流的历史批评。

放眼中外文化遗产，像《天问》这样的诗体史纲，能有几部？

在华夏，以诗体记民族史，《诗》已有之。《大雅》的《生民》、《公刘》、《緜》描述周人发迹，《商颂》的《玄鸟》描述商人发迹，均局限于一族之事。用诗歌勾勒天下通史者，《天问》独步古今。

在世界，古巴比伦的《吉尔伽美什》①是英雄史诗，古希腊的《荷马史诗》②即《伊利亚特》、《奥德赛》是断代史诗，古印度的《罗摩衍那》、《摩诃婆罗多》③也是人物为中心的传记史诗，都不是通史体例。抛开体例，论篇幅，《天问》的确不及古希腊、古印度史诗的宏大；论描述，《天问》的确不及古希腊、古印度史诗的周详；但她通篇设问，问历代兴亡，兼问自然发展，也的确是全球史诗的光彩。

①《吉尔伽美什》（The Epic of Gilgamesh），是古代巴比伦民族的英雄史诗，也是人类历史上现存的第一部史诗，反映两河流域人民从原始社会向奴隶社会过渡的积极奋斗，文字三千余行，成形于公元前19世纪至前16世纪。

②《伊利亚特》描写特洛伊战争，15 693行；《奥德赛》描写阿喀琉斯与阿伽门农的争端，12 110行；合称《荷马史诗》。其描写的时代称"荷马时代"。

③《罗摩衍那》（梵语：罗摩的历险经历），是印度文学史上"最初的诗"，与《摩诃婆罗多》并称印度两大史诗。共分七章，24 000对句。主要讲述阿逾陀国王子罗摩（Rama）和他妻子悉多（Sita）的故事。作者据说是跋弥，意为蚁垤，蚂蚁堆。20世纪70年代由季羡林先生和黄宝生先生创作汉本。《摩诃婆罗多》，一译《玛哈帕腊达》，意为"伟大的婆罗多族的故事"，主要描写班度和俱卢两族争夺王位的斗争。作者据说是毗耶婆（意即广博仙人）。成书约在公元前4世纪至公元4世纪。

第四讲

奇文为诗

刘勰《文心雕龙·辩骚》："自风雅寝声，莫或抽绪，奇文郁起，其《离骚》哉。"这句评论，用于《离骚》，恰如其分；若用于《天问》，也恰如其分。《离骚》上接风雅，哀怨起骚①。《天问》则继轨雅颂之形，以学问为题材，说宇宙万物，是以诗论学；以历史为题材，说列代演变，是以诗论史；以议论为方法，表达观点，是以诗论理；以臻于完备的四言，连续不断的问号，创制出高水平的长篇问难诗体。

以诗论学，起始于《天问》。《天问》所问的宇宙问题，都是高深的关于自然界的学问。无才学，提不出。

以诗论史，深化于《天问》。《诗经》雅颂先王，局限于"美盛德之形容"②，论功不论过。《天问》所问历史问题，已是历史事实的辨证和千秋功罪的考量，是真正的历史评判。

① 唐李白《古风》其一："大雅久不作，吾衰竟谁陈？王风委蔓草，战国多荆榛。龙虎相啖食，兵戈逮狂秦。正声何微茫，哀怨起骚人。"

② 《毛诗大序》。作者或云先秦子夏，或云汉人卫宏。

无胆识，做不出。

以诗论理，恢宏于《天问》。《诗经》多有议论，只是随文夹议，不成论辩气候。老子《道德经》五千言，虽然说理深邃，气象玄虚，却是韵文体，不是诗歌体。《天问》则通篇议论，所议广泛，所论深刻，是宏大博奥的诗体论文。

以诗问难，以问赋诗，造极于《天问》。

诗用问句，藉以跌宕情感、绵邈思绪、生动全篇，本是先秦抒情诗歌的常用手法。

或一篇之起以问发端。《诗·召南·采蘩》：

> 于以采蘩？于沼于沚。
> 于以用之？公侯之事。
>
> 于以采蘩？于涧之中。
> 于以用之？公侯之宫。
>
> 被之僮僮，夙夜在公。
> 被之祁祁，薄言还归。①

一问一答，陈述采蘩的缘故。春秋《越人歌》：

> 今夕何夕兮，搴舟中流②？
> 今日何日兮，得与王子同舟？
> 蒙羞被好兮，不訾诟耻。
> 心几顽而不绝兮，得知王子。
> 山有木兮木有枝，心悦君兮君不知。

起首连用两个问句，抒发邂逅的思慕。

或一篇之内以问间中。《诗·郑风·褰裳》：

> 子惠思我，褰裳涉溱③。

① 蘩，白蒿。被，披带，被负。僮僮，形容采蘩盛多。祁祁，盛多。

② 搴，操持。搴舟，操舟。羞，美食。好，靓衣。訾（zǐ），厌恶。诟，责骂。

③ 褰，搴，拎起衣裳。

　　子不我思，岂无他人？
　　狂童之狂也且。

　　子惠思我，褰裳涉洧。
　　子不我思，岂无他士？
　　狂童之狂也且。

用无所谓的口气责问男子，表达的其实是一种急切的相思。

　　或一章之末以问收结。《诗·郑风·子衿》：

　　青青子衿，悠悠我心。
　　纵我不往，子宁不嗣音？

　　青青子佩，悠悠我思。
　　纵我不往，子宁不来？

两章尾句均用疑问表达期盼。

　　或有通篇用问。《诗·卫风·河广》：

　　谁谓河广？一苇杭之。
　　谁谓宋远？跂予望之。

　　谁谓河广？曾不容刀。
　　谁谓宋远？曾不崇朝。①

① 跂，企。《说文》："企，举踵也。"刀，舠，小船。崇，终。

四问四答，俨然是一首问体小诗。《诗·邶风·式微》：

　　式微，式微，胡不归？
　　微君之故，胡为乎中露？

　　式微，式微，胡不归？
　　微君之躬，胡为乎泥中？

与《河广》相似，八句四问，也是一首问体短歌。但与《河广》的一问一答不同，《式微》每章的头一问是正问，第二问是反问，用反问回答正问。

屈原出色地发挥了先秦诗歌以问抒情的手法。不仅抒情妙用问句，《湘君》：

> 君不行兮夷犹，蹇谁留兮中洲？
> 美要眇兮宜修，沛吾乘兮桂舟。
> 令沅湘兮无波，使江水兮安流。
> 思夫君兮未来，吹参差兮谁思？

说理也妙用问句，《离骚》：

> 众不可户说兮，孰云察余之中情？
> 世并举而好朋兮，夫何茕独而不予听？

至于他的长篇"问体"《天问》，则跳出了诗歌以问抒情的传统，创造性地借鉴了先秦文章的问难形式和问难风格。

先秦文章，好用排比问句。《卜辞》①连发五问：

> 癸卯卜：
> 今日雨？
> 其自东来雨？其自西来雨？
> 其自南来雨？其自北来雨？

卜问有雨无雨，何方来雨。《庄子·天运》连发十五问：

> 天其运乎？地其处乎？日月其
> 争于所乎？孰主张是？孰维纲是？孰
> 居无事，推而行是？意者其有机械
> 而不得已耶？意者其运转而不能自止

①商代甲骨卜辞，最初是清廷国子监祭酒王懿荣（1845—1900）搜藏，1500多片。王死后，好友刘鹗继而集之，累计5000多片，于1903年刊行《铁云藏龟》。孙诒让据此作《契文举例》。1908年，罗振玉开始在河南安阳仔细收罗，累计20 000多片，于1913年编辑《殷虚书契》，后又编成《殷虚书契菁华》（续编），奠定了甲骨研究的基础。罗氏与王国维、郭沫若、董作宾是甲骨研究大家，并称"甲骨四堂"。甲骨卜辞的文字汇编，现有中国科学院考古研究所编辑的《甲骨文编》。

耶？云者为雨乎？雨者为云乎？孰隆施是？孰居无事，淫乐而劝是？风起北方，一西一东，有上彷徨，孰嘘吸是？孰居无事而披拂是？敢问何故？

所问天地之运、日月之行、云雨之变、风起之因，如连弩射箭，急不可挡。

好问之下，诸子作文，时有以"问"名篇的。《管子·桓公问》①、《论语·宪问》、《墨子·鲁问》、《齐孙子·威王问》②、《列子·汤问》③、《鹖冠子·学问》④，《黄帝内经·素问》⑤、《荀子·尧问》等，这类以"问"名篇的文章，后人或称"问体"或"问难体"。

以"问"名篇，习用主客问答、一问一答、问答始终的体例。《素问》由黄帝问岐伯，问生命之本（素，本质），论述人与自然、阴阳五行、脏腑经络、病因、病机、药物和养生，强调人体内外统一，树立中医理论。《学问》由庞子问鹖冠子，问学习内容，论述学习内容应由低到高，始于拾诵记辞，终于九道之解：

> 庞子问鹖冠子曰："圣人之问，服师也，亦有终始乎？抑其拾诵记辞阖棺而止乎？"鹖冠子曰："始于初问，终于九道，若不见闻九道之解，拾诵记辞阖棺，而止以何定乎？"庞子曰："何谓九道？"鹖冠子曰："一曰道德，二曰阴阳，三曰法令，四曰天官，五曰神徵，六曰伎艺，七曰人情，八曰械器，九曰处兵。"庞子曰："愿闻九道之事。"鹖冠子

① 《管子》是记录管仲（约前723－前645）思想、言论的文集。成书战国。汉刘向编定86篇，今本《管子》76篇。《汉书·艺文志》列道家，《隋书·经籍志》改列法家。或云《管子》托名管仲，非一人一时一家一派之言。

② 《齐孙子》又称《孙膑兵法》。《孙膑兵法》与《孙子兵法》是两本兵书。《汉书·艺文志》："《吴孙子》八十二篇，图九卷。《齐孙子》八十九篇，图四卷。"《吴孙子》是吴国孙武的《孙子兵法》。《齐孙子》是齐国孙膑的《孙膑兵法》。《孙子兵法》一直流传，《孙膑兵法》东汉亡佚。这两本书的竹简本，于1972年在山东临沂银雀山汉墓同时出土。

③ 列子，名寇，又名御寇，战国思想家，郑国莆田（今河南郑州）人。《汉书·艺文志》录《列子》八卷，列道家。《列子》又名《冲虚经》。今本《列子》是东晋张湛辑录增补。

④ 鹖冠子，楚人，居深山，以鹖为冠。《汉书·艺文志》录《鹖冠子》一篇，列道家。今本三卷十九篇。

⑤ 《黄帝内经》是《素问》和《灵枢》的合称，约成书于春秋战国。《素问》原书早佚，今本81篇，由唐人王冰补订。

曰："道德者，操行所以为素也；阴阳者，分数所以观气变也；法令者，主道治乱国之命也；天官者，表仪祥兆下之应也；神徵者，风采光景所以序怪也；伎艺者，如胜同任，所以出无独异也；人情者，小大愚知贤不肖雄俊豪杰相万也；械器者，假乘焉，世用国备也；处兵者，威柄所持立不败之地也。"①

① 庞子，庞暖，或名庞煖，战国人，鹖冠子学生，曾效力于赵、魏、燕诸国，是合纵之士。

《孙膑兵法·威王问》由齐威王问齐孙子，以连串问答，阐述用兵之道：

齐威王问用兵孙子，曰："两军相当，两将相望，皆坚而固，莫敢先举，为之奈何？"孙子答曰："以轻卒尝之，贱而勇者将之，期于北，毋期于得，为之微阵以触其侧。是谓大得。"威王曰："用众用寡有道乎？"孙子曰："有。"威王曰："我强敌弱，我众敌寡，用之奈何？"孙子再拜曰："明王之问。夫众且强，犹问用之，则安国之道也。命之曰赞师。毁卒乱行，以顺其志，则必战矣。"

《孙膑兵法·十问》由自设之问问齐孙子，以十组问答，其实是自问自答，论说攻敌之法：

兵问曰："交和而舍，粮食均足，人兵敌衡，客主两惧。敌人圆阵以胥，因以为固，击之奈何？"曰："击此者，三军之众分而为四五，或傅而佯北，而示之惧。彼见我惧，则遂分而不顾。因其乱毁其固。驱鼓同举，五遂俱傅。五遂俱至，三军同利。此击圆之道也。""交和而舍，敌富我贫，敌众我少，敌强我弱，其来有方，击之奈何？"曰："击此者，□阵而□之，规而离之，合而佯北，杀将其后，勿令知之。此击方之道也。"

《列子·汤问》由商汤问夏革，问万物始终：

殷汤问于夏革曰："古初有物乎？"夏革曰："古初无物，今恶得物？后之人将谓今之无物，可乎？"殷汤曰："然则物无先后乎？"夏革曰："物之终始，初无极已。始或为终，终或为始，恶知其纪？然自物之外，自事之先，朕所不知也。"①

问体文的主客问答是否实有其事，难说。一般应是作者为文而设。

以"问"名篇，也有不设主客、只问不答、连问到底的。《管子》之《问》：

凡立朝廷，问有本纪。……然后问事：事先大功，政自小始。问死事之孤其未有田宅者有乎？问少壮而未胜甲兵者几何人？问死事之寡，其饩廪何如？问国之有功大者，何官之吏也？问州之大夫也，何里之士也？今吏亦何以明之矣？问刑论有常以行，不可改也，今其事之久留也，何若？问五官有制度，官都有其常断，今事之稽也，何待？问独夫寡妇孤寡疾病

① 辑本《列子·汤问》前一部分是主客问答，后一部分是记事，疑辑佚失序。夏革，汤时大夫。

者，几何人也？问国之弃人，何族之
子弟也？问乡之良家，其所牧养者，
几何人矣？问邑之贫人债而食者，几
何家？问理园容而食者①，几何家？
人之开田而耕者，几何家？士之身耕
者，几何家？问乡之贫人，何族之别
也？问宗子之收昆弟者，以贫从昆弟
者，几何家？余子仕而有田邑，今入
者，几何人？子弟以孝闻于乡里者，
几何人？余子父母存，不养而出离
者，几何人？士之有田而不使者，几
何人？……问男女有巧伎，能利备用
者，几何人？处女操工事者，几何人？
冗国所开口而食者，几何人？问一民
有几年之食也？……问兵官之吏，
国之豪士，其急难足以先后者，几何
人？……问执官都者，其位事几何年
矣？所辟草莱有益于家邑者，几何矣？
所封表以益人之生利者②，何物也？
所筑城郭、修墙、闭绝通道、陌阙、
深防沟，以益人之地守者，何所也？
所捕盗贼除人害者，几何矣？

① 理，治理。园，园地。理园容，治理自家园地。

② 封表，保护山林，禁止砍伐。表，木桩标记。

管子眼光向下，遍问地上的吏治民生，一口气
提出六十多个社会问题，确是一篇非常稀奇的
文字，地地道道的"问体"。

　　显然，屈原之世，"问体"为文，已成气
候。有人说："如此看来，《天问》也不过是
春秋战国的区区一问。"③ 但屈原的"区区一
问"，并不是跟随诸子作文，而是以长篇"问
体"诗，论学，论史，论理，论难，方法之特，
独步晚周，开辟了后世"以文为诗"的路径。

③ 《战国宇宙本体大讨论与"天问"的产生》。作者罗漫，任教中南民族大学。

宋人严羽《沧浪诗话·诗辨》：

> 诗有别材，非关书也；诗有别趣，非关理也。然非多读书，多穷理，则不能极其至。所谓不涉理路，不落言筌者，上也。诗者，吟咏性情也，盛唐诸人，惟在兴趣，羚羊挂角，无迹可求。故其妙处，透彻玲珑，不可凑泊。如空中之音，相中之色，水中之月，镜中之象，言有尽而意无穷。近代诸公乃作奇特解会，遂以文字为诗，以才学为诗，以议论为诗，夫岂不工，终非古人之诗也。

这段话指出宋人以文为诗，缺少"言有尽而意无穷"的风神韵致，是不错的。他的"终非古人之诗"，并不是不知道形式上以问为诗实质上"以文为诗"的《天问》，而是说"以文为诗"不是古人诗歌的正流和主流，这也是不错的。《天问》的艺术特贡，在于把诗歌当文章用、把诗歌当文章写，是中国古典诗歌"以文为诗"的第一面大旗，是中国古典诗歌异乎寻常的奇篇特写。

一篇《天问》，广涉四"史"：诗歌史、上古史、神话史、思想史。读懂《天问》，是国学基本功之一。

第五讲

行吟江南

《天问》作于何时？作于何方？

听听汉人的说法。汉人为《楚辞》作注，有西汉的刘向、扬雄，东汉的班固、贾逵、王逸等，但流传至今的注本，只有王逸的《楚辞章句》。

王逸，字叔师，南郡宜城（湖北江陵）人。安帝时为校书郎，顺帝时官侍中。所作诗文，今多亡佚。所作《楚辞章句》，贡献有三。一是保存了最完整的《楚辞》；二是说明了《楚辞》的编者是西汉刘向，言及刘向、扬雄注解《天问》；三是解说了十七篇"楚辞"①，称为"章句"，第一篇是《离骚经章句》，第二篇是《九歌章句》，第三篇就是《天问章句》。

《天问章句》钩沉古意，串讲大意，虽有谬误，却更多解惑，是阅读《天问》的入门指南。它的题下小序描述《天问》的创作场景：

① 刘向编《楚辞》可能是十六篇，王逸加上自己的一篇《九思》，计十七篇。其中，注名屈原的七篇，《离骚》、《九歌》、《天问》、《九章》、《远游》、《卜居》、《渔父》。注名宋玉的二篇，《九辩》、《招魂》。注名屈原或景差的一篇，《大招》。余下七篇的作者均是汉人，贾谊《惜誓》，淮南小山《招隐士》，东方朔《七谏》，严忌《哀时命》，王褒《九怀》，刘向《九叹》，王逸《九思》。今人多以《招魂》屈原作，《大招》景差作，《远游》、《卜居》、《渔父》无主名。

> 屈原放逐，忧心愁悴，彷徨山泽，经历陵陆。嗟号昊旻，仰天叹息。见楚有先王之庙及公卿祠堂，图画天地山川神灵，琦玮僪佹，及古贤圣怪物行事。周流罢倦，休息其下，仰见图画，因书其壁，呵而问之，以泄愤懑，舒泻愁思。楚人哀惜屈原，因共论述，故其文义不次序云尔。

这段话有四个要点：一是说《天问》作于屈原放逐之途，"彷徨山泽，经历陵陆"。二是说《天问》作于途中祠庙，"先王之庙及公卿祠堂"。三是说《天问》是屈原看图题壁，"仰见图画，因书其壁"。四是说屈原题于壁上的《天问》因楚人在壁上或者在传播过程中"因共论述"，导致"文义不次序"。

王逸指《天问》写于屈原放逐途中，后学大体认同，少数持有异议。

苏雪林[①]《天问正简》："这是三闾大夫端居多暇的时候，翻阅了无数参考书籍，耗费了无数推敲思索的时间，惨澹经营尔后写成的。"谭介甫[②]《屈赋新编》："为屈原在怀王时出使齐国，收集稷下学士所提出的复杂问题，成一篇稀世的作品。"萧兵[③]《楚辞的文化破译》说英国学者Arthur Wakey译注的《天问及其它诗歌》把《天问》说成是一种知识问卷。赵辉[④]说《天问》是屈原居官讲学的教材，《天问——屈原给弟子的思考提纲》："针对楚国的现实情况，集各国学者对于历史兴亡原理的探讨，给他的学生列出的一部思考提纲。"这些解释虽出新义，却背离了《天问》自身的设定。《天问》末段"伏匿穴处，爰何

① 苏雪林（1897–1999），安徽太平人，曾任教台湾师范大学。

② 谭介甫（1887–1974），湖南涟源人，曾任教武汉大学。

③ 萧兵，原名邵宜健，福建福州人，任教淮阴师范学院。

④ 赵辉，任教中南民族大学。

云"，写的就是深山老林的处境，哪里有"端居多暇"、"出使齐国"、聚徒讲学的气息？

但王逸说《天问》写于放逐，只是说了个大概，并没有说明何时放逐、何地放逐，可能他也搞不清楚，干脆不说，态度还是比较谨慎的。

屈原之放逐，事在《史记·屈原贾生列传》[①]：

> 屈原者……上官大夫与之同列争宠而心害其能。……王怒而疏屈平。……屈平既绌……楚怀王贪而信张仪，……是时屈平既疏，不复在位，使于齐，顾反。……时秦昭王与楚婚，欲与怀王会。……怀王卒行。……竟死于秦而归葬。长子顷襄王立，以其弟子兰为令尹。……屈平既嫉之，虽放流，眷顾楚国，系心怀王，不忘欲反，冀幸君之一悟，俗之一改也。……令尹子兰闻之大怒，卒使上官大夫短屈原于顷襄王，顷襄王怒而迁之。屈原至于江滨，被发行吟泽畔。颜色憔悴，形容枯槁。……于是怀石遂自投汨罗以死。

《列传》说楚顷襄王放逐屈原文字明确，"王怒而迁之"，迁，迁徙；但说楚怀王放逐屈原则文字含混。先说怀王"怒而疏屈平"，"既疏，不复在位，使于齐"，疏，疏远冷落；又说屈平"虽放流，眷顾楚国，系心怀王"，放流，即流放、放逐；则怀王到底是疏远屈原还是放逐屈原？《抽思》：

① 《屈原贾生列传》存有行文含糊的疏漏。20世纪30年代，在"屈原有无"的争论中，"无"派胡适等即以《屈贾列传》的行文缺憾，指《屈贾列传》不可信，这等于说屈原其人是司马迁的造假。实际上，《屈贾列传》主要是在怀王是否流放屈原的记述上有所不清，屈原从政的经历仍大体清楚。

有鸟自南兮，来集汉北。

似可佐证怀王时屈原有过外放的遭遇。郭沫若《屈原赋今译》说屈原被怀王疏远后出使过齐国，假如怀王放逐屈原，屈原就不能当大使。这话有些道理，也有些绝对，罢官有可能重新起用，放逐也有可能下令召回，没有写召回，直接写出使，或许是文字上的省略。审慎起见，可以这样判断，屈原被放逐至少有一次，可能有两次。怀王时可能有一次，发生于张仪使楚之前，终止于屈原出使齐国；放逐的地区，或在汉北。顷襄王时一定有一次，发生于怀王客死秦国之后（楚顷襄王三年，公元前296年），终止于屈原自沉汨罗（秦将白起破郢，楚顷襄王二十一年，公元前278年），放逐的地区，按《哀郢》"将运舟而下浮兮，上洞庭而下江"，应在江南。

《天问》究竟写于顷襄王的江南放逐，还是写于可能发生在怀王时的汉北放逐，有争议。孙作云[1]《天问的写作年代与地点》主张汉北，游国恩[2]《屈原的文学》主张江南。我信内证，《天问》篇尾："厥严不奉，帝何求？"明言父死子不奉，说的是顷襄王不孝怀王，《天问》的创作之时应不在怀王，在顷襄；创作之地应不在汉北，在江南。

屈原之放逐，和后世所谓发配不大相同，后世的发配是刑罚，屈原的放逐是驱逐出京，前往指定的地段，沿途行动还是自由自在的，一路上的生活起居也会有僮仆照料，范仲淹《岳阳楼记》："迁客骚人，多会于此，揽物之情，得无异乎"，这里的"迁客骚人"就是一个自由人，而原型正是屈原。

[1] 孙作云（1912-1978），辽宁复县人，曾任教河南大学。

[2] 游国恩（1899-1978），江西临州人，曾任教北京大学。

　　王逸《天问章句》又指《天问》是屈原看图书壁的作品，后学为此一分为二。

　　一派是"壁画派"，清代的夏大霖①《屈骚心印》、陈本礼②《屈辞精义》、丁晏③《楚辞天问笺》附和王逸。孙作云《天问研究》进一步肯定"《天问》是根据壁画，或基本上根据壁画而作的"，是屈原"流放到汉北期间，参观了楚先王庙壁画有感而作的一篇咏怀诗，问史诗。"萧兵《楚辞的文化阐释》更是花了大力气论证秦汉壁画、题铭的传统，力图为《天问》的因画而作提供一个文化的依靠。确实，战国壁画已经流行，汉代壁画就保存了一些《天问》提及的神话图像，王逸的儿子王延寿《鲁灵光殿赋》所描述的壁画，也印证了壁画内容的丰富性和题诗画壁的可能性：

> 上纪开辟，遂古之初。
>
> 五龙比翼，人皇九头。
>
> 伏羲鳞身，女娲蛇躯。
>
> 洪荒朴略，厥状睢盱④。
>
> 焕炳可观，黄帝唐虞。
>
> 轩冕以庸，衣裳有殊。
>
> 下及三后，淫妃乱主。
>
> 忠臣孝子，烈士贞女。
>
> 贤愚成败，靡不载述。

灵光殿上，壁画绕墙：在天地开辟的遂古时代，有五条龙比翼齐飞，有人面龙身的伏羲，人面蛇身的女娲；在洪水泛滥的蛮荒时代，生活原始，民风质朴，光彩卓立的是头戴冠冕、乘坐轩车而衣裳各异的黄帝和虞舜；其后，有夏商周三代君王，宠信后妃，迷乱朝政；有历代的忠臣孝子、烈士贞女；凡古往今来的贤

① 夏大霖，字用雨，号梅皋，浙江衢州人。清乾隆时学者。

② 陈本礼（1739-1818），字嘉会，号素村，江苏扬州人。清乾隆时学者。

③ 丁晏（1794-1875），字俭卿，号柘堂，江苏淮安人，清咸丰时官至内阁中书加三品衔。性嗜典籍，是学问家。

④ 睢（suī），仰目。盱（xū），张目。

良、庸才，国事成败，尽在画中。"壁画派"因此坚持，既然王延寿可以看画作赋，屈原也可以看画作诗。

另一派是"非壁画派"，当代郭沫若①、陆侃如②等。主要异见是，凡有"先王之庙及公卿祠堂"处，必是重地，屈原流放野外，岂能在穷乡僻壤遇上王公庙堂？何况要把《天问》中涉及的"天地山川神灵及古圣贤怪物行事"，连同《天问》本身，描写在墙壁上或洞壁上，这祠堂须有多大？

我的看法，屈原平生当然看过壁画和题画，他在写作过程中，想到壁画和题画是自然而然的，但要说屈原一边看壁画一边作诗，把诗直接写在画壁上，也的确难以想象。《天问》应是屈原在流放江南山泽、自由而无所事事的旅途中，凭借博闻强记，吟咏而成。

王逸《天问章句》又说《天问》题于画壁，楚人"因共论述，故其文义不次序"，并于《天问·后叙》说：

> 今则稽之旧章，合之经传，以相发明，为之符验，章决句断，事事可晓。

"因共论述"，指楚人壁上附和，东加西添；"文义不次序"，指诗句混乱，文义不顺；看来，王逸所见文本原来是个十分凌乱的文本，经他整理，《天问》才"章决句断，事事可晓"。其实，屈原看图书壁的事，本身就靠不住，众人书壁的"因共论述"估计是王逸自己为《天问》的文义不秩寻找的一个理由。我想，屈原行吟，总要形诸文字，书于简牍。《天问》文义不秩的原因，应是流传中的

错简、脱简。先秦书籍以竹简、木简书写、编
串。竹简、木简一般长一尺，称尺简。尺简一
般宽一厘米，书一行字，也有宽二厘米的，书
二行字。书写的过程容易发生衍字、讹字、脱
字的错误。书写完毕，需要编串成卷，编串之
绳，或丝绳，或麻绳，或皮绳，时间一长，不
堪翻阅，绳子往往断裂。《史记·孔子世家》
说孔子读《易》"韦编三绝"。韦编是牛皮
绳，牛皮绳都能断开，丝绳、麻绳就更容易断
开了。错简，是指编绳断后竹简散乱重新编辑
时的排列秩序出错，也包含首次编辑时串连出
错。脱简，是指书简散乱或编辑中有简丢失。
王逸"章决句断"的功劳是把原本的错简、脱
简做了一些整理，把文义不秩的程度降低了几
成，但远不到家，现存的《天问》文本依然是
一个文义不秩的文本。

　　《天问》的文义不秩，的确严重。问自然
事物，突然夹入人事；问人事，又忽前忽后，
忽东忽西。乃至胡适①《读楚辞》、郑振铎②
《插图本中国文学史》斥为"文理不通"、"无
条理"，怀疑《天问》作者不是诗人屈原③。我
想，王逸所见和王逸所传的《天问》秩序固然
凌乱，却不能因此断定作者的真伪；《天问》
的作者，还是要相信司马迁的《屈原列传》：
"余读《离骚》、《天问》、《招魂》、《哀
郢》，悲其志。"

　　也有人称赞《天问》的文义不秩。郭沫若
《屈原研究》说《天问》的无序表达正是屈原
极端忧郁、语无伦次、自然而然的精神呓语，
令人"惊为神工"。这一称赞不免文过饰非。
郭沫若自己著《天问今译》也不得不前后调
整，力求有序。

① 胡适（1891-1962），安
徽绩溪人，曾任教北京大
学，担任过台湾中央研究
院院长。

② 郑振铎（1898-1958），浙
江永嘉人，曾任中国科学
院文学研究所所长。

③ 怀疑屈原的作者身份，
始于宋人罗泌《路史》：
"《天问》云：'徂穷西
征，岩何越焉？'此谓羿
也，盖亦因误。予有以知
《天问》非屈原作。"以
《天问》引事有误，质疑
作者真伪。

①屈复（1668–1745），清代学者，陕西蒲城县人。字见心，号晦翁。乾隆时，被举博学鸿词科，不试。著《弱水集》等。

②闻一多（1899–1946），湖北黄冈人，曾任教清华大学。

③林庚（1910–2006），福建福州人，任教北京大学。

④郭世谦，天津人，楚辞学者。

力求有序，用力较勤者，有清人屈复①的《天问校正》，游国恩《天问纂义》，闻一多②《天问疏证》，林庚③《诗人屈原及其作品研究》，孙作云《天问今本章次》，谭介甫《屈赋新编》，郭世谦④《屈原天问今译考辨》等。诸位或从时代时间、或从历史史实、或从事物类别、或从句法音韵、或多角度综合考量，力图疏通文义，恢复原貌。但细审各家所校，仍可商榷。特梳理洪兴祖《楚辞补注》所载王逸《天问章句》的原文，重新编排，以《天问新编》附之书尾。这本《天问讲稿》按《天问新编》的秩序讲读《天问》。

第六讲

叩问苍茫

《天问》，单看题目，已经先声夺人。

作诗命题的风气，兴于《楚辞》。《诗》三百篇原本无题，各篇题目都是编者加的，一般取诗的第一句，《关雎》之"关关雎鸠"，《桃夭》之"桃之夭夭"，《静女》之"静女其姝"，《黍离》之"彼黍离离"，并无借题言旨的故意。至屈原，始刻意命题。《离骚》、《湘君》、《山鬼》、《橘颂》、《哀郢》、《涉江》、《悲回风》、《国殇》，题题扣主题，题题有磁性。"离骚"，王逸《离骚章句》说是"离别忧愁"，班固《汉书·艺文志》说是"遭遇忧患"，游国恩《离骚纂义》说是楚语"牢骚"，均是情感为题。"湘君"、"山鬼"是以歌咏的对象女神为题；"橘颂"是以歌咏的对象事物为题；"哀郢"是以地点为题；"涉江"是以场合为题；"悲回风"是以风景为题；"国殇"是对所咏战士的升华，是主旨为题；《天问》以"问"入题，是借鉴战国"问体"文；以"天"入题，是概指主宰世界的形而上力量"天道"。"天"与"问"的两字搭配，发唱挺惊，阔大奇警，突显了作品内容和主题的高深。

"天问"，就是问天，叩问苍天。王逸《天问章句》："天尊不可问，故曰天问。"说错了。周代，天不仅可以称颂，而且可以责难。《诗·大雅·雨无正》：

> 浩浩昊天，不骏其德。

① 《毛传》，汉人毛亨、毛苌《诗故训传》。

昊（mín）天，皇天。骏，《毛传》[①]："长也。"长，长久。指责天德无恒。屈原《哀郢》：

> 皇天之不纯命兮，方仲春而东迁。

不纯，不清不楚，指责天命糊涂。骂都骂了，还怕问吗？屈原不用"问天"却用"天问"，不是因为"天尊不可问"，而是因为个人的语言风格。以问名篇，可以主谓顺置，如《汤问》即成汤发问，《宪问》是孔子的学生原宪发问；也可以动宾倒装，如《素问》即"问素"，《学问》即"问学"。屈原写诗也常用动宾倒装，《离骚》：

> 济沅湘以南征兮，就重华而陈辞。

"南征"，即征南。《哀郢》：

② 按《哀郢》，屈原离郢，逍遥来东，故注家多以为西浮有背来东，多解西浮为自西向东浮。误。西浮即向西而浮，目的是回看郢都。"顾龙门而不见"方"逍遥来东"。参看拙文《"哀郢"的一个动人情节》，《文史知识》1984年第7期。

> 过夏首而西浮兮，顾龙门而不见。

"西浮"，即浮西[②]。"天问"也正如"南征"、"西浮"、"素问"、"学问"，即"问天"。

屈原问天，天是何物？董仲舒[①]《春秋繁露·顺命》：

> 天者，万物之祖。

《周礼·天官》郑玄注：

> 天者，统理万物。

《庄子·齐物论》郭象[②]注：

> 天者，万物之总名。

《论语·阳货》：

> 天何言哉？四时行焉，百物生焉。

天，是诞生万物、统治万物、总括万物的自然之道，即天道。屈原问天，是凭借问难于天的形式，宣泄心中的思虑，倾倒心中的是非，排放心中的郁闷。郭沫若历史剧《屈原》所设计的"天问"画面，雷雨交加、孤身只影、仰望苍穹、悲声呵问，是生动而深刻的《天问》题解。

[①] 董仲舒（前179-前104），西汉广川郡(今河北景县广川镇)人。武帝时，任江都易王刘非国相10年，任胶西王刘端国相4年。此后，居家著书，以《公羊春秋》为依据，结合天道观和阴阳、五行学说，吸收法家、道家、阴阳家思想，在《举贤良对策》系统提出了"天人感应"、"大一统"学说和"罢黜百家，表彰六经"的主张。

[②] 郭象（约252-312），字子玄，西晋河南洛阳人，官至太傅主簿。著名玄学家，著有《庄子注》。

第七讲

混沌宇宙

曰：

遂古之初，谁传道之？
上下未形，何由考之？
冥昭瞢暗，谁能极之？
冯翼惟象，何以识之？
明明暗暗，惟时何为？
阴阳三合，何本何化？

苍天在上，屈子请问：
茫茫宇宙的起始，谁能描述？
无天无地的模样，谁能考察？
昏昏暗暗、混混沌沌的形态，谁能识别？
元气弥漫、空洞无物的境界，谁能探查？
光明黑暗的消长，为何发生，如何发生？
阴气阳气的交合，以何为本，因何变化？

开卷伊始，高瞻远瞩，心游万仞，驰骛八

极，总揽宇宙，扣问本原。

观古今诗歌，发问者举不胜举，但穿透历史、穿越时空的发问，凤毛麟角。《诗·大雅·生民》：

> 厥初生民，时维姜嫄。生民如何？克禋克祀。

问的是男性由来。元好问①《摸鱼儿·雁丘》：

> 问世间，情为何物，直教生死相许？

问的是性爱根由。毛泽东《沁园春·雪》：

> 问苍茫大地，谁主沉浮？

问的是江山代谢。

《天问》起首的这十二句六问，锋芒直指宇宙观、本体论，直指现代科学的三大难题之一，宇宙起源（生命演化、基本粒子）。开篇之凌厉，破雾排云；遥想之深远，超凡脱俗；气势之恢弘，振聋发聩。

曰。

在文体的开头，曰是发端语，其义为"说"。《尚书·尧典》：

> 曰若稽古帝尧。

宋人蔡沈②《书集传》：

> 曰若，发语词。

多说了一个若，《尧典》这一句的发语词即发端词只是一个曰，给个意思，犹"我说"。伏胜《尚书大传》③："若，顺。"句义勉强。若，汝。《庄子·至乐》：

①元好问（1190-1257），字裕之，号遗山，太原秀容（今山西忻州）人。官金朝国史院编修，左司都事等。金亡入元，领袖文坛，是金元时期的大诗人、文论家。今存《元遗山先生全集》。

②蔡沈（1167-1230）南宋学者，一名蔡沉，字仲默，号九峰，建阳（今属福建）人。专意为学，不求仕进，注《尚书》，撰《书集传》等，融汇众说，讲解清楚，是科场重要参考书。

③《汉书·艺文志》有《尚书》"传四十一篇"，但未提作者。郑玄曾为《尚书大传》作序，说《大传》之作缘起伏生，成于其徒张生、欧阳生。疑生、胜通假，伏生即伏胜。

　　若果养乎？予果欢乎？

　　若、予对举。曰若，犹我对你说。稽，考核，考察。稽古，即考古。"曰若稽古帝尧"意谓"我说尔等，追思帝尧"。《天问》这个曰，不是一般之说，而是发问之说。清人刘梦鹏[①]《屈子章句》："发问辞也。"游国恩先生《天问纂义》：

　　　发端叩问之辞，其上当省一问字。

　　就诗论字，曰为"问曰"，固然准确，但仍嫌拘谨，如作"请问"，似更加畅达。

　　遂古之初，谁传道之？

　　遂古，《天问章句》：

　　　遂，往也。

　　往，从前。往古，从前之古，语义较宽。清人王夫之《楚辞通释》：

　　　遂与邃通，远也。

　　邃，遥深遥远。深远之古，比往古语义收窄，是往古的上端。屈原选用遂古，是修辞的精致。遂古，准确地说，应是极古、至古。初，发端。遂古之初，指极古之始，宇宙之始。

　　传道，解说陈述。屈原请问天下，谁能解说宇宙初生的奥秘？谁能陈述宇宙初生的情景？一个谁字，挑战古今博学。

　　春秋战国，宇宙观念，已经流行，"谈天说地"，风气浓厚。稷下邹衍[②]就获得了一个"谈天衍"的绰号。

　　当时诸子已有宇宙就是时空的认知。说得感性的是《庄子》，说得理性的是《尸子》[③]。

①刘梦鹏，字云翼，清乾隆十六年（1751）进士，官直隶饶阳知县。《清史列传》有事迹。

②邹衍（约前340–前260），齐国稷下学宫的著名学者。《汉书·艺文志》载《邹子》49篇，《邹子终始》56篇。《史记·孟子荀卿列传》说邹衍"深观阴阳消息"，有《终始》、《大圣》、《主运》等十余万言。以阴阳说宇宙天地，以"大九州"说世界地理，以五行"土、木、金、火、水"说万物万事，一度左右秦汉社会的意识形态，被司马谈《论六家要旨》列为六家（阴阳、儒、墨、名、法、道德）之首。司马迁《史记》称"驺衍之术，迂大而宏辨"，"尽言天事"，时称"谈天衍"。《文心雕龙·诸子》："邹子养政于天文。"《文心雕龙·时序》："邹子以谈天飞誉。"惜谈天之论，仅存《史记·孟子荀卿列传》的"天地未生，窈冥不可考原"。

③班固《汉书·艺文志》："（尸子）名佼，鲁人，秦相商君师之。鞅死，佼逃入蜀。"现存《尸子》由唐代魏徵、清代惠栋、汪继培等人钩辑。

《尸子》：

> 四方上下曰宇，往古来今曰宙。

宇，四方上下，无边无际的空间；宙，往古来今，无始无终的时间；宇宙即无限的时间与无限的空间①。能够在2500年前界定如此精辟的宇宙范畴，实在令人钦佩。

《庄子·应帝王》：

> 南海之帝为儵（shū），北海之帝为忽，中央之帝为浑沌。儵与忽时相遇于浑沌之地，浑沌待之甚善。儵与忽谋报浑沌之德，曰："人皆有七窍，以视听食息，此独无有，尝试凿之。"日凿一窍，七日而浑沌死。

这则寓言妙语解颐。儵（倏）、忽，两个字一个意思，匆忙而迅疾，是时间的特性。北海之帝和南海之帝取名儵忽，似取义时间，是时间之神。浑沌，是诸子笔下初生宇宙的空间状态。帝凿浑沌，是时间凿开空间。宇宙的浑沌是被时间之刀剔除的，宇宙的形象是被时间之刀雕刻的。庄子对宇宙时空关系的领悟，也实在令人钦佩。

先秦宇宙观和宇宙发生学的奠基人是老子。老子思考宇宙起源、总揽万物由来，推断宇宙原本是一个虚无的时空"无"，后来才有事物之质"有"，一切事物源出物质，一切物质源出虚无，提出了卓越的哲学命题"有生于无"。《老子》：

> 天下万物生于有，有生于无。

老子论述，有生于无的奥妙，在于无形时

① 《列子·汤问》："殷汤曰：'然则上下八方有极尽乎？'革曰：'不知也。'汤固问。革曰：'无则无极，有则有（无）尽，朕何以知之？然无极之外复无无极，无尽之中复无无尽。无极复无无极，无尽复无无尽。朕以是知其无极无尽也，而不知其有极有尽也。'"

空蕴藏一种寂寞独立、周行不殆的混成之物"道"。混成之物，是一种看不见、听不见、摸不着的混合之物。《老子》：

> 有物混成，先天地生。寂兮寥兮，独立而不改，周行而不殆，可为天下母。吾不知其名，字之曰道。
>
> 视之不见，名曰夷。听之不闻，名曰希。抟之不得，名曰微。此三者，不可致诘，故混而为一。

老子说明，混成之"道"是一种客观存在的、永恒不息的、自然而然的、无为无不为的变化运动规律。《老子》：

> 道乃久。
>
> 道法自然。
>
> 道常无为而无不为。

老子判定，"道"是无中生有的终极渊源，并由此创作了宇宙发生、万物起源的著名公式：

> 道生一，一生二，二生三，三生万物。

遗憾，老子没有具体指明"一"、"二"、"三"。公式的含义大抵是，世界原本虚无，运动变化（道）生出"一"，第一种基本物质；基本物质运动变化，一分为二，生出"二"，两种不同元素；两种元素运动变化，交感派生"三"，新的元素；新的元素运动变化，形成"万物"，千差万别的各种事物①。

承接老子的"道生一"，庄子出"太初"说。《庄子·天地》：

---

① 有人指老子的"道"是"绝对精神"，这并不妥当。"绝对精神"是主观意识。老子的"道"是自然本性，即客观世界内在的、固有的，先于物质、脱离物质的运动变化的本性，与"绝对精神"并不是一回事。老子的过人智慧在于看破宇宙万物的派生依赖运动变化，"一生二，二生三，三生万物"。老子的谬误在于他未能认识运动变化的本性就是物质本性，未能认识客观世界原本就是一个物质的世界，试图找出又无法找出基本物质"一"的来由，把物质运动变化的本性与物质相分离，把"一"含"道"，说成"道生一"。这一谬误与牛顿第一推动力来自上帝的谬误异曲同工，均是天才的谬误，美妙的谬误。因为直到今天，我们仍然不能明了物质宇宙或者说宇宙中第一粒物质的起源。

太初有无，无有无名。一之所起，有一而未形。

《庄子·知北游》：

外不观乎宇宙，内不知乎太初。

太初，本原之义，指宇宙无形的本原阶段。《天地》说太初之时，是只有"无形"、没有"有形"的虚无之境，也是"一之所起，有一而未形"的虚无之境。"一"，唐人成玄英[①]《南华真经疏》"一应道也"，恐怕不对。道是道，一是一。《庄子·知北游》：

道不可闻，闻而非也；道不可见，见而非也；道不可言，言而非也。知形形之不形乎，道不当名。

道属于无，一属于有，道不是一，一不是道。"一"究竟是何物？老子不说，庄子也不说。把老子的"一"说成元气的，是略早于庄子的战国道家人物列子。

列子发挥老子的"有生于无"创宇宙元气论。《列子·天瑞》[②]：

夫有形者生于无形，则天地安从生？故曰：有太易，有太初，有太始，有太素。太易者，未见气也；太初者，气之始也；太始者，形之始也；太素者，质之始也。气形质具而未相离，故曰浑沦。浑沦者，言万物相浑沦而未相离也。视之不见，听之不闻，循之不得，故曰易也。易无形埒（liè），易变而为一，一变而为七，七变而为九。九变者，穷也，乃

① 成玄英（608-?），字子实。唐初道士，陕州（今河南陕县）人。贞观五年（公元631年），唐太宗召至京师，加号"西华法师"。唐高宗永徽四年（公元653年），流放郁州（今江苏连云港市云台山）。一生精研《老子》、《庄子》，著有《老子道德经开题序诀义疏》和《南华真经疏》。

② 《汉书·艺文志》录"《列子》八篇，名圄寇。先庄子，庄子称之。"今本《列子》是东晋张湛辑录增补。张湛增补，夹杂汉晋观念。或指此书为伪书，一笔勾销，似乎不妥。

> 复变而为一。一者，形变之始也。清
> 轻者上为天，浊重者下为地，冲和气
> 者为人；故天地含精，万物化生。

这里，宇宙初始被解构为四个时段：太易，太
初，太始，太素；老子的"一"转化为一种最
原始最基本的物质——气。太易时，气无痕；
太初时，始有气，庄子所谓"一之所起，一之
未形"；太始时，气孕形；太素时，气孕质。
这时，气虽有形质却未曾分离，混淆而浑沌。
浑沌之气，视之不见，无象；听之不闻，无
声；循之不得，无感；潜移默化，已在其中，
称为"易"。易①，即无形的变化之道。变化之
道，虽无形状，却是无中生有的开始，开始了
一个简单到复杂的周而复始的过程，所谓"易
变而为一，一变而为七，七变而为九"②、"复
变而为一"。"一"，元气。元气变来变去，
变为三种，清气、浊气与冲和气。清气上升化
为天，浊气下沉化为地，冲和之气化为人，天
地蕴含的元气之精化生天下万物。

　　列子的宇宙元气论饱含玄想，富有逻辑。
屈原"遂古之初，孰传道之"，首先指向的大
约就是列子一类战国元气论者。屈原似乎在
问：你这一套宇宙从无到有的元气发生说有何
根据？

　　上下未形，何由考之？
　　上下，天地。秦汉以前习用之。《墨
子·辞过》：

> 圣人有传，天地也，则曰上下。

传，传授。圣人传授，天地称上下。《尚
书·尧典》：

① 易，变化。《列子·汤
问》："寒暑易节。"或
云易，日月相逐，亦是变
更、更替。

② 七，《说文》："阳之
正也。"九，阳之极。
《易·文言》："乾元用
九，乃见天则。"

> 光被四表，格于上下。

被，复盖。格，达到。尧的光芒普照四方，辉映天地。睡虎地秦墓竹简①《建除》：

> 达日，利以行师，出正见
> 人，以祭上下，皆吉。

祭上下，即祭天地。

"上下未形"，天地未成形状。诸子如老子的"无"、庄子的"太初"、列子的"有形生于无形"均在支持和宣讲遂古之初无天无地。《淮南子·俶真训》②：

> 天地未剖，阴阳未判，四时
> 未分，万物未生，汪然平静，寂
> 然清澄，莫见其形。

宇宙初始，天地未分，昼夜未分，四时未分，万物未生，是一个寂寂寞寞、冷冷清清、无影无踪、绝对安静的世界。

"何由考之"，考，考察、考证。屈原请问，诸位依据什么考察出遂古之初的无天无地？要求说者提供证明。

冥昭瞢暗，谁能极之？

旧注多以冥昭指昼夜，瞢（méng）暗指昏暗。朱熹《楚辞集注》：

> 冥，幽也。昭，明也。谓昼
> 夜也。瞢暗，言昼夜未分也。

明人林云铭③《楚辞灯》：

> 瞢昭，昏明相杂。

① 1975年12月在湖北省云梦县睡虎地秦墓中出土了大量竹简，共1155枚，残片80枚，称睡虎地秦墓竹简，又称睡虎地秦简、云梦秦简，内容主要是秦代的法律书籍、行政文书、医书、占书，有如《语书》、《效律》、《封诊式》、《日书》等。"建除"，古人占测人事祸福的一种方法。以天文十二辰象征人事十二种：建、除、满、平、定、执、破、危、成、收、开、闭。《淮南子·天文训》："寅为建，卯为除，辰为满，巳为平，主生；午为定，未为执，主陷；申为破，主衡；酉为危，主杓；戌为成，主少德；亥为收，主大德；子为开，主太岁；丑为闭，主太阴。"清人钱塘《淮南天文训补注》："建除有二法，《越绝书》从岁数，《淮南书》及《汉书》从月数，后人惟用月也。"

②《淮南子》又名《淮南鸿烈》，西汉著作，主要吸收先秦百家学说，反映诸子观念。《汉书·艺文志》列为杂家。编著者是刘安及门客李尚、苏飞、伍被等。刘安（前179—前121），汉高祖刘邦孙子厉王刘长之子，封淮南王。

③ 林云铭(1628—1697)，字西仲，号损斋，闽县林浦人。进士出身，曾官徽州通判。后遇裁撤，隐居建溪。清兵破闽，寓居杭州，卒葬西子湖畔。著有《挹奎楼选稿》、《损斋焚余》、《吴山鷇音》、《楚辞灯》、《韩文起》及《庄子因》、《西仲文集》、《古文析义》等。林氏对《楚辞》研究颇为自负："二千年中，读《骚》者悉因于旧诂迷阵，如长夜坐暗室，茫无所睹。"并说他的《楚辞灯》是《楚辞》之灯，"屈子之文，可以烛照无遗。"

明人汪仲弘：

> 菅暗，言欲明不明。①

昏明相杂、欲明不明是对昼夜未分的形容。这样说，屈子上问天地未分，接问昼夜未分，说也说得通，但未必是屈子的本意。依我斟酌，屈子上问天地未分之事，接问的可能是天地未分之状。冥昭菅暗，就是这一状态的色相。

冥，幽黑，深黑。晋人傅咸《鹦鹉赋》：

> 言无往而不复，似探幽而测冥。

② 《楚辞章句》："《大招》屈原之所作也。或曰景差，疑不能明也。"洪兴祖《楚辞补注》："屈原赋二十五篇，《渔父》以上是也。《大招》恐非屈原作。"所说"《渔父》以上"，指《章句》目录：屈原《离骚》、《九歌》、《天问》、《九章》、《远游》、《卜居》、《渔父》，宋玉《九辩》、《招魂》，屈原或景差《大招》，贾谊《惜誓》，淮南小山《招隐士》，东方朔《七谏》，严忌《哀时命》，王褒《九怀》，刘向《九叹》，王逸《九思》。谨按，《章句》指屈原作《渔父》、《卜居》、《远游》，其实是他人作品。《章句》指宋玉作《招魂》，其实是屈原作品。屈原赋应为二十三篇，《离骚》、《九歌》（十一篇）、《九章》（九篇）、《天问》、《招魂》。

③ 《九辩》，楚人宋玉作品。

昭，明亮。《楚辞·大招》②：

> 青春受谢，白日昭只。

菅，不明，迷糊，朦胧。扬雄《太玄经》：

> 物失明贞，莫不菅菅。

暗，昏暗。《楚辞·九辩》③：

> 卒壅蔽浮云兮，下暗漠而无光。

冥昭菅暗，四字联用，是以幽黑、明亮、朦胧、昏暗的重叠交错，形容浑沌时空；四字中有三字偏暗，暗是浑沌的主色调。《淮南子·精神训》：

> 古未有天地之时，唯象无形，窈窈冥冥，芒芠（wén）漠闵，澒（hòng）濛鸿洞，莫知其门。

窈窈冥冥，深远幽黑；芒芠漠闵，朦朦胧胧；澒濛鸿洞，渺渺茫茫；是一个绝对偏暗的浑沌世界。

"谁能极之"，极，穷究，极本探源，

穷其究竟。屈原请问，诸位如何穷究宇宙的浑沌？如何分清浑沌中的幽黑、明亮、朦胧、昏暗？也是要求说者提供证明。

冯翼惟象，何以识之？

《诗·大雅·卷阿》：

> 有冯有翼，有孝有德。

冯（píng），气盛，意气风发。翼，昂扬，精神抖擞。《天问》"冯翼"连用，状摹宇宙元气的蓬勃鼓动。清人徐焕龙[1]《屈辞洗髓》：

> 冯翼，氤氲浮动之气。

氤氲，弥漫。气，元气。冯翼是弥漫浮动的元气，或者说，冯翼是元气的弥漫浮动。元气是"元气论"者主张的宇宙间最原始最基本的物质，看不见，摸不着；元气的冯翼，也看不见，摸不着。南宋洪兴祖[2]《楚辞补注》：

> 冯翼，无形之貌。

"无形"与"浮动"并不冲突。浮动是元气潜在的特质，无形是元气外在的形式。宇宙初始，一切均无，唯有元气生生不息。《淮南子·天文训》：

> 天地未形，冯冯翼翼，洞洞灟灟[3]（zhǔzhǔ）。

天造地设之前，宇宙，元气充盈，飞动飘浮，空洞空虚。它的唯一形象，就是"冯翼惟象"，就是元气弥漫、元气浮动、似有实无、似无实有的无形形象。

"何以识之"，识，认知。屈原请问，诸

[1] 徐焕龙，字友龙，江苏宜兴人。清康熙时举人，屡试不第，五十后闭门著书。

[2] 洪兴祖（1070–1135），字庆善，镇江丹阳人。南宋初曾官秘书省正字，后又任太常博士。出典州郡，政绩斐然。秦桧当国，洪兴祖因文字得罪贬官昭州卒。著有《老庄本旨》、《周易通义》、《系辞要旨》、《古文孝经序》、《离骚赞》、《楚辞考异》等。

[3] 高诱注："冯、翼、洞、灟，无形之貌。"过于笼统。冯冯翼翼，飞动飘浮。洞洞灟灟，空洞空虚。高诱东汉涿（zhuo）郡（今河北涿县）人。建安十年（公元205年）任司空掾，旋任东郡濮阳（今属河北）令，后迁监河东。著有《孟子章句》（今佚）、《孝经注》（今佚）、《战国策注》（今残）及《淮南子注》、《吕氏春秋注》等。

位如何认知邃古之初唯有元气的无形之象？还是要求说者提供证明。

明明暗暗，惟时何为？

南宋杨万里①《天问天对解》：

> 人物之明明，鬼神之暗暗。

是信口开河。清人王夫之②《楚辞通释》：

> 明明，当明而明，昼也。暗暗，当暗而暗，夜也。

以"明暗"为昼夜，不合浑沌无昼无夜之境。王逸《天问章句》：

> 言纯阴纯阳，一晦一明。

以"明暗"为阴阳，黑者纯阴气，明者纯阳气，意指宇宙元气一阴一阳，一明一暗，阴阳混合，明暗混合，在混沌之时如何作为？比较接近屈原所问。按《天问》起首十二句，每两句问一事。"遂古之初"问宇宙之始；"上下未形"问天地未分；"冥昭瞢暗"问浑沌色相；"冯翼惟象"问无形元气；下一句"阴阳三合"问阴阳交合；"明明暗暗"，这一句是问明暗消长。明人黄文焕③《楚辞听直》说的准确：

> 明明暗暗者，明而愈明，暗而愈暗。

"明明"，前一明字使动，使宇宙中的光明越来越明，越来越广延。"暗暗"，前一暗字使动，使宇宙中的黑暗越来越暗，越来越退缩。这一说法也切合宇宙变化过程，宇宙原本黑暗，后来始有光明。且在一定时段，越来越光明。

"惟时何为"，惟时，遂古浑沌之时；

---

① 杨万里（1127-1206），字廷秀，号诚斋，江西吉州（今吉水县）人。南宋绍兴进士，官至吏部员外郎。大诗人。

② 王夫之（1619-1692），字而农，号薑斋，又称王船山。明崇祯举人。与顾炎武、黄宗羲并称明末清初三大思想家。著作丰盛，影响深广。

③ 黄文焕（1598-1667），字维章，号坤五。明天启进士，官翰林院编修。

何为，为何发生。屈原请问，当其时也，宇宙的光明为何上扬？黑暗为何下挫？或许王逸的"纯阴纯阳，一晦一明"正是战国秦汉的流行说教，阳气上扬，光明上扬；阴气下挫，黑暗下挫。屈原也许就是针对这种"阴阳明暗"论，探讨明暗消长的本因。今日已知，太阳系的光明源于燃烧的太阳，宇宙的光明源于燃烧的星体。燃烧的星体有时而尽，"明明暗暗"，只是宇宙演化的局部，到一定时候，宇宙或许又回到它的起始，再现黑暗的本色，尔后，再度开始光明与黑暗的变化。

阴阳三合，何本何化？

阴、阳两字，本义是暗与明①。东汉许慎《说文》：

> 阴，暗也。
> 阳，高明也。

春秋时，阴阳成为哲学范畴。

阴阳是事物内部的两个相互对立、相互依存、相互交感、相互转化的内在属性。《老子》：

> 万物负阴而抱阳，冲气以为和。

"负阴抱阳"，万事万物抱持阴阳两质；"冲气为和"，阴与阳的对冲、对融构成物质内部的和谐统一。《黄帝内经·灵枢》：

> 阴阳者，有名无形。

阴阳是事物基本属性的名称，不是可以感知的具体的事物。但阴阳可以象征一切相对的事物。以天地论，阴为地，阳为天；以昼夜论，

① 陰、陽，从阜从侌，从阜从昜。阜是山。侌，云雾盘旋，汉人写作霠，山上有雨有云，暗。昜有日月，山上有日有月，明。

阴为夜，阳为昼；以颜色论，阴为黑，阳为白；以高下论，阴为下，阳为上；以刚柔论，阴为柔，阳为刚；以动静论，阴主静，阳主动；以强弱论，阴主弱，阳主强。

阴阳也是天道的两个支柱。《易·系辞》[①]：

> 一阴一阳之谓道。

《易·说卦》：

> 立天之道，曰阴与阳。

阴阳天道就是自然、社会、人事的对立统一规律。

阴阳，又是最基本的物质元气的两种。元气，一分为二，是阴气和阳气；合二为一，浑成元气；阴气和阳气的交感，派生宇宙万物。《庄子·则阳》：

> 阴阳，气之大者也。

大，浩大。一切事物根源于阴阳之气的变化，阴阳之气是包罗万象的浩大之气。《天问》"阴阳三合"的阴阳，说的就是"气之大者"，阴气和阳气。

"三合"是什么？王逸说"三"是天、地、人。《天问章句》：

> 谓天地人三合成德。

一说，"三"是阴、阳、天。《春秋谷梁传·庄公三年》[②]：

> 独阴不生，独阳不生，独天不生，三合而后生。

① 《易系辞》是《易传》的一篇。《易传》是战国人论说《易经》的论文，共七篇，《彖（tuan）传》上下篇、《象传》上下篇、《文言传》、《系辞传》上下篇、《说卦传》、《序卦传》和《杂卦传》，若计上下之数，共十篇，汉代称"十翼"。

② 《春秋谷梁传》为儒家经典之一，与《春秋左氏传》、《春秋公羊传》合称"《春秋》三传"。其中，《谷梁传》与《公羊传》属于汉代今文经学（汉代，隶书写定的儒家经典称今文经，由此形成的学派称今文经学。），《左传》属于汉代古文经学（汉代，先秦古文字写定的儒家经典称古文经，由此形成的学派称古文经学。）。《谷梁传》的作者相传是子夏弟子，战国时鲁人谷梁赤（赤或作喜、嘉、俶、寘）。起初口头传授，至西汉成书。《公羊传》的作者相传为子夏弟子，战国时齐人公羊高。起初也是口头传授，西汉景帝时，公羊高的玄孙公羊寿，与胡母生将《春秋公羊传》撰写成书。

但屈原在问遂古之初，遂古之初"上下未形"，无天无地，哪里有《谷梁》所谓"天"？哪里有《章句》所谓"天地人"？三，是个表示多的数字；合，化合。"三合"，阴气和阳气的多次化合。义同《列子·天瑞》易之变"一变而为七，七变而为九"。

"何本何化"，本，根本；化，变化。阴、阳化合以何为本？以阴为本还是以阳为本？阴阳之间为何变化？又是如何变化？这是个超级难题。睿智如《易·系辞》的作者不懂，只能称为神机："阴阳不测之谓神。"屈原也不懂，《九歌·大司命》"一阴兮一阳，众莫知兮余所为"，借大司命之口感叹阴阳之道众生莫测。

这些问题，谁能解说宇宙起始？如何考证天地未形？谁能探知混沌色相？如何识别元气形象？谁能观察明暗消长？如何洞悉阴阳变化？集中质疑先秦宇宙观和宇宙发生学的基本理论：宇宙起始，天地未生、浑沌无形，元气浮动，明暗消长，阴阳交感，尔后，有天地，有万物。质疑的逻辑是，既无经验，谁能证明？既无证据，如何证明？

以相对真理看，诸子宇宙观不给上帝神灵一丝空间，主张宇宙万物经历了从无到有、无中生有的发生过程，并以元气的变化，一种最基本最原始的物质变化，描绘原始宇宙的浑沌景象，解释天地万物的起源，展示了异常高超的理性思辨和极富特色的东方智慧，为公元前五世纪前后人类认识世界创造了一个广博精深的宇宙模式。

在西方，古希腊的泰利斯、阿拉克西曼

①泰利斯（约前624-前547）提出宇宙万物的基质是水。阿拉克西曼德（前611-前547）提出宇宙万物的基质是一种没有确切规定性的永恒运动的"无限"始质。阿拉克西米尼（前585-前525）提出气息和空气包围世界。

②十七世纪，西方关于宇宙起源的科学思想大步跨跃。先是法国哲学家、物理学家、数学家笛卡尔（Rene Descartes 1596-1650）提出，一切世界都是物质的世界。最初一片浑沌，按力学规律作旋涡式运动，分化出土、水、火，然后由土而行星，由火而太阳，行星的运动又引起新的旋风，生出其他星系。笛卡尔的名言是"给我物质与运动，我将为你们构造世界"。继而，德国哲学家、天文学家康德（Immanuel Kant 1724-1804），于1755年，发表《自然通史与天体理论》，提出太阳系星云假说，主张物质的宇宙是无限的，有一个从混沌状态到有组织状态的演化过程，这过程，是宇宙体系永恒的自然的产生和灭亡的过程。原始的宇宙物质是稀薄的星云，因引力和斥力的相互作用，产生漩涡运动，形成旋转的球形物质凝结物即天体。康德的名言是"给我物质，我就能展示世界的发生"。接着，法国数学家、天文学家皮埃尔·西蒙·拉普拉斯（Pierre-Simon Laplace 1749-1827），于1796年出版《宇宙体系论》，提法与康德类似，太阳系原始状态不过是一团散漫的星云，星云逐渐收缩，转速逐渐加快，离心力甩出物质团块，是为行星。拿破仑问他为何不提上帝，他回答"陛下，我不需要"。

③1932年，比利时天文学家勒梅特（Lemaitre. Georges 1894-1966）提出宇宙大爆炸理论，认为整个宇宙最初聚集在一个"原始原子"中，后来发生了大爆炸，碎片散开形成宇宙。1940年，美籍俄国物理学家伽莫夫（Gamow George 1904-1968）将广义相对论融入宇宙理论，提出热大爆炸宇宙学模型，认为宇宙始于高温、高密度的原始物质，最初的温度超过几十亿度，随着温度的持续下降，宇宙开始膨胀。1988年，英国物理学家霍金（Stephen William Hawking 1942-）的《时间简史——从大爆炸到黑洞》为宇宙演化描绘了清晰的图景。最初是比原子还要小的奇点，然后是大爆炸，通过大爆炸的能量形成一些基本粒子，这些粒子在能量的作用下，逐渐形成了宇宙中的各种物质。至此，大爆炸宇宙模型成为最有说服力的宇宙发生理论。

德、阿拉克西米尼，出色地将宇宙发生学从万物创自宙斯的神学摆渡到物质世界，提出宇宙本有原始基质，或者是水，或者是"无限始质"，或者是空气，原始基质的变化，导致宇宙的演化①。十七、十八世纪，法国笛卡尔、德国康德、法国拉普拉斯，引导宇宙发生学走上"物质与运动"的轨道，提出原始宇宙是物质与运动的宇宙，最初混沌，是稀薄或散漫的星云，依靠旋转形成天体②。二十、二十一世纪，比利时勒梅特、俄国伽莫夫、英国霍金，把原始宇宙的"物质与运动"归结为"基点"与"爆炸"，提出宇宙最初是一个原始原子，或者是一种高温、高密度的物质，或者是一个比原子还要小的"奇点"，通过大爆炸，产生宇宙万物③。

相互参照，西方泰利斯的宇宙基质、阿拉克西曼德的宇宙"无限始质"、阿拉克西米尼的宇宙空气，认可原始宇宙存在一种最基本的物质，这与东方诸子的"无中有一"、"一"是元气的宇宙元气论，异曲同工。笛卡尔的"一片浑沌"、康德的"稀薄星云"、拉普拉斯的"漫散星云"，与诸子"冥昭瞢暗"、"冯翼惟象"的浑沌，相似乃尔。勒梅特的"原始原子"，伽莫夫的"原始物质"，霍金的原始"奇点"，与诸子"一"的观念，也有哲理上的相通之处。即便是笛卡尔以来，宇宙源于物质与运动的科学论断，也跳不出老子"道"与"一"的抽象。在老子处，"道"是先于物质存在的一种自然的变动变化的力量；"一"是变化变动的力量派生的宇宙最初物质；两者关系是"道生一"；最初物质"一"的变化发展是"一生二，二生三，三生万物"。在笛卡尔处，宇宙的最初物质是宇宙与生俱来的客观存在；物质的运动则是物质宇宙与生俱来的自然属性；运动与物质的关系，如影随形，不可分离，借用老子术语，是"道合一"；最初物质的运动变化，从低级到高级，从简单到复杂，仍可归纳为老子的"一生二，二生三，三生万物"。足见诸子玄想的高屋建瓴，美国物理学家F·卡普拉称之为东方神秘主义，专门撰写了一本《物理学之道》，极为欣赏地推介现代物理学与东方神秘主义的类同探索①。

　　屈原不是哲学大家，他未能深刻领悟诸子宇宙观是超越经验、超越形式的形而上学，是探索世界本源、本质、统一性的理性升华，是先秦卓越的认识论与本体论。屈原的慎思审问，是一种又信又疑、将信将疑的慎思审问。就宇宙起源，屈原只问诸子理论，不问上帝造物，足见他对诸子宇宙发生学的浓厚兴趣和理性倾向，但他务求甚解，坚持用格物致知的常识，要求诸子为形而上学提供经验证明和形式证据，是一种基于感性、类乎实证的批判，或者说，是以平常的思维问难超常的思维。

---

① 可参看《现代物理学与东方神秘主义》，灌耕根据F·卡普拉《物理学之道》编译。

　　虽然如此，屈原之问，仍有意义。如何证明宇宙发生的诉求不仅使先秦诸子备受困窘，也使现代科学备受困窘。就算宇宙大爆炸是目前最具说服力的宇宙发生说，也只是一种理论的假设，不是实证的结果；何况宇宙"奇点"和宇宙大爆炸并不是宇宙的开端，而是宇宙永恒运动的一个关节，"奇点"之前的宇宙状态又是什么？因此，对于人类，屈原"邃古之初，谁传道之"的话题，将是永恒的话题，"上下未形，何由考之"的拷问将是永恒的拷问。

第八讲

天体日月

圜则九重，孰营度之？
惟兹何功？孰初作之？
斡维焉系？天极焉加？
八柱何当？东南何亏？
九天之际，安放安属？
隈隈多有，谁知其数？
天何所沓？十二焉分？
日月安属？列星安陈？
出自汤谷，次于蒙汜，
自明及晦，所行几里？
夜光何德，死则又育？
厥利维何，(而)顾菟在腹？[1]
女岐无合，(夫)焉取九子？
伯强何处？惠气安在？
何阖而晦？何开而明？
角宿未旦，曜灵安藏？

① 括号字疑为衍字。下同。

崇高的九层天穹，是谁测算？
浩大的九天工程，是谁开创？
旋转的天维，如何悬挂？
至高的天极，如何加装？
八柱顶天，立在哪里？
大地东南，何曾塌方？
天分九块，如何平铺？
天地角落，谁知数目？
天边是否脚踏实地？
周天为何十二等分？
经天的日月，怎样依托？
满天的星斗，怎样分布？
太阳朝起汤谷，夜入蒙汜，
昼夜赶路，多长旅途？
月亮何品何德，死而复苏？
何利何惠，腹中养兔？
女岐未曾有丈夫，哪来天上九儿女？
戾风何方来？和风何方出？
哪里的天门关，天就黑暗？
哪里的天门开，天就明亮？
东方的星星在闪烁，夜间的太阳何处躲？

这一节，混沌已开，天地已成，日月已行。屈原以三十二句二十二问，主问天体、天文。

圜则九重，孰营度之？

这是问天的纵向构造。

九重，九重天，九层天。原始神话，天如宫阙，九层叠加，一层一道门，九层九道门。《招魂》："虎豹九关。"王逸《招魂章句》："言天门凡有九重，使神虎豹执其关闭。"《汉书·礼乐志》："九重开，灵之游。"天门九重，姿态高峻；天阙九重，气象巍峨。这一设计反映了先秦宫室的建筑理念，高大、重叠、庄重、威严。

诸子也说"九重"。

《淮南子·天文训》："天有九重。"天高用"九"有数理的讲究。《易·系辞》"天地数"：

> 天一、地二，天三、地四，天五、地六，天七、地八，天九，地十。天数五，地数五，五位相得而各有合。天数二十有五，地数三十。凡天地之数五十有五，此所以成变化而行鬼神也。

地数五个，"十"是地数的最大个数；天数五个，"九"是天数的最大个数。天数就是阳数，"九"是天数之极，也是阳数之极，以"九"表示天之极高极远是聪慧的数理选择；以"九"表示阳数最大最多的变化，《易·文言》所谓"乾元用九，乃现天则"，也是聪慧的数理选择。

屈原不信："圜则九重，孰营度之？"

圜，圆，天体。观物取象，日月从东边升起，从西边落下，仿佛在天上画了一道大大的弧形，天应该是个圆的。《易·说卦》："乾为天，为圜。"《说文》："圜，天体也。"有说圜，垣，城墙。闻一多《天问疏证》："案圜之为言垣也。""谓九重之垣更相环绕。"牵强。则，有说是法则。朱熹《楚辞集注》："则，法也。"游国恩《天问纂义》："圜则者，犹言天道也。"若是，说不通"孰营度之"。营度，设计尺度。《诗·大雅·灵台》"经之营之，不日成之"，经营的对象是建筑工程。《诗·大雅·公刘》"度其隰原，彻田为粮。度其夕阳，豳居允荒"，测量的对象是土地日影。天法天道不是工程，营度一词，指天法天道，不当，指天的构造，妥帖。刘梦鹏《屈子章句》："则，语词。"确然。"圜则九重，孰营度之"是问天有九层，谁能预算测算？屈原的答案显然是无法测算，既然无法测算，如何判定九重？

虽然，"天有九重"，也有积极的意义，反映了古人解剖天体的意图。今天的科学也把地球天空分为不同的面层，对流层、平流层、中间层、电离层、外大气层。

惟兹何功？孰初作之？

续问天的构造。

功，事功。何，感叹词。初作，起头建造。假如天圜果真是九层叠加，这样的工程何其浩大？这样浩大的工程由谁兴建？谁，指人不指神。凡《天问》问"谁"问"孰"，皆指人而问。凡问鬼问神，概不用"谁"用"孰"。屈原"孰作"之问，意在天有九重，无人可造，是莫须有。

斡维焉系？天极焉加？

这是问天的悬挂与运转。

天悬而不坠，运动不止，天动地不动，是春秋到战国前期的诸子共识。《庄子·天道》："其动也天，其静也地。"《礼记·乐记》："著不息者天也，著不动者地也。"著，明显。明显运动的是天，明显不动的是地。是为天动地静的"天行说"①。

诸子想象，天悬而不坠，是因天有天维。维，字义是绳纲。天维，即天索，天纲。《管

① 战国后期至秦汉，一般主张天动地也动。《尸子》："天左舒而起牵牛，地右辟而起毕、昴。"《河图括地象》："天左动起于牵牛，地右动起于毕。"（南宋王应麟《困学纪闻·天道》引）牵牛星、毕星、昴星，属于二十八宿，牵牛星在东，毕星、昴星在西，动起牵牛，即动之于东，天自东向西左旋转；动起于毕、昴，即动之于西，地自西向东右旋转。《史记·封禅书》："地右转，无阴不生，在泽所孕；天左旋，无阳不长，在山所生。"《白虎通》："天道所以左旋，地道所以右周者何？以为天地动而不别，行而不离。"（《艺文类聚》引）以为天地联动，地随天动。这天左旋、地右周的观念与地球自转的真相已近在咫尺。

子·白心》：

> 天或维之，地或载之；天莫之
> 维，则天以坠矣；地莫之载，则地以
> 沉矣。夫天不坠，地不沉，夫或维而
> 载之也夫。

天维或有四根，宋人吴淑《事类赋》引《河图
括地象》①："天有四维。"四维各在一方。
《淮南子·天文训》：

> 东北报德之维，西南为背阳
> 之维，东南为常羊之维，西北为蹄
> （tí）通之维。

也有说天维八根的。《淮南子·地形训》：
"八纮九野。"高诱注："八纮，天之八维
也。"西汉东方朔《七谏》："引八维以自
导。"王逸《七谏章句》："天有八维，以为
纲纪。" 天，依靠这八根或四根天维的悬吊，
高高在上。

并且，在诸子书中，天维既是天悬而不
坠的保险索，也是天行而不止的牵引索。《庄
子·天运》：

> 天其运乎？地其处乎？日月其争
> 于所乎？孰主张是？孰维纲是？孰居
> 无事，推而行是？意者其有机缄而不
> 得已耶？意者其运转而不能自止耶？

天在运动吗？地在静止吗？日月在竞争场所
吗？是谁主张这样？是谁维系这样？是谁无所
事事，推行这样？或因它们自身的机械不得不
转？或因它们自身的运转不能停顿？庄子所问
天运之因，其一就是"维纲"。维纲，天维、

① 《河图》最早见于《尚
书·顾命》："大玉，夷
玉，天球，河图在东序。"
《管子·小臣》："昔人
之受命者，龙龟假，河出
图，洛出书，地出乘黄，今
三祥未见有者。"视《河
图》、《洛书》、乘黄为祥
瑞三宝。《山海经·海外
西经》："有乘黄，其状
如狐，其背上有角，乘之
寿二千岁。"《汉书·礼乐
志》颜师古注："应劭曰：
'訾黄一名乘黄，龙翼而马
身，黄帝乘之而仙。'"《河
图》、《洛书》是图画式图
书。河，黄河。洛，洛水。
《易·系辞》："河出图，
洛出书，圣人则之。"两汉
"河图洛书"的谶纬文献，
计有48种。《河图括地象》
是其中一本。其后河洛图式
失传。至宋初，陈抟以《河
图》、《洛书》及先天图、
太极图传世，引起"图书
派"与疑古派的激烈论争，
称"河洛之争"。疑古派视
河、洛为怪妄，先锋是欧阳
修。"图书派"则极力崇尚
河洛，清代李光地《周易折
中》、胡煦《周易函书》、
江永《河洛精蕴》均为解析
河洛的上乘。1977年，安徽
阜阳双古堆发掘西汉汝阴侯
墓文物，发现"太乙九宫
占盘"，所画图式与《洛
书》完全相符，说明宋人图
书，绝非臆造。又，吴淑，
（947-1002）字正仪，润州
丹阳（今属江苏）人。仕南
唐，以校书郎直内史。入
宋，历官太府寺丞、著作佐
郎、秘阁校理。预修《太平
御览》、《太平广记》、
《文苑英华》《太宗实录》
等，个人著作丰富，且擅长
水墨，精研书法，热心考
古。

天纲。用作动词，是维系。"孰维纲是"，谁用维纲维系天的运转？含义是天维旋转天旋转。屈原称作"斡维"，即旋转的天维。

斡（guǎn）①，一本作莞，莞、斡音义相通，本义是旋转。《说文》："斡，蠡柄也。""瓢，蠡也。"《太平御览》引《通俗文》："木瓢为斗。"则斡是蠡柄、瓢柄、木斗柄。诸柄称斡，取义旋转。唐人颜师古《匡谬正俗》："斡，蠡柄也，义亦训转。"清人段玉裁《说文解字注》："瓢以为勺，必执其柄而后可以挹物。执其柄则运旋在我，故谓之斡。"《说文》于"斡，蠡柄"条下，又引"扬雄、杜林说皆以为辁车轮，斡"。段玉裁注："辁车者，小车也。小车之轮曰斡，亦取善转运之意。"所以，《天问章句》直接说："斡，转也。"《广雅·释诂》②也直接说："斡，转也。"

屈原"斡维焉系"是问旋转的天纲，系在何处？

有人以为"斡维"是两物，斡是旋转的柄，维是柄上的索。清人林云铭《楚辞灯》："斡所以旋，维所以缚。"闻一多《天问疏证》更指"斡维"是两组星。

《天问疏证》说斡维之斡是北斗之柄，斡维之维是斗柄之后的三颗维星，斡维是旋转的北斗斗柄之维。天上的北斗由七星组成③，四星如口，称斗魁；三星如柄，称斗杓，或斗柄。《说文》："（北）斗象形有柄。"斗柄随斗旋转。闻一多说，斡既然可以指蠡柄、木斗柄，也可以指北斗柄。并说：

> 维者，《汉书·天文志》："斗

① 斡，一说是车轮之轴承，承受车轴的器件。洪兴祖《楚辞补注》："《说文》云，斡，毂端沓也。"朱熹《楚辞集注》："斡，《说文》曰毂端沓也。则是车毂之内，以金为莞，而受轴者也。"闻一多《天问疏证》："今本《说文》斡下无此训，惟輨下曰毂端沓也。"洪兴祖和朱熹是误輨为斡了，于字落空；且斡为承轴之件，于义也阻滞。

② 《广雅》，三国曹魏时张揖撰。张揖字稚让，魏明帝太和中博士。《广雅》增广《尔雅》，搜集极广，揽括汉代以前的经传训诂、辞赋注释、字书解析，是研究训诂的重要著作。

③ 纬书《春秋运斗枢》说北斗七星："第一天枢，第二旋，第三玑，第四权，第五衡，第六开阳，第七摇光。第一至第四为魁，第五至第七为杓，合而为斗。"《洛书》说北斗七星还有一组名称："第一曰破军，第二曰武曲，第三曰廉贞，第四曰文曲，第五曰禄存，第六曰巨门，第七曰贪狼。"道教奉北斗为北斗星君，并说北斗七星君其实是九星君。道书《云笈七签》："北斗九星，七见（现）二隐。""第一星名曰天枢；第二星名曰天璇，第三星名曰天机，第四星名曰天权，第五星名曰玉衡，第六星名曰闿阳，第七星名曰摇光。"

杓后有三星，名曰维星。"斡维者，犹言斗柄之维。

闻一多又说车轮称斡，起因仍在北斗：

> 北斗之状又与古车之形相似，斗魁似舆，斗杓似辕，故一说又以北斗为车。《史记·天官书》"斗为帝车，运于中央，临制四乡。"《北堂书抄》一五〇引《天官星占》"北斗为帝车"是也。然而斗之转以柄，车之转以轮，拟斗于车，则斗柄当于车轮。此斡本训斗柄，而扬雄、杜林之所以又以为辂车轮斡也。

北斗似车，北斗之柄旋转，犹如车轮旋转，前者称斡，后者也借以称之，则车轮之斡源于北斗之柄，屈原的斡维也源于北斗的斗柄之维。但闻一多固然考证绵密，却百密一疏，设使斡维是北斗的斗柄之维，却只得一根，比"天有四维"缺了三根。

其实，"斡维"不是二物是一物，斡是天维的特征，即旋转是天维的特征。

斡维或天维是上古天文学的一个重要设定，与北极、北斗相配合，以解释天体的悬浮与运动。

古代天文布局有三大坐标：北极星、北斗星、二十八宿。

北极星，由太子、帝、庶子、后宫、天枢五星组成，帝星最明亮，北极星亦称帝星，又名北辰。唐人李淳风[1]《观象玩占》：

> 北极星在紫薇宫中，一曰北辰，是天之最尊星。其纽星天之枢也。天

[1] 李淳风（602-670），今陕西岐山县人。官太常博士，太史令，秘阁郎中。著名天文学家、数学家、星占学家，风水大师。

① 紫薇宫，即紫薇（微）垣，北极附近天区，显著特点是北极东西由两条星列，左八右七，如两弓相合，环抱成垣。垣，宫墙。墙上星均以官职命名。墙内星以后宫及朝廷机构名之。《尔雅·释天》："北极谓之北辰。"《论语·为政》："为政以德，譬如北辰，居其所，而众星拱之。"

② 古代天体一分为五，称中宫、东宫、西宫、南宫、北宫。中宫指以北极为圆心，南北各36度为直径的圆周区域，包括紫微垣(紫宫)及附近星体。四方之宫，指二十八宿的四方七宿：东青龙、西白虎、南朱雀、北玄武。

运无穷，三光迭耀，而极星不移。故曰"居其所而众星拱之"。①

北极常年不动，几乎正对地轴，是确定方位的持久可靠的星座，也是划分东、南、西、北、中五大天区的中央标志，《史记·天官书》谓之中宫天极星②。

北斗星是指向星，环绕北极，斗转星移，斗柄所指方向，可以判断岁月与时令。《淮南子·天文训》：

（北斗）月徙一辰，复反其所。正月指寅，十二月指丑，一岁而匝，终而复始。

《鹖冠子·环流》：

斗柄东指，天下皆春；斗柄南指，天下皆夏；斗柄西指，天下皆秋；斗柄北指，天下皆冬。

北斗是创制历法的向导。

二十八宿是古代天文的恒星分布系统，把天体可见恒星分成二十八组，称二十八宿，东西南北各有七宿：

东方青龙七宿：角、亢、氐、房、心、尾、箕。

北方玄武七宿：斗、牛、女、虚、危、室、壁。

西方白虎七宿：奎、娄、胃、昴、毕、觜、参。

南方朱雀七宿：井、鬼、柳、星、张、翼、轸。

星的数目，各宿不等。二十八宿是划分五大天区的基础，四方七宿各自代表东南西北区，称东宫、南宫、西宫、北宫，与中宫一起，使浩淼的星空有了明确的分野。二十八宿是恒星和日月运行的驿站，王充《论衡》："二十八宿为日月舍，犹地有邮亭。"是考察日月轨道与恒星轨道的里程碑。二十八宿也可以指示岁月、季节，是观察天象、制定历法的标杆。

古人考察天文，主要依靠北极、北斗、二十八宿。《淮南子·天文训》：

> 帝张四维，运之以斗。

帝，帝星，北极星。斗，北斗星。"四维"，《天文训》所言东南、东北、西南、西北四角之天纲。《淮南子》说"帝张四维，运之以斗"，是说北极星是天的主宰，它张开的四方之纲，铺张天体；它控制的北斗七星，如行走之车，引领天时。这八字箴言是古人解构天文的基本模型。按此模型，斡维，张于帝星，系于北极，帝星即北极，即天极。

以屈原的博学，他当然知道天维系天极的说教，但他仍然发问"斡维焉系"，显然是不赞成天维系天极。

一环紧扣，屈原追问"天极焉加？"

这一问，是一石二鸟，既问天极，又问天维。旋转的天纲系在天极吗？天极又如何固定？就算天极是北极星，北极星又是如何固定不移地安装于天？既然不知天极如何加装固定，安知四维如何依附，如何悬挂？否定"天维说"。

天极，朱熹说是天的南北极。《楚辞集注》：

> 天极，谓南北极，天之枢纽，常

不动处，譬则车之轴也。盖凡物之运
者，其毂必有所系，然后轴有所加。
故问此天之斡维系于何所？而天极之
轴，何所加乎？

朱熹说斡维是贯穿南天极北天极之间的轴承，
说屈原天极之问是问南天极与北天极的轴承有
无支点。朱熹犯糊涂。"天圆地方，极植中
央"，屈原时天极只能有一，不能有二。诧异
的是，朱熹的糊涂，居然有名家附和，如周拱
辰、王夫之、林云铭、夏大霖等，令人费解。

八柱何当？东南何亏？

问天地之间的结构。因诸子的天有斡维，问
及神话的地有天柱，问及事关天柱的地陷东南。

神话时代原始人以强烈的好奇心捉摸世界，
以生活积累的经验幻想世界，试图解释天体为
何从古至今居高不坠，日月星辰为何日复一日
由东到西，江水河水为何无止无尽向东奔流。

原始人算计，屋不塌，地上有柱子撑着；
天不塌，地上也有柱子撑着；那些高耸入云的
山峰，就是顶天立地的柱子。王逸《天问章
句》："天有八山为柱。"原始人算计，屋柱
抽掉一根，房要歪；天柱抽掉一根，天摇地
动，天要歪，地也要歪。天歪了，东高西低，
日月从东滚向西，正如石头从山坡滚向山脚。
地歪了，西高东低，江河从西流向东，正如山
涧从山头流向山谷。原始人又算计，低处蓄
水，地形必凹，水多了，水要漫；东南蓄水，
东南必凹，江河日夜东南流，东南蓄水水不
漫，东南想必是个无底洞。原始人还算计，日
月在动，江河在流，天地已经倾斜，则天柱想
必失衡，谁干的？莫非是发了疯的神？《淮南

子·天文训》：

> 昔者，共工与颛顼争帝，怒而触不周之山，天柱折，地维裂。天倾西北，故日月星辰移焉。地倾东南，故水潦尘埃归焉。

共工与颛顼两位大神打仗，共工一怒之下，撞倒不周山，天柱断了，地纲裂了；天向西北倾斜，日月星辰，滚向西北；地向东南倾斜，江水河水，流向东南。其中，"日月星辰移焉"是客观的观察，"地倾东南"是科学的发现[①]，"共工"、"天柱"云云是虚妄的故事。

屈原不相信神话"八柱"，"八柱何当？东南何亏？"

何当，立在何处。屈原以眼见为实、耳听为虚的态度追问撑天八柱的具体位置。《淮南子·地形训》：

> 八纮之外，乃有八极，自东北曰方土之山，曰苍门；东方曰东极之山，曰开明之门；东南方曰波母之山，曰阳门；南方曰南极之山，曰暑门；西南方曰编驹之山，曰白门；西方曰西极之山，曰阊阖之门；西北方曰不周之山，曰幽都之门；北方曰北极之山，曰寒门。凡八极之云，是雨天下；八门之风，是节寒暑。

极，最高。八极，就是八座最高的山。八极之一的不周山，《天文训》称天柱，则八极也就是八根天柱。八纮，八方遥远之地[②]。八柱在八纮之外，更是远之又远，虚无飘渺。屈原之问，是讥刺荒诞，否认八柱。柳宗元《天对》：

[①] 神话含科学。"地倾东南"表明原始人已经看穿了华夏大陆的一个重要秘密，西高东低，这是中国地理学的第一个重大的科学发现。拙著《中国旅游史》已有议论。云南人民出版社，1992年版。

[②]《淮南子·地形训》："九州之外，乃有八殥，纯方千里。……八殥之外，而有八纮，亦方千里。……八纮之外，乃有八极。"高诱注："殥，犹远也。""纮，维也。维落之地而为之表。"维，天维，即天纲，维系天地不离不塌的纲。表，地标。天纲落地化为地标。

> 皇熙亹亹，胡栋胡宇！宏离不
> 属，焉恃八柱。

皇熙，浩大。亹亹(wěi)，勃动。宏离，恢宏分离。天宇浩广气蓬勃，无柱无梁也无栋。天地宏离不相属，何需依靠八根柱。柳氏的解答，应该贴近屈原的心思。

何亏，东南大地何曾塌陷亏损。这一句是反问，口气是：东南大地天生低洼，哪有原本平坦其后亏损这回事。屈原知道东南是海的深渊，但他既然看破天柱是虚无之物，也就看破了东南深渊与天柱无关，也与共工的神力无关。或许，屈原忖度，东南深渊本来就是一个天造地设的天然深渊，并不是先有天柱的倒掉，后有深渊的形成。

旧说或指，屈原所问"八柱"，不是问撑天的地上八柱，而是问撑地的地下八柱。洪兴祖《楚辞补注》：

> 《河图》言："昆仑者地之中也。地下有八柱，柱广十万里，有三千六百轴，互相牵制。名山大川，孔穴相通。"《淮南》云："天有九部八纪，地有九州八柱。"

因此，屈原所问"何当"，不是问撑天八柱地上的落脚点，而是问撑地八柱的地下落脚点；屈原所问"何亏"，不是问东南大地何曾亏损，而是问东南大地因何亏损。游国恩《天问纂义》：

> 《章句》释八柱为天有八山为柱，殆非也。盖上两句专对天言，此二句则专对地言，当分别观之。

> 八柱何当者，谓大地之下，于何托足
> 也。……东南何亏者，昔人皆言地不
> 满东南，问其何以不满之理耳。

地下八柱是原始人试图解释大地为何不沉的神话，屈原也有问及的可能，但王逸选择天柱，却不选择地柱，自有考量。或许因为地下八柱缺少"天柱折、地维裂、天倾西北、地倾东南"一类神话故事的支持，不如地上八柱味道古朴，叙说具体。且地下八柱的说法也不如地上八柱的说法圆通。地上八柱立于地，顶于天，站得住；地下八柱顶于地，立于空，站不住。

九天之际，安放安属？

问天体的平面构造。

九天，一词两义。可以指天的纵向九重，即重叠的九层天，《孙子》："善攻者动于九天之上。"九天之上，犹言九重之上。也可以指天的横向九块，即平面九块天。扬雄《太玄经》：

> 有九天，一为中天，二为羡天，
> 三为从天，四为更天，五为睟天，六
> 为廓天，七为咸天，八为沈天，九为
> 成天。

天的平面九块，亦称九野或九天。《吕氏春秋·有始》[①]：

> 天有九野，何谓九野，中央曰钧
> 天，东方曰苍天，东北曰变天。北方曰
> 玄天，西北曰幽天，西方曰皓天，西南
> 曰朱天，南方曰炎天，东南曰阳天。

《淮南子·天文训》并以二十八宿画出了九天区间：

① 《吕氏春秋》，又名《吕览》，秦代杂家著作，吕不韦主编，主要反映先秦观念。吕不韦（？－前235），今河南禹州人。

何谓九野？中央曰钧天，其星
角、亢、氐；东方曰苍天，其星房、
心、尾； 东北曰变天，其星箕、
斗、牵牛；北方曰玄天，其星须女、
虚、危、营室；西北方曰幽天，其星
东壁、奎、娄；西方曰颢天，其星
胃、昴、毕；西南方曰朱天， 其星
觜、参、东井；南方曰炎天，其星舆
鬼、柳、七星；东南方曰阳天，其星
张、翼、轸。

有人误会屈原"九天之际"的九天是纵九天，
朱熹《楚辞集注》："九天，即所谓圜则九重
者。"搞混了"这丫头不是那丫头"。屈原刚刚
问过九重："圜则九重，孰营度之？"何必立马
又以九天问九重："九天之际，安放安属？"再
说，营度是设计也是安排，如果九天是九重，这
四句岂不是无谓的重复？王逸看得明白，《天
问》"九天之际"的九天不是纵九重而是横九
块，不是九重天而是九野天。《天问章句》：

九天，东方皞天，东南方阳天，
南方赤天，西南方朱天，西方成天，
西北方幽天，北方玄天，东北方变
天，中央钧天。

所说方位、名称与《吕氏春秋》大同小异，应
是秦汉前后的流行说法。
天分九野，是解剖天体广度；天叠九重，
是解剖天体高度；纵横交错，九九八十一块，
是易、老数理理想的天体立体造型。屈原既否
认九重，天高莫测，如何度量；又怀疑九野，
天衣无缝，如何裁制；是全方位问难诸子的天

体解构。不过，屈原的这一问不够谨慎。天高九重，固属虚妄；天分九野，是天地方位的相对对应，仍有道理。

又，屈原在《离骚》也用过"九天"一词，"指九天以为正兮"，王逸注："九天谓中央八方。"我看未必。《离骚》"九天"是情感用词，是虚指，可指九重天，也可指九野天，犹言请老天作证；《天问》对"九天"的问难，才是物理的沉思。

隈隅多有，谁知其数？

问天地角落。

《天问章句》："言天地广大，隈隅众多，宁有知其数乎？"隈，曲拐。隅，角落。《尔雅》[①]："崖内为奥，外为隈。"潘岳《笙赋》："隈隅夷险之势，禽鸟翔集之嬉。"李善注《文选》引《毛诗》郑玄注："隅，角也。"古人以为天地交接，而大地凹凸，交接之处势必曲曲拐拐、高高低低、角落巨多。有人试图给出数字，《淮南子·天文训》：

> 天有九野，九千九百九十九隅。

在屈原看来，这样的数字是向壁虚构，大地山岭重叠，沟谷纵横，水岸蜿蜒，岛屿星罗，设使天地交接，咬合的凹凹凸凸，岂可胜数？设使天地不交接，大地尽管凹凸，天地之间，岂有隈隅？问题的指向指在天地是否交接。

天何所沓？

问天地是否接合，是否联为一体。

神话主张：八柱撑天，天地分离。是"撑天说"。

诸子主张：天圆地方，圆天如盖，天地盖

①《尔雅》是中国最早的词典，也是训诂学的开山之作，列儒家十三经之一。成书应在战国至西汉之时。

合。是"盖天说"①。北朝祖暅(gèng)《天文录》：

> 盖天之说，又有三体：一云天如车盖，游乎八极之中；一云天形如笠，中央高而四边下；一云天如敧(qī)车盖，南高北下。

三体，战国至西汉初期，时人论及的三种"盖天"形体。

"天如车盖"是战国早期的"盖天"之说。天是圆的，如圆形的车盖；地是方的，如方形的车舆；圆天罩方地，天地相交接；正如圆形车盖罩合车舆。宋玉《大言赋》：

> 方地为车，圆天为盖。

天地象形车乘。《周礼·冬官·考工记》：

> 轸之方也，以象地也。盖之圆也，以象天也。

轸，车底方形围合架设车舆的四根木材，清人戴震《考工记图》②："舆下四面材合而收舆，谓之轸，亦谓之收。"有方形之义，可代称车舆，轸车即方车。象，效法。车制效法天地。

"天如敧车盖"是"天如车盖"的修正，是周末秦汉《周髀》家的"盖天说"：天圆地方，天南高北低，天地不相交，天之形状，如同倾斜而立的车盖。王充《论衡·说日》：

①《晋书·天文志》："古言天者有三家，一曰盖天，二曰宣夜，三曰浑天。汉灵帝时，蔡邕于朔方上书，言'宣夜之说，绝无师法。《周髀》术数具存，考验天状，多所违失。惟浑天近得其情，今史官候台所用铜仪则其法也。'""浑天说"的代表有西汉落下闳、唐都、东汉张衡。《晋书·天文志》引葛洪所言《浑天仪注》："浑天如鸡子，天体圆如弹丸。地如鸡子中黄，孤居于内，天大而地小。天表里有水，天之包地，犹壳之裹黄。天地各乘气而立，载水而浮。周天三百六十五度四分度一。又中分之，则半一百八十二度八分度之五覆地上，半绕地下，故二十八宿半见半隐。其两端谓之南北极。北极乃天之中也，在正北，出地上三十六度。然则北极上规径七十二度，常见不隐。南极天地之中也，在正南，入地三十六度。南规七十二度常伏不见。两极相去一百八十二度强半。天转如车毂之运也，周旋无端，其形浑浑，故曰浑天也。""浑天说"已有天球地球和大气包围地球的趣像，比"盖天说"进步。"浑天说"的萌芽也在先秦，先秦哲人的宇宙混沌正是张衡"天形浑浑"、"乘气而立"的胎盘。"浑天说"之后，汉人又有"宣夜说"。宣，喧。夜观天文，声音喧哗。《晋书·天文志》："汉秘书郎郗萌记先师相传云：'天了无质，仰而瞻之，高远无极，眼瞀精绝，故苍苍然也。日月众星，自然浮生虚空之中，其行其止皆须气焉。'"主张天无形质，只是无边无涯的气体，看上去苍苍然，起因深远无极的视觉效果；日月星辰，依托大气，独立存在，自然飘浮。这种无限虚空、星球自在的宇宙模式，又比"浑天说"进步。"宣夜说"的苗头亦在先秦。《列子》："日月星宿，亦积气中之有光曜者。"《庄子·逍遥游》："天之苍苍，其正色邪，其远而无所至极邪。"均是"宣夜"的先声。

②《考工记》为春秋末齐国人著作，记述百工技艺，收录于《周礼》。戴震（1723-1777），今安徽黄山人，乾隆举人，为《考工记》绘图解说。今传本有图55幅。

　　或曰："天高南方，下北方。
日出高，故见；入下，故不见。天之
居若倚盖矣，故极在人之北，是其效
也。极其天下之中，今在人北，其若
倚盖，明矣。"

所引"或曰"，未知出于何人，《晋书·天文
志》归于《周髀》家。《周髀》是周秦流传、
汉初定型的数学和天文学专著，现存东汉赵爽
注本，唐代改称《周髀算经》，于数学介绍
勾股，于天文陈述"盖天"。《晋书·天文
志》："所谓《周髀》者，即盖天之说也。"
所谓《周髀》家，就是擅长术数的"盖天
派"。《晋书·天文志》引《周髀》家言：

　　天圆如张盖，地方如棋局。天
旁转如推磨而左行，日月右行，随天
左转。故日月实东行，而天牵之以西
没。譬之于蚁行磨石之上，磨左旋而
蚁右去，磨疾而蚁迟，故不得不随磨
以左回也。天形南高而北下，日出
高，故见；日入下，故不见。天之居
如倚盖，故极在人北，是其证也。极
在天之中，而今在人北，所以知天之
形如倚盖也。

盖，车盖。《考工记》："轮人为盖。"倚
盖，倾斜的车盖，即祖暅《天文录》之欹车
盖。倚，欹，两字通。棋，围棋。棋局，指围
棋的棋盘。这位"盖天"派说：天是圆的，像
倾斜张开的车盖；地是方的，像围棋的正方形
棋盘；天如推磨，向左旋转，日月经天，向
右运行，但因天在左转，日月其上，以致东

（右）行的日月看起来是向西（左）行走，譬如左转的磨上爬着向右的蚂蚁，磨转得快，蚁爬得慢，蚂蚁不得不随着磨石向左倒退；天对地的距离，是南方天高，北方天低，日出东南，因天高而现；日下西北，因天低而隐。天的形状好比倾斜的车盖，天极在人间的北方天空，就是证明。天圆地方，极植中央，天极本该在天地的中央，如今却在人间的北方，可知天的形状和倾斜的车盖相近相似。

"天形如笠"是《周髀》一书的"盖天"新义。圆天盖方地，如斗笠盖扣盆，天地中央高四周低，天地有距离，天地不相逢。《周髀》：

> 方属地，圆属天，天圆地方。

> 天像盖笠，地法覆盆。

《晋书·天文志》概引《周髀》：

> 天地各中高外下。北极之下为天地之中，其地最高，而滂沲四隤，三光隐映，以为昼夜。天中高于外衡冬至日之所在六万里。北极下地高于外衡下地亦六万里，外衡高于北极下地二万里。天地隆高相从，日去地恒八万里。

天圆地方，天像穹圆的斗笠，盖住大地；地像倒扣的盂盆，盆底朝天；天与地都是中间高、四面低；北极星是天的中央最高处，北极星下方的地域是地的中央最高处；四面地势逶迤而低；日月星辰在天上或隐或映，隐藏是夜晚，映照是白昼；北极星比运行在"外衡"上的冬至的太阳高六万里[①]；北极距离地面比"外衡"距离地面也要高出六万里；"外衡"又比地面

① "外衡"，盖天说的太阳运行轨道之一。《周髀》赵爽注，"盖天说"有《七衡六间图》，以七个同心圆，标识太阳在春夏秋冬的运行轨道，时节不同，轨道不同。最外一个圆，称"外衡"，每年冬至，太阳沿"外衡"运动，地平距太阳最远；最内一圆，称"内衡"，每年夏至，太阳沿"内衡"运动，地平距太阳最近。中间一圆，称"中衡"，春分、秋分时，太阳沿"中衡"运动，地平距太阳适中。

高出二万里；就高相加，"外衡"上的太阳距离地面八万里。这数字太小了，太阳与地球的平均距离，今天计算是1.5亿公里。

战国，"天如车盖"的"盖天说"，已经有人质疑。曾子质疑天圆地方，屈原质疑天地接合。

《大戴礼记·曾子·天圆》：

> 单居离问于曾子曰："天圆而地方者，诚有之乎？"曾子曰："离，而闻之云乎？"单居离曰："弟子不察，此以敢问也。"曾子曰："天之所生上首，地之所生下首，上首谓之圆，下首谓之方，如诚天圆而地方，则是四角之不揜（yǎn）也。"

曾子说，天在上称圆，地在下称方，是上下之分，不是方圆之分；如果真是天圆地方，天就不能罩住大地的四角。这等驳议，有气无力。天圆按地的内切下垂，的确罩不住方地四角；如按外接下垂，却完全罩得住方地四角。

屈原"天何所沓"，质疑天地交接。沓，合，天地接合。扬雄《羽猎赋》"出入日月，天与地沓"，东汉应劭[1]注："沓，合也。"王逸《天问章句》："沓，合也，言天与地合会何所。"一说沓，踏。游国恩《天文纂义》："沓者，盖踏之假借字。""天何所沓者，犹言天足所践履之地，当在何处？"游说与王说，释字虽不一，释句则一样，也就是朱熹《楚辞集注》说的："此所问天地相接之处，何所沓也。"这自然是一个难以回答的问题。后人回答最好的是徐焕龙《屈辞洗髓》："沓，重叠也。天气地形，合而重叠。"把天

[1] 应劭(约153-196),字仲瑗。汝南郡南顿县(今河南项城)人。东汉灵帝时举孝廉。任泰山郡太守，后依袁绍。应劭博学多识，平生著作11种，现存《汉官仪》、《风俗通义》等。

地之沓释为空气与地面的接合，但这不是屈原本意。屈原所问所想应是天无所沓，天地分离，天周地外。

十二焉分？

这是问周天十二等分的段落划分法，事关天文历法。孙作云《屈原生卒年考》引章太炎说："不通天文历法及音韵训诂，不能读古书。"读《天问》尤其需要知其大概。

"十二"是上古天文历法的一个重要数字，也是周代礼制的一个重要数字。《左传·哀公七年》："周之王也，制礼上物，不过十二，以为天之大数也。"作为天之大数，"十二"主要用于观察天象、敬授人时。《周礼·春官·冯相氏》：

> 掌十有二岁，十有二月，十有二辰，十日，二十八星之位，辨其叙事，以会天位。

十二是纪年、纪月、纪"日月相会"的基本单位。冯相一职的职能就是掌管岁星十二岁，一年十二月，一年十二辰（日月相会），一日十天和二十八宿的位置变化，辨别星象记时叙事，以求历法符合天象。

"十二"，可指岁星轨道①的"十二次"。岁星，即木星。古人观象授时，发现木星由西至东绕天一周，相当于地上的十二个春夏秋冬，即十二岁，也即十二年（现代计量是11.86年），因此称木星为岁星，并将岁星的周天轨道，分为十二等份，称"十二次"。次，次第、次所。由西至东，依次命名：

> 星纪、玄枵（xiāo）、娵訾（jū

① 岁星轨道指地球上观察的木星绕日的运动轨迹。

zi）、降娄、大梁、实沈、鹑首、鹑
火　鹑尾、寿星、大火、析木。

"十二次"以二十八宿标识空间。星纪在斗、
牛；玄枵在女、虚、危；娵訾在室、壁；降娄在
奎、娄；大梁在胃、昴、毕；实沈在觜、参；鹑
首在井、鬼；鹑火在柳、星、张；鹑尾在翼、
轸；寿星在角、亢；大火在氐、房、心；析木在
尾、箕。"十二次"是个圆圈，岁星顺时针行
走，行至某"次"，纪为岁在某"次"。《国
语·晋语》："君之行矣，岁在大火。"后人或
称"次"为宫，如"岁在大火"称"岁在大火
宫"。岁星走完"一次"，人间经过一年，岁星
走完"十二次"，人间经过十二年。以此纪年，
是古代最早的"岁星纪年法"。

"十二"，可指"太岁"轨道的"十二
辰"。岁星运转一个周天的时间，并不是准确
的十二年，加上岁星由西到东与日月的由东到
西的视觉轨道相反，运用起来很不方便，古人
又虚拟了一个从东到西的岁星，称"太岁"或
"太阴"、"岁阴"。虚拟的"太岁"走太阳的
周天"黄道"。"黄道"是地球上太阳周年视运
动的轨迹[①]。"黄道"也分为十二段，称"十二
辰"，由东到西，反向对应"十二次"：

析木、大火、寿星、鹑尾、鹑
火、鹑首、实沈、大梁、降娄、娵
訾、玄枵、星纪。

为示区别，"十二辰"采用十二地支的序列[②]，
并规定子在玄枵：

寅（析木）、卯（大火）、
辰（寿星）、巳（鹑尾）、午（鹑

① 从地球公转轨道的不同位置看太阳，太阳在天体上也显示出不同的位置。这种视觉位移今人称为太阳周年视运动。

② "十二辰"还有一组名称，《史记·律书》："摄提格、单阏、执徐、大荒落、敦牂、协洽、涒滩、作噩、阉茂、大渊献、困敦、赤奋若。" 称为岁阴，分别依次对应十二辰（十二次）的寅（析木）、卯（大火）、辰（寿星）、巳（鹑尾）、午（鹑火）、未（鹑首）、申（实沈）、酉、（大梁）、戌（降娄）、亥（娵訾）、子（玄枵）、丑（星纪）。《史记·律书》并记载了一组岁阳："焉逢、端蒙、游兆、强梧、徒维、祝犁、商横、昭阳、横艾、尚章。"依次分别对应甲、乙、丙、丁、戊、己、庚、辛、壬、癸。岁阴岁阳可按天干配地支，组成六十个年名，以焉逢、摄提格为第一年，端蒙、单阏为第二年，六十年周而复始。这种纪年法约始于西汉或西汉之前，不久式微。

火）、未（鹑首）、申（实沈）、酉
（大梁）、戌（降娄）、亥（娵訾）
子（玄枵）、丑（星纪）。

虚拟的"太岁"在"十二辰"的运行与真正的岁
星在"十二次"的运行恰恰相反。岁星在"十二
次"的圆圈上，从星纪出发，顺时针，由西到
东，经玄枵、娵訾、降娄、大梁、实沈、鹑首、
鹑火、鹑尾、寿星、大火、析木，回到星纪，按
此顺序循环往来。"太岁"在"十二辰"的圆圈
上，从寅（析木）出发，逆时针，由东到西，经
卯（大火）、辰（寿星）、巳（鹑尾）、午（鹑
火）、未（鹑首）、申（实沈）、酉（大梁）、
戌（降娄）、亥（娵訾）、子（玄枵）、丑（星
纪），回到寅（析木），按此顺序循环往来。在
岁星"十二次"的圆圈中，若岁星在星纪，则太
岁在"十二辰"的寅（以"十二次"名称对应
"十二辰"，即析木），称"太岁在寅"。若岁
星在"十二次"的玄枵，则太岁在"十二辰"的
卯（以"十二次"的名称对应"十二辰"，即
大火），称"太岁在卯"。这就是与"岁星纪年
法"逆向计年的"太岁纪年法"。

"十二"，可指十二地支。地支与天干是
中国特有的序列符号。十二地支：

子、丑、寅、卯、辰、巳、午、
未、申、酉、戌、亥。

十天干：

甲、乙、丙、丁、戊、己、庚、
辛、壬、癸。

地支天干，源头古老。《世本》：

容成作历，大桡（ráo）作甲子。

二人皆黄帝之臣，盖自黄帝以
来，始用甲子纪日，每六十日而甲子
一周。

甲是天干排头，子是地支排头，甲子，即天干
与地支。天干缘起纪日。日是太阳，日出而
作，日入而息，是白天的始终，纪太阳的起落
就是纪日、纪天数。上古纪日以十天为一个日
单位，需要十个序列号，用文字表示，乃有甲
乙丙丁……。地支缘起纪月。月是月亮，月有
阴晴圆缺，十五月圆，三十月晦，周期显著，
纪月亮的圆晦就是纪月份的周期。一年十二个
月，需要十二个序列号，用文字表示，乃有子
丑寅卯……。隋人萧吉①《五行大义》：

（大桡）采五行之情，占斗机
所建，始作甲乙以名日，谓之干；作
子丑以名月，谓之枝；有事于天则用
日，有事于地则用月；阴阳之别，故
有枝干名也。

大桡采集五行变化的情况，测算北斗转移的方
向，发明甲乙做日子的名次，称做干；发明子
丑做月份的名次，称做枝；关系天的事，用
日子记；关系地上的事，用月份记；日是阳，
月是阴，阴阳有别，如同树之枝干，所以称作
（地）枝（天）干。萧吉这段干支之论的后半
段不够明晰。天干称天，是因天干用于纪日，
日是天的代表。《易·说卦》："离为日，为
乾卦。""乾为天。"日，象乾象天。地支
称地，是因地支用于纪月，月是地的代表。
《易·说卦》："坎为月"，"坎为水"。
《淮南子》："水气之精者为月。"唐代瞿昙
悉达②《开元占经》引东晋王嘉《拾遗记》：

①萧吉，字文休，兰陵（江苏武进）人。入仕萧梁、西魏、隋代。博学多才，尤精阴阳、历算、养生术，撰《帝王养生要方》六卷、《相经要录》，均佚。《北史》、《隋书》有传。

②瞿昙悉达祖籍印度，其先世由印度迁居中国。《旧唐书·天文志》说瞿昙悉达于唐玄宗开元六年（718）奉敕翻译印度历法《九执历》。《开元占经》大约也成书开元年间。

①曹魏张揖《广雅·释天》："甲乙为干，干者日之神也；寅卯为枝，枝者月之灵也。"明万民英《三命通会》："夫干犹木之干，强而为阳；支犹木之枝，弱而为阴。"有人说天干地支的二十二个具体名称也与草木有关。甲，草木萌芽。乙，草木初生。丙，炳也，生机如火。丁，壮也，草木苗壮。戊，茂也，草木茂盛。己，起也，万物昂扬。庚，更也，秋收更待。辛，新也，秀实新成。壬，妊也，万物孕藏。癸，揆也，万物闭藏。子，孳也，草木生子。丑，纽也，草木出芽。寅，演也，草木迎春。卯，茂也，万物滋茂。辰，震也，伸也，万物震发。巳，起也，万物盛起。午，仵也，万物丰满。未，味也，果实滋味。申，伸也，物体长大。酉，老也，万物收敛。戌，灭也，草木凋零。亥，劾也，劾杀万物。

②在干支纪年中，纪时刻，如纪月，一般用地支，十一点到一点为子，一点到三点为丑，依此类推，二十一点到二十三点为亥，亦称"十二辰"。《国语·楚语》："是以先王之祀也，以一纯、二精、三牲、四时、五色、六律、七事、八种、九祭、十日、十二辰以致之。"韦昭注："十二辰，子至亥。"纯，心纯。精，玉帛二种。三牲，牛羊猪三牲。四时，四季谷物。五色，五种色彩。六律，六阴六阳十二音律。七事，七件大事。八音，金石丝竹等八种乐器。九祭，九州的助祭。十日，甲日至癸日；十二辰，一天十二个时辰；从中挑选吉日良辰。纪月纪时刻也有用干支的，参看《史记·历书》，如公元2009年2月21日10点，是农历辛丑年正月二十六，可纪为辛丑（年）丙寅（月）丁酉（日）乙巳（时）。

"瀛洲水精为月。""月者，水也。"月生于水，水生于地，月也生于地，月属水属地。天干称干，地支称枝，是因十天干的甲乙丙丁……，十二地支的子丑寅卯……，其实是序列数字，数与树谐音，偶然间，思数及树，数事天地，地随天动，天为主，地为辅；树有枝干，枝随干动，干为主，枝为辅；遂借树之枝干，称事天纪日之数为干，称事地纪月之数为支。是为天干地支①。

据此推演，古人又将天干地支配合使用，用十个天干，依次相配十二地支，共得六十干支，称六十甲子，亦称一周甲：

甲子 乙丑 丙寅 丁卯 戊辰
己巳 庚午 辛未 壬申 癸酉
　　甲戌 乙亥 丙子 丁丑 戊寅
己卯 庚辰 辛巳 壬午 癸未
　　甲申 乙酉 丙戌 丁亥 戊子
己丑 庚寅 辛卯 壬辰 癸巳
　　甲午 乙未 丙申 丁酉 戊戌
己亥 庚子 辛丑 壬寅 癸卯
　　甲辰 乙巳 丙午 丁未 戊申
己酉 庚戌 辛亥 壬子 癸丑
　　甲寅 乙卯 丙辰 丁巳 戊午
己未 庚申 辛酉 壬戌 癸亥

用以纪年、纪月、纪日、纪时刻②。《黄帝内经·六节藏象论》："天有十日，日六竟而周甲，甲六覆而终岁，三百六十日法也。"纪年之法，十天为一日，六日一周甲，六周甲为一年，周而复始，循环不绝，构建了世界上独一无二的甲子纪年系统，这就是干支纪年法①。

"十二"，可指"十二月"。一年月圆十二次，月晦十二次，从月圆经月晦再到月圆，也是十二次，一个循环约三十天，计作一个月，一年大致十二个月。《左传·昭公七年》：

> 晋侯问伯瑕曰，何谓六物？对曰，岁、时、日、月、星、辰是也。

唐人孔颖达《左传正义》引孙炎②注：

> 四时一终曰岁，取岁星行一次也。年取年谷一熟。时谓四时，春夏秋冬也。日谓十日，从甲至癸也。月，从正月至十二月也。星，二十八宿也。辰谓日月所会，一岁十二会，从子至亥也。

孙炎说十日，用了天干"从甲至癸"；说十二辰会，用了地支"从子至亥"；说月份却只说正月至十二月，个中有个讲究。

月份的序列，有两个可用。一个是用数字作序，一月到十二月。一月称正月。正月的月份，先秦时三代不同，各按政治改元的需要，选取不同的北斗斗柄的指向，确定各自的正月。夏历以斗柄在寅，斗柄指向"黄道""十二辰"的寅位，为正月，称夏正建寅。殷历以斗柄在丑、夏历的十二月为正月，称殷正建丑。周历以斗柄在子、夏历的十一月为正月，称周正建子。旧称"三历三正"。《史记·历书》：

> 王者易姓受命，必慎始初，改正朔，易服色，推本天元，顺承厥意。

① 后世的干支纪年还搭配生肖。前蜀冯鉴《续事始》："黄帝立子丑十二辰，以名月，以名兽，配十二辰属之。"十二生肖：鼠、牛、虎、兔、龙、蛇、马、羊、猴、鸡、狗、猪，结合地支，用于纪年：子鼠、丑牛、寅虎、卯兔、辰龙、巳蛇、午马、未羊、申猴、酉鸡、戌狗、亥猪。

② 孙炎，字叔然，乐安（今山东广饶）人。三国时经学家，作注群经，以《尔雅音义》最有影响，已佚，清人马国翰《玉函山房辑佚书》有辑本。

改朝换代，必须开端谨慎，要改年月，变国色，推本天道，顺承天意。《礼记·大传》孔颖达疏：

> 改正朔者，正谓年始，朔谓月初，言王者得政，示从我始，改故用新，随寅、丑、子所建也。周子，殷丑，夏寅，是改正也；周夜半，殷鸡鸣，夏平旦，是易朔也。

正，正月。朔，初一。正朔，一年的第一月和一个月的第一天。改正月谓之改正，变初一谓之易朔。夏朝以寅月为正月，以黎明时分为朔日之始；殷继夏，易正朔，翻前一月，以丑月为正月，以鸡鸣时刻为朔日之始；周继殷，又翻前一月，以子月为正月，以夜半时分为朔日之始。《诗·豳风·七月》有一串月份：

> 蚕月条桑，
> 四月秀葽(yāo)。
> 五月斯螽动股，
> 六月莎鸡振羽，
> 七月亨葵及菽。
> 八月萑苇，
> 九月授衣，
> 十月陨萚(tuò)。
> 一之日于貉，
> 二之日其同，
> 三之日纳于凌阴，
> 四之日其蚤。①

① 条，挑取。条桑，采桑。秀，抽穗。葽，狗尾草。斯螽，蝈蝈，或云蚱蜢、螳螂。莎鸡，纺织娘。亨，烹。葵，葵菜。菽，大豆。萑(huan)苇，芦苇一类。陨萚，草木凋落。同，会合。蚤，一种祭祀。

这些月份有夏历，也有周历。四月、五月、六月、七月、八月、九月、十月，是夏历；蚕月，开始养蚕的月份，是夏历三月；一之日、二之日，三之日、四之日，是周历的正月、二月、三月、四月，按周正建子，夏正建寅，分别是夏历的十一月、十二月、正月、二月；加起来，正好是一年十二个月[1]。

月份的另一个序列就是以文字作序的十二地支，子月、丑月、寅月、卯月、辰月、巳月、午月、未月、申月、酉月、戌月、亥月。

孙炎之所以用正月到十二的序列，不用从子到亥的序列，就是因为正月到十二月有"三历三正"并不等于从子至亥，夏历是从寅至丑，殷历是从丑至子，周历才是从子至亥，所以孙炎说月份不说从子至亥。

"十二"，可指日月交会的"十二辰"。孙炎说"六物"之辰："辰谓日月所会，一岁十二会，从子至亥也。"日月交会，又称日月合朔。指日、月和地球几乎处于同一直线，通常见日不见月；若完全处于同一直线，则必有日食。日月合朔一般发生在夏历十二个月的每月初一，次数是一年十二次，也称"十二辰"。初一称朔日，是月份的开端，日月合朔的"十二辰"实际上也就是十二个月的十二个初一，所以孙炎用原本纪月的地支表示，说"从子至亥也"。

"十二"，可指天文"十二次"附属的地理"十二野"。清人徐文靖[2]《管城硕记》：

[1] 夏历也以孟、仲、季称呼月份。一月孟春，《礼记·月令》："孟春之月，东风解冻，蛰虫始振。鱼上冰，獭祭鱼，鸿雁来。""是月也，天气下降，地气上腾，天地和同，草木萌动。"晋人王冀《春可乐》："春可乐兮，乐孟月之初阳。"二月仲春，《月令》："仲春之月，桃始华，仓庚鸣。"《哀郢》："皇天之不纯命兮，方仲春而东迁。"三月季春，《月令》："季春之月，桐始华，虹始见，萍始生。"梁鸿诗："维季春兮华色，麦含金兮方秀。"四月孟夏，《月令》："孟夏月，盛德在火。""靡草死，麦秋至。"《怀沙》："滔滔孟夏兮，草木莽莽。"五月仲夏，《月令》："日长至，阴阳争。""蝉始鸣，木槿荣。可以居高明，可以远眺望，可以升山陵，可以处台榭。"六月季夏，《月令》："季夏之月，温风始至，蟋蟀居壁，鹰乃学习，腐草化为萤。"七月孟秋，《月令》："孟秋之月，凉风至，白露降，寒蝉鸣。"八月仲秋，《月令》："仲秋之月，鸿雁来，玄鸟归，群鸟养羞。"晋人孙绰诗："萧瑟仲秋月，飙戾风云高。"九月季秋，《月令》："季秋之月，鸿雁来宾。""菊有黄花。"十月孟冬，《月令》："孟冬之月，水始冰，地始冻。"《古诗十九首》："孟冬寒气至，北风何惨栗。"十一月仲冬，《月令》："仲冬之月，冰益壮，地始坼。"十二月季冬，《月令》："季冬之月，雁北向，鹊始巢。"季月或作暮月。《论语》："暮春者，春服既成，冠者五六人，童子六七人，浴乎沂(yí)，风乎舞雩(yú)，咏而归。"丘迟《报陈伯之书》："暮春三月，江南草长，杂花生树，群莺乱飞。"

[2] 徐文靖，字位山，安徽当涂人。生于清康熙六年（1667）。五十七岁始举乡试，古稀之年，乾隆十七年，皇帝赐翰林检讨。著有《山河两戒考》、《志宁堂稿》（诗赋全集）、《禹贡会笺》、《竹书纪年统笺》、《皇极经世考》、《天文考异》。这本《管城硕记》，是徐氏整理的历年读书笔记，考订经典，驳难古注，材料丰富，立论有据，学界一向推重。

岁之所在，我之分野。

分野十二邦，上系十二次。

岁，岁星。唐人贾公彦①注《周礼》：

> 星纪，吴越也。玄枵，齐也。娵訾，卫也。降娄，鲁也。大梁，赵也。实沈，晋也。鹑首，秦也。鹑火，周也。鹑尾，楚也。寿星，郑也。大火，宋也。析木，燕也。

吴越，吴国和越国，地涉江浙皖。齐，齐国，地在山东北部。卫，卫国，地在河南北部。鲁，鲁国，地在山东南部。赵，赵国，地在山西北部、中部与河北的西部、南部。晋，晋国，地在山西。秦，秦国，地在陕西西部。周，周王室，地在河南。楚，楚国，地在湖北湖南。郑，郑国，地在河南北部。宋，宋国，地在河南商丘地区。燕，燕国，地在河北北部与北京地区。《晋书·天文志》说班固讲解"十二野"最为周详：

> 自轸十二度至氐四度为寿星，于辰在辰，郑之分野，属兖州。
>
> 自氐五度至尾九度为大火，于辰在卯，宋之分野，属豫州。
>
> 自尾十度至南斗十一度为析木，于辰在寅，燕之分野，属幽州。
>
> 自南斗十二度至须女七度为星纪，于辰在丑，吴越之分野，属扬州。自须女八度至危十五度为玄枵，于辰在子，齐之分野，属青州。
>
> 自危十六度至奎四度为娵訾，于

①贾公彦，《旧唐书·贾公彦传》，唐高宗年间，"官至太常博士，撰《周礼义疏》五十卷、《仪礼义疏》四十卷"。《新唐书·艺文志》，贾任国子助教时，参编孔颖达《五经正义》的《礼记正义》。

辰在亥，卫之分野，属并州。

自奎五度至胃六度为降娄，于辰在戌，鲁之分野，属徐州。

自胃七度至毕十一度为大梁，于辰在酉，赵之分野，属冀州。

自毕十二度至东井十五度为实沈，于辰在申，魏之分野，属益州。

自东井十六度至柳八度为鹑首，于辰在未，秦之分野，属雍州。

自柳九度至张十六度为鹑火，于辰在午，周之分野，属三河。

自张十七度至轸十一度为鹑尾，于辰在巳，楚之分野，属荆州。

度，计量单位，古以二分为一度。"于辰在辰"的前一辰字指"十二辰"，后一辰字指"十二辰"的辰。从轸的十二度到氐的四度区间是"十二次"的寿星，是"十二辰"的辰，是周代郑地的分野，属于兖州。按此，班固逐一说到了"十二次"、"十二辰"与"十二野"及汉置"十二州"的对应关系。兖州，地涉今山东西南、河南东北。豫州，今河南东部、安徽北部。幽州，今北京、河北北部、辽宁南部及朝鲜西北部。扬州，今安徽淮水以南和江苏长江以南，江西、浙江、福建及湖北、河南一部分。青州，今山东半岛中部。并州，今山西及内蒙、河北一部分。徐州，今苏北鲁南、皖北。冀州，今河北。雍州，今陕西中部、北部、甘肃中部、北部、青海东北部和宁夏一带。三河，黄河河内、河东、河南，相当于今洛阳地区的黄河南北。荆州，今湖北、湖南。"十二野"包括了秦汉时的基本疆土，是古人试图统一天文地理的探索。

"十二"，可指天文历法时常提及的音乐"十二律"。上古音乐有"五音十二律"①。五音，宫、商、角、徵（zhǐ）、羽，相当于1、2、3、5、6，或称五声。律，本是定音的竹管。古人用十二个长度不同的律管吹出十二个不同的标准音，以确定五声的高低。这十二个标准音就叫十二律。十二律分阴阳，有专名：

> 阳六律：黄钟　太簇　大吕　夹钟　姑洗　仲吕
>
> 阴六吕：蕤宾　林钟　南吕　夷则　无射　应钟

阳为律，阴为吕，阳六律，阴六吕，合称十二律，亦称律吕。《孟子·离娄》："不以六律，不能正五音。"六律，指六阳律和六阴吕。本来，音乐与天文、历法没有关系，但是古人把音乐看成天籁，体现天道天意，就把"五音十二律"与天文、历法、地理及社会人事混为一谈。《周礼·春官》："皆文之以五声，宫商角徵羽。"是说人们喜欢用五声修饰事物。《礼记·月令》：

> 春其音角，夏其音徵，中央土其音宫，秋其音商，冬其音羽；角在东，徵在南，宫在中，商在西，羽在北，此应乎四时，配乎五方也。

这是用五音象征四时春夏秋冬、五方东南西北中。《礼记·乐记》：

> 宫为君，商为臣，角为民，徵为事，羽为物。

① 《史记·律书》："律数：九九八十一以为宫。三分去一，五十四以为徵。三分益一，七十二以为商。三分去一，四十八以为羽。三分益一，六十四以为角。黄钟长八寸十分一，宫。大吕长七寸五分二。太簇长七寸十分二，角。夹钟长六寸十分一。姑洗长六寸十分四，羽。仲吕长五寸九分二，徵。蕤宾长五寸六分二。林钟长五寸十分四，角。夷则长五寸三分二，商。南吕长四寸十分八，徵。无射长四寸四分二。应钟长四寸二分二，羽。"这里面有些数字已不准确。大致以黄钟律管长度为基础，按"三分损益法"，算出各律律管的长度，一般黄钟为宫，林钟为徵，太簇为商，姑洗为角，南吕为羽。

这是用五音象征君、臣、民、事、物。刘向《五经通义》：

> 闻宫声使人温良而宽大，闻商声使人方廉而好义，闻角声使人恻隐而好仁，闻徵声使人恭俭而好礼，闻羽声使人乐养而好施。

这是用五音象征五种教化，宫音温良、商音廉义、角音好仁、徵音好礼、羽音好施。《白虎通》：

> 宫者容也，含也，商者张也，角者跃也，徵者止也，羽者舒也，此通乎性情也。

这是用五音象征五种性情，宫音包容、商音张扬、角音活跃、徵音沉稳、羽音从容。《宋史·乐志》：

> 盛德在木，角声乃作；盛德在火，徵声乃作；盛德在金，商声乃作；盛德在水，羽声乃作；盛德在土，宫声乃作，此合乎五行也。

这是用五音象征五行盛德，角起木德、徵起火德、商起金德、羽起水德、宫起土德。"十二律"因此更加神通广大。《吕氏春秋》、《淮南子》以十二律配夏历十二月：

> 一月，律受太簇。二月，律受夹钟。三月，律受姑洗。四月，律受仲吕。五月，律受蕤宾。六月，律受林钟。七月，律受夷则。八月，律受南吕。九月，律受无射。十月，律受应钟。十一月，律受黄钟。十二月，律

受大吕。

《史记》也有《律书》，专门介绍音律与月令的契合：

> 王者制事立法，壹禀于六律，六律为万事根本也。……十月也，律中应钟。应钟者，阳气之应，不用事也。……十一月也，律中黄钟。黄钟者，阳气钟黄泉而出也。……十二月也，律中大吕。……正月也，律中太簇。太簇者，言万物簇生也。……二月也，律中夹钟。夹钟者，言阴阳相夹厕也。……三月也，律中姑洗。姑洗者，言万物洗生。……四月也，律中中吕，中吕者，言万物尽旅而西行也。……五月也，律中蕤宾。蕤宾者，言阴气幼少，故曰蕤；萎阳不用事，故曰宾。……六月也，律中林钟。林钟者，言万物就死，气林林然。……七月也，律中夷则。夷则，言阴气之贼万物也。……八月也，律中南吕。南吕者，言阳气之旅入藏也。……九月也，律中无射。无射者，阴气盛用事，阳气无余也。

《汉书》干脆将音律与历法合为一志，《律历志》，并为历法"三统"搞出了一个音律"三统"：

> 三统者，天施，地化，人事之纪也。十一月，《乾》之初九，阳气伏于地下，始著为一，万物萌动，钟于太阴，故黄钟为天统，律长九

寸。九者，所以究极中和，为万物元也。《易》曰："立天之道，曰阴与阳。"六月，《坤》之初六，阴气受任于太阳，继养化柔，万物生长，楙之于未，令种刚强大，故林钟为地统，律长六寸。六者，所以含阳之施，楙之于六合之内，令刚柔有体也。"立地之道，曰柔与刚。""《乾》知太始，《坤》作成物。"正月，《乾》之九三，万物棣通，族出于寅，人奉而成之，仁以养之，义以行之，令事物各得其理。寅，木也，为仁；其声，商也，为义。故太族为人统，律长八寸，象八卦，伏羲氏之所以顺天地，通神明，类万物之情也。"立人之道，曰仁与义。""在天成象，在地成形。""后以裁成天地之道，辅相天地之宜，以左右民"。此三律之谓矣，是为三统。①

班固说，三统是天事地事人事的纲纪和秩序，十一月，阴阳之象在《乾卦》的初九，"潜龙勿用"，阳气潜伏地下，生机如一之始，万物孕含萌动，气属太阴，以黄钟的音律作为天事统一的尺度，律管长九寸，九者，探究阴阳中和之极，是万物之本，《易经·说卦》："立天之道，曰阴曰阳。"六月，阴阳之象在《坤》卦的初六，"履霜，坚冰至"，顺理顺利，阴气受妊于太阳，给继营养，化育柔弱，万物生长，成形而繁茂，使物种刚直、坚强、博大，以林钟的音律为地事统一的尺度，律管长六寸，六者，包涵的阳气茂盛天地，使物种

① 《汉书·刘向传》："王者必通三统，明天命所授者博，非独一姓也。"三统，统，纲纪、秩序。一说，如班固指天统、地统、人统。一说，指"三历三正"。颜师古注引张晏曰："一曰天统，为周十一月建子为正，天始施之端也。二曰地统，谓殷以十二月建丑为正，地始化之端也。三曰人统，谓夏以十三月建寅为正，人始成立之端也。"一说，指董仲舒的黑、白、赤三统论，董仲舒《春秋繁露》有三统论，说改朝换代是黑白赤三统的交替循环，一统当道应有一统之体制。又，刘歆有《三统历》。《三统历》据《太初》等历修订，详解天文，推演历算，考证文献，是《汉书·律历志》的历法蓝本，是我国第一部记载完备的历法，也是世界上最早的天文年历的雏形。

刚柔有体，《易经·说卦》："立地之道，曰柔曰刚。"正月，阴阳之象在《乾》卦的九三，"君子终日乾乾"，自强不息，万物通达，族生于寅，人敬奉成全，以仁爱之心培育，以仁义之举对待，使事物各得其理，寅于五行是木，为仁，其声于五音是商，为义，以太簇的音律作为人事统一的尺度，律管长八寸，象征八卦，伏羲氏因此而顺天地、通鬼神、类万物，《易经·说卦》："立人之道，曰仁曰义。"所以，《易经》的《系辞》和《象传》指示，阴阳变化，在天成象，在地成形，圣人取象天地，裁制八卦，演绎天地之道，应对天地之宜，保佑天下之民，这就是黄钟、林钟、太簇三律的意义，也是天地人"三统"的意义。三律之外，《律历志》又详细标榜了其它九律。经此渲染，"十二律"的地位愈加高贵，作用愈加神秘，"律"与"月"的关系愈加密切。有人干脆用"律"代"月"。曹丕《与吴质书》："方今蕤宾纪时，景风扇物。"蕤宾，指仲夏五月。陶潜《自祭文》："岁惟丁卯，律中无射，天寒夜长，风气萧索。"无射（yì），指季秋九月。甚至用"十二律"测定时节，所谓律管"候气"。《后汉书·律历志》：

> 候气之法，为室三重，户闭，涂衅必周，密布缇缦。室中以木为案，每律各一，内庳外高，从其方位，加律其上，以葭莩灰抑其内端，案历而候之，气至者灰动。其为气所动者其灰散，人及风所动者其灰聚。

把葭莩即芦苇内膜烧成灰装在律管中，置于密室内，不同的月份有不同的气候，感应之下，葭灰就从相应的律管飞出来。后人沿用，引而入诗。杜甫《小至》：

> 天时人事日相催，冬至阳生春又来。
> 刺绣五纹添弱线，吹葭六琯动飞灰。
> 岸容待腊将舒柳，山意冲寒欲放梅。
> 云物不殊乡国异，教儿且覆掌中杯。

小至，冬至前一日（或后一日）。"吹葭六管动飞灰"，琯，玉制的律管，特指黄钟管。冬至到了，葭灰飞出黄钟。韩愈《忆昨行和张十一》："忆昨夹钟之吕初吹灰，上公礼罢元侯回。"仲春之月到了，葭灰飞出夹钟。

屈原的"十二焉分"，上接"天何所沓"，下接"列星安陈"，肯定不是问历法"十二月"、月相"十二辰"、音乐"十二律"与地理"十二野"，而是问周天岁星"十二次"或者周天太岁"十二辰"。揣摩屈原的用意，这一问，或者出于惊叹，或者出于困惑。

"十二次"与"十二辰"是上古天文历法的艰辛探索与显著成就。岁星"十二次"是木星绕日轨道，太岁十二辰是太阳视运动轨道，其实就是地球绕日轨道。木星围绕太阳运转一圈即走完"十二次"需4332.59天，则木星行走一"次"为361.06天；地球围绕太阳转十二圈需4382.88天，转一圈即一年需365.24天；两者一年误差只有4.18天，十二年误差不过50.2天。古人肉眼观察的精当、推算的精准与十二次划分的精湛，令人讶叹。试想，几千年前，一群人仰观天文，在万千星斗中，注意到岁星已经不容易，盯着它运行一个周天，非常不容易；意味着至少盯它十二年，才有可能发现这个周期；至少又盯它十二年，才有可能复核这个周期；至少再盯它十二年，才有可能确认这个周期；同时或然后，需要考察岁星与日月及其它星辰的关系，考查岁星与地上季节、农事的关系，才能制定出大体符合实际发生和实际需要的历法。这一漫长细致的探索过程及天才总结，古人往往归之于某时某人。《尚书·尧典》："乃命羲和，钦若昊天，历象日月星辰，敬授人时。"

屈原非常钦佩"十二次"、"十二辰"的设计。屈原自己就使用了岁星与干支。《离骚》：

> 摄提贞于孟陬兮，
> 惟庚寅吾以降。

① 《史记·天官书》："大角者，天王帝廷，其两旁各有三星，鼎足句之，曰摄提。"大角，曾为二十八宿之首，后入亢宿，是牧夫座的主星，是全天第四亮的恒星，北半天球最亮的恒星，天上最亮的红巨星。天王帝廷，唐人裴骃《史记索隐》："《援神契》云：'大角为坐候。'宋均云：'坐，帝坐也。'"

摄提①，属二十八宿东方苍龙七宿之一的亢宿，一共六颗，位于亢宿大角星两侧，左边三星称左摄提，右边三星称右摄提。摄提，又是太岁"十二辰"之一"寅"的另一名称"摄提格"的省称。王逸注《离骚》"摄提"："太岁在寅曰摄提格。"孟陬，孟春正月。王逸注《离骚》孟陬："正月为陬。"庚寅，干支纪年有庚寅年、庚寅月、庚寅日、庚寅时。屈原用岁星、太岁和干支写诗，介绍自己生于寅年寅月寅日，对天文历法是比较熟悉的。但屈原大约难以想象前人的观察能力和推算能力，讶而问之，"十二焉分？"如此深奥复杂的"十二次"、"十二辰"，未知先哲如何观察如何推算？

"十二次"与"十二辰"又确实存在缺陷。岁星绕日一周不到12年，精确计算是11.86年，要比地球公转十二年快50多天，年积月累，岁星在天上的实际位置就和预想的岁星在"十二次"的位置有了一定差距，也和虚拟

的太岁在十二辰的位置有了一定差距，大约86
年，岁星在"十二次"就提前进入了应该是明
年进入的"次"，是谓"岁星超次"；按之
"十二辰"，就要提前进入明年的"辰"，是
谓"岁星超辰"；太岁要和岁星保持一致，就
要跟随岁星的提前而提前，则太岁比原来预定
的"十二辰"的辰位也超前了一个"辰"，称
"太岁超辰"。《左传·襄公二十八年》：

> 岁在星纪，而淫于玄枵。以有时
> 灾，阴不堪阳。

这一年，岁星应该在"十二次"中的星纪却提
前出现在明年的玄枵。这样一来，占星家有了
题材，阴阳失调，必有灾祸；天文家则有了麻
烦，历法失序，必须改制。

屈原也有可能听说或觉察了这个问题，困
惑问之，"十二焉分"？"十二次"与"十二
辰"的划分是否精当、是否妥善？事实上，屈
原之后，建于"十二次"、"十二辰"之上的
历法就被改来改去，从西汉到东汉即有《历术
甲子篇》、《太初历》、《三统历》、《四分
历》的不断更替①。

日月安属？列星安陈？

这是探问日月星辰的安置安排。

属，安置。陈，安排。日月，凌空悬挂，
万古永恒，在上如何安置？星斗，凌空悬挂，
熠耀灿烂，在上如何安排？问题如同"天极焉
加"，既简单，又玄妙。

诸子有"积气说"，天体是气体，日月星辰
是发光气体。《列子·天瑞》"杞人忧天"：

> 杞国有人，忧天崩坠，身无所

① 秦朝用《颛顼历》，以
十月为正月。西汉武帝时
《史记·历书》附录《历
术甲子篇》，或称《元
封历》，或指即《太初
历》。《太初历》是元封
六年（前104年）落下闳、
邓平等人制订的新历，调
整了天象不符，规定一年
等于365.2502日，一月等于
29.53086日；开始采用有
利于农时的二十四节气。
东汉用《太初历》，章帝
元和二年（公元85年）因
《太初历》又与天象不
符，由编䜣、李梵等人创
新，规定一年为365.25日，
岁余四分之一日，称《四
分历》。先秦的《古六
历》有《黄帝历》、《颛
顼历》、《夏历》、《殷
历》、《周历》、《鲁
历》。也用四分法，称
《古四分历》。

> 寄，废于寝食。又有忧彼之忧者，晓
> 之曰："天积气耳，无处无气，奈何
> 而崩坠乎？"其人曰："天果积气，
> 日月星宿，不当坠也？"晓者曰：
> "日月星宿，亦积气中之有光曜者，
> 正复使坠，亦不能有中伤。"

这个故事被当作笑话传了两千年，实在是一个天大的误会。忧天者不是一位蠢人，他忧虑天崩星坠，是外观宇宙的一份思考，正如我们今天担心地球轨道的变易、不测星球的碰撞和太阳能量的消失。晓之者，更是一位高人，竟能说出积气为天，日月星宿不是被什么物事挂在天上，而是"积气中之有光耀者"，无牵无挂，悬浮于天。《淮南子·天文训》再加发挥：

> 宇宙生气，……积阳之热气生
> 火，火气之精者为日；积阴之寒气为
> 水，水气之精者为月；日月之淫为精
> 者为星辰，天受日月星辰，地受水潦
> 尘埃。

《列子》、《淮南子》的"积气"水平接近古希腊阿拉克西米尼的"空气宇宙"。日月星辰积气而浮，更比维而不坠的"天维说"高明百倍。不知屈原知不知道这个"积气说"。

"列星安陈"的列星一词，略有争议。

王逸《天问章句》说列星是众星，泛指满天星。

明末钱澄之[①]《庄屈合诂》说列星特指"五星"。"五星"之说起于战国。最初称为辰星、太白、荧惑、岁星、镇星。后因五行的运用，又称金星、木星、水星、火星、土星。

---

① 钱澄之（1612-1693），字饮光，号田间老人，安徽桐城人。明末清初抗清义士，供职南明小朝廷，灰心离朝，结庐先人墓边，著书终老。

《史记·天官书》：

> 天有五星，地有五行。

这五颗星由东向西穿梭夜空，称"五曜"，又与日月合称"七曜"、"七政"。《尚书·尧典》：

> 在璇玑、玉衡，以齐七政。

璇玑、玉衡本指北斗七星，《晋书·天文志》："魁四星为璇玑，杓三星为玉衡。"《尧典》此处所谓璇玑、玉衡，疑指观察天文的场所或器物，郑玄注："璇玑，玉衡，浑天仪也。"齐，看齐，统一。七政，郑玄注："日月五星也。"① 《易·系辞》："天垂象，见吉凶，圣人象之。此日月五星，有吉凶之象，因其变动为占，七者各自异政，故为七政。得失由政，故称政也。" "五星"之一的金星，即太白星，或称明星、大嚣。黎明时见于东方称启明，黄昏时见于西方称长庚。《诗·小雅·大东》：

> 东有启明，西有长庚。

启明、长庚是金星的早、晚二名。金星白天也可能看到，《旧五代史·天文志》："太白昼见。"五星之一的木星，即岁星，亦称重华、应星、纪星。"五星"之一的水星，即辰星，离太阳最近②。"五星"之一的火星，即荧惑，在天上的视运动，时而由西往东，时而由东往西，行止迷惑，且星光荧荧，故名荧惑。《史记·天官书》：

> 火犯守角，则有战。

火，火星。司马贞③《史记索隐》："火，荧惑

① 七政，有说指北斗七星。《史记·天官书》："北斗七星，所谓'璇玑玉衡以齐七政'。"有说指天、地、人和四时。《尚书大传》卷一："七政者，谓春、秋、冬、夏、天文、地理、人道，所以为政也。"

② 《五星占》说水星又名小白。《五星占》，1973年长沙马王堆三号墓出土帛书，约6000字，记载公元前246年（秦始皇元年）至前177年（汉文帝三年）金、木、水、火、土五大行星的运行位置，异常准确。推算出金星的会合周期为584.4日，比今测量仅大0.48日。

③ 司马贞，字子正，今河南汝阳人。唐开元时官朝散大夫，宏文馆学士。所撰《史记索引》与南朝刘宋人裴骃的《史记集解》，唐代张守节的《史记正义》，合称"史记三家注"。

也。"但《诗·豳风·七月》"七月流火"的火，指东方苍龙七宿之一心宿的大火星，并不是"五星"的火星。火星又名罚星、执法。曹魏人张揖《广雅·释天》：

> 营惑谓之罚星，或谓之执法。

"五星"之一的土星，即镇星，约二十八年绕天一周，每年进入二十八宿中的一宿，好似轮值坐镇，岁镇一宿。

明末周拱辰①说列星不是众星，也不是金木水火土"五星"，而是特指东南西北中的"五列"著名星座，中央一列是北斗七星，东南西北的四列分别是二十八宿的东方苍龙七宿，北方玄武七宿，西方白虎七宿，南方朱雀七宿。《离骚草木史》：

> 众星部列，其以神著，有五列焉，是为三十五名，一居中央，谓之北斗，布于四方，谓之二十八宿。

北斗七星指示天体旋转的方向和季节时令的更换，四方七宿指示岁星"十二次"的运行，均是古代天文布局的运动指南，在万千星辰中特别显赫。

周拱辰说列星为"五列"，有一定道理。列星似乎并不是泛指。《公羊传·庄公七年》：

> 恒星者何？列星也。

东汉何休②注："恒，常也，常以时列见。"列见，陈列而现。陈列是有序排列，众星罗布不成列，"五星"单个不成列，北斗七星和四方七宿则是整齐的星列。按此，屈原是问，日月在上，如何依托；"五列"在上，如何安

①周拱辰，字孟侯，浙江桐乡人，著有《庄子影史》等，是明末清初的知名学者。

②何休（129—182），字邵公，今山东兖州滋阳人。官司徒，谏议大夫。东汉经学家。以《春秋公羊传解诂》知名后世。

排。关注的是日月、北斗和二十八宿，比泛问满天星增加了天文学的专业程度和学问深度。

出自汤谷，次于蒙汜。自明及晦，所行几里？

这是专问太阳，专问太阳一天路程。

太阳东升西落，周而复始，在初民时代，一定是人类好奇心的焦点。

神话说太阳和月亮的旅行是神造神设。最古的神话说太阳是神鸟，自己飞。《淮南子·精神训》："日中有踆乌。"汉纬书《春秋元命苞》："日中有三足乌。"《广雅》："日名朱明，一名耀灵，一名东君，亦名阳乌。"近年出土的金沙文物《太阳神鸟》刻四鸟绕日，就是日中有乌的再版。日中有乌的神话可能来自上古先人观察到的太阳斑点，上古先人当然不懂这斑点是太阳黑子[1]，但却知道乌鸦是黑的，可以从东飞到西，联想、幻想，黑斑就成了黑乌鸦。后来，神话又说太阳坐着马车自己跑。《九歌·东君》：

> 饮余马兮咸池，总余辔兮扶桑。

东君，太阳神。咸池，东方神池，太阳浴池。扶桑，东方神树，咸池之树。太阳洗毕，坐车上路，马车夫是羲和。《离骚》：

> 吾令羲和弭节兮，望崦嵫而勿迫。

崦嵫，西方日落之山。《初学记》[2]引《淮南子》：

> 爰止羲和，爰息六螭，是谓悬车。

止，停止。悬车，时辰之名，特指黄昏之前的时辰。羲和驾车要停车，六螭（chi）拉车要休

[1]《汉书·五行志》汉成帝河平元年（公元28年）："三月乙未，日出黄，有黑气大如钱，居日中央。"是中国最正式也是世界最早的太阳黑子记录。

[2]《初学记》，唐人徐坚撰，属玄宗时官修类书。《四库全书总目提要》说《初学记》在唐人类书中，"博不及《艺文类聚》，而精则胜之；若《北堂书钞》及《六帖》，则出此书之下远矣。"

息，太阳坐车近黄昏。六螭，六条蛟龙。《说文》："螭，龙而黄。"羲和，最早是女神，天神帝俊的妻子，是太阳的母亲，生了十个太阳。《山海经·大荒南经》[1]：

> 东海之外，甘水之间，有羲和之国。有女子名曰羲和，方浴日于甘渊。羲和者，帝俊之妻，生十日。

羲和为太阳赶车，是母亲为儿子赶车。月亮也有母亲，月亮也坐车。月亮之母就是与羲和同事一夫的常羲，一辈子生了十二个月亮。《大荒西经》：

> 有女子方浴月，帝俊妻常羲生月十有二，此始浴之。

但月亮的母亲不为月亮赶车，月亮的赶车夫是女子望舒；还有一位跟车夫，是男子飞廉。《离骚》：

> 前望舒使先驱兮，后飞廉使奔属。

飞廉，风神。望舒，月御。御，驾车。《太平御览》引《淮南子》："月御曰望舒，亦曰纤阿。"《史记·司马相如列传》"阳子骖乘，纤阿为御。"裴骃[2]《史记集解》："纤阿，月御也。"司马贞《史记索隐》说纤阿：

> 美女姣好貌。又乐产曰："纤阿，山名，有女子处其岩，月历数度，跃入月中，因为月御也。"

往后，神话融入古史，太阳的母亲羲和由女神变作男臣，《世本·作篇·黄帝》[3]和《吕氏春秋·勿躬》：

---

[1] 郭璞注《山海经·大荒南经》称羲和是日月神："羲和盖天地始生，主日月者也。故《启筮》曰：'空桑之苍苍，八极之既张，乃有夫羲和，是主日月，职出入，以为晦明。'又曰：'瞻彼上天，一明一晦，有夫羲和之子，出于旸谷。'"《启筮》是《归藏》的一篇。《归藏》与《连山》、《周易》合称三易。桓谭《新论》："易：一曰《连山》、二曰《归藏》、三曰《周易》。"《连山》八万言，《归藏》四千三百言。"《连山》藏于兰台，《归藏》藏于太卜。"《隋书·经籍志》："《归藏》，汉初已亡，晋《中经》有之，唯载卜筮，不似圣人之旨。"宋《中兴书目》："《归藏》，隋世有十三篇，今但存《初经》、《齐母经》、《本蓍》三篇，文多阙乱，不可训释。"清人马国翰《玉函山房辑佚书》有辑本。

[2] 裴骃，字龙驹，今山西闻喜人，南朝刘宋时官中郎参军，史学家。

[3] 《世本》、《汉书·艺文志》著录十五篇，亡于宋。现存《世本》是清代王谟、孙冯翼等人的辑本。商务印书馆，1959年刊行《世本八种》。

> 羲和占日。

月亮的母亲常羲^①也由女神变作男臣，《世本·作篇·黄帝》和《吕氏春秋·勿躬》：

①常羲，《吕氏春秋》写作"尚仪"。

> 常羲占月。

羲和与常羲配对，成了黄帝手下负责观察太阳与月亮的官员^②。在《尚书·尧典》羲和则一人变为四人：

②清人郝懿行（1757–1825）《山海经笺疏》："（常羲）与羲和当即一人。"郝氏字恂九，号兰臬，山东栖霞人。清嘉庆进士，官户部主事。经学家，长于考据，以《尔雅义疏》、《山海经笺注》最富名气。

> 乃命羲、和，敬授人时。分命羲仲，……日中，星鸟，以殷仲春。……申命羲叔，……日永，星火，以正仲夏。……分命和仲，……霄中，星虚，以殷中秋。……申命和叔，……日短，星昴，以正仲冬。

羲和，变作羲氏两人，羲仲、羲叔；和氏两人，和仲、和叔；都在帝尧手下做观察星象，制定历法的官员。羲和变人，应是华夏氏族借用了神话中太阳之母或太阳马车夫的羲和名号。

诸子说太阳是自然的结晶，运行是自然的常态，有固定的行止和固定的时辰。《淮南子·天文训》：

> 火气之精者为日。

> 日出于旸（yáng）谷，浴于咸池，拂于扶桑，是谓晨明。登于扶桑，爰始将行，是谓朏（fěi）明。至于曲阿，是谓旦明。至于曾泉，是谓早食。至于桑野，是谓晏食。至于衡阳，是谓隅中。至于昆吾，是谓正中。至于鸟次，是谓小还。

至于悲谷，是谓脯时。至于女纪，
是谓大还。至于渊隅，是谓高春。
至于连石，是谓下春。至于悲泉，
爰止其女，爰止其马，是谓悬车。
薄于虞渊，是谓黄昏。沦于蒙谷，
是谓定昏。日入于虞渊之汜，曙
于蒙谷之浦。行九州七舍，有五亿
万七千三百九里。

旸谷、咸池、扶桑、曲阿、曾泉、桑野、衡阳、昆吾、鸟次、悲谷、女纪、渊隅、连石、悲泉、虞渊、蒙谷，是太阳经过的地点，所用地名，富有文学意味。日出东方，一片光明，旸谷即光明之谷，《说文》："旸，日出也。"太阳下山天变黑，日落深处，一片黑暗，蒙谷即黑暗之谷，《尚书·洪范》孔安国传："蒙，阴暗也。"晨明、朏明、旦明、早食、晏食、隅中、正中、小还、脯时、大还、高春、下春、悬车、黄昏、定昏，是太阳行经地点的时辰，时辰之名，也富有生活经验。早食、晏食是早餐时间，脯时是午餐时间，悬车，是临近黄昏旅行之人停车秣马的时间。太阳一天，从晨明到定昏，从旸谷到蒙谷之浦，用十五个时辰，走了十六个地方，回到始发站。蒙谷之浦，就是旸谷。这段行经"九州七舍"的路程，《淮南子》说它长达五亿一万七千里。《易·震》："亿丧贝。"郑玄注："十万曰亿。"① 则五亿一万七千里等于五十一万七千里。

屈原或许听说了类似的传闻，对当时流传的太阳行走的里程，心有疑惑："出自汤谷，次于蒙汜。自明及晦，所行几里？" 汤谷，神

---

① 《礼记内则》孔颖达疏"万亿曰兆"："依如算法，亿之数有大小二法，其小数以十为等，十万为亿，十亿为兆也。其大数以万为等，万至万，是万万为亿，又从亿而数至万亿曰兆，亿亿曰秭，故《诗·颂》毛传云：'数万至万曰亿，数亿至亿曰秭。'兆在亿秭之间，是大数之法。郑（玄）以此据天子天下之民，故以大数言之。《诗·魏风》刺在位贪残，魏国褊小，不应过多，故以小数言之，故云'十万曰亿'。"

话中太阳升起之前的沐浴之所。《山海经·海外东经》：

> 汤谷上有扶桑，十日所浴，在黑齿北。居水中，有大木，九日居下枝，一日居上枝。

太阳火热，其水如汤，汤谷即热水之谷。与《淮南子》的旸谷是一地二名。蒙汜，即《淮南子》的蒙谷之汜。明，黎明。晦，夜晚。太阳朝发汤谷，暮至蒙汜，一个昼夜，究竟走了多少里？质疑太阳行走的昼夜里程，例如五十万里是如何丈量的？

　　《淮南子》的五十万里，或许经过一定的计算。《周髀》，不迟于汉初，已经使用勾三股四弦五的定理、八尺华表的日影和日影千里一寸的比例，算出太阳离地的高度是八万里。权用八万之数，则太阳绕圈的直径是十六万里，乘以圆周率，《周髀》"径一周三"，往宽里算，所得数字大抵也是五十万里。东汉时浑天家也计算过太阳周天路程，张衡《浑天仪》："日一昼夜行周天赤道一百七万四千里。"① 比《淮南子》长了一倍。王充《论衡》："日昼行千里，夜行千里。"说太阳一昼夜只走了二千里，比起《淮南子》的五十万里，张衡的一百万里，几乎是原地踏步。朱熹《楚辞集注》："如此天地之间狭亦甚矣，此王充之陋也。" 今日算之，太阳与地球的平均距离是1.5亿公里，地球自转引起的太阳视运动的周天直径是3亿公里，则圆周长，或者说太阳视运动的一昼夜行程，在9亿公里以上。这样看，古人说的数字也实在微小。屈原怀疑的触角，即便不科学，也是非常敏锐的。

① 周天赤道，指太阳在天赤道上运动一天的轨迹（地球自转时的太阳视运动）。天赤道是古人设想的东西向垂直于大地能把天体分成南北两半的大圆。《开元占经》所谓"赤道横带天之腹，去南北二极，各九十一度十九分度之五。"清人徐文靖《管城硕记》引《洛书甄曜度》及《春秋考异邮》说周天一百七万一千里；引《帝王世纪》周天三百六十五度四分度之一，一度二千九百三十二里，积一百零七万九百一十三里。说的也是太阳一昼夜的周天赤道。又，古代天文学又有黄道概念，黄道，指太阳一年的视运动轨迹。

夜光何德？死则又育？

这是专问月亮，专问月相①变化。

《太平御览》引皇甫谧："月以宵耀，名曰夜光。"夜光，是月亮的别名。《孙子》："月有死生。"死，月形缺失，指月始亏到月全黑。育，月形恢复，指月有牙到月团圆。一月之中，生死一次；一年之中，生死十二次；月月年年，月死了再生，生了再死，生生死死，循环不止。由此展示的月亮圆缺的形状，所谓月相，后世称为新月、上弦、望、下弦等，《尚书》常用"生魄"、"死魄"，"生霸"、"死霸"等。魄与霸，月相通用。《尚书·周书·武成》"惟四月哉生魄"，《说文》引作"哉生霸"，并说霸从月，本义为"月始生霸然"；魄从鬼，本义为"阴神"；魄是霸的假借。唐人颜师古注《汉书》说魄不是霸的假借，魄字原本就是霸字，"霸，古魄字"。月魄就是月霸，月霸就是月魄。

月称生死，月相称死魄生魄，是以月拟人。"人有悲欢离合，月有阴晴圆缺"，人是阴阳之和，有阳魂阴魄；月是太阴，阴之本，只有阴魄无阳魂。

魄的月相定义，素有争执。

一说月暗为魄。暗，月亮暗处，月形缺失处。暗处扩大，亮处缩小，魄生月光死；暗处缩小，亮处扩大，魄死月光生。孔安国注《尚书·武成》："魄生明死。"《汉书·律历志》：

死霸，朔也；生霸，望也。

朔，阴历初一，月由全黑开始复明，月暗即月亏开始减退，魄开始死，称"死霸"，即"死魄"。望，阴历十五，月满复亏，月亮开始有缺，月暗即月亏开始增加，魄开始生，称"生霸"，即"生魄"。孟康[1]注：

> 月生魄死，故言死魄。

孔颖达《武成》疏：

> 魄者形也，谓月之轮廓无光之处，名魄也。朔后明生而魄死，望后明死而魄生。

从月满到月全黑有一个过程，月满复亏魄始生，月相称"哉生魄"，哉，始也。月亏增大到一定程度（有说是阴历十六的月相），称"旁生魄"，旁，近也。月亏继续增大到一定程度称"既旁生魄"，既，已成。司马贞《史记·周本纪》索隐："既，尽也。"可能指月暗漫过了半月。至月全黑，称"既生魄"。继而，月始明（有说阴历初二的月相），称"哉死魄"，亦称"哉生明"。月明向全月推进，到一定程度，称"旁死魄"。月明继续增大到一定程度，称"既旁死魄"。至月全满，是"既死魄"。

一说月明为魄，明，月形发光处，魄生月光生，魄死月光死。许慎《说文》释"哉生霸"："月始生霸然也。承大月二日，承小月三日。"指魄是新月之光，上一月若是大月（阴历）出现在初二，上一月若是小月出现在初三。[2] 后汉马融[3]也说魄是月明。晚清时俞樾[4]、王国维[5]均作《生霸死霸考》，均主魄为月明。俞樾：

> 惟以古义言之，则霸者月之光也，朔为死霸之极，望为生霸之极。

---

①孟康，字公休，安平人。三国曹魏时曾官散骑侍郎、弘农领典农校尉中书令等。精通地理、天文、小学。主要著述为《汉书音义》，在训诂、考据上有较高学术成就，惜亡佚。

②《刘师培书话》说"哉生霸"："古籍所云'哉生魄'有确属月之二日三日者，亦有不系日名，为'望'前通称者。"刘师培（1884–1919），江苏仪征人，北京大学教授。

③马融（79–166），字季长，陕西兴平人。东汉经学家，郑玄老师。通文学、音乐、围棋。

④俞樾（1821–1907），字荫甫，浙江德清人。道光30年进士，官翰林编修。清末著名学者。

⑤王国维（1877–1927），字伯隅、静安，号观堂。浙江海宁人。国学大师。

① 《三统术》指西汉刘歆编
制的《三统历》。

以《三统术》① 言之，则霸者月之无
光处也，朔为死霸之始，望为生霸之
始，其于古义翩然反矣。

月全黑，死霸之极；月团圆，生霸之极。月始
亏，称"哉死魄"，依次有"旁死魄"，"既
旁死魄"，至月全黑，称"既死魄"。月始
明，称"哉生魄"，依次有"旁生魄"，"既
旁生魄"，至月全满，称"既生魄"。

两相琢磨，月暗为魄更为妥当。魂魄是阴阳
组合，魂为阳，魄为阴；明暗也是阴阳组合，明
为阳，暗为阴；魄指月暗，合于阴阳。且太阳
是阳之精，光明；月亮是阴之精，黑暗；月本
无光，暗是本质；魄指月暗，合于月质。《汉
书·律历志》孟康注："魄，月质也。"

先秦时，月相已经用于月历，使月相与
一个月的某一天相对应。《礼记》："月者，
三日成魄。"从"既死魄"到"哉生魄"约需
三天时间。第一天（大月十五或小月十四）是
满月，称"望日"，是"既死魄"。东汉刘熙
《释名》："望，月满之名也，日月遥相望
也。"第二天（十六或十五）是望后一日，是
满月，称"既望"，也是"既死魄"。《尚
书》："月二日死魄。"指月亮团圆的两天，
是月魄净死的两天。第三天（十七或十六）月
始亏，暗始生，是"哉生魄"。而"哉死魄"
则在每月初一，这一天月亮全黑后开始发光，
称"朔日"。《释名》："朔，苏也，月死复
苏生也。"孔颖达疏《尚书·舜典》："月
之始日，谓之朔日。""旁死魄"、"既旁
死魄"是朔日（初一）之后到望日（十五或
十四）之前的月相变化的不同状态，难以确

指那一天。从"哉死魄"经"旁死魄"、"既旁死魄"到"既死魄"，是上半月初一到十五的月相由暗到明的变化过程，是魄死的过程，明吃暗的过程。孔颖达《尚书》疏证："朔后明生而魄死。"尔后，到"既望"（十六或十五）后一日，大月十七，小月十六，满月初亏，是"哉生魄"，经过"旁生魄"、"既旁生魄"，直到这个月的最后一天，大月二十九，小月三十，月全黑，是"既生魄"的"晦日"。《说文》："晦，月尽也。"《释名》："晦，灰也，死为灰，月光尽，似之也。"《论衡·四讳》："三十日日月合宿，谓之晦。"三十日日月合宿与前面提到的每月初一的日月合朔，是同一件事。因太阳、月亮、地球大致处于同一直线而发生的月无光，要持续两天，阴历月的最后一天晦日到下个月的第一天朔日。从"既望"（十六或十五）后的"哉生魄"到"晦日"（二十九或三十）的"既生魄"，是下半月月相由明到暗的变化过程，是魄生的过程，暗吃明的过程。孔颖达《尚书》疏证："望后明死而魄生。"一个月的月相更替，从月尾经月初回到月尾，依次是既生魄、哉死魄、旁死魄、既旁死魄、既死魄、哉生魄、旁生魄、既旁生魄、既生魄。如果采信许慎、马融的明为魄，可将刚刚说的月相之生魄、死魄的位置相互置换，月相更替，是既死魄，哉生魄、旁生魄、既旁生魄、既生魄、哉死魄、旁死魄、既旁死魄、既死魄。而月相的实际形态并无不同①。

屈原大约不明白"死魄"、"生魄"的变化，不明白月圆月缺的原因，幽默一问，月亮有何高贵的品德足以反反复复死去活来？品

①今人对月相的定义是，晦日，每月的最后一天，月球运行到太阳和地球之间，跟太阳同时出没，月球的正面刚好全部背向太阳，地球上看不到月亮。朔日：每月初一，地球上仍然看不到月亮，因第二天初二月亮出，就把初一看不见的月亮当成正在脱胎换骨的月亮，叫新月。朏日：大月初三，小月初二，新月发光。东汉马融注《尚书·康诰》："朏：月未盛之明，从月出。"上弦日：每月的初八、九。可看见月球西边的半圆，弦者，月相如弓。望日：大月十六，小月十五，地球运行到月亮和太阳之间时，太阳从西方落下去，月亮从东方升上来，看到的是圆形的月亮，也叫满月。下弦日：每月的二十二、三日。可看见月球东边的半圆，也叫下弦月。上弦月之前下弦月之后呈现的月相细细弯弯，又称蛾眉月。月光超过一半时称凸月，月亮始缺不过一半时称残月。今人说月相更替，依次是新月、蛾眉月、上弦月、凸月、满月、残月、下弦月、蛾眉月、新月。从新月到新月，或者从既生魄到既生魄，或者从既死魄到既死魄，今人计算，需29天12时44分3秒。

德，是拟人的幽默，并不是说月亮是人或是神。

屈原之后，出色解答月亮死活的，西汉有京房[①]，东汉有张衡，西晋有杨泉[②]，北宋有沈括。

徐文靖《管城硕记》：

> 京房曰，月与星辰，阴者也。有形无光，日照之乃有光。

京房，李君明，西汉元帝时今文《易》学博士。张衡《灵宪》：

> 夫日譬犹火，月譬犹水。火则外光，水则含景，故月光生于日之所照，魄生于日之所蔽。

杨泉《物理论》：

> 月阴之精其形也圆，其质也清，禀日之光，而见其体，日不照则谓之魄。

西汉魏晋时能有这种月形无光、日照有光的认识，的确了不起。至北宋，沈括[③]《梦溪笔谈》进一层解画了月相的变化在于太阳与月亮的远近正斜：

> 月本无光，犹一银丸，日耀之乃光耳。光之初生，日在其旁，故光侧而所见才如钩。日渐远则斜照而光稍满。大抵如一弹丸，以粉涂

---

① 西汉经学家治《易》者有两京房。一位京房治今文《易》，师从《易》学博士杨何，官太中大夫、齐郡太守，《汉书·儒林传》记梁丘贺"从太中大夫京房受《易》"，但其学无传。另一京房（前77—前37年），本姓李，自称京氏，字君明，东郡顿丘(河南清丰)人，也治今文《易》，师从孟喜门人焦延寿，开西汉今文《易》学中"京氏学"。元帝时立为博士，以灾异推论时政得失。因弹奏权臣，出为魏郡太守。不久被杀。其学主言灾变，以《易》六十四卦、三百八十四爻，与一年十二月、二十四节气、七十二候、三百六十五又四分之一日，互相配合，从每候、每日的寒温、清浊，附会人事的善恶吉凶，占验"天人感应"。此京房又善长乐律，用"三分损益法"将十二律扩展成六十律。今存著作有《京氏易传》，《管城硕记》所言京房，当是这位李京房。

② 杨泉，字德渊，今安徽砀山人。东吴处士，入晋被征，不久隐居著述。

③ 沈括（1031—1095），字存中，今浙江杭州人。仁宗嘉祐八年（1063）进士。神宗时参与王安石变法。熙宁五年（1072）提举司天监。熙宁八年（1075）出使辽国，驳辽争地。次年任翰林学士，权三司使。后知延州（今陕西延安），防御西夏。元丰五年（1082）以宋军战败连累被贬。晚年在镇江梦溪园撰写《梦溪笔谈》。沈括精研天文，提倡新历法，与今天的阳历相似；制造过我国古代观测天文的主要仪器浑天仪、表示太阳影子的景表；测量了北极星与北极距三度的位置。沈括又精通物理，记录了指南针原理及制法，发现地磁偏角，阐述凹面镜成像原理，研究共振规律。于数学，创立"隙积术"（二阶等差级数的求和法）、"会圆术"（已知圆的直径和弓形的高，求弓形的弦和弧长的方法）。于地质学，命名石油，研究冲积平原。更有医学著作多部。是中国古代著名的科学家。

其半，侧视之则粉处如钩，对视之则
正圆也。

日离月近，月居其旁，月光如钩；日离月远，日
月斜视，则月光趋满；日月对视，则月光团圆。
这番见解，与沈括同时的苏轼应该没有看到，要
是看到了，就不会写下"明月本自明"①。

厥利维何，顾菟在腹？

这是专问月中传闻。

菟通兔。顾兔，月兔专称。清人毛奇龄②
《天问补注》：

> 顾兔，月中兔名。

兔性特征是左顾右盼，旧题东汉窦玄妻《古怨
歌》：

> 茕茕白兔，东走西顾。衣不如
> 新，人不如故。

月亮在上，月光下照，疑兔在月中，顾盼人
间，谓之顾兔。顾兔可代指月亮。梁简文帝
萧纲《水月诗》："非关顾兔没。"隋人袁庆
《和炀帝月夜诗》："顾兔始骋光。"李白
《上云乐》："阳乌未出谷，顾兔半藏身。"

林庚《天问论笺》说顾兔应拆开来看，
顾，照看养育。《诗·小雅·蓼莪》：

> 长我育我，顾我复我。

顾兔，就是月亮养了个兔子，并不是月亮里面
有一只东走西顾的兔子。也是一解。

月中有兔的典故，有人说起于兔唇，西
晋崔豹③《古今注》："兔口有缺。"杨万里
《天问天对解》："月缺如兔。"有人说起

① 苏轼《和黄秀才鉴空
阁》。

② 毛奇龄（1623–1716），字
大可、于一等，号初晴、
晚晴等，又称西河先生。
清初抗清，流亡多年。康
熙时，充明史馆纂修，后
寻假归。一生著作颇丰。

③ 崔豹，字正熊，晋惠帝时
官至太傅。《古今注》诠
释各类事物。

①张华（232-300），字茂先，范阳方城（今河北固安）人。西汉留侯张良六世孙。曹魏时任渔阳太守，西晋时官至司空，死于八王之乱，诗人、博物学家。

②邱仰文，字襄州，别字省离，山东滋阳今兖州人。雍正进士，官知县，善治学。

于兔孕，西晋张华①《博物志》："兔望月而孕，自吐其子。"清人邱仰文②《楚辞韵解》："兔望月而孕，故月中微黑一点谓之兔。"有人说起于月阴之精，阴精聚集，成形像兔。《灵宪》："月者，阴精之宗，积而成兽，像兔。"有人说月兔起于月中阴影，王夫之《楚辞通释》：

> 月中阴影似兔者。

斯言有理。月中确实存在视觉阴影，月球对地的一面有平原、山系，月面凹凸不平，凹凸导致因人而异的视觉阴影和视觉联想，甲看似此物，乙看似彼物，丙看似他物。游国恩《天问纂义》："疑战国时月中翳景，其说不一，随时随地而异。"而在传说过程中，兔子占了上风，跟在兔子后面的还有蛤蟆和老虎。

丁晏说屈原的顾兔不仅指兔子，也指蛤蟆，月中顾兔与月中蛤蟆是两物同居。《楚辞天问笺》引刘向《五经通义》：

> 月中有兔，有蟾蜍（chánchú）何？月，阴也。蟾蜍，阳也。

引《春秋元命苞》："蟾蜍与兔者，阴阳双居。" 蟾蜍，即蟾蜍，俗称蛤蟆或虾蟆。丁的意思，顾兔蟾蜍，阴阳两合，不离不弃，屈原写的虽是顾兔，其义包含蟾蜍。

闻一多《古典新义》力主月中顾兔就是月中虾蟆，是蛤蟆的一物异名。举证《淮南子·精神训》：

> 日中有踆乌，而月中有蟾蜍。

高诱注："蟾蜍，虾蟆。"《淮南子·说林训》：

月照天下，蚀于詹诸。

詹诸，亦即蟾蜍。闻一多说："月中虾蟆之说，乃起于以蛤配月。"举《吕氏春秋·精通》：

月望则蚌蛤实，群阴盛。月晦则蚌蛤虚，群阴亏。

高诱注："蚌蛤阴物，随月而盛，随月而亏。"蛤指蚌，又指虾蟆，明人高启《闻蛙》："何处多啼蛤，荒园暑潦天。"故虾蟆亦称蛤蟆。上古以蛤配月，因蛤及蟆，虾蟆登月。游国恩不赞同，《天问纂义》说顾兔不是蟾蜍的异名，相反，蟾蜍是兔字的讹变。

汤炳正[1]说顾兔是老虎。《楚辞讲座》：

顾兔实即《左传·宣公四年》楚人谓虎"於（wū）菟"的"於菟"，是指虎而言。

月中有虎这一传说，仅限于楚地。

按1972年长沙马王堆一号汉墓帛画有蛤蟆和兔子并见月中的图像，1978年湖北随县擂鼓墩曾侯乙墓也有类似虎头兔尾的兽形月，则月中有兔、月中有蛤蟆，月中有虎，或月中既有兔又有蛤蟆，均是古老的传闻。

今取顾兔为月兔。

"厥利维何？而顾兔在腹"如同上一句"夜光何德，死则又育"，也是幽默拟人。利，利益。腹，月腹，月亮怀抱。月亮怀抱顾兔，谋求何种好处？汉乐府《董逃行》：

采取神药若木端，白兔长跪捣药虾蟆丸。

[1] 汤炳正（1910-1998），字景麟，山东荣成人。四川师范大学教授，中国屈原学会会长。

晋人傅咸《拟天问》：

> 月中何有？白兔捣药。

白兔捣药，是不是汉人的故事新编，难以界定，但屈原既问利益，兔子为月亮打工应是旧时老话，屈原以为荒唐，嘲笑之。嘲笑月亮为利养兔，何品何德？既无优良品德，月亮"死则又育"，是谋利行贿了老天，还是老天情有独钟？其实是揶揄世人对月形变化的妄解与月中藏兔的幻觉。

女岐无合，焉取九子？

这是问天上星，问天上的女岐星。

女岐，《天问》有两位。这一位女岐，王逸说是神女。《天问章句》："女岐，神女，无夫而生九子也。"另一位女岐，王逸说是浇的嫂子，"女岐缝裳，而馆同爰止。"《天问章句》："女岐，浇嫂也。"这两个女岐王逸都说错了。这一位女岐不是神女，而是天上星座；另一位女岐也不是浇嫂，而是女间谍女艾①。

女岐，星名，或称九子母星，指二十八宿东方苍龙七宿的第六宿尾宿。九子，也是星名，即九子星，指的同样是二十八宿中的尾宿。尾宿九颗星，《史记·天官书》："尾为九子。"司马贞《史记索隐》引宋均曰："属后宫场，故得兼子。子必九者，取尾有九星也。"张守节《史记正义》："尾九星为后宫，亦为九子星。"所以闻一多《天问疏证》："案后宫而兼九子，即女岐与其九子也。"汉乐府《陇西行》：

> 天上何所有？历历种白榆。
> 桂树夹道生，青龙对道隅。
> 凤凰鸣啾啾，一母将九雏。

① 参看本书第291页"女岐缝裳"一节。

白榆，星名，《太平御览》引《春秋运斗枢》："玉衡星散为榆。"桂树指星，《春秋运斗枢》："椒桂合刚阳。"注："阳星之精所生也。"青龙，二十八宿之东宫苍龙。凤凰，星名，《鹖冠子》："凤皇者，鹑火之禽。"《天问疏证》说凤凰即南宫朱鸟，"一母九雏之凤凰，亦即九子母女岐也。"这结论有问题。《天问疏证》刚说女岐九子是尾宿九子，又说凤凰是南宫朱鸟是九子母女岐，而南宫朱鸟是南方七宿，尾宿九星属东方青龙七宿，两者是"盈盈河汉间，脉脉不得语"，不能混为一物。乐府"凤凰鸣啾啾，一母将九雏"是分指南宫朱鸟和尾宿九星，诗意是凤凰叫得欢，恭喜尾宿得九子。

无合，没有丈夫。《周礼·春官·媒氏》郑玄注："得偶为合。"屈原问，女宿星没有丈夫，如何生出尾宿星九子？又是幽默拟人。嘲讽天文家，既然安排了九子母星，为何不安排九子父星？没有九子父，哪有九儿子？本意是否认女岐九子的星象传说。不过，屈原也古板了，没有偶合，若有苟合，也是可以生育的，无夫生子之问，似有漏洞。

又，闻一多并说女岐九子原型是山是兽不是星。《天问疏证》先取清人丁晏《楚辞天问笺》和孙诒让[1]的释义，女岐为山名；继取《吕氏春秋·论大》"地大则有常祥、不庭、岐母、群祇、天翟、不周"，《山海经·大荒东经》"大荒东南隅有山，名皮母地丘"，《淮南子·地形训》"东南方曰波母之山"，释以"皮母、波母并即岐母之伪"；又因"女、母古字亦每相乱"，岐母"再变为女岐"；再取《淮南子·本经训》"凿齿、九

[1]孙诒让（1848-1908）字仲容，号籀庼居士，浙江瑞安人。与俞樾、章太炎并称清末三学者。又是教育家，曾兴办学堂，于近代教育卓有贡献。

女岐在天　潘喜良　作

婴、大风、封豨、修蛇，皆为民害"，说九子就是九婴，九婴是九头怪兽；因此，山名岐母是女岐本名，兽名九婴是九子本名，大山生怪兽是女岐无夫生九婴的本事。闻一多又说，经汉人加工，九头怪变为九个儿子，女岐变为无夫生出九个儿子的女神九子母；再加工用于天文，母与子变化为天上的九子母星和九子星；屈原问女岐九子，是问女岐之山，不能交合，如何生出九头怪；并不是问女岐之星如何生出九颗星。此说有理，如加采信，则女岐是山，九子是兽，这两句应置于问山问兽一节。

伯强何处？惠气安在？

这是问天地之风。

周拱辰《离骚草木史》：

> 伯强，惠气，风属。

伯强原本不是风名，而是北方大神禺强之名。《山海经·海外北经》：

> 北方禺强，人面鸟身，珥两青蛇，践两青蛇。

《大荒北经》也有相同的描述：

> 北海之渚中，有神，人面鸟身，珥两青蛇，践两赤蛇，名曰禺彊。

彊通强，禺彊即禺强。《庄子·大宗师》：

> 夫道，……黄帝得之，以登云天；颛顼得之，以处玄宫；禺强得之，立乎北极；西王母得之，坐乎少广。莫知其始，莫知其终。

能与黄帝、颛顼、西王母相提并论，这禺强的神仙地位是高之又高了。禺强主管天下杀气，主管西北风。《淮南子·地形训》：

> 隅强，不周风之所生也。

不周风，就是司马迁《史记·律书》说的西北杀生之风。《天问章句》：

> 伯强，大厉，疫鬼也，所至伤人。惠气，和气也。

王逸说伯强是瘟神疫鬼，是对伯强所司西北厉风的渲染。周拱辰说伯强属风，是看清楚了屈原以伯强借代伯强所管杀生之风。

游国恩《天问纂义》引《淮南子·地形训》：

> 西北方曰不周之山，故以乾为不周风。

又引《易传》"乾，西北之卦也"、"乾，阳也"，再引《素问》"风，阳气也"，说伯强主管的不是西北杀生之风，而是西北阳和之风，实属误判。伯强不是和风，惠气才是和风。气即风，《庄子·齐物论》："大块噫气，其名曰风。"张衡《东京赋》："惠风广被。"王羲之《兰亭集序》："惠风和畅。"屈原若用"何处"、"安在"两个问号，问同一种和风，既无趣无味，也浪费文字。伯强与惠气对举，应是王逸所言，是厉气与和气的对举，一如《黄帝风经》：

> 条畅祥和，天之喜气也。折扬奔厉，天之怒气也。

伯强之气，西北的怒气阴风；惠气，东南的喜气和风。"伯强何处？惠气安在？"是问阴风生于何处？和风生在那里？

诸子有"八风说"。《淮南子·地形训》：

> 诸稽、摄提，条风之所生也；通视，明庶风之所生也；赤奋若，清明风之所生也；共工，景风之所生也；诸比，凉风之所生也；皋稽，阊阖风之所生也；隅强，不周风之所生也；穷奇，广莫风之所生也。

诸稽、摄提、通视、赤奋若、共工、诸比、皋稽、隅强、穷奇应是九位大神。共工，神迹显赫。摄提，冠名星座，神而不朽。赤奋若，冠名纪年。《史记·天官书》："赤奋若岁：岁阴（太岁）在丑，星（岁星）居寅。"也属神而不朽。穷奇，怪兽神妖，有类北方之神禺强，《山海经·西山经》：

> （邽山）其上有兽焉，其状如牛，蝟毛，名曰穷奇，音如獆（háo）狗，是食人。

《山海经·海内北经》：

> 穷奇状如虎，有翼，食人从首始，所食被发，在蜪犬北。一曰从足。

高诱注："穷奇，天神也。在北方道，足乘两龙，其形如虎也。"① 这九位大神分掌天下八风，是八风的制造者、控制者。《淮南子·天文训》还具体记写了八风鼓吹的时间：

> 何谓八风？距日冬至四十五日，条风至；条风至四十五日，明庶风至；明庶风至四十五日，清明风至；清明风

①穷奇，后来也由神变人。《左传·文公十八年》："少昊氏，有不才子，毁信恶忠，崇饰恶言，天下谓之穷奇。"

　　至四十五日，景风至；景风至四十五
　　日，凉风至；凉风至四十五日，阊阖风
　　至；阊阖风至四十五日，不周风至；不
　　周风至四十五日，广莫风至。

条风，农历十一月十二月；明庶风，正月二
月；清明风，二月三月；景风，四月五月；凉
风，五月六月；阊阖风，七月八月；不周风，
八月九月；广莫风，十月十一月。《史记·律
书》记录了八风所起的方位和特性：

　　不周风居西北，主杀生。
　　广莫风居北方。广莫者，言阳气
　　在下，阴莫阳广大也，故曰广莫。
　　条风居东北，主出万物。条之言
　　条治万物而出之，故曰条风。
　　明庶风居东方。明庶者，明觿物
　　尽出也。
　　清明风居东南维，主风吹万物而
　　西之。
　　景风居南方。景者，言阳气道
　　竟，故曰景风。
　　凉风居西南维，主地。地者，沉
　　夺万物气也。
　　阊阖风居西方。阊者，倡也；阖
　　者，藏也。言阳气道万物，阖黄泉也。

依次是西北风、北风、东北风、东风、东南
风、南风、西南风。
　　屈原的伯强之风对应主杀之风西北不周
风，惠气对应主生之风东方明庶风、东南清明
风、南方景风。屈原的"何处"、"安在"，
关心的不是有如《淮南子·天文训》所谓风的

时令，也不是有如《史记·律书》所谓风的方位，而是关心九神八风的虚实，置疑阴风、和风产生的本源。风之生，本属自然，时令季节之风，是无序天成，是自然界无序中的有序。神话则将自然界的无序中的有序，变为神的有序操作。屈原置疑的意义在于置疑自然秩序的神化。

何阖而晦？何开而明？

问白昼与夜晚。

晦，昏暗，指夜晚。《诗·郑风·鸡鸣》："风雨如晦，鸡鸣不已。"明，光明，指白昼。阖，关门。《说文》："阖，门扇也。一曰闭也。"《荀子·儒效》："外阖不闭。"① 开，开门。何，何处。何处的天门开了，天发亮？何处的天门关了，天发暗？

这一问，也许有感于神话，也许有感于星象家言。

神话有天门，作用之一是供神人进出，《离骚》："吾令帝阍开关兮，倚阊阖而望予。"《说文》："阍，常以昏闭门隶也。"《礼记·祭统》："阍者，守门之贱者也。"帝阍，黄昏关门的守门神，也可理解为，一关门天下就黄昏的守门神。

战国星象家也借助神话天门说星象②。

> 角二星为天门。……左角为天田，右角为天门，中间名天关。

角二星指东方苍龙七宿之一"角宿"上的两颗星，角宿一和角宿二。角，比喻苍龙头上的两只犄角。为何称天门？汉人《春秋纬》：

> 角二星，天关也。左角为天田，

① 杨倞注："阖，门扇也。"杨倞，唐弘农(今河南省灵宝县南)人。任登仕郎守大理评事。所作《荀子注》是现存最早的《荀子》注本。

② 《甘石星经》：战国时楚人甘德著《天文星占》，魏人石申著《天文》，后人将此两书合一为《甘石星经》。《甘石星经》是我国、乃至世界最早的一部天文学著作，宋代失传，唐代《开元占经》有其片段，南宋晁公武《郡斋读书志》书目也存其梗概。《甘石星经》记录了800个恒星的名字，测定了121颗恒星的方位，发现观察了金、木、水、火、土五大行星的运动规律，亦称《甘石星表》。这是世界上最早的恒星表，比希腊天文学家伊巴谷在公元前二世纪测订的欧洲第一个恒星表早约200年。

· 113 ·

南三尺曰太阳道。右角为天门，北三
尺曰太阴道。

周天黄道穿行于角二星，太阳与月亮时常途经
角二星，星象家因此称角二星为天关、天门。

屈原疑心，所谓天门，无论是神话天门
还是星象家的天门，其实与昼夜的形成没有关
联。今日答案，地球自转，面向太阳时，是白
昼；背向太阳时，是夜晚。

角宿未旦，曜灵安藏？

问太阳夜晚的行踪。

角宿，东方星，二十八宿东方苍龙七宿之
首，也是二十八宿之首[1]。"角宿未旦"，犹言
星星闪烁，东方未晓。曜灵，是太阳，不是月
亮。曹植《与吴质书》："日不我与，曜灵急
节。"南朝江淹《杂体诗》："朱霞入窗牖，曜
灵照空隙。"《广雅》："曜灵，日也。"屈原
"耀灵安藏"，是问夜晚的太阳如何隐藏。

屈原的问题，古希腊人有近乎科学的破
解。约在公元前500年，毕达哥拉斯[2]创立了日
月星辰绕地运动的球壳理论。约在公元前300
年，阿利斯塔克[3]创立了以太阳为中心的圆轨
道理论。这一时段，先秦诸子的观念也有明显
进步。按"盖天"旧说，天在上，地在下，太
阳白天空中走，夜晚地下行。《易·明夷》：

> 初登于天，后入于地。

地下有通道，《淮南子·天文训》：

> 日入于虞渊之汜，曙于蒙谷之浦。

通道是一条漫长的地下水路，西头是虞渊，东
头是蒙谷之浦，连接东西头的是蒙谷。太阳从

[1] 角宿含十一星官，计41颗
星。王希明《丹元子步天
歌》说角宿："南北两星正
直悬，中有平道上天田，
总是黑星两相连，别有一
乌名进贤。平道右畔独
渊然，最上三星周鼎形，
角下天门左平星，双双横
于库楼上。库楼十星屈
曲明，楼中柱有十五星，
三三相著如鼎形，其中四
星别名衡，南门楼外两星
横。"

[2] Pythagoras（约前572-前
497）古希腊杰出数学家、
哲学家。

[3] Aristarchus（约前310-前
230），古希腊杰出的天
文学家，最早提出"日心
说"。

虞渊入地下水，浮沉蒙谷，再从蒙谷的东边上岸升空。按"盖天"新说，太阳及月亮星辰不论白天还是夜晚都在天上转圈子。汉初桓谭《新论》引"盖天家说"：

> 天如盖旋，左旋，日月星辰随而东西。

日月星辰随天左转，转远了再转回来，始终在天上，没有到地下。后来魏晋人虞耸[①]《穹天论》作了更清楚地解释：

> 日绕辰极，没西而还东，不出入地中。

日绕北极，西去东回。这一说法，比起太阳上天下地的老黄历，大为高明，但比起希腊人的"地球中心说"和"太阳中心说"，仍为落后。这是中国宇宙学的一段遗憾。当时国人的哲学思考并不亚于希腊，宇宙本体论的探讨也不逊于希腊，可惜没有把深邃的哲学思辨运用于日月与地球。《老子》："周而复始。"若用之于地球，可以得出大地是球型；若用之于日月，至少可以得出日月绕地；日月绕地远胜日月入地。

估计屈原虽然不知道太阳随天旋转的"盖天"新说，却勇于怀疑太阳夜行地下的"盖天"旧说，"安藏"之问，否认了太阳夜藏地下，夜行地下。

至此，从"圜则九重"到"曜灵安藏"，天体、天文的主要问题告一段落，接下去，屈原开始问地理。

[①] 虞耸，字世龙，会稽余姚人（今浙江余姚）。清严可均辑《全晋文》卷八十二："仕吴为越骑校尉，累迁廷尉，出为湘东太守。入晋为河间相。"

第九讲

九州方圆

九州安错？川谷何洿？
东流不溢，谁知其故？
东西南北，其修孰多？
南北顺椭，其衍几何？

天下九州如何分布？地上河谷为何峻深？
滔滔百川日夜东流，东海之水因何不漫？
量一量东西南北，看大地四边谁长谁短？
算一算南弧北弧，比东边西边长出多少？

这一节八句五问，由天及地，问地理布局、山川海洋，大地边长。

九州安错？

问华夏九州或天下九州的划分。

州，水中陆地。《说文》："水中可居曰州。"九州，九大块陆地，是华夏最早的地理区域概念。战国时，邹衍说华夏九州不过是天下九州之一。九州遂一名二义，既指天下九州，也指华夏九州。天下九州或称"大九州"，华夏九州或称"小九州"。本节下问"东流不溢"，说的是华夏江河，屈原所问九州，可能是"小九州"。但本节又问"东南西北"，说的是大地四边，屈原所问，也可能是"大九州"。

"小九州"，华夏九州。《山海经》、《禹贡》、《容成氏》、《周礼·职方》、《逸周书·成开》等[1]，都说是大禹的规划。《山海经·海内经》：

> 洪水滔天。鲧窃帝之息壤以堙洪水，不待帝命。帝令祝融杀鲧于羽郊。鲧复生禹。帝乃命禹卒布土以定九州。禹鲧是始布土，均定九州。

《尚书·禹贡》：

> 禹别九州，随山浚川，任土作贡。

《左传·襄公四年》引《虞人之箴》：

> 茫茫禹迹，画为九州，经启九道，
> 民有寝庙，兽有茂草，各有攸处。

可以相信，九州，应是原始社会后期人们在战胜洪水治理疆土时，对华夏地理的一种大概的模糊的区域划分，泛指中原地区、华北地区、西北地区、黄河流域、淮河流域、江汉流域的不同区域。

随之，九州的九个州名派生而出。《禹贡》九州：

[1]《禹贡》，载《尚书·夏书》，是先秦地理书，参看本书第241页注释。《容成氏》，《汉书·艺文志》有著录，参看本书第189页容成氏。《逸周书》原名《周书》，《汉书·艺文志》著录《周书》71篇。逸者，《尚书》"周书"的逸篇，出自晋代汲郡（今河南汲县西南）古墓，或称《汲冢周书》。

> 冀州、兖州、青州、徐州、扬
> 州、荆州、豫州、梁州、雍州。

《尔雅》九州：

> 冀州、兖州、幽州、徐州、扬
> 州、荆州、豫州、营州、雍州。

《尔雅》以幽州、营州取代了《禹贡》的青州、梁州。《周礼》九州：

> 冀州、兖州、青州、幽州、扬
> 州、荆州、豫州、并州、雍州。

《周礼》以幽州、并州取代了《禹贡》的徐州、梁州，以青州、并州不同于《尔雅》的徐州、营州。《吕氏春秋》九州：

> 冀州、兖州、青州、徐州、扬
> 州、荆州、豫州、幽州、雍州。

《吕氏春秋》以幽州取代《禹贡》的梁州，以青州不同于《尔雅》的营州，以徐州不同于《周礼》的并州。《容成氏》九州：

> 夹州、涂州、竞州、莒州、蕨
> (ou)州、荆州、扬州、叙州、虘州。

与《禹贡》有六个州的出入。又有《淮南子》九州：

> 神州、次州、戎州、弇州、冀
> 州、台州、泲州、薄州、阳州。

与《禹贡》竟有七个州的差异。这些州名差异，有人说是朝代变化带来的地域新界定。《禹贡》九州是夏制，《尔雅》九州是商制，

《周礼》九州是周制。又有人说《容成氏》九州或许比《禹贡》早。我看《淮南子》的九州也有早于《禹贡》的可能性。

同时，九个州的方位也有了粗略的轮廓。《周礼·夏官·职方氏》以周都镐京、洛邑为中心划分之：

> 东南曰扬州，正南曰荆州，河南曰豫州，正东曰青州，河东曰兖州，正西曰雍州，东北曰幽州，河内曰冀州，正北曰并州。

《尔雅·释地》：

> 两河间曰冀州，河南曰豫州，河西曰雝州，汉南曰荆州，江南曰杨州，济河间曰兖州，济东曰徐州，燕曰幽州，齐曰营州。

按春秋国家地理，《禹贡》九州：扬州越国，荆州楚国，雍州秦国，青州齐国，梁州分属秦国、楚国，冀、兖、徐、豫分属晋国、齐国、鲁国、郑国、卫国、宋国。《吕氏春秋·有始览》：

> 何谓九州？河、汉之间为豫州，周也。两河之间为冀州，晋也。河、济之间为兖州，卫也。东方为青州，齐也。泗上为徐州，鲁也。东南为扬州，越也。南方为荆州，楚也。西方为雍州，秦也。北方为幽州，燕也。

屈原大概被这些眼花缭乱的九州地理名称和地理区划所困扰，不禁质疑"九州安错"？错，错落，分布。华夏九州根据什么界限划分？各自的地域究竟如何分布？

"大九州"，天下九州。《史记·孟荀列传》：

> （邹子）以为儒者所谓中国者，于天下乃八十一分居其一分耳。中国名曰赤县神州。赤县神州内自有九州，禹之序九州是也，不得为州数，中国外如赤县神州者九[1]，乃所谓九州也。于是有裨海环之，人民禽兽莫能相通者，如一区中者，乃为州。如此者九，乃有大瀛海环其外，天地之际焉。

按邹衍[2]的推想，天下共八十一块陆地，每九块陆地构成一个州区，居中一块称州，中国是赤县神州，是天下九州之一，也是天下八十一块陆地之一；陆地之间，裨海环绕，语言风俗皆不相通；为世界勾勒了一幅州外有州、族外有族、州际有海的地理宏图，确是非同凡响的构想。现代说世界地理，常说七大州八大洋，邹衍也不过多说了二大州而已。但是，邹衍一派未能交代"大九州"的根据，也未能交代其他八州的方位与名称，"大九州"一说，对于世人，恐怕是云里雾里。屈原也不明白，"大九州"究竟有没有？如果有，根据什么划分？

今试为说之。邹衍的"大九州"立足周代井田。《左传》说春秋时的楚国"井衍沃"，《国语》说春秋时的齐国"陵埠陆瑾，井田畴均，则民不憾"，又说春秋时的郑国"田有封洫，庐井有伍"，则井田一制，大约假不了。一块井田，就是一块正方形的土地，用"井"划分，共九块，中间一块为公田，其余八块为私田。《孟子·滕文公》：

[1] "中国外如赤县神州者九"，应是"中国外如赤县神州者八"，或者理解为连同中国在内如赤县神州者九。指天下共有九块类同赤县神州的陆地，邹衍称之为"九州"。所谓"一区中者乃为州"，指一州区域有九块陆地，居中一块称"州"，周围八块不称州。所谓"如是者九"，指一块居中、八块环列的地域，天下共有九个，是为"大九州"，陆地总数是九州加七十二块，总计八十一块。

[2] 邹衍（约前305—前240），战国阴阳学派代表。

> 方里而井，井九百亩，其中为公
> 田，八家皆私百亩，同养公田，公事
> 毕，然后敢治私事，所以别野人也。

邹衍一块居中、八块环列、海水间隔、居中称
州的每一大洲就是一块正方的井田相似形。邹
衍"如是者九"的"九大州"就是九大块正方
的井田相似形。而"九大洲"本身又组成了一
块海水间隔的更大的正方的井田相似形。居中
一块，即居中一大洲，就是赤县神州所在之大
洲。环绕"九大州"（包括九大州之间的间
隔）的大海，均衡分布，海的面积加上九大州
的面积，仍然保持正方形，体现"天圆地方，
极植中央"。井田，是邹衍设计"大九州"的
基本模型。

川谷何洿？

问江峡河谷的形成原因。

天下九州的江峡河谷，屈原未必明了。
华夏九州的江峡河谷，屈原应相当清楚。黄河
有三门大峡，长江有瞿塘三峡，江峡河谷的
高深奇峻，早就引起世人的敬畏。《诗·小
雅·十月之交》："高岸为谷，深谷为陵。"
已经看出了大地的沧海桑田。屈原生于湖北，
居近长江，大江的宽阔、三峡的高峻，更易激
发诗人的惊叹：江峡河谷，峻峭陡深，何时成
洿（wū）？如何成洿？《天问章句》："洿，深
也。"

神话记录，江峡河谷出于鬼斧神工。《山
海经·大荒北经》：

> 有系昆之山者，有共工之台，
> 有人衣青衣，名曰黄帝女魃。蚩尤作

· 121 ·

> 兵伐黄帝，黄帝乃令应龙攻之冀州之
> 野。应龙畜水，蚩尤请风伯、雨师，
> 纵大风雨。黄帝乃下天女曰魃，雨
> 止，遂杀蚩尤。魃不得复上，所居不
> 雨。叔均言之帝，后置之赤水之北，
> 叔均乃为田祖。魃时亡之，所欲逐之
> 者，令曰："神，北行。先除河道，
> 决通沟渎。"

魃是旱神，所居不雨，被流放北方，开通沿途河道。应龙是水神，擅长推波助澜，水漫金山；又擅长以尾开河，导川朝宗。《天问》："江海应龙，何画何历？"画，划开。历，经历。经历了哪些江河，划开了哪些峡谷？

屈原既不相信应龙划开江峡，也不会相信女魃开通河谷，此问，意在探讨川谷的由来。但屈原大约想不通"高岸为谷，深谷为陵"的原因，想不到"川谷何洿"在于地壳运动。

东流不溢，谁知其故？

问东方大海的无限容量。

东流，中华大陆的原始人已经看出江河东去、百川朝宗的走势，《淮南子·地形训》："地不满东南，故水潦尘埃归焉。"已经知道华夏大地的东南是浩浩荡荡的大海。不溢，不漫，大海不漫。海的这一特征，先秦已发人深思。江河东流，永不停息，大海再大，总归有限，为何海纳百川，兼收并蓄，却永远装不满、溢不出？《庄子·秋水》：

> 天下之水，莫大于海，万川归
> 之，不知何时止而不盈；尾闾泄之，
> 不知何时已而不虚；春秋不变，水旱

不知。

庄子说，海底有漏斗，漏斗叫尾闾，百川输水进海，尾闾漏水出海，一进一出，不溢不漫。《列子·汤问》：

> 渤海之东，不知几亿万里，有大壑焉，实惟无底之谷，其下无底，名曰归墟。八纮九野之水，天汉之流，莫不注之，而无增无减焉。

列子说，大海有深渊，深渊叫归墟，归墟无底，尽收天下之水。屈原既不接受庄子的海底漏斗，也不接受列子的海底归墟，一句"谁知其故"，说尽世人不知其故，表明自己盼知其故。

六朝时，诸子说海中有沃焦，沃焦烤化海水。嵇康《养生论》李善[1]注引晋人司马彪语：

> （沃燋）在扶桑之东，有一石，方圆四万里，厚四万里，海水注者无不燋尽，故名沃燋。

李善注引郭璞《玄中记》：

> 天下之大者，东海之沃焦焉，水灌之而不已。沃焦，山名也，在东海南方三万里。海水灌之而即消，故水东南流而不盈也。

沃焦出自《山海经》的"羿射九日，落为沃焦"[2]。九个太阳落于地上，烈焰高温，烧焦土石，称为沃焦。疑沃焦的原型是火山，海中沃焦，原型是海中火山。这一说法要比庄子的漏斗和列子的归墟现实得多，在理得多。今天的认知，大海不溢，仰仗太阳对海水的蒸发。

[1] 李善（630-689），江都（今江苏扬州）人，或江夏（今湖北武昌）人。唐高宗时官崇贤馆直学士。以注释讲授萧统《文选》知名。

[2] 唐人成玄英《庄子·秋水》疏引《山海经》。

东西南北，其修孰多？

问大地四边的长宽。

"东西南北"是东西和南北。比较的是大地东西之间的长度和南北之间的长度。王逸《楚辞章句》：

> 言天地东西、南北，谁为长乎？

上古有三个答案。一说东西与南北一样长，大地是个正方形。《淮南子·地形训》：

> 禹乃使大章步自东极至于西极，二亿三万三千五百里七十五步。使竖亥步自北极至于南极，二亿三万三千五百里七十五步。

一说东西长，南北短，大地是个东西向的长方形。《轩辕本纪》[①]：

> 帝令竖亥步自东极至于西极，得五亿十万九千八百八步，南北二亿三万一千三百里。

一说南北长，东西短，大地是个南北向的长方形。晋人张华《博物志》引《河图》：

> 天地南北三亿三万五千五百里，东西二亿三万三千里。

这三说，是上古先人对大地长宽的一种估量。《轩辕本纪》说大地南北间距不到东西间距的一半，南北过扁。《河图》说南北间距比东西间距长出近三分之一，东西过短。《淮南子》说南北与东西间距相等，则比较靠谱。今已知地球的极半径，从地心到北极或南极距离，约 6 356.8 千米；赤道半径，从地心到赤道的

[①] 唐人王瓘撰，集中收集黄帝神话。

距离，约6 378.1千米。掐指可算，地球平面的南北极长度是12 713.6千米；东西极长度是12 756.2千米。则地球平面的东西极长度只比南北极长度多出42.6千米，是两条大体相当的直径，与《淮南子》大章、竖亥的丈量何其相近。

屈原似乎对大地方形有所怀疑，大地的东西与南北是否有长有短？长多少？短多少？这怀疑确实精致求真，地球的东西直径与南北直径尽管接近相等，却毕竟不等。

南北顺椭，其衍几何？

屈原以为，或者有人主张，大地近似方形，大地的南北边与东西边是有差别的，东边西边是直线，南边北边是弧形。《汉书·食货志》颜师古注："椭，圆而长也。""顺椭"，沿着弧形展开。弧形的认识，或许源自古人对日月经天的观察，日月经天，由东到西，轨道弯弯，感觉上天是圆的，地面也相应弯曲有弧度，东西向的南北弧度。按平面几何，一个正四方形，若任意一条直边变作外向弧形，则弧形的长度一定大于各条直边。因此，大地的南北弧长一定大于东西边长。大地已经不再是标准的正方形，而是南北边为弧线、东西边为直线的图形。

"南北顺椭"，也能回答东西间距和南北间距的问题。正方形的两条对称的直边若变为外向弧形，则两条弧形之间的最大直线距离要大于余下两条直边之间的最大直线距离。《河图》说南北间距长于东西间距或许因此。

第十讲

神山神境

昆仑县圃，其尻安在？
增城九重，其高几里？
四方之门，其谁从焉？
西北辟启，何气通焉？
日安不到？烛龙何照？
羲和(之)未扬，若华何光？
何所冬暖？何所夏寒？
何所不死？长人何守？
黑水玄趾，三危安在？
延年不死，寿何所止？

昆仑山悬空的仙境，坐落何处？
昆仑山九重的增城，高度几何？
四方洞开的昆仑山门，什么人进出？
长开不闭的昆仑西北，什么风流通？
何处阳光不到？烛龙竟能照耀？
晨曦未出之地，若木居然发光？

冬天何地温暖？夏天何地寒凉？

何地永生不死？何地巨人把守？

黑水、玄趾在哪里？三危神山在哪里？

生活在其中，延年又益寿，到底活多久？

这一节二十句十三问，问大地的神山神境。

昆仑县圃，其尻安在？增城九重，其高几里？

这里专问神山昆仑。

昆仑山神气彪炳，又名昆仑丘，昆仑墟。所在地区，神话多指西方。《山海经·西次三经》：

> 西南四百里，曰昆仑之丘，是实惟帝之下都。

下都，下界都城①。《大荒西经》：

> 西海之南，流沙之滨，赤水之后，黑水之前，有大山，名曰昆仑之丘。有神，人面虎身。此山万物尽有。

《海内西经》：

> 海内昆仑之虚，在西北，帝之下都。昆仑之墟，方八百里，高万仞。

唯《海内南经》又称昆仑山在东南方，郭璞注东南昆仑为"海外复有昆仑山"。意指海外昆仑不是神话常说的神山昆仑。《河图括地象》也说神山昆仑在西北：

> 地中央曰昆仑，昆仑东南，地方

①下都，或云陪都，第二都。犹西周之洛邑。

千里，名曰神州。

旧题东方朔《十洲记》[①]：

> 昆仑号曰昆陵，在西海戌地，北海之亥地，去岸十三万里……咸阳去此四十六万里。

郦道元《水经注》："昆仑墟在西北。""去嵩高五万里，地之中也。"徐旭生[②]《读山海经札记》化神话为历史地理，说昆仑丘就是现在的青海高原，是炎黄氏族的远古发源地。他的《中国古史的传说时代》又说，炎黄先祖，离开昆仑，一支东迁之陕西北部，居住在姬水，以姬为姓，是黄帝族。另一支东迁之陕西西南部，居住在姜水，以姜为姓，是炎帝族[③]。一般看法，神话与古史中的昆仑泛指大西北今青海、甘肃、新疆一带的巍巍群山，并不特指今天地图上的昆仑山。但两者也确实有瓜葛。屈原《离骚》"登昆仑兮食玉英"，今之昆仑恰恰盛产美玉。昆仑玉以和田玉名气最大，和田白玉的玉质居世界软玉之冠。2008年北京奥运会的金、银、铜牌，就镶嵌了昆仑白玉、青白玉、青玉。屈原这句诗说明战国时代已经知道西北有山多美玉了。

神山昆仑，是西王母的居所。西王母住在昆仑的弇（yǎn）山，即日之所入的崦嵫山，相貌恐怖，蓬发、戴胜、豹尾、虎齿。胜，首饰。杜甫《人日》："胜里金花巧耐寒。"《山海经·大荒西经》：

> 西海之南，流沙之滨，赤水之后，黑水之前，有大山，名曰昆仑之丘。有神，人面虎身，有文有尾，皆

① 《十洲记》又名《海内十洲记》或《十洲三岛记》。原题"东方朔集"。据考《十洲记》所载汉武帝华林园射虎事，《文选》应贞《晋武帝华林园集诗》李善注引《洛阳图经》："华林园在城内东北隅，魏明帝起名芳林园，齐王芳改为华林。"可知汉武时并无华林园，则此书应不是东方朔撰。但《隋书·经籍志》著录一卷，成书应在六朝。《十洲记》主要描述汉武帝召见东方朔问十洲异物。十洲：八方巨海之中的祖洲、瀛洲、玄洲、炎洲、长洲、元洲、流洲、生洲、凤麟洲、聚窟洲。介绍了不少神话仙话和绝域异物。

② 徐旭生（1888—1976），河南唐河县人。古史学家，任职北京大学、中国科学院考古研究所。

③ 《国语·晋语》："黄帝以姬水成，炎帝以姜水成。"

白，处之。其下有弱水之渊环之，其外有炎火之山，投物辄然。有人戴胜，虎齿，有豹尾，穴处，名曰西王母。

《山海经·西次三经》：

西王母其状如人，豹尾虎齿，善啸，蓬发戴胜，是司天之厉及五残。

郭璞注："主知灾厉五刑残杀之气也。"西王母与虎豹为群，擅长御鸟。《海内北经》：

西王母蓬发戴胜，其南有三青鸟，为西王母取食。

《大荒西经》："有三青鸟，赤首黑目，一曰大鹜，一曰少鹜，一曰青鸟。"郭璞注："皆西王母所使也。"后来西王母大约变漂亮了，变得风情万种，在周穆王驾八骏游西极时，做了周穆王的情人。《竹书纪年》穆王十七年，"西征昆仑丘，见西王母"。《穆天子传》写西王母与周穆王饮酒唱歌，依依惜别，上演了华夏人神之恋的第一曲"昆仑瑶池之恋"。李商隐因之作《瑶池》："瑶池阿母绮窗开，黄竹歌声动地哀。八骏日行三万里，穆王何事不重来？"昆仑之名愈加昭彰。

在神山昆仑，移步换景，尽是神妙之境。其一如县圃。《淮南子·地形训》：

昆仑之丘，或上倍之，是谓凉风之山，登之而不死。或上倍之，是谓县圃，登之乃灵，能使风雨。或上倍之，乃维上天，登之乃神，是谓大帝之居。

攀登昆仑，上下四境，始登昆仑丘，后登凉风山，继登县圃，再登天帝居。县，悬。县圃，顾名思义，是"悬空的花园"。《穆天子传》：

> 春山之泽，清水出泉，温和无风，飞鸟百兽之所饮食也。先王所谓悬圃。

悬，形容高耸入云的峰峦，用字奇警。但屈原较真，既说悬空，总须支撑，如何支撑？故问"其尻安在"。这个尻（jū）字，值得玩味。《孝经》[1]："仲尼尻。"许慎《说文》："尻，处也。"处，就是居。《玉篇》[2]："尻与居同。"只是释尻为居，固然不错，却未必精当。《天问》已多次用居，为何要在这里舍熟"居"而用生"尻"？尻的字形，屋里有案几。《说文》释屋："从尸。尸，所主也。一曰尸，象屋形。"《说文》释几："踞几也。象形。"疑尻字为居的一种姿态，是坐姿。坐姿用臀，臀在脊尾，尻即臀坐。黄文焕[3]《楚辞听直》："人身背后，脊骨尽处，谓之尻。"陆时雍[4]《楚辞疏》尻："脊骨尽处。"明末清初李陈玉[5]《楚辞笺注》：

> 县，古悬字。悬圃者，神人之圃。悬于中峰之上，上不粘天，下不粘地，故尻字最奇。尻，臀尾所坐处也。

古汉语中，有一个尻（kāo）字和尻字极为相似，尻的意思正是臀尾。明人王萌《楚辞评注》：

> 尻，旧法与居同，从几。陆时雍释为脊骨尽处，则字当从九。

字当从九，就是尻字。《康熙字典》于尻字条下直引《天问》"其尻安在"为"其尻安在"。其实，作尻作尻，释居释坐，于义均通。但以居释尻，是问居于何处，似显平淡；以坐释尻或以尻释尻，是问坐于何处，切合横云断岭、岭若悬空的形象，语义生动。

其二如增城，是昆仑绝顶，也就是《淮南子》说的"大帝之居"。北魏郦道元《水经注》：

> 昆仑山三级，一曰樊桐，二曰玄圃，三曰增城，是为大帝之居。

玄圃即悬圃，增城高于悬圃。《淮南子·地形训》：

> 昆仑虚中，有增城九重。其高万一千里百一十四步二尺六寸。

虚，墟，山峦。《诗·鄘风·定之方中》："升彼虚矣，以望楚矣。"陆德明[1]《经典释文》："虚，本或作墟。"九重，九重城阙。城阙，是山形的拟容与神话，极言增城的崔嵬。周制，三百步为一里，六尺为一步，一万里大约相当于四千多公里，四百多万米，比珠穆朗玛高四百多倍。这类数字，如何算得，真的有人一步一步登上去？屈原似无相信的可能。

四方之门，其谁从焉？
屈原问昆仑山门。
山门是山口的拟容与神话。传说中，昆仑之门的数目或多或少。《山海经·海内西经》：

[1] 陆德明（约550-630），名元朗，苏州人。唐贞观时官国子博士。经学家，所撰《经典释文》，考察经典传授，总结历代研治成果，富有学术价值。

> 昆仑，帝之都，面有九门，门有
> 开明兽守之。

《淮南子·地形训》：

> 昆仑虚旁，有四百四十门。

屈原问"四方之门"，问的应是东门、南门、西门、北门或者东南门、西南门、西北门、东北门。谁从，谁走过。言下之义是谁到过，谁见过。清人夏大霖《屈骚心印》："说有四方之门，必要见而后知，则是谁人曾从此门到过耶？"

西北辟启，何气通焉？

屈原问昆仑阴风。

辟启，山门开启。昆仑西北，据说是不周山所在，也是地狱所在。《淮南子·地形训》：

> 西北方不周山，曰幽都之门。

幽都即地狱。"何气"指西北杀气不周风。不周风来自地狱，阴森寒冷，《史记》所谓"主杀生"，拿今天的话说就是西北寒流。屈原疑惑，昆仑既然是神山，自应厚德载物，为何要给阴风专开一门？此问与上文"伯强何处"，可相表里。伯强所处在昆仑西北，伯强之风也就是出于昆仑西北的不周杀气。

日安不到？烛龙何照？

屈原问不见天日、只见烛龙之地。意思是何处阳光不到，烛龙因何照耀？

烛龙，又名九阴、烛阴。《山海经·大荒北经》：

> 西北海之外，赤水之北，有章
> 尾山。有神，人面蛇身而赤，直目正
> 乘，其瞑乃晦，其视乃明，不食不寝
> 不息，风雨是谒。是烛九阴，是谓烛
> 龙。

① 毕沅校注《山海经》："乘恐朕字假音，俗作睒也。"睒，睛，眼珠。意谓纵目直视，目不转睛。

直目，目纵生而非横生。正乘[①]，在脸部中间纵生双目而非横生并列，正，居中。直目正乘，即纵目相叠，一列居中。闭眼则黑夜，睁眼则白昼，风雨常来拜会。《山海经·海外北经》：

> 钟山之神，名曰烛阴，视为昼，
> 瞑为夜。吹为冬，呼为夏，不饮，不
> 食，不息，息为风。身长千里。在
> 无臂之东。其为物，人面，蛇身，赤
> 色，居钟山下。

郭璞注："即烛龙也。"《淮南子·地形训》：

> 烛龙在雁门北，蔽于委羽之山，
> 不见日，其神人面龙身而无足。

这三个片段说了烛龙的四个特征，位于北方，身如龙蛇，居无天日，用自己的双目管理昼夜。

烛龙或许有些来历。杨宽[②]《上古史导论》说烛龙是祝融：

② 杨宽（1914–2005），字宽正，江苏青浦（今上海市）人，任教光华大学、复旦大学。

> 烛龙与祝融音相近，又同有烛
> 照之能，祝融有开天辟地之神话，而
> 烛龙之传说，亦与盘古之神话有相同
> 处。然则烛龙与祝融疑亦同一神话之
> 分化耳。《国语·周语下》："昔夏
> 之兴也，融降于崇山。"祝融在崇

山，而烛龙在钟山；"崇""钟"亦
一声之转。

王孝廉[①]《中国的神话世界》说烛龙是照明阴间
的幽都神：

> 烛龙"是烛九阴"是谓烛龙在
> 不见天日的大阴幽都。烛龙"直目正
> 乘"，衔火以照阴间幽都，故又名
> "烛阴"。洪兴祖补注《楚辞·天
> 问》"日安不到，烛龙何照"引《诗
> 含神雾》曰："天不足西北，无有
> 阴阳消息，故有龙衔火以照天门中者
> 也。"由此阴间幽都之烛龙衔火以照
> 天门。

王晖[②]《龙可招云致雨的性能成因考》说烛龙是
烛照九州之夜的东方苍龙七宿：

> 烛龙实即东方苍龙；首先，烛
> 龙，《洞冥记》迳谓"青龙"，"青
> 龙"即"苍龙"，犹"青天"又称
> "苍天"。……其次，"龙"前冠
> "烛"，正表明这条龙是由许多明
> 亮如烛的星宿组成，……再次，"烛
> 龙"又名"烛阴"，是因它能"烛九
> 阴"，古代白天谓阳，阴即夜晚，
> "不见日，故龙以自照之"，因而
> "烛阴"、"烛九阴"就是苍龙七宿
> 烛九州的夜晚大地。

张明华《烛龙和北极光》说烛龙是北极光的化
身：

> 《山海经》中对于烛龙神的描

①王孝廉，台湾学者，任教
日本福冈西南学院大学文
学部。

②王晖（1955–），陕西洋县
人，任教陕西师范大学历
史文化学院。

绘，虽然渗杂了神话色彩，但与许多
自然神话一样，多半是古人根据实际
观察的现象而加以记录的，那它是种
什么自然现象在古人头脑中的反映？
如果我们将我国古籍中关于烛龙神的
形态和北极圈内所发生的昼夜变化，
北极光等相比较，就会惊奇地发现
《山海经》中对烛龙神的记述，正是
对北极光最详尽生动的描绘。

所引前三说是从典故到典故，是老手法；后一
说是在自然界寻找神话原型，是新思路。

冬季的北极南极确实看不到太阳。极地的
冬天，大约有半年时间，漫长、寒冷、黑暗，
只有极光时或绚丽。上古先人应该去不了南
极，但一路北上有幸跋涉到北极的可能性还是
有的，在北极看见极光的可能性也是有的。传
说极光的人，神乎其事，在芬兰，极光加工为
狐狸之火；在中国，极光就化身为目光如炬、
形体怪异的烛照之龙。由此想来，上古"日不
到烛龙照"的传闻并非无缘无故，说它是北极
与北极光的变形异化，也是可能性之一。屈原
所说"日安不到？烛龙何照"的怪异之地和怪
异之物，其本源或许就是北极、北极光。

羲和未扬，若华何光？

屈原问晨曦未出的若木之光，即东方朝
霞。

羲和，太阳的马车夫。未扬，鞭未扬，车
未动，指太阳未出。若华，若木之花。《山海
经·大荒北经》说若木在西北：

洞野之山，有赤树，青叶赤花，

名曰若木。

《山海经·南山经》说若木在南山："有木焉，其花四照。"郭璞注："若木华赤，其光照地。"《山海经·海内经》说若木在南海：

南海之内，黑水青水之间，有木
名曰若木。

《离骚》说若木在东方，在太阳的出行之地咸池水滨和扶桑树边：

饮余马兮咸池，总余辔乎扶桑。
折若木以拂日兮，聊逍遥以相羊。

在《天问》，屈原先问羲和，即先问太阳。再问若木，若木自然是《离骚》说的东方若木。

若，相象，相似，相如。若木即"如木"，本身并不是木，若木的原型似乎是"云霞出海曙"的云霞，神话不知霞光即阳光，幻想霞光源于神树若木，是若木之花的光彩，专为羲和扬鞭、太阳东升铺张光辉的背景。屈原可能感觉到若木之华的光辉应与太阳有关，有阳光即有若华之光，无阳光即无若华之光，所以问晨曦未出，若木怎能发光。背书是晨曦未出，朝霞何来？

何所冬暖？何所夏寒？

屈原问冬暖、夏寒，地在何方？

人，一般既怕热也怕冷，总希望冬天住在温暖的地方，夏天住在寒凉的地方。黄文焕《楚辞听直》："莫不苦冬之冻，莫不苦夏之暑，使冬能暖，夏能寒，人心岂复怨咨哉。"屈原对冬暖夏寒之地，也饶有兴趣。

羲和扬鞭　潘喜良　作

南方冬天温暖应是当时共识。《楚辞·远游》：

> 南州德炎，桂树冬荣。

南州，南方一州。德炎，五行说法。南州火德，气候炎热，桂树冬天繁荣。《十洲记》：

> 南方有炎州，在南海中，其地方二千里。

《楚辞·大招》：

> 南有炎火千里。

南方烈日炎炎，冬天自然温暖。这大约就是屈原所问的何所冬暖了。古人不知南半球，华夏之南方趋向今之赤道，方向感正确。

西北高山夏天寒凉也是当时共识。《淮南子·地形训》：

> 昆仑之丘，或上倍之，是谓凉风之山。

凉风，冷风。《尔雅·释天》："北风谓之凉风。"《淮南子·地形训》："北方曰寒风。"凉风之山冷风嗖嗖，夏天自然清寒凉快。

屈原所问，表面之意是问地方，深层之意是问原因，问昆仑为何夏寒，南州为何冬暖。《素问》：

> 天不足西北，左寒而右凉。地不满东南，右热而左温。

左右，面向西北，西在左，北在右；面向东南，东在左，南在右。西北因天漏破空，左边

的西方寒冷，右边的北方寒凉；东南因地陷聚
水，右边的南方炎热，左边的东方温暖。《素
问》的说法不如朱熹。《楚辞集解》："南方
日近而阳盛，故多暖；北方日远而阴盛，故多
寒。"

何所不死？

屈原问何处有不死之地。

生命宝贵，人盼不死。不死民，寄托了初
民长生不老的幻想。《山海经·海外南经》：

> 不死民在交胫国东，其人黑色，
> 寿不死。

《河图括地象》："有不死之国。"清人蒋骥①
《山带阁注楚辞》：

> 古书载不死者龙伯民、阿姓国、
> 三面人、毗(pí)骞王、无臂、三蛮白
> 民、祈沦、频斯、轩辕、讙(huān)
> 兜、移池诸国，西北方玉馈井旁人，
> 不可胜记。

《吕氏春秋·慎行论·求人》："禹南至不死之
乡。"不死是不可能的，长寿倒有可能。大禹或
许走进了长寿村，把长寿村当作了不死村。

先秦哲人早有看透生死者。《论语·颜
渊》："生死有命，富贵在天。"庄子《齐物
论》：

> 一受其成形，不亡已待尽。与物
> 相刃相靡，其行尽如驰，莫之能止，
> 不亦悲乎。

生命一旦成型，即以未亡之躯等待死亡之时，

①蒋骥，字涑(sù)塍(chéng)，
江苏武进(今常州市)人。
康熙时生员，毕生研究楚
辞。

在与万物冲荡的过程中，生命如快马奔驰，不能停顿，直到死去。屈原的生死之心也从容慷慨。屈原知死不怕死。因为知死，屈原遗憾人生苦短，忧虑时光流逝。《离骚》：

> 汩余若将不及兮，恐年岁之不吾与。
> 朝搴阰之木兰兮，夕揽洲之宿莽。
> 日月忽其不淹兮，春与秋其代序。
> 惟草木之零落兮，恐美人之迟暮。
> 老冉冉其将至兮，恐修名之不立。

因为不怕死，屈原固守他的生死价值观。《离骚》：

> 亦余心之所善兮，虽九死其犹未悔。
> 宁溘死以流亡兮，余不忍为此态也。
> 伏清白以死直兮，固前圣之所厚。

这与匈牙利诗人裴多菲[1]的《生命与自由》"生命诚可贵，爱情价更高。若为自由故，两者皆可抛"，是一个精神，为理想献身的精神。屈原诘问"何所不死"，不是打探不死之地，也不是向往不死之地，而是问难不死之地：信奉不死之地者，请指证，不能指证，安有之？

长人何守？

屈原问何处有不死巨人。

长人，指身材高大的巨人。守，守土。巨人在何地守护家园？

华夏人的身高，按今天的尺度，一般在五尺到六尺之间，特大个子，如穆铁柱、姚明，是七尺左右。世界"第一高人"土耳其人苏尔坦·科森身高2.46米。但这等尺度不是屈原追

[1] Petőfi Sándor（1823–1849），匈牙利爱国诗人、民族英雄。

问的长人。

王逸说长人是号称长狄的防风氏，守的是封山、隅山。《天问章句》：

> 长人，长狄。《春秋》云："防风氏也。"禹会诸侯，防风氏后至，于是使守封、隅之山也。

封山，又名防风山；隅山，又称禺山；在今浙江湖州地区德清县。南朝山谦之[①]《吴兴记》：

> 吴兴西有风渚山，一曰风山，有风公庙，古防风国也。下有风渚，今在武康东十八里。天宝改曰防风山。禺山在其东二百步。《说文》作嵎。

武康，今属德清。王逸所言防风氏情节简单，《国语·鲁语》[②]说的比较详细，情节也有所不同：

> 吴伐越，堕会稽，获骨焉，节专车。吴子使来好聘，且问之仲尼，曰："无以吾命。"宾发币于大夫，及仲尼，仲尼爵之。既彻俎而宴，客执骨而问曰："敢问骨何为大？"仲尼曰："丘闻之：昔禹致群神于会稽之山，防风氏后至，禹杀而戮之，其骨节专车。此为大矣。"客曰："敢问谁守为神？"仲尼曰："山川之灵，足以纪纲天下者，其守为神；社稷之守者，为公侯。皆属于王者。"客曰："防风何守也？"仲尼曰："汪芒氏之君，守封隅之山者也。为漆姓，在虞夏商为汪芒氏，于周为长

①山谦之（？—约454），南朝刘宋元嘉学士。协撰、续撰《宋书》，著有《丹阳记》、《南徐州记》、《吴兴记》、《寻阳记》。

②《国语》应是王逸所本，只是王逸说大禹命之守山，《国语》说大禹杀之。《竹书纪年》与《国语》说法一致："（帝禹）八年春，会诸侯于会稽，杀防风氏。"

狄，今为大人。"客曰："长之极几
何？"仲尼曰："僬侥氏长三尺，
短之至也。长者不过十之，数之极
也。"

防风氏，又称汪芒氏，其族西周称长狄，春秋
称大人。大人，大高个；长狄，即大高个氏
族。孔子按骨节专车审慎估计，防风氏的身
高，最高是三尺小矮个子的十倍[1]。后人就高言
之，十倍算之，说防风氏的身高为三丈。韦昭[2]
注："十之，三丈，则防风氏也。"按周制一
尺约17.8厘米，十尺一丈，约178厘米，则三丈
约5.34米。这一高度，在芸芸众生中，自然是
鹤立鸡群。

但身高三丈、守土封隅的防风氏仍然够不
上屈原的长人尺度。屈原所谓"长人"，《招
魂》：

> 长人千仞，惟魂是索。

一仞，周制八尺。《说文》："仞，伸臂一寻
八尺也。"身高千仞，何其高也；见人勾魂，
何其凶也。东方朔《神异经》：

> 西北国有人焉，长二千里。

比屈原说的还要高大。屈原所问长人，当指这
类非神即妖、永生不死的巨无霸。这样的巨无
霸，居住在何方？屈原之意，纯属荒诞。

**黑水玄趾，三危安在？延年不死，寿何所
止？**

屈原又问长生之地和长生之人。
《天问章句》：

---

[1] 有人说骨节专车的本相是恐龙骨架的化石。

[2] 韦昭（204-273），字弘嗣，吴郡云阳（今江苏丹阳）人。三国时作家、学者。撰《博弈论》，注《孝经》、《论语》、《国语》。

> 玄趾、三危，皆山名也，在西
> 方，黑水出昆仑山也。

一说，玄趾不是山，是水，玄趾即黑水。玄，黑。《易·坤》："龙战于野，其血玄黄。"趾，沚，小水洲。《诗·秦风·蒹葭》："溯游从之，宛在水中沚。"明人毛奇龄《天问补注》：

> 玄趾，玄沚也，即黑水。

"黑水玄趾"是指黑色的水流、黑色的滩涂。黑色河流，确实存在。巴西玛瑙斯亚马逊河支流，水呈茶黑色，当地称为黑河。一说，玄趾，黑脚趾。徐焕龙《屈辞洗髓》：

> 黑水之方，民皆玄趾。

则"黑水玄趾"意谓黑色的水流染黑了人的脚趾。一说，玄趾，劳民国黑人。《山海经·海外东经》劳民国：

> 为人面目，手足尽黑。

郭璞《山海经图赞》：

> 劳民黑趾，即玄趾也。

在先人看来，黑水是长寿水，黑色是长寿色，黑人是长寿人。

《山海经·海内经》又说黑水之滨有不死山：

> 流沙之中，黑水之间，有山名不
> 死之山。

《穆天子传》说黑水边的山阿有长生禾：

> 黑水之阿，爰有木禾，食者得上
> 寿。

这山阿大约就是不死山的山阿，这不死山大约
就是屈原说的三危山。

《淮南子·时则训》：

> 西方之极，自昆仑绝流沙、沉
> 羽，西至三危之国，石城金室，饮气
> 之民，不死之野。

黑水出昆仑，三危之国也在昆仑之西，疑三危
之国即黑水不死之山，即三危山。《淮南子》
所记，离奇归离奇，却不是纯粹的妄想，其中
已包含了延年益寿的实践成分，包含了古代长
生术的修炼方法。"木禾"上寿，是长生草药
的苗头；"饮气"不死，是气功养生的苗头；
"石城金室"，是石窟苦修的苗头。后世众
生，趋之若鹜。但勘破长生法术者也自古有
人。屈原虽然在《离骚》中说自己"朝饮木兰
之坠露，夕餐秋菊之落英"，其意只在修身养
性和锤炼才干，并不是吃中草药，求不死身。

《古诗十九首》：

> 浩浩阴阳移，年命如朝露。
> 人生忽如寄，寿无金石固。
> 万岁更相送，贤圣莫能度。
> 服食求神仙，多为药所误。

陶渊明《读山海经》：

> 自古皆有没，何人得灵长。

才是屈原"三危安在"、"寿何所止"的指
归。屈原问，谁能告诉我，不死之地玄趾、

三危的地址？生活在玄趾、三危就可以益寿延年，人的寿命岂不是无休无止？

这一节"神山神境"所问问题尽在怪力乱神，下两节"怪兽怪物"和"鬼仙鬼魂"所问问题也在怪力乱神。对待怪力乱神，即对待鬼神灵异，先秦诸子表面上有四种态度：《墨子》张皇鬼神，"有天鬼，亦有山水鬼神者，亦有人死而为鬼者"[1]，是信之；《老子》、《论语》"不语怪力乱神"[2]，"祭神如神在"[3]，是避之；《庄子》好说怪力乱神，借以说理，是借之；《天问》好议怪力乱神，质其无端，是破之。究其实，老子、孔子、庄子、屈子，殊途而同归。

[1]《墨子·明鬼》。墨子吹嘘鬼神，有政治动机。"子墨子言曰：'天下乱。此其故何以然也？则皆以疑惑鬼神之有与无之别，不明乎鬼神之能赏贤而罚暴也。今若使天下之人，偕若信鬼神之能赏贤而罚暴也，则夫天下岂乱哉！'"

[2]《论语·述而》。

[3]《论语·八佾》。

第十一讲

怪兽怪物

焉有石林？何兽能言？
焉有龙虬，负熊以游？
雄虺九首，倏忽安在？
靡萍九衢，枲华安居？
一蛇吞象，厥大何如？
鲮鱼何所？魃堆焉处？
羿焉彃日？乌焉解羽？
蓱号起雨，何以兴之？
撰体协胁，鹿何膺之？
鳌戴山抃，何以安之？
释舟陵行，何以迁之？

何方有石林？何兽能说话？
何处有龙虬，背熊去遨游？
安有一蛇生九头，刹那之间无踪迹？
安有浮萍覆九衢，疏麻叶子开玉花？
巴蛇吞巨象，胃口何其大？

　　吞舟之鱼在何处？食人之鱼在哪里？

　　后羿岂可射太阳？金乌岂可中箭亡？

　　萍叶叫，能唤雨？

　　鹿连体，能承受？

　　龟顶海岛，大风大浪怎安稳？

　　大鱼上岸，爬山越岭怎迁移？

　　这一节二十二句十四问，续问大地神异，主问怪兽异物。

　　美国人摩尔根《古代社会》[①]指出人类初期到处都是凶猛的野兽：

　　　　人类部落居住在树丛中、在洞穴里和森林中，为了占有这块栖息之所而与野兽作斗争。

　　原始人传说这些动物的形貌、习性和好恶，添枝加叶，虚夸虚拟，乃使奇禽怪兽纷纷涌出。

焉有石林？

　　问石林神话。

　　石林，不是野兽，是玉石为林。本节先问石林，是由山水神异之问转向动物诡异之问的过渡。

　　《山海经·海内西经》说昆仑山有玉石之林：

　　　　开明北有视肉、珠树、文玉树、玗琪树、不死树。

　　开明，一种神兽。《山海经·海内西经》："昆仑南渊深三百仞。开明兽身大类虎而九首，皆人面，东向立昆仑上。"视肉，纹路似肉之石；珠，美石；文玉，纹玉；玗琪，赤玉；琅玕，似玉之石；都是玉石为质的树木。

① L.H.摩尔根（1818－1881），美国民族学家、原始社会学家。代表作《易洛魁联盟》，是关于印第安人的第一部科学专著；《人类家族的血亲和姻亲制度》，系统概述了人类家庭的发展史；《美洲海狸及其活动》，提出人类同动物既有区别又有联系；《美洲土著居民的住房和居住生活》，谈论建筑演变与社会演变。经典代表作是1877年发表的《古代社会》，全面提出社会进化理论，阐述人类从蒙昧时代经过野蛮时代到文明时代，从原始社会发展到阶级社会，从低级阶段向高级阶段的发展过程，揭示了原始氏族的本质和氏族制度存在的普遍性，证明母系制先于父系制，说明氏族制度发展的必然结果是政治社会即国家。摩尔根逝世后，L.A.怀特又编辑出版了《摩尔根的印第安人日记（1859－1862）》，《摩尔根欧洲旅行日记选》，《摩尔根的西南科罗拉多和新墨西哥旅行，1878年6月21日至8月7日》。

《山海经·海外纪》说东海有石林山：

> 石林山在东海之东，石有五色，
> 笋立成林。

唐人李贺附和：

> 石林山在东海之东，有石如
> 木，挺立数仞，亦开花，朱色，烂
> 然满山。①

《列子》说东海蓬莱山有玉石之树："蓬莱之
山，珠玕之树。"《庄子》说玉树在南方：

> 吾闻南方有鸟，其名曰凤，所居
> 积石千里，天为生食，其树名琼，枝
> 高百仞，以璆琳琅玕为实。

按传闻，昆仑有玉树，缘起昆仑产玉；东海、
南海有玉树，似缘起海底珊瑚。丁晏《楚辞天
问笺》：

> 吴天玺元年，临海郡吏伍曜，在
> 海水际得石树，高二尺余，叶紫色，
> 诘曲倾靡，有光彩，即玉树之类也。

疑《海外记》所说海中石林，《列子》所说蓬
莱玉树，就是海中珊瑚礁的变相。

游国恩《天问纂义》说石林不是玉石树
林，而是积石成林的积石山：

> 《吕氏春秋·求人》："禹北
> 至积水积石之山。"高诱注："积
> 石，山名。盖其山积石成林，故名积
> 石。"屈子所谓石林，盖即此类。

高诱说错了"积石成林"的林字。《山海经》

多次说到"禹所积石之山"①，言山不言林。《淮南子·地形训》也有大禹积石之山，也是言山不言林：

> 河水出昆仑东北陬，贯渤海，入
> 禹所导积石山。

积石本是大禹治水人工堆砌的石坝②，似山而称山，称积石山不称积石林。积石山较之玉石林，大有神、凡之别，积石为山、为峰，人间可见。玉石为树、为林，绿叶青枝，何处可觅？屈原所问应该不是积石山而是玉石林。

何兽能言?

问能言神兽。

王逸《天问章句》："言天下何所有石木之林，林中有兽能言语者乎？"指屈原在问石林中的能言之兽。洪兴祖《楚辞补注》："石林与能言之兽，各指一物，非必林中有此兽也。"

禽兽说人话，神话常有。《山海经·海内南经》：

> 猩猩知人名，其为兽如豕而人
> 面，在舜葬西。

《礼记·曲礼》：

> 鹦鹉能言，不离飞鸟。猩猩能
> 言，不离禽兽。

托名东方朔《神异经》③：

> 西南荒中出讹兽，状如菟，人
> 面，能言。

李贺注《海外纪》石林山："有兽色白，九尾，善飞，能言。"《黄帝内传》：

① 详见本书第246页所引《山海经》。

② 参看本书第246页所议积石。

③《神异经》，《隋书·经籍志》称汉东方朔撰、晋张华注，疑是六朝人伪托。

> 帝巡守，东至海，登恒山，得白
> 泽兽，能言，达于万物之情，问天下
> 鬼神之事。

类此，屈原有所闻，有所疑，以问相否？岂有野兽说人话？屈原正确。《礼记》说的鹦鹉能言，猩猩能言，只是模仿人的声音，并不是自觉的语言表达。

焉有龙虬，负熊以游？

问神龙负熊。

《天问章句》："有角曰龙，无角曰虬。"龙虬即虬龙，一种无角龙。龙是神物，水居，可腾云驾雾；熊本是凡物，陆居，孔武有力而行走缓慢。熊骑龙，是黄帝族的创作。《史记·封禅书》说黄帝铸鼎荆山，鼎成，乘龙上天。黄帝号有熊氏，黄帝乘龙，即有熊乘龙。屈原发此一问，哪里见过龙负熊？哪里见过熊骑龙？有讽刺姬周一族的机锋，姬周一族的图腾正是熊。

雄虺九首，倏忽安在？

问九头毒蛇。

虺（huǐ），蛇之别名，《诗·小雅·正月》："哀今之人，胡爲虺蜴？"虺蜴，蛇和蜥蜴。虺，可指蛇之一种，《诗·小雅·斯干》："吉梦维何?维熊维罴，维虺维蛇。"虺，也特指小蛇，《国语·吴语》："为虺弗摧，为蛇将若何？"小蛇若不打，更奈大蛇何。虺，又常称怪异毒蛇。郭璞《山海经图赞》：

> 蛇之殊状，其名为虺。其尾似头，其头似尾，虎豹可践，此蛇忌履。

这是形似首尾两端有头的毒蛇;《尔雅》:
"蝮虺博三寸,而首大如擘(bò)。"这是体粗
三寸而头如拇指的毒蛇。《天问》"雄虺九
首",指传闻中一端九头的雄性大毒蛇。

《招魂》说南方四恶:

> 魂兮归来,南方不可以止些。
> 雕题黑齿,得人肉以祀,
> 以其骨为醢些。
> 蝮蛇蓁蓁,封狐千里些。
> 雄虺九首,往来儵忽,
> 吞人以益其心些。
> 归来兮,不可久淫些。

一恶是食人族。雕,雕刻;题,头额;"雕题
黑齿",指额上刺青、牙齿漆黑、食人醢骨的
恶人。二恶是夺命蝮蛇。蓁蓁,众多。《山海
经·南山经》郭璞注:"蝮蛇,色如绶文,大
者百余斤。"三恶是封狐。封狐身形庞大,一
日千里,如妖如魅。四恶就是《天问》说的九
首雄虺。一条蛇,九颗头,突如其来,吞食男
女,狰狞恐怖。唐人骆宾王《军中行路难》:
"封狐雄虺自成群,冯深负固结妖氛。"这四
恶的本源,食人族似与南方茹毛饮血的原始土
著有关,《礼记·王制》"南方曰蛮,雕题交
趾,有不火食者矣。"其他三恶,是民间渲染
夸张的热带丛林的毒蛇猛兽。

南方丛林,蝮蛇、封狐,不足为奇;但九
头毒蛇,匪夷所思。蛇有两头,不是杜撰。蛇
科有两头蛇的名目。一种蛇,其尾短而粗,末
端圆钝,与颈部有相似的斑纹,类似蛇头,如
《山海经图赞》所记,称两头蛇。张华《博物
志》:

> 常山之蛇曰率然，有两头。触其
> 一头，头至；触其中，则两头俱至。

①《岭表录异》，又称《岭
表记》、《岭表录》、
《岭南录异》，作者刘
恂，唐昭宗时官广州司
马。

《岭表录异》①："两头蛇岭外甚多，一头有口眼，一头似头而无口眼。"一种蛇，畸形发育，一颈两头，也称两头蛇。蛇有九头，且往来倏忽，可能是一颈两头蛇与蟒蛇的妖魔化。蛇，的确行动快捷，世界上追逐猎物最快的非洲黑毒蛇每秒超过五米。

屈原想，九头蛇，有谁见过？头多累赘，如何在刹那间，来无影，去无踪？

有说，屈原所问雄虺，问的是人神，不是怪蛇。《海外北经》：

> 共工臣曰相柳，九首人面，蛇身
> 而青，食于九土，所抵即为泽谿，禹
> 杀之。

蒋骥《山带阁注楚辞》：

> 按相柳，《大荒经》作相繇，
> 其为屈所问无疑。然《山海经》载之
> 北土，《招魂》又列之南方，盖其身
> 食九土，往来无定，亦正倏忽之明验
> 也。

蒋说生硬，《天问》明明说的是雄虺，动物之名；《山海经》明明说的是相柳或相繇，人神之名；不可等而同之。

靡蓱九衢，枲华安居？

问陆生浮萍和玉花神麻。

萍，一作蓱，或蒲。《说文》："萍，苹也，水草也。""苹，无根浮水而生者。"靡萍，蔓生的浮萍。靡，披靡，蔓延。浮萍蔓延，有多子多孙的寓意，周代家庭祭祀常以萍藻作祭物。《诗·周南·采萍》："于以奠之，宗室牖下。谁其尸之，有齐季女。"萍因此也和神扯上了关系。《天问》："蓱号起雨，何以兴之？"《吕氏春秋》："菜之美者，昆仑之萍。"

九衢，四通八达的道路，《说文》："四达谓之衢。"南齐王巾（cǎo）《头陀寺碑》：

> 九衢之草千计，四照之花万品。

南朝沈约《郊居赋》：

> 舒翠叶而九衢，开丹花而四照。

习以九衢指道路纵横。王逸《天问章句》："九交道曰衢。"穿凿，九，多而已。

一说，九衢，不指道路指花木。衢是木之枝岔。《山海经》：

> 宣山上有桑也，其枝四衢。

《山海经》：

> 少室之山有木，其枝五衢。

柳宗元《天对》：

> 《山海经》多言其枝五衢，又云四衢。衢，歧也。

树枝之分岔，犹道路之分歧。五衢，或许是一枝五岔；四衢，一枝四岔；九衢，一枝九岔。靡萍九衢，或许是一萍九叶了。毛奇龄《天问补注》：

> 靡萍，曼萍也，其叶九出为九衢。

指九衢为一萍九叶。

两说相比较，浮萍满途，胜于浮萍九叶。浮萍满途，奇怪；浮萍九叶，平凡。

枲（xǐ），枲麻，洪兴祖《楚辞补注》：

> 《尔雅》有枲麻，麻有子曰枲。

枲华，枲麻之花。枲麻开花有何稀罕？《九歌·大司命》：

> 折疏麻兮瑶华，将以遗兮离居。

瑶，玉。疏麻之花是玉花，这就神奇了。所以王逸《九歌章句》说："疏麻，神麻也。"《天问》的枲麻，应该就是《九歌》的疏麻。

枲麻开玉花，浮萍漫九衢，事出怪诞。屈原怪而问之，蔓延九衢的浮萍在哪里，花开为玉的枲麻在哪里？《九歌》也有类似的问题："鸟何萃兮蘋中，罾何为兮木上？""麋何食兮庭中？蛟何为兮水裔？"

"靡萍九衢，枲华安居"是二物一问，与本节一物一问"焉有石林？何兽能言"、或一事一问"焉有龙虬，负熊以游"的句法不同，但与"黑水玄趾，三危安在"的句法相同。毛奇龄《天问补注》："靡萍、枲华二物，而统曰安居，犹黑水、三危两地，而统曰何在也。"

一蛇吞象，厥大何如？

问吞象之蛇。

一蛇，巴蛇。《山海经·海内南经》：

> 巴蛇吞象，三岁而出其骨。君子服之，无心腹之疾。其为蛇，青、黄、赤、黑。一曰黑蛇青首，在犀牛

西。

巴字蛇形，蜿蜒盘绕，巴蛇就是长蛇、修蛇。犀牛，《山海经·海内南经》说猩猩在舜葬西，犀牛在猩猩西北，巴蛇在犀牛西，而舜葬洞庭，则巴蛇在洞庭西北一带。《淮南子·本经训》："断修蛇于洞庭。"修蛇吞象，应是洞庭地区的悠久典故。李白《荆州贼平临洞庭言怀作》：

　　修蛇横洞庭，吞象临江岛。

当年，屈原应该知晓或见过大象，知其身躯庞大，才有"一蛇吞象，厥大何如"的惊讶。

　　《吉尼斯世界记录大全》说当今世界最长的蛇是东南亚地区的网纹蟒，长约10米。考古专家说，6000万年前，南美洲的大蟒长约13米，重1.25吨。这长度比起《山海经》的吞象巴蛇是一毛见九牛了。郭璞注《山海经》说巴蛇"长几千寻"。《诗·鲁颂·閟宫》："是寻是尺。"《毛传》："八尺曰寻。"周制一尺八寸，合今市尺六寸二分二厘，则一千寻相当于六千米。

　　千寻巴蛇是虚夸的巨大蟒蛇。真实的蟒蛇吞象，至今未见报道；蟒蛇吞鳄，倒是见过报道。成语"贪心不足蛇吞象"大约是靠得住的判定，蛇难以吞象。

鲮鱼何所？　魖堆焉处？
问吞舟之鱼和食人之鱼。
传说陆上有巴蛇吞象，水中有鲮鱼吞舟。《太平御览》引《山海经》：

　　鲮鱼吞舟。

明人杨慎^①《异鱼图赞》：

> 吞舟之鱼，其名曰鲮。背腹有刺，
> 如三角菱，罟师畏之，网罗莫膺。

原型可能是江湖河海中体型巨大、力量凶猛的大鱼。上古舟船小而轻，大鱼顶撞，容易翻沉，古人传之，斯有鲮鱼吞舟。

或称鲮鱼是陵居龙鱼，居于陆地，游于水中，鳞甲似鲤。《山海经·海外西经》"龙鱼陵居"，"状如鲤"。王逸《天问章句》说鲮鱼是鲮鲤，四足。龙鱼或鲮鲤可能是穿山甲或鳄鱼。李时珍《本草纲目》说穿山甲"穴陵而居"，一名鲮鳢。闻一多《天问疏证》说鲮鱼即鳄鱼。

或称鲮鱼是陵居鲑(lù)鱼，展翅能飞。《山海经·南山经》：

> 有鱼焉，其状如牛，陵居，蛇尾，有翼，其羽在鮭(qū)下，其音如留牛，其名曰鲑。^②

鲑鱼可能是飞鱼的联想。银汉鱼目飞鱼科约40种，颚针鱼目飞鱼科有8属50种。强壮的飞鱼腾空滑翔，一次可达180米，连续滑翔的最远距离可至400米，空中停留的最长时间是45秒。

或称鲮鱼是《海内北经》的陵鱼：

> 陵鱼，人面手足鱼身，在海中。

人面手足，即人鱼，神话之鱼。

鴺(qí)堆，即鴺雀，食人鸟。《山海经·东山经》：

> 北号之山，临于北海，有鸟焉，

---

① 杨慎（1488-1559），字用修，号升庵，四川新都（今成都）人，祖籍庐陵。明正德时状元，官翰林院修撰，因禀性刚直，每事直书，流放滇南，终老于云南永昌卫，自称博南山人、金马碧鸡老兵。善文、词、散曲，论古考证，著作百余种，有《升庵集》。

② 闻一多《天问疏证》说"其名曰鲑"一本作"其名曰鲮"。留牛，牦牛。郭璞注："《庄子》曰'执犁之狗'谓此牛也。"犁，犛牛。今本《庄子·天地》作"执留之狗"。留，留牛，即犛牛，也即牦牛。

> 其状如鸡而白首，鼠足而虎爪，其名
> 曰𪁺雀，亦食人。

食人鸟，国外亦有传说。在新西兰土著毛利人的传说中，有一种叫作Pouakai Hokioi的食人鸟，可以高速俯冲，突袭人类，杀死孩童。当代科学家验证，澳洲历史确有其鸟。英国《每日邮报》2009年9月14日报道，新西兰坎特伯雷博物馆研究员保罗·斯科菲尔德和澳大利亚新南威尔士大学教授肯·阿什韦尔研究了毛利人的传说与岩画，并利用CT断层扫描技术复原了500年前已经灭绝的哈斯特鹰，发现哈斯特鹰的翅膀可达3米，体重约18公斤，是一种食肉飞禽，是伤害人类的杀手。《山海经》的𪁺雀抑或《天问》的𪁺堆，大约也是哈斯特一类的凶恶飞禽。

羿焉彈日？乌焉解羽？

问神羿射日。

这一问在上下两问之间十分别扭。上一问和下一问问的都是大地上的动植物，这一问问的却是天上的太阳和下凡的人神，咬合脱节，错简的可能性很大，只是在全篇找不到合适位置，姑且将就。

清人赵翼①《陔余丛考》：

> 按古来名羿善射者不止一人。
> 《吕览》："黄帝时大桡作甲子，胡
> 农作衣，夷羿作弓。"是黄帝时有羿
> 也。许慎《说文》云："羿，帝喾射
> 官。"贾逵亦云，"帝喾赐羿弓矢，
> 使司射。"是帝喾时有羿也。《淮南
> 子》："尧使羿诛凿齿，杀九婴，上

① 赵翼（1727—1814），字云崧，号瓯北，江苏阳湖（今武进市）人。乾隆二十六年进士，官至贵西兵备道。辞官后，主讲安定书院。著有《廿二史札记》、《陔余丛考》、《瓯北诗钞》、《瓯北诗话》等。

羿射金乌　潘喜良　作

射十日，下杀猰貐。"其说虽荒幻，然必因尧时有善射名羿者而附会之，是尧时有羿也。而夏时亦有羿，则《左传》之云是也。《淮南子》又曰："古有善射者名羿，夷羿慕之，乃亦名曰羿。"

赵翼所谓"不止一人"，其实只有两人，神人羿和凡人羿。神人羿，是《吕氏春秋》说的黄帝时羿、许慎与贾逵说的帝喾时羿、《淮南子》说的尧时羿的合成，即《淮南子》的"古有善射者"。凡人羿，是《淮南子》说的夷羿，《左传·襄公四年》所载夏初摄政的有穷氏羿，一位东方狩猎氏族的首领。神人羿和凡人羿有因果关联，神人羿是凡人羿的祖先探险中原的神话，为夏初凡人羿即后羿入主中原制造了舆论。

屈原在《天问》中以两处十六句追问羿事，后文十四句问夏初羿，神凡相杂；本节两句专问神人羿。

神人羿在《山海经》、《淮南子》中形象威猛。《淮南子》：

> 逮至尧之时，十日并出，焦禾稼，杀草木，而民无所食。猰貐、凿齿、九婴、大风、封豨、修蛇皆为民害[1]。尧乃使羿诛凿齿于畴华之野，杀九婴于凶水之上，缴大风于青丘之泽，上射十日而下杀猰貐，断修蛇于洞庭，擒封豨于桑林[2]。万民皆喜，置尧以为天子。

《山海经·海外南经》：

①猰貐(yàyǔ)，亦作窫窳，人面怪兽。《山海经·海内西经》："又北二百里，曰少咸之山，无草木，多青碧，有兽焉，其状如牛，而赤身、人面、马足，名曰窫窳，其音如婴儿，是食人。"凿齿，妖人。《山海经·大荒南经》："有人曰凿齿，羿杀之。"九婴，九头怪兽。《淮南子·本经训》高诱注："九婴，水火之怪，为人害。"大风，凶猛恶鸟。封豨，大野猪。修蛇，长蛇。

②畴华，南方之泽。高诱注："畴华，南方泽名。"凶水，北方之水。高诱注："北狄之地有凶水。"青丘，东方之泽。高诱注："青丘，东方泽名。"洞庭，南方之泽，今湖南洞庭湖。桑林，北方之地，在今河南荥阳市汜水镇。《墨子·明鬼》："燕之有祖，当齐之社稷，宋之有桑林，楚之有云梦也。此男女之所属而观也。"

> 羿与凿齿战于寿华之野，羿射杀
> 之，在昆仑墟东。羿持弓矢，凿齿持
> 盾。一曰持戈。

《山海经》：

> 尧时十日并出，尧使羿射十日，
> 落沃焦。①

①宋代类书《锦绣万花谷》引。

羿武功盖世，箭术超群，射得远，上射十日；射得猛，下射猛兽；射得准，"一雀适羿，羿必得之"②；凭借一双手，一张弓，一把箭，闯荡东西南北，横扫妖魔鬼怪，称得上天下英雄无敌手，配得上羿的字义，如鸟之旋风③，扶摇凌空。

②《庄子·庚桑楚》。

③《说文》："羿，羽之旋风。"段玉裁注："谓抟扶摇而上之状。"

　　屈原佩服"羿"的武功箭术，但并不认可天有十日，羿射十日。

　　"羿焉彈日？乌焉解羽？"彈（bì）日，射日。乌，即日中踆乌，日中三足乌，日中神乌。解羽，神乌解体。屈原问，天上如果有十个太阳，羿安能凭借弓箭射下九个？不是说太阳的精灵是神乌吗？神乌即神，如何能在羿的箭下解羽坠地？屈原一箭三雕，既反诘了羿射九日，又反诘了天有十日，并反诘了日中藏乌。这问题，汉魏已达共识，诸如"羿射九日，落为沃焦"的事迹再也无人当真。北齐颜之推《颜氏家训·归心》："沃焦之石，何气所然？"问气不问羿。他对日中藏乌月中藏兔的驳斥也挺有趣味："日月又当石焉？石既牢密，乌兔焉容？"

萍号起雨，何以兴之？
问兴雨之萍。
萍，萍。萍号，萍叶干燥的声响。古人经

验之谈，风起于清萍之末，萍摇动而风乍起；雨起于萍号之下，萍发声而天欲雨。钱澄之《庄屈合诂》：

> 天欲雨，则萍燥有声。

游国恩《天问纂义》：

> 萍号则雨兴，盖商羊之类，物之识天候者。

商羊，鸟名。《孔子家语·辩政》：[1]

> 孔子曰："此鸟名曰商羊，水祥也。昔童儿有屈其一脚，振讯两眉而跳，且谣曰：'天将大雨，商羊鼓舞。'"

王充《论衡·变动》：

> 商羊者，知雨之物也。天且雨，屈其一足起舞矣。

这类物候，原属自然的生态反应，正如地震之前的鸡飞狗跳。古人不解，见萍号而雨来，以为萍叶有灵，奉为雨师，称萍翳。王逸《天问章句》：

> 萍，萍翳，雨师名也；号，呼也。言雨师号呼则云起而雨下。

王逸注《九歌·云中君》：

> 云师，丰隆也。一曰屏翳。

屏通萍，屏翳即萍翳。则萍翳是一身二职，雨师兼云神。翳，本来就有云遮雾障的意思。无云不下雨，云雨兼职也是神话的聪明。屈原

[1]《汉书·艺文志》载《孔子家语》二十七卷，孔门弟子撰。其书早佚，今本《孔子家语》，是曹魏时王肃编撰的十卷本。王肃，东海郯(今山东郯城)人，曾遍注儒家经典，是著名经学大师。《四库全书总目》说王肃《孔子家语》："流传已久，且遗文轶事，往往多见于其中。故自唐以来，知其伪而不能废也。"1973年，河北定县八角廊西汉墓出土竹简《儒家者言》，1977年，安徽阜阳双古堆西汉墓出土了题目与《儒家者言》相应的简牍，内容均与《家语》有关。可证王肃《孔子家语》绝非凭空杜撰。

质疑，萍燥发声，固然有雨，但萍的叫声为什么能够呼云唤雨？究竟是萍叶有声雨方来，还是云雨欲来萍有声？谁是因？谁是果？大概雨来是因，萍号是果。或者，雨来萍号，无因无果，各行各事，偶然凑巧。

撰体协胁，鹿何膺之？

问连体鹿。

撰，制作。撰体，制作身体。协，《楚辞补注》："协，合也。"胁，腋下。合胁，腋下相合，指双鹿连体。所以王逸说：

> 天撰十二神鹿，一身八足两头。

动物连体，异乎寻常，偶而一见。晋人干宝《搜神记》：

> 晋大兴元年，武昌太守王谅有牛生子，一头八足两尾，而共一腹。

到现代，连体婴、连体人，屡见报端，连体动物自然算不得奇闻，但在上古，连体动物对于人，不是神物就是妖物。不知屈原当年是否亲眼看到连体鹿？不管看到还是听到，屈原惊讶连体的怪诞，则是一定的。"鹿何膺之"表达的就是惊讶。膺，服膺，承受。惊讶一鹿两体，制作怪诞，体格沉重，如何承受？

鳌戴山抃，何以安之？

问海龟与海岛。

《列子·汤问》：

> 渤海之东有大壑焉，实唯无底之谷。其中有五山，一曰岱舆，二曰员峤，三曰方壶，四曰瀛洲，五曰蓬莱，

仙圣之所往来。五山之根，无所连者，
随潮上下，不得暂峙。仙圣毒之，诉之
于帝。帝恐其流于四极也，乃命禺强使
巨鳌十五，举首而戴之，迭为三番，
六万岁一交焉，五山始峙。

先人的想象力真是奇妙。海中有岛，不倒不
沉，是何缘故？是因海龟把海岛顶在头上。
戴，以头顶戴。而波涛起伏，岛有"低昂"，
又是什么缘故？是因海龟在海里拍手跳舞。
抃，拍手。王逸注：

> 击手曰抃。《列仙传》[①]曰：
> "有巨灵之鳌，背负蓬莱之山而抃
> 舞，戏沧海之中。"

抃舞，拍手击掌的舞蹈，《列子·汤问》：
"一里老幼喜跃抃舞。"屈原问，海龟顶着海
岛手舞足蹈，头顶上的海岛能够安稳吗？其意
是，龟顶海岛，岂有此理。

郭世谦《天问"鳌戴山抃"新解》说
"抃"字本当作"卞"，"卞"又是"弁"的
借字：

> 所谓鳌戴山弁，是说巨鳌以首
> 戴山如弁冠。《艺文类聚》引《符
> 子》："东海有鳌焉，冠蓬莱而游
> 于沧海。"其言"冠"蓬莱，冠即是
> 弁。

"鳌戴山弁"，虽有形有象，却不及"鳌戴山
抃"姿态生动。弁，帽子，静止。抃，舞蹈，
跳跃。洪波涌起之时，远望海岛随波高下，犹
苏轼《出颍口初见淮山》："长淮忽迷天远

① 《列仙传》宣扬道教神
仙，旧题西汉刘向撰，但
《汉书·艺文志》不录，
《隋书·经籍志》收录，
可能是东汉三国间著作。

近，青山久与船低昂。"此景"抃"字可含，
"弁"字难容。

释舟陵行，何以迁之？

问大鱼上岸。

释，舍弃；释舟，舍舟。陵行，陆行。
迁，迁移。弃舟陆行，如何迁移。王逸《天问
章句》说弃舟陆行者是"鳌戴山抃"的鳌，被
迁移者是"鳌戴山抃"的山：

> 言龟所以能负山若舟船者，以其
> 在水中也。使龟释水而陵行，则何能
> 迁徙此山乎？

症结是，陆地爬行，本来就是龟的能耐，若以
"释舟陵行"说龟行陆上，有何悬念？再说，
陆上负重，也是龟的强项，支帐驮碑是龟的拿
手好戏，若以"何以迁之"说龟行不能负重，
也不得要领。再看这一段或一句问一物，"焉
有石林？何兽能言？"或两句问一物，"焉有
龙虬，负熊以游？"为何独在此处用四句问一
物？"鳌戴山抃，何以安之"，已问海中龟；
"释舟陵行，何以迁之"，似另有所问。

"释舟陵行"，疑是大鱼上岸。大鱼的神
奇故事，先秦已有。《庄子·外物》：

> 任公子为大钩巨缁（zī），五十
> 犗（jiè）以为饵，蹲乎会稽，投竿东
> 海，旦旦而钓，期年不得鱼。已而大
> 鱼食之，牵巨钩，錎没而下，骛扬而
> 奋鬐（qí），白波若山，海水震荡，
> 声侔鬼神，惮赫千里。任公子得若
> 鱼，离而腊之，自制河以东，苍梧以
> 北，莫不厌若鱼者。

这大鱼，我疑心是鲸鱼一类。鲸的拉丁文本意是海怪，最长30米，最重达170吨，是海中的超级巨物。鲸鱼浮水，遥看似舟；搁浅海滩，犹舟伏岸上。古人不明白大鱼搁浅的缘故，以为大鱼有意登陆，谓之"释舟陵行"。屈原不解，问大鱼上岸，如何动弹？

大鱼若鲸鱼者陆上爬行确有古迹。美国阿拉巴马州自然博物馆古生物学家马克·尤荷恩研究了阿拉巴马州和密西西比州的沃洛特乔治亚古鲸化石。沃洛特乔治亚古鲸大约生存于4000万年前，游弋于北美墨西哥湾海域。这种古鲸没有尾片，却有臀部与后腿。游泳时依靠后脚摆动。后脚是陆行的标记。古鲸原来是在陆地上生殖及哺育的两栖动物，一如海狮、海狗、海豹。后来由于环境变化，水中环境较之陆地环境易于古鲸生存，它们便长居水下，不再上岸了。

第十二讲

鬼仙鬼魂

白蜺婴茀，胡为此堂？
安得(夫)良药，不能固臧？
天式从横，阳离爰死。
大鸟何鸣？(夫)焉丧厥体？

白虹绕帘，凶兆因何显此堂？
良药到手，不能收藏为哪般？
死活定式，阳魂离散人死亡。
岂能死后，化为大鸟自哭丧？

问罢大地上的怪兽怪物，屈原开始关注人世，问人鬼人仙人魂。这一节八句四问，典出王子侨死后变蜕变鸟的仙话与鬼话。

王子乔，何许人？是一位传闻已久、出身贵族、死后成仙的上古鬼仙。东汉蔡邕①《王子乔碑》：

①蔡邕（133-192），字伯喈，河南开封陈留人，才女蔡琰（文姬）之父。东汉献帝时官左中郎将，人称蔡中郎。文学家、书法家。

· 164 ·

　　　　王孙子乔者，盖上世之真人也。
　　闻其仙旧也，不知兴于何代。

王子与王孙同义，指贵族子弟。《越人歌》："今夕何夕兮，得与王子同舟。"汉初淮南小山《招隐士》："王孙游兮不归，春草生兮萋萋。"王子乔或王孙子乔，其名只是一个乔字。真人，道家用之，称得道之人。《庄子·大宗师》：

　　　　古之真人，其寝不梦，其觉无忧，其食不甘，其息深深。
　　　　古之真人，不知说生，不知恶死，其出不䜣，其入不距；翛然而往，翛然①而来而已矣。

① 翛（xiāo）然，自由自在的样子。

② 虚盈，犹虚实。

道教则用真人称成仙之人。《淮南子·本经训》："莫死莫生，莫虚莫盈，是谓真人。"②王逸《九思》："随真人兮翱翔，食元气兮长存。"
　　《王子乔碑》又说：

　　　　时天洪雪，下无人径，见一大鸟迹在祭祀之处，左右咸以为神。其后有人着大冠绛单衣，仗竹策，立冢前，呼樵孺子尹永昌，曰我王子乔也。

立碑，则有墓；有墓，当埋尸。鬼仙王子乔不忘生前，依恋生前，或变大鸟，或变人形，到自己的墓前悼念自己。王逸《天问章句》也有王子乔的一则异闻：

　　　　有崔文子学仙于王子乔，子乔化为白蜺而婴茀，持药与崔文子，崔

> 文子惊怪，引戈击蜺，中之，因堕其
> 药，俯而视之，王子乔之尸也。

清人徐焕龙《屈辞洗髓》引《列仙传》：

> （崔文子）视之，乔尸也。须臾
> 化为大鸟，飞鸣而去。

这三则鬼话应是屈原这八句四问的脚本。

白蜺婴茀，胡为此堂？

蜺，虹。《尔雅》说虹有雄雌，蜺为雌虹。《天问纂义》引明人汪仲弘语：

> 凡虹双出，色鲜盛者为雄，雄曰
> 虹；暗者为雌，雌曰蜺。人若见之，
> 有所忌讳。

民俗谓以手指虹，招致不祥。《诗·鄘风·蝃（dì）蝀》：

> 蝃蝀在东，莫之敢指。

蝃蝀，彩虹，美人虹。《战国策·魏策》：

> 聂政之刺韩傀也，白虹贯日。

白虹即白蜺。贯日，虹形上指，冲犯太阳，凶险之兆。

婴，萦绕。茀，《天问章句》说是逶迤白云：

> 茀，白云逶迤若蛇者也。

但白蜺绕白云，成何文义？清人张诗《屈子贯》：

> 婴茀，萦绕如茀之长。茀，引柩

索也。

说茀是下葬时拖引棺材的绳索。《左传·宣公八年》："始用葛茀。"茀通绋，引棺索。曰棺曰索，"白虹萦绕如棺索"，为场面增添了鬼气。清人王邦采①《天问笺略》：

> 茀，疑或堂前草帘。

①王邦采（1662-1722），字贻六，自署逸老、逸人。清康熙时画家、学者。

《说文》："茀，草多也。从艸，弗声。字亦作芾。"《国语·周语》："道茀不可行。"道茀，野草塞路。释茀为草帘，则"白蜺婴茀"即白虹绕帘，于义十分通顺。明人胡文英《屈骚指掌》："婴茀，萦绕也。"则"白蜺婴茀"是白虹萦绕，萦绕堂屋，亦通顺。白蜺是不祥之物，萦绕草帘也罢，萦绕堂屋也罢，总是不吉利。"胡为此堂"的堂，按王逸《章句》，崔文子学道于王子乔，应是王子乔住所。屈原问，王子乔既然是神仙，为何要在自家的大堂上，用邪门凶兆吓唬虔诚学道的凡夫俗子？讽刺王子乔的为仙不尊，讽刺鬼话的胡编乱造。

安得良药，不能固臧？

良药，长生药方。固臧，牢靠的保管收藏。清人王念孙②《读书杂志》："古无藏字，借臧为之。"按王逸《章句》，王子乔化身白蜺送药给崔文子，崔文子受惊，举戈击打，长生药变成了王子乔的尸体。这则鬼话的原意，是宣扬真人不露相，露相不真人，凡夫不识相，无缘做神仙。屈原反其意，为何良药到手，竟然得而复失？因为鬼仙心术不正捉弄人。挖苦鬼仙，也挖苦世人求仙是可怜无补费精神。

②王念孙（1744-1832），字怀祖，江苏高邮人。清乾隆时官工部郎中、陕西道御史、直隶永定河道等。训诂学家。

又，蒋骥《山带阁注楚辞》、陈本礼《屈辞精义》、丁晏《天问笺》、褚师斌杰[1]《天问笺注》、郭世谦《屈原天问今译考辨》均主张"白蜺婴茀，胡为此堂？安得良药，不能固臧"是说嫦娥奔月。白蜺，霓裳，是嫦娥所穿；婴茀，项饰，是嫦娥所戴。举证《说文》："婴，颈饰也。"《易·既济》："妇丧其茀。"马融注："茀，首饰也。"并说药是后羿所请不死之药，举证《淮南子·览冥训》：

> 羿请不死之药于西王母。姮娥窃以奔月。

《续汉书·天文志》刘昭[2]注：

> 羿请不死之药于西王母。羿妻姮娥窃之以奔月，将往，枚策于有黄，筮曰："翩翩归妹，独将西行，逢天晦芒，毋惊毋恐，后其大昌。"姮娥遂托身于月为蟾蜍（chú），月神也。

因此，蒋骥、褚师斌杰诸位先生说"白云"、"良药"，是问：嫦娥穿着霓裳戴着项饰在堂屋找什么？后羿为何没有藏好王母给予的长生药？如此，固然畅快，但与本节下面四句缺少关联。

天式从横，阳离爰死。大鸟何鸣？焉丧厥体？

这四句与嫦娥、后羿毫无关系，与王子乔化鸟的鬼话却丝丝入扣。

天式，天的定式。从衡，纵横。阳，阳

[1] 褚斌杰（1933-2006），北京人，笔名楚子。1954年毕业于北京大学中文系，毕业留校，专治先秦文学。1958年调职中华书局编辑。1979年后，任教北京大学，兼任深圳大学、河北大学、山东师大、青岛大学教授，济南社会科学院特约研究员等，兼任国际汉诗学会名誉会长、中国屈原学会会长、诗经学会副会长。褚先生治学严谨，著作丰厚，尤擅诗经学、楚辞学、文体学，是著名文学史家，文体学家。笔者有幸，曾于1982年至1984年师从褚先生攻读古代文学研究生。

[2] 刘昭，字宣卿，平原高唐（今山东禹城）人，约生当南朝梁武帝时期。注《后汉书》。

魂，《左传·昭公七年》："人生始化曰魄，既生魄，阳为魂。"爰死，即死。屈原说，"阳离爰死"是天的定式，纵横无阻，通行世界。

大鸟，按蔡邕碑文和《列仙传》，是王子乔鬼魂。丧，弔丧，哀悼。厥体，王子乔人体。既然阳魂离身人必死是天的法则，王子乔墓前哀号的大鸟，岂能是王子乔的化身？试问有人听得懂大鸟的叫声？听不懂，怎能知道它是王子乔在哀悼王子乔？屈原实质上是在否定人死之后的鬼魂出窍、鬼魂变化、鬼魂不死。

否定鬼魂，屈原之前，已有旗帜鲜明者，且声音不小。致使笃信鬼神的墨子，特地撰写了一篇《明鬼》辩而论之。从《明鬼》看，"今之执无鬼者曰：'鬼神者，固无有。'"无鬼的理由有三条。一是"夫天下之为闻见鬼神之物者，不可胜计也。亦孰为闻见鬼神有、无之物哉？"天下之人说听见看见鬼神之物的，数不胜数，究竟是谁听见的、谁看见的？二是"夫众人耳目之请，岂足以断疑哉？奈何其欲为高君子于天下，而有复信众之耳目之请哉！"传说鬼神的都是下里巴人，下里巴人岂可决疑？治理天下的高士君子，岂可听信一般民众的传说？三是"先王之书，慎无一尺之帛，一篇之书，语数鬼神之有，重有重之，亦何书之有哉？"都说圣贤写了许多书，重重复复地记鬼记神，究竟是哪一本圣贤书这样写的？这三条偏于感性，也比较肤浅，不及屈原的"阳离爰死"有理性，有思想。屈原是战国"神灭论"者。

第十三讲

女娲称帝

女娲有体，孰制匠之？
登立为帝，孰道尚之？

女娲形体，是谁制作？
女娲帝位，是谁拥戴？

《天问》三大问，问天，问地，问人。问天，重在天体本源，天体结构。问地，重在地理安排，地理诡异。问人，重在朝代兴亡，忠奸善恶。

这一节四句两问，问人之祖，帝之始。原文"登立"两句在女娲两句之前，秩序应颠倒，无人岂能登立？应先问人，从人的始祖问起。

中国有关人类始祖的神话，有五说。

一说盘古是人之祖。出处不在先秦著作而在汉魏六朝的著作，是五说中最迟的一说，起于

①《三五历纪》和《五运历年纪》，记三皇以来事，已佚。作者徐整三国时任吴国太常卿，另著有《毛诗谱》、《孝经默注》。

②唐人欧阳询《艺文类聚》卷一引。欧阳询（557-641），字信本，潭州临湘（今湖南长沙）人。隋时，官太常博士。与李渊交好，在唐，累迁饮青光禄大夫、给事中、太子率更令、弘文馆学士。书法大家。与颜真卿、柳公权、赵孟頫并称楷书四大家。奉李渊旨，主编《艺文类聚》，与虞世南《北堂书钞》、徐坚《初学记》、白居易《白氏六帖》并称唐代四大类书。

③清人马骕《绎史》引。《绎史》是清初编撰的史书，记太古、三代、春秋、战国历史，并录天官、地志、名物、制度等。书后并列世系图表。体例创新，治学严谨，影响清经史考订之学。作者马骕，字骢御，又字宛斯，邹平人。清顺治十五年乡试举人，次年进士，选授淮安府推官，改任安徽灵璧县知县。康熙十二年病故，入祀名宦祠，私谥"文介先生"。

④任昉（460-508），字彦升，小字阿堆，乐安博昌（今山东寿光，一说山东广饶）人。南朝宋时，拜太常博士。入齐官至中书侍郎、司徒右长史，梁时历任义兴（今江苏宜兴县）、新安（今安徽黄山市）太守。为官清廉，仁爱恤民。卒于官舍，家中仅桃花米20石，任昉善骈体时文，与沈约并"沈诗任笔"。又与王融、谢朓、沈约、陆倕、范云、萧琛、萧衍，并称"竟陵八友"。著有《述异记》、《地理书钞》、《文章缘起》等。

汉魏，产于南方，源于苗族。最早说盘古的是三国徐整的《三五历纪》和《五运历年纪》①。《三五历纪》说盘古开天辟地：

> 天地浑沌如鸡子，盘古生其中。万八千岁，天地开辟，阳清为天，阴浊为地。盘古在其中，一日九变，神于天，圣于地。天日高一丈，地日厚一丈，盘古日长一丈，如此万八千岁。天数极高，地数极深，盘古极长。后乃有三皇。数起于一，立于三，成于五，盛于七，处于九，故天去地九万里。②

《五运历年纪》说盘古化生万物和黎民：

> 天气蒙鸿，萌芽兹始，遂分天地，肇立乾坤，启阴感阳，分布元气，乃孕中和。是为人也，首生盘古，垂死化身。气成风云，声为雷霆，左眼为日，右眼为月，四肢五体为四极五岳，血液为江河，筋脉为地里，肌肉为田土，发为星辰，皮肤为草木，齿骨为金石，精髓为珠玉，汗流为雨泽，身之诸虫，因风所感，化为黎甿。③

诸虫，虮虱。人是盘古身上的虮虱变的，说法诡奇而不雅。南朝任昉④《述异记》：

> 昔盘古氏之死也，头为四岳，目为日月，脂膏为江海，毛发为草木。秦汉间俗说："盘古氏头为东岳，腹

为中岳，左臂为南岳，右臂为北岳，足为西岳。"先儒说："盘古氏泣为江河，气为风，目瞳为电。"古说："盘古氏喜为晴，怒为阴。"吴楚间说："盘古氏夫妻，阴阳之始也。"今南海有盘古氏墓，亘三百里，俗云："后人追葬盘古之魂也。"桂林有盘古祠，今人祝祀，南海有盘古国，今人皆以盘古为姓。盘古氏，天地万物之祖也，而生物始于盘古。

阴阳，男女。阴阳之始就是夫妻之始，生儿育女之始。

一说黄帝是人之祖。在《山海经》，黄帝擒蚩尤，是一位号令神鬼、驱使百兽、呼风唤雨的大神。在《淮南子》：

> 黄帝生阴阳。

高诱注："黄帝，古天神也，始造人之始，化生阴阳。"这阴阳，也是男女。但在《国语·晋语》：

> 昔少典娶于有蟜（jiǎo）氏[1]，生黄帝、炎帝。黄帝以姬水成，炎帝以姜水成。成而异德，故黄帝为姬，炎帝为姜，二帝用师以相济也，异德之故也。

黄帝由神变人，由人之祖变为人之子。少典者，《帝王世纪》称有熊氏，妻子有蟜氏女登是炎帝母，有蟜氏附宝是黄帝母[2]。后来，父亲的地位平平淡淡，两个儿子的地位却越来越高，炎帝以火德称炎帝，或指炎帝氏号烈山

[1] 有蟜氏，远古氏族。蟜，虫类。《山海经》有"骄虫"。《中次三经》："平逢之山，有神焉，其状如人而二首，名曰骄虫，是为螫虫，实惟蜂蜜之庐。"郭璞注："蜜，赤蜂之名。"庐，群蜂之家，蜂王之所。骄虫，蜂王，蜂神。骄可通蟜，疑骄虫即蟜虫。以蟜为氏族之号，有蟜氏可能是一个擅长养蜂，以蜂为图腾的氏族。地望应在少典族附近。

[2] 《帝王世纪》："炎帝神农氏母有蟜氏女登，为少典妃。游华阳，感神而生炎帝。生于姜水，因以氏焉。""黄帝，有熊氏少典之子，姬姓也。母曰附宝。""附宝见大电光绕北斗枢，星照郊野，感而有孕，孕二十五月，生黄帝于寿丘。长于姬水，龙颜，有圣德，受国于有熊，居轩辕之丘。故因以为名，又以为号。"作者皇甫谧（215-282），字士安，号玄晏先生，安定朝那（今甘肃平凉）人。西晋史学家。所著《帝王世纪》上起三皇，下至汉魏。

氏、神农氏、伊耆氏、朱襄氏①；黄帝以土德称黄帝，号有熊氏、轩辕氏②。炎、黄有争斗，《国语》所谓"二帝用师相济"，就是渡河打仗。斗来斗去，炎帝死后，黄帝一统。黄帝娶西陵嫘祖为正妃，繁衍二十五族③，纽结华夏血缘，建立帝王世系，成为华夏民族共同信奉的祖宗，和华夏大一统事业的万古一帝。

透过神话外衣和古史包装，黄帝本色是山民。且看神话与古史，黄帝的活动总是离不开山，总是攀登大山，来往群山。《帝王世纪》说黄帝"生于寿丘"，寿丘④是山。《史记·五帝本纪》说黄帝"居于轩辕之丘"⑤，轩辕是山。《庄子·天地》说黄帝登昆仑之丘：

> 黄帝游乎赤水之北，登乎昆仑之丘。而南望还归，遗其玄珠。

《五帝本纪》说黄帝一生好入名山游：

> 东至于海，登丸山，及岱宗；西至于空峒，登鸡头；南至于江，登熊、湘；北逐荤粥，合符釜山，而邑于涿鹿之阿，迁徙往来无常处。

《史记·封禅书》又说：

> 中国华山、首山、太室、泰山、东莱⑥，此五山黄帝之所常游，与神会。

黄帝奔波群山，角斗野兽，发明弓箭，

① 先秦书不见炎帝氏号，炎帝氏是后人所加。《国语》有烈山氏，烈山犹火山，与炎帝火德合，韦昭注："烈山氏，炎帝之号也，起于烈山。《礼·祭法》以烈山为厉山也。"又《国语·鲁语》："昔烈山氏之有天下也，其子曰柱，能殖百谷百蔬。"与神农一样是农业大师，有人乃撮合烈山与神农为一人。又有人说烈山既是炎帝，则神农也是炎帝。还有人说神农氏就是伊耆氏，则炎帝也是伊耆氏。《竹书纪年》："炎帝神农氏，其初国伊，继国耆，合称，又曰伊耆氏。"又，高诱注《吕氏春秋》说朱襄氏是炎帝别号。

② 轩辕，《史记五帝本纪》说是黄帝名："黄帝者，少典之子，姓公孙，名轩辕。"《帝王世纪》说因地为号。东汉刘熙《释名》说造车为号："黄帝造车，故号轩辕氏。"裴骃《史记集解》说制服为号："作轩冕之服，故谓之轩辕。"轩冕之服，即车乘礼服，彰显帝王贵族威仪。诸说中，因地为号，较允当。又，司马迁说黄帝姓公孙，先秦无征。

③ 《史纪·五帝本纪》："黄帝之子二十五宗，其得姓者十四人。"

④ 寿丘，或指山东曲阜东门外寿丘。这与黄帝发迹陕西渭水流域说法相距甚远。

⑤ 轩辕之丘，或指河南新郑地区黄水河（古溱水）、双洎河（古洧水）交汇处高地。《山海经·西山经》也有轩辕之丘，在西方。

⑥ 首山，按王充《论衡》可能在今河南许昌襄城。太室，或在今河南登封县的嵩山东峰。东莱，在今山东莱州。

《吴越春秋》记《黄帝弹歌》：

> 断竹，续竹。飞土，逐肉。

可知黄帝原是旧石器时代一群狩猎谋生的原始山民的山大王。神话把他奉为造人造物的天神，古史把他尊为上古称雄的一代帝王。司马迁整理加工古史，作《五帝本纪》，黄帝乃以华夏元首、姬姓血脉、传承天下，彪炳史册。

一说华胥是人之祖。华胥，神女，伏羲之母。《太平御览》引《诗含神雾》：

> 大迹出雷泽，华胥履之，生宓牺。

宓牺即伏羲。《山海经·海内东经》郭璞注：

> 华胥履大人迹，于雷泽生伏羲。

大人迹，神迹。华胥履大人迹，犹姜嫄履帝之武，本事是原始野合。清人梁玉绳[1]《汉书人表考》引明人吴国伦[2]《春秋世谱》：

> 华胥生男为伏羲，女子为女娲。

有说华胥就是华夏。顾实[3]《华夏考源》："胥、雅、夏等古字相通，华胥就是华夏。"有说华胥是上古理想国的酋长。《列子·黄帝》：

> 黄帝梦游华胥国。……其国无帅长，自然而已；其民无嗜好。自然而已；不知乐生，不知恶死，故无夭殇；不知亲己，不知疏物，故无所爱憎；不知背逆，不知向顺，故无所利害。

今陕西蓝田县正竭力证明蓝田华胥镇是华夏始祖华胥国的国址。

[1] 梁玉绳（约1716-1792），字晖北，号谏庵，浙江钱塘人。清乾隆学者，精研《史记》、《汉书》。

[2] 吴国伦（1524-1593），字明卿，号川楼子，南岳山今湖北阳新县人。明嘉庆、万历年间诗人、学者。与李攀龙、王世贞等并称"后七子"。

[3] 顾实（1878-1976），字惕生，江苏常州人。曾执教东南大学。

一说伏羲、女娲两人是人之祖。伏羲，最早出处在《庄子》。《庄子》数次说到伏羲，但名号有异。《人间世》是伏羲，《大宗师》是伏戏。其他书籍，《管子·封禅》称虑羲，《易·系辞》称包牺，《法言·问题》称伏牺，《汉书·古今人表》称宓牺，刘歆《世经》称炮牺、庖牺。

伏羲地位尊崇。《战国策》列伏羲为五帝[①]之首，"庖牺、神农、黄帝、尧、舜"。刘歆《世经》：

> 庖牺继天而王，为百王先。首德始于木，故帝为太昊。

太昊，伏羲的帝号。《吕氏春秋》尊伏羲为苍精之君[②]、东方之帝。有说伏羲是屈原《九歌》的东皇太一。《汉书·古今人表》称述人物首称伏羲。晋人皇甫谧《帝王世纪》排列三皇，也是首列伏羲。伏羲事功卓著。一是创制八卦。二是创制鱼网，教人捕鱼，教人种田。《易·系辞》：

> 古者包牺氏之王天下也，仰则观象于天，俯则观法于地，观鸟兽之文与地之宜，近取诸身、远取诸物，于是作八卦，以通神明之德，以类万物之情。作结绳而为网罟，以佃以渔。

三是制定嫁娶礼仪。《礼记·月令》："制以俪皮嫁娶之礼。[③]"三国谯周《古史考》："伏羲制嫁娶，以俪皮为礼。"四是作书契。司马贞《三皇本纪》："造书契以代结绳之政。"五是创制乐器。《礼记·月令》："斫桐为琴、绳丝为弦，织桑为瑟。"六是创制火种。《绎史》

<hr>

① 五帝。《易·系辞》所列同于《战国策》。《世本》、《大戴礼记》、《史记·五帝本纪》列黄帝、颛顼、帝喾、唐尧、虞舜。《礼记·月令》列太皞（伏羲）、炎帝（神农）、黄帝、少皞、颛顼。《尚书序》、《帝王世纪》列少昊（皞）、颛顼、高辛（帝喾）、唐尧、虞舜。方术之士又称五方天神为五帝。王逸注《楚辞·惜诵》的五帝为五方神，即东方太皞、南方炎帝、西方少昊、北方颛顼、中央黄帝。唐人贾公彦疏《周礼·天官》的五帝为东方青帝灵威仰、南方赤帝赤熛怒、中央黄帝含枢纽、西方白帝白招拒、北方黑帝汁光纪。

② 苍，天色青苍，古人谓之东方之色。苍精之君，主司苍色精气之君，也即东方之君。

③ 俪皮，成对鹿皮。《仪礼》郑玄注："俪皮，两鹿皮也。"

引《河图挺佐辅》[①]："伏羲禅于伯牛，钻木作火。"其中，创八卦、作书契，已使伏羲成了中华文化的开山大师。更伟大的是，伏羲是人之祖。

相传伏羲的妻子是女娲氏。唐人卢仝《与马异结交》：

> 女娲本是伏羲妇。

汉画像砖，伏羲女娲，人首蛇身，两尾缠绕。缠绕，喻男女交合。

有说伏羲、女娲是兄妹夫妻。宋人罗泌《路史·后纪》引东汉应劭《风俗通》：

> 女娲，伏羲之妹。

唐人李冗《独异志》[②]：

> 昔宇宙初开之时，只有女娲兄妹二人，在昆仑山，而天下未有人民。议以为夫妇，又自羞耻。兄即与妹上昆仑山，咒曰："天若遣我兄妹二人为夫妇，而烟悉合，若不，使烟散。"于烟即合，二人即结为夫妇。

人类最初的繁殖的确依靠近亲，后世所谓"秦晋之好"就是近亲结婚。在汉画砖上，伏羲女娲这对夫妻的背后还站着一位作搂抱状的男子，样子像长辈，暗示原始人的两性关系，是不分辈份的族内杂交。

在我看来，伏羲神话应是南方神话北上传播的流变，伏羲是南方旧石器时代渔猎民族的化身。闻一多《伏羲考》广采南方少数民族的民俗故事，力证伏羲即盘古，是南方苗蛮的祖神。可参看。

[①]《河图》类古书，已佚。

[②]李冗，《独异志》明抄本题"前明州刺史赐紫金鱼袋李冗撰。"但史传无其人，疑即唐懿宗咸通年间明州刺史李伉。

一说女娲一人是人之祖。女娲，始见《山海经·大荒西经》：

> 有神十人，名曰女娲之肠，化为神，处栗广之野，横道而处。

郭璞注：

> 女娲，古神女而帝者，人面蛇身，一日而七十变，其腹化为此神。

《列子》：

> 女娲氏蛇身人面，牛首虎鼻，此有非人之状，而有大圣之德。

《说文》：

> 女娲，古之神圣女，化万物者也。

《淮南子·说林训》：

> 黄帝生阴阳，上骈生耳目，桑林生臂手，此女娲所以七十化也。

高诱注："上骈、桑林皆神名。"七十化即郭璞所谓七十变，黄帝造男女，上骈为男女造耳目，桑林为男女造手臂，都是女娲主导的作为。东汉应劭《风俗通》说得最精彩：

> 俗说天地开辟，未有人民，女娲抟黄土作人，剧务，力不暇供，乃引绳于泥中，举以为人。[1]

① 《太平御览》引。

造人用黄土，切合黄种人，而黄土又用之不竭，可以造人无数，实在是一个既朴实又幼稚的构思。可能是一个极古老极原始的传说。造人之外，女娲还做了一件惊天动地的大事，只手补天。《淮南子·览冥训》：

> 往古之时，四极废，九州裂，天
> 不兼覆，地不周载，火爁炎而不灭，
> 水浩洋而不息，猛兽食颛民，鸷鸟攫
> 老弱。于是女娲炼五色石以补苍天，
> 断鳌足以立四极，积芦灰以止淫水。
> 苍天补，四极正；淫水涸，冀州平；
> 狡虫死，颛民生。

女娲修复天地，消弭灾难，保护万民，是一女兴华的伟大女神。

女娲神话也是南方神话的北上流变，女娲是南方旧石器时代母系氏族的升华。

上面五说，盘古晚出，屈原自然不问。屈原只问女娲，不问华胥，或因屈原只知女娲造人，不知华胥造人。只问女娲，不问伏羲，也不问黄帝，应与庄子一样，屈原看穿了人之初"民知其母，不知其父"[1]。

女娲有体，孰制匠之？

体，身体，指女娲人面蛇身的身体。制匠，制作。屈原单刀直入，听说世界上没有人类时先有一个女人，而且只有这个人面蛇身奇形怪状的女人，请问这位举世唯一的女人来自哪里？无父无母，她的奇特身体由谁制造？追问人之祖的来源。

原始人也想破解这个来源。原始人创作神话，幻想人由神造，神由天生，人之祖是神不是人。中国女娲神话的高明，是立足初民先母系后父系的史实，选择女神造人，选择女神为人之祖。这比国外神话[2]（包括国内其他神话）往往选择天神夫妻造人，或者天神造兄妹、兄

①《庄子·盗跖》。

②挪威神话：天神鲍尔和他的妻子，在圣牛奥尔胡玛拉哺育下生儿育女。波斯拜火教神话：至高之神阿胡拉·马兹达创造世界，太阳净化人类种子，种子结出大黄叶柄植物，植物变为人类伴侣玛什耶和玛什耶那。巴比伦神话：天神伊拉和女神达姆基娜创造天神马杜克，马杜克创造人类。埃及神话：天神阿图姆，阿图姆激动流泪，眼泪落地，化为人类。日本神话：天神创造哥哥伊奘诺尊和妹妹伊奘冉尊，兄妹结婚生活。犹太教和基督教神话：上帝用6天的时间，创造世界和人类。或说，上帝创造第一个男人亚当，又从亚当身上抽出一根肋骨创造第一个女人夏娃。等等。

一女兴华 潘喜良 作

妹再造人，或者上帝造亚当、夏娃，亚当、夏娃再造人，更有历史的认知深度。

人类最早的社会组织形态是母系社会。母系社会知母不知父。最初，是族内杂交，或称乱婚、族内婚、血缘婚。后来大约在母系社会后期，氏族交往增多，性趣转向族外野合。《诗·召南·野有死麕》写野外性爱：

> 野有死麕，白茅包之。有女怀春，吉士诱之。
> 舒而脱脱兮，无感我帨（shuì）兮，无使尨（máng）也吠。

① 族内杂交、族外杂交，概称群婚。

族外野合，或称群婚①、族外婚。严格的说，称"婚"并不合适。杂交野合不是婚姻形态。但考虑到这一性关系是氏族生存繁衍的途径，约定俗成，借而用之，用于范畴原始人的两性关系和儿女生育。这些范畴，乱婚、群婚、族内婚、族外婚，各有所指，但总其根本，皆缘出自然本性，男女随遇而安，只有流动的性对象，没有固定的性配偶，可统称为"原始无偶婚"。原始无偶婚玉成了人类氏族血缘组合的首个系统，母系血统。反过来，母系血统又玉成了无偶婚的科学禁忌，如母子禁忌，辈分禁忌等。这样，母系氏族赖以产生，母系家族、母系家庭也接踵而出。各种所有权，财产所有权，子女所有权，尽归妇女；氏族的世系姓氏也系于妇女。有氏族始有姓。"姓"这个字，有女无男。《说文》："姓，人所生也。"最初的姓氏，炎帝族，姜姓；黄帝族，姬姓；夏人，姒姓；秦人，嬴姓；都有一个女字。足证原始氏族的姓氏起于母系氏族，代表母系血统，纪念女性生民。神话的女娲造人，正是妇女生育子女、拥有子女；母系产生父系、培育父系的艺术总结。

特别高明的是，原始神话为造人女娲塑造了人面蛇身的形象。蛇是动物，联系到原始氏族的图腾大多来自动物，联系到中国神话的人类先祖伏羲、共工、神农等都是兽身人面或人身兽面的造型，似乎表示原始人已经意识到人类的诞生与动物存有一定的因果，似乎表示原始人对人类起源的认识与近代流行的生物进化论有了一定的巧合与相通。人类起源的生物进化程序：无脊椎动物——脊椎动物——哺乳动物——灵长类动物——猿猴类动物——人类。前五种都是动物。由此观之，原始人把人类始祖女娲定格为人面蛇身，实在是天才的感觉与天才的创作。

屈原当然看不透原始神话的生活本质，看不透人面蛇身的潜在意义，不明白也不相信人之始只有女人无男人，不明白也不相信人之祖只有人面无人体，只有蛇身无人身，因而发此一问，质疑女娲形体的由来，探问人类诞生的奥秘。

人由生物逐步进化、由类人猿直接进化的人类起源论，虽然是目前为止最具说服力的理论，但未必就是科学的终极理论。马克思说，跳蚤是跳蚤。龙种是龙种，跳蚤变不成龙种。则猿是猿，人是人，猿的基因组合怎能变为人的基因组合？人的生命起源，人的思维本性，在当今世界依然是尖端难题。

登立为帝，孰道尚之？

登立的登，有人说是人名。明人李陈玉《楚辞笺注》："登明，伏羲之名。"未知何据。清人毛奇龄《天问补注》：

> 登，女登，亦名安登，炎帝之
> 母。《世纪》云，炎帝母任姒，有蟜
> 氏女，名女登。

按毛氏所引《帝王世纪》女登是少典后妃，不
是帝。登立的登，不是女登，不是人名，而是
推举的意思。《卜辞》："登妇好三千，登旅
万乎伐羌。"就是推举妇好率领她的三千精
兵，推举妇好统领一万军队讨伐羌人。登立就
是推举确立。

帝，字义是审视，指天的审视者，是审天
下、行天道、致万物的至上神。蔡邕《独断》：

> 帝者，谛也，能行天道，事天审谛。

审谛，犹言审视是非、洞察真理。《尚书·尧
典·序》孔颖达疏：

> 帝者，天之一名，所以名帝。
> 帝者，谛也。言天荡然无心，忘于物
> 我，言公平通达，与事审谛，故谓之
> 帝。

《逸周书·本典》：

> 明能见物，高能致物，物备咸
> 至，曰帝。

帝，又称上帝。《尚书·盘庚》：

> 上帝将复我高祖之德，乱越我家。

① 卣（yǒu），商周酒器。

② 簋（guī），商周食器。

商周铜器铭文《弋其卣》①、《邢侯簋》② 或称
"上下帝"。

夏商时王者称帝，如夏之帝启，商之帝乙。

周则称王不称帝。《左传·僖公二十五年》：

> 周礼未改，今之王，古之帝也。

王者称帝，取义上承天象，德合天地。《说文解字》：

> 帝，谛也。王天下之号也。

《白虎通·号》：

> 德合天地者称帝。

应劭《风俗通义·皇霸》引《尚书大传》：

> 帝者，在德设刑，以则象之，言其能行天道，举错审谛。

王者称帝，标榜因德置法，法则天象，躬行天意，举措公平，标榜自己是上帝的人间总代理。

　　夏商之前的氏族首领原本称氏不称帝。家天下后，神话传闻中的一批氏族领袖也被追称为帝。《山海经》多用之，如帝尧、帝舜、帝禹、帝喾、帝颛顼。屈原"登立为帝"的帝，指的是上古母系氏族的第一位领袖女娲[1]。周拱辰《离骚草木史》："旧训登立为帝属伏羲，非也。""余谓即指女娲。"

　　考女娲，《山海经·大荒西经》只说她是一位女神，并没有提到帝女娲，或女娲帝。先秦文字，第一个也是唯一一个说女娲称帝的就是《天问》。但屈原既问，必有依傍，只是无从稽考。到《淮南子》，女娲头角峥嵘，虽言不及帝，已有帝王风范。至《春秋纬》[2]，女娲恢复帝号，紧随伏羲，成三皇之一。应劭《风俗通·皇霸》引《春秋运斗枢》：

> 伏羲、女娲、神农，是三皇也。

[1] 女娲氏族的地望，民间诸多传说，或云甘肃天水秦安，或云山西临汾洪洞。

[2]《春秋纬》，汉纬书，大约成书西汉末，马国翰《玉函山房辑佚书》有辑佚。

高诱注《吕氏春秋·用众》：

> 三皇：伏羲，神农，女娲也。

东汉王符《潜夫论·五德志》：

> 世传三皇、五帝，多以为伏羲、神农为二皇；其一，或曰燧人，或曰祝融，或曰女娲，其是与非，未可知也。[①]

晋人皇甫谧《帝王世纪》：

> 包羲氏没，女娲氏代立为女皇。[②]

唐人司马贞《三皇本纪》：

> 女娲氏亦风姓，蛇身人首，有神圣之德，代宓牺立，号曰女希氏。无革造，惟作笙簧。按《礼·明堂位》及《系本》，皆云女娲作笙簧。故《易》不载，不承五运。一曰，亦木德王。盖宓牺之后，已经数世。金木轮环，周而复始，特举女娲，以其功高而充三皇，故频木王也。当其末年也，诸侯有共工氏，任智刑，以强霸而不王。以水承木，乃与祝融战，不胜而怒，乃头触不周山崩，天柱折，地维缺。女娲乃炼五色石以补天，断鳌足以立四极，聚芦灰以止滔水，以济冀州。于是地平天成，不改旧物。女娲氏没，神农氏作。

社会发展的秩序，是由母系氏族发展到父系氏族，则古帝秩序，理应是代表母系的女娲

----

① 三皇，按《世本》、《尚书序》、《古微书》，是伏羲、神农、黄帝。按《白虎通》是伏羲、神农、祝融。按《尚书大传》是燧人、伏羲、神农。按《春秋纬·运斗枢》是伏羲、女娲、神农。《风俗通》或称三皇为伏羲、神农、共工。燧人，《韩非子·五蠹》："民食果蓏蚌蛤腥臊恶臭而伤害腹胃，民多疾病。有圣人作，钻燧取火以化腥臊，而民说之，使王天下，号之曰燧人氏。"以名号看，女娲、燧人、有巢、庖牺、神农一类，体现原始人由产生、用火、栖居、渔猎到务农的进程，较之黄帝、炎帝，合乎理性。又，《史记·秦始皇本纪》提到一组天皇、地皇、泰皇；汉纬书称天皇、地皇、人皇。天皇，不确。地皇，或指农皇神农。《尚书大传》："神农为农皇也。""神农以地纪，悉地力种谷疏，故托农皇于地。"泰皇即人皇。《鲁灵光殿赋》："人皇九首，伏羲鳞身。"人皇与伏羲对举，当分指两人。晋人王嘉《拾遗记》："昔者人皇蛇身九首，肇自开辟。"《三皇本纪》："人皇九头，乘云车，驾六羽，出谷口。兄弟九人，分掌九州，各立城邑。"应是华夏始祖传闻的另一版本。其后道教典籍又将三皇分初、中、后三组：初三皇具形，中三皇人面蛇身或龙身，后三皇的后天皇人首蛇身，是伏羲，后地皇人首蛇身，是女娲，后人皇牛首人身，是神农。

② 皇甫谧（215-282），字士安，号玄晏先生，甘肃灵台县人。一生著述，颇负盛名。撰有《针灸甲乙经》、《帝王世纪》、《高士传》、《逸士传》、《列女传》等。

在前，代表父系的伏羲在后。汉儒把伏羲等男
人排在女娲之前，是男权的夹塞，是父系对母
系的僭越。

　　"登立为帝，孰道尚之？"道尚，称道
崇尚。屈原问女娲推举称帝，由谁称道推崇？
这一问，说明屈原知道女娲时代做首领需要两
个条件，一是要有本领与威信，受到族人的
赞扬，所谓"道尚"是也。可能谁的子孙多，
谁的财物多，谁的本事大，谁就有威信。所以
神话赋予女娲的才能是造人造物，补天救灾。
二是要通过一定的形式，由族人推选，所谓
"登立"是也。推选者可能是部分族人，也可
能是全体族人，但未必包括男人。母系社会男
不娶，女不嫁，子女属母，话事惟母，姓氏从
母，推举可能是女人的专利。

共工之怒

康回冯怒，
地何故(以)东南倾？

共工一怒，怒火满怀。
地陷东南，因其破坏？

这一节两句一问，问古帝王共工。

原文在女娲之后接尧舜事，不近理。女娲至尧舜，跨度很大，期间应有帝王更迭，共工正是其中名声最大的一位。

共工，传说古老。罗泌《路史·后纪》引《归藏·启筮》：

共工，人面、蛇身、朱发。

女娲蛇身，伏羲蛇身，共工也蛇身，应是上古蛮荒时代敬蛇、畏蛇的影像。

共工一名，与水有关。《左传·昭公十七年》：

共工氏以水纪，故为水师而水名。

水师，水族。共工氏以水为图腾，以水为名号。共，加水为洪。共工即治洪治水之能人。

上古的洪水泛滥，可能从传说的女娲之世，一直延续到传说的大禹之世。女娲氏治洪，"聚芦灰以止滔水"，堵而不导，有如后来的鲧以息壤填洪，收效必微。共工氏治洪，长于建库蓄水、因势利用。《国语·周语》说共工"壅防百川，堕高堙卑"，就是拦堵河道，毁高填低，建造水库，蓄洪泄洪，所蓄洪水，威胁下游。《山海经》有共山、共谷、共水，或是洪山、洪谷、洪水[①]，地在今山西南部、河南西部的黄河两岸，这一带大约就是共工氏的地盘。《诗·大雅·皇矣》："密人不恭，敢距大邦，侵阮徂共。"班固《汉书·地理志》自注密人国在今甘肃灵台县境。共，古共国。清初顾祖禹[②]《读史方舆纪要》说泾州有共池。疑古共国亦在泾州。泾州比邻灵台，今甘肃泾川县。则共工氏的势力范围已由山西、河南到达甘肃河西，控制了黄河上中游广大地区。《管子·揆度》：

共工之王，水处什之七，陆处什之三，乘天势以隘制天下。

共工占有广大的水道与水力资源，利用洪水漫延的天势控制天下。《国语·鲁语》说共工氏"伯九有"。伯，霸。九有，九土，即华夏九州，《礼记·祭法》径引"九有"为九州。《国语·鲁语》说共工的儿子后土，又名句龙者，先于大禹，治理九州，被祀为土神：

其子曰后土，能平九土，故祀以

[①]《山海经·北次三经》："又东三百七十里，曰泰头之山，共水出焉。"《海内东经》："济水出共山南东丘，绝巨鹿泽，注渤海，入齐琅槐东北。"《中次一经》："中山经薄山之首，曰甘枣之山。共水出焉，而北流注于河。"《中次六经》："又西百里，曰长石之山，无草木，多金玉。其西有谷焉，名曰共谷，多竹。共水出焉，西南流注于洛，其中多鸣石。"

[②]顾祖禹（1631–1692），字夏初，一字景范，江苏无锡人。清初地理学家。

为社。

《国语·周语》说共工的子孙帮助大禹治水：

> 得共之从孙四岳佐之。

共工是华夏治洪用洪的枭雄，共工氏族是华夏以洪自强、以洪称霸的氏族，在远古洪荒时代拥有一段显赫的霸业。

后来，其他氏族不服共工氏族，群起而攻之。《国语·周语》：

> 昔共工氏弃此道也，虞于湛乐，淫失其身，欲壅防百川，堕高堙卑以害天下。皇天弗福，庶民弗助，祸乱并兴，共工用灭。

指责共工是制造洪水泛滥的罪魁祸首，招致天怒人怨，人神共伐。《路史·太昊纪》说女娲灭共工：

> 女娲氏灭共工氏而迁于中皇之原，所谓女娲山也。①

《淮南子·天文训》说颛顼斗共工②，《淮南子·兵略训》说颛顼灭共工：

> 共工为水害，颛顼诛之。

司马贞《三皇本纪》说祝融斗共工：

> 当其（女娲）末年也，诸侯有共工氏，任智以刑强，霸而不王，以水乘木，乃与祝融战，不胜而怒。乃头触不周山崩，天柱折，地维缺。

祝融"光融天下"是火神，共工"以水乘木"

①女娲山，传说在今陕西东南的平利县。见五代蜀杜光庭《寻异记》。今平利女娲山，古时亦称中皇山。

②见本书第64页引。

是水神，水神战火神，水攻对火攻，本应胜券在握，结果却出人意料，水不克火火克水[1]。《淮南子·原道训》说帝喾灭共工：

> 昔共工之力，触不周之山，使地东南倾。与高辛争为帝，遂潜于渊，宗族残灭，继嗣绝祀。

《逸周书·史记》说唐尧灭共工：

> 久空重位者危。昔有共工自贤，自以无臣，久空大官，下官交乱，民无所附。唐氏伐之，共工以亡。

《尚书·舜典》说虞舜驱逐"四凶"，第一个就是共工：

> 流共工于幽州，放驩兜于崇山，窜三苗于三危，殛鲧于羽山，四罪而天下咸服。

幽州在北方，《山海经·大荒北经》说共工虽在北方，余威仍在，"有共工之台，射者不敢北乡"。《大荒西经》说大禹也讨伐共工，"有禹攻共工国山"。《海外北经》说大禹诛杀共工大臣相柳：

> 共工之臣相柳氏，九首，以食于九山。

> 禹杀相柳，其血腥，不可以树五谷种。

《荀子·成相》也说大禹追击共工：

> 禹有功，抑下鸿，为民除害逐共工。

看来，共工一族与其他氏族的战争从女娲时代

[1] 《山海经·海内经》："炎帝之妻，赤水之子听訞生炎居，炎居生节并，节并生戏器，戏器生祝融，祝融降处于江水，生共工。"共工竟然是祝融的儿子。按此，共工与祝融之战是儿子与父亲之战，子不胜父，父胜子。

一直打到了虞舜时代，共工似乎是天下永久的公敌，世世代代遭围剿。

因此，在《庄子·胠箧(qiè)》发布的第一块上古帝王排行榜上，共工没有位置：

> 昔者容成氏、大庭氏、柏皇氏、
> 中央氏、栗陆氏、骊畜氏、轩辕氏、
> 赫胥氏、尊卢氏、祝融氏、伏羲氏、
> 神农氏，当是时也，民结绳而用之，
> 甘其食，美其服，乐其俗，安其居，
> 邻国相望，鸡狗之音相闻，民至老死
> 而不相往来。

兴废十二代，轩辕氏、伏羲氏、神农氏排名靠后，屈居第七、第十一、第十二；其余八位，名字陌生，却排名靠前，容成、大庭、柏皇，高居第一至第三；中央、栗陆、骊畜，位列第四至第六；赫胥、尊卢、祝融，分占第八、第九、第十。庄子是捕风捉影的大师，他说的古帝系列，是听来的，还是编造的？是说称霸的氏族首领，还是说各据一方的氏族首领？排名是先后有序，按时排序，还是先后无序，随意排序？实难辨析。

容成氏。疑是农业氏族。《淮南子·本经训》：

> 昔容成氏之时，道路雁行列处，
> 托婴儿于巢上，置余粮于亩首，虎豹
> 可尾，虺蛇可蹍，而不知其所由然。

虎豹可以尾随，虺蛇可以碾踩，与兽共处不知危险。其后，容成一族的后人与黄帝亦臣亦友。为友，《列子》："黄帝与容成子居空桐之上。"为臣，《史记·索隐》引《世本》：黄帝使"容成综斯六术而著调历"。《后汉书》注引《博物志》："容成氏作历，黄帝史官。"夏商时，容成族为诸侯国。《山海经·大荒东经》有"仲容之国"。《穆天子传》有"容氏国"。地在河北容城县。容，亦称庸，《路史》："（庸）古帝容成氏之后。"姬周时，容成后人做起学问。《庄子·则阳》："容成氏曰，除日无岁，无内无外。"唐人陆德明《经典释文》："老子师容成。"[1]《汉书·艺文志》有《容成子》14篇、《容成阴道》26卷，疑为战国托名之作。上海博物馆今藏战国楚竹书《讼城氏》，有完简、残简53支，两千余字，整理者李零[2]考为《容成氏》。

大庭氏。《左传·昭公十八年》：

> 宋、卫、陈、郑皆火，梓慎登大
> 庭氏之库以望之。

杜预[3]注："大庭氏，古国名，在鲁城内，鲁于其处作库。"鲁城，鲁国都城，山东曲阜。孔颖达疏："先儒旧说皆云炎帝号神农氏，一曰大庭氏。"孔疏不合《庄子》的先有大庭，后有神农。

柏皇氏。《山海经·海内经》：

> 青水之东，有山名曰肇山，有人
> 名曰柏高。柏高上下于此，至于天。

疑柏高即柏皇。其后裔，可能就是黄帝的地官柏常，帝颛顼的师傅柏亮父，帝喾的师傅柏昭，帝尧于柏地（今河南舞阳县东南）所封的柏成子柏皋。又，扬雄《蜀王本纪》："蜀王之先名蚕丛，后代名曰柏，后者名凫，此三代

[1] 日，日子。岁，岁月、年头。内，内心、内部。外，心外、外部。不计算日子，就没有岁月；不考虑身内，就没有身外。

[2] 李零，执教北京大学。

[3] 杜预（222-285），字元凯，京兆杜陵（今陕西西安）人。西晋时官至司隶校尉。精通典籍，博学多闻，被誉为"杜武库"，尤擅治《春秋》、《左传》。

各数百岁，皆神化不死。"则蜀中氏族的祖先也叫柏，蜀柏与柏皇应无关联。

中央氏。《庄子·应帝王》有中央大帝，但仅此一句。《礼记·月令》："中央土，其日戊己，其帝黄帝。"但《庄子》帝王榜已有轩辕氏，则中央氏不是黄帝。

栗陆氏。《山海经·大荒西经》有"栗广之野"，栗广是地名，疑栗陆亦地名。

轩辕氏，即黄帝。

骊畜氏。《说文解字》："骊，马深黑色。"疑是游牧氏族。

赫胥氏。《庄子·马蹄》：

> 夫赫胥氏之时，民居不知所为，
> 行不知所之，含哺而熙，鼓腹而游。

成玄英疏："赫胥，上古帝王也。亦言有赫然之德，使民胥附，故曰赫胥，盖炎帝也。"成玄英说赫胥是古帝王，又引他人言，赫胥是炎帝。赫胥氏亦称赫苏氏。《路史》："赫苏氏，是为赫胥。"明人张萱《疑耀》："古有赫胥氏，一曰赫苏氏，古'苏'、'胥'通。"

尊卢氏。《说文解字》："尊，酒器也。"《说文解字》："卢，饭器也。"疑是擅长制器的氏族。

祝融氏。南方发明火种的氏族。神话中原是火神。《山海经·海外南经》：

> 南方祝融，兽身人面，乘两龙。

《墨子·非攻》说成汤伐夏："天命融隆火于夏之城间，西北之隅。"后来火神祝融变成了人间管火的火正。《左传·昭公二十九年》："火正曰祝融。"有说祝融，名重黎，炎帝的第五代子孙。《山海经·海内经》：

> 炎帝之妻，赤水之子听訞，生炎
> 居，炎居生节并，节并生戏器，戏器
> 生祝融。

也有说祝融是黄帝的第五代子孙。《海内
经》："黄帝生昌意，昌意生韩流，韩流生颛
顼。"《大荒西经》："颛顼生老童，老童生
祝融。"受封有熊氏故墟，传为今河南新郑。

伏羲氏。南方渔猎氏族。

神农氏。一说即炎帝。刘歆《世经》：

> 以火承木，故为炎帝；教民耕
> 种，故天下曰神农氏。

一说神农是神农，炎帝是炎帝，炎帝是神农末
世的诸侯。《史记·五帝本纪》：

> 神农氏衰，诸侯相侵伐，……
> 于是轩辕乃习用干戈，……与炎帝战
> 于阪泉之野。……诸侯咸尊轩辕为天
> 子，代神农氏。

斟酌两说，先秦，除《礼记·月令》比较含糊地
说到炎帝与神农之外[①]，他书并未言及炎帝与神
农是二而一的关系，似乎不宜把炎帝视为神农，
或者把神农视为炎帝，两者似不宜并为一人。

神农，牛头人身，是以牛为图腾的中原农
业氏族。《易·系辞》说神农是农具大师：

> 神农氏作，斫木为耜，揉木为
> 耒。耒耜之利，以教天下。

《白虎通》说神农是农耕大师：

> 古之人民皆食禽兽之肉。至于神

① 《礼记·月令》："季夏
之月，日在柳，昏火中，
旦奎中。其日丙丁，其帝
炎帝，其神祝融。""是
月也，树木方盛。乃命
虞人，入山行木，毋有
斩伐。不可以兴土功，不
可以合诸侯，不可以起兵
动众。毋举大事，以摇养
气。毋发令而待，以妨神
农之事也。"

农，人民众多，禽兽不足，于是神农
因天之时，分地之利，制耒耜，教民
农耕。神而化之，使民宜之，故谓之
神农氏。

《淮南子·修务训》说神农是五谷大师：

> 古者民茹草饮水，采草木之实，
> 食螺蚌之肉，时多疾病毒伤之害。于
> 是神农乃始教民播种五谷。

神农还有尝遍百草的事迹，是医药大师。种种
典籍，颂声盈耳，只有《史记》说神农晚年，
为政不力，诸侯不服，天下大乱，被黄帝取走
了帝位。

庄子之后，《易·系辞》也出了一个上古
帝王排座次：

> 包羲氏没，神农氏作。
> 神农氏没，黄帝、尧、舜氏作。

把《庄子》的十二代一刀砍掉了九代，只保留
了伏羲、神农、轩辕，增加了唐尧、虞舜，简
化上古历史为五朝更迭。共工更是沾不上边。

屈原为共工抱打不平，质疑共工所谓破坏天
地的罪行。

康回冯怒，地何故东南倾？

康回，《天问章句》说是共工的名字，于
典无征。丁晏《楚辞天问笺》：

> "康回"当作"庸回"，字形
> 相近误也。《左传·文公十八年》：
> "靖谮(zèn)庸回，天下之民，谓之
> 穷奇①。"杜预注："庸，用也。

① 穷奇，在《山海经·海内北经》是貌似老虎，有翅吃人的恶兽；在《左传·文公十八年》是不才子弟，是恶人。在《淮南子》是天神，主司广莫风即北风。

　　回，邪也。"

靖，安。谮，谗言。"靖谮庸回"，就是信谗
用邪；"庸回凭怒"，就是发邪暴怒。因传闻
地倾东南的主角是共工，所以发怒的主角也是
共工。上文，屈原曾有一问："八柱何当？东
南何亏？"问题的重点是地理，质疑东南大
地亏损为海的原因，是否是"天柱折，地维
裂"；这里，问题的重点是共工，问共工的一
己之怒，岂可让大地亏损变形？与主流舆论唱
对台戏，力求洗脱共工破坏天地的罪名，力争
为共工平反昭雪。

　　这一平反诉求，《史记·五帝本纪》、
《遁甲开山图》置之不理。直到二百年后，班
固作《古今人表》，共工才得到了应有地位。

　　《史记·五帝本纪》列先后六帝，神农一
帝，不立传；黄帝、颛顼、帝喾、唐尧、虞舜
五帝，立传：

　　　黄帝者，少典之子，姓公孙，名
　　曰轩辕。

　　　轩辕之时，神农氏世衰。诸侯相
　　侵伐，暴虐百姓，而神农氏弗能征。
　　诸侯咸来宾从。而蚩尤最为暴，莫能
　　伐。炎帝欲侵陵诸侯，诸侯咸（全部
　　之意）归轩辕。轩辕乃修德振兵，治
　　五气，艺五种，抚万民，度四方，教
　　熊罴貔貅貙虎，以与炎帝战于阪泉之
　　野，三战，然后得其志。蚩尤作乱，
　　不用帝命。于是黄帝乃征师诸侯，与
　　蚩尤战于涿鹿之野，遂禽杀蚩尤。而
　　诸侯咸尊轩辕为天子，代神农氏，是
　　为黄帝。天下有不顺者，黄帝从而征

之，平者去之。……

黄帝二十五子，其得姓者十四人。

黄帝居轩辕之丘，而娶于西陵之女，是为嫘祖。嫘祖为黄帝正妃，生二子，其后皆有天下：其一曰玄嚣，是为青阳，青阳降居江水；其二曰昌意，降居若水。昌意娶蜀山氏女，曰昌仆，生高阳，高阳有圣德焉。黄帝崩，葬桥山。其孙昌意之子高阳立，是为帝颛顼也。

帝颛顼高阳者，黄帝之孙而昌意之子也。……

帝颛顼生子曰穷蝉。颛顼崩，而玄嚣之孙高辛立，是为帝喾。

帝喾高辛者，黄帝之曾孙也。高辛父曰蟜极，蟜极父曰玄嚣，玄嚣父曰黄帝。自玄嚣与蟜极皆不得在位，至高辛即帝位。高辛于颛顼为族子。……

帝喾娶陈锋氏女，生放勋。娶娵訾氏女，生挚。

帝喾崩，而挚代立。帝挚立，不善，而弟放勋立，是为帝尧。……

尧立七十年得舜，二十年而老，令舜摄行天子之政，荐之于天。……

虞舜者，名曰重华。重华父曰瞽叟，瞽叟父曰桥牛，桥牛父曰句望。句望父曰敬康，敬康父曰穷蝉，穷蝉父曰帝颛顼，颛顼父曰昌意：以至舜七世矣。自从穷蝉以至帝舜，皆微为庶人。

神农之后，五帝血统一脉，世系井然；神农之前，则付之阙如，既无伏羲，更无共工。《太史公自序》：

> 余闻之先人曰，伏羲至纯厚，作
> 《易》八卦。

司马迁明知伏羲而不纪伏羲，令人困惑。《五帝本纪》是黄帝一家亲，炎黄大战，胜者王，败者寇；普天之下，莫非黄土，率土之滨，莫非黄臣；君临社稷，莫非黄子黄孙。岂不是父子相传的家天下？司马迁力图构建黄帝为首的一姓一族的华夏帝统，是大黄帝主义的史学奠基人。

东汉纬书《遁甲开山图》是道教典籍，原书已佚，唐人欧阳询《艺文类聚》、宋《太平御览》有引文：

> 女娲氏没，大庭氏王有天下，五气异色。次有柏皇氏，中央氏，栗陆氏，骊连氏，赫胥氏，尊庐氏，祝融氏，浑沌氏，昊英氏，有巢氏，葛天氏，阴康氏，朱襄氏，无怀氏，凡十五代，皆袭伏羲之号。自无怀氏以上，经史不载，莫知都之所在。

引文保留了《庄子》的伏羲、柏皇、中央、栗陆、骊连（骊畜）、赫胥、尊庐（尊卢）、祝融七位，去掉了《庄子》的容成、轩辕、神农三位，增加了女娲、浑沌氏、昊英氏、有巢氏、葛天氏、阴康氏、朱襄氏、无怀氏八位。以伏羲为第一，女娲为第二，但依旧不提共工。

浑沌氏。浑沌一名出于《庄子》。《庄子·应帝王》：

> 南海之帝为儵，北海之帝为忽，
> 中央之帝为浑沌。

是寓言混沌，不是古帝王。《庄子·天地》：

> 孔子曰："彼假修浑沌氏之术者
> 也。识其一，不知其二；治其内，而
> 不治其外。夫明白入素，无为复朴，
> 体性抱神，以游世俗之间者，汝将固
> 惊邪？且混沌氏之术，予与汝何足以
> 识之哉。"

这浑沌是庄子虚拟的修道之士，也不是古帝
王。所以《庄子·胠箧》说上古十二帝，没有
浑沌氏。《遁甲开山图》说浑沌是十五帝之
一，《路史·初三皇纪》说"天地之初，有浑
敦氏者，出为之治"，是信了庄子的忽悠，或
者说是利用了庄子的忽悠。《左传·文公十八
年》：

> 昔帝鸿氏有不才子，掩义隐贼，
> 好行凶德，丑类恶物，顽嚚不友，是
> 与比周，天下之民谓之浑敦。少昊氏
> 有不才子，毁信废忠，崇饰恶言，靖
> 谮庸回，服谗搜慝，以诬盛德，天下
> 之民谓之穷奇。颛顼氏有不才子，不
> 可教训，不知话言，告之则顽，舍之
> 则嚚，傲狠明德，以乱天常，天下之
> 民谓之梼杌。……缙云氏有不才子，
> 贪于饮食，冒于货贿，侵欲崇侈，不
> 可盈厌，聚敛积实，不可穷极，不分
> 孤寡，不恤穷匮，天下之民谓之饕
> 餮。

这浑敦，是上古四大恶君之一、帝鸿不肖之子。章太炎说读如"浑蛋"，与浑沌不相干。

吴英氏。《商君书·画策》①：

> 昔者，吴英之世，以伐木杀兽，人民少而木兽多。

吴英氏是依山为生、伐木制器的山林氏族。

有巢氏，《韩非子·五蠹》：

> 上古之世，人民少而禽兽众，人民不胜禽兽虫蛇。有圣人作，构木为巢以避群害，而民悦之，使王天下，号之曰有巢氏。

有巢氏的功绩是建造木屋，也是山林氏族。

葛天氏。《吕氏春秋》：

> 葛天氏之乐，三人操牛尾，投足以歌八阕。一曰《载民》、二曰《玄鸟》、三曰《逐草木》、四曰《奋五谷》、五曰《谨天常》、六曰《达帝功》、七曰《依地德》、八曰《总万物之极》。

葛天氏经营农业，擅长音乐舞蹈，是定居平原以农为业的氏族。

阴康氏。《吕氏春秋·古乐》：

> 昔陶唐氏之始，阴多滞伏而湛积，水道壅塞，不行其原，民气郁阏而滞著，筋骨瑟缩不达，故作为舞而宣导之。

阴康氏是习于舞蹈、善于舞蹈的氏族。

朱襄氏。《吕氏春秋·古乐》：

① 《商君书》也称《商子》，战国时商鞅及门下的著作。

> 昔古朱襄氏治天下也，多风而阳
> 气蓄积。

谯周[1]《古史考》："陈之秋邑，朱襄史之邑。"陈，陈国，河南淮阳地区。秋邑，食邑，陈之一邑。《太平寰宇记》[2]："柘（zhè）城为朱襄氏之邑。"今河南商丘市柘城县。或指朱襄是炎帝的别号，《吕氏春秋·古乐》高诱注："朱襄氏，古天子，炎帝之别号。"疑高诱望文生义，以为朱色即红色，如火如炎，与炎帝之炎，名号相通。

无怀氏。《管子·封禅》：

> 昔无怀氏封泰山。

罗泌《路史》：

> 无怀氏，帝太昊之先。其抚世也，以道存生，以德安刑……当世之人甘其食，乐其俗，安其居而重其生。

太昊，伏羲。在《路史》，无怀氏摇身一变，由《遁甲开山图》的第十五代伏羲后嗣，升级为伏羲先祖。

《遁甲开山图》有心整理伏羲王朝的氏族体系，明确了伏羲是华夏第一代帝王，女娲以下十五代均出伏羲一族。最大亮点是推出了女娲氏。

与《遁甲开山图》或前或后，班固《汉书·古今人表》分历代人物为九等，上上圣人、上中仁人、上下智人、中上、中中、中下中人、下上、下中、下下愚人，并就上古帝王说明：

①谯周（约201-270），字允南，四川西充人。三国时蜀汉学者，西晋官散骑侍郎，人称"蜀中孔子"。

②《太平寰宇记》，北宋地理总志。

> 自书契之作，先民可得而闻者，
> 经传所称，唐、虞以上，帝王有号
> 谥。辅佐不可得而称矣，而诸子颇言
> 之，虽不考虖孔氏，然犹著在篇籍，
> 归乎显善昭恶，劝戒后人，故博采
> 焉。

博采范围，上至伏羲，下至虞舜，依次是：

> 太昊帝宓羲、女娲氏、共工氏、
> 容成氏、大廷氏、柏皇氏、中央氏、
> 栗陆氏、骊连氏、赫胥氏、尊卢氏、
> 沌浑氏、昊英氏、有巢氏、朱襄氏、
> 葛天氏、阴康氏、亡怀氏、东扈氏、
> 帝鸿氏、炎帝神农氏、列山氏、归臧
> 氏、黄帝轩辕氏、昊帝金天氏、颛顼
> 帝高阳氏、帝喾高辛氏、帝尧陶唐
> 氏、帝舜有虞氏。

《古今人表》与《遁甲开山图》的相同处是首列伏羲氏、次列女娲氏，不同处是恢复了《庄子》的容成氏、轩辕氏、神农氏，删去了《庄子》、《遁甲开山图》的祝融氏，收容了《系辞》的帝尧陶唐氏、帝舜有虞氏，《史记》的颛顼帝高阳氏、帝喾高辛氏，增加了共工氏、东扈氏、帝鸿氏、列山氏、归臧氏、昊帝金天氏。

共工氏。提出并突出共工是班固《古今人表》最具慧眼的拨乱反正。在《古今人表》，共工排名高居第三，仅次于伏羲、女娲。共工因此与伏羲、神农一道，被北宋刘恕[1]《通鉴外纪》尊为三皇。

东扈氏。疑指东方有扈氏或九扈氏，上古

①刘恕（1032-1078），字道原，筠州今江西高安人。宋仁宗皇祐年间进士，英宗时辅助司马光撰修《资治通鉴》，官著作郎，一生精力，倾注史学。

九扈是东方大族，有扈或即九扈，或为其一。九扈居地在今山东与河南东部。以农为本，以鸟为号。其族人于少昊时任农官。《左传·昭公十七年》："九扈为（少昊）九农正。"

帝鸿氏。《左传》提及，杜预注："帝鸿，黄帝也。"宋人罗泌《路史·后纪》说是黄帝后人。但班固《古今人表》既列帝鸿，又列黄帝，则帝鸿断不是黄帝。

列山氏。《礼记·祭法》作"厉山氏"。韦昭注《国语·鲁语》说是炎帝别号。疑列山即连山，列、连一声之转。连山与易卦有关。易有三易《连山》、《归藏》、《周易》，而《连山》居其首。连山氏或即创造易卦的氏族。

归藏氏。郑玄《周礼·太卜》注、孔颖达《周易正义·论三代易名》说是黄帝别号，与《古今人表》已列黄帝重复。疑归藏氏因《归藏》著名，也是创造筮卦的氏族。

昊帝金天氏，指东方以鸟为图腾的氏族先祖少昊。昊是帝号，金天氏是氏号，又号穷桑氏。神话为东方海外氏族，《山海经·大荒东经》：

> 东海之外大壑，少昊之国。

《尸子》说少昊居东方穷桑：

> 少昊金天氏邑于穷桑，日五色，
> 互照穷桑。

穷桑之地，日出五色，为霞满天，故称金天。金天一族就是东方的沿海氏族，大约在山东曲阜地区。曹魏刘桢《鲁都赋》：

> 昔大廷氏肇建厥居，少昊受命，
> 亦都兹焉。

大廷即大庭，在《庄子》古帝王排行榜上位列第二。鲁都，鲁国都城，山东曲阜。今曲阜城东有少昊陵，古称云阳山。少昊名挚，挚即鸷，以猛禽为图腾。族内各支的鸟图腾则多种多样，若选族歌，今之民乐《百鸟朝凤》非常合适。《左传·昭公十七年》：

> 我高祖少皞挚之立也，凤鸟适至，故纪于鸟，为鸟师而鸟名。凤鸟氏，历正也；玄鸟氏，司分者也；伯赵氏，司至者也；青鸟氏，司启者也；丹鸟氏，司闭者也。祝鸠氏，司徒也；鴡鸠氏，司马也；鸤鸠氏，司空也；爽鸠氏，司寇也；鹘鸠氏，司事也；五鸠，鸠民者也。五雉为五工正，利器用、正度量、夷民者也。九扈，为九农正、扈民无淫者也。

扈，保护。保护教导不懂季节物候的民众按时生产。《史记·五帝本纪》说少昊是黄帝之孙帝喾之子，是将东方鸟族纳入黄帝圈子。

颛顼帝高阳氏，楚民先祖。神话说颛顼原是少昊一脉。《山海经·大荒东经》：

> 东海之外大壑，少昊之国，少昊孺帝颛顼，弃其琴瑟。

孺帝，少主，颛顼高阳氏在少昊族年少当家。琴瑟，乐器相和，比喻百鸟朝凤的氏族政治。《魏书·崔光列传》："琴瑟不调，改而更张。"估计颛顼因中原势力向东扩张，在山东站不住，弃其家园，迁徙至南方。屈原自认高阳后代，《离骚》："帝高阳之苗裔兮，朕皇考曰伯庸。"司马迁《史记·楚世家》："楚之先祖，出自帝颛顼高阳。"原本不错，但《五帝本纪》说颛顼是黄帝之孙、二儿子昌意之子，是变本加厉，将南方楚氏族纳入黄帝圈子。

　　帝喾高辛氏，中原神话加工的殷民先祖。《礼记·祭法》"殷人禘喾"，《国语·鲁语》"商人禘舜"，韦昭注"舜"当为"喾"。王国维《殷卜辞中所见先公先王考》指"高祖夒"的夒是帝喾之名。《天问》："简狄在台，喾何宜？玄鸟致贻，女何喜？"简狄，帝喾妃。喾，高辛。玄鸟，燕子。简狄吞燕卵生育了殷商奠基人后契，则燕子是殷商氏族的图腾，殷商氏族本是东方少昊鸟族的一支，殷商祖神本是东夷氏族祖神帝俊，高辛是帝俊的影子，是帝俊的山寨版[1]。《史记·五帝本纪》说帝喾是黄帝曾孙、大儿玄嚣之孙、蟜极之子、颛顼之侄，是将东方殷商氏族纳入黄帝圈子。

① 本书第二十二讲"玄鸟生商"有专节讨论。

第十五讲

尧舜心术

舜闵在家，父何以鳏？
尧不姚告，二女何亲？
舜服厥弟，终然为害。
何肆犬豕，(而)厥身不(危)败？
眩弟并淫，危害厥兄。
何变化(以)作诈，(而)后嗣逢长？

家中已有发妻，岂可扬言未娶？
嫁女不告亲家，安能嫁出闺女？
兄长照顾弟弟，弟弟谋害兄长。
为何放纵猪狗，却能安然无恙？
弟弟垂涎嫂嫂，阴谋杀害哥哥。
为何使尽奸诈，照样绵延香火？

　　本节，屈原以十二句四问，发难尧、舜。
　　尧舜之前，屈原不问伏羲、神农、黄帝，或因《天问》的发问原则是有难则问，无惑不问。

尧，字义为高，《说文》："尧，高也。"尧不是名，是后人尊称，犹后世之谥号，其名是为放勋。尧，亦称唐尧，属陶唐氏。一说，陶，陶器，陶唐氏族擅长烧制陶器。一说，陶、唐是地名。《说文》："陶丘有尧城，尧尝居也。"陶丘，今山东定陶县西南。晋人范晔[1]《后汉书·郡国志》："定陶本曹国，古陶，尧所居。"唐人李吉甫[2]《元和郡县图志》："定陶故城，尧所居也。尧先居唐，后居陶，故曰陶唐氏。"《帝王世纪》："尧始封于唐。"今河北唐县西北。清人武亿[3]《群经义证》："然则尧初居唐，及陟则居陶，故举其终始而称之曰陶唐氏。"陶唐氏是中原部落联盟的一支，尧是这支氏族的首领，也是部落联盟的当家人。《史记·五帝本纪》说尧是帝喾与陈锋氏女的儿子，黄帝的第七代子孙，是司马迁创建"大黄朝"的蓄意编排。

尧，八字眉，形削骨立。《尚书大传》："尧八眉，八者，如八字也。"《淮南子·修务篇》："尧瘦臞（qú）。"臞，瘦。《说文》："尧如腊。"腊，干肉。身体似乎不太强壮，但尧命大命长。《五帝本纪》：

> 尧立七十年得舜，二十年而老，令舜摄行天子之政，荐之于天。尧辟位凡二十八年而崩。

就算尧立七十是尧生七十，辟位从得舜算起，也有九十八岁[4]。是否虚夸，不必计较，大抵是个长寿天子。

尧，政治英明，是圣人为王。《尚书·尧典》：

①范晔（389-445），字蔚宗，河南淅川人。南朝刘宋时官至左卫将军，太子詹事，因谋反罪被杀。所著《后汉书》则名重后世。

②李吉甫（758-814），字弘宪。赵郡今河北赞皇人。唐宪宗元和时，官至中书侍郎，同中书门下平章事。以功封赞皇县侯，徙赵国公。是古代著名地理学家。

③武亿（1745-1799），字虚谷，号半石山人。清乾隆进士，山东博山知县。

④《五帝本纪》："舜得举用事二十年，而尧使摄政。摄政八年而尧崩。"

> 克明俊德，以亲九族。九族既睦，
> 平章百姓。百姓昭明，协和万邦。

平章，商讨治理。《韩非子·五蠹》：

> 尧之王天下也，冬日麑裘，夏日葛
> 衣，茅茨不翦，采椽不斫，粝粢之食，
> 藜藿之羹，虽监门之养不亏于此焉。

粝粢，碎谷。藜藿，野菜。监门，守门。养，饮食。尧生活之简朴犹如守门人。刘向《说苑·君道》：

> 尧存心于天下，有一民饥，则曰
> 此我饥之也；有一人寒，则曰此我寒
> 之也；一民有罪，则曰此我陷之也。

晋人皇甫谧《高士传》：

> 帝尧之世，天下大和，百姓无
> 事，壤父年八十余，而击壤于道中，
> 观者曰："大哉，帝之德也。"壤父
> 曰："吾日出而作，日入而息，凿井
> 而饮，耕田而食，帝何德于我哉？"

差不多就是大同社会了。

　　尧晚年的最大政治是克制家天下的欲望，维持氏族推举和氏族禅让的传统。禅让，是汉儒词汇，指家天下之前执政者让位他人的行为。有人说上古禅让是汉儒杜撰，未免武断。推举首领、禅让权位应是原始氏族及氏族联盟约定俗成的规则，源头古老。到唐尧时，社会正在逐步形成家天下的气候，处于家天下的前夜。尧心有所动，事有努力，很想传位于自家儿子。尧有十子，嫡长子是丹朱。丹朱学过围

棋。《博物志》引《世本》："尧造围棋，以
教子丹朱。"在儿子身上下了栽培的功夫①。只
是丹朱不争气，心既顽嚚，又好争讼，欠缺政
治智慧和政治威信。尧不得已而延续传统，维
持禅让。《五帝本纪》：

①围棋起初不是简单的娱乐
工具，而是一种传授智力
的教学工具。拙文《围棋
的哲学内涵》有议论，载
《文化与传播》，上海文
艺出版社，1993年。

> 尧知子丹朱之不肖，不足授天
> 下，于是乃权授舜。授舜，则天下得
> 其利而丹朱病；授丹朱，则天下病而
> 丹朱得其利。尧曰："终不以天下之
> 病而利一人。"而卒授舜以天下。

等于说，尧不传子非不想也，是不能也；尧之
让舜，非首选也，是次选也。华夏家天下的念
头起于唐尧，禅让制度的动摇也始于唐尧。

尧之禅让，已有改革，在原来单一的推
举之上，增加了考与试，加强了元首本人的主
观意志。考、试，今天读如一个词或者看作一
件事，最初，却是两件事。考是考，试是试。
考，考察核实，通过调查，考核德行。试，试
用，通过上岗，试用才干。一般程序是先考后
试，不考不试。由隋唐开始，书面考试代替了
先考后试的一般程序，不再试前考核品行，一
场书面考试定终身，考试考中可任用。考与试
合二为一，考就是试，试就是考。

据说，尧开始要把位置让给许由。《庄
子·逍遥游》：

> 尧让天下于许由，曰："日月
> 出矣，而爝火不息，其于光也，不亦
> 难乎！时雨降矣，而犹浸灌，其于泽
> 也，不亦劳乎！夫子立而天下治，
> 而我犹尸之，吾自视缺然。请致天

下。"许由曰："子治天下，天下既
已治也，而我犹代子，吾将为名乎？
名者，实之宾也，吾将为宾乎？鹪鹩
巢于深林，不过一枝；偃鼠饮河，不
过满腹。归休乎君，予无所用天下
为！庖人虽不治庖，尸祝不越樽俎而
代之矣。"

《荀子·成相》：

请成相，道圣王，尧舜尚贤身辞
让，许由、善卷，重义轻利行显明。

《史记·伯夷列传》太史公曰："余登箕山，
其上盖有许由冢云。"箕山，在今河南登封。
皇甫谧《高士传》：

尧让天下于许由，许由不受而逃
去，于是遁耕于中岳，颍水之阳，箕
山之下。尧又召为九州长，由不欲闻
之，洗耳于颍水滨。时其友巢父牵犊
欲饮之，见由洗耳，问其故。对曰：
"尧欲召我为九州长，恶闻其声，是
故洗耳。"巢父曰："子若处高岸深
谷，谁能见子？子故浮游，欲闻求其
名声，汙吾犊口。"牵犊上流饮之。

言之凿凿，其人或许世间实有；其事或许庄子
造假。

尧最终挑选考察的接班人是舜。

舜，字义为草，《说文》："舜，舜草
也。"舜草，开花之草。故舜名重华，重华即
繁华。舜是后人尊称，族姓姚，属有虞氏，或
称虞舜。司马迁又照例说舜是黄帝子孙，比尧

低四辈,尧是黄帝第四代,舜是黄帝第八代;尧父帝喾,帝喾父蟜极,蟜极父是黄帝大儿子玄嚣;舜父瞽叟,瞽叟父桥牛,桥牛父句望,句望父敬康,敬康父穷蝉,穷蝉父颛顼,颛顼父是黄帝二儿子昌意;穷蝉至舜,六世庶人。说得煞有介事,却是《史记》的一个硬伤。孟子、韩非子早就说过虞舜不属诸夏阵营,《孟子·离娄》:

> 舜生于诸冯,迁于负夏,卒于鸣条,东夷之人也。文王生于歧周,卒于毕郢,西夷之人也。

诸冯、负夏、鸣条,三地难以确指。诸冯,有说在今山东菏泽地区,或山西运城垣曲;负夏,有说在今山东兖州地区,或山西运城垣曲历山镇;鸣条,有说在今山西运城鸣条岗。夷与夏相对,夏,中原(以河南为主的黄河中游地区)氏族;夷,周边氏族;西夷,泛指西方(今陕西以西)诸多氏族;东夷,泛指东方(今山东、淮河)诸多氏族。

舜,是一位身形瘦挑的黑大个子,眼有双瞳,面无胡须。《尸子》:"舜黑。"《文子·自然》①:"舜鬺黑。"《淮南子·修务训》:"舜霉黑。"《说文》:"舜如腒。"腒,干肉,与"尧如腊"一样。所以俚俗幽默,说圣人必瘦。舜又双目四瞳,清人宋翔凤②《帝王世纪集校》:"舜,姚姓也,目重瞳,故名重华。"《孔丛子·居卫》③:"舜身高六尺有奇,面额无毛,亦圣也。"超过六尺,应是高个子,不生络腮,俗云圣人相。舜亦长寿,《五帝本纪》:

① 《汉书·艺文志》道家类录《文子》九篇,称文子:"老子弟子,与孔子同时。"王充《论衡》:"老子、文子,似天地者也。"唐时与老、庄并称。

② 宋翔凤(1779-1860),字虞庭,一字于庭,江苏长洲(今苏州)人。清嘉庆五年(1800)中举,选为泰州学正,历官湖南新宁(今资兴)、耒阳知县。咸丰九年加衔知府。著作有《论语说义》、《大学古义说》、《孟子赵注补正》、《卦气解》、《尚书说》、《尔雅释服》1卷、《小尔雅训纂》、《五经要义》、《过庭录》等。

③ 《孔丛子》旧本题孔鲋撰,《汉书·艺文志》未见著录。鲋字子鱼,孔子八世孙,任陈涉博士。后人断定是魏人王肃或其门徒的伪托。

> 年三十尧举之，年五十摄行天子
> 事，年五十八尧崩，年六十一代尧践
> 帝位，践帝位三十九年。

整整活了一百岁，怪道人瘦命长。

舜，家境恶劣。《五帝本纪》：

> 舜父瞽叟盲，而舜母死，瞽叟更娶
> 妻而生象。……父顽，母嚚，象傲。

生母早死，父亲刚愎，后母跋扈，弟弟霸道。但舜对父母格外孝顺，对弟弟格外爱护。《孟子·万章》说舜："象喜亦喜，象忧亦忧。"《五帝本纪》："舜年二十，以孝闻。"后因家人迫害，背井离乡，躬耕历山[1]。《墨子·尚贤》："古者舜耕于历山。"舜是陶艺家，躬耕之际，改良东夷氏族的制陶工艺，提高了东夷制陶水平。《韩非子·难一》：

> 东夷之陶者器苦窳，舜往陶焉，
> 暮年而器牢。

苦窳（gǔyǔ），粗糙易碎。器牢，陶器坚实牢固。受到东夷民众的热烈拥戴。《五帝本纪》：

> 舜耕历山，历山之人皆让畔。渔
> 雷泽，雷泽之人皆让居。陶河滨，河
> 滨器皆不苦窳。一年而所居成聚，二
> 年成邑，三年成都。

让畔，让田地；让居，让居所；陶于河滨，器不苦窳；舜一年兴部落，二年起城邑，三年建都市。

舜的名声与事迹引起部落各大酋长的推

[1] 历山，一说在今山西永济，及今山西沁水，属中条山。

①《尚书·尧典》、《尚书·舜典》，多疑梅赜伪作。但文作伪、事未必作伪。

举。《尚书·尧典》①：

> 帝曰："咨，四岳。朕在位七十载，汝能庸命，巽朕位？"岳曰："否德忝帝位。"曰："明明扬侧陋。"师锡帝曰："有鳏在下，曰虞舜。"帝曰："俞。予闻。如何？"岳曰："瞽子，父顽，母嚚，象傲。克谐以孝，烝烝乂，不格奸。"帝曰："我其试哉。女于时，观厥刑于二女。"厘降二女于妫汭，嫔于虞。帝曰："钦哉。"

巽（xùn），逊让。忝（tiǎn），辱、愧。明明，明察明德；扬，褒奖，举荐；侧，边远；陋，低微；"明明扬侧陋"，明察明德，举荐边远、低微之人。烝烝，淳朴忠厚的样子；乂（yì），治理安定。《汉书·武王子传》："保国乂民。""烝烝乂"，安于淳朴忠厚。格，至；"不格奸"，不至奸，不用奸。"女于时"，嫁女于当婚之时。刑，法度。厥，代词，指舜。"刑于二女"，意同《诗·大雅·思齐》"刑于寡妻"，使后妃以身守法，母仪天下。厘，赐予。《诗·大雅·江汉》："厘尔圭瓒。"妫汭（ruì），水名，水出山西永济历山。嫔（pín），婚配。钦，敬重，佩服。《尚书·舜典》：

> 重华协于帝，睿哲文明，温恭允塞，玄德升闻，乃命以位。慎徽五典，五典克从；纳于百揆，百揆时序；宾于四门，四门穆穆，纳于大麓，烈风雷雨弗迷。

睿哲，有智慧；文明，有教养。温恭，为人谦卑；允塞，诚信诚实。玄德，自然无为的道德。《老子》："生而不有，为而不恃，长而不宰，是谓玄德。"慎徽，谨慎宣扬。五典，先王典籍。克从，能按五典行事。纳，置。百揆，百官。时序，井然有序。宾，礼宾。穆穆，仪容整肃，举止庄重。上引《尧典》、《舜典》，司马迁《五帝本纪》照本宣科[1]：

> 尧曰："嗟！四岳：朕在位七十载，汝能庸命，践朕位？"岳应曰："鄙德忝帝位。"尧曰："悉举贵戚及疏远隐匿者。"众皆言于尧曰："有矜在民间，曰虞舜。"尧曰："然，朕闻之。其何如？"岳曰："盲者子。父顽，母嚚，弟傲，能和以孝，烝烝治，不至奸。"尧曰："吾其试哉。"于是尧妻之二女，观其德于二女。舜饬下二女于妫汭，如妇礼。尧善之，乃使舜慎和五典，五典能从。乃遍入百官，百官时序。宾于四门，四门穆穆，诸侯远方宾客皆敬。尧使舜入山林川泽，暴风雷雨，舜行不迷。尧以为圣。

尧先是考其行状，知其守孝道、谨独身，尔后"吾其试哉"，"妻其二女"试其品德，"慎和五典"试其典章，"遍入百官"试其管理，"宾于四方"试其外交，"使入山林川泽"试其神通。

　　"妻其二女试其德"，是一种独特的测试。通过家庭夫妻生活，测试舜能否以法治家。这其实是一种政治手段。尧，慷慨嫁女，目的在于政治网罗，政治怀柔，政治联姻。政治联姻在上古是巩固扩张氏族联盟的常用办法，借助氏族上层的婚嫁，建立氏族之间的血缘关系，加强氏族之间互信互助的政治关系。尧嫁二女，尧舜联姻，就是中原氏族与东夷氏族的政治好合。在婚姻形式上，姐妹同嫁一男，是一夫多妻的族外婚。

尧的两个女儿的确优秀，人称"二女兴姚"。《列女传》：

> 有虞二妃，帝尧之二女也，长娥皇，次女英。

娥皇、女英温良恭俭让，下嫁虞舜，孝敬公婆，关爱家人。《五帝本纪》：

> 尧二女不敢以贵骄，事舜亲戚，甚有妇道。

又极有智慧，是舜的贤内助。《列女传·舜之二妃》说舜："每事常谋于二女。"更忠于丈夫，陪伴丈夫出生入死，深入江南。《五帝本纪》：

> 舜南巡狩，崩于苍梧之野，葬于江南九疑。

南巡狩是大话，尧舜禹三代都与南方作战，都不能南巡狩①，《五帝本纪》既说南巡狩，应是舜南下探险或南下征讨。《尸子》：

> 帝舜弹五弦之琴，以歌《南风》，其诗曰："南风之熏兮，可以解吾民之愠兮。南风之时兮，可以阜吾民之财兮。"

①中国的南北战争，起于原始社会。《山海经.大荒北经》"黄帝擒蚩尤"的真实背景是东南夷（相对于北方中原氏族的东南土著氏族苗蛮或九黎）进军中原，挑战炎黄。几经恶战，黄帝斩首蚩尤，南方溃退。尧、舜、禹时，北方与南方持续作战。《吕氏春秋·召类》"尧战于丹水（汉水支流）之浦以服南蛮"，接着"舜却苗民，更易其俗"，打到了湖南，但死在那里，《山海经·海内经》："南方苍梧之丘，苍梧之渊，其中有九嶷山（今湖南宁远九嶷山），舜之所葬。"死因可能是战死，也可能是病死，这个变故影响战局，实际暗示了南征的失败。所以，大禹上台接着打。《墨子·非攻》："禹亲把天之瑞令以征有苗。""苗师大乱，后乃遂几"。"遂几"，即有苗衰败。从此奠定了中国古代"北人作主南作客"（元末民谣）的基本军事态势和地理政治。不过，夏禹鞭长所及，仍鞭不到江南。

这支歌就是舜渴求占有南方、阜财解愠的舆论准备。舜在南征之途，或病死，或战死。《博物志·史补》：

> 舜崩，二女啼，以泪挥竹，竹尽斑。

《水经注》说："二妃从征，溺于湘江。"溺，跳水自尽，生生死死追随虞舜。这个故事忠贞悲怨，哀婉动人，百代歌咏。出色的作品，有刘禹锡《潇湘神》：

> 湘水流，湘水流，九疑云物至今愁。
> 若问二妃何处所？零陵香草露中秋。
> 斑竹枝，斑竹枝，泪痕点点寄相思。
> 楚客欲听瑶瑟怨，潇湘深夜月明时。

以斑竹泪痕刻画二妃的千古相思。钱起的应制诗《湘灵鼓瑟》：

> 善鼓云和瑟，常闻帝子灵。
> 冯夷空自舞，楚客不堪听。
> 苦调凄金石，清音入杳冥。
> 苍梧来怨慕，白芷动芳馨。
> 流水传潇浦，悲风过洞庭。
> 曲终人不见，江上数峰青。

以洞庭悲风描绘哀婉的湘灵云瑟。帝子，指娥皇、女英。冯夷，水神。《庄子·大宗师》："冯夷得之，以游大川。"曹植《洛神赋》："屏翳收风，川后静波，冯夷鸣鼓，女娲清歌。"

按理，娥皇、女英如此圣女，唐尧、虞舜如此圣人，屈原理应景仰，实际上，屈原也的确景仰。《九歌》思恋娥皇、女英，《离骚》推崇唐尧、虞舜：

> 昔三后之纯粹兮，固众芳之所在。

二女出嫁　潘喜良　作

> 杂申椒与菌桂兮，岂惟纫夫蕙茝。
> 彼尧舜之耿介兮，既遵道而得路。
> 何桀纣之猖披兮，夫唯捷径以窘步。

三后，尧、舜、禹。褒扬尧、舜公平公正，走正道，治天下。但在《天问》，屈原一不说娥皇、女英的才情，二不说唐尧、虞舜的事业，却刻意追问尧之嫁女、舜之娶妻，其意何在？所写四句，句句在讽刺，句句在责难。

舜闵在家，父何以鳏？

鳏（guān），鳏居。闵，旧注为怜，舜在家中很可怜，父亲不给娶媳妇，通则通，却不及《天问疏证》：

> 案闵当为妻，父当为夫，并字之误也。《礼记·檀弓上》："舜葬于苍梧之野，盖三妃未从之也。"郑注："舜有三妃。"三妃者，《山海经·海内北经》："舜妻登比氏。"郝懿行谓："娥皇、女英并登比为三妃。"其说近是。疑舜先娶登比，后娶二女，是二女未降以前，舜已有妻也。

闻一多说"舜闵在家"是舜妻在家，极是。但闵字何以是妻字？按闵，可能是室之形误，室，妻也。《诗·周南·桃夭》："之子于归，宜其家室。"又按《天问》"闵妃匹合"，闵，爱怜，闵妃，爱妃，"舜闵在家"也可以说是舜的所爱在家。所爱是谁？原配登比氏。登比为舜生了两个明艳照夜的女儿，《山海经·海内北经》：

> 舜妻登比氏，生宵明、烛光，处

河大泽，二女之灵能照此所方百里。

"父何以鳏"的"父"字，闻一多说是"夫"字，精审。若是"父"字，舜妻在家，父亲为何说儿子单身？是舜父说谎。若是"夫"字，舜妻在家，舜为何说自己单身？是舜自己说谎。按舜父与舜的恶劣关系，舜父是不肯为舜说谎的。屈原之问，是拿登比的传闻讥刺舜，有妻说无妻，是骗婚；停妻再娶妻，是无良；如同后世陈世美，已娶秦香莲，却要做驸马，是政治攀附，政治投靠。

尧不姚告，二女何亲？

姚，舜的姓氏[①]，指舜的家长。传说尧嫁二女，不告知男方父母，是谓"尧不姚告"；舜娶二女，也不告知自己的父母，是谓"不告而娶"。这样做，严重违背常情，违背礼教。《诗·豳风·伐柯》：

> 伐柯如何？匪斧不得。
> 娶妻如何？匪媒不得。

《诗·齐风·南山》：

> 蓺麻如之何？衡从其亩。
> 娶妻如之何？必告父母。

"尧不姚告"，舜不父告，男方父母如何请人作媒？无人作媒，就不是明媒正娶。知礼守礼如尧、舜者为何在婚姻大事上不遵守父母之命、媒妁之言的基本规则？孟子有辩护。《孟子·万章》先说舜"不告而娶"，再说"尧不姚告"：

> 万章问曰："《诗》云：'娶妻如之何？必告父母。'信斯言也，宜

[①]《左传·哀公元年》杜预注："姚，虞姓。"《山海经·大荒南经》郭璞注："姚，舜姓也。"《说文》："虞舜居姚虚，因以为姓。"姚虚原属山东濮县。

莫如舜。舜之不告而娶，何也？"孟
子曰："告则不得娶。男女居室，人
之大伦也。如告，则废人之大伦，以
怼父母，是以不告也。"……"帝之
妻舜而不告何也？"曰："帝亦知告
焉则不得妻也。"

孟子说，结婚是人之大伦，比父亲知情更重
要，舜的父亲恶待舜，不会答应舜的婚事，舜
不能因小失大，乃不告而娶；尧也明知舜父的
态度，如果告知，一旦被拒，则无法成亲，乃
不告而嫁。这辩护一来推卸责任，把舜父说成
一个不准儿子结婚成家的恶人；二来粉饰尧
舜，把不告父母、不告亲家，说成一种抓大放
小的权变。或许，孟子并不知道尧、舜不告的
真正隐情，这隐情就是登比在室。按舜的孝
敬，舜与登比的婚姻应是舜父同意的婚姻，登
比应是舜父为舜做主的正妻，舜父本来就是一
个讨厌舜的人，要他同意舜有妻再娶，或停妻
再娶，恐怕没有指望。不告知，可以暂时避开
舜家阻力，让生米煮成熟饭；可以扬言舜是无
妻娶妻，尧的两个女儿是处女嫁处男。屈原的
"尧不姚告，二女何亲"，是挖苦帝尧，玩弄
心术，偷偷摸摸嫁女儿；也是挖苦帝舜，偷偷
摸摸做女婿。行事，既不正大，又不光明。

屈原以婚嫁讥刺尧舜，浅析之，是缘于屈
原的婚姻礼法观念；深究之，可能缘于屈原的
政治考量，也可能缘于屈原一种莫名的嫉妒，
或者说是一种隔代恋的嫉妒。

政治考量。屈原看穿了尧女嫁舜和舜娶尧
女是政治联姻。尧在位，舜的力量已经壮大，
所谓一年成聚，二年成邑，三年成都。尧宁肯

得罪舜父也要嫁给虞舜两个女儿，是利用亲缘
关系笼络舜和舜的部落；舜瞒着父母，假装未
婚，做尧的上门女婿，是利用、依靠亲缘关系
谋求政治发展。尧舜禅让是翁婿之让，是家天
下的征兆。屈原尽管佩服尧舜，但并不认同以
婚嫁玩政治。婚嫁固然可以拉拢关系，但婚嫁
只是权宜之计，并不能保障政治关系的长久和
谐。古人对尧、舜的政治关系早有争议。有人
说尧舜关系好，舜即位，善待尧子。《史记》
说舜封丹朱于丹渊，今河南淅川县。《尚书》
逸篇：

> 尧子不肖，舜使居丹渊为诸侯，
> 故号曰丹朱。

尧去世，舜又改封丹朱为房邑侯。[1]《路史·国
名纪丁》：

> 帝尧崩，有虞氏帝舜封丹朱于
> 房，为房侯，以奉其祀，服其服，礼
> 乐加之，谓之虞宾，天子弗臣。

也有人说尧、舜关系险恶。《竹书纪年》[2]：

> 昔尧德衰，为舜所囚。舜囚尧，
> 复偃塞丹朱，使不与父相见也。

偃塞，阻塞。舜谋反上台，囚禁老岳父，隔离
小舅子，是大逆不道的奸邪。其后丹朱依赖三
苗势力在房地另立中央。《竹书纪年》："丹
诸辟舜于房。"并与《山海经》同称丹朱为
"帝丹朱"。郭璞注《山海经·海外南经》：

> 昔尧以天下让舜，三苗之君非
> 之，帝杀之，有苗之民，叛入南海，
> 为三苗国。

[1] 房邑，或云在今湖北房县，或云在今河南遂平。

[2]《竹书纪年》记录夏、殷、西周到春秋魏国安釐王二十年为止的历史。前人多以为是魏国史书。所记史实与其它史书有较大出入。例如启杀益，太甲杀伊尹，文丁杀季历，周、召共和不是周公召公共治，而是共伯和摄行天子事等。

三苗既败，丹朱不知所终，后人称狸姓。《国语·周语》：

> 有神降于莘。……使太宰以祝，史帅狸姓，奉牺牲、粢盛、玉帛往献焉。

韦昭注："狸姓，丹朱之后也。"猜想丹朱后人变狸姓，是用改名换姓的方式躲避虞舜的追杀。这样，舜代尧，充满腥风血雨，哪里还有什么谦逊和谐的禅让。屈原可能听说了诸如《竹书纪年》的尧、舜事态，借尧、舜婚嫁，讽刺尧、舜禅让。

隔代恋嫉妒。屈原在情感上是个风流蕴藉、好色不淫的人，内心本有化不开的美女情结，诗歌中到处都是美女的比兴。

在《离骚》，屈原大唱求女三部曲。一求宓妃：

> 吾令丰隆乘云兮，求宓妃之所在。

宓妃，伏羲的女儿，洛水神女。二求简狄：

> 望瑶台之偃蹇兮，见有娀之佚女。

有娀（sōng），有娀氏①。佚女，美女，指生商美女简狄。《诗·商颂·长发》："有娀方将，帝立子生商。"三求大姚、小姚：

> 及少康之未家兮，留有虞之二姚。

① 有娀氏，上古氏族，地望似在今山西运城。

这二姚，大姚、小姚，不是陶唐氏尧的两个女儿，而是有虞氏舜氏族的两个女儿；不是舜的两个妻子、而是夏少康的两个妻子。《左传·哀公元年》："（少康）逃奔有虞……虞思于是妻之以二姚。"

在《九歌》，屈原大唱人神情未了。《山鬼》爱慕巫山神女：

若有人兮山之阿，被薜荔兮带女罗。
既含睇兮又宜笑。子慕予兮善窈窕。

《云中君》留恋司云神女：

浴兰汤兮沐芳，华采衣兮若英。
灵连蜷兮淹留，烂昭昭兮未央。

《少司命》相知送嗣神女：

入不言兮出不辞，乘回风兮载云旗。
乐莫乐兮新相知，悲莫悲兮生别离。

《湘君》、《湘夫人》①，思恋娥皇、女英，比起刘禹锡的《潇湘神》、钱起的《湘灵鼓瑟》，辞胜之，景胜之，情胜之，几乎是两封情书。《湘君》致娥皇：

君不行兮夷犹，蹇谁留兮中洲？
美要眇兮宜修，沛吾乘兮桂舟。
令沅湘兮无波，使江水兮安流。
望夫君兮未来，吹参差兮谁思？
驾飞龙兮北征，邅吾道兮洞庭。
薜荔柏兮蕙绸，荪桡兮兰旌。
望涔阳兮极浦，横大江兮扬灵。
扬灵兮未极，女婵媛兮为余太息。
横流涕兮潺湲，隐思君兮陫侧。
桂棹兮兰枻，斲冰兮积雪。
采薜荔兮水中，搴芙蓉兮木末。
心不同兮媒劳，恩不甚兮轻绝。
石濑兮浅浅，飞龙兮翩翩。
交不忠兮怨长，期不信兮告余以不闲。
鼌（chāo）骋骛兮江皋，夕弭节兮北渚。
鸟次兮屋上，水周兮堂下。
捐余玦兮江中，遗余佩兮醴浦。

① 《九歌》的《湘君》、《湘夫人》，祭祀湘水之神。湘水之神是女神，是尧之二女娥皇、女英，屈原之前，已有传闻。《山海经·西山经》说洞庭之山："帝之二女居之，是常游于江渊。"帝之二女，察知典籍，惟尧有之，《山海经》也称尧为帝尧，则帝之二女，即尧之二女。所以，汉刘向《烈女传》："有虞二妃者，帝尧之二女也。""舜既嗣位，升为天子，娥皇为后，女英为妃。""舜陟方，死于苍梧，号曰重华。二妃死于江湘之间，俗谓之湘君。"郭璞因之注《山海经》："天帝之女，处江为神，即《列仙传》所谓江妃二女也。"晋人罗含《湘中记》："舜二妃死为湘水神，故曰湘妃。"南朝郦道元《水经注》："湘水又北径黄陵亭西，右合黄陵水口，其水上承大湖，湖水西流，径二妃庙南，世谓之黄陵庙也。言大舜之陟方也，二妃从征，溺于湘江。神游洞庭之渊，出入潇湘之浦。"刘向所谓湘君，罗含所谓湘妃，是合而言之，合称娥皇女英。屈原所称湘君、湘夫人，是分而言之，分指娥皇、女英。洪兴祖《楚辞补注》："尧之长女娥皇，为舜正妃，故曰君。其二女女英，自宜降曰夫人也。"一说，湘君指虞舜，湘夫人指二妃。一说，湘君，湘水男神；湘夫人，湘水女神；无确指。

> 采芳洲兮杜若，将以遗兮下女。
> 时不可兮再得，聊逍遥兮容与。

谁在等候娥皇，思念娥皇？是祭者，是诗人。"望夫君兮未来，吹参差兮谁思"刻画了"侯人兮猗"的思盼，"采芳洲兮杜若，降以遗其下女"刻画了佳人不见的惆怅。《湘夫人》致女英：

> 帝子降兮北渚，目眇眇兮愁予。
> 袅袅兮秋风，洞庭波兮木叶下。
> 登白薠兮骋望，与佳期兮夕张。
> 鸟何萃兮苹中，罾何为兮木上？
> 沅有芷兮澧有兰，思公子兮未敢言。
> 荒忽兮远望，观流水兮潺湲。
> 麋何食兮庭中？蛟何为兮水裔？
> 朝驰余马兮江皋，夕济兮西澨(shì)。
> 闻佳人兮召予，将腾驾兮偕逝。
> 筑室兮水中，葺(qì)之兮荷盖。
> 荪壁兮紫坛，播芳椒兮成堂。
> 桂栋兮兰橑，辛夷楣兮药房。
> 罔薜荔兮为帷，擗蕙櫋(mián)兮既张。
> 白玉兮为镇，疏石兰兮为芳。
> 芷葺兮荷屋，缭之兮杜衡。
> 合百草兮实庭，建芳馨兮庑门。
> 九嶷缤兮并迎，灵之来兮如云。
> 捐余袂兮江中，遗余褋兮澧浦。
> 搴汀洲兮杜若，将以遗兮远者。
> 时不可兮骤得，聊逍遥兮容与。

开头四句是秋水伊人无限相思的千古绝唱。"沅有芷兮澧有兰，思公子兮未敢言"是真诚的表白，"闻佳人兮召予，将腾驾兮偕逝"是虚拟的愿景。

《九歌》的人神情未了，固然是祭祀神祇，《离骚》的求女三部曲，固然上是以美女比喻楚王，但并不仅仅是比兴取用和题材取用，也是屈原平时有所思、有所想的厚积薄发，自觉不自觉地寄托了屈原对隔代美女的心驰神往，是以人神之恋的形式，寄托了隔代爱恋的情愫。

隔代恋是一种客观的心理存在，隔代嫉妒也是一种客观的心理存在。正如今日之"追星粉丝"，尽管美人如花隔云端，如果听闻偶像嫁人，往往愤然。也正如今之某人痴情林姓某女，而林姓女别嫁梁姓男，特撰联致贺，"梁上君子，林下美人"，揶揄小偷偷所爱，明以调侃，暗以陈醋。屈原似乎也有这份耿耿于怀的嫉妒，娥皇、女英，不管是活在当世还是前世，都不能嫁于他人，不管他是普通人，还是大圣人。嫉妒之深，言动于衷，不禁利用"舜闵在家"、"尧不姚告"的话柄，指责尧嫁女不当，舜娶妻不当。

舜服厥弟，终然为害。何肆犬豕，厥身不败？

屈原对虞舜似乎深有成见，不仅讽刺虞舜婚姻，而且讽刺虞舜孝悌。

服，照看。肆，放纵。犬，恶狗。豕（shǐ），猪。猪性贪婪。《左传·昭公二十八年》："实有豕心，贪惏无厌。"惏（lán），婪。哥哥照顾弟弟，弟弟总害哥哥；为何放纵弟弟兽行，哥哥总能安然无恙？《史记·五帝本纪》：

　　尧乃赐舜絺衣，与琴，为筑仓廪，予牛羊。瞽叟尚复欲杀之，使舜上涂廪，瞽叟从下纵火焚廪。舜乃以

> 两笠自扞而下，去，得不死。后瞽叟
> 又使舜穿井，舜穿井为匿空旁出。舜
> 既入深，瞽叟与象共下土实井，舜从
> 匿空出，去。瞽叟、象喜，以舜为
> 已死。象曰"本谋者象。"象与其
> 父母分，于是曰："舜妻尧二女，与
> 琴，象取之。牛羊仓廪予父母。"乃
> 止舜官居，鼓其琴，舜往见之，象愕
> 不怡，曰："我思舜，正郁陶。"舜
> 曰："然，尔其庶也。"舜复事瞽
> 叟，爱弟弥谨。

舜父与舜弟合谋，一而再，再而三，欲置舜于死地，但每一次都被舜死里逃生。逃生的原因，是舜早有防范。爬高修屋顶，带上两顶大斗笠，万一有事，展开斗笠做翅膀，跳下来。下井挖井，预挖出口暗道，万一堵塞井口，从暗道爬出去。司马贞《史记正义》引南朝吴均[1]《通史》：

①吴均（469—520），字叔庠，吴兴故鄣今浙江吉安人。南朝梁文学家。

> 瞽叟使舜涤廪(lǐn)，舜告姚二
> 女，女曰："时其焚汝，鹊汝衣裳，
> 鸟工往。"舜既登廪，得免去也。舜
> 穿井，又告二女，二女曰："去汝裳
> 衣，龙工往。"入井，瞽叟与象下土
> 实井，舜从他井出去。

也是说舜与舜妻未卜先知，事先设防。这一做法，舆论曾大加褒奖，说舜明知危险，却不违抗父亲之命，不戳穿父亲与弟弟的阴谋，是孝顺之至。但屈原不认可，既然事先知道父亲与弟弟的谋害伎俩，本应制止和揭露，不制止，不揭露，反而将计就计，岂不是纵其作恶？

说轻一点，是捉弄父亲与弟弟；说重一点，是诱导父亲与弟弟走向邪恶；说的更重一点，是以父亲弟弟的邪恶反衬自己的仁义，是欺世盗名；岂能算孝悌，岂能算忠厚诚实？屈原紧扣"为何放纵"追问舜的用心，使舜的圣人形象一损于停妻再娶，再损于放纵恶人。

眩弟并淫，危害厥兄。何变化作诈，后嗣逢长？

眩，眼花、迷乱。并，兼备、兼具。淫，贪色。诈，欺骗。逢，迎会、遭遇。长，绵延长久。舜弟象不仅谋取舜的财产，还要谋取舜的妻子，这种贪色贪财惯于欺诈的流氓，居然迎来一门兴旺，香火绵延，屈原问，为什么？《史记·五帝本纪》：

> 舜之践帝位，载天子旗，往朝父瞽叟，夔夔唯谨，如子道。封弟象为诸侯。

王充《论衡·偶会》：

> 舜葬苍梧，象为之耕。

舜即位，不计父亲弟弟对自己的迫害，拜见恶父，册封恶弟，而弟弟也痛改前非，修治舜墓。舆论又是一边倒地赞美舜的宽宏与教化，屈原不认可。舜弟象是奸恶之徒，罪不容诛，怎可加封？加封是公权私用，是富贵养奸，是损一国赏罚之公，钓一人孝顺之誉。舜的圣人形象在停妻再娶、放纵恶人的亏损上，又增加了一个封赏恶人的折扣。

又，"眩弟并淫"四句，蒋骥《山带阁注楚辞》：

> 按《公羊传》，鲁公子庆父、公子牙，通于哀姜以胁公，与此绝相类。盖二子皆庄公母弟，而又后于鲁者。逢长，谓逢季友而立后也。言二子眩惑其嫂，并为淫乱，既谋杀兄，又杀其兄之二子，何变诈多端若此，而犹得延其后乎？

游国恩《天问纂义》力挺蒋骥：

> 此条决当从蒋氏说。鲁公子庆父、公子牙，通于庄公夫人，事见庄公二十七年《公羊传》。僖叔即子牙，见酖于季友，且为立后，事并详庄公三十二年《左传》及《公羊传》。

庆父、叔牙、季友是鲁庄公的三个弟弟。庆父与叔牙私通嫂嫂即鲁庄公的夫人哀姜。与叔牙是一党。季友以庄公名义，毒杀叔牙。庄公死，庆父谋杀即将继任的庄公的儿子公子般，又谋杀自己刚刚拥立的国君公子启即鲁愍公。时人言，庆父不死，鲁难未已。后来，季友在齐国与陈国的支持下拥戴庄公的儿子公子申为鲁僖公，庆父自杀。若以这段公案对号入座，则庆父、叔牙是屈原所说眩弟，鲁庄公是屈原所说厥兄。蒋说、游说，说得通"眩弟并淫"其嫂；但庆父、叔牙均不得好死，蒋说、游说，说不通"眩弟"的"后嗣逢长"。这四句应从王逸，问的是上古舜象兄弟，不是春秋鲁国的庆父兄弟。

舜象关系的实质是氏族高层的权力争斗。氏族高层都是亲属，同辈的人或是亲兄亲弟或是表兄表弟，你死我活的斗争常常在兄弟之间发生，兄弟是宫廷斗争的主要角色。周的三藩之乱，晋的八王之乱，唐的玄武门之变，都是鲜血淋漓的史实；宋代传说的"烛影斧声"，清代传说的"雍正改诏"，虽然未知真假，亦折射了皇家兄弟关系的险恶。经典所载舜对象的忍让与爱护，是作者的理想化。屈原之问，就是要抹去这份理想化。

舜、象故事的本源，袁珂[①]《中国古代神话》说是先民驯象，极富眼光。《吕氏春秋·古乐篇》：

> 商人驯象，为虐于东夷，周公乃以师逐之，至于江南。

商人，殷商人。殷商驯象，利用大象进攻东南诸夷，周灭商，象失管制，危害地方，周公派军队驱赶大象于江南。则上古时东南有象，应属事实。商人原本是东夷人，舜原本也是东夷人。商人会驯象，舜氏族也不会陌生。象，力大无穷，难以驯服。古人以象喻人，为舜编出了一个桀骜不驯的弟弟象。《汉书·武五子·昌邑哀王传》：

> 舜封象于有鼻。

《后汉书·袁绍传》：

> 象傲终受有鼻之封。

《三国志·魏书·乐陵王茂传》：

> 昔象之为虐至甚，而大舜犹侯之有鼻。

有鼻，凸显了动物象的长鼻特征，足证弟象之名取自动物象。

①袁珂（1916-2001），四川新都人，曾就职四川省社会科学院，中国神话学会主席。

第十六讲

鲧：苦劳与冤屈

不任汩鸿，师何(以)尚之？
佥曰何忧，何不课(而行)之？
鸱龟曳衔，鲧何听焉？
顺欲成功，帝何刑焉？
永遏(在)羽山，(夫)何三年不施(之)？
阻穷西征，岩何越焉？
化为黄熊，巫何活焉？
咸播秬黍，莆雚是营。
何由并投，(而)鲧疾修盈？

选鲧治水鲧无经验，民众如何听从配合？
诸侯虽说不用担心，帝尧岂能不加考核？
如鸟如龟衔土拽土，填土安能治理洪水？
顺从帝命谋求成功，帝尧为何判其死刑？
禁锢羽山日复一日，死刑为何三年不行？
受命西征艰难险阻，如何攀越千山万岭？
中途遇难化为黄熊，巫师怎样妙手回春？

穷山恶水播种庄稼，经营水草蛮荒求生。
帝舜弃鲧不闻不问，鲧之罪恶难道满盈？

这一节十八句八问，问尧舜时代的一件大事，鲧治水。

鲧治水距离共工治水不知隔了几个世纪。共工治水，在原始早期，传说中的女娲末世。鲧治水，在原始后期，传说中的尧舜之世。《孟子·滕文公》：

> 当尧之时，洪水横流，泛滥于天下。

按尧的范围，最大不过黄河中下游。所称洪水，应是黄河中下游内陆河水的泛滥。

治理洪水，需要干才。《尚书·尧典》：

> 帝曰："汤汤洪水方割，荡荡怀山襄陵。浩浩滔天，下民其咨，有能俾乂？"咸曰："於，鲧哉。"帝曰："吁，咈哉。方命圮族。"岳曰："异哉，试可乃已。"帝曰："往，钦哉。"

咨，呼吁。咸，众臣。咈(fú)，乖戾，违逆。圮(pǐ)，毁坏。异，孔安国传："已也，退也。"不恰当。异，异常，古怪。尧说："滔滔洪水淹埋土地，荡荡洪水淹埋山岭，浩浩洪水浊浪排空，人民群众悲声叹气，有人能够治水吗？"众臣说："有，可以选鲧。"尧说："唉。鲧为人乖戾，用之毁族。"众臣说："性格古怪而已，不妨试试。"尧说："派鲧去吧，敬业勤事。"

鲧，《山海经·海内经》说是黄帝的孙子：

> 黄帝生骆明，骆明生白马，白马
> 是为鲧。

《大荒西经》郭璞注引《竹书纪年》说鲧是颛顼的儿子：

> （颛顼）产伯鲧，是维若阳，居
> 天穆之阳。

《史记·夏本纪》说鲧是黄帝曾孙：

> 鲧之父曰帝颛顼，颛顼之父曰昌
> 意，昌意之父曰黄帝。

《墨子·尚贤》说鲧是帝尧的大儿子：

> 昔在伯鲧，帝之元子。

现代古史辨派顾颉刚、童书业①、陈梦家②、杨宽说鲧就是共工，共工就是鲧。杨宽《中国上古史导论》：

> 盖"鲧"与"共工"声音相
> 同，因言之急缓而有别：急言之为
> "鲧"，长言之为"共工"也。

诸说各异，今取《国语·周语》：

> 有崇伯鲧。

鲧既不是黄帝孙子，也不是尧的儿子，更不是共工，而是根在川北、迁于河南的有崇族的首领，娶妻有莘氏女嬉③，尧时受封为崇伯。崇，崇山，即河南嵩山④。《说文》：

> 鲧，鱼也。从鱼，系声。

鱼谙水性，鲧理应是位浪里白条。鲧氏族大概

① 童书业（1908-1968），安徽芜湖人。任教山东大学，历史学家。

② 陈梦家（1911-1966），江苏南京人。就职中国科学院考古研究所。诗人、评论家、古文字学家。

③ 东汉赵晔《吴越春秋越王无余外传》："鲧娶有莘氏之女，名曰女嬉。"《世本》谓之"女志"。

④ 《国语·周语》："昔夏之兴也，融降于崇山。"韦昭注："融，祝融也。夏居阳城，嵩高所近。"祝融，《史记·楚世家》说是颛顼重孙。古人多以为有夏一族与颛顼同脉。

类似共工氏族靠水吃水，善于理水。鲧的一大发明是创建城墙。《吕氏春秋·君守》：

> 夏鲧作城。

城墙，一则防寇，一则防洪。善筑城者，必善作堤。这就难怪众臣要保荐鲧治水了。

鲧治水的足迹文献阙如。

鲧治水的方法，是填土掩埋与筑堤堵洪。《尚书·洪范》：

> 鲧堙洪水。

堙，填埋，水来土淹，填土埋洪。是最为笨拙的法子。洪水滔滔不息，填土掩埋哪能止住洪水？《山海经·海内经》：

> 洪水滔天，鲧窃帝之息壤以堙洪水。

息壤，正是古人为填土埋洪而幻想出来的一种用之不竭的神土。《国语·鲁语》：

> 鲧障洪水。

障，堵塞，垒土筑堤，封堵洪水。这方法比填土埋洪优越。但洪水无穷无尽，硬堵不导，土愈垒，水愈涨；堤愈高，水愈猛。堤，可以堵住洪水一时，不可以堵住洪水时时。《尚书·尧典》："九载，绩用弗成。"尧罢其官职，判其死刑。

这一死刑，是立即执行，还是缓期执行，说法有异。《山海经·海内经》说执行，罪名是"不待帝命"，偷取息壤：

> 帝令祝融杀鲧于羽郊。

羽郊，羽山之野。羽山，《山海经·南山

经》：

> 又东三百五十里曰羽山。其下多
> 水，其上多雨，无草木，多蝮虫。

方位在南方。《禹贡》："羽畎夏狄。"颜师
古《汉书注》：

> 羽畎，羽山之谷也。夏狄，狄
> 雉之羽，可为旌旄者也，羽山之谷出
> 焉。

《汉书·地理志》祝其：

> 羽山在南，鲧所殛。

① 鲧之羽山，一说在今江苏
东海西北处，与赣榆、郯
城搭界，如郭璞《山海
经》注。一说在山东蓬
莱县东南，如北宋乐史撰
《太平寰宇记》。

地属今江苏东海县①。《墨子·尚贤》也说执
行，罪名是荒废尧的功德：

> 若昔者伯鲧，帝之元子，废帝之
> 德庸，既乃刑之于羽之郊。

《吕氏春秋·行论》说杀鲧者，不是尧，而是
舜；罪名不是治水不力，而是反对舜代尧：

> 尧以天下让舜。鲧为诸侯，怒于
> 尧曰："得天之道者为帝，得地之道
> 者为三公。今我得地之道，而不以我
> 为三公。"以尧为失论。欲得三公，
> 怒甚猛兽，欲以为乱。比兽之角，能
> 以为城；举其尾，能以为旌。召之不
> 来，仿佯于野以患帝。舜于是殛之于
> 羽山，副之以吴刀。

《史记》的《五帝本纪》和《夏本纪》说舜
杀鲧，罪名不是造反而是治水无能。《夏本
纪》：

> 舜登用，摄行天下之政，巡狩
> 行视鲧之治水无状，乃殛鲧于羽山以
> 死。

《天问》说鲧的死刑未执行。先是"永遏羽
山"，因而不杀；尔后"阻穷西征"，一去不
返。

其实，鲧的死罪执行未执行并不是屈原说
鲧的要害。要害是，鲧该不该判刑？是不是有
罪？屈原之前之后的裁决几乎众口一词，鲧有
罪，鲧当刑；唯独屈原做了无罪辩护。

**不任汩鸿，师何尚之？佥曰何忧，何不课
之？**

不任，不堪。汩（gǔ）鸿，治洪。《说
文》："汩，治水也。"师，民众。尚，推
崇。佥（qiān），众臣。课，考核。这四句所说
之事与《尧典》、《五帝本纪》所记一致，要
紧处在两个问号。屈原问，鲧这位不堪治水的
人，如何指挥治水大军？面对众人的推荐，为
何不去考察？批评唐尧选人，既没有看经验，
又没有行考核，鲧治水未能收效，尧负有不可
推卸的委任不当、用人轻率的直接责任。

鸱龟曳衔，鲧何听焉？

鸱龟，可能是一物。清人徐焕龙《屈辞洗
髓》：

> 鸱龟事无考。玩语句，意当时有
> 形似鸱鸟之龟，曳尾衔物而前，作导
> 鲧治水状，鲧遂依之以施方略，故曰
> 鲧何听焉。

清人刘梦鹏《屈子章句》：

鸱龟，龟鸣如鸱，盖鹠龟之类。

蒋骥《山带阁注楚辞》：

> 《山海经》怪水、毫水皆有旋龟，鸟首虺尾；《岭海异闻》海龟鹰吻，大者径丈；《南越志》宁县多鹜龟，鹅首，齿犬；则徐说信矣。①

游国恩《天问纂义》：

> 今按鸱龟者，本一物。《山海经·南山经》、《中山经》并有旋龟，鸟首鳖尾；而《南山经》又称橐水，其中多修辟之鱼，状如龟，而白喙，其音如鸱。郭璞《图赞》云："声如破木，号曰旋龟；修辟似龟，厥鸣如鸱。"②

以为《天问》的鸱龟就是《山海经》其音如鸱的旋龟。

鸱龟，也可能是二物。王逸《天问章句》说是"飞鸟水虫"。钱澄之《庄屈合诂》："鸱飞龟潜。"洪兴祖《楚辞补注》："鸱，一名鸢（yuān）。"鹰类猛禽。

鸱龟，是一物还是二物，见仁见智。我倾向二物。晋人王嘉《拾遗记》说禹治水有二物相助："黄龙曳尾于前，玄龟负青泥于后。"鲧治水很可能也有二物相助，天上飞的鸱，地上爬的龟。

曳衔，或解曳衔为鸱龟或鸱与龟首尾衔接。明人周拱辰《离骚草木疏》：

> 鲧睹鸱龟曳尾相衔，因而筑为长城高堤，参差绵亘，亦如鸱龟之曳尾

① 《山海经·南山经》："怪水出焉，而东流注于宪翼之水。其中多玄龟，其状如龟而鸟首虺尾，其名曰旋龟，其音如判木，佩之不聋，可以为底。"《山海经·中山经》："豪水出焉，而南流注于洛，其中多旋龟，其状鸟首而鳖尾，其音如判木。""徐说"，徐焕龙鸱龟一物之说。

② 《纂义》所引"又称橐水"的《南山经》是《中山经》之误，《中山经》："橐水出焉，而北流注于河。其中多修辟之鱼，状如龟而白喙，其音如鸱。"

相衔者然。

清人毛奇龄《天问补注》：

> 鲧筑堤以障洪水，宛委盘错，如鸥
> 龟牵衔者然，是就鸥龟形而因之为堤。

等于说，鸥龟排队，一龟咬一龟；或者是，
天上一鸥咬一鸥，地上一龟咬一龟；形似堤
坝。这说法滑稽生涩。曳衔应是运土之法，鸥
龟是一物，是龟运土；鸥龟是二物，是鸥、
龟运土。鸥、龟运土的方法是龟曳鸥衔。曳
（ye），拽（zhuai），拖拉；龟曳，龟拖泥
土。衔，叼，嘴叼；鸥衔，鸥叼泥土。《山海
经·北山经》有精卫填海，鸥衔泥土筑堤，正
如精卫衔木填海，都是以弱小之躯、微薄之力
奋斗大自然。

　　"鸥龟曳衔"暗喻肩挑人拖，挑土拖土。鲧
治水就是这样做的。周拱辰《离骚草木疏》：

> 《经》[①] 称鲧堙洪水。《传》[②]
> 称鲧障洪水。《国语》又称其堕高堙
> 卑。盖鸥龟曳衔，鲧障水法也。

周氏虽然主张鸥龟一物，曳尾相衔，但说"鸥
龟曳衔"是鲧的筑堤堵洪之法，非常到位。
　　"鲧何听焉？"王逸《天问章句》：

> 言鲧治水，绩用不成，尧乃放杀
> 之羽山，飞鸟水虫，曳衔而食之，鲧
> 何能复不听乎？

意谓尧杀鲧，鸟虫啄其尸体，尧想，看你
（鲧）还听不听我的话？《章句》曲解已甚。
林云铭《楚辞灯》说鸥龟曳衔："此出于同事

① 《经》，《山海经》。

② 《传》，《左传》。

①《国语·周语》："防民
之口，甚于防川，川壅而
溃，伤人必多，民亦如
之。是故为川者，决之
使导；为民者，宣之使
言。"

者谋，但鲧误听耳"。林说不差。鲧奉命治
洪，听信并采纳了他人提议的只堵不导的障堵
法。障堵本是一项治水措施，但堵而不导，
"川壅必溃"①。屈原问之，不无遗憾。

顺欲成功，帝何刑焉？

顺，顺从。欲，欲望、意志。谁的欲望？
王逸说是众人，《天问章句》：

> 言鲧设能顺众人之欲而成其功，
> 尧当何为刑戮之乎？

朱熹、毛奇龄、蒋骥说是鲧，《山带阁注楚
辞》：

> 言顺鲧之意未必无成功，帝何为
> 而刑之乎？

洪兴祖说是帝尧，《楚辞补注》：

> 《国语》云："鲧违帝命。"则
> 所谓顺欲者，顺帝之欲也。

洪说是。鲧执行帝尧的命令治水抗洪、谋求成
功，帝尧为何处罚勤劳执事的鲧？《九章·惜
诵》：

> 行婞（xìng）直而不豫兮，鲧功用
> 而不成。

婞直，倔犟正直。不豫，不犹像，坚决果断。
屈原显然认为鲧的受罚，不在于治水无功，而
在于鲧的婞直不豫，可能是坚持自己的治水方
法，未能迅速完成尧的治水预期，也可能如
《吕氏春秋》所言是在尧舜禅让的人事安排上
坚持了自己的不同，既得罪尧，又得罪舜。为

· 235 ·

此罚鲧，不公平，不仁义。尧的圣人形象，在屈原笔下，继"尧不姚告"再次缺损。

永遏羽山，何三年不施？

永，长久。遏，禁锢。施，释放或施行。尧囚鲧，关押羽山，三年不杀也不放。屈原追问原因，暗讽尧的不杀不放包藏私心，杀之，害怕承担诛杀忠臣的恶名；放之，害怕承担治水无功的责任；不杀，可以博得为君仁慈；不放，可以博得执法严明；这一问刺破了尧的无私与磊落。又，《离骚》：

鲧婞直以亡身兮，终然殀（yāo）乎羽之野。

与《天问》的"三年不施"有所不同。这只能说，有关鲧的各种传闻，屈原都知道，他在写《离骚》的时候，因抒情的需要，信手拈来尧殛鲧的传闻；他在写《天问》的时候，因论史的需要，用心选择了尧囚鲧、不杀鲧的传闻。

阻穷西征，岩何越焉？

"阻穷西征"，谁派谁西征？屈原已说尧既不杀鲧，又不放鲧，则赦免鲧，派其西征者必是舜。想来，尧死，舜上台，舜撤销鲧的死刑，但怀恨鲧的禅让态度，复又规定鲧的活刑。"阻穷西征"，任务可能是寻找洪水之源。阻，险阻。穷，无穷。西征路上，险阻无穷，如何翻越？喟叹虞舜以西征行役的名义，迫使鲧走上一条不归之路。

毛奇龄《天问补注》说这两句的主角不是鲧，而是夏初一度摄政的后羿[1]：

此羿事也。阻当作组，地名。

[1] 后羿事详见本书"第十九讲"羿之死。

穷，即有穷国也。……按《左传》：
"后羿自鉏迁于穷石。"……有穷在
西，故曰西征。

游国恩《天问纂义》附和：

> 毛氏谓此为羿事，是也。……阻
> 盖借为徂。……《尔雅》释诂：徂，
> 往也。徂穷西征者，谓羿之往穷为西
> 行也。

单看这两句，说后羿西征，尚可；但上两句刚
说鲧遇羽山，下两句又紧跟鲧化黄熊，突然插
进一个后羿，就大不可了。"阻穷"两句，是
鲧事，不关羿事。

化为黄熊，巫何活焉？

一说，鲧受死刑，化为黄熊。《国语·晋
语》：

> 昔者鲧违帝命，殛之于羽山，化
> 为黄熊，以入于羽渊。

《左传·昭公七年》：

> 昔尧殛鲧于羽山，其神化为黄
> 熊，以入于羽渊。实为夏郊，三代祀
> 之。

羽渊，羽山之渊，夏朝郊土。三代，夏商周。
一说，鲧死后化为黄龙。《归藏·启筮》：

> 鲧死三岁不腐，剖之以吴刀，化
> 为黄龙。①

① 《山海经·海内经》郭璞
注引。

吴刀，吴地快刀。张华《博陵王宫侠曲》："吴

刀鸣手中，利剑严秋霜。"一说，鲧自沉，鲧化玄鱼。王嘉①《拾遗记》：

> 尧命夏鲧治水，九载无绩，鲧自
> 沉于羽渊，化为玄鱼。

①王嘉（？－390），字子年，陇西安阳今甘肃秦安县人。西晋方士，小说家。

鲧不是他杀，是自杀，不是变为黄熊，也不是变为黄龙，而是变为玄鱼。

与诸书有异，《天问》的鲧变黄熊，不是死后变的。而是在西征途中变的。鲧变黄熊比鲧变黄龙或鲧变玄鱼合适。熊是野兽，龙是虚拟神物，鱼是水中物。野兽适应林莽，野兽不怕山峦，阻穷西征，人难以穿越，野兽则容易穿越。人变野兽，是先民企求山野生存能力的天真念头。鲧变黄熊，凸显鲧遭受了痛苦的脱胎换骨的磨练，赋予鲧坚忍不拔的山野生存能耐。黄熊再借助神巫变为鲧，喻示鲧历经艰难，大难不死。

巫，巫师。上古巫师，是一群充满智慧、创造文化的聪明人，有装神弄鬼的本事，也有实实在在的本事，本事之一是看病制药。《山海经·大荒西经》：

> 大荒之中，……有灵山。巫咸、
> 巫即、巫盼、巫彭、巫姑、巫真、巫
> 礼、巫抵、巫谢、巫罗十巫，从此升
> 降，百药爰在。

原始巫师开发中草药治病救人应是事实，但说大荒十巫，上天入地，包治百病，以屈原的见识，不会认同。屈原主张"阳离爰死"，就不认同世界上有起死回生的神巫；屈原质问"大鸟何鸣"主张人死不能变化，也就不会认同人变熊、熊变人的巫术。一句"化为黄熊，巫何活焉"，一石二鸟，鲧无法化身为熊，巫也无法变熊为人，鲧的神话，不可当真。真实的情况是，鲧西征，千辛万苦，化险为夷。

咸播秬黍，莆蕾是营。

屈原听说：鲧身处荒山野岭，顽强生活，艰苦打拼，在山地开荒种黍，在水边养殖水草。秬黍、黑黍，谷类。秬黍，一种黑黍，谷类。《诗·大雅·生民》："诞降嘉种，维秬维秠。"秠也是一种黑黍。莆蕾(huān)，湿地水草，竹苇莞蒲，可以编织。《逸周书》[1]："润湿不谷，树之竹苇莞蒲是也。"湿润之地不能种粮食，可以种竹苇莞蒲。王夫之《楚辞通释》："秬黍，嘉谷；莆蕾，恶草。艺嘉谷则必营除其恶草。"王说莆蕾恶草，有悖营字。营，经营，培养扶植。"咸播秬黍，莆蕾是营"描述种植秬黍，收获粮食；经营莆蕾，编织器物；鲧独处蛮荒，自力更生，绝处逢生。

何由并投，鲧疾修盈？

屈原庆幸鲧的存活，同情鲧的遭遇，反感舜的判罚，愤愤然责问，有何理由把鲧抛弃在西方的荒山野岭，难道辛苦治水的鲧恶贯满盈？屏投，摒离抛弃。疾，罪恶。修盈，满盈。直指舜居心叵测，利用西征之险变相谋杀反对派，为辛劳治水的忠直之臣鲧鸣冤叫屈。

[1] 《逸周书》，本名《周书》。今本全书十卷，正文七十篇，历记周文王、武王、周公、成王、康王、穆王、厉王、景王时事。旧说《逸周书》是孔子删削《尚书》的余篇，今人多以为出自战国。个别篇章，可能经汉人增易。

第十七讲

禹：功劳与私情

伯禹愎鲧，(夫)何以变化？

纂就前绪，遂成考功。

何续初(继)业，(而)厥谋不同？

洪泉极深，何以寘之？

地方九则，何以坟之？

河海应龙，何画何历？

鲧何所营？禹何所成？

禹(之)力献功，降省下土(四方)。

焉得彼(盒山)女，(而)通(之)于台桑？

闵妃匹合，厥身是继。

胡(为)嗜不同味，而快朝饱？

鲧怀胎，怎生育？

承父业，竟成功。

治洪水，用何法？

洪源深，岂可填？

地形杂，如何筑？

应龙行河海，如何划水道？

父有何苦劳？子有何功劳？

大禹因功受禅让，巡视天下察四方。

涂山美女在台桑，为何一见就同床？

择求爱妃图子孙，保障王业有继承。

为何口味异常人，不喜明娶喜私通？

　　这一节二十二句九问，分说两件事。先以十四句七问，问禹治水。后以八句二问，刺禹纵欲。

　　禹的治水区域，先秦古籍说的非常广袤。《诗·商颂·长发》："洪水芒芒，禹敷下土方。"《尚书·周书·吕刑》："禹平水土，主名山川。"似乎包揽华夏。《尚书·夏书·禹贡》[①]详细记录了大禹"随山浚川，随山刊木"的行踪，足迹踏遍冀州（山西、河北），兖州（山东、河北），青州（山东），徐州（山东、江苏）、扬州（江苏），荆州（湖北），豫州（河南），梁州（四川），雍州（陕西），岳阳、衡山（湖南），流沙（青海、甘肃），疏通了黄河、淮河、汉水、渭水、长江等所有山川水系。其后，又经《史记》的加工和历代渲染，大禹治水的名胜古迹到处开花。安徽怀远有禹墟和禹王宫，陕西韩城有禹门，山西河津有禹门口，山西夏县中条山麓有禹王城址，河南开封有禹王台，湖北武汉龟山有禹功矶，湖南长沙岳麓山有禹王碑，四川北川有禹王宫，河南洛阳有大禹龙门，浙江会稽有禹王庙。

　　如此广阔的范围，以原始社会末期的生产力，恐怕达不到。一般认为禹治水如同鲧治水，主要地区仍在黄河中下游。

　　禹，或称伯禹、夏禹。张守节《史记正义》引皇甫谧《帝王世纪》："禹受封为夏伯，故曰

①《禹贡》相传是禹的臣下益的作品。全文1193字。是一篇以疏通山川地理为主，兼记土地贡法的文献。成书年代，说法有四：西周说（辛树帜）、春秋孔子说（王成组）、战国中期说（顾颉刚）、战国末至汉初说（日本内藤虎次郎）。一般认为《禹贡》的问世晚于《山海经》，不迟于战国中期。《禹贡》抛弃了《山海经》的神话色彩，超脱了《山海经》的原始地理概念，区划九州，力求实证，专记平治水土、人力可及的山川脉络，指出九州之外惟东方是海，是中国地理著作真正的开山之作。清李振裕《禹贡锥指》序："伯禹治水，至今四千余年，地理之书无虑数百家，莫有越《禹贡》之范围者。"

伯禹也。"也称姒禹。《史记·夏本纪》："禹
为姒姓。"亦因封国于高密，今山东高密市，
称大禹为高密。有说封国于"豫州外方（嵩
山）之南，今河南阳翟是也"①。阳翟，今河南
禹州市。但称大禹为阳翟者，未之闻也。

在《史记》，禹名文命，是黄帝玄孙。称
禹，是后人尊称。禹的字义，《说文》："虫
也。"顾颉刚《与钱玄同先生论古史书》说禹
字来源于夏初所制"九鼎"的图像，禹字的
下半部是"兽足蹂地"，禹是"以虫而有足蹂
地，大约是蜥蜴之类。"不久，这条蜥蜴，又
被说成一条龙。顾颉刚、童书业《夏史考》说
禹即《左传·昭公二十九年》"共工氏有子曰
句龙"的句龙。杨宽《中国上古史导论》说禹
字从虫从九，甲骨文九为虯的本字，虯、句，
音近义通，句龙即虯龙，《说文》："虯，龙
子有角者。"《广雅》："有鳞曰蛟龙，有翼
曰应龙，有角曰虯龙，无角曰螭龙。"指大禹
之名与龙相关，疑大禹一族的图腾就是龙。诸
说纷杂。我意，禹通鱼，鱼不怕水，大禹治
水，后人感佩称之，大禹即大鱼也。

禹，据说是四川人。西汉陆贾②《新语·术
事》："大禹出于西羌。"《史记·六国年
表》："禹兴于西羌。"西羌，川西川北。扬
雄《蜀王本纪》："禹本汶山郡广柔县人，生
于石纽，其地名痢儿畔。"裴骃《史记·六国
年表集解》引皇甫谧："孟子称禹生石纽，西
夷人也。"赵晔《吴越春秋·越王无余外传》
说大禹："家于西羌，地曰石纽。石纽在蜀西
川也。"《三国志·秦宓传》："禹生于石
纽，今之汶山郡是也。"东晋常璩（qú）③《华
阳国志》："石纽，古汶山郡也。崇伯（鲧）

①张守节《史记正义》引皇
甫谧《帝王世纪》。

②陆贾（约前240–前170），
其先楚人。西汉政治家、
文学家、思想家，参与刘
邦起事，高祖时官太中大
夫。最大功绩是文帝时招
安岭南王（南越武帝）赵
佗。

③常璩（约291–361），字道
将，蜀郡江原（今四川崇
州）人。东晋学者。

得有莘氏女，治水行天下，而生禹于石纽之刳儿坪。"一致认定大禹的出生地是汶山郡，今四川北川、汶川地区。

禹的生育方式是个谜。

一说大禹是母亲女狄吞石而生。《绎史》引《遁甲开山图》：

> 古有大禹，女娲十九代孙，
> 寿三百六十岁，入九嶷山飞去。后
> 三千六百岁，尧理天下，洪水既甚，
> 人民垫溺。大禹念之，乃化生于石纽
> 山泉，女狄暮汲水，得石子如珠，爱
> 而吞之，有娠，十四日生子。及长，
> 能治泉源，代父鲧理洪水。

禹无父，禹是女娲的十九代孙子借石投胎，幻形入世。这个故事，或许就是曹雪芹《红楼梦》女娲、顽石、宝玉梦幻组合的药引子。

一说大禹是无父无母，由石而生，"母亲"是石头。《淮南子·修务篇》：

> 禹生于石。

《太平御览》卷五十一引《随巢子》[1]：

> 禹产于石昆石。

石昆石，有说是石头上滚下来的石头。《六书故》[2]："石昆，石从上石昆（滚）下也。"有说石昆石是昆仑山的石头，有说石昆是鲧变的石头。疑石昆即石滚应为地名，即扬雄所言石纽。该地可能山石垒叠，谓之石纽；常有崩塌，谓之石滚。传闻"禹产于石昆石"，应是禹生于石纽一地，产于石崩之时的浓缩。

一说大禹是母亲女嬉与坻山无名氏野合破

---

[1]《随巢子》，墨子弟子随巢子撰，早佚，清人马国翰《玉函山房辑佚书》有辑本。

[2]《六书故》，以六书明字义，上征钟鼎文，下及方言俗字，是文字学重要典籍。作者南宋人戴侗，字仲达，永嘉人。淳祐中登进士第。

胁而生。《吴越春秋·越王无余外传》：

> 鲧娶有莘氏之女，名曰女嬉，年
> 壮未孳，嬉于砥山，意若为人所感，
> 因而妊孕，剖胁而产高密。

胁，腋下肋骨。高密指大禹。这剖胁而生的大
禹，其父不是鲧，而是砥山无名氏。

一说大禹不是母亲生的，而是父亲生的。
《山海经·海内经》：

> 鲧複生禹。

複，腹。鲧怀胎生禹。

这四种生法，以《山海经》源头最古，屈
原就此发问。

伯禹愎鲧，何以变化?

愎，腹之讹。伯禹腹鲧，是说伯禹孕于
鲧腹，是鲧生育的儿子。这一天方夜谭，孙作
云《天问对于上古史研究的贡献》解为初民的
产翁风俗。女子要生育，男子做产翁，假装怀
孕、产子、坐月子，表示儿女是男子生的。
《太平广记》引《南楚新闻》：

> 南方有獠妇，生子便起，其夫卧
> 床褥，饮食皆如乳妇。……越俗，其
> 妻或诞子，经三日，便澡身于溪河。
> 返，具糜以饷婿。婿拥衾抱雏，坐于
> 寝榻，称为产翁。

产翁是原始遗风。原始产翁，虚拟生育，是父系
制接管母系制的手段之一，从生育形式上完成男
子对子孙的占有。屈原也许不懂产翁风俗，或者
是要戳穿这一虚假的产翁风俗，用"何以变化"

指斥伯禹腹鲧、男人生子是无稽之谈。

纂就前绪，遂成考功。

纂，继承。前，前人。绪，事业。考，父亲。《离骚》："朕皇考曰伯庸。"清人吴世尚[①]《楚辞疏》："生曰父，死曰考。"《礼记·曲礼》："父曰皇考，母曰皇妣。"功，功业、功绩。继承父业，成就父功。

大禹登上历史舞台，有赖虞舜。虞舜有胆识，外举不避仇，抛弃鲧，重用鲧子禹。《史记·五帝本纪》：

> 舜谓四岳曰："有能奋庸美尧之事者，使居官相事？"皆曰："伯禹为司空，可美帝功。"舜曰："嗟，然！禹，汝平水土，维是勉哉。"禹拜稽首，让于稷、契与皋陶。舜曰："然，往矣。"

《吕氏春秋·行论》：

> 舜殛鲧，禹不敢怨，而反事之。

按《天问》，舜并没有直接杀鲧，而是弃于西方荒野，心机等同谋杀。禹心怀怨恨，却不敢抱怨，谦虚了一番，受命司空，专管水土，担负起治理洪水的重大责任。

何续初业，厥谋不同？

初，起初，从前。初业犹前绪，前人事业。儿子继承父亲治水，为何采用不同谋略？屈原思考父子的才智差别，探究大禹治水成功的原因。

大禹治水的方法，屈原听说的大概有三种：堵源，筑堤，疏导。

①吴世尚，安徽贵池人。清初学者，著有《庄子解》等。

洪泉极深，何以窴之？

这是堵源法。洪泉，洪水之源。窴(tián)，填。先民料定汤汤洪水必有源薮。《淮南子》：

> 凡鸿水源薮，自三百仞以上，二亿三万三千五百五十里，有九渊，禹乃以息土填鸿水，以为名山。

父亲用息土，儿子也用息土。不同的是，鲧用土，填埋泛滥的洪流；禹用土，填堵洪流的源头。但屈原怀疑，洪水之源，深不可测，如何堵得住？其实是不认可大禹有堵源一事。屈原有道理。不要说大江大河源头难找，就算找到，也不能堵。堵源是断水，水是人的生存之源，堵源的后果极为严重。但既要治水导河、制洪止洪，寻找水源也是必须的。神话所谓大禹堵源，实际是治理上游。《禹贡》：

> 浮于积石，至于龙门西河。

> 导河自积石，至龙门，入于沧海。

说大禹治理黄河，溯流寻源，西到积石，导河龙门。龙门，在今陕西韩城。积石，多指古河洲的积石山，在今甘肃临夏积石山保安族东乡族撒拉族自治县境。① 但积石，未必是山。《山海经》在不同方位说到积石。《海外北经》：

> 夸父国……禹所积石之山在其东，河水所入。

《大荒北经》：

> 大荒之中，有山名曰先槛大逢之山，河济所入，海北注焉。其西有山，名曰禹所积石。

① 甘肃临夏积石山保安族东乡族撒拉族自治县位于甘肃省西南部，黄土高原与青藏高原交汇地带。该县主要山脉是积石山。黄河穿山而过，形成峡谷，称积石峡。又，青海也有称为积石的大山，藏名阿尼马卿山，意为黄河之祖，又称为玛积雪山。此山称积石，应是附会大禹故事。大禹西向积石，算其至西，不出临夏。清人梁份《秦边记略》："盖黄河入中国，始于河州，禹之导河积石是也。"古河洲，今甘肃临夏。梁份（1641–1729）字质人，江西南丰人。生于明末，卒于雍正。一生著述不仕。年约半百，只身游历，西到陕西、宁夏、青海，南到云南、贵州，遍及中原数省，行程数万里。沿途考察山川形势，风土人情，收罗遗荒轶事，撰《西陲今略》、《西陲亥步》、《图说》等，是清代知名地理学家。

《海内西经》：

> 河水出东北隅，以行其北，西南
> 又入渤海，又出海外，即西而北，入
> 禹所导积石山。

《西山经》：

> 西南四百里曰昆仑之丘……轩辕
> 之丘……又西三百里，曰积石之山。
> 其下有石门，河水冒以西南流。

积石或在西或在北，所跨地域，大致相当于今天的甘肃到河北。疑积石本非山名，因大禹堆石得名。徐旭生《中国古史的传说时代》说堆石是大禹考察黄河某一河段的终结记号。我想，更有可能是大禹在治河紧要处堆积石头修建的河坝。积石为坝，其形如山，传之夸之，禹所积石之坝，变成了禹所积石之山。

地方九则，何以坟之？

这是筑堤法。则，式样。坟，一说，分也。九州的土地如何分为九等？句义虽通，却与治水无关。坟，高地，《方言》："青幽之间，凡土而高大者谓之坟。"坟，又指河堤，《尔雅·释丘》："坟，大防。"郭璞注："谓堤。""何以坟之"，是问如何加高河岸。这就紧扣治水，紧扣治水之法。水往低处流，如果把地势变高，洪水也就淹不着了。但地域广大，地形地貌各式各样，大禹用何种办法把水边之地变作高地？大约是在沿河上下，随高就低，筑堤垒坝，阻止泛滥。这种河岸加高法，即筑堤法，是大禹对鲧筑堤堵洪的扩展，比开凿河道容易，应是大禹治水的主要措施，也是当今防洪抗灾的主要措施。

河海应龙，何画何历？

这是疏导法。西周《遂公盨》^①：

> 天命禹敷土，随山浚川。

敷土，布土治水。随山，沿山。浚川，疏浚河道。王嘉《拾遗记》：

> 禹尽力沟洫，导川夷岳。

沟洫，小河道。川，大河流。夷，平。夷岳，开山凿岭。在古人眼里，开山凿岭导江导河，非人力可为，须鬼斧神工，乃使禹有神助的话题，先秦魏晋津津乐道。《天问章句》：

> 禹治洪水时，有神龙，以尾画地，导水所注当决者。

《拾遗记》禹治水：

> 黄龙曳尾于前，玄龟负青泥于后。

《楚辞补注》：

> 夏禹治水，有应龙以尾画地，即水泉流通。

但屈原不以为然："河海应龙，何画何历？"

《天问章句》说这两句一本作"河海应龙？何尽何历"，一本作"应龙何画，河海何历"。游国恩《天问纂义》：

> 然"应龙何画，河海何历"二句似系对文，疑"河海"二字，复有讹误。盖上言应龙，其下或亦言助禹治水之神物，如《拾遗记》所称玄龟之类，而今不可考矣。今作"河海何历"，则义不甚可通。按"河海"二

①盨(xǔ)，盛黍稷的礼器。遂公盨呈圆角的长方形，器口沿下饰鸟纹，腹饰瓦纹，小耳有兽首，铭文在盨的内底。所铭治水，是大禹治水最早的文物记载。作盨者是西周时遂国的国君，传为虞舜之后。遂国在今山东宁阳西北，亡于春秋。

> 字中当系海字有误。后人见其不甚可
> 通，遂颠倒其文，作"河海应龙，何
> 画何历"，并二物为一事，而画又误
> 为尽，去原文辞义愈远。

意思是"应龙何画？河海何历"是对的，只是海字错了，原字应是一个神物。这看法也有道理，如按《拾遗记》，似可写作"应龙何画，玄龟何历"。《纂义》又说另本"何尽"是"何画"之讹，看得清晰。应龙，有翼神龙。《天问章句》：

> 有鳞曰蛟龙，有翼曰应龙。

《楚辞补注》：

> 《山海经图》云，黎丘山有应龙
> 者，龙之有翼也。昔蚩尤袭黄帝，令
> 应龙攻于冀州之野。

屈问："河海应龙，何画何历？"是问腾挪河海的应龙画出了哪些河道，开通了那些地方，问意所向，是质疑应龙，推崇大禹，关心"大禹治水，何画何历"？

大禹治理黄河，梳理河道，工程必多，《容成子》所谓"决九河之阻"。其中，最著名的导河工程就是凿开龙门、凿开三门峡。龙门，今山西河津西北黄河壶口而下的晋陕大峡谷的最窄处。一说龙门在洛阳伊阙。《墨子兼爱》："古者禹治天下……凿为龙门。"郦道元《水经注》："龙门为禹所凿，广80步，岩际镌迹尚存。"三门峡，在今河南三门峡，黄河穿越，犹过三关。《水经注》：

> 昔禹治洪水，破山以通河，三穿

　　既决，水流疏分，指状表目，亦谓之
"三门"矣。

有说大禹治河也治江，凿开巫山，开通长江三
峡。《巫山县志》："相传禹王导水至此。"
应是附会。

鲧何所营？禹何所成？

　　营，经营。成，成就。营、成，褒义对
举。《诗·大雅·灵台》："经之营之，不日
成之。"子承父业，父子对比，鲧治水，有何
经营业绩？禹治水，有何治理成就？面对春
秋战国一边倒的否鲧夸禹的声浪，屈原实事求
是。在屈原心里，父与子，各有建树。鲧治水
有遗恨，也有功劳。鲧的遗恨是治水未捷受冤
屈，鲧的功劳是九年或多年填洪堵洪，为大禹
"地方九则，何以坟之"积累了经验。尧舜时
代的治水，鲧是开拓者。禹是站在鲧的基础
上，思索退洪，加之为高筑堤，增之顺流疏
导，疏导洪水东流入海。疏导是禹的巨大成
就，特别贡献。禹是鲧的事业的继承者、完成
者，正如屈原所说"纂就前绪，遂成考功"。

禹力献功，降省下土。

　　力，身体力行。献，奉献。禹受命治水，
依靠身体力行，铸就治水大功，并将功劳归之
虞舜。《史记·五帝本纪》：

　　唯禹之功为大，披九山，通九
泽，决九河，定九州，各以其职来
贡，不失厥宜。方五千里，至于荒
服。南抚交阯、北发，西戎[1]、析
枝、渠庾、氐、羌，北山戎[2]、发、
息慎，东长[3]、鸟夷。四海之内咸戴

[1] 西戎，意即西抚戎族。

[2] 北山戎，意即北抚山戎。

[3] 东长，意即东抚长族。

帝舜之功。

禹治水，为虞舜立下四大功劳。一是导水大畅通，"披九山，通九泽，决九河"，开山凿岭，疏通河泽，消除水患。《左传·昭公元年》："美哉禹功！明德远矣。微禹，吾其鱼乎。"二是理土大有方，"定九州，各以其职来贡"，划分地区，调查物产，设定贡赋，也就是《禹贡》说的"随山浚川，任土作贡"。三是疆域大安定，"方五千里，至于荒服"。四是天下大感恩，"四海之内咸戴帝舜之功"。

史载舜论功封赏，荐禹于天，定禹接班，世称虞舜禅让。

虞舜禅让，如唐尧禅让，也是不得已而为之。尧荐舜，令舜代理天子之政，自己仍占天子位二十八年，直到死后舜始登大宝；舜荐禹，在位十七年，禹直到舜崩始做天子；可知所谓禅让是不死不让。不死不让，就有变数。尧死，舜与尧子有谦让及争斗故事。舜死，禹与舜子也有谦让及争斗故事。《孟子·万章》：

> 昔者舜荐禹于天，十有七年舜崩。三年之丧毕，禹避舜之子于阳城，天下之民从之，若尧崩之后不从尧之子而从舜也。

《五帝本纪》：

> 尧崩，三年之丧毕，舜让辟丹朱于南河之南。诸侯朝觐者不之丹朱而之舜，狱讼者不之丹朱而之舜，讴歌者不讴歌丹朱而讴歌舜。舜曰："天也。"夫而后之中国践天子位焉，是为帝舜。

> 舜子商均亦不肖，舜乃豫荐禹
> 于天。十七年而崩。三年丧毕，禹亦
> 乃让舜子，如舜让尧子。诸侯归之，
> 然后禹践天子位。尧子丹朱，舜子商
> 均，皆有疆土，以奉先祀。服其服，
> 礼乐如之。以客见天子，天子弗臣，
> 示不敢专也。

既然公行禅让，岂能私下谦让？估猜孟子、司马迁都知道个中机秘，不肯说破而已。这机秘是，尧舜之时，尧舜已有家天下的心思，尧在位，请舜摄政；舜在位，请禹摄政；令做摄政而不是令做天子，就含有死后舜能归政尧子、禹能归政舜子的期盼，因此舜不能不作出姿态谦让丹朱，禹不能不作出姿态谦让商均。这谦让其实是较量，谦让之下，勾心斗角，暗流汹涌，积聚力量，决一胜负。所谓"诸侯朝觐"舜、"诸侯归之"禹，是舜和禹的实力所致，也是舜和禹的功劳所致。

"降省下土"，《天问章句》原为"降省下土四方"，《楚辞补注》："一无四方二字。"从之。降省，降临巡视。下土，天下土地。降省一词，用于神灵，用于帝王。

帝王降省，也称巡守、巡狩。《孟子·梁惠王》：

> 天子适诸侯，曰巡狩。巡狩者，
> 巡所守也。

巡狩，始于虞舜，渐成制度。《五帝本纪》："尧老，使舜摄行天子政，巡狩。"《左传·庄公二十三年》："王有巡守。"《礼记·王制》郑玄注：

> 天子以海内为家，时一巡省之。
>
> 五年者，虞夏之制。周则十二岁一巡守。

巡狩的目的是观察山川，普察民情，考察政绩，体现国威。能否正常巡狩，是王权是否强盛的征兆。周穆、秦皇、汉武、隋炀、康熙、乾隆都是历史上著名的巡狩天子。

禹即位，都安邑①，效法虞舜，巡狩中国。不同处，舜巡狩，有二妃相随；禹巡狩，却是单身汉。据说，大禹在巡守途中，走桃花运，与一女子先私通后迎娶。这件事，屈原大为不满。

焉得彼女，通于台桑？

焉得，安得。通，私通。彼女，台桑女。

台桑，即涂山②。台桑女，即涂山女，涂山氏的女儿。《尚书·益稷》："予创若时，娶于涂山"。孔安国传："涂山，国名。"涂山所在，有说在四川，常璩《华阳国志·巴志》禹娶于涂：

> 今江州涂山是也，帝禹之庙铭存焉。

江州，即巴县，今属重庆。有说在浙江，汉人袁康③《越绝书·外传·记越地传》：

> 涂山者，禹所取妻之山也，去县
> 五十里。

指绍兴会稽山。有说在安徽江南，《史记·夏本纪》："予辛壬娶涂山。"司马贞《史记索隐》：

> 皇甫谧云"今九江当涂有禹庙"，则涂山在江南也。

① 《世本》："夏禹都阳城，避商均也。又都平阳，或在安邑，或在晋阳。"阳城，地在今河南登封。安邑，地在今山西运城夏县。晋阳，地在今山西太原。

② 台桑，或云涂山一地。

③ 袁康，东汉初期史学学者。所著《越绝书》是现存最古的地方志。

当涂，今安徽当涂。有说在安徽江北，《左传·哀公七年》："禹合诸侯于涂山，执玉帛者万国。"杜预注：

涂山在寿春东北。

寿春，今安徽合肥。诸说以杜预近似。寿春东北，即今蚌埠怀远，有涂山，疑即禹之涂山。该地，皖北豫南靠得紧，黄河淮河离得近。大禹巡河及淮，大有可能。

《吕氏春秋·音初》：

禹行功，见涂山之女，禹未之遇，而巡省南土。涂山氏之女乃令其妾候禹于涂山之阳，女乃作歌曰："候人兮猗。"实始作为南音。

行功，实施治水工程。《音初》说大禹的涂山艳遇发生在治水途中，与屈原说的降省途中略有出入，大约是传闻异辞。屈原所说，是大禹在治水成功、做了天子、巡狩天下时，巧遇美女，一见钟情，即时欢好，场景犹如《诗·郑风·野有蔓草》：

野有蔓草，零露溥兮。
有美一人，清扬婉兮。
邂逅相遇，适我愿兮。

愿，男女交合之愿。事后，大禹才正式向涂山氏族求婚。涂山女有才华，是一位词曲家、歌唱家，创作了中国南方的第一首情歌《候人歌》：

候人兮猗。

涂山女有伟大的母爱，牺牲生命为大禹生了一个儿子，夏王朝家天下的第一代君主夏后启。

涂山野遇　潘喜良　作

刘向《列女传》颂曰："夏之兴也以涂山。"

尽管大禹所遇贤淑，择女有方，但在屈原看来，王事靡盬，安有闲暇，"焉得彼女"？何况王者巡守，威仪棣棣，未婚私通，"通于台桑"，成何体统？

屈原似乎不知道族外野合是族外寻偶的起步，是原始婚姻的进步。

大禹是西方之子，涂山女是东方之女，大禹和涂山女的婚姻，虞舜和尧女的婚姻，都属于族外寻偶婚。

族外寻偶婚是原始无偶婚之后的第二种婚姻形态，引发了人类氏族血缘组合的新系统，父系血统、父系家族及有父有母的父系家庭。族外寻偶有两个特质。第一，配偶在族外。这时的原始人已经明白了一个极其重要的道理，"男女同姓，其生不蕃"①，应到族外寻找妻子。最初的尝试就是族外野合。第二，主角是男方。男方不仅要到族外寻找女方，而且要将女方带回男方定居，称之为寻偶，比较贴切。寻偶的方式前后也有变化。最初是抢婚②。恩格斯称为掠劫婚，武装掠夺。在甲骨文中，娶，"取女"③，左边跪一女，右边一手执女耳，《周礼》："获者取左耳。"表示的就是武力寻偶。嗣后是交换婚，以物易人，武力为辅。最后是请求婚，武力、财力支持下的商请通婚。

《易》"匪寇，婚媾"反映寻偶婚的交换婚。《易·屯》：

> 屯如，邅如。
> 乘马，班如。
> 匪寇，婚媾。

① 《左传·僖公二十三年》。

② 参看J.F.麦克伦南《原始婚姻·关于婚礼中抢劫仪式起源的研究》。John Ferguson Mclennan（1827-1881），苏格兰因佛内斯人。法学家、人类学家。1865年出版《原始婚姻》，1876年重新出版，题名《古代史研究》。另著有《动植物崇拜》。

③ 娶，甲骨文：左边女形，跪姿；右边状似以手执耳。

> 求婚媾，屯其膏。
>
> 乘马，班如。
>
> 泣血，涟如。

屯如，迟疑的样子；邅（zhān）如，转身的样子；班如，徘徊的样子；膏，肥肉。一群男子带着武器，驾着马车，装着肥肉，到族外寻婚。临近别人的部落时，怕人误会，不敢贸然进去，等到说清了来意，送上了肥肉，终于换来了姑娘：

> 马迟疑，马转身，马车不敢进。
>
> 我们不是强盗，我们来求婚。
>
> 来求婚，卸下满车肥羊肉。
>
> 马车打转转，姑娘车上哭，
>
> 泪水涟涟止不住。

《易·贲》：

> 贲如，皤如。
>
> 白马，翰如。
>
> 匪寇，婚媾。
>
> 贲于丘园，束帛戋戋。

与上一首意思相通，情景相同。贲如，黄白；皤如，洁白；翰如，飞翔貌；贲，装饰；戋戋，盛多：

> 马儿黄，马儿白，
>
> 白马快如飞。
>
> 我们不是强盗，我们来求婚。
>
> 华彩盖山丘，束帛堆满坡。

《易·睽》：

> 先张之弧，后说之弧。匪寇，婚媾。

先举起弓，后放下弓，来人不是盗，来者为求婚。

大禹巡守天下，干戈戚扬，娶女涂山，比《易·爻辞》的"强盗"排场浩大，动静浩大。只是大禹路遇美女，悦而行房，把《易·爻辞》的"强盗"先向外族求婚后娶外族之女的程序，搞成了先私通外族之女后向外族求婚，这就犯了程序错误。

闵妃匹合，厥身是继。

妃，帝王妻子的专称。匹合，对偶婚配。继，后继有嗣。屈原说，帝王与爱妃的匹配，是为自身有嗣，王业有继。以八个字，说到两个制度，"闵妃匹合"的王室婚姻制度和"厥身是继"的王位世袭制度。

男大当婚，女大当嫁，领袖理应表率。《吴越春秋·越王无余外传》：

> 禹三十未娶，行到涂山，恐时之暮，失其制度。乃辞云："吾娶也，必有应矣。"乃有九尾白狐造于禹。

所言制度，就是原始社会后期即尧舜禹时代已经具有的婚嫁成规，在王者一层，就是屈原说的"闵妃匹合"。

闵妃，王室之妃[1]。匹合，对偶匹配。是原始的一夫嫡妻制。

一夫嫡妻是原始寻偶婚的终点，是家国配偶婚的起点。在原始寻偶的初期，因氏族男子多，抢来或换来的女子少，是一妻多夫的[2]。其后，外来女子增多，出现了主夫主妻。主夫主妻可称主偶婚。主夫主妻，相互为主。主夫，指一个女人有一个主要丈夫，相对固定的丈夫，她仍

[1]闵，室之误。本书"舜闵在家"有说。闵，爱怜，闵妃，爱妃，亦通。

[2]参看E. A. 韦斯特马克《人类婚姻史》。E. A. Westermarck（1862–1939），芬兰人。任教芬兰大学、伦敦大学。芬兰社会学家，人类学家。

然可以与其他男人过性生活。主妻，指一个男人有一个主要妻子，相对固定的妻子，他仍然可以和其他女人过性生活。主夫主妻构成一个粗糙却相对稳定的家庭①。再往后，由于家庭秩序、财产继承和社会秩序、权力继承的需要，产生一夫多妻。按华夏古史传闻，尚未看见主夫主妻的信息，但一夫多妻则流行于原始的部落联盟阶段，黄帝、虞舜就是一夫而多妻。司马贞《史记索隐》："黄帝立四妃，象后妃四星。"四妃不是一妻三妾，而是四个妻子，象征中宫星区的四个星座②。《五帝本纪》说帝喾有元妃、次妃。这元妃、次妃也不是妻与妾的关系，而是两个排了顺序的妻子。尧嫁二女于舜，也是一夫多妻。最终，在原始社会向奴隶社会过渡的阶段，一夫多妻演变为一夫嫡妻，一个男人只能娶一个女子为嫡妻，嫡妻是正宗的唯一的家庭女主人。我国大约在夏禹家天下前后，开始实行一夫嫡妻。《史记·夏本纪》：

> 禹曰：予娶涂山，癸甲生启。

只说大禹娶涂山，未说大禹娶几妃，是一夫嫡妻的信号。山东大汶口文化墓地发现了一批一男一女合葬的史前墓穴，可证原始社会晚期的一夫嫡妻已相当普遍。

一夫嫡妻制以一夫一妻为合法配偶，以纳妾为补充，可称一夫一妻多妾制。但纳妾可纳可不纳。富人多喜纳妾。李白有妾，《留别西河刘少府》："自有两少妾，双骑骏马行。"韩愈有妾，一名绛桃，一名柳枝。白居易有妾，一名樊素，一名小蛮，"樱桃樊素口，杨柳小蛮腰"③。赵明诚是有钱人不纳妾的特例，终身厮守李清照。难怪李清照对赵明诚一往情深，《醉

① 参看摩尔根《古代社会》。

② 《史记·天官书》："中宫，天极星，其一明者，太一常居也。后句四星，末大星正妃，余三星后宫之属也。"司马贞"后妃四星"本此。

③ 唐人孟棨《本事诗·事感》："白尚书姬人樊素善歌，妓人小蛮善舞，尝为诗曰：樱桃樊素口，杨柳小蛮腰。"

花阴》："莫道不销魂，帘卷西风，人比黄花瘦。"穷人多不纳妾。杜甫穷，杜甫不纳妾。今查《杜工部集》，有观赏妓妾眉飞色舞的诗，知杜甫不纳妾，非不为也，是不能也。有人称一夫一妻多妾为"一夫多妻"，不准确。妻、妾论其身份地位，相差天壤。妻为正娶，受制度保护；妾可买卖，被礼法允许。李白《襄阳歌》：

> 千金骏马换小妾，笑坐雕鞍歌落梅。

妻为嫡，妾为庶；妻为主，妾为次；妻为尊，妾为卑。《红楼梦》中的王夫人和赵姨娘，一个是贾政的妻，一个是贾政的妾，身份悬殊，如同主仆。赵姨娘的亲生女儿贾探春不肯叫自己的母亲为太太，连自己的亲舅舅也不肯叫舅舅。

一夫嫡妻制即一夫一妻多妾制是婚姻史上第三种婚姻形态[1]。一夫一妻多妾制的产生是家庭、私有制的需要。以家庭为单位的生产劳作和财产私有，需要人丁兴旺，也需要家庭稳定、资产保全。一妻多妾既保持了家庭的尊卑有序，又可以多生子女，有利于家庭的繁荣。《诗·周南·螽斯》恭喜多子多孙：

> 螽斯羽，诜诜兮。宜尔子孙，振振兮。
> 螽斯羽，薨薨兮。宜尔子孙，绳绳兮。
> 螽斯羽，揖揖兮。宜尔子孙，蛰蛰兮。[2]

螽(zhōng)斯，或名斯螽，俗称蝈蝈。大意是：蝈蝈飞呀飞，蝈蝈多又多。祝贺贵子孙，昂扬又兴旺。蝈蝈飞呀飞，嗡嗡响又响。祝贺贵子孙，络绎代代传。蝈蝈飞呀飞，成队又成行。祝贺贵子孙，和谐聚一堂。

一夫嫡妻，在王室是一帝一后多妃。商中期，商王武丁有一妻六十四妃。《大雅·思

[1] 第一种是原始无偶婚，只有流动的性伴侣，没有固定的性伴侣，发生在原始母系社会。第二种是氏族寻偶婚，氏族男子外出寻求族外婚，发生在原始父系社会。第三种是一夫一妻多妾的家国配偶婚，特征是父母之命、媒妁之言，贯穿家天下之后的古代社会。第四种是现代社会一夫一妻的自主择偶婚，自由恋爱，自主择婚。参见拙文《品诗论史·婚姻篇》、《深圳大学学报人文社会科学版》2005年第2期。

[2] 诜(shēn)诜，众多。振振，昂扬兴旺。薨(hōng)薨，群飞有声。绳绳，络绎不绝。揖揖，群居有序。蛰蛰，和谐相聚。

齐》说周文王"则百斯男"，就算一人生了十个儿女，周文王至少有一妻九妃。一后多妃有利于王室的子孙兴旺、有利于国家世袭，有利于巩固王权和政治秩序。因此，帝王与王后结婚，是国家大喜，朝廷大典。《诗·大雅·大明》说文王娶妻：

> 天监在下，有命既集。
> 文王初载，天作之合。
> 在洽之阳，在渭之涘。
> 文王嘉止，大邦有子。
> 大邦有子，俔天之妹。
> 文定厥祥，亲迎于渭。
> 造舟为梁，不显其光。

子，太姒。俔（qiàn），如同，恰似。文定[①]，定婚。厥祥，好日子。亲迎到渭水，造舟为桥梁，大场面、大花费、大队伍、大光彩。而当时的文王不过是一个岐山的诸侯。

　　一夫嫡妻是帝王嫡长子继承制的前提。一夫嫡妻，尧舜禹时代行之；嫡长子继承制，在禹传启的家天下之后立之行之。基本原则是，帝王之位，非遇变故，只传嫡妻长子。因此，迎娶嫡妻是国家大事，嫡妻有无儿子是国家大事，"闵妃匹合，厥身是继"，是家天下的根本。屈原用此八字，是用家天下的眼光要求家天下之前的大禹。强调"闵妃匹合"的目的是"厥身是继"，不是床笫之欢，不能随随便便地"通于台桑"，应该克制欲望，遵行礼仪，不知大禹为何做不到？难道大禹的欲望与众不同？

　　胡嗜不同味，而快朝饱？
　　嗜，本指饮食，喻男女性事。《孟子·告

①　文定，男方向女方下聘礼，又称纳吉。《周礼》定婚的程序是：纳采，送礼提亲；问名，"卜其吉凶"；纳吉，薄礼下定；纳征，正式下定；请期，定下婚期，征求女方意见；亲迎，迎娶。

子》："食、色，性也。"《礼记·礼运》："饮食、男女，人之大欲存焉。"并举食欲和性欲为人之大欲，以食喻性也就不奇怪了。"朝饱"与"朝饥"、"朝食"，是先秦有名的性爱隐语。孙作云《天问新注》说"朝饱二字不见古书"，"而快朝饱"又与"厥身是继"不押韵，断言朝饱是朝饥之误，不免胶柱鼓瑟。古人既能说朝饥、朝食，为何不能说朝饱？按朝食是以早晨进食隐喻正在做爱，食，正在吃饭。《诗·陈风·株林》：

> 胡为乎株林？从夏南！
> 匪适株林，从夏南！
> 驾我乘马，说于株野。
> 乘我乘驹，朝食于株。

朝饥是以早晨饥饿隐喻想要做爱，饥，想要吃饭。《诗·周南·汝坟》：

> 遵彼女坟，伐其条枚。
> 未见君子，惄如调饥。

惄(nì)，忧伤。调，应为朝，《鲁诗》[1]作朝，调饥即朝饥。朝饱是以早晨吃饱隐喻已经做爱，饱，已经吃饭。男女性事的"正做"（朝食）、"想做"（朝饥）、"已做"（朝饱）的三种状态，借助饮食，已比喻完整。但用饮食比喻性爱，毕竟有点粗俗。宋玉《神女赋》：

> 妾住巫山之阳，朝为行云，暮为
> 行雨。朝朝暮暮，阳台之下。

后世文人大多弃饮食而用云雨，云雨较之饮食，是性爱的雅称。

味，饮食的口味。《孟子·告子》："口

①汉儒传《诗》有四家：齐（辕固生）、鲁（申培）、韩（韩婴）、毛（毛亨、毛苌）。《鲁诗》鲁人申培所传之《诗》。

之与味，有同嗜也。"隐喻男女对性事的欲望
与爱好。屈原说"不同味"，是说大禹对性事
的欲望、爱好与凡人不同。不同在那里？在于
"而快朝饱"的快字。快，快意，热衷。指禹
不同他人的胃口是好色而淫，性欲特别强烈。
《庄子·盗跖》：

> 尧不慈，舜不孝，禹偏枯。

偏枯，手足痉挛，半身不遂。《吕氏春秋·当
务》以"淫湎"说"偏枯"：

> 尧有不慈之名，舜有不孝之行，
> 禹有淫湎之意。

淫湎，沉迷性爱。闻一多《天问疏证》："风
淫所致，是偏枯也，淫湎也，语异而指同。"
风淫也指性事，《后汉书·乐成靖王党传》：
"出入颠覆，风淫于家，娉取人妻，馈遗婢
妾。"[①]禹淫湎而偏枯，指禹好色纵欲，快意
朝饱，乃至身体瘫痪。

　　屈原讥刺大禹"通于台桑"、"而快朝
饱"，正如他以不告而娶讥刺唐尧，以停妻再
娶讥刺虞舜，表层原因，固然在于坚持王室制
度，讲究发乎情止乎礼义，深层原因，仍在于
他牢固的佳人旁落的隔代恋情结。须知，涂山
女"侯人猗兮"的哀歌正是南楚骚体的先声，
是屈原毕生所爱。因歌及人，不亦宜乎。

①出入颠覆，出门的时间和
回家的时间不正常，指
生活无序。风淫，中医
学疾病，宋洪迈《夷坚
志》："忽中风淫，手足
遂废。"许慎《说文》：
"一说牝牡相诱谓之风，
风淫，《周礼》所谓鸟兽
行也。"

第十八讲

启之恶

启代益作(后)，卒然离蠥。
何启惟忧，(而)能拘是达？
皆归射鞠，(而)无害厥躬。
何后益作革，而禹播降？
启棘宾商，《九辩》、《九歌》。
何勤子屠母，(而)死分竟地？

启代后益自立为王，有扈造反举兵东南。
心之忧矣决心平叛，如何一战俘敌凯旋？
当初夏启假装游玩，后益麻痹喜受禅让。
谋划新政议政朝堂，岂料小子阴谋抢班？
夏启之音安乐和畅，《九辩》、《九歌》优美悠扬。
谁知天性凶狠歹毒，为出娘胎屠杀亲娘？

由此开始问夏代历史。本节十二句三问，主问家天下的夏朝第一代帝王启。

启，又称夏启，是大禹的儿子。启，开

也。大禹送他这样一个名字，或许含有开启我家天下的深长寄托。大禹治水成功，君临天下，诸侯臣服，九州贡赋，为家天下创造了牢靠的政治环境和社会基础，为"厥身是继"做了充分的人事准备和力量积蓄。大禹吸取尧、舜违心禅让、未能传子的教训，表面沿袭传统，让位于贤，暗地里培植子系势力和实力，寄望儿子伺机而王。

大禹把禅让的文章做得很足。最初要把位子让给皋陶（yáo）。《史记·夏本纪》：

> 帝禹立而举皋陶荐之，且授政焉，而皋陶卒。

《帝王世纪》：

> 尧禅舜，命之作士；舜禅禹，禹即帝位以咎陶最贤，荐之于天，将有禅之意，未及禅，会皋陶卒。

皋陶，亦作"皋繇"或"咎繇"。《左传》说皋陶是颛顼的后人，《吕氏春秋》说皋陶是少昊子孙，安徽六安人。《史记正义》说皋陶是山东曲阜人：

> 皋陶生于曲阜，曲阜偃地，故帝因之而以赐姓曰偃。

其人清脸鸟嘴，铁面无私，尧舜时掌管刑法，任"理"官，制定《狱典》，画地为牢，獬豸（xièzhì）断狱，务求公平，号称狱神。《论衡》说獬豸：

> 一角之羊也，性知有罪。皋陶治狱，其罪疑者，令羊触之，有罪则

触，无罪则不触。

《论语·颜渊十二》：

舜有天下，选于众，举皋陶，不
仁者远矣。

夏禹时，皋陶协助治水，主理朝政，政绩斐
然，为政思想存于《尚书·皋陶谟》。死后葬
于六（安徽六安）①，今六安城东有皋陶墓。
《帝王世纪》：

皋陶卒，葬之于六。禹封其少子
于六，以奉其祀。

《论衡》尊皋陶为上古圣人：

五帝、三王、皋陶、孔子，人之
圣也。

唐玄宗以皋陶为李氏始祖，于天宝二年（743）
追封皋陶为"德明皇帝"。晚唐诗人皮日修作
《咎繇碑》："德齐于舜、禹，道超乎稷、
启。"

皋陶离世，大禹又把位子让给伯益。《孟
子·万章》：

禹荐益于天。

《史记·夏本纪》：

十年帝禹东巡狩，至于会稽而
崩，以天下授益。

伯益，或称柏翳、伯翳。伯益的祖先是东方氏
族领袖少昊，《国语·郑语》："少昊之后
伯益也。"伯益自己又是秦嬴的祖先，《史

①六安，因皋陶故，又称皋
城。

记·秦始皇本纪》太史公曰：

> 秦之先伯翳，尝有勋于唐虞之
> 际，受土赐姓。

伯益和大禹原是同僚，大禹是虞舜的司空，伯益是虞舜的虞官。虞官之职，治理山泽，管理草木鸟兽。大禹治水，伯益协助。汉儒刘歆《上山海经表》、王充《论衡》①、赵晔《吴越春秋》②力主伯益在治水途中作《山海经》。加上另一本据说也是他撰写的《禹贡》，伯夷实在是一位著作大师，地理大师，博物大师。

大禹即位，伯益勤政廉政，怀柔三苗，是大禹安内攘外的重臣。

但伯益为臣精明，为文卓越，受禅为王却糊涂而迂腐。大禹死后，机械效法舜让尧子、禹让舜子，不审禹时，已非尧时舜时；不知禹子，亦非尧子舜子；不知夏启在禹的暗中扶持下，结党营私，羽翼已经丰满，势力已经强大。《孟子·万章》：

> 七年禹崩，三年之丧毕，益避禹之子于箕山之阳。朝觐讼狱者不之益而至启，曰："吾君之子也。"讴歌者不讴歌益而讴歌启，曰："吾君之子也。"

《史记·夏本纪》：

> 益让帝禹之子启，而辟居箕山之阳。及禹崩，虽授益，益之佐禹日浅，天下未洽。故诸侯皆去益而朝启，曰"吾君帝禹之子也"。于是启遂即天子之位，是为夏后帝启。

① 《论衡·别通》："禹主行水，益主记异物，海外山表，无所不至，以所记闻作《山海经》。"

② 《吴越春秋·越王无余外传》："(禹)与益、夔共谋，行到名山大泽，召其神而问之，山川脉理、金玉所有、鸟兽昆虫之类，及八方之民俗、殊国异域、土地里数：使益疏而记之，故名之曰《山海经》。"

有说伯益已有防范，却算计不准，下手在先，失败在后。王夫之《楚辞通释》引《竹书纪年》：

> 益代禹立。拘启禁之，启反起杀益，以承禹祀。

有说伯益未曾谦让，夏启下手杀之。《晋书·束皙传》引《竹书纪年》：

> 益干启位，启杀之。

伯益是大禹家天下的牺牲品，设使皋陶不死受禅，可能也是牺牲品。家天下，成事在启，布局在禹。《战国策·燕策》：

> 授益而以启为吏，及老，而以启为不足任天下，传之益，启与支党攻益，而夺之天下。是禹名传天下于益，其实令启自取之。

韩非子因此批评禹的品德不如尧舜。《韩非子·外储说》：

> 古者禹死，将传天下于益，启之人因相与攻益而立启。是禹名传天下于益，而实令启自取之也。此禹之不及尧舜明矣。

孟子直接指责禹品德衰败。《孟子·万章》：

> 禹传子为德衰。

屈原也反对夏启篡位，但与孟子不同，屈原之矛对准的不是布局者禹，而是成事者启。屈原衡量，禹毕竟在形式上完成了禅让，启则践踏禅让，公然抢班。

启代益作，卒然离蠥。

作，起立。卒，终于。离，遭也。蠥(niè)，灾祸。王位本是伯益的，启取而代之，自立为王，终于引发动乱。

夏启代益，益的本族东方有扈氏拥兵造反，夏启发兵声讨。《史记·夏本纪》：

> 启即天子之位，有扈氏不服，启伐之。

有扈地望在今河南安阳附近。原属东方九扈，实力强大，夏启的父亲禹运用武力不能收服，改为和谈怀柔。《说苑·政理》：

> 禹与有扈战，三阵而不服，修教一年而请服。

夏启死后，夏启之孙[①]相又与有扈发生战争，战而不胜，也是采用和谈怀柔。《吕氏春秋·季春纪》：

> 夏后相与有扈战于甘泽而不胜，六卿请复之，相曰，不可，战而不胜，是吾德薄而教不善也。于是处不重席，食不贰味，琴瑟不张，钟鼓不修，子女不饰，亲亲长长，尊贤施能，期年而有扈氏服。

足证有扈是有夏的劲敌。夏启政变伊始，立脚未稳，就面临有扈的挑战，确是一场致命的威胁和巨大的灾祸。但一战之下，出人意料，破坏禅让的夏启一举战胜了维护禅让的有扈。《淮南子·齐俗训》："昔有扈氏为义而亡，知义而不知宜也。"说有扈偏执古义，不通时宜。高诱注：

[①]《史记·夏本纪》："夏后帝启崩，子帝太康立。……太康崩，弟中康立。……中康崩，子帝相立。"

> 有扈以尧舜举贤，禹独与子，故
> 伐启，启亡之。

这一不义而胜，"为义而亡"的结局，屈原难
以接受。

何启惟忧，能拘是达？

忧，忧虑，夏启心之忧矣，如何平叛。
拘，拘捕。是，代词，指有扈。达，到达，朝
觐。丁晏《楚辞天问笺》：

> 拘，读如《书》"执拘归周"
> 之拘，启伐有扈而拘之也。《商颂》
> 云："受小国是达，受大国是达。"

《商颂》云云，是说商王接受小国的朝觐，大
国的朝觐。"拘是达"，是说夏启的军队拘押
有扈的首领来京请罪。

夏启战胜有扈的具体战术不得而知，但
夏启处变不惊、果断平叛的军事胆略和号令严
明、赏罚严明的统帅气魄，《尚书·甘誓》可
资证明：

> 启与有扈战于甘之野，作《甘
> 誓》。大战于甘，乃召六卿。王曰：
> "嗟！六事之人，予誓告汝：有扈氏
> 威侮五行，怠弃三正。天用剿绝其
> 命，今予惟恭行天之罚。左不攻于
> 左，汝不恭命；右不攻于右，汝不恭
> 命；御非其马之正，汝不恭命。用
> 命，赏于祖；弗用命，戮于社。予则
> 孥戮汝。"

夏启严令军队一往无前，在左攻左，在右攻
右，悉心驾车，正向奔驰；严令臣属剿灭有

扈，恭行天命者，在祖庙奖赏；懈怠天命者，在宗庙杀戮；妻室儿女也将一并杀掉。夏启又富有政治远见，胜仗之后，采取拘而不杀，强制朝见的柔性处理，也是一种明智的化敌为友的招安策略。夏启击败有扈，巩固了刚刚建立的家天下王朝，巩固了刚刚建立的奴隶制国家。屈原也是一位"知义不知宜"的人，自然想不到夏启的这一历史功勋，以为禅让制度是天下为公、举贤授能的好制度，破坏这个制度就是破坏道义，维护这个制度就是维护道义，但历史偏偏让夏启击败有扈，屈原扪胸长叹，夏启为什么能够以邪压正？既有"天意从来高难问[1]"的牢骚，又有"无可奈何花落去[2]"的喟叹。

喟叹之际，回想当初的后益受禅，屈原反思后益的失察与失策。

皆归射鞠，无害厥躬。何后益作革，而禹播降？

后益上台，起初有警惕性，警惕夏启，夏启顺其势头，韬光养晦。归，归结。皆归，犹众说。射，射猎，或射箭比赛。《论语·八佾》：

> 君子无所争，必也射乎，揖让而升，下而饮，其争也君子。

鞠（jū），蹋鞠，又名蹴鞠。蹋、蹴，脚踢；"鞠"，皮球[3]。《史记·苏秦列传》：

> 临淄甚富而实，其民无不吹竽、鼓瑟、蹋鞠者。

射鞠，概指射箭、踢球等娱乐游戏。王闿运《楚辞释》：

[1]南宋张元干《贺新郎·送胡邦衡待制赴新州》。

[2]北宋晏殊《浣溪沙》。

[3]宋人江少虞（北宋徽宗时进士，南宋高宗时吉州太守）《宋朝事实类苑》引颜师古注霍去病穿域蹋鞠："'鞠以皮为之，实以毛，蹋蹴而戏也。'颜谓鞠乃如此，至晚唐已不同矣。"徐坚《初学记》："今蹴鞠曰戏毬，古用毛纠结之，今用皮，以胞为里，嘘气闭而蹴之。"有人据此说中国之蹋鞠乃足球之起源。

射鞠，谓饮、射、蹋鞠、六博诸
燕戏也。

六博，即陆博，两人各有棋子六枚，行棋赌
采。躬，身体；后，帝王之称；均指禅让而王
的伯益。作，运作、实施。革，革除。作革，
推行改革，兴利除弊。播降，播种繁衍，意谓
大禹培植夏启，传业子孙。屈原这四句诗披露
了一段历史情节。后益初受禅让，担心启。启
则假装沉湎游乐，一天到晚，射箭、射猎、踢
球、饮酒、唱歌，一副玩物丧志、无心政治的
模样。众人对益说，启的爱好，尽在射猎蹋
鞠，对你后益没有威胁。后益放下心，放松了
对启的戒备，专心改革朝政，不知螳螂捕蝉黄
雀在后，等到后益兴利除弊，得罪旧臣，启抓
住机会，突然袭击，抢夺了后益的帝位，大禹
家天下的算盘终于兑现。屈原郁闷，夏启养晦
是政治伎俩，后益竟然不能察觉。屈原气愤，
后益改革是君子忧国，夏启竟然背后插刀。屈
原清楚，夏启政变的幕后黑手是大禹，大禹以
极为深远的心机，极为细密的安排，促成后益
刚上台即下台，实现了自己家天下的梦想。屈
原不清楚的是，大禹为何要社稷传子，天下一
姓？屈原没有洞察历史：已经发展到必须由国
家组织代替氏族组织的关头，必须由奴隶社会
代替原始社会的关头；也没有洞察：伯夷的改
革充其量是氏族组织的改良，延续的是氏族林
立、资源分散的原始政治和原始经济；夏启的
政变客观上是顺应天下统一管理的政治潮流，
和资源需要集中的经济发展趋势；更没有洞
察：夏启取代伯益，开启中央集权的家天下，
是历史的划时代进步；屈原只是从禅让和为人

的立场评判夏启和伯益，不免拘泥传统，刻舟求剑。

郁闷中，屈原又想到夏启的两则故事，音乐的故事和出生的故事，一则美妙，一则凶残。

启棘宾商，《九辩》、《九歌》。何勤子屠母，死分竟地？

传说，启是出色的音乐家，《九辩》①和《九歌》是他的两首成名曲。《天问章句》说"启棘宾商"是陈列音乐：

> 棘，陈也。宾，列也。《九辩》、《九歌》，启所作乐也。言启能修明禹业，陈列宫商之音，备其礼乐也。

洪兴祖《楚辞补注》说"启棘宾商"是夏启礼遇殷商之人，急切地为殷人演奏歌曲：

> 契佐禹治水有功，封于商，宾商者，待商宾客之礼。棘，急也，言急于宾商也。《九辩》、《九歌》，享宾之乐也。

朱熹说"启棘宾商"是夏启做梦，上天作客。《楚辞集注》据《山海经·大荒西经》：

> 夏后启上三嫔于天，得《九辩》与《九歌》以下。

说《天问》的棘是做梦的梦，宾是宾客的宾，商是老天的天：

> 窃疑棘当作梦，商当作天，以篆文相似而误也。盖其义本谓启梦上宾

① 王逸注宋玉《九辩》："辩者，变也，谓陈道德以变说君。"洪兴祖《楚辞补注》："辩，一作辨。辩，治也。辨，别也。"王夫之《楚辞通释》："辩犹遍也。一阕谓之一遍。盖亦效夏启《九辩》之名，绍古体为新裁，可以被之管弦。其词激宕淋漓，异于风雅，盖楚声也。后世赋体之兴，皆祖于此。"按《九辩》、《九歌》是上古组歌，所以称九，九是多数之极，形容组歌的丰富。

于天，而得帝乐以归。

徐焕龙《屈辞洗髓》说"启棘宾商"是忧勤时令：

> 棘与急同，谓忧勤；宾，蕤宾；商，商音也；言启忧勤庶政，中蕤宾之夏律，万化蕃昌，而九土咸辩，合九令之商音，百物成就，而九叙惟歌。

这段话有些古董。蕤宾，十二律之一，对应生长的季节仲夏。商音，五音之一，对应收获的季节秋季。辩，治理。九令，指秋季。令，时令、月令；一季有三个月，含三个时令；至秋季，积九个月，含九个时令。"九叙为歌"，语出《尚书·大禹谟》：

> 德惟善政，政在养民。火、水、金、木、土、谷，惟修；正德、利用、厚生，惟和；九功惟叙，九叙惟歌。戒之用休，董之用威，劝之以九歌。

修，长久，百物长久。和，和谐，社会和谐。叙，秩序，九事（火、水、金、木、土、谷，正德、利用、厚生）形成正常秩序。歌，歌唱歌颂，百姓欢呼歌唱。休，休养生息。董，监督，督导。劝，劝勉。九歌，歌唱九事的歌。《屈辞洗髓》说启忧勤政治，符合夏季的音律，促万物繁盛；符合秋季的商音，助百物成熟；为劝勉九事，创作了九土之歌《九辩》、九叙之歌《九歌》。

　　按，棘，辑，调和。宾应为宫，形近笔讹。"启棘宾商"，就是夏启调宫商，创作了题为《九辩》、《九歌》的两组乐曲。大概《九辩》、《九歌》异常优美，"此曲只应天上有，人间难得几回闻"①，先民乃神其事，说夏启敬献上帝三名美女，上帝回赐夏启《九辩》、《九歌》。屈原佩服夏启的音乐才华，《离骚》提及"启《九辩》与《九歌》兮"，并采用《九歌》之题谱写组诗。后代帝王，类似夏启音乐才华的，有隋炀帝杨广，南唐后主李煜，不同的是，杨广、李煜是亡国之君，夏启则是开国之君。

又据传说，夏启出生，其母遭殃，即屈原所谓"勤子屠母，死分竟地"。勤子，辛勤孕育儿子。屠母，屠杀母亲。母，涂山女。《夏本纪》：

> 夏后帝启，禹之子，其母涂山氏之女也。

死分，身体破碎。竟地，满地。《汉书·武帝纪》颜师古注引《淮南子》：

> 禹治洪水，通轘辕山，化为熊。谓涂山氏曰："欲饷，闻鼓声乃来。"禹跳石，误中鼓。涂山氏往，见禹方作熊，惭而去，至嵩高山下化为石，方生启。禹曰："归我子！"石破北方而启生。

"石破北方而启生"是一个奇特的想象，明人吴承恩《西游记》写孙悟空的出生受此启发。"石破启生"与"勤子屠母"说法不同，本相则一，是一件事的两种表述。这件事就是原始剖腹产，"石破启生"是原始剖腹产的神话，"勤子屠母"是原始剖腹产的描述。疑涂山女

①杜甫《赠花卿》。

难产，大禹求嗣心切，舍其母而要其子，剖腹取之，肝肠委地，状似屠母。怜悯其母者，抱怨夏启，非因启之生，何来母之死。怨恨夏启者，归咎夏启，是天生歹人，屠母凶手。

这一美一恶的两则故事，屈原深感困扰。夏启音乐和谐，岂非天性善良？夏启出生屠母，岂非天性邪恶？既然天性邪恶，为何又五音克伦？既然五音克伦，为何又天性邪恶？一人天性为何如此矛盾？

第十九讲

羿之死

　　帝降夷羿，革孽夏民。
　　胡射夫河伯，(而)妻彼雒嫔？
　　冯珧利决，封狶是射。
　　何献蒸(肉之)膏，(而)后帝不若？
　　浞娶纯狐，眩妻爰谋。
　　何羿之射革，(而)交吞揆之？

　　上帝派下夷羿，本为夏民除害，
　　为何射伤河伯，霸占河伯妻子？
　　弓箭镶贝饰玉，射杀凶猛野猪，
　　祭品虔诚贡献，为何上帝不喜？
　　亲信娶妻纯狐，合谋暗算主公。
　　羿能射穿皮革，为何惨遭吞噬？

　　这一节十二句三问，主问夏初一度摄政的后羿，涉及人物河伯、寒浞(zhuó)、纯狐。

　　夏启死，子太康立。太康迁都斟鄩^①，为

①斟鄩即斟寻，在今山东潍坊西南。郦道元《水经注·河水二》："北海有斟县。京相璠曰'故斟寻国，禹后。'"北海，古地名，治所在今山东潍坊昌乐县东南。一说斟寻在今河南偃师。

政懈怠，贪图安逸。《左传·襄公四年》说太康"盘于游田，不恤民事"、"万民弗利"。《离骚》：

> 启《九辨》与《九歌》兮，夏康娱以自纵。
> 不顾难以图后兮，五子失乎家巷。

夏启的强干，太康不学；却在夏启留下的美妙音乐中，沉湎放纵，只顾自己享乐，不图大业传承，导致国家动乱，五子流落。五子，太康的五个儿子。扬雄《宗正箴》说太康违制，娶两个妻子，生五个儿子，五子不是失国逃难，而是相互攻击造成内讧：

> 昔在夏时，太康不恭，有仍①二女，五子家降。

降(hòng)，可通讧。一说五子是太康的五个兄弟。《尚书·夏书·五子之歌》②："太康失邦，昆弟五人。"《史记·夏本纪》也说"昆弟五人"。一说五子是夏启的小儿子，太康兄弟中排行老五的武观。唐人魏知古《从猎渭川献诗》："尝闻夏太康，五弟训禽荒。"徐文靖《管城硕记》引《竹书纪年》："夏启十一年，放王季子武观于西河，十五年，武观以西河叛。"

趁乱而入，代理夏政的铁腕人物是羿。羿，称夷羿、后羿，号有穷氏，夏初东方豪强。《竹书纪年》说太康在位一年，后羿就进取夏都斟鄩：

> 夏帝太康元年，羿入居斟鄩。③

---

① 有仍，上古东夷氏族之一。地望在今山东济宁。

② 《尚书·夏书》有《五子之歌》。述"太康失邦，昆弟五人，须（滞留）于洛讷，作《五子之歌》"。一人一首，共五首。其一，"皇祖有训，民可近，不可下。民惟邦本，本固邦宁。予视天下，愚夫愚妇。一能胜予，一人三失。怨岂在明，不见是图。予临兆民，懔乎若朽索之驭六马，为人上者，奈何不敬。"其二，"训有之，内作色荒，外作禽荒。甘酒嗜音，峻宇雕墙。有一于此，或为不亡。"其三，"惟彼陶唐，有此冀方。今生厥道，乱其纪纲，乃底灭亡。"其四，"明明我祖，万邦之君。有典有则，贻厥子孙，关石和钧，王府则有。荒坠厥绪，覆宗绝祀。"其五，"呜呼曷归？予怀之悲。万姓仇予，予将畴依？郁陶乎予心，颜厚有忸怩。弗慎厥德，虽悔可追？"

③ 有说太康在位二十九年，丢失政权。《帝王世纪》："太康无道，在位二十九年，失政而崩。"《太平御览》卷八十二引。

《左传·襄公四年》：

> 昔有夏之方衰也，后羿自鉏迁于
> 穷石，因夏民以代夏政。

鉏，在今河南东北部濮阳地区，《续汉志》：
"濮阳有鉏城。"《括地志》[①]作"锄城"。是
后羿最初的发家之地。《帝王世纪》：

> 帝羿有穷氏，未闻其姓何。先帝
> 喾以上，世掌射正。到喾赐以彤弓素
> 矢，封于鉏。

穷石，《淮南子·地形训》说在甘肃张掖：

> 赤水之东，弱水出自穷石。

高诱注："穷石，山名，在张掖北塞水也。"
《路史》说在今安徽霍丘西南：

> 今寿之安丰有穷谷、穷水，即穷石。

《水经注·河水注》说在今山东德州南：

> 平原鬲县故城西，故有穷后羿国也。

《晋地通纪》说在今河南伊洛地区的孟县西：

> 河阳有穷谷，盖本有穷氏所迁也。

杨伯峻《春秋左传注》穷谷即穷石。清人沈钦
韩《春秋左传补注》称穷石即斟鄩。今取沈氏
《补注》，"后羿自鉏迁于穷石"，大约是从
河南东北今濮阳地区的鉏地奔袭山东中部今潍
坊地区的斟鄩。《尚书·夏书·五子之歌》：

> 太康尸位，以逸豫灭厥德。黎民
> 咸贰，乃盘游无度，畋于有洛之表，

① 《括地志》，初唐地理总志。主编是唐太宗的四子李泰。李泰，字惠褒，文德皇后所生，贞观初封越王，授扬州大都督后再迁雍州牧、左武侯大将军。贞观十年（636年）改封魏王。贞观十二年，因门人王府司马苏勖的建议，魏王泰奏请编修《括地志》，贞观十五年表进。《括地志》本志550卷、序略5卷。从建制沿革到人物故事，内容极其丰富。唐太宗称赞其"博采方志，得于旧闻。旁求故老，考于传信。内弹九服，外极八荒，简而能周，博而尤要，度越前载，垂之不朽"。书有异名，或称《贞观地记》，或称《魏王地记》，还有的叫《坤元录》、《括地象》等。南宋亡佚，清人辑佚，有孙星衍辑本、王谟辑本、贺次君辑本。

十旬弗反。有穷后羿，因民弗忍，拒
于河。

逸豫，安乐。《诗·小雅·白驹》："尔公尔
侯，逸豫无期。"太康尸位素餐，在其位不谋
其政，德行毁于安乐，黎民百姓已有背离之
心。有穷氏后羿顺从民意，乘太康在洛水打
猎，占领斟鄩，断其归路，驱其在野，史称
"太康失国"。

"太康失国"，后羿摄政，先立太康之弟
仲康，继立仲康之子相，挟王室以令诸侯，制
止了太康乱象，维持了家天下大局，是不王而
王的夏代两朝掌门人。但好景不长，后羿惨遭
亲信谋杀。《竹书纪年》："夏帝相八年，寒
浞杀羿。"一世英名，毁于一旦。

屈原冷静思考了后羿悲剧，检出后羿三个
致命问题，嗜好女色、嗜好游猎、嗜好奸佞。

**帝降夷羿，革孽夏民。胡射夫河伯，妻彼
雒嫔？**

帝，帝俊。《山海经·大荒经》说帝俊有
三个妻子，一是羲和，住东海甘渊，生了十个
太阳；一是常羲，住西方荒野，生了十二个月
亮；一是娥皇，住南方荒野，生了一头三身的
异人。帝俊时常下凡，约会五彩鸟，五彩鸟为帝
俊看管人间祠坛。① 帝俊还有一处北方的竹林，
竹的一节，可以做船。帝俊神话似乎在炎黄神
话之外独立门户，可能是东方氏族的至上神，
或者是商族人的祖先神。在东西氏族神话的交
融中，帝俊的神迹有所消解与转化，在帝喾高
辛氏、帝舜有虞氏的身上均有帝俊的影子②。

革孽，革，革除；孽，邪恶。神话说帝
俊委派夷羿下凡，为民除害。《山海经·海内

① 引文见本书第326页

② 参看本书第二十二讲"玄
鸟生商"。

经》：

> 帝俊赐羿彤弓素矰，以扶下国。
> 羿是始去恤下地之百艰。

《广雅》："矰，箭也。"帝俊赐夷羿红弓白箭，派他拯救下国苦难。百艰，种种苦难。一说百艰专指凶禽猛兽之害。或指夷羿下凡除人害，除太康之害。屈原反对以下犯上，所谓"革孽"之孽，当指禽兽妖魔。

河伯，在神话是黄河之神，《九歌·河伯》："冲风起兮扬波。"在古史是氏族诸侯。徐文靖《管城硕记》：

> 按《竹书》，夏帝泄十六年，殷侯微以河伯之师伐有易。《归藏》，河伯筮与洛战，而枚卜昆吾占之曰，不吉。河伯、洛伯皆夏时诸侯。

所谓诸侯即氏族首领。河伯，黄河之滨的一个氏族首领。洛伯，洛水之滨的一个氏族首领。

雒，通洛，雒嫔，即洛嫔、洛妃，神话的洛水之神，曹植《洛神赋》"凌波微步，罗袜生尘"，或称宓妃。清人丁晏《楚辞天问笺》：

> 《文选》注引《汉书音义》[①]，宓妃，宓羲氏之女，溺死洛水，为神。

按屈原所知神话，洛水之神洛妃是黄河之神河伯的妻子。按之古史，王夫之说，洛妃是有洛氏的女儿，夏初管理黄河祭祀的诸侯河伯的妻子。《楚辞通释》：

> 河伯，古诸侯，司河祀者。羿射杀河伯，而夺其妻有洛氏。

[①]《汉书音义》，三国韦昭撰。韦昭（204-273），字弘嗣，一称韦曜，吴郡云阳（今江苏丹阳）人。仕吴，任太史令。作《博弈论》，与人合撰《吴书》，会注《孝经》、《论语》、《国语》等。

司，掌管。河祀，黄河祭祀。

屈原用神人羿的传闻责问夏初凡人羿，为何违背天帝之命，不去为民除害，却去射杀河伯，抢夺洛妃？后羿为美女挑起战争，是以一己之私欲，夺他人之生命，陷国家于水火，这民心还能持有？这天下还能安稳？嗜好女色是后羿的一道致命伤。

注意，屈原专挑洛妃说事，也有隔代恋的因素。洛水宓妃，屈原在《离骚》中有专节追求：

> 吾令丰隆乘云兮，求宓妃之所在。
> 解佩纕以结言兮，吾令謇修以为理。
> 纷总总其离合兮，忽纬繣其难迁。
> 夕归次于穷石兮，朝濯发乎洧盘。
> 保厥美以骄傲兮，日康娱以淫游。
> 虽信美而无礼兮，来违弃而改求。

丰隆，云师雷神之属。謇修，神名。理，说媒。纷总总，忙碌的样子。离合，犹言来往。忽，急忙。纬繣，王逸《离骚章句》："乖戾也。"难迁，难以迁就。"我让丰隆乘云，寻找她的行踪；我请謇修说媒，带去我的佩囊；谁知她来来往往，忙忙碌碌，忽东忽西，难以接近；傍晚她在穷石休息，清晨又在洧盘沐发；她因保有美丽而骄傲，整日漫游寻求快乐；美则美也，实在无礼，只好放弃她另觅佳偶。"如此骄傲的宓美人，竟被后羿抢去，屈原不免计较。

冯珧利决，封豨是射。何献蒸膏，后帝不若？

冯，满。珧（yáo），装饰贝壳的弓。《尔雅》释弓："以金者谓之铣，以蜃者为之珧，

以玉者谓之珪。"冯珧，拉满珧弓。利决，
决，果断，利于果断发射，利于当机立断。封
豨，大野猪。"冯珧利决，封豨是射"，后羿
拉满镶嵌贝壳的弓箭，射猎野猪。

蒸，烝，冬天祭礼。洪兴祖《楚辞补注》：
"冬祭曰烝。"蒸膏，蒸肉。清人刘梦鹏《屈
子章句》："蒸肉，肉之细者。"又，细小的
木柴，也称之为蒸。《周礼》："粗曰薪。细
曰蒸。"不若，不喜欢。《生民》："其香始
升，上帝居歆。"上帝闻香则喜，为何看了后
羿的蒸品，却一反常态不喜欢？原因是，后羿
之猎，不是除害之猎，而是游乐之猎，手中使
用的弓箭已经不是帝俊的红弓素箭而是镶金饰
玉的浮华弓箭，箭下射死的野猪不是因危害人
民被杀而是因后羿的食欲被杀，献给上帝的不
过是其中一份罢了。上帝不高兴，后果很严
重。嗜好游猎也是后羿的一道致命伤。

**浞娶纯狐，眩妻爰谋。何羿之射革，交吞
揆之？**

浞，寒浞，后羿的亲信重臣，是谋杀后羿
的政治阴谋家，也是攻杀后羿所立夏后相试图
彻底消灭夏王朝的政治野心家。事在《左传》
襄公四年和哀公元年。《竹书纪年》也说过浇
灭夏后相。

纯狐，寒浞的妻子。神话以白狐象征女子，
《吴越春秋》说大禹路遇白狐而娶涂山女。古
人迷信，狐能幻形迷人，称引诱男人的女子为
狐狸精，称女子的娇媚之态为狐媚。围棋使人
着迷，也称木野狐。纯狐为名，隐喻浞妻生就
迷人惑人的性感。一说纯狐原是后羿妻子，寒
浞勾引私通，共设陷阱，毒害后羿。《山带阁

注楚辞》：

> 按《路史》，浞，寒君伯明氏之
> 谗子弟也，羿篡夏自立，任以为相，
> 浞蒸取羿室纯狐，内媚外赂，娱羿于
> 畋，因与家众共杀羿。又，《湘烟
> 录》[①] 纬书："嫦娥小字纯狐。"

蒸取[②]，通奸。嫦娥，即姮娥，羿妻姮娥典出
《淮南子·览冥训》：

> 羿请不死之药于西王母，姮娥窃
> 以奔月。

但《淮南子》及周秦汉其他书籍均不提嫦娥是
纯狐，《山戴阁注楚辞》和《湘烟录》所引纬
书说羿妻纯狐，是对《天问》"纯狐"的曲
解。屈原"浞娶纯狐"，娶，明媒正娶。四句
之意也是寒浞先娶纯狐后杀羿。《左传·襄公
四年》"浞因羿室，生浇及豷"是说寒浞先杀
后羿，再占羿室，纯狐是寒浞的嫡妻，羿室应
是寒浞的二房。

眩妻，指寒浞嫡妻纯狐。眩，迷惑。爰
谋，爰，语助；谋，谋划。"眩妻爰谋"，寒
浞与迷人的纯狐密谋杀羿。《离骚》：

> 羿淫游以佚田兮，又好射夫封狐。
> 固乱流其鲜终兮，浞又贪夫厥家。

佚，放荡。乱流，邪路。后羿只知沉湎田猎，
不知邪路无善终，不知大奸寒浞正虎视眈眈，
盯上了羿家的权势、财产和妻小。

射革，射皮革，射甲盾。《周礼·考工
记》：

> 利射革与质。

---

① 《湘烟录》，明末闵元京、凌义渠编。此书东拼西凑，刻求诡异。

② 蒸，通烝，与母辈淫乱谓之烝。

革，皮制盾甲。《荀子·儒效》"定三革"："犀也，兕也，牛也。"犀，犀牛；兕，也是犀牛一类；上古以牛的皮革制作甲胄和盾牌。质，木椹(shèn)，木制箭靶。《考工记》说弓箭的打造要以贯穿皮制盾甲、射穿木制箭靶为锐利的标准。汉人庄忌[1]《哀时命》：

> 机蓬矢以射革。

机，弓箭的机关。蓬矢，芦蒿做的箭。张弓射芦蒿之箭，怎能射穿皮革？射革是杀戮的需要，目的是射穿兽皮射杀猎物、射穿甲盾射杀敌人。《礼记·乐记》：

> 左射《狸首》，右射《驺虞》，而贯革之射息也。

称颂周武灭商，偃武修文，将射革变成礼仪[2]；左射，上射飞禽，奏《狸首》之乐；右射，下射走兽，唱《驺虞》之歌；中止了嗜杀的射革之风。屈原"羿之射革"，强调后羿射箭，功夫高强，这样的赳赳武夫，谁能击倒？

"交吞揆之"，写后羿死状。交吞，你咬一口，他咬一口；揆，应为睽，众目睽睽；是一幅兽行大发、狰狞对视、争相吃人的食人图，极其残酷，极其

[1] 庄忌（约前188—前105），会稽（今江苏苏州）人，与枚乘同时，西汉辞赋家。

[2] 周代国学行射御之教。《周礼·保氏》："养国子以道，乃教之六艺：一曰五礼，二曰六乐，三曰五射，四曰五驭，五曰六书，六曰九数。"艺，技艺、技术。礼，礼仪，有五种：吉礼（祭祀天、地、神、鬼的礼仪）、凶礼（悼念不幸的礼仪）、军礼(军队礼仪)、宾礼(天子款待诸侯和使臣的礼仪)、嘉礼(庆祝喜庆和节日的礼仪)。乐，音乐、诗歌、舞蹈。音乐有六种经典：云门、大咸、大韶、大夏、大濩、大武。舞蹈有两类：文舞，武舞。文舞，徒手舞蹈或手持轻巧舞具的舞蹈；武舞，手持武器的舞蹈。诗歌有六门功课，《周礼·春官·大司乐》："大师教六诗，一曰风（歌唱），二曰赋（朗诵），三曰比（比喻），四曰兴（引申），五曰雅（合于雅乐，歌于社交场合），六曰颂（合于颂乐，歌于庙堂祭祀）。"书：写字、识字、造字。有六种识字方法：象形、指事、会意、形声、转注、假借。算，算术，有九项算法，类是汉代的《九章算术》。射与驭，是礼仪训练，也是军事训练，又是游猎培训。射，射箭。驭，驾驭马车。按《周礼·地官·保氏》郑玄注，射箭，有五种技术："白矢"，射箭穿靶，箭头发白；"剡注"，箭速快疾；"襄尺"，所立位置让对手一尺；"参连"，一箭穿靶，三箭连贯；"井仪"，四箭连贯，四箭一孔。驾驭马车，也有五种技术："鸣和鸾"，行车时车轮之声与装饰车马的铃声、玉声交相和应；"过君表"，车经天子表位或遇见君臣贵族能恭行车礼；"逐水曲"，车驰曲岸快而不坠；"舞交衢"，驱车大街，自如奔驰；"逐禽左"，野外驾车狩猎能从左面弯腰捕获猎物。考核方式是实地竞赛，分出优劣。五射的考核指标是，"白矢"，考准度、力度；"剡注"，考速度；"襄尺"，考水平差距；"参连"，考难度；"井仪"，考高难度。五御的考核指标是，"鸣和鸾"，考节奏感、音乐感；"过君表"，考礼仪与从容；"逐水曲"，考弯道技术；"舞交衢"，考直道奔驰；"逐禽左"，考野外车猎的车技与身手。私学也重视射御。《礼记·射义》："孔子射于矍相之圃，盖观者如堵墙。"《论语·子罕》："子曰：吾何执？执御乎？执射乎？吾执御矣。"

野蛮。《左传·襄公四年》：

> （羿）将归自田，家众杀而亨之，
> 食其子。其子不忍食诸，死于穷门。

亨，烹，烹尸。屈原的描写比《左传》所写恐
怖，《左传》的描写比屈原所写阴毒。

屈原沉思，后羿力能射革，英勇无敌，为何
惨遭寒浞的荼毒？《左传·襄公四年》有剖析：

> 昔有夏之方衰也，后羿自鉏迁于
> 穷石，因夏民以代夏政。恃其射也，
> 不修民事而淫于原兽。弃武罗、伯
> 因、熊髡、龙圉而用寒浞。寒浞，伯
> 明氏之谗子弟也。伯明后寒弃之，夷
> 羿收之，信而使之，以为己相。浞行
> 媚于内而施赂于外，愚弄其民而虞羿
> 于田，树之诈慝以取其国家，外内咸
> 服。羿犹不悛，将归自田，家众杀而
> 亨之，以食其子。其子不忍食诸，死
> 于穷门。

武罗、伯因、熊髡、龙圉，有穷族的能干忠诚
之士。伯明氏，有穷的一支。谗，巧言令色。
寒浞这种巧言令色的小人，伯明氏抛弃不用，
后羿却委以重任，是盲目；寒浞对内谄媚，对
外贿赂，后羿不知不觉，是愚笨；寒浞愚弄后
羿左右，诱导后羿沉迷游乐，而后羿乐在其
中，是骄奢；寒浞阴谋策划，夺取政权，后羿
人心尽失，毫无警惕，是昏庸；引狼入室，嗜
好奸佞，是后羿最主要的致命伤。

嗜好女色，嗜好游猎，嗜好奸佞，有一足
以误国，后羿三者俱全，不亡而何。

第二十讲

浇之灭

汤谋易旅，何以厚之？
覆舟斟寻，何道取之？
惟浇在户，何求于嫂？
何少康逐犬，(而)颠陨厥首？
女岐缝裳，(而)馆同爰止。
何颠易厥首，(而)亲以逢殆？

浞子过浇，善制军装，用何方法，厚其甲胄？
浇伐斟寻，覆其舟船，用何计谋，战而能胜？
嫂嫂在家，浇不出户，举止暧昧，求嫂何事？
少康打猎，追逐猛犬，用何手段，砍浇脑壳？
女艾色诱，补衣缝裳，一馆而居，同床异梦，
召来杀手，为何出错？杀浇不成，却杀自己。

这一节十二句五问，问夏初过浇(ào)，及
夏初中兴之主少康。

过浇，寒浞长子。《左传·襄公四年》：

靡奔有鬲氏。浞因羿室，生浇
及豷，恃其谗慝诈伪而不德于民。使
浇用师，灭斟灌及斟寻氏①。处浇于
过，处豷于戈。靡自有鬲氏，收二国
之烬，以灭浞而立少康。少康灭浇于
过，后杼灭豷于戈。有穷氏遂亡，失
人故也。

① 杜预注《左传·襄公四
年》斟灌、斟寻氏：“二
国，夏同姓诸侯，仲康之
子。”仲康，太康之弟，
后羿驱逐太康，立仲康。
斟寻氏，居住斟寻的王室
宗亲一族。斟寻，故地或
在山东潍坊，是夏朝首
都。斟灌氏，居住斟灌的
王室宗亲一族，故地或在
山东寿光，亦属潍坊地
区。

靡，后羿下属。寒浞杀羿，靡投奔有
鬲氏，有鬲氏是夏初部落，地在山东德州一带。寒浞则
霸占后羿的妻子，生下两个二子，浇与豷。寒
浞邪恶奸诈，不施德政，令浇灭斟灌氏、斟寻
氏，派浇占过地、豷占戈地。后羿之臣靡在有
鬲收集斟灌、斟寻的余众，灭寒浞，立少康。
少康是夏帝相之子，少康灭浇于过；后杼是少
康之子，后杼灭豷于戈。《左传·哀公元年》
交待了少康出生与奋起的经历，以及如何消灭
寒浞二子浇与豷的计谋：

昔有过浇杀斟灌以伐斟寻，灭
夏后相。后缗方娠，逃出自窦，归于
有仍，生少康焉，为仍牧正。惎浇，
能戒之。浇使椒求之，逃奔有虞，为
之庖正，以除其害，虞思于是妻之以
二姚，而邑诸纶。有田一成，有众
一旅，能布其德，而兆其谋，以收夏
众，抚其官职。使女艾谍浇，使季杼
诱豷，遂灭过、戈。复禹之绩，祀夏
配天，不失旧物。

寒浞之子浇进攻斟灌，杀斟灌国君；继而进攻
夏后相依托的斟寻，夏后相战败而死，夏后相
的后妃缗怀有身孕，出逃山东有仍氏，生下儿

子少康，少康长大后担任了有仍主管畜牧的牧正。少康忌惮过浇，戒急用忍。过浇派人索要少康，少康从有仍投奔有虞氏，担任有虞氏掌管饮食的庖正，躲过了过浇的迫害。有虞氏虞思将两个女儿嫁给少康，封少康于纶地。在纶地，少康有一片土地，一支军队，广布德行，展露谋略，收罗夏民，封赏官职，派出女艾色诱寒浞的大儿子过浇，派出季杼色诱寒浞的小儿子戈豷，抓住机会击杀过浇、戈豷，结束了寒浞过浇之乱，也结束了后羿以来夏王室失却夏政的局面，恢复了夏禹、夏启的家天下事业和家天下国家。

夏初这段太康失国，后羿摄政、傀儡夏室、寒浞杀羿、寒浞灭相、靡灭寒浞、少康灭浇的历史，杀气腾腾，风云变色，与屈原所在的战国局势十分相近。屈原非常重视，上一节问后羿，说寒浞；这一节问过浇，说少康；比较完整地展示了这段历史的轮廓。奇怪的是，《史记·夏本纪》只说：

> 夏后帝启崩，子帝太康立。帝
> 太康失国，昆弟五人，须于洛汭，作
> 《五子之歌》。太康崩，弟中康立。
> 中康崩，子帝相立。弟相崩，子帝少
> 康立。

对后羿、寒浞、过浇只字未提，不知司马迁出于何种考量，

汤谋易旅，何以厚之？覆舟斟寻，何道取之？

"汤谋易旅"，应为"浇谋易旅"。汤，王逸说是商王成汤。《天问章句》：

汤，殷王也。旅，众也。言殷汤
欲变易夏众，使之从己，独何以厚待
之乎？

说汤是成汤，四句一起看，说不过去。斟寻之
战是夏初之战，已被《左传》、《竹书》一口
咬定，而成汤是夏末人，成汤伐斟寻，等于秦
琼战关羽。所以朱熹说汤字不是成汤的汤，而
是夏少康的康字。《楚辞集注》：

(汤)疑本康字之误，谓少康也。

少康是夏初人，少康也的确讨伐并消灭了盘踞
斟寻的过浇，但汤、康字体差别太大，说汤为
康之误，有指鹿为马的嫌疑。

清人牟廷相说汤为浇之讹，形近而讹，一
言中的。

浇，即寒浞之子过浇。闻一多《天问疏
证》推演"浇谋易旅，何以厚之"，证明浇是
制作甲胄的专家。闻一多引《吕氏春秋·勿
躬》：

大桡(ráo)作甲子，黔如作虏首①。

说大桡即浇，甲不是甲子纪时的甲，"甲下误
衍子字，甲即甲胄之甲"②。说屈原所谓"浇
谋易旅"的旅就是甲胄，抵御刀箭的战斗防护
服，引《释名·释兵》：

凡甲，聚众札为之谓之旅。上旅
为衣，下旅为裳。③

说"浇谋易旅"的易就是光滑平易，引《考工
记·弓人》：

冬析干则易。

①黔如，人名，典籍仅见。虏首，毕沅注："疑虏首当是蔀首。"蔀首，古代历法计量名词。76年为一蔀，4560年为一首。《周髀算经》："阴阳之数，日月之法，十九岁为一章。四章为一蔀，七十六岁。二十蔀为一遂，遂千五百二十岁。三遂为一首，首四千五百六十岁。七首为一极，极三万一千九百二十岁。"

②此说有失武断。《世本》也说："荣成作历，大桡作甲子。"历、甲子、虏首，均属历法纪年的同类事物，不可以去掉"甲子"的"子"，解作甲胄。过浇是甲胄专家，"易旅"一词足矣。

③凡甲胄，聚皮制之称为旅。众札，诸皮。

・289・

引《考工记·函人》：

> 凡察革之道……其里，欲其易
> 也。又，其里而易，则材更也。

易旅就是皮革制成的光滑平易的甲胄。闻一多
并说"滑易之旅必不能厚"，甲胄不厚方轻，
士兵穿戴不致滞重，行动始可灵活。但甲胄
滑易不厚，容易刺破。既要滑易不厚，又要结
实坚固，就需要优良的材料和高超的技艺。闻
一多认定，浇制甲，材料优良，技艺高超，引
《离骚》：

> 浇身被服强圉(yǔ)兮。

强圉犹言坚甲[1]。闻一多的意思，"汤（浇）谋
易旅，何以厚之"，是问：浇如何制作既滑易
又结实牢固的甲胄？厚，有厚薄、厚实之义。
闻一多"滑易之旅必不能厚"，是厚薄之厚。
屈原"何以厚之"的厚是厚实之厚。

浇，不仅精通制甲，并且精通操舟。《论
语·宪问》：

> 羿善射，奡荡舟。

奡(ào)，通傲，即浇。荡舟，操舟有方，运舟
自如。"覆舟斟寻，何道取之？"覆舟，翻
船，指水上战斗打翻对手的船只。斟寻，即夏
都斟鄩，地处山东，紧贴潍水。水战或不可
免。《竹书纪年》帝相二十七年：

> 浇伐斟寻，大战于潍[2]，搜其
> 舟，灭之。

或云斟寻在今之河南偃师，则地处河洛，贴近
伊水、洛水，也须水上较量。但不论斟寻在山

[1] 圉通御，《诗·大雅·荡》："曾是强御。"《汉书·叙传》引作"曾是强圉。"

[2] 潍，潍水，在今之山东。

东还是在河南，水战的结果是过浇击败夏后相。屈原问过浇"何道取之"，犹问何法取之。莫非一靠甲胄之坚，二靠操舟之术？

惟浇在户，何求于嫂？

户，居所，嫂嫂的居所。《左传》说浞有二子，浇为兄，豷为弟，浇应无嫂。《左传》说寒浞烹羿，"食其子"，则羿也有子；又说"浞因羿室，生浇及豷"；则羿子是浇同母异父的兄长，羿子之妻是浇之嫂。羿子不食羿肉，死于穷门，其妻寡居，浇上门纠缠。屈原问，浇在嫂嫂家中向嫂嫂索求什么？说的虽然隐晦，指向非常明显，索求嫂嫂的身体。屈原揭露，浇，品行如其父，其父霸占羿妻，浇则霸占羿子之妻。

何少康逐犬，颠陨厥首？

逐犬，打猎。颠陨，脑袋掉落，头顶朝下。厥首，浇之首。为何少康打猎，浇却身首分离？浇势力强大，少康伺机智取。趁浇游猎，少康伪装猎人，野外伏击，砍掉了浇的脑袋。《离骚》也说到了这件事：

> 浇身被服强圉兮，纵欲而不忍。
> 日康娱而自忘兮，厥首用夫颠陨。

被服，穿戴。不忍，不克制。浇身披坚甲，自恃防御牢固，却在游猎中，死于斩首。情节犹如《三国演义》，孙策轻骑狩猎，死于仇家行刺。

女岐缝裳，馆同爰止。何颠易厥首，亲以逢殆？

此前，屈原曾有一问："女岐无合，焉取九子？"彼女岐是否此女岐？王逸说是两人同名，是两人不是一人，无合的女岐是神女，缝裳的女岐是浇嫂。曹耀湘[1]《读骚论世》说两女岐固指两人，但女岐不是浇嫂的名字而是浇嫂的绰号：

> 女岐乃鬼女之名，浇嫂淫佚，为世所丑者，故以女岐为之号也。

鬼女，即王逸所谓神女，无夫生九子，俗称九子母，或九子鬼母。曹氏说女岐不是浇嫂的名字，而是借用鬼母无夫多子喻示浇嫂淫荡[2]。清人徐鼒[3](zī)《读书杂释》说两处女岐同一人：

> 《天问》一女岐耳，非有二人也。

谓女岐就是神女，神女就是浇嫂。诸说均失当，"无合"的女岐是尾宿九星，"缝裳"的女岐是女艾。闻一多《天问疏证》说"女岐缝裳"的岐字写错了，"当从《左传》作女艾"。《左传·哀公元年》："（少康）使女艾谍浇。" 艾，美好；《九歌·少司命》："竦长剑兮拥幼艾。"幼艾，犹美童；女艾，犹美少女。女艾是谁？闻一多说女艾是浇勾搭的表嫂。但《左传》说少康"使"女艾，使，派遣。女艾似应来自浇的家外，而不是家内的浇嫂。今取女岐为女艾，少康女谍。

缝裳，缝制衣裳，做女红。馆，客舍，浇外出所住行馆。馆同，同住一馆。止，休息。颠易，颠倒变换。亲，亲身，指女艾。逢殆，遭殃。

设想一下，某天，过浇女艾，同居一馆，女艾报信少康。是夜，女艾灯下缝衣，与浇亲热，酣睡之际，少康派人刺杀，黑灯瞎火，误杀女艾。屈原问，女艾与浇同床，为何被人错杀？杀手阴错阳差，过浇一时侥幸。上文，屈

---

[1] 曹耀湘，字镜初，湖南长沙人。清末学者，诗人。

[2] 多子喻淫荡是先秦幽默。宋玉《登徒子好色赋》："登徒子则不然，……其妻蓬头挛耳，……登徒子悦之，使有五子。王孰察之，谁为好色者矣。"

[3] 徐鼒（1810-1862），字彝舟，号亦才，江苏六合人。清道光进士，官福建延平府知府。博学通经史，著有《淮南子校勘记》、《楚辞校注》、《补毛诗》、《尔雅注疏》、《明史艺文志补遗》、《老子校勘记》等。

原已说"少康逐犬，颠陨厥首"，浇被猎杀；这里，再说女岐"颠易厥首，亲以逢殆"，杀浇不成反杀己；是一种倒述。周拱辰《离骚草木史》："两段文气倒而意实连贯。"游国恩《天问纂义》："详玩此段文意，当是少康先杀女岐，尔后因田猎以毙浇也。周拱辰谓其文气倒置，所见甚是。"

少康杀浇，是少康逆境奋起、存亡继绝、恢复夏政、振兴夏室的重大事件。但少康杀浇的手段，是一种小偷式的暗杀，屈原以此发问，似有微讽。浇与后羿相似乃尔，武功卓越而德行偏颇，一个善射弓箭，力能贯革；一个善制革甲，擅长操舟；一个驱逐太康，因夏民摄夏政；一个剿灭斟灌斟寻，追杀夏后相，逞凶中原；一个忘情游猎，死于亲信暗杀，"交吞揆之"；一个纵情享乐，死于敌方暗杀，"颠陨厥首"；共同的教训是，不修文德，单靠武功，不能得江山，不能保身家。屈原深感这一教训的重要，一问于后羿，再问于过浇。孔门师生也重视羿、浇的经验，《论语·宪问》：

> 南宫适问于孔子曰："羿善射，奡荡舟，俱不得其死然。禹稷躬稼而有天下。"夫子不答。南宫适出，子曰："君子哉若人，尚德哉若人。"

南宫适之问，与屈原之问，高度一致，能得社稷者尚德不尚武。孔夫子不答，其意是，这样的问题还要问吗？

第二十一讲

桀之亡

桀伐蒙山，何所得焉？
妹嬉何肆？汤何殛焉？

讨伐蒙山小国，夏桀索要什么？
妹嬉有何放肆，成汤偏要杀之？

夏代十六帝，依次是：启、太康、仲康、
（后羿）、相、（浞）、（浇）[①]、少康、杼、
槐、芒、泄、不降、扃、廑、孔甲、皋、发、
桀。大约时跨公元前二十一世纪至前十六世
纪。

这一节，自少康之下，省去夏杼至夏发十
代，直落夏桀亡国。四句三问，问亡夏的关键
人物，夏桀，妹喜，成汤。

桀，名履癸。按《史记》、《竹书纪年》
是夏王孔甲的曾孙，按《绎史》是孔甲的儿
子。孔甲，夏代昏君。《史记·夏本纪》：

①括号中三人是代夏施政或
攻杀夏帝抢夺夏政的不帝
而帝者。

> 帝孔甲立，好方鬼神事，淫乱，
> 夏后氏德衰，诸侯畔之。

好方，热衷效仿。孔甲还有一个特别的嗜好，养龙。《史记·夏本纪》：

> 帝孔甲立，天降龙二。孔甲不能食，未得豢龙氏。陶唐既衰，其后有刘累，学扰龙于豢龙氏，以事孔甲。孔甲赐之姓曰御龙氏。龙一雌死，以食夏后。夏后使求，惧而迁去。

孔甲也喜欢音乐。《吕氏春秋·音初》：

> 夏后氏孔甲田于东阳萯山①。天大风，晦盲，孔甲迷惑，入于民室。主人方乳，或曰："后来，是良日也，之子是必大吉。"或曰："不胜也，之子是必有殃。"后乃取其子以归，曰："以为余子，谁敢殃之？"子长成人，幕动坼橑（láo），斧斫斩其足，遂为守门者。孔甲曰："呜呼！有疾，命矣夫！"乃作为"破斧"之歌，实始为东音。

① 约在今河南洛阳偃师西北。

比起孔甲，桀的淫乱有过之而无不及。刘向《列女传》：

> 桀既弃礼义，淫于妇人，求美女，积之于后宫，收倡优侏儒狎徒，能为奇伟戏者，聚之于旁，造烂漫之乐。

刘向《新序》：

> 桀作瑶台，罢民力，殚民财。

《韩诗外传》[1]：

> 桀为酒池，关龙逢进谏，桀囚而杀之。"

桀的特长是力大无穷。《淮南子·主术训》：

> 桀之力制觡（gé）伸钩，索铁歈（xī）金，椎[2]移大牺，水杀鼋（yuán）鼍（tuó），陆捕罴熊。

折断鹿角，伸直铁钩，拉长铁器，合拢金器，推移蛮牛，水中斩鼋鳄，陆上捕熊罴，有楚霸王项羽"力拔山兮气盖世"的威猛。

桀伐蒙山，何所得焉？

蒙山，山名，位于今山东蒙阴县南，西北东南走向，绵延百里，主峰海拔1156米，为山东第二高峰，素称"亚岱"。蒙山又是有施之国。有施，亦称有喜氏，东夷氏族之一，世居蒙山。《康熙蒙阴县志》蒙阴："夏属有施氏地，后癸三十有三伐之者也。"后癸伐有施就是夏桀伐蒙山。

桀伐蒙山，以强凌弱、以上欺下，想要什么？古人说他要美女。

美女者，《国语·晋语》说是末嬉：

> 昔夏桀伐有施，有施人以末嬉女焉。末嬉有宠，于是乎与伊尹比而亡夏。

比，私通。末嬉受宠夏桀却与商汤大臣伊尹私通，与伊尹里应外合，灭亡夏朝。王逸《天问章句》：

> 夏桀征发蒙山之国，而得妹嬉也。

① 《韩诗外传》，编撰者韩婴，西汉文帝时博士，汉初传诗四大家"齐、鲁、韩、毛"之一。此书并非《韩诗》注释，而是一部运用《诗经》的说教之书。

② 椎，字当作推。

妺嬉即末嬉，洪兴祖《楚辞补注》："妺音末。"

一说美女是岷山的琬、琰二女，元妃妺嬉因琬、琰受宠而勾结伊尹。周拱辰《离骚草木史》：

> 按《竹书纪年》，桀命扁伐山戎，得女子二人，曰琬，曰琰。爱之而无子，斫其名于苕(tiáo)华之玉。苕是琬，华是琰。而弃元妃于洛，曰妺嬉氏，以与伊尹交，遂以灭夏。又《国语》："妺嬉比伊尹。"是妺嬉以弃而亡国，非以嬖而亡国也。曰何所得，前得妺嬉，后得琬与琰乎？

周氏所引《竹书纪年》见《太平御览》皇亲部：

> 后桀伐岷山，岷山女于桀二人，曰琬、曰琰。桀受二女，无子，刻其名于苕华之玉，苕是琬，华是琰。而弃其元妃于洛，曰末喜氏。末喜氏以与伊尹交，遂以间夏。

则周氏所谓山戎，即《竹书》所谓岷山山民。岷山在四川，与《康熙蒙阴县志》所说蒙山在山东，相距遥远。徐文靖《管城硕记》干脆说岷山即蒙山：

> 岷山即蒙山，其音同焉。……按《汲冢书》："帝癸十四年，扁帅师伐岷山。"注曰，岷山女于桀二人，曰琬，曰琰。《国语》："昔夏桀伐有施，有施人以末嬉女焉。"是桀初得妺嬉而嬖之，以为元妃。后又伐岷

> 山得琬、琰。而弃有施氏之女于洛。

指桀先伐有施，得妹嬉，后伐岷山得琬、琰。

屈原所问，意同《国语》，桀伐蒙山有施，求得美女妹嬉。以武力讨要美女，是残存的族外寻婚的原始习气，当时不以为怪。即如大禹娶涂山女，也可能是大禹兵至涂山，当地氏族献女求和。

妹嬉何肆？汤何殛焉？

肆，放纵；何肆，妹嬉为何放纵自己。殛，诛杀；何殛，成汤为何诛杀妹嬉。

妹嬉特别爱看醉酒之人溺死酒池。刘向《列女传》：

> 日夜与妹嬉及宫女饮酒。为酒池，一鼓而牛饮者三千人，醉而溺死者，妹嬉笑之以为乐。

妹嬉又特别爱听绢帛裂开的声音。《离骚草木史》引《帝王世纪》：

> 桀日夜与妹嬉及宫女饮酒，置妹嬉膝上。好闻裂缯之声，发万缯裂之以适其意。

但妹嬉放纵，根在夏桀。聚众饮酒，造酒池，让三千人痛饮的是夏桀；撕裂数以万匹的绢帛，博妹嬉一笑的还是夏桀。妹嬉因夏桀的宠爱放纵自己的情绪，夏桀因自己的私欲放纵妹嬉的举止。王逸《天问章句》："桀得妹嬉，肆其情义。"放纵的责任在夏桀，不在妹嬉。夏大霖《屈骚心印》：

> 妹嬉止一女子，有何放肆？凡诸

无道，皆桀实为之。

无道的责任在夏桀，不在妹嬉。夏大霖评点切中要害。

　　汤，成汤，又称商汤，名履，《卜辞》称天乙、大乙，殷先公主癸的儿子，殷契第十四代孙，身高九尺，脸白净，上尖下阔，美须髯。张华《博物志·异闻》："汤晳（xī）容多发。"《帝王世纪》汤："丰下锐上，晳而有髯，长九尺。"大约在公元前1600年前后，鸣条^①大战，成汤灭夏，建立商王朝，史称商汤革命。

　　商汤革命，如何处置夏桀、妹嬉？《尚书·仲虺之诰》：

　　　　成汤放桀于南巢。

《国语·鲁语》：

　　　　桀奔南巢。

都说成汤不杀夏桀，而是流放夏桀，流放的地点是南巢^②。《列女传》说成汤既不杀夏桀，也不杀妹嬉，而是同舟流放于大海^③：

　　　　汤受命而伐之，战于鸣条，桀师
　　　　不战，汤遂放桀与妹嬉嬖妾同舟流于
　　　　海，死于南巢之山。

屈原所闻应是成汤虽然不杀夏桀，却诛杀了妹嬉，因此追问成汤，为何这样判罚？

　　杀妹嬉，屈原反感。蒋骥《山带阁注楚辞》：

　　　　何肆，何殛，乃为妹嬉释冤乎？

①鸣条，《尚书·汤誓》孔安国传："地在安邑之西。"安邑，今山西运城地区。

②南巢，地在今安徽巢湖。《史记》张守节正义引《括地志》："庐州巢县有巢湖，即《尚书》'成汤伐桀，放于南巢'者也。"

③揣文义，应是置之河，流之于海，或置之江，流之于海，未至海而上岸，死于南巢。

蒋骥说得对，屈原问何肆，是为妹嬉叫屈；屈原问何殛，是为妹嬉鸣冤。屈原想要表达的是，不杀夏桀是成汤的权术，杀妹嬉也是成汤的权术。成汤不杀夏桀，是要避免以下弑上的恶名，显示君臣一场的大义；而杀妹喜，一则宣示夏桀亡国，罪在妹喜，二则宣示夏桀亡国，罪在好色，用诛杀妹喜，来搞臭夏桀。成汤这件事做得不公正，也不磊落，是中国历史上第一个蓄意制造"红颜祸国案"的人。明人黄文焕《楚辞听直》：

> 美色害政，惑者自惑，桀实失德，非复一端，纵肆之罪，岂但一妇人，故曰妹嬉何肆。宽嬉之辜，所以甚桀之罪也。汤何殛者，微词，不满于汤，放伐难免惭德，故借妹嬉以为兵端焉耳。

屈原讥讽成汤"借妹嬉以为兵端"，是历史上最早阻击"红颜祸国论"的人。

"红颜祸国论"兴于周代。周人总结夏、商、西周三代兴亡，说夏桀之亡因妹嬉，商纣之亡因妲己，周幽之亡因褒姒，三代之亡皆因美女。其后，榜上有名的祸国红颜，传闻有吴国西施，史乘有楚国郑袖，北齐冯小怜，唐朝杨玉环等。

西施，传闻中虚拟的美女。《管子·小称》称"毛嫱、西施，天下之美人"。《庄子·天运》借西施作寓言：

> 西施病心而矉其里，其里之丑人见而美之，归亦捧心而矉其里。其里之富人见之，坚闭门而不出；贫人见

之，挈妻子而去走。

瞋，顰，皱眉。《孟子·离娄》：

> 西子蒙不洁，则人皆掩鼻而过之。

西子，即西施。屈原《九章·惜往日》：

> 虽有西施之美容兮，谗妒入以自代。

《韩非子·显学》：

> 善毛嫱、西施之美，无益吾面；
> 用脂泽粉黛，则倍其初。

诸子中只有墨子例外，把虚拟的西施当作真实的西施。《墨子·亲士》：

> 是故比干之殪，其抗也；孟贲之
> 杀，其勇也；西施之沉，其美也；吴
> 起之裂，其事也。故彼人者，寡不死
> 其所长，故曰"太盛难守"也。

比干，商纣忠臣；孟贲，卫国勇士；吴起，战国时先后效力鲁国、魏国，楚国的政治家军事家。这三位都是前代真实的人物，西施夹于其中，给人实有其人的误导。东汉时，赵晔《吴越春秋》和袁康、吴平的《越绝书》附会《左传》、《国语》的"勾践献美"，说越王勾践献给吴王夫差的美女就是西施。《越绝书》：

> 越乃饰美女西施、郑旦，使大夫
> 种献之于吴王。

《吴越春秋·勾践阴谋外传》：

> 得苎罗山鬻薪之女曰西施、郑
> 旦，饰以罗縠，教以容步，习于土

城，临于都巷，三年学服而献于吴。

鬻薪，卖柴。罗縠，绸缎。容步，容仪走姿。学服，学成习惯。西施至吴，倍受吴王夫差的宠爱。后人总结夫差之亡，总要西施背负祸国之罪。

郑袖，楚怀王后妃，美貌聪慧而生性嫉妒，曾干预朝政，收受张仪贿赂，离间屈原、怀王。后世论及屈原放逐，怀王罹难，多归咎郑袖。

冯小怜，北齐后主高纬的淑妃、左皇后。自幼入宫，原是高纬穆皇后的侍女，身形出众，能歌善舞。高纬宠之，晋身后妃，坐则同席，出则并驾，"生死一处"。一次，竟让冯小怜玉体横陈，炫耀大臣。北齐武平六年（575年），北周进攻北齐，军情危急，后主因与小怜流连围猎，失机大败。武平八年（577年），北周俘虏后主、后主母胡皇后①、穆皇后、冯小怜。不久，后主高纬被杀，胡太后与儿媳穆皇后流落长安。冯小怜赐给代王宇文达。在宇文达处，冯小怜抚今思昔，心绪万千，写下《感琵琶弦断赠代王达》：

> 虽蒙今日宠，犹忆昔日怜。
> 欲知心断绝，应看膝上弦。

隋代周，隋文帝把冯小怜赐于代王妃李氏的哥哥李询，李询的母亲知道冯小怜曾欺压女儿李氏，迫令自杀。有人论说北齐之灭、高纬之死，也以冯小怜为祸首。

杨玉环（719-756年），唐玄宗李隆基的宠妃。曾祖父杨汪是隋朝上柱国、吏部尚书，李世民杀之。父杨玄琰是唐朝蜀州（今四川重

① 胡太后原本放荡，《北齐书·武成皇后胡氏列传》："自武成崩，后数出诣佛寺，又与沙门昙献通。布金钱于献席下，又挂宝装胡床于献屋壁，武成平生之所御也。乃置百僧于内殿，托以听讲，日夜与昙寝处。以献为昭玄统。僧徒遥指太后以弄昙献，乃至谓之为太上者。帝闻太后不谨而未之信，后朝太后，见二少尼，悦而召之，乃男子也。于是昙献事亦发，皆伏法，并杀元山王三郡君，皆太后之所昵也。"落难之际，她的放荡性格倒玉成了她的处变不惊。当时她年届四十，风韵犹存，为享乐生活，劝说儿媳为后不如为娼，开张之日，长安万人空巷。《北齐书》说胡太后："齐亡入周，恣行青楼奸秽。隋开皇中殂。"享年83岁。

①郑处诲，字延美，一作延美，河南荥阳人。唐文宗太和进士，官至宣武节度使。

②郑嵎，字宾光，唐宣宗大中年间进士，诗人。

庆）司户，叔父杨玄璬是河南府土曹。唐人郑处诲①《明皇杂录》："杨贵妃小字玉环"。一说小字玉奴，唐人郑嵎②《津阳门诗注》："玉奴，太真小字也。"杨玉环原是玄宗之子寿王李瑁的妃子。唐玄宗一见倾心，招为"女道士"入宫，号太真，天宝四年（745年）封贵妃。《旧唐书》：

> 太真姿质丰艳，善歌舞，通音律，智算过人，每倩盼承迎，动如上意。

安史之乱，玄宗西奔，军队哗变，贵妃赐死马嵬坡，时年38岁。时人及后人忆及安史之乱，也多迁怒杨玉环。

屈原之后，不赞成"红颜祸国"的，也代有其人。为褒姒、妲己开脱罪名的有清人袁枚③，袁作《张丽华》：

> 结绮楼边花怨春，青溪栅上月伤神。
> 可怜褒妲逢君子，都是《周南》传里人。

③袁枚（1716-1797），字子才，号简斋、仓山居士，随园老人。清乾隆四年进士，官江宁知县。四十致仕，开门授诗，并收女弟子。是著名诗人，与赵翼、蒋士铨并称"乾隆三大家"。

为西施抱不平的，有唐人崔道融④、罗隐⑤。崔道融《西施滩》指吴国之亡罪在宰嚭，不在西施：

> 宰嚭亡吴国，西施陷恶名。
> 浣纱春水急，似有不平声。

④崔道融，湖北江陵人，唐末诗人，人称江陵才子。僖宗时官至右补阙。

⑤罗隐（833-903），字昭谏，浙江富阳人。唐末诗人，屡试不第，人称"十上不第"。

罗隐《论西施亡吴事》指国家兴亡是必然的轮回，与西施没有关系：

> 家国兴亡自有时，吴人何必怨西施。
> 西施若解亡吴国，越国亡来又是谁？

为郑袖分清责任的，有司马迁《史记·屈原贾生列传》：

> 怀王以不知忠臣之分，故内惑于
> 郑袖，外欺于张仪，疏屈平而信上官
> 大夫、令尹子兰。兵挫地削，亡其六
> 郡，身客死于秦，为天下笑。此不知
> 人之祸也。

指楚怀王客死秦国被天下笑，是怀王本人不辨
忠奸，不明事理。为冯小怜辩解的，有李商隐
《北齐》：

> 一笑相倾国便亡，何劳荆棘始堪伤。
> 小怜玉体横陈夜，已报周师入晋阳。

一笑亡国，何须披荆斩棘；玉体横陈，已使京
城陷落。正话反说，讽刺"红颜祸国论"者。
维护杨玉环的，有唐人郭湜[①]《高力士外传》。
高力士原名冯元一，是唐玄宗、杨贵妃的亲信
宦官。高力士坦言，"贵妃诚无罪，然将士已
杀国忠，而贵妃在陛下左右，岂敢自安"。白
居易也满怀同情，《长恨歌》："六军不发无
奈何，宛转娥眉马前死。"

屈原之后，与"红颜祸国论"相对，有
"红颜兴国论"。

女娲是"红颜兴国"、"一女兴华"第一
人，屈原问"登立为帝，孰道尚之？"就是颂
扬。

舜妻娥皇、女英，是名动青史的姊妹花。
清人张惠言[②]《七十家赋抄》褒奖"女娲复
昊"，"二女兴姚"。

殷高宗武丁的王后妇好，主持祭祀，带
兵出征，开疆拓土，在殷墟甲骨文和铜器铭
文中，份量很重。《卜辞》："贞，登妇好

①郭湜，唐代宗大历时官大
理司直。小说家。

②张惠言（1761-1802），原
名一鸣，字皋文，江苏常
州人。清嘉庆进士，官翰
林院编修。作家、学者。

三千，登旅万乎伐羌。"死后追谥"辛"，尊称"母辛"、"后母辛"。1976年河南安阳发现妇好墓，墓存完好，殉葬极为丰厚。

周文王的妻子太姒贤惠包容，兴周有功。《诗·大雅·思齐》：

> 思齐大任，文王之母。
> 思媚周姜，京室之妇。
> 大姒嗣徽音，则百斯男。

颂扬太姒继承太王妻大任的美德，不嫉妒，不专宠，使文王后宫和睦，人丁兴旺。

春秋时，卫国的公主、许国穆公的夫人是胜过须眉的救国夫人。《诗·鄘风·载驰》：

> 我行其野，芃芃其麦。控于大
> 邦，谁因谁极。
> 大夫君子，无我有尤。百尔所
> 思，不如我所之。

背景是狄人伐卫，占领卫国，许穆夫人人在许国，心急卫国，力排众议，奔走四方，请求帮助，得到齐桓公支持，收复卫国。《载驰》就是她在救亡途中自编自唱的歌。《诗经》收录，意在旌扬。

曹操的夫人卞氏，出身寒微。《三国志》：

> （卞氏）本娼家，年二十，太祖纳
> 后为妾。

娼家，妓女之家。曹操先纳卞氏为妾，后封卞氏为王后，曹丕即位尊为皇太后。卞氏品德优秀，勤俭持家，遵曹操分香卖履之约①，又深明大义，化解兄弟争端，力阻曹丕杀曹植，为防

① 曹操《遗令》："吾婢妾与伎人皆勤苦，使著铜雀台，善待之。于台堂上安六尺床施繐帐，朝晡上脯糒之属，月旦、十五日，自朝至午，辄向帐中作伎乐。汝等时时登铜雀台，望吾西陵墓田。余香可分与诸夫人，不命祭。诸舍中无所为，可学作组履卖也。"

止王室内讧起了重要作用。

唐太宗李世民的长孙皇后（601-636年），生于长安，小名观音婢，祖先为北魏拓跋氏。13岁嫁李世民，贞观十年（636年）去世，年方36岁。葬昭陵，尊号文德顺圣皇后。有诗才，《春游曲》：

> 上苑桃花朝日明，兰闺艳妾动春情。
> 井上新桃偷面色，檐边嫩柳学身轻。
> 花中来去看舞蝶，树上长短听啼莺。
> 林下何须远借问，出众风流旧有名。

《旧唐书》说她深明大义，不干朝政，和谐后宫，勤俭节约，保护谏臣，约束亲戚，遗嘱薄葬，生前作《女则》十卷，用以自警，是历史上有口皆碑的一代贤后。

唐高宗李显的皇后武则天（624-705年），唐太宗赐名武媚，自名曌，于67岁称帝，是中国历史上第一位真正的女皇帝，国号周，史称"武周"。在位治理经济，稳定边疆，发展文化，多有建树，是成就显著的政治家。连《旧唐书》也不得不承认武则天的明察与公义：

> 初虽牝鸡司晨，终能复子明辟，
> 飞语辩元忠之罪，善言慰仁杰之心，
> 尊时宪而抑幸臣，听忠言而诛酷吏。
> 有旨哉，有旨哉！

则天善诗，其诗"万仞高岩藏日色，千寻谷底浴云衣"，写山之峻高、谷之深邃，气魄宏大；"均露均霜标胜壤，好风好雨列皇畿"，写盛唐的风调雨顺，自信满怀。

明朝孝慈马皇后也是朱元璋的贤内助。马皇后（1331-1382年），今安徽宿州人，不

缠足，行天足，有识鉴，好书史。与朱元璋结
婚，南征北战，缝衣做鞋，犒劳将士，帮助元
璋稳定军心，激励士气。立国，晋封皇后，拒
封亲戚，阻杀功臣，生活俭朴，为人慈惠，善
于体恤下人，关心士庶，建议为太学学生按月
发粮，为此朝廷专设"红板仓"，存储太学粮
食，使"学生发月粮"成为明代学校的一项制
度。病重时，为免太医责任，至死不肯用药。
朱元璋以长孙皇后称喻之，《明史》赞曰"母
仪天下，慈德昭彰"。

"红颜兴国论"，肯定了妇女的政治能
力、政治智慧和政治贡献，比"红颜祸国论"
客观公允。

回到《天问》，从"禹力献功"到"汤何
殛焉"，屈原已经通过48句16问，历经大禹力
献功，夏启家天下，太康动乱，后羿称霸，浞
称霸，浇称霸，少康光复，桀亡国，为后人粗
略勾勒了夏代历史主要是夏代前期历史的梗概
和夏朝灭亡的因果。《天问》没有提问的世系
是不涉兴亡的夏予至夏发十代，可以问及而没
有问及的重要人物是《离骚》推崇的大禹时代
的政治家、法制家皋陶。

第二十二讲

玄鸟生商

厥萌在初，何所亿焉？

璜台十成，谁所极焉？

简狄在台，喾何宜？

玄鸟致贻，女何喜？

殷民初生的情景，可否回忆？

玉石十层的高台，谁人堆积？

台上美女，帝喾岂能相配？

燕子送礼，简狄为何欢喜？

这一节，进入商民族的历史。八句四问，问商民族第一个男人契的来历。

商民族是以燕子为图腾的氏族，属于以鸟为图腾的东夷氏族。所谓商民族第一个男人，是商民族建立父系社会的人物标志。这位标志性人物，殷商氏族称为契，又称殷契。创业之地在亳地①，又称商地。《列女传》说尧"封

① 亳，《尚书·立政》说亳有三亳。皇甫谧说，南亳在宋州谷熟，今河南商丘；北亳在宋州大蒙，今商丘虞城；西亳在河南偃师，今洛阳偃师。

（契）于亳"。司马贞《史记索隐》：

> 契始封商，其后裔盘庚迁殷，
> 殷在邺南，遂为天下号。契是殷家始
> 祖，故言殷契。

商地即亳地在今河南商丘，殷在今河南安阳，邺城在今河南安阳市北、河北临漳县西。殷契天性聪明，能干善教，氏族逐渐兴旺，在原始社会后期的尧舜禹三代已有一定地位。《史记·殷本纪》：

> 契长而佐禹治水有功。帝舜乃命
> 契曰："百姓不亲，五品不训，汝为
> 司徒而敬敷五教，五教在宽。"封于
> 商，赐姓子氏。契兴于唐、虞、大禹
> 之际，功业著于百姓。

敷，施布。五教，父义、母慈、兄友、弟恭、子孝。宽，宽厚爱人。殷契的作为为殷商民族开创了进取的态势。

殷契，这位了不起的男人，父母是谁?

在西周初期用于朝堂、宗庙的诗歌中，正如周人始祖后稷有母无父，商人始祖殷契也有母无父。《诗·大雅·生民》：

> 厥初生民，时为姜嫄。

《诗·商颂·长发》：

> 有娀方将，帝立子生商。

有娀（sōng），北方氏族。南朝刘勰《文心雕龙·乐府》："有娀谣乎飞燕，始为北声。"故址据说在古蒲州今山西西南永济县。将，旧注大，《诗》郑玄注："有娀氏之国亦始广大。"其说误。将，养育。《诗·小雅·四牡》："王事靡盬，不遑将父。""王事靡盬，不遑将母。"《长发》的"有娀方将"，指有娀之女怀孕生育。这有娀之女，就是简狄。《淮南子·地形训》：

> 有娀在不周之北，长女简翟，少
> 女建疵。

简翟，即简狄。

简狄无夫，如何生子？《商颂·玄鸟》：

> 天命玄鸟，降而生商。

《淮南子·地形训》高诱注：

> 天使玄鸟降卵，简狄吞之以生
> 契，是为玄王，殷之祖。

这与姜嫄的无夫生子，同出一辙。《大雅·生民》：

> 履帝武敏歆，攸介攸止，
> 载震载夙，载生载育。①

这几首庙堂之音，赞美祖宗祖神，标榜天生我祖，君权神授，岂能有父不说父？不说，实在是知其母，不知其父。是比较可靠的原始神话的采写。

但在北方中原文化的古史传闻中，几乎所有著名的氏族男性都有父有母，父母双全。黄帝父有熊氏少典，母有蟜氏附宝。炎帝父有熊氏少典，母有蟜氏女登。帝喾父蟜极。唐尧父帝喾，母陈锋氏庆都。虞舜父瞽叟，母无名氏。大禹父鲧，母有莘氏女嬉。后稷父帝喾，母姜嫄。殷契父帝喾，母简狄。这显然出于流

①武，足迹。敏，拇指。攸，语助。介，祈，神保佑。止，祉，神降福。震，妊娠。夙，肃敬，指孕期生活严肃恭敬。

传中的流变与撮合。至少，后稷有父、殷契有父，不合《诗》义，不合西周初期王室祭神颂祖的口径。

屈原借问辟谣。

厥萌在初，何所亿焉？

"厥萌在初"，犹《大雅·生民》的"厥初生民"。厥，其。初，起初。萌，氓，民也。《墨子·尚贤》：

> 国中之众，四方之萌人。

萌人，民人。《管子·揆度》：

> 其人同力而宫室美者，良萌也。

良萌，良民。《生民》"厥初生民"即其初生民，民者，周之后稷。《天问》"厥萌在初"即其民在初，民者，商之殷契。

"何所亿焉？"犹《大雅·生民》的"生民如何"。亿，臆，臆度，料想。《论语》："亿则屡中"。何所亿，当初生契的情景，如今可否料想？

屈原料想的情景，远比《商颂》生动丰富：在远古，在北方，在有娀，有一座十层玉石的高台，高台上，一位美女举目远眺，高台下，一位男子殷勤求婚，美女爱理不理，凝视飞翔的玄鸟，玄鸟落台，送上神秘的礼物，美女喜笑颜开，于是有身孕，有儿子，有商契。

璜台十成，谁所极焉？

中国景观建筑，有台阁亭榭之分。台，以土垒之，体高而基厚，无顶无壁，在台阁亭榭中，造型最简，资格最老。《诗·大雅·灵台》：

经始灵台，经之营之。
庶民攻之，不日成之。

灵台，周文王在游猎之地灵囿建造的高台。阁，一种楼房，可赏景远眺。王勃《滕王阁序》："滕王高阁临江渚，佩玉鸣鸾罢歌舞。"亭，无台无壁有顶。常建于花园中，道路旁。李白《菩萨蛮》："何处是归程？长亭更短亭。"[1] 榭，土台敞屋，有顶无壁。郭璞注《尔雅·释宫》："无室曰榭。"时或种树，《尚书》孔安国传："土高曰台，有木曰榭。"临水面者，称水榭。榭与台均可用作舞台，辛弃疾《永遇乐》："舞榭歌台，风流总被雨打风吹去。"

瑶台，玉石装修的高台。瑶，玉石。成，台层。王逸《天问章句》："纣果作玉台十重。"指瑶台是商纣之台，说错了。"瑶台十成"紧接"厥萌在初"，事在商民初生之际，不在殷商纣王之末。

"谁所极焉"，极，积。积石成山，积玉成台。屈原问，商民未生，高台谁造？神话说，造台者，是神，不是人。《山海经·海内北经》：

帝尧台，帝喾台，帝丹朱台，帝舜台，各二台。台四方，在昆仑东北。

能够在昆仑地区造台，非神莫属。神话又说，有娀氏的造台者，是女人，不是男人。《吕氏春秋·音初》：

有娀氏有二佚女，为九层之台。

[1] 宋僧文莹《湘山野录》："此词不知何人写在鼎州沧水驿楼，复不知何人所撰。魏道辅泰见而爱之。后至长沙，得古集于子宣内翰家，乃知李白所作。"子宣，曾布，曾巩异母弟。

佚女，美女，简狄姐妹。吕不韦有见识。按社会史，母系氏族女人指挥男人，成果归于女人，即使男人是造台苦力，说女人造台仍然不错。屈原所问，似在询问造台者莫非简狄？

简狄在台，喾何宜？

台，无遮无盖，适合观景或举行仪式。"简狄在台"，眺望四野，应是有女怀春；也可能是行礼高禖。高禖，崇拜生殖的原始祭祀。《说文》：

> 禖，祭也。从示，某声。祈子之祭也。

高，一说是郊，高禖即郊禖，行于郊外的祭祀。准确地说，高，高地，高禖就是行于郊外高地的祭祀。宋代韵书《广韵》："郊禖，求子祭也。"清人朱骏声[1]《说文通训定声》："高禖之禖，以腜为义也。"腜，始孕之兆，生殖之义。《汉书·戾太子传》：

> 初，上年二十九乃得太子，甚喜，为立禖[2]。

颜师古注："禖，求子之神也。"原始高禖，主角是女性，疑由女子在高地或高台之上接受男子的性爱，是郊外野合、无夫生子的仪式化。

"喾何宜？"喾，帝喾，古史传闻中简狄的丈夫，在高台上陪伴简狄，求媒生子。柳宗元《天对》："喾狄祷禖，契形于胞。"屈原质疑，简狄在台，帝喾相伴，帝喾般配吗？宜，合适，般配。《诗·周南·桃夭》："之子于归，宜其室家。"

① 朱骏声（1788–1858），字丰芑，号允倩、石隐，江苏吴县人。清嘉庆年间中举，后失意科场，延留学馆，著述丰富、治学精湛，是文字学大家。

② 立禖，立禖神形象，一般石制，其形，或像男根，或像女阴。

　　帝喾，亦称高辛，半神半人，扑朔迷离。《史记·五帝本纪》说他是黄帝的曾孙，娶二妻，生了两个伟大的儿子：

> 　　帝喾高辛者，黄帝之曾孙也。高辛父曰蟜极，蟜极父曰玄嚣，玄嚣父曰黄帝。……帝喾娶陈锋氏女，生放勋，娶娵訾（jūzī）氏女，生挚。

　　放勋，即帝尧，本是中原氏族首领；挚，即少昊，本是东夷氏族首领；帝喾就成了中原和东夷氏族的共同生父。《世本·王侯大夫谱》说帝喾娶四妻，生了四个伟大的儿子：

> 　　帝喾元妃有邰氏之女曰姜嫄，是生后稷；次妃有娀氏之女曰简狄，而生契；次妃陈锋氏之女曰庆都[1]，生帝尧；次妃娵訾氏之女曰常仪[2]，生挚。

　　姜嫄、后稷原是西方周氏族、周王朝的始祖；简狄、殷契原是东方商氏族、商王朝的始祖；加上中原尧帝、东方帝挚，帝喾几乎是华夏东西南北中各大氏族始祖共同的父亲。这是《史记》、《世本》在为建立大一统帝王世系移花接木。嫁接的手法复杂而简单。复杂，是要在繁芜的见闻中找出各大氏族的创业领袖；简单，是为各位领袖配置一位母亲，再把母亲集中起来，嫁给一个黄帝家族的男人；于是，一个统领华夏、号称五帝之一的帝喾粉墨登场，一个血缘一统、世系一统的帝王大厦巍然落成。但是，这个人物貌似强壮其实疲软，这座大厦貌似牢固其实脆弱，神话如《山海经》、经典如《诗三百》并不支持。《大雅·生民》

[1] 陈锋氏，上古氏族，地望在今河北望都。

[2] 娵訾氏，东部北方氏族。娵訾是岁星十二次之一，在二十八宿为北方七宿的室宿与壁宿。常仪，《山海经》说是帝俊之妻。帝俊，东方大神。

简狄在台　潘喜良　作

说周之生民，不提帝喾；《商颂·长发》、
《商颂·玄鸟》说商之生民，也不提帝喾；恰
能证实《史记》和《世本》的帝喾娶二妻、生
二子或娶四妻、生四子是作者的向壁虚构，是
春秋以后建立黄帝大一统古史体系的生拉硬
扯。

帝喾其人，不但妻儿是东拼西凑，本身也
是偷梁换柱，多元嫁接。这件事的破绽之一，
破在帝喾的名字上。喾不是名，正如尧、舜、
禹均不是名，也正如商纣的纣不是名。帝喾，
自取其名，《史记·五帝本纪》：

> 高辛生而神灵，自言其名。

按理，名是什么？应该说出来，司马迁却戛然
而止，是不须说，不会说，还是不肯说？我
想，司马迁是不肯说，担心说出来横生枝节。
晋人皇甫谧《帝王世纪》不忌讳：

> 帝喾高辛氏，姬姓也，其母不
> 见。生而神异，自言其名曰夋(qūn)。

比《史记》多说了一个姓，又多说了一个名，
帝喾姓姬，名夋。姬是黄帝之姓，《史记》说
帝喾是黄帝曾孙，《世纪》认可，姓姬当然。
夋，由婴儿自取，暗示本性，犹如贾宝玉衔玉
而生，取名宝玉，暗示他是青埂峰下的一块石
头。夋是查访帝喾来路的重要线索。

夋，通俊。皇甫谧说的 "曰夋"就是"曰
俊"。《山海经》有帝俊一神，其山海事迹，
有胜黄帝，部份事迹又与帝喾特别相似。

看《山海经》，帝俊的神通比黄帝广大。
帝俊是日月之神，与羲和生十日，与常仪生
十二月。帝俊是炎黄的祖宗，黄帝的姬姓出于

帝俊，炎帝的姜姓出于帝俊，虞舜的姚姓也出于帝俊。《大荒西经》：

> 有西周之国，姬姓食谷，有人方耕，名曰叔均。帝俊生稷，稷降以百谷，稷之弟曰台玺，生叔均。

《大荒东经》：

> 帝俊生黑齿，姜姓。

《大荒南经》：

> 帝俊妻娥皇，生此三身之国，姚姓。

帝俊的社会功劳与黄帝彷彿，帝俊的子孙或造舟，或造车，或造乐器，或造歌舞。《海内经》：

> 帝俊生禺号，禺号生淫梁，淫梁生番禺，是始为舟。

> 番禺生奚仲，奚仲生吉光，吉光是始以木为车。

> 帝俊生晏龙，晏龙是为琴瑟。帝俊有子八人，是始为歌舞。

或播百谷、耕田地、驯百兽、创工艺。《大荒西经》：

> 帝俊生稷，稷降以百谷，稷之弟曰台玺，生叔均，叔均是代其父及稷播百谷，始作耕。

《海内经》：

> 帝俊生三身，三身生义均，义均是始为巧倕，是始作下民百巧。

《大荒东经》：

> 帝俊生中容，中容人食兽、木
> 实，使四鸟：豹、虎、熊、罴。

帝俊的疆域也比黄帝广阔。帝俊邦国，遍布天下，东有少昊之国、中容之国、白民之国、司幽之国、黑齿之国，西有西周之国，南有季厘之国，北有儋耳之国、牛黎之国。

帝俊又和黄帝的曾孙帝喾大相雷同。

帝俊、帝喾至少有两个儿子同名。《山海经·大荒西经》说帝俊有子后稷，《世本·王侯大夫谱》说帝喾有子后稷。《山海经·大荒南经》说帝俊有子季厘：

> 有襄山，又有重阳之山，有人食
> 兽，曰季厘。帝俊生季厘，故曰季厘
> 之国。

《左传·文公十八年》说帝喾有子季狸：

> 高辛氏才子八人，伯奋、仲堪、
> 叔献、季仲、伯虎、仲熊、叔豹、季
> 狸，忠肃共懿，宣慈惠和，天下之民
> 谓之八元。

郝懿行《山海经》疏："狸、厘声同，疑是也。"

帝俊、帝喾至少有一个妻子同名。《山海经》说帝俊有三妻，娥皇、羲和、常羲。《大荒南经》：

> 帝俊妻娥皇，生此三身之国，姚
> 姓，黍食，使四鸟。

> 东南海之外，甘水之间，有羲和

之国。有女子曰羲和，帝俊之妻，生
十日，方浴日于甘渊。

《大荒西经》：

有女子方浴月，帝俊妻常羲，生
月十有二，此始浴之。

《史记·五帝本纪》说帝喾有二妻，其一为娵
訾氏女。《帝王世纪》说帝喾次妃是"娵訾氏
之女曰常仪"。常仪，即常羲。司马贞《史记
索隐》说娵訾氏之女，"女名常羲"。常羲，
是帝俊、帝喾同名之妻。

帝俊、帝喾又都用鸟图腾。帝喾与简狄有玄
鸟致胎而生契的传闻，玄鸟是燕子。夋也是鸟的
象形。《山海经·大荒东经》说帝俊以凤鸟为
友：

有五采之鸟，相向弃沙，惟帝俊
下友，帝下两坛，采鸟是司。

五采鸟，神话凤鸟，疑即孔雀。弃沙，以足扬
沙。下友，下界之友。两坛，两个祭坛。司，
管理。既说为友，则凤鸟尽管不是帝俊的图
腾，但帝俊与鸟的亲密于此有征。甲骨文中，
殷商祭高祖夋，"画的是鸟的头，猕猴的身
子，一只足，手里似乎还拄着一根拐杖。"[1]则
夋之图形，一头两手一脚，是鸟头三肢。《淮
南子》："日中有踆（qūn）乌。"踆乌，三足
乌，与甲骨夋的鸟头三肢正相仿佛。疑踆乌，
本为夋乌，因强调三足，添加了一个足字作字
旁。帝俊的图腾可能就是以夋为名的日中乌、
太阳乌[2]。

帝俊、帝喾，又都是东夷祖神和殷商祖

[1] 金荣权《帝俊及其神系考略》。作者任教河南信阳师范学院。

[2] 参看何新《诸神的起源》。

神。帝俊居东方，殷墟卜辞称高祖夋。帝俊的后人是少昊，少昊名挚，东夷鸟部落的首领。帝喾也居东方，他与常羲所生的儿子也叫挚，也就是少昊挚①。

不同的是，帝喾是黄帝的曾孙，帝俊是姬姓黄帝族的先祖；帝喾是简狄、姜嫄、庆都、常仪的丈夫，帝俊是娥皇、羲和、常仪的丈夫，一妻相同，其他的妻子不相同。

可以判断，帝俊有胜黄帝，帝喾雷同帝俊，体现了不同历史时期中国东西文化的碰撞与融合。帝俊本是东夷文化的祖神，他成为有胜黄帝驾驭各族的大帝，是东夷在西进过程中，尤其是殷商在西进的过程中，蚕食中原文化的创作。帝喾是中原文化试图改造东夷文化的创作，特别是周灭商后试图一统文化的创作。

周灭商，周文化消化东夷文化，经儒学帮衬，至《史记》集大成，把帝俊的日月之妻说成黄帝掌管天文历法的大臣②，把帝俊的许多社会功劳堆到黄帝身上，把帝俊指派后羿除百害，改编成帝尧指派后羿射金乌，射金乌是射太阳鸟，就是射东方鸟氏族的祖神帝俊；又编造出一位黄帝的曾孙帝喾，让帝喾成为东西各族包括东夷少昊族和殷商族男性始祖的父亲，成为东西各族女性始祖包括东夷殷商女性始祖简狄的丈夫。

幸亏《山海经》在儒家眼里是一本神神怪怪的书，没有引起诸子的重视与改编，东夷始祖神帝俊的神话才得以保留，使我们今天尚能一叶知秋，知道帝喾传说是帝俊传说的改造版，是周文化的故事新编。屈原似乎明白个中虚实，所问"简狄在台，喾何宜"，不认可帝喾是简狄之夫和殷商之祖，是质疑周文化，否

①有说，少昊挚是帝喾所生之契。参看王小盾《原始信仰和中国古神》。

②《史记·五帝本纪》："黄帝使羲和作占日，常仪作占月。"

定中原文化编撰的帝喾。

帝喾不配简狄，也流露了屈原的隔代恋情结。有娀氏简狄是美女也是淑女。《列女传》："简狄性好人事之治，上知天文，乐于施惠，及契长而教之理，顺以序。""君子谓简狄仁而有礼。"简狄，如同涂山女，也是一位诗人。涂山女"候人猗兮"是南方歌谣之始；简狄"燕燕于飞"是北方歌谣之始。《吕氏春秋·音初》说简狄姐妹："作歌一终，曰：'燕燕于飞。'实始作为北音。"如此富有知识、富有礼义、富有才情的女子，屈原神往心仪。《离骚》：

> 望瑶台之偃蹇兮，见有娀之佚女。
> 吾令鸩为媒兮，鸩告余以不好。
> 雄鸩之鸣逝兮，余犹恶其佻巧。
> 心犹豫而狐疑兮，欲自适而不可。
> 凤凰既受诒兮，恐高辛之先我。

瑶台，即《天问》的璜台。屈原为求简狄，请了三个媒人，先是鸩鸟，再是鸩鸟，后是凤凰。要与传说中的帝喾一争简狄。由此也可以看出，楚民族有自己的世系，不是商民族的分支，不然，屈原岂敢求婚简狄，求婚自己的老祖母？

玄鸟致贻，女何喜？

致，送达。贻，赠予礼物，《诗·邶风·静女》："静女其娈，贻我彤管。"喜，开心欢喜。玄鸟飞高台，赠送礼物来，简狄为何乐开怀？《竹书纪年·殷商成汤》：

> 初，高辛氏之世，妃曰简狄，以春
> 分玄鸟至之日，从帝祀郊禖，与其妹浴

　　于玄丘之上。有玄鸟衔卵而坠之，五
　　色甚好。二人竞取，覆之以二筐。简
　　狄先得而吞之，遂孕。胸剖而生契。
　　长为尧司徒，成功于民，受封商。

　　郊禖，即求子高禖。《竹书》的说法贴了帝喾
的标签，与《五帝本纪》相同，是周文化的版
本。《列女传》：

　　　　契母简狄者，有娀氏之长女也。
　　当尧之时，与其妹娣浴于玄丘之水。
　　有玄鸟衔卵过而坠之，五色甚好。简
　　狄与其妹娣竞往取之。简狄得而含
　　之，误而吞之，遂生契焉。

　　未贴帝喾的标签，是殷商版本。夏契之生，母
是简狄，父是玄鸟，与帝喾毫不相干。司马贞
《史记索隐》引三国谯周语："玄鸟遗卵，简
狄吞之，则简狄非帝喾次妃明也。"屈原问
"女何喜"，或许是揭露这个秘密，帝喾不是
简狄的丈夫，更不是殷契的父亲；或许是抒发
简狄怀孕的喜出望外；或许是感叹简狄意外之
孕生养了一代人物，或许是质疑玄鸟安能致
胎，无合安能有喜，如同他质疑"女岐无合，
焉生九子"。

　　若是质疑玄鸟，则屈原不懂玄鸟为父是商
民族男性始祖的图腾生育神话，本相是外族男
子在野外引诱了有娀氏的怀春之女。

　　商民族是东夷之一，东夷各族多以鸟为图
腾[1]，浙江余姚河姆渡文化、山东大汶口文化、
龙山文化遗存，多有鸟的造型和鸟的纹样，
"鸟是东方的象征"[2]。商的鸟图腾是玄鸟，金
文有证，商代青铜器有"玄鸟妇壶"[3]。卜辞也

[1] 东夷敬鸟，因东夷以农为本，而鸟识农时；又因东夷地近大海，人望洋兴叹，鸟可自由翱翔。正如西部民族地处大山，崇拜野兽。

[2] 石兴邦《山东地区史前考古方面的有关问题》，《山东史前文化论文集》。

[3] 玄鸟妇壶，最早见于《西清古鉴》。该壶有器有盖，纹饰精美，"玄鸟妇"三字合文。是研究商民族玄鸟图腾的珍贵史料。参看于省吾《略论图腾与宗教起源和夏商图腾》。《西清古鉴》，是一部著录清代宫廷所藏古代青铜器的大型谱录。收商周至唐代铜器1529件（包括铜镜），而以商周彝器为多。清梁诗正等奉敕纂修，始于乾隆十四年（1749年），讫于乾隆二十年（1755年）。

有证，甲骨文"王亥"的"亥"字常附"鸟"形。

西夷的嬴秦民族也祖奉玄鸟。《史记·秦本纪》：

> 秦之先，帝颛顼之苗裔孙曰女修。女修织，玄鸟陨卵，女修吞之，生子大业。

嬴秦，应是由东方迁往西方，由东夷变为西夷，原属商民族的一个分支。图腾玄鸟也随族迁徙，标榜于陕西。

玄鸟，名称玄乎，实际平凡，是常见的黑色燕子。《说文》燕："玄鸟也。"《尔雅·释鸟》："燕，玄鸟也。"《吕氏春秋·音初》说简狄在台：

> 饮食必以鼓。帝令燕往视之，鸣若谥隘。二女爱而争之，覆以玉筐，少选，发而视之，燕遗二卵，北飞，遂不返。

直接把传说的玄鸟改写成燕子。燕子与人的生活关系密切。燕是春分物候，《左传·昭公十七年》："玄鸟氏、司分者也。"分，春分。《诗》毛传："春分玄鸟降。"春天，是生长的季节，播种的季节，又是人间嫁娶的季节，燕子来巢，生卵哺乳，有促人嫁娶生育之象。郑玄注《礼记·月令》："燕以施生时来巢人堂宇孚乳，嫁娶之象也。"这大概就是商民族热爱燕子的来由。

第二十三讲

牛羊战争

该秉季德，厥父是臧。
胡(终)毙于有扈，牧夫牛羊？
干协时舞，何以怀之？
平胁曼肤，何以肥之？
有扈牧竖，云何而逢？
击床先出，其命何从？
恒秉季德，焉得(夫)朴牛？
何往营班禄，不但还来？
昏微遵迹，有狄不宁。
何繁鸟萃止，负子肆情？

王亥秉持父德，学习父亲榜样。
为何放牧牛羊，横死有扈异乡？
猛男舞动干戚，勾起美女绮想？
美女滋润丰满，勾起猛男欲望？
小子放牛异国，居然幽会通奸？
主人捉奸在床，性命岂不遭殃？
王恒继承父德，为何也去牧羊？

不料离家经营，又是一去不返？
甲微寻迹讨伐，有扈紧张宣传：
"兄弟奸淫妇女，二人死不应当？"

自殷契创业，商民盘踞商丘，伺机发展，到成汤灭夏，历经十四代，契、昭明、相土、昌若、曹圉、冥、亥、恒、甲微、报乙、报丙、报丁、主壬、主癸。这一节二十句八问，问亥、恒、甲微三代的一件大事，殷商氏族与有易氏族的牛羊战争。

亥，是殷商第七代先祖，殷商得天下，追称高祖，世称王亥[1]。亥，《天问》作该，"该秉季德"；《世本》作胲，"胲作服牛"；《吕氏春秋》作冰，"王冰服牛"；《史记·殷本纪》作振，"冥卒子振立，振卒子微立"；《汉书·古今人表》，亥作垓。王国维《殷卜辞中所见先公先王考》说《卜辞》祭王亥皆以亥日，亥是王亥的本名。其余诸名应是亥字的衍生。

亥的父亲，《天问》说是季。《卜辞》有季：

　　辛酉卜，□贞季，崇王。

　　卜贞，其又(于)季。

季，又称冥，是殷商第六代先祖。王国维《观堂集林·殷卜辞中所见先公先王考》：

　　季亦殷之先公，即冥是也。楚辞《天问》曰"该秉季德，厥父是臧"，又曰"恒秉季德"，则该与恒皆季之子，该即王亥，恒即王恒，皆见于卜辞。则卜辞之季，亦当是王亥之父冥也。

①《卜辞》称高祖者有三人：高祖夒(契)，高祖亥，高祖乙(汤)。

王亥服牛　潘喜良　作

冥，在夏王朝负责看守黄河，兢兢业业，以身殉职。《竹书纪年》："夏少康十一年，使商侯冥治河。""帝杼十三年，商侯冥死于河。"《国语·鲁语》："冥勤于官而水死。"勤于治水，死于治水，口碑好，在殷商祭坛占有一席。《国语·鲁语》：

> 郊冥而宗汤。

殷人在郊外祭冥，在宗庙祭汤。《礼记·祭法》：

> 殷人禘喾而郊冥。

禘，盛大祭祀，祭祀始祖。喾，原本应是夋。《礼记》是中原文化典籍，用喾不用夋。实际上，殷人原本以禘祭祭夋，以郊祭祭冥。冥，《卜辞》无，神话有。《山海经·海外经》有北方神为玄冥：

> 东方神为句芒，南方神为祝融，
> 西方神为蓐收，北方神为玄冥。

①陈澔（1260-1341），字可大，号云住，人称经归先生。南康路都昌县（今江西都昌）人。一生不求闻达，潜心教书著书，最有影响的著作是《礼记集说》，明人王圻《续文献通考》："永乐间颁《四书五经大全》，废古注疏不用，《礼记》皆用陈澔集说"。

徐文靖《山海经笺》引宋人陈澔[①]《礼记集传》："冥即玄冥也。"

与父亲冥相比，亥的功绩后来居上。王国维《殷卜辞中所见先公先王考》：

> 《卜辞》多记祭王亥事，观其祭，日用辛亥，三十牛，四十牛，乃至三百牛，乃祭礼之最隆者，必为商之先王先公无疑。

王亥，一是发明了可以负重远行的牛车，有发明制作之功。古籍所谓"服牛乘马"，指的就是牛车马车。发明马车的，《竹书纪年》说是契的孙子相土，"商侯相土作乘马"；发明牛车的，《世本》、《吕氏春秋》都说是契的后人王亥，《世本》："亥作服牛。"二是始牵牛车远服贾，从河南商丘渡河北上，开展牛羊贸易，探索远途经商，奠定了殷人重贾的传统，促进了夏代的商业贸易和经济往来，有经商行旅之功。三是在有易国惨遭杀害，有扩张进取、献身民族之功。亥因其名望，也挤身神话。《山海经·大荒东经》：

> 有困民国，句姓而食，有人曰王
> 亥，两手操鸟，方食其头。

形貌十分恐怖。《海外东经》与《淮南子》[1]派遣王亥干苦活，从东极走到西极，从北极走到南极，并要一步不差地算清步数。《左传·昭公二十九年》说王亥是少皋四叔之一，担任蓐收一职：

> 少皞氏有四叔，曰重，曰该，曰
> 修，曰熙，实能金、木及水。使重为
> 句芒，该为蓐收，修及熙为玄冥。

句芒司木，玄冥司水，蓐收司金。蓐收，在《山海经·海外经》是西方之神。柳宗元《天对》"该秉季德，蓐收在西"，直接把殷商先祖王亥与西方神蓐收划上了等号。

该秉季德，厥父是臧。

该，即亥。秉，继承。季，即冥，王亥之父。臧，善，榜样。儿子继承父亲品德，把父亲忠于职守为公牺牲的德行作为效法的楷模。

胡毙于有扈，牧夫牛羊？

句法倒装，顺写是"胡牧夫牛羊，毙于有

①《山海经·海外东经》："帝命竖亥步东极至于西极，五亿十万九千八百步。"《淮南子·地形训》："禹乃使竖亥自北极至于南极，二亿三万三千五百里七十五步。"

扈"。

"毙于有扈"，在有扈之国被人击杀。有
扈是有易之误①。有扈，东方一族。当年反对夏
启家天下，举兵反抗，遭夏启镇压。有易，北
方一族，居易水一带，即荆轲"风萧萧兮易水
寒，壮士一去兮不复还"的易水，今河北易县
境内。《天问纂义》：

> 杀王亥者，《山海经》、《竹书
> 纪年》并作有易，屈子作有扈者，传
> 闻异词耳。

还有两个可能，屈原听错了，或者抄写抄错
了。王亥至有易，是从河南商丘，北渡黄河，
北至易水的长途跋涉。

"牧夫牛羊"，放牧牛羊。王亥驾着牛
车，赶着羊群，一路上，以羊易物做商贸。
《山海经·大荒东经》：

> 王亥托于有易，河伯仆牛。有易
> 杀王亥，取仆牛。

河伯，黄河附近的小国。仆牛，即服牛，驾御牛
车。牛车在当时是新鲜而稀罕的运载工具，有易
氏眼红，曰杀曰取，杀人越货。《竹书纪年》：

> 帝泄十二年，殷侯子亥宾于有
> 易，有易杀而放。

帝泄，夏朝第九代君主。宾，作客。杀而放，
杀之弃尸。放，放弃，丢弃。

屈原问，亥承父德，效法父亲，理应品德
优良，行为端正，为何牵牛牧羊，死于有易？

郭璞注《山海经·大荒东经》引《竹书纪
年》：

①也有人说，有易就是有
扈。吴其昌《卜辞所见殷
先公先王三续考》，扈、
易，金文互通。

> 殷王子亥宾于有易而淫焉，有易
> 之君绵臣杀而放之。

淫，通奸。王亥在有易的地盘通奸当地妇女，有易因而杀王亥。事实是否如此，应是千古迷案，或许是有易为抢夺牛羊编造的理由，但屈原还是相信了这段致命绯闻，怀疑王亥是否真正秉承了父亲的操守，父亲死于治水，儿子死于欢床，岂能说"该秉季德，厥父是善"？《论语·子罕》："吾未见好德如好色者。"王亥这位殷商先王大约也是一位嘴上重德心里重色、好色重于好德的人。

干协时舞，何以怀之？平胁曼肤，何以肥之？有扈牧竖，云何而逢？击床先出，其命何从？

屈原一连八句细问绯闻与命案。

干，盾。陶潜《读山海经》："刑天舞干戚，猛志固常在。"干戚，盾与斧。协，也是盾，腋下之盾，《管子·幼官》："兵尚胁盾。"干协，析言之，是干盾与胁盾，是形状不同的两种盾；统言之，概指盾牌。以盾为道具的舞蹈，是武舞的一种[①]，术称"干舞"。《周礼·乐师》凡舞："有干舞。"《山海经·中山经》："薄山之首，其祠干舞。"干舞，由男性表演。《庄子·杂篇·让王》：

> 孔子削然反琴而弦歌，子路扢然
> 执干而舞。

削然，安静的模样。扢（xì）然，兴奋的模样。因此，在有易大跳"干协时舞"的表演者，应该不是有易之女，而是男子王亥。

怀，爱慕。所谓"有女怀春"。王亥跳

①上古，舞有文武、武舞之分。以武器一类作舞具，称武舞。

舞，女子为何爱慕？大约王亥跳得激情，跳得阳刚；更兼一方首领，成群牛羊；女子观舞，顿生爱慕之意，也是很自然的。①

时舞，美妙的舞蹈。时，美好。《诗·周颂·时迈》："我求懿德，肆于时夏。"

闻一多《天问疏证》说王亥跳舞，意在勾引：

> 《左传·庄公二十八年》："楚令尹子元欲蛊文夫人，为馆于其宫侧而振万焉。"《公羊传·宣公八年》："万者何？干舞也。"是王亥以干舞怀来有易之女，犹楚子元振万以蛊文夫人矣。

蛊，蛊惑。振万，执干跳舞。子元跳干舞，蛊惑文夫人；王亥跳干舞，勾引有易女。有人说，王亥勾引的有易美女不是一般的民女，而是有易国君绵臣的妃子。

平，平滑，胁，腋下躯肌。平胁，指躯肌平滑。曼，《汉书》颜师古注："泽也。"曼肤，皮肤光泽。韩愈《杂说》即以"平胁曼肤，颜如渥丹"修饰肌肤光滑、色泽红润的美女。肥，通识是丰腴。"何以肥之"，这位肤色姣好的女子为何体态如此丰腴②？

上两句，"干协时舞，何以怀之"，是王亥跳舞，有易女动心，这两句，"平胁曼肤，何以肥之"，是有易女美色，王亥动情。两人目挑心招，互为吸引，互生爱慕，引出了一段事关战争、惊动历史的情色风流。

"有扈牧竖，云何而逢？"屈原的口气略带惊诧。有扈，实为有易，指有易之女。竖，小子，指王亥。牧竖，放牧的小子。《山

①《韩非子》"当舜之时，有苗不服"，禹"修教三年，执干戚舞，有苗乃服"。古今一干注家如洪兴祖、黄文焕、游国恩说"干协时舞，何以怀之"指大禹感化三苗，是亥冠禹戴。游国恩说是夏启征服有扈，也是亥冠启戴。王逸说是夏后相事，更是不着边际。

②旧注多以《论衡·语增》的"桀纣之君，垂腴尺余"，把这两句安在商纣王等男人的身上，是男戴女冠。

海经·海外东经》、《淮南子·地形训》则直呼竖亥，即小子亥。逢，相逢。秦观《鹊桥仙》："金风玉露一相逢，便胜却人间无数。"想不到这位驾牛放羊的小子，居然走了桃花运，舞会之后，不知用何种手段，约会美女，纵欲偷情。

"击床先出，其命何从？"有易男人捉奸在床，王亥惊醒，先于女子跳出床外，正遇对手照床一击，哪里还有性命？以问为答，说清了王亥毙于有易的疑团。

王亥死后，弟弟王恒继任首领，秉承哥哥的未竟事业，再次北上行商，结果如其兄，丧牛丧羊丧命。

恒秉季德，焉得朴牛？

上文说"该秉季德"，这里又说"恒秉季德"，王国维以前，注家大惑不解。或以恒为常久，或说恒为该字，只有王闿运《楚辞释》说恒是人物名字，但说不出恒是何许人。至王国维《殷卜辞中所见先公先王考》始明确指出恒是殷商先祖之一、是季之子、亥之弟：

> 《卜辞》人名于王亥外又有王恒，其文曰："贞之于王恒。"

> 《卜辞》之王亥与王恒，同以王称，其时代自当相接。而《天问》之该与恒，适与之相当。前后所陈，又皆商家故事，则中间十二韵，自系述王亥、王恒、上甲微三世之事。然则王亥与上甲微之间，又当有王恒一世。以《世本》、《史记》所未载，《山经》、《竹书》所不详，而今于

《卜辞》得之。

由此，注家与读者始醍醐灌顶。游国恩《天问
纂义》：

> 王先生据《卜辞》以为左验，
> 然后王恒为殷之先公，季之子，该之
> 弟，确然无疑。斯诚发前人之所未
> 发，解千载不解之惑也。

屈原问，王恒继承父亲品德，为何不接受哥哥
的教训，又仿效哥哥驾牛远行？

何往营班禄，不但还来？

班，分享。禄，财富。不但，不得。为何
外出经商，与外族分享财富，竟然又如其兄一
去不回？难道弟弟又丢了牛羊，丢了性命？

个中情节，《易》爻辞有大致的披露。
《大壮·六五》：

> 丧羊于易，无悔。

《旅·初六》：

> 旅琐琐，斯其所。取灾。

《旅·六二》：

> 旅即次，怀其资，得僮仆。贞。

《旅·九三》：

> 旅焚其次，丧其僮仆。贞厉。

《旅·九四》：

> 旅于处，得其资斧，我心不快。

《巽·上九》：

巽在床下，丧其资斧。贞凶。

《旅·上九》：

鸟焚其巢，旅人先笑后号咷。丧
牛于易。凶。

这些爻辞，集中在《旅》卦，散见《大壮》、
《巽》卦，合起来琢磨，似乎隐藏着王亥、王恒
故事。大概是，哥哥丧羊，弟弟不悔又远行[1]；
风尘仆仆，再到有易，不知灾祸将临头[2]；起初
住在茅草屋，怀揣钱财，换得僮仆，交易看来
很顺利[3]；谁料有人起歹心，烧住所，抢僮仆，
恶梦开始无休止；在残居，钱财虽然未抢走，
内心已经太忧愁[4]；不料黑夜里，凶徒又重来，
洗劫钱财抢牛羊，躲在床底真悲伤[5]；想当初，
在旅途，有鸟点火烧鸟巢，好玩又好笑，而今
轮到自己哭，丧牛丧羊命难保。

　　哥哥不回，弟弟又不回，殷商一族看透了
有易一族的凶残与贪婪，上次杀王亥是明为美
女暗为牛羊，是隐晦的谋财害命；这次杀王恒
是明火执仗，公然的杀人抢劫。中国历史上的
第一场商业战争牛羊战争因此而起。复仇者是
继位王恒的上甲微。

　　上甲微一说是王亥的儿子，一说是王恒的
儿子。上是尊称，犹王亥、王恒的王。甲微是
名，昏微也是名。

　　甲是十天干之一。灭夏之前的殷商先王一
共十四位，甲微以后的六位，个个名及天干，
甲微、报乙、报丙、报丁、主壬、主癸。灭夏
之后，三十一位殷商帝王，人人名及天干，有
六甲（太甲、小甲、河亶甲、沃甲、阳甲、祖
甲），五乙（天乙、祖乙、小乙、武乙、帝

[1] "丧羊于易"，说王亥；"无悔"，说王恒，正合《天问》："该秉季德，厥父是臧。胡终弊于有扈，牧夫牛羊？""恒秉季德，焉得夫仆牛？"

[2] 旅，旅行。琐琐，繁乱。斯，到达。所，有易之地。

[3] 即，就。次，茨，茅草。

[4] 资斧，资财货币。斧，以物易物的硬通货。

[5] 巽，隐伏，躲藏。

乙)，一丙（外丙），七丁（太丁、沃丁、中丁、祖丁、武丁、康丁、文丁），一戊（太戊），一己（雍己），四庚（太庚、南庚、盘庚、祖庚），四辛（祖辛、小辛、廪辛、帝辛），二壬（中壬、外壬），则殷商王族自甲微起固以天干为名。

昏是时辰。甲微之前的八位，有四位名涉时辰，昭明、昌若、冥、亥。昏时，黄昏。《淮南子·天文训》："（日）薄于虞渊，是谓黄昏。"明时，黎明。《淮南子·天文训》日出："拂于扶桑，是谓晨明。"昌时，阳光早晨。《说文》："一曰日光。诗曰'东方昌矣'。"冥时，无月黑夜。亥时，夜晚，又称人定，或定昏，相当于晚上9点到11点。名用时辰可能是纪念出生时刻。甲微昏时生，称昏微。微，隐约，昏时天色微暗。后世乃用昏微形容隐约暗淡，《汉书·霍光传》："是以蒙杂、暗昧使治乱、贤奸之迹并昏微而不著也。"

昏微遵迹，有狄不宁。

遵迹，沿着父亲叔叔的足迹，昏微率兵讨伐，报仇雪恨。有狄，当为有易，或即有易。王国维《观堂集林·殷卜辞中所见先公先王考·王恒》：

> 昏微即上甲微，有狄即有易也。
> 古狄、易二字同音。故互相通假。

不宁，骚动。大兵压境，有易举国动荡。

何繁鸟萃止，负子肆情？

这两句是有易的自我辩护、口舌防卫，类似春秋外交的赋诗言志。① 字义是，飞来树上的猫头鹰为何纵欲？喻义是，外来有易的王

---

① 赋诗言志是春秋外交的风气。《汉书·艺文志》："古者诸侯卿大夫，交接邻国，以微言相感，当揖让之时，必称《诗》以谕其志。"《左传·文公十三年》："郑伯与公宴于棐。子家赋《鸿雁》，季文子曰：'寡君未免于此。'文子赋《四月》。子家赋《载驰》之四章，文子赋《采薇》之四章。郑伯拜，公答拜。"郑伯得罪晋国，路遇访晋回国的鲁文公，想请文公再去晋国替郑国说情，为此，郑国子家诵《鸿雁》："之子于征，劬劳于野。爰及矜人，哀此鳏寡。"请求文公哀此郑伯，为郑奔劳。鲁国的季文子诵《四月》："四月维夏，六月徂暑。先祖匪人，胡宁忍予。"拒以奔波辛苦，思归祭祀。子家又诵《载驰》："我行其野，芃芃其麦，控于大邦，谁因谁极。"送给文公一顶"大邦"的高帽子。于是，季文子诵《采薇》："戎车既驾，四牡业业。岂敢定居，一月三捷。"表示不负重托。是为春秋赋诗言志的一则案例。

亥、王恒为何奸淫？奸淫之人，杀之有错？等
于文告天下，王亥、王恒咎由自取。

繁鸟，昼伏夜出的猫头鹰，古称鸱鸮
（chīxiāo）。《广雅》："繁鸟，鸮也。"《诗
经》用鸱鸮比喻强盗。《豳风·鸱鸮》：

　　鸱鸮鸱鸮，既取我子，无毁我室。

《诗经》也用猫头鹰比喻好色之徒。《陈
风·墓门》[①]：

　　墓门有棘，斧以斯之。
　　夫也不良，国人知之。
　　知而不已，谁昔然矣。
　　墓门有梅，有鸮萃止。
　　夫也不良，歌以讯之。
　　讯予不顾，颠倒思予。[②]

这是一首斥责男子调戏女子的陈国民歌。棘，
有刺的枣树，泛指荆棘。荆棘、鸱鸮，比喻无
良男子。梅，梅树，比喻良家女子。诗意是，
墓门有棘，挥斧砍伐；为人不良，国人尽知；
知而不改，秉性如此。墓门有梅，鸱鸮来栖；
为人不良，以歌劝诫；劝之不听，纠我缠我。
刘向《列女传》：

　　陈辩女者，陈国采桑之女也。晋
大夫解居甫使于宋，道过陈，遇采桑
之女，止而戏之，曰："女为我歌，
吾将舍女。"女乃歌："墓门有棘，
斧以斯之。夫也不良，国人知之。知
而不已，谁昔然矣。"又曰："为我
歌其二。"女曰："墓门有梅，有鸮
萃止，夫也不良，歌以讯止。讯予不

①《墓门》旧注以为是政
治讽喻。《毛诗序》：
"《墓门》，刺陈佗
也。"陈佗为春秋时代陈
文公之子，桓公之弟。
《左传·桓公五年》陈桓
公卒，陈佗"杀大子免而
代之"。后蔡国平乱陈
国，诛杀陈佗。

②谁昔，往昔。然，如此。
讯，劝诫。颠倒，反复，
修饰纠缠。

顾，颠倒思予。"大夫曰："其梅则是，其鸮安在？"女曰："陈小国也，摄乎大国之间，因之以饥馑，加之以师旅，其人且亡，而况鸮乎？"大夫乃服而释之。

情节既像汉代乐府《陌上桑》，也像现代电影《刘三姐》。晋国大夫解居甫路遇陈国采桑女，引诱调戏，"为我唱支歌，带你回我家"，采桑女唱《墓门》首章，斥其无良。解居甫不甘心，"为我再唱一支歌"，采桑女唱《墓门》次章，斥其纠缠。解居甫嬉皮笑脸，"梅树在眼前，鸱鸮在哪里？"采桑女义正词严，"陈国弱小，天灾战乱，人之将亡，岂能容鸮？"责之国破家亡，哪有闲心与你无聊？解居甫惭愧而罢。《列女传》出典《墓门》，为《墓门》编撰真人真事；屈原的"繁鸟萃止"也出典《墓门》，用于有易之口，比喻王亥、王恒是飞来有易的两只鸱鸮。

"负子"，王逸《章句》："见妇人负其子，欲与之淫逸。"误。"负子"，不是背负儿子。《礼记·曲礼》孔颖达疏引《白虎通》①："天子病曰不豫，诸侯曰负子。"汉人何休《春秋公羊传解诂》："诸侯有疾称负兹。"《尔雅·释器》："蓐谓之兹。""兹者，蓐席也。"即草席，草垫。《曲礼》："君使士试射不能，则辞以疾，言曰：某有负薪之忧。"则负子就是负兹，就是负薪，就是称病。"肆情"，纵欲。屈原的"负子肆情"，是借有易之口，指王亥、王恒借口生病诱奸女子，寻欢作乐。口气袒护有易，讽刺上甲微不顾父辈淫乱致死的事因，出师无德。

① 《白虎通》，又称《白虎通义》、《白虎通德论》。《后汉书·班固传》东汉章帝建初四年(79年)，在白虎观，"天子会诸儒讲论五经，作《白虎通德论》，令固撰集其事"。

仔细思考，王亥、王恒远行有易牧牛牧羊恐怕不是单纯的买卖，而是通过商贸扩张势力，是殷商北上拓展的序幕。有易杀之，属于应对失策、处理失当。《山海经·大荒东经》郭璞注[1]：

> 《竹书》曰："殷王子亥宾于有易而淫焉，有易之君绵臣杀而放之。"是故殷上甲微假师于河伯以伐有易，灭之，遂杀其君绵臣。

上甲微联合河伯，消灭有易，诛杀有易国君，取得了牛羊战争的彻底胜利，使殷商民族的势力跨过黄河，占领易水流域。

[1] 后人多以"是故"以下文字归之《竹书》，疑文气不类，应为郭璞语。

第二十四讲

成汤伊尹

成汤东巡，有莘爰极。
何乞彼小臣，(而)吉妃是得？
水滨之木，得彼小子。
夫何恶之，媵有莘(之)妇？
汤出重泉，夫何罪尤？
(不)胜心伐帝，(夫)谁使挑之？
缘鹄饰玉，后帝是飨。
何承谋夏桀，终以灭丧？
帝乃降观，下逢伊挚。
何条放致罚，(而)黎服大说？
初汤臣挚，后兹承辅。
何卒官汤，尊食宗绪？

成汤巡游东方，到达有莘之国。
为何讨要小臣，居然得到吉妃？
小臣名叫伊尹，生于水滨之木。
有莘为何讨厌，派他作了陪嫁？

　　成汤获释重泉，何罪加以关押？
　　原本不想造反，是谁挑动反心？
　　伊挚烹饪鸡汤，贡献上帝安享。
　　奉命扶助夏桀，为何灭夏兴商？
　　上帝君临天下，会见人间伊挚。
　　处罚流放夏桀，黎民因何喜悦？
　　身为商初大臣，辅弼成汤王业。
　　何能善终官场，世代享受爵禄？

　　前文"桀伐蒙山，何所得焉？ 妹嬉何肆？汤何殛焉"是主问夏桀因何灭亡，涉及成汤。这一节，在追述殷商发迹的历史后，再说成汤，是主问殷商何以灭夏，主问灭夏的两个关键人物成汤和伊尹。

　　商民族自上甲微北伐有易，崭露扩张锋芒，历五世至成汤，国力强盛，东伐葛伯[1]，西伐昆吾[2]。《史记·殷本纪》：

　　　　汤征诸侯。葛伯不祀，汤始伐之。……汤曰："汝不能敬命，予大罚殛之，无有攸赦。"作《汤征》。……当是时，夏桀为虐政淫荒，而诸侯昆吾氏为乱。汤乃兴师率诸侯，伊尹从汤，汤自把钺以伐昆吾。

礼乐征伐不经朝廷，四方诸侯莫敢争锋，约在公元前十六世纪上半叶（约前1600–前1550），成汤公开造反，推翻夏桀，自号商武王，登天子位。

　　在这场改朝换代的历史巨变中，成汤固然是关键人物，但在屈原看来，成汤的辅弼伊尹更是关键人物。这一节二十四句七问，说君上

[1]葛伯，疑为上古葛天氏后裔，夏王室封国，故地似在今河南东部宁陵北。

[2]昆吾，高阳氏一支，与屈原楚民族有血缘关系。夏时，封于昆吾，高阳氏旧都，似在今河南北部濮阳。

只有八句二问，说臣下却用十六句五问，可见伊尹在屈原心中的份量与地位。

成汤东巡，有莘爰极。何乞彼小臣，吉妃是得？

东巡，谈不上，成汤那时还不是天子，其事应是东征。成汤很聪明，夏势力在中原，他就避强欺弱算计东边。途中，他看见百姓织网捕猎，特意作了一场仁爱秀。刘向《新序·杂事》：

> 汤见祝网者置四面，其祝曰："从天坠者，从地出者，从四方来者，皆罹吾网。"汤曰："嘻，尽之矣。非桀其孰为此？"汤乃解其三面，置其一面，更教之祝曰："昔蛛蝥作网，今之人循序。欲左者左，欲右者右，欲高者高，欲下者下。吾取其犯命者。"汉南之国闻之，曰："汤之德及禽兽矣。"四十国归之。

祝，祈祷。布网者网罗四面，要一网打尽；成汤改为网罗一面，要广开生路；凸显成汤仁爱之德。

有莘（shēn），亦作有侁（shēn），东方一族，故地在今山东曹县北。《左传·僖公二十八年》："晋侯登有莘之虚以观师。"杨伯峻注："据《春秋舆图》①，有莘氏之虚在今山东省曹县西北。"一说，有莘在今河南省开封市旧陈留县东。张守节《史记正义》引《括地志》："古莘国在汴州陈留县东五里，故莘城是也。"

爰，语助。极，到。在有莘，成汤索要一位身份卑微的小臣伊尹。小臣②，专管帝妃起

①《春秋舆图》，作者顾栋高（1679-1759），字复初，一字震沧，自号左畬（yú），江苏无锡人。清康熙进士，授内阁中书。性好治学，多有发凡，著《尚书质疑》、《毛诗类释》，辑《大儒粹语》，尤用力《春秋大事表》，其表附有舆图，即《春秋舆图》。

②小臣，地位卑贱，可阉割，《天官·序官》："内小臣，奄（阉）上士四人。"可作赏赐品，西周《大克鼎铭》（清光绪十六年，1890年，陕西扶风法门镇任村出土。）有周王赏赐小臣事；可作殉葬品，《左传》有小臣殉葬景公事；可作试验品，《国语·晋语》："骊姬与犬肉，犬毙。饮小臣酒，亦毙。"有时也用作臣下自谦，《书·召诰》召公自称："予小臣。"

居，相当于后世的宦官。索要的结果，有莘不仅送上伊尹，并且送上了一位美丽善良的女子。吉，美善。吉妃，美丽贤惠的妃子。屈原质疑这一传闻："何乞彼小臣，而吉妃是得？"如果成汤只要小臣，为何得到有莘美女？

《吕氏春秋·本味》：

> （伊尹）长而贤，汤闻伊尹，使人请之有侁氏，有侁氏不可。伊尹亦欲归汤，汤于是请取妇为婚。有侁氏喜，以伊尹媵女。

谓成汤为索要伊尹主动提婚，取悦有莘，促成有莘送上伊尹。这与屈原之意不同。有莘多美女，汤之前，鲧娶有莘女，司马贞《史记索隐》引《世本》："鲧取有莘氏女，谓之女志。"汤之后，周文王也娶有莘女太姒，《诗·大雅·大明》："缵女为莘，长子为行，笃生武王。"成汤东巡有莘，如同夏桀兵临蒙山，原本就是要美女，得到伊尹只是有莘陪嫁的意外收获。不然，伊尹这位身份卑微的后宫小臣，有何作为，使成汤得知他的超人才干？等到伊尹头角峥嵘，殷商出于美化成汤和伊尹，改索要美女为索要人才。《吕览》不察，照单全收。屈原察之，借问："何乞彼小臣，吉妃是得？"实问："何乞彼吉妃，小臣是得？"讥刺殷商颠倒因果，把"有心栽花（美女），无意插柳（人才）"虚夸为"无意栽花，有心插柳"。

水滨之木，得彼小子。夫何恶之，媵有莘妇？

水滨，伊水之滨。小子，小男孩，即伊尹。伊尹以水为姓，本名伊挚，一名阿衡。尹是灭夏后伊尹受封的殷商官职，相当于宰相。伊尹的出生，殷人说得神神鬼鬼。《吕氏春秋·本味》：

> 有侁氏女子采桑，得婴儿于空桑之中，献之于君。其君令烰人养之，察其所以然，曰："其母居伊水之上，孕，梦有神告之曰：'臼出水而东走，毋顾。'明日，视臼出水，告其邻，东走十里而顾，其邑尽为水，身因化为空桑。"故命之曰伊尹。此伊尹生空桑之故也。

无夫怀身孕，空桑生伊尹，因梦避水祸，是虚话；生而是孤儿，是弃儿，被人收养，才是实话。伊尹长大，无权无势，无可奈何，做了有莘国的宫廷内侍，屈原所谓小臣。小臣，身份低下，形同奴仆，直到春秋，仍可作为试毒品，赏赐品；惟因跟随君主、后妃，容易成为政治亲信。一说伊尹的差事是在有莘后宫为嫔妃、公主当教师。《墨子·尚贤》："伊尹为有莘氏女师仆。"工作还算体面。屈原诧异，伊尹这样的才俊，有莘国君为何讨厌他，随手送给他人？媵(yìng)，随嫁或陪嫁的男女。《史记·殷本纪》：

> 伊尹名阿衡。阿衡欲奸汤而无由，乃为有莘氏媵臣。

奸汤，亲近成汤，伊尹为投靠成汤自愿陪嫁。就算如此，伊尹是良禽择木，贤臣择主，无可非议；有莘国君却是有眼不识泰山。

汤出重泉，夫何罪尤？

在成汤身边，伊尹才智渐露，成汤敬其为

师，任其为官。《孟子·公孙丑》：

> 汤之于伊尹，学焉而后臣之。

两人的励精图治，引起夏桀的猜疑。夏桀召见成汤，拘押囚禁。囚禁场所，《竹书纪年》说是夏台：

> （帝癸）二十二年，商侯履来朝，命囚履于夏台。

帝癸，夏桀。履，成汤。夏台，夏京城[1]监狱。《史记·夏本纪》也说是夏台：

> 乃召汤而囚之夏台。

《太公金匮》[2]说是均台：

> 桀怒汤，以谏臣赵梁计，召而囚之均台。

均台、夏台是一回事，夏都的监狱均台，简称夏台。蔡邕《独断》：

> 夏曰均台，殷曰理，周曰图圉（yǔ），汉曰狱。

《天问》说"汤出重泉"，出，释放。则重泉是监狱之名还是监狱所在的地名？

王逸说："重泉，地名也。"《史纪·秦本记》："简公六年，堑洛，城重泉。"张守节正义《史记·河渠书》引《括地志》："重泉故城在同州蒲城县东南四十五里，在同州西北亦四十五里。"但蒲城在陕西，桀之夏都，或在山东斟寻，或在河南某地[3]。夏桀召汤，只应召至夏都，囚于夏都监狱，不应召之山东（或河南），却囚之陕西。

[1]《竹书纪年》，禹都阳城（今河南登封），太康居斟寻（今山东潍坊），相居帝丘（今河南濮阳），杼居原城（今河南济源），又迁老丘（今河南开封东北），孔甲居西河（今陕西澄城一带）。夏桀都斟寻，后迁河南某地。

[2]周拱辰《离骚草木史》引。《太公金匮》托名吕尚，约是战国书籍。

[3]《竹书纪年》："帝癸，一名桀。元年壬辰，帝即位，居斟寻。""十三年，迁于河南。"

重泉，义犹九泉，是均台监狱的地牢或水牢。所以《太公金匮》说："囚之均台，寘之重泉。"地牢水牢深藏地下，暗无天日，恰似阴曹地府。南朝江淹《杂体诗·效潘岳悼亡》："美人归重泉，凄怆无终毕。"

在重泉，关押不久，成汤被夏桀放归本族。释放的原因，《太公金匮》："汤乃行贿，桀遂释之。"屈原未提行贿，却问了一句"夫何罪尤"。这一问，问到关键。当初，成汤被抓，有罪无罪？如今，成汤被放，无罪有罪？指责夏桀只凭喜怒行事，不凭法则办事。抓也无据，放也无由。

胜心伐帝，谁使挑之？

胜，克服。胜心，克服内心。帝，夏桀。挑，挑动。成汤脱险，是否造反，犹豫不决。是谁挑动成汤克服内心的迟疑，举兵讨伐夏桀？是空桑小子伊尹。《孟子·万章》：

> （伊尹）说之以伐夏救民。

说，劝说。《韩非子·难言》：

> 上古有汤至圣也，伊尹至智也，
> 夫至智说至圣，然且七十说而不受。

说了七十次，尚未说服，足见成汤的犹豫之深和伊尹的耐心之大。伊尹是成汤灭夏的主心骨。

伊尹来自陪嫁，人微言轻，如何左右成汤？《孙子》：

> 伊名挚以为媵臣，至亳，乃负鼎抱俎见汤。

鼎，烹调容器。俎，刀俎，刀和砧板。《韩非子·难言》：

> （伊尹）身执鼎俎为包宰，昵近习
> 亲，而汤乃仅知其贤而用之。

包宰，庖宰，厨房主管。昵近，亲昵相处。习
亲，熟悉亲近。伊尹凭借烹调绝活，成为成汤
的亲信。这是一条人才脱颖的经验：皋陶善
制乐器，受大禹器重；傅说发明筑版，使武丁
刮目；姜尚精于宰牛，引文王关注；宁戚善于
唱歌，遇齐桓赏识；司马相如长于辞赋，得汉
武喜爱；都是凭借一技之长进入帝王视野。不
过，仅有一技之长，是远远不够的。李白诗歌
天才，却不善政治，唐玄宗说他终非廊庙器。伊
尹及上述诸人不仅是依靠特长引起帝王注意，
并且，主要是依靠论政取得帝王重用。《史
记·殷本记》：

> 伊尹以滋味说汤。

滋味，饮食烹调。伊尹借烹调之理说政治之
道。

这政治之道，司马迁说是"素王九主之
事"。《史记·殷本纪》：

> 或曰，伊尹处士，汤使人聘迎
> 之，五反然后肯往从汤，言素王及九
> 主之事，汤举任以国政。

素王，品质崇高、身处下位的无冕之王。《庄
子·天道》：

> 以此（道德）处下，玄圣[1]、素王
> 之道也。

[1]玄圣，智慧之圣。

孔子享有这等礼赞，所谓"千年礼乐归东鲁，
万古衣冠拜素王。"[2]

[2]明人戴璟《谒夫子庙》。

或称素王是太素上皇，司马贞《史记索隐》："按素王者，太素上皇，其道质素，故称素王。"太素，本是哲学范畴，指一种元气，《列子》："太素者，质之始也。"秦汉以后道教称太素为上皇，是元气的神化，不可取。

九主，指诸侯国的九类君主。裴骃《史记集解》引刘向《别录》：

> 九主者，有法君、专君、授君、劳君、等君、寄君、破君、国君、三岁社君。凡九品，图画其形。

九品即九类。一类法君，以法治国之君；二类专君，果敢决断的权威之君；三类授君，知人善任，授权臣下之君；四类劳君，事必躬亲，勤勉忧劳之君；五类等君，等同平常，无所作为之君；六类寄君，力量弱小，托庇他国之君[1]；七类破君，外寇入侵，国无完璧之君；八类国君，国为固之误，应为固君，困守一地，寸步难行之君；九类三岁社君，字面殊不可解，应如马王堆帛书《九主》作灭社君，灭的繁体字是滅，岁的繁体字是歲，滅误写为三歲，灭社君即亡国之君。李岩[2]《马王堆帛书与历史研究》引马王堆帛书《九主》："专授之君二，劳君一，等君一，寄主一，破邦之主二，灭社之主二，凡与法君为九主。"其中，"破邦"之"邦"即《别录》的"国君"（固君），"灭社之主二"应为"灭社之主一"，否则，九主就变作了十主。

或称九主为九位帝王，指三皇五帝和大禹。司马贞《史记索隐》：

> 九主者，三皇五帝及夏禹也。

[1] 司马贞《史记索隐》："寄君谓人困于下、主骄于上、离析可待，故孟轲谓之寄君也。"

[2] 李岩，任教安徽师范大学社会学院历史系。

这与刘向《别录》、马王堆《帛书》的九主为九类大相径庭，其义不如九类。

伊尹说素王，是立足当前，开导成汤在未有帝王之位时，先修帝王之德；说九主，也是立足当前，开导成汤当好一国之君，治好一国之政，待时进取。

孟子否认"伊尹以割烹要汤"[1]，说伊尹归附成汤，是汤的礼贤下士"三顾茅庐"；伊尹论道成汤，论的是尧舜之道。《孟子·万章》：

> 万章问曰："人有言，伊尹以割烹要汤，有诸？"孟子曰："否。不然。伊尹耕于有莘之野，而乐尧舜之道焉。非其义也，非其道也，禄之以天下，弗顾也。系马千驷，弗视也。非其义也，非其道也，一介不以与人，一介不以取诸人。汤使人以币聘之，嚣嚣然[2]曰：'我何以汤之聘币为哉？我岂若处畎亩之中，由是以乐尧舜之道哉。'汤三使往聘之。既而幡然[3]改曰：'与我处畎亩之中，由是以乐尧舜之道。吾岂若使是君为尧舜之君哉，吾岂若使是民为尧舜之民哉，岂若于吾身亲见之哉。天之生此民也，使先知觉后知，使先觉觉后觉也。予天民之先觉者也，予将以斯道觉斯民也。非予觉之而谁也？'此亦伊尹之言也。思天下之民，匹夫匹妇有不被尧舜之泽者，若己推而内之沟中。吾未闻枉己而正人者也，况辱己以正天下者乎？圣人之行不同也。或远或近，或去或不去，归洁其身而已

[1] 要，请求，劝导。

[2] 嚣嚣然，理直气壮的样子。

[3] 幡然，忽然大变的样子。

> 矣。吾闻其以尧舜之道要汤，未闻以
> 割烹也。"

万章问，有人说伊尹靠切肉烹调的厨房之术求用于汤，有这回事吗？孟子说，不是这回事，伊尹本是田野农夫，崇尚尧舜之道，凡不合尧舜道义，一丝不给于人，一毫不取于己。孟子举例，成汤三聘伊尹，头两次，伊尹断然拒绝："我岂能因礼物应聘？怎如我身处田亩修行尧舜之道？"第三次，伊尹同意："如其我一人独处田亩，独修尧舜之道，不如使成汤成为尧舜之君，不如使人民成为尧舜之民，不如我亲身亲见尧舜之世"。孟子观点，伊尹是靠尧舜之道劝导成汤，不是靠切肉烹调说服成汤。

与孟子的一味称赞不一样，屈原对伊尹，既称赞，也批评。屈原此问，"胜心伐帝，谁使挑之？"就是责备伊尹。为何要煽动不愿造反的成汤造反？这种责备，体现了屈原反对以臣犯君、以暴易暴的政治观。

接着，屈原说及一个民间传闻。

缘鹄饰玉，后帝是飨。

这则传闻说伊尹烹调不是伺候成汤，而是伺候天帝。缘，因。鹄（hú），鸿鹄，鹤类。飨，祭飨。《淮南子·说山》："先祭而后飨。"朱骏声《说文通训定声》："飨，受食亦曰飨。"后帝即天帝、上帝。伊尹烹鹄，按照鹄的身形装饰美玉，祭飨天帝，赢得了天帝的信任。

何承谋夏桀，终以灭丧？

承，许诺，担负。谋，策划，算计。伊

尹在天帝那里承担了一项为人谋划的任务，为谁人谋划？旧注，是伊尹为成汤谋划夏桀的天下。但细审诗意，"终以灭丧"表达的是一种惊诧。如果天帝授意伊尹推翻夏桀，夏桀之亡，意料之中，何须惊诧？如果天帝授意伊尹辅佐夏桀，伊尹却辅佐成汤灭亡夏桀，就在天帝的意料之外，则惊诧难免。"何承谋夏桀，终以灭丧"是以天帝的口气责问伊尹，当初承诺辅佐夏桀，为何最终灭亡夏桀？问题的深沉含义是，助夏是天命，灭夏不是天命，伊尹阳奉阴违，倒行天命。

天帝心有不安，天下是否乱套？

帝乃降观，下逢伊挚。何条放致罚，黎服大说？

不安之下，下凡考察，天帝看到的情景却如《吕氏春秋·慎大》：

> 汤立为天子，夏民大悦，如得慈亲，朝不易位，农不去畴，商不变肆，亲邦如夏。

夏桀倒台，民众不痛而喜，天下不乱而安，天帝疑惑，问于伊尹："何条放致罚，黎服大说？"条，鸣条，夏桀战败之地①。放，流放，在鸣条流放夏桀至南巢。致罚，给予惩罚。黎服，黎民百姓。大说，大悦。这一问，实际是屈原借天帝之口说出自己的疑惑。之所以疑惑，是屈原的立场在君不在民，忽视了一个本不深奥的道理：天下只有一姓之君，并无一姓之民；普通民众只尽忠于生活，不尽忠于天子；生活好过，天子在台，民众开心；生活难过，天子下台，民众庆幸。因此，成汤、伊

① 《竹书纪年》："三十一年，商自陑征夏邑，克昆吾。大雷雨，战于鸣条。夏师败绩，桀出奔三朡。商师征三朡，战于郕，获桀于焦门，放之于南巢。"

尹虽然以下犯上，但因施政得当，民生改善，人民照常拥护。所以，伊尹、成汤"以臣放君，天下不以为僭"①。

初汤臣挚，后兹承辅。

承辅，辅弼帝王的大臣。《国语·吴语》：

> 昔吾先王，世有辅弼之臣，以能遂疑计恶，以不陷于大难。

辅弼大臣，又称四邻、四辅。《尚书大传》：

> 古者天子必有四邻。前曰疑，后曰丞，左曰辅，右曰弼。

疑，为天子讲道理，辨是非。丞，为天子决实务，办实事。辅，为天子思前后，虑周全。弼，为天子提意见，指过失。《大戴礼记·保傅》②引《明堂之位》说天子在朝，前后左右有四辅："道、充、弼、承"：

> 道者，导天子以道者也，常立于前。……诚立而敢断，辅善而相义者，谓之充，充者，充天子之志也，常立于左。……洁廉而切直，匡过而谏邪者，谓之弼，弼者，拂天子之过者也，常立于右。……博闻强记，接给而善对者，谓之承，承者，承天子之遗忘者也，常立于后。

《明堂之位》的道就是《尚书大传》的疑，充就是丞，承就是辅。

"初汤臣挚，后兹承辅"，八个字，简约陈述了伊尹从政六十年的经历与地位。起初是成汤的大臣；后来是诸王的辅弼。

　　成汤之时，伊尹劝导、辅佐成汤夺天下，安天下，威信之高，朝野奉若神明。《尚书·君奭》[①]：

　　　　成汤既受命，时则有若伊尹，格于皇天。

格，达，通达天命。成汤死后，伊尹辅弼卜丙、仲壬、太甲、沃丁四朝。其间，汤孙太甲，不遵汤规，伊尹软禁太甲于成汤墓地桐宫，作《伊训》、《咸有一德》，亲加训导，长达三年。伊尹训导的思想，一是神道设教。《商书·伊训》：

　　　　惟上帝不常，作善，降之百祥；作不善，降之百殃。

不常，多变。二是重视德政。《商书·咸有一德》：

　　　　常厥德，保厥位。

　　　　惟新厥德，终始惟一，时乃日新。

　　　　七世之庙可以观德，万夫之长可以观政。

　　　　德无常师，主善为师。

万夫，普通民众。长，长者。三是任人唯贤。《咸有一德》：

　　　　任官惟贤材，左右惟其人。

其人，贤材之人。四是修身检身。《太甲》：

①《君奭(shì)》，周公慰留召公之辞。周公旦、召公奭都是周初承辅。

习与性成。

慎终于始。

天作孽犹可违，自作孽不可逭。①

①逭（huàn），逃避。

"习于性成"即性成于习。《伊训》：

> 敢有恒舞于宫、酣歌于室，时谓
> 巫风；敢有殉于货色、恒于游畋，时
> 谓淫风；敢有侮圣言、逆忠直、远耆
> 德、比顽童，时谓乱风。惟兹三风十
> 愆，卿士有一于身，家必丧；邦君有
> 一于身，国必亡。

殉，谋求。耆德，老者之德。五是主张君臣大义。《伊训》：

> 居上克明，居下克忠；与人不求
> 备，检身若不及；以至于有万邦。

这些思想，孔孟非常推崇，《论语》："大贤唯有伊尹。"《孟子》："伊尹圣之任者也。"伊尹是一代贤相，五朝辅弼，千古名臣。

屈原虽然不满伊尹挑动商汤革命，但对伊尹的政治经历，政治成就，由衷钦佩。承辅一词，本身就是肯定与赞美。

何卒官汤，尊食宗绪？

卒，终老。官，做官。汤，成汤，代指殷商。尊，尊奉。食，庙享。宗，宗庙。绪，后世。沃丁为王时，伊尹卒于亳，今河南商丘，沃丁立庙祭祀，世代香火。《帝王世纪》：

> 伊尹卒，大雾三日，沃丁葬之以

　　天子之礼，以报大德焉。

今山东莘县，相传是伊尹少年时期的务农之乡，自古修建伊尹庙，题"伊庙清风"。屈原问，为何伊尹能够终老殷商官场，世代享受宗庙祭祀？换句话，也就是问，伊尹生前显赫，死后荣耀，善始善终，是何原因？

　　善始善终是一件很难的事。《诗·大雅·荡》："靡不有初，鲜克有终。"个人言行的善始善终，个人尚起主要作用；个人命运的善始善终，个人往往不能把握。在仕途上，能否善始善终，主要取决于政治环境，取决于君臣关系，取决于君主态度。尤其是功臣，功高震主，功高招妒，更要如履薄冰，小心翼翼，一步不慎，易招杀身之祸，所谓"飞鸟尽，良弓藏；狡兔死，走狗烹。"[①]此一定式，纵观历史，几人幸免？而伊尹功勋卓著，位高权重，历经五朝，安然无恙，生前生后，倍极尊崇，是善始善终的特例。只是，古籍也有伊尹未能尽忠、未能善终的公案。《竹书纪年》：

　　　　太甲名至。元年辛巳，王即位，居亳，命卿士伊尹。伊尹放太甲于桐，乃自立。七年，王潜出自桐，杀伊尹，天大雾三日，乃立其子伊陟、伊奋，命复其父之田宅而中分之。[②]

想来屈原应该不知道这一传闻，也有可能知而不信，置之不理。

　　伊尹之所以善始善终，屈原并没有总结原因，按屈原的一贯想法，应该是伊尹有幸，得遇成汤。成汤心地仁厚，善用贤臣。《帝王世

---

① 《史记·吴越世家》范蠡致文种书。

② "自立"句，《今本竹书纪年》"自立"句，沈约按："此误以摄政为真耳。""杀伊尹"句，沈约按："此文与前后不类，盖后世所益。"

纪》：

> 汤自伐桀后，大旱七年。殷史
> 卜曰："当以人祷。"汤曰："吾所
> 请雨者民也，若必以人祷，吾请自
> 当。"

有此明君，方能委伊尹以重任，待伊尹以诚
信，给伊尹以厚爱。更主要的是，伊尹"慎终
于始"，"常厥德"，"惟贤材"，克己复
礼，夙夜在公，深受群臣拥护、君主信赖。屈
原追思伊尹，既仰慕，又悲哀。仰慕伊尹的际
遇，仰慕伊尹和商王能够肝胆相照，善始善
终；悲哀自己的命运，悲哀自己和楚王，"乘
骐骥以驰骋兮，来吾导夫先路"①，不过是一
时的信任；"曰黄昏以为期兮，羌中道而改
路"①，终归是永久的分裂。

① 《离骚》。

商纣迷乱

彼(王)纣之躬，孰使乱惑？
何恶辅弼，谗谄是服？
比干何逆，而抑沉之？
雷开阿顺，而赐封之？
何圣人(之)一德，卒其异方？
梅伯受醢，箕子详狂。

纣王自掌身心，何人使他迷乱？
何故憎恶忠良，却爱信任奸党？
比干难道谋反，偏偏压制打击？
雷开有何孝顺，总要褒奖封赏？
圣德本来一种，为何行为两样？
梅伯直言致祸，箕子假装疯狂。

　　这一节，屈原从上一节的殷商之初直落殷
商之末，以十二句五问，问殷商亡国之君商纣
王，涉及人物有比干、雷开、梅伯、箕子。

商纣王，商王文丁之孙，帝乙之子，一名
受辛。《水经注》：

> 《竹书纪年》曰："武王亲禽帝
> 受辛于南单之台。"

一名受。《尚书·牧誓》：

> 今商王受，惟妇言是用。

一名辛。《史记·殷本纪》：

> 帝乙崩，子辛立。

纣之为人，天资聪慧，魁梧健美，膂力方刚，
格斗超群。《荀子·非相》说帝辛"长巨姣
美，天下之杰也；筋力超劲，百人之敌也"。

商纣在位，崇文尚武，征讨东夷，挥师江
浙，开拓东南，壮大一统。无论政治、军事、
文化，不要说夏代末帝桀，就是一般的帝王，
也只能望其项背。但纣的功绩，古史大体封
杀。郭沫若《青铜时代·驳说儒》：

> 纣王这个人对于我们民族发展上
> 的功劳倒是不可淹没的。殷代末年有
> 一个很宏大的历史事件，便是征伐东
> 夷，经营东南沿海。这件事几乎周以
> 来的史学家完全抹杀了。这件事在我
> 看来，比起周人的翦灭殷室于我们民
> 族的贡献更伟大。

纣的过错，古史则极尽渲染，是家喻户晓的历
史大暴君。《史记·殷本纪》：

> 帝辛，天下谓之纣。

纣是帝辛的绰号，意谓残害善良。蔡邕《独

断》："残义损善曰纣。"罪状一，制作炮烙酷刑，以人命作儿戏，换取妃子一笑。《列女传·殷纣妲己》：

> 纣乃为炮烙[①]之法，膏铜柱，下加之炭，令有罪者行其上，辄坠炭中，妲己乃笑。

罪状二，滥杀无辜，熊掌不熟杀厨师，老者渡水斩其腿。清马骕《绎史》引《缠子》[②]：

> 纣熊蹯不熟而杀庖人。

《水经注·淇水》：

> 老人晨将渡水而沉吟难济，纣问其故，左右曰："老者髓不实，故晨寒也。"纣乃于此斩（zhuó）胫而视髓也。

罪状三，生活奢侈糜烂，营造鹿台琼室，游嬉酒池肉林。刘向《新序·刺奢》：

> 纣为鹿台，七年而成，其大三里，高千尺，临望云雨。

《帝王世纪》：

> 纣造倾宫[③]，作琼室、瑶台，饰以美玉。

《史记·殷本纪》：

> （纣）于是使师涓作新淫声，北里之舞[④]，靡靡之乐；……益收狗马奇物，充仞宫室；益广沙丘苑台，多取野兽蜚鸟置其中；慢于鬼神，大冣乐戏于沙丘[⑤]；以酒为池，悬肉为

①炮烙，《汉书·谷永传》作"炮格"。

②《缠子》，墨家著作，作者战国缠子。此书《汉书·艺文志》未录，王充《论衡》、萧统《文选》李善注、唐人马总《意林》有片段佚文。

③倾宫，高巍宫殿。

④北里，舞曲名，靡靡之音、放荡之舞。

⑤冣，聚。

林，使男女裸相逐其间。

罪状四，诛杀忠臣，手段无比残酷。《史记·殷本纪》：

> 剖比干观其心。……醢九侯。……脯鄂侯。

醢（hǎi），肉酱；杀九侯，化其肉，制为肉酱。脯，肉干；杀鄂侯，烤其肉，制为肉干。《帝王世纪》：

> 纣烹（文王长子伯邑考）以为羹。

羹，汤羹；杀伯邑考，熬其肉，制为汤羹。果真如上所言，纣王实在是一个精神错乱的疯子，人面兽心的禽兽。

有人不信，孔子的学生子贡就不信。《论语·子张》：

> 纣之不善，不如是之甚也，是以君子恶居下流，天下之恶皆归焉。

①柏杨（1920-2008），原名郭定生，河南开封通许县人。曾任教台湾成功大学。

当代的柏杨①也不信，他考证炮烙的始作俑者是夏末履癸即夏桀，而不是商王纣。《中国人史纲》：

> 炮烙酷刑是姒履癸发明的，已登记有案，宣传家大概一时情急，忘了六百年前的往事，又叫受辛再发明一次。

屈原有所选择，诸如酒池、肉林、鹿台、倾宫、裸奔、炮烙等，一概不问，所问集中在政治昏聩，善恶颠倒，刑罚忠良。

彼纣之躬，孰使乱惑？

躬，身体。乱惑，迷乱迷惑。孰，一般以为指妲己，恐怕不是。孰，反诘，指商纣。屈原之意，身体是自己的，脑袋手脚长在自己身上，使自己心身迷乱的，不可能是他人，只能是本人。所以，之下数问，屈原不提妲己，专斥商纣。

何恶辅弼，谗谄是服？

诸葛亮《出师表》："亲贤臣，远小人，此先汉之所以兴隆也。亲小人，远贤臣，此后汉之所以倾颓也。"道理谁都明白，聪慧如商纣岂能不知？屈原实在想不通商纣为何不分忠奸，为何要厌恶辅弼，信任谗佞？司马迁倒是明白，《史记·殷本纪》：

> 帝纣资辨捷疾[1]，闻见甚敏[2]，材力过人，手格猛兽，知足以距谏，言足以饰非。矜人臣以能，高天下以声，以为皆出己下。

这种自恃聪明、自高自大、刚愎自用的性格，是商纣的致命弱点。这一弱点，后来的隋炀帝杨广与之相似。《隋书·炀帝纪》史臣评杨广："恃才矜己，傲狠明德。"[3]傲狠之人身处帝位，特别听得进奉承，听不得异见，更听不得批评。而忠良总是讽谏君王，奸佞总是望风承旨；忠良说话往往是难听的真话，奸佞说话往往是动听的假话。如何鼓励讲真话、提意见，如何防止偏听偏信，是古今难题。古人也想了一些保护和预防的原则，《毛诗序》："言之者无罪，闻之者足戒。"《新唐书·魏征传》："君所以明，兼听也；所以暗，偏信

①资辨，天资口才。捷疾，灵敏快捷。谓纣天资灵敏，口才敏捷。

②敏，反应敏锐。

③民间以炀帝自傲妒才为小说。唐代笔记《隋唐嘉话》："炀帝善属文，而不欲人出其右。司隶薛道衡由是得罪，后因事诛之，曰：'更能作"空梁落燕泥"否？'""炀帝为《燕歌行》，文士皆和，著作郎王胄独不下帝，帝每衔之。胄竟坐此见害，而诵其警句曰：'"庭草无人随意绿"，复能作此语耶？'"作者刘𫗧（sù），字鼎卿。彭城(今江苏徐州) 人。史学家刘知几之子，官右补阙、集贤殿学士。

也。"但即便广开言路，最终还是要由君王本人裁决是非，由君王本人判定忠奸，判定是否正确，完全取决于君王的智慧与水平。屈原"何恶辅弼，谗谄是服"的揪心一问，是帝王为政的万古警钟。

比干何逆，而抑沉之？

比干，名干，文丁[①]的儿子，帝乙[②]的弟弟，帝辛的叔父。沫邑（今河南淇县）人，封于比（今山东曲阜一带）。因批评朝政，劝诫纣王，受害致死。武王克商，追封比干墓，墓在汲邑（今河南新乡）。

抑沉，压制。比干有何叛逆，纣王横加压制？如何压制，屈原说剁成肉酱。《涉江》："伍子逢殃兮，比干菹醢。"菹，碎肉。菹醢，碎肉做成的肉酱。《离骚》："后辛之菹醢兮，殷宗用而不长。"司马迁说比干被商纣剖心。《史记·殷本纪》：

> （比干）乃强谏纣。纣怒曰："吾闻圣人心有七窍。"剖比干观其心。

剖胸观心，何其毒也。屈原遭遇的流放山林之苦，韩愈遭遇的"夕贬潮阳路八千"[③]，较之比干，已是微不足道。不过，商纣的剖心，比起吕后残害戚夫人，断手断脚丢在厕间做人彘；比起崇祯杀害袁崇焕，当街凌迟，也是小毒见大毒。

雷开阿顺，而赐封之？

阿（ē）顺，应为何顺。"雷开何顺，而赐封之"与"比干何逆，而抑沉之"是对举。顺，阿谀逢迎。何顺，如何顺从逢迎。

①文丁，《卜辞》作文武丁，《史记》称太丁，名托，商代第二十九代君王。《竹书纪年》说文丁在位十三年，约前1110年。

②帝乙，名羡，商代第三十代君王。

③韩愈《左迁至蓝关示侄孙湘》。

雷开，商末佞臣，善于察言观色，巧言令色。《吕氏春秋》：

> 雷开进谀言，纣赐金玉而封之。

《天问章句》：

> 雷开，佞人也，阿顺于纣，乃赐之金玉而封之也。

雷开之外，纣时奸臣，还有蜚廉、来革、费仲、崇侯虎等。《荀子·儒效》："蜚廉、恶来知政。"知政，参政。《汉书·东方朔传》："蜚廉、来革，二人皆伪诈，巧言利口以进其身。"《说苑》："昔者费仲、恶来革，长鼻决耳；崇侯虎顺纣之心，欲以合于意。"这类凭借阿谀骗取君王欢心和封赏的奸人，屈原贬之为杂草粪土，斥之为贪婪求索，《离骚》"薋菉葹以盈室"、"苏粪壤以充帏"，"众皆竞进以贪婪兮，凭不厌乎求索"[1]。屈原明白，这些奸臣所以得到宠信和封赏，这些忠臣所以受到打击和迫害，原因只有一个，君王昏庸，君王糊涂。"雷开何顺，而赐封之？""比干何逆，而抑沉之？"都是屈原的明知故问。

何圣人一德，卒其异方？梅伯受醢，箕子详狂。

这四句是问题前置，顺读就是："梅伯受醢，箕子详狂。何圣人一德，卒其异方？"

受醢，遭受剁成肉酱的酷刑。

梅伯，纣时诸侯。《淮南子·俶（chù）真训》："醢九鬼之女，葅梅伯之骸。"董仲舒《春秋繁露》："纣杀梅伯以为醢，刑鬼侯之

<hr>

[1] 王逸《离骚章句》："薋（cí），蒺藜也。菉，王刍也。葹，枲耳也。诗曰：'楚楚者薋。'又曰：'终朝采菉。'三者皆恶草也。以喻谗佞。盈，满也。""苏，取也。充，满也。壤，土也。帏谓之縢。縢，香囊也。""凭，满也。楚人名满为凭。言在位之人，无有清絜人志，皆并进取贪婪於财利，中心虽满，犹复求索，不知厌饱。"

女取其环。"高诱注《淮南子》：

> 鬼侯、梅伯，纣时诸侯。梅伯说
> 鬼侯之女美好，令纣妻之。女至，纣
> 以为不好，故醢鬼侯之女，菹梅伯之
> 骸。

在高诱的眼里，梅伯是一位佞人，损人献媚，拍马拍错，致祸他人，搭上自己。但贾谊《惜誓》[①]：

> 梅伯数谏而至醢兮，来革顺志而用国。
> 悲仁人之尽节兮，反为小人之所贼。

则梅伯是一位仁人，数谏至醢，尽忠尽节。《史记·殷本纪》：

> 九侯有好女，入之纣，九侯女不
> 熹淫，纣怒，杀之，而醢九侯。鄂侯
> 争之彊，辨之疾，并脯鄂侯。

九侯即鬼侯，《淮南子》称"九鬼"，献女取宠，自取其醢。鄂侯类似贾谊的梅伯，梅伯数谏至醢，鄂侯争辩至脯，都是死谏的诤臣。

箕子，名胥余，文丁的儿子，帝乙的弟弟，纣王的叔父，封于箕（今山西太谷一带）。箕子睿智，见微知著。《史记·宋微子世家》：

> 箕子，纣亲戚也。纣始为象箸，
> 箕子叹曰，彼为象箸，必为玉杯。为
> 玉杯，则必思远方珍怪之物而御之
> 矣。舆马宫室之渐，自此始不可振
> 也。

箕子博学，博古通今，曾为武王讲解治理天下

---

① 王逸《楚辞章句》："《惜誓》者，不知谁所作也。或曰贾谊，疑不能明也。惜者，哀也；誓者，信也，约也。"

的法则：

> 武王既克殷，访问箕子。武王
> 曰："於乎！维天阴定下民，相和其
> 居，我不知其常伦所序。"箕子对
> 曰："在昔鲧陻鸿水，汩陈其五行，
> 帝乃震怒，不从鸿范九等，常伦所
> 斁。鲧则殛死，禹乃嗣兴。天乃锡禹
> 鸿范九等，常伦所序。初一曰五行；
> 二曰五事；三曰八政；四曰五纪；
> 五曰皇极；六曰三德；七曰稽疑；
> 八曰庶征；九曰向用五福，畏用六
> 极。"①

箕子富文采，善音乐，善诗歌，作《箕子
操》、《麦秀诗》：

> （箕子）遂隐而鼓琴以自悲，故
> 传之曰《箕子操》。②

> 其后箕子朝周，过故殷虚，感
> 宫室毁坏，生禾黍，箕子伤之，欲哭
> 则不可，欲泣为其近妇人，乃作《麦
> 秀》之诗以歌咏之。其诗曰："麦秀
> 渐渐兮，禾黍油油。彼狡僮兮，不与
> 我好兮。"所谓狡童者，纣也。殷民
> 闻之，皆为流涕。③

箕子因绝望朝政，在殷商装疯为奴。贾谊《惜
誓》：

> 比干忠谏而剖心兮，箕子被发而佯狂。
> 水背流而源竭兮④，木去根而不长。

被发，披头散发。佯狂，装疯卖傻。《史
记·宋微子世家》：

① 《史记·宋微子世家》。五行：水，火，木，金，土。五事：貌恭，言从，视明，听聪，思睿。八政：食，货，祀，司空，司徒，司寇，宾，师。五纪：岁，月，日，星辰，历数。皇极：正道。三德：正直，刚克，柔克。稽疑：卜筮。庶征：天时征兆。五福：寿，富，康宁，攸好德，考终命。六极：凶，疾，忧，贫，恶，弱。

② 《史记·宋微子世家》。西汉桓谭《新论·琴道》："夫遭遇异时，穷则独善其身而不失其操，故谓之操。"宋郭茂倩《乐府诗集》引南朝智匠《古今乐录·箕子操》："嗟！嗟！纣为无道杀比干，嗟重复嗟独奈何？漆身为厉，被发以佯狂，今奈宗庙何？天乎！天哉！欲负石自投河，嗟复嗟奈社稷何！"这歌词不像疯子的歌词，估计是后人增补。

③ 《史记·宋微子世家》。这首《麦秀》诗的诗意诗情与亡国之思之痛相差万里，不可信。

④背流，倒流。

> 纣为淫逸，箕子谏不听。或曰："可以去矣。"箕子曰："为人臣，谏不听而去，是彰君之恶，而自悦于民，吾不忍为也。"乃披发详狂而为奴。

详狂即佯狂。箕子不愿意逃亡，不忍心以逃亡凸显君王之恶，不愿意用逃亡博取个人的民间声誉，采取了一种假装疯癫、卖身为奴、自毁生活的方式，以躲避政治，照顾名节，全身保命。这是一种难度极高的政治隐身法，一般人做不到。箕子有这个本事，魏晋阮籍也有这个本事。

周灭商，箕子一度被囚，释放后，远奔朝鲜。《尚书大传》：

> 武王胜殷，继公子禄父，释箕子之囚。箕子不忍周之释，走之朝鲜。武王闻之，因以朝鲜封之。箕子受周之封，不得无臣礼，故于十三祀来朝。①

《史记·宋微子世家》：

> 武王乃封箕子于朝鲜而不臣也。

不臣，特许箕子无须按臣下之礼来朝觐见和进贡。后人大多感佩箕子，柳宗元特撰《箕子碑》：

> 凡大人之道有三：一曰正蒙难，二曰法授圣，三曰化及民。殷有仁人曰箕子，实具兹道以立于世，故孔子述六经之旨，尤殷勤焉。
>
> 当纣之时，大道悖乱，天威之

① 《史记》有《朝鲜列传》，未提箕子事。《宋微子世家》有片言只语。朝鲜古籍《三国史记》列箕子首位，《三国遗事》、《帝王韵记》也说到箕子。看来，箕子奔朝，比较可信，受周之封，尚应存疑。又，祀，天子祭祖一年一次。十三祀，犹天子在位十三年。因武王在位只有三年，或云十三祀应从文王执政算起。

动不能戒，圣人之言无所用。进死以
并命，诚仁矣，无益吾祀，故不为。
委身以存祀，诚仁矣，与亡吾国，故
不忍。具是二道，有行之者矣。是用
保其明哲，与之俯仰；晦是谟范，辱
于囚奴；昏而无邪，聩而不息；故
在《易》曰"箕子之明夷"，正蒙难
也。及天命既改，生人以正，乃出大
法，用为圣师。周人得以序彝伦而立
大典；故在《书》曰"以箕子归作
《洪范》"，法授圣也。及封朝鲜，
推道训俗，惟德无陋，惟人无远，用
广殷祀，俾夷为华，化及民也。率是
大道，丛于厥躬，天地变化，我得其
正，其大人①欤？

① 大人，伟大之人。

於虖！当其周时未至，殷祀未
殄，比干已死，微子已去，向使纣
恶未稔而自毙，武庚念乱以图存，国
无其人，谁与兴理？是固人事之或然
者也。然则先生隐忍而为此，其有志
于斯乎？

唐某年，作庙汲郡，岁时致祀，
嘉先生独列于《易》象，作是颂。

柳宗元赞美箕子明哲，不求"进死并命"之
仁，不求"委身存祀"之仁，宁可装疯受辱，
保持正义，实践大人"正蒙难"②之道；赞美
箕子为武王传授文化，宣讲法制，实践大人
"法授圣"③之道；赞美箕子教化朝鲜，实践
大人"化及民"④之道；是德行高尚、名副其
实的大人。

屈原是否这样看待箕子？"何圣人一德，

② 正蒙难，为坚持道义，承
受苦难。

③ 法授圣，以礼法制度，传
授圣君。

④ 化及民，推广文明，教化
人民。

卒异其方",口气是怀疑的。圣人,指梅伯、箕子。一德,一种品德。卒,卒然,竟然。方,方法,处世的行为方式。异方,不同的行为方式。朱熹《楚辞集注》:"方,术也。二人德同而术异也。"两位圣贤,既然品德相同,为何一个犯颜直谏,惨遭商纣菹醢;一个装疯卖傻,周武"用为圣师"①?难道一种品德,可以两种处世?或者,反过来说,难道两种处世方法,源于一种圣人品德?

①柳宗元《箕子碑》。

屈原之问,质疑的可能是周代褒奖商末名臣的言论,例如儒家"三仁"说。《论语·微子》:

> 微子去之,箕子为之奴,比干谏
> 而死。孔子曰:"殷有三仁焉。"

微子,名启,帝乙的长子,比干的侄儿,商纣同父异母的哥哥,封于微(今山东梁山西北)。因绝望朝政,逃离殷商,后被周武王封于宋(今河南商丘),续殷祀。微子、箕子、比干,同为商纣至亲之臣,在王政垂危之际,比干选择匡正王政,箕子选择装疯卖傻,微子选择出国逃亡,结果,微子、箕子受封周臣,比干一人死为商鬼;孔子为何不分彼此,同称"三仁"?

孔子主张,为人臣,君有道则仕,君无道则不仕。《论语·宪问》:

> 子曰:"邦有道,谷;邦无道,
> 谷,耻也。"

谷,仕禄。孔子主张,仁是终生追求,应该死而后已。《论语·泰伯》:

> 曾子曰:"士不可以不弘毅,任

重而道远。仁以为己任，不亦重乎？
死而后已，不亦远乎？"

曾子是孔子的学生，为仁死而后已，契合孔子的教导。孔子主张，仁比生命宝贵，不妨杀身成仁。《论语·卫灵公》：

　　子曰："志士仁人，无求生以害仁，有杀身以成仁。"

孔子主张，志士求仁，苦而无怨，死而无恨。《论语·述而》：

　　求仁而得仁，又何怨。

按此检视，微子的逃亡，箕子的装疯，符合"君无道，谷，耻也"；比干的死谏，符合"杀身成仁"；三人方式有别，却殊途同归，都是"求仁得仁"的仁人君子，所以孔子一视同仁，赞为"三仁"。

　　屈原似乎不赞成，屈原的逻辑是，圣人一德，不异其方；品德一致，行为方式也应一致；梅伯、箕子的处世方式既然不一致，两人的品德就必然有差异。屈原思考，国君昏聩，国难当头，忠臣究竟应当何去何从？是躲避保命第一，还是舍身救亡第一？箕子的装疯，微子的逃亡，是躲避保命；比干的抑沉、梅伯的菹醢，是舍身救亡；躲避易，舍身难。孔子自己也说："民之于仁也，甚于水火。水火吾见蹈而死者矣，未见蹈仁而死者也。"[1]

　　屈原是不愿躲避的，躲避固然可以不染污泥，可以全身避祸，可以保存后嗣，但却丢弃了国家、国君、国民。《离骚》：

　　陟升皇之赫戏兮，忽临睨夫旧乡。

[1]《论语·卫灵公》。

> 仆夫悲余马怀兮，蜷局顾而不行。

屈原宁愿效法比干、梅伯，舍身救亡。舍身，
固然伤害父母给予的身体，固然丢弃了一生一
次的生命，但却尽忠于国家、国君、国民。
《离骚》：

> 阽余身而危死兮，览余初其犹未悔。
> 不量凿而正枘兮，固前修以菹醢。
>
> 伏清白以死直兮，固前圣之所厚。

这一态度，有人讥为愚忠，有失肤浅。屈原是
理想主义者，理想与现实难以调和，宁为玉碎
不愿瓦全。

《天问》至此，以六十四句二十四问，检
讨殷商成败。灭夏之前，殷商世系，十四代：

> 契、昭明、相土、昌若、曹圉、
> 冥、亥、恒、甲微、报乙、报丙、报
> 丁、主壬、主癸。

屈原四问殷人始祖简狄，八问殷人先祖王亥、
王恒、上甲微。灭夏之后，殷商世系，三十一
代，历史跨度约公元前十六世纪至前十一世
纪，大约五百余年。

> 汤、太丁、外丙、中壬、太甲、
> 沃丁、太庚、小甲、雍己、太戊、中
> 丁、外壬、河亶甲、祖乙、祖辛、沃
> 甲、祖丁、南庚、阳甲、盘庚、小
> 辛、小乙、武丁、祖庚、祖甲、廪
> 辛、康丁、武乙、文丁、帝乙、帝
> 辛。

屈原七问开国之君成汤和开国重臣伊尹，五

问亡国之君帝辛，扣住一兴一亡，主题十分明确。可惜之处，是省略了三位了不起的人物。

一位是盘庚，甲骨文做般庚，名旬，商代第20位天子，在位28年（约前1300-前1277）。盘庚即位时，商朝矛盾尖锐，天灾频繁，危机严重。盘庚为摆脱困境，力排众议，西渡黄河，迁都求变，约于公元前1298年把都城从奄（曲阜）迁到殷（安阳）①。迁都前后盘庚发表了三次著名讲话，文本就是《尚书·盘庚》。盘庚在殷，政策开明，社会富足，人民安居，文化发展，始有"殷商"之称。

一位是武丁，名昭，商代第23位天子，谥高宗，相传少年行役，与平民劳作，深知民众疾苦和稼穑艰辛。在位59年（约前1259-前1200），率领臣民，励精图治，大力发展经济、文化；又厉兵秣马，挥师西北，出兵荆楚，征伐巴蜀，开疆扩土，版图西起甘肃，东至海滨，北及大漠，南逾江汉，《诗·商颂·玄鸟》："邦畿千里，维民所止，肇域彼四海。"一派泱泱大国的气象，史称"武丁中兴"。

另一位是傅说（约前1335-前1246），殷高宗武丁的股肱。傅说原是服劳役的苦工，因在傅岩工地创造建筑技术"版筑"（夯墙）而饶有名气。《诗·大雅·緜》：

其绳则直，缩版以载，作庙翼翼。
捄（jiū）之陾陾（réng），度（duó）之薨薨，
筑之登登，削屡冯冯（píng），百堵皆兴。②

① 商地原在商丘，即亳地。《竹书纪年》，商王仲丁"自亳迁于嚣"，嚣或作隞，地在北临黄河的今河南荥阳。河亶甲"自嚣迁于相"，地在豫北平原、冀鲁豫三省交汇的今河南内黄。祖乙"居庇"，或作耿，或作邢，地在豫北平原西部、南临黄河的今河南温县；或地在冀之南、太行之东的今河北邢台。南庚"自庇迁于奄"，地在今山东曲阜。盘庚"自奄迁于北蒙，曰殷"，地在冀晋豫三省交汇的河南安阳。

② 翼翼，凌空欲飞的样子。捄，盛土。陾陾，盛多的样子。度，填土。薨薨，填土声响。筑，夯土。登登，夯土声响。削屡，削平墙上土突。冯冯，削土声响。

①东维，东方七宿。箕，东方七宿之一，排名在七宿之末，故称箕尾。

②辰星，王逸说是东方之宿，房星。一说是北方之宿，水星，因时令不同，所在方位也不同，有时或居于东。韩众，上古仙人，洪兴祖《楚辞补注》说是春秋时齐国人韩终，"为王采药，王不肯服，终自服之，遂得仙也"。又，《史记·秦始皇本纪》有方士韩终，为始皇"求仙人不死之药"。疑洪兴祖混淆了韩众与韩终。

"缩版以载"，用木板夹墙垒土，运用的就是版筑技术。武丁慧眼识珠，傅说由奴隶到大臣，辅佐武丁，造就盛世。所留《说命》三篇，载《尚书·商书》，名言有如"知之非艰，行之惟艰"，武丁尊为"圣人"。战国时已有傅说化星的传闻，《庄子·大宗师》："傅说得之，以相武丁，奄有天下，乘东维，骑箕尾，而比于列星。"①《楚辞·远游》："奇傅说之托辰星兮，羡韩众之得一。"②屈原非常欣赏傅说和武丁的关系，《离骚》："说操筑于傅岩兮，武丁用而不疑。"

第二十六讲

后稷传奇

稷维元子，帝何竺之？
投之(于)冰上，鸟何燠之？
何冯弓挟矢，殊能将之？
既惊帝切激，何逢长之？

周族始祖后稷，上帝为何照顾？
抛弃寒冰之上，群鸟为何保护？
后稷张弓搭箭，挽弓竟能挽强？
出生惊吓上帝，子孙何以兴旺？

　　由此进入周民历史。这一节八句四问，问周人始祖。
　　稷，后稷，姬姓，名弃，周民族第一代男性首领。《诗·大雅·生民》：

厥初生民，时维姜嫄。
生民如何，克禋克祀，以弗无子。

履帝武敏歆，攸介攸止。
载震载夙，载生载育，时维后稷。

诞弥厥月，先生如达。
不坼不副，无菑无害，以赫厥灵。
上帝不宁，不康禋祀，居然生子。①

①弥，足。达，顺。坼，裂。副，破。菑，灾。赫，显耀。不康，不安。

首段：姜嫄无夫，祭祀求子，踩进上帝脚印大拇指，上帝赐福，怀孕保胎，生育后稷。二段：十月分娩，出生顺利，不痛不苦，健健康康，显耀灵异。族人担忧，无夫生子，惊扰上帝，难保上帝安享祭祀。

诞寘之隘巷，牛羊腓字之。
诞寘之平林，会伐平林。
诞寘之寒冰，鸟覆翼之。
鸟乃去矣，后稷呱矣。
实覃实訏②，厥声载路。

②寘（zhì），即置。腓，庇护。字，哺乳。覃，悠长。訏，宏大。

三段：族人考验，把后稷丢弃在陋巷，有牛羊喂奶；丢弃在树林，有伐木者抱起；丢弃在结冰的水面，有鸟保暖；后稷哭了，声音洪亮，路人尽知，后稷吉人天相，遇难呈祥。

诞实匍匐，克岐克嶷，以就口食。
蓺之荏菽，荏菽旆旆。
禾役穟穟，麻麦幪幪，瓜瓞唪唪。③

③岐，崎岖。嶷，高地。或云，岐，知；嶷，识。蓺，艺。荏菽，大豆。旆旆，茂盛。役，通颖，叶尖。穟穟，果实下垂貌。幪幪，茂密貌。唪唪，果实累累貌。

诞后稷之穑，有相之道。
茀厥丰草，种之黄茂。
实方实苞，实种实褎，
实发实秀，实坚实好，实颖实栗。
即有邰家室。④

④茀，除草。黄茂，嘉谷。方，嫩芽萌生。苞，丰盈。种，芽种成苗。褎（yòu），禾苗抽高。发，抽茎。秀，抽穗。坚，谷粒饱满。颖，禾穗下垂。栗，栗栗，丰收貌。即，到，到有邰定居。

诞降嘉种，维秬维秠，维穈维芑。
恒之秬秠，是获是亩。
恒之穈芑，是任是负。
以归肇祀。①

四、五、六段：后稷是农业天才，幼时能爬高上低，寻找食物；长大后，务农有道，培育良种，剔除杂草，整治陇亩，种豆、种谷、种麦、种瓜、种黍、种高粱，样样丰收。后稷开创氏族，定居有邰，地在今陕西武功。

诞我祀如何，或舂或揄，或簸或蹂。
释之叟叟，烝之浮浮。
载谋载惟，取萧祭脂，取羝以軷。
载燔载烈，以兴嗣岁。②

卬盛于豆，于豆于登。
其香始升，上帝居歆。
胡臭亶时，后稷肇祀。
庶无罪悔，以迄于今。③

七段：舂米扬糠，淘米蒸饭，杀牛烹羊，制作祭品，祈祷来年。末段：祭拜感恩，上帝居歆，有周一族，兴旺至今。

《史记·周本纪》：

　　周后稷，名弃。其母有邰氏女，曰姜原。姜原为帝喾元妃。姜原出野，见巨人迹，心忻然说，欲践之，践之而身动如孕者。居期而生子，以为不祥，弃之隘巷，马牛过者皆辟不践；徙置之林中，适会山林多人，迁之；而弃渠中冰上，飞鸟以其翼覆荐之。姜原以为神，遂收养长之。初欲

①秬，黑黍。秠，黍之一种。穈，赤苗，红米。芑（qǐ），白苗，白米。任，肩挑。负，背负。

②揄（yóu），舀。蹂，以手揉之去谷壳。释，淘米。叟叟，淘米声。浮浮，蒸米热气上升貌。惟，思。萧，香蒿。脂，油脂。軷，一种祭祀，祭路神。

③卬，我。豆，木器。登，瓦器。臭，香气。亶，确实，诚然。时，好。居歆，安享。

弃之，因名曰弃。弃为儿时，屹如巨
人之志，其游戏，好种树麻菽，麻菽
美。及为成人，遂好耕农，民皆法则
之。帝尧闻之，举弃为农师，帝舜封
弃于邰，号曰后稷。

司马迁写后稷，与《生民》对照，有三处重要
差别。一处，《生民》姜嫄无氏，无夫；《史
记》说姜嫄是有邰氏女，"为帝喾元妃"。一
处，《生民》后稷自选邰地，自立一族门户，
与帝王封赏无关；《史记》说帝尧"举弃为农
师"，"帝舜封弃于邰"。一处，姜嫄踩上帝
脚印，《史记》说姜嫄"见巨人迹"。第一处
差别，是司马迁建设黄帝一统的需要，把周族
收编在黄帝帐下。第二处差别，是司马迁排列
黄帝系列的人物秩序，把后稷排在尧舜之际。
第三处差别，是司马迁化虚为实，淡化神话的
色彩，增强人事的比重。帝武，上帝脚印，谁
人见过，谁能确认？巨人迹，不过是个大脚
印，也许是上帝的，也许不是，究竟是不是，
司马迁不说。不说，睿智。

大脚印是原始周民的美丽谎言。真实情景
大约是，一位女子与外族男子野合怀孕，向族
人解释，说是踩了野外大脚印，族人知道熊掌
大于人脚，就把大脚印说成熊掌之印。其后，
因所生男人成了周族始祖和农业大师，熊与熊
掌跟着出名。熊，直立，强壮，孔武，成了周
族男子的象征，《诗·小雅·斯干》："维熊
维罴，男子之祥。"并被定格为周族的图腾，
上帝赐与周民的保护神。进而又将姜嫄踩中的
熊掌之印美化为上帝脚印，后稷也就自然而然
变身为上帝之子。这与"玄鸟生商"，异曲同

工，都是父系哲人对男性始祖知母不知父的神话诠释。

屈原将信将疑。

稷维元子，帝何竺之？

元，起始，开端。《公羊传·隐公元年》："元年者何，君之始年也。"《文心雕龙·原道》："人文之元，肇自太极。"元子，周族的第一位男子。一说，元子，上帝的大儿子，亦通。

竺，一说，厚，厚爱。王逸《天问章句》："竺，厚也。"洪兴祖《楚辞补注》：

> 竺，一作笃，《尔雅》："竺，厚也。"与笃同。

如此，屈原是问，后稷这位周族元子，上帝为何厚爱有加？正象《诗经》所说，使其投胎，"履帝武敏歆"；使其顺产，"先生如达"；使其健康，"无菑无害"，难道后稷真是上帝之子？这意思与下文"惊帝切激"，激烈地惊扰上帝，自相矛盾。上帝厚爱的儿子，岂能"惊帝切激"？

竺，正解是毒，是厌恶。蒋骥《山带阁注楚辞》：

> 按古竺、笃、毒三字通用。西域天竺亦曰天毒。《书》"天毒降灾"，《史记》作"天笃下灾"。

王邦采《天问笺略》：

> 旧说以帝为天帝，竺为笃厚，与问意殊不合。案《汉书》，身毒，西域国名，一名捐毒，又名天毒。师古

云："今之天竺。"

俞樾《读楚辞》：

> 竺当为毒，古字通用，天竺之为
> 天毒，即其证也。

王闿运①《楚辞释》："毒，犹恨也。"如此，屈原是问，后稷这位元子，上帝为何厌恶？正象《诗经》所说"寘之隘巷"，"寘之平林"，"寘之寒冰"，难道后稷不是上帝之子？这意思，方与下文"惊帝切激"语意相贯。

投之冰上，鸟何燠之？

燠（yù），温暖。弃之寒冰，是原始氏族的幼儿考验仪式。族人揣摩上帝的意思，把后稷丢弃寒冰，一群飞鸟围住后稷保其温暖，族人势必大惊，惊讶后稷感动万物，惊讶后稷吉人天相。屈原的疑问是，族人既然弃之，众鸟为何护之？是偶然还是神助？就算真的有群鸟围住后稷，也只是碰巧而已。屈原之意，周人借鸟虚夸，虚构神助。

何冯弓挟矢，殊能将之？

冯，拉满。挟，按箭入弦。冯弓挟矢，形容张弓搭箭，满弓射箭。殊能，特能，特殊才能。将，使用。后稷为何擅长弓箭？

使用弓箭，是原始氏族的一项谋生本事，擅长弓箭，更是氏族首领的一种威信。黄帝善射，《黄帝弹歌》：

> 断竹，续竹。飞土，逐肉。

后羿善射，《庄子·庚桑楚》：

①王闿运（1833-1916），字壬秋，号湘绮，湖南湘潭人。清咸丰举人，曾受聘肃顺家庭教师，入幕曾国藩，讲学各地，主持过船山书院，光绪时封翰林院检讨，民国初，受袁世凯聘，任国史馆馆长、参议院参政。

> 一雀适羿，羿必得之。

公刘善射，《诗·大雅·公刘》：

> 思辑用光，弓矢斯张。①

后稷既任首领，善射应该是他的基本功。

后稷任过军职。孔颖达《毛诗正义》引《尚书刑德放》②：

> 稷为司马。

司马，周制军职，与司徒、司空、司士、司寇并称五官，掌军政军赋。王充《论衡·初禀》：

> 弃事尧为司马，居稷官，故称后稷。

稷官，农官。既当尧的司马，又当尧的农官。郑玄注《诗·鲁颂·閟宫》：

> 后稷虽作司马，天下犹以后稷称焉。

后稷农功太大，掩盖了后稷的军功。既任军职，善射更是必备的功夫。

屈原之问，弥补了《生民》只说后稷擅长农艺的疏漏。后稷既善农，又善武；既能带领氏族务农，又能带领氏族战斗。

既惊帝切激，何逢长之？

切激，激切，深切激烈。《生民》"以赫厥灵，上帝不宁"，姜嫄无夫生子，后稷生灵显赫，刺激上帝不安。"惊帝切激"正是此义。长，长远，永久。《九歌·礼魂》："春兰兮秋菊，长无绝兮终古。"屈原问，后稷惊

①思，语助。辑，和睦团结。用，因。光，光大，光大祖业。斯，语助。张，张开，备齐。两句意谓"和睦团结求光大，行人弓箭各在腰"。

②《尚书刑德放》，汉纬书，郑玄有注。

后稷弯弓　潘喜良　作

扰上帝，一族反而兴旺，是何缘故？

后稷之后，稷氏族脚踏实地，步步登高。《诗·大雅·公刘》描写后稷第四代公刘由邰（今陕西武功）迁豳（今陕西邠县）弃旧图新的事迹：

> 笃公刘，匪居匪康。
> 乃埸乃疆，乃积乃仓；
> 乃裹糇粮，于橐于囊。
> 思辑用光，弓矢斯张；
> 干戈戚扬，爰方启行。①

这时的稷氏族已经不是一支乌合之众，而是一支全民皆兵、斗志昂扬的军事部落。

> 笃公刘，于胥斯原。
> 既庶既繁，既顺乃宣，而无永叹。
> 陟则在巘，复降在原。
> 何以舟之？维玉及瑶，鞞琫容刀。②

> 笃公刘，逝彼百泉，瞻彼溥原，
> 乃陟南冈，乃觏于京。
> 京师之野，于时处处，于时庐旅，
> 于时言言，于时语语。③

迁徙途中，稷氏族找到了一块土肥水美、宜于生活的新土地。

> 笃公刘，既溥既长，既景乃冈，
> 相其阴阳，观其流泉。
> 其军三单，度其隰原，彻田为粮。
> 度其夕阳，豳居允荒。④

> 笃公刘，于豳斯馆。
> 涉渭为乱，取厉取锻，

① 笃，忠厚。埸，田界。疆，疆界。积，露天堆积。糇粮，干粮。橐，无底口袋。囊，有底口袋。干，盾。戈，长兵器，上端有横刃。戚，斧。扬，举起。

② 胥，观察。庶，草木盛多。顺，地势顺畅。宣，地势开阔。鞞（bǐng），刀鞘。琫（běng），玉饰。

③ 处处，安家。庐，草棚。《诗·小雅·信南山》："中田有庐"。庐旅，扎寨。为旅人搭棚扎寨。言言，语语，笑逐颜开，欢声载野。

④ 溥，广。景，日影。三单，三批轮流。彻，治。允，的确。荒，广大。

止基乃理，爰众爰有。

夹其皇涧，溯其过涧。

止旅乃密，芮鞫之即。①

① 乱，操舟横渡。清人方玉润《诗经原始》："乱，舟之截流横渡者也。"厉，磨刀石。旅，移民。芮（ruì）、鞫（jū），水名。即，就，就此而居。

稷氏族运用天文、堪舆、测量、锻造、建筑技术，在豳地，开荒种田，安居乐业。

《緜》描写后稷第十二代古公亶父由豳迁岐（今陕西岐山），奠基国家：

緜緜瓜瓞，民之初生，自土沮漆。

古公亶父，陶复陶穴，未有家室。②

② 土，故土。沮、漆，水名，代指豳地。陶复，挖窑洞；陶穴，也是挖窑洞；样式有所不同。

古公亶父，来朝走马。

率西水浒，至于岐下。

爰及姜女，聿来胥宇。

周原膴膴，堇荼如饴。

爰始爰谋，爰契我龟。

曰止曰时，筑室于兹。③

③ 姜女，古公之妻挚仲氏大任。膴膴，肥沃貌。堇，旱芹。荼，苦菜。饴，麦芽糖。契，刻。

久居豳地，古公亶父不甘现状，举族跋涉，到岐山脚下，开垦植物甘美、地形广阔的平原，称为周原。从此，后稷氏族有了自己的大名：周。

乃慰乃止，乃左乃右。

乃疆乃理，乃宣乃亩。

自西徂东，周爰执事。④

④ 宣，疏通。

在周原，古公亶父安顿族民，划分土地，治理农田，建立生产秩序，族人各尽其力。

乃召司空，乃召司徒。

……

乃立皋门，皋门有伉。

乃立应门，应门将将。
乃立冢土，戎丑攸行。①

生产正常，建设开始，建宗庙，建宫室，建城市，周原走向城市化，西夷闻风远遁。

肆不殄厥愠，亦不殒厥问。
柞棫拔矣，行道兑矣。
混夷駾矣，维其喙矣。

虞芮质厥成，文王蹶厥生。
予曰有疏附，予曰有先后。
予曰有奔奏，予曰有御侮。②

卧榻之旁岂容他人。古公亶父以软硬兼施的外交，既不灭其怒火，也不断其往来，开通山林，修通道路；逼走夷族，勾通邻族；威信所加，邻族纳质；后继有人，文王出生；定制度，封官员，外交官、辅佐官、事务官、军事官，配备整齐。周氏族走向国家化。

《皇矣》描写后稷第十三代、古公之子、文王之父王季巩固岐山，强大邦国：

皇矣上帝，临下有赫。
监观四方，求民之莫。③
维此二国，其政不获。
维彼四国，爰究爰度。
上帝耆之，憎其式廓。
乃眷西顾，此维与宅。

作之屏之，其菑其翳。
修之平之，其灌其栵。
启之辟之，其柽其椐。
攘之剔之，其檿其柘。
帝迁明德，串夷载路。

---

① 司空，管理工程的官职。司徒，管理人力的官职。皋门，王都外门。伉，高大。应门，王都正门。将将，庄严貌。冢土，祭祀场所。戎丑，西夷族。一说军队。

② 不殄，不殒，不灭不消。柞，棫，丛生灌木。质，周调停虞芮之争，二族纳质议和。蹶，感动。执事，管理事务。

③ 莫，《毛传》："定也。"《郑笺》："求民之定。"一说，莫，通瘼，病痛，疾苦。

天立厥配，受命既固。①

帝省其山，柞棫斯拔，松柏斯兑。
帝作邦作对，自大伯王季。
维此王季，因心则友。
则友其兄，则笃其庆，载锡之光。
受禄无丧，奄有四方。②

维此王季，帝度其心。
貊其德音，其德克明。
克明克类，克长克君。
王此大邦，克顺克比。
比于文王，其德靡悔。
既受帝祉，施于孙子。③

①葘，死而立的死树。翳，死而倒的树。枹，枝杈。椵，一种柳。椐，灵寿木。檿，山桑。柘，黄桑。

②兑，挺拔。

③貊，通莫，传布。

王季以德治国，注重农业经济，友爱兄弟臣民，做大做强了有周一国，被殷商帝乙封为西伯，使周氏族终于从一个有邰小族成为华夏西北大邦，也使周氏族既得民心，又得帝心，从一个上帝不喜欢的氏族成为上帝独厚的氏族，"惊帝切激"，已是一风吹过。其后，经后稷第十四代姬昌策划、经后稷第十五代姬发实施，灭商兴周，周朝崛起。到屈原之世，已经传至后稷约二十五代子孙周赧（nǎn）王姬延。

后稷一族由小到大、由弱到强、由邦国到王国的历史，屈原一定崇敬；周王朝由武王到赧王绵延六百多年的历史，屈原一定讶叹。"惊帝切激，何以长之？"表面上说的是神话，实际上是在深沉思考周民族如何兴盛、周王朝为何长久。

考量周王朝，必须面对周文、周武。

第二十七讲

文王阴谋

伯昌号衰，秉鞭作牧。

何令彻(彼)岐社，命有殷国？

迁藏就岐，何能依？

殷有惑妇，何所讥？

受赐兹醢，西伯上告。

何亲就(上)帝罚，殷(之)命(以)不救？

师望在肆，昌何识？

鼓刀扬声，后何喜？

文王号令殷末衰世，勤劳治理有周一族。

为何修治本族宗庙，竟能夺取殷商王土？

姬周原本避难岐山，因何能够依存壮大？

人说殷有长舌惑妇，请问说了什么坏话？

儿子被杀做成肉酱，姬昌食后报告上帝。

岂料请求皇天罪己，却令殷商难逃一死？

姜尚卖肉街中小店，姬昌如何有缘结识？

刀切砧板如歌飞扬，西伯闻声为何大喜？

这一节十六句六问，专问周文王。

周文王姬昌，古公亶父的孙子，王季的儿子，周武王的父亲，母亲是挚仲氏大任，妻子是有莘氏太姒。姬昌形貌魁奇，《帝王世纪》："龙颜虎肩，身长十尺，胸有四乳。"帝纣时袭封西伯。伯是爵位。上古爵位，分公、侯、伯、子、男五等。唐人杜佑《通典·职官·封爵》：

> 唐虞夏：建国凡五等，公、侯、伯、子、男。殷：公、侯、伯三等，公百里，侯七十里，伯五十里。周：公、侯、伯、子、男五等，公侯百里，伯七十里，子男五十里。周公居摄改制，大其封，公五百里，侯四百里，伯三百里，子二百里，男百里。

岐周的封地原本只有方圆五十里。经王季扩张，文王再扩张，岐周国土已蚕食周边，远超建制。

姬昌一生（约在公元前十一世纪），奠定了兴周灭商的基础。《史记·周本纪》：

> 西伯曰文王，遵后稷、公刘之业，则古公、公季之法，笃仁，敬老，慈少。礼下贤者，日中不暇食以待士，士以此多归之。伯夷、叔齐在孤竹，闻西伯善养老，盍往归之。太颠、闳夭、散宜生、鬻子、辛甲大夫之徒皆往归之[1]。……西伯阴行善，诸侯皆来决平。于是虞、芮之人有狱不能决，乃如周。入界，耕者皆让畔，民俗皆让长。虞、芮之人未见西

[1] 太颠至辛甲，皆当时干才，以布衣之士投奔文王，均受文王器重。

伯，皆惭，相谓曰："吾所争，周人所耻，何往为，祗取辱耳。"遂还，俱让而去。诸侯闻之，曰"西伯盖受命之君"。明年，伐犬戎。明年，伐密须。明年，败耆国。殷之祖伊闻之，惧，以告帝纣。纣曰："不有天命乎？是何能为！"明年，伐邘。明年，伐崇侯虎。而作丰邑，自岐下而徙都丰。明年，西伯崩。太子发立，是为武王①。西伯盖即位五十年。

① "太子发立，是为武王"：文王死，姬发接班，自称太子发，年号王号仍用文王，及灭商，始称王。

五十年在位，年事必高。《毛诗诂训传》："文王九十七而终。"

文王名满青史的另一成就是推演《周易》。《易》的编纂，据说人更三圣，世历三古。传伏羲画八卦，则《易》之萌，在夏之前；又传文王作六十四卦和卦辞，《史记·周本纪》："其囚羑里，盖益易之八卦为六十四卦。"则《易》之立，在商之末；又传文王第四子周公旦作爻辞，则《易》之备，在周之初。今人大多主张《易》的作者是西周史官。

伯昌号衰，秉鞭作牧。

伯昌，西伯姬昌。号，名号，名声。衰，衰败。号衰，名声起于衰世。一说，号，号令。朱熹《楚辞集注》："号衰，号令于殷世衰末之际也。"鞭，马策，喻权力、政治。丁晏《楚辞天问笺》：

② 贾生，西汉贾谊。《过秦论》："及至始皇，奋六世之余烈，振长策而御宇内，吞二周而亡诸侯，履至尊而制六合，执敲扑而鞭笞（chī）天下，威振四海。"

　　鞭以喻政，若贾生言奋长策而御宇内是也②。

牧，本义是放牧，后指管理属地及属地居民的地方官。《尚书·舜典》："既月乃日，觐四岳群牧。"牧，孔安国传："九州牧监。"屈原描述，姬昌在殷商衰败之际声望鹊起，管治岐山及周边地区。洪兴祖《楚辞补注》引《西伯戡黎》注：

> 文王为雍州之伯。

雍州，地涉陕西、青海、甘肃、宁夏，今关中以西地区，可南带渭水，东望西安。

何令彻岐社，命有殷国。

姬昌作牧岐山，所做的一件大事，就是"令彻岐社"。彻，《天问章句》："坏也。"不通。姬昌"令坏岐社"，岂不是自掘祖庙？柳宗元《天对》、王夫之《楚辞通释》训彻为易，变易岐社为天下大社，也说不通。姬昌未灭商，怎能改易一族宗庙为天子宗庙？僭越如此，安能取信于民？朱熹《楚辞集注》训彻为通，武王"通岐社于天下"。徐焕龙《屈辞洗髓》训彻为撤废，武王"撤废岐山之侯社。"更说错了，屈原是说"伯昌号衰"，不是说姬发号衰，变姬昌为姬发，搞错了事主，搞混了父子。丁晏《楚辞天问笺》引《公刘》"彻田为粮"，《毛传》"彻，治也"，斯为得之。彻，就是整治。岐，岐山。社，宗庙。彻社，是整治岐山的周人宗庙。岐山宗庙，始建者是姬昌的祖父古公亶父，《緜》"筑室于兹"，"作庙翼翼"。姬昌整治宗庙，应是扩建装修上辈建立的祖庙。

宗庙社稷是民族和国家的象征。宗庙供奉民族祖先，社稷祭祀土神农神。社，土地之神。稷，农谷之神。民族国家强盛，则宗庙庄严，社稷旺盛；民族国家衰败，则宗庙黍离，社稷冷落。李煜《破阵子》："最是仓皇辞庙日，教坊犹唱别离歌，垂泪对宫娥。"宗庙工程，不管是初建，还是维修，都是朝野瞩目的政治工程。西伯整治宗庙，是释放信号："其命维新"[1]；也是营造舆论："命有殷国"。

命，天命。天命岐周占有殷商。屈原问，为何整治宗庙，就能"命有殷国"？是洞察了姬昌的策略，以宗庙，造天命；以天命，造舆论；以舆论，造时势。

迁藏就岐，何能依？

藏，库存器物，仓储粮草。蒋骥《山带阁注楚辞》："藏，府藏也。"依，依存。周人移居岐山，为何能依存发展？周氏族曾在陕西境内二次迁徙。后稷居邰，公刘迁豳，古公迁岐。迁移的原因，不外一条，趋利避害。趋利，寻找有利的生存环境与发展空间。避害，避开恶化的自然环境、频发的自然灾害和外族侵犯。《孟子·梁惠王》：

> 昔者大王居邠，狄人侵之。事之以皮币，不得免焉；事之以犬马，不得免焉；事之以珠玉，不得免焉。乃属其耆老而告之曰："狄人之所欲者，吾土地也。吾闻之也：'君子不以其所以养人者害人。'二三子何患乎无君？我将去之。"去邠，逾梁山[2]，邑于岐山之下居焉。邠人曰："仁人也，不可失也。"从之者如归市。

岐山，靠近渭水，生活资源相对丰富。周人迁岐，古公、王季苦心经营。经营的方略，

[1]《诗·大雅·文王》："周虽旧邦，其命维新。"

[2]邠，即豳。梁山，地在陕西。

从《大雅·緜》、《大雅·皇矣》看，是坚持以农为本，抓生产，促建设；抓制度，促王基。姬昌一代，趁势进取。进取的方针，从大雅《文王》、《大雅·大明》、《大雅·文王有声》看，"小心翼翼"，谨慎为政；广招人才，"济济多士"；攻伐邻敌，吞并邦土，"既伐于崇（有崇国），作邑于丰（陕西西安西南）"；因而能依托岐山，日益坐大。屈原此问，探讨周国在岐山崛起的谋略。

殷有惑妇，何所讥？

惑，迷惑。唐人骆宾王《讨武曌檄》："入宫见妒，蛾眉不肯让人；舞袖工谗，狐媚偏能惑主。"惑妇，迷惑男人的妇女，指妲己。妲己出于有苏一族。《竹书纪年》：

> 帝辛九年，王师伐有苏，获妲己以归。

妲己结局，一说被武王所杀。《列女传·殷纣妲己》：

> 武王遂致天之罚，斩妲己头，悬于小白旗，以为亡纣者是女也。

一说自缢而死。《逸周书·克殷》说武王：

> 适二女之所，乃既缢。

二女，商纣的两个宠妃，妲己是其一。

讥，一说指责，指责妲己。王夫之《楚辞通释》：

> 讥，为人所指责也。

殷有妲己，迷惑商纣，被人指责。

讥，一说讥讪，讥讪纣王。清人曹耀湘

《读骚论世》：

> 迷惑于妇人，以取讥讪也。

商纣有惑妇，被人讥刺讪笑。

讥，一说规劝，规劝纣王。王逸《天问章句》：

> 讥，谏也。言妲己惑误于纣，不
> 可复讥谏也。

纣王有惑妇，言路已阻塞，如何能规劝？

讥，一说讥谗，妲己讥谗。钱澄之《庄屈合诂》：

> 妲己惑主，欲肆其讥馋。

妲己迷惑纣王，放肆诬陷。

这几种说法，均对"殷有惑妇"笃信不疑，误解了屈原。讥，讥馋，钱澄之说句义不确，说字义却不错。上一句，"迁藏就岐，何能依"，问周族事情；下一句"受赐兹醢，西伯上告"，也问周族事情；这一句，问的对象依然是周族，你们说殷有惑妇，请问，她说了周族什么坏话？

周族舆论，文王被囚，伯邑考被醢，种种坏事都是妲己谗言作祟，以凸显纣王宠信女色，荒淫无道；听信讥谗，昏庸无道。

屈原有主见，妲己只是后宫以色邀宠的女子，纣王沉湎女色，影响朝政，责任不在妲己，正如屈原指责夏桀溺爱妹嬉，责任不在妹嬉；即便妲己干预朝政，听不听，信不信，责任也在纣王；何况妲己诬陷忠良的证据，翻检先秦文字，确实找不到一条。说殷有惑妇，左右朝政，不合事实。屈原以问反驳，一为妲己辩护，二指姬周虚构造反口实。

司马迁也是这个态度，《史记·殷本纪》、《周本纪》只说纣王宠爱妲己，不说妲己危害政治；并说政治告密、告发文王的人，不是女人是男人，是岐周的邻居有崇氏崇侯虎：

> 崇侯虎谮西伯于殷纣曰："西伯积善累德，诸侯皆乡之，将不利于帝。"帝纣乃囚西伯于羑（yǒu）里①。闳夭之徒患之。乃求有莘氏美女，骊戎之文马，有熊九驷，他奇怪物，因殷嬖臣费仲而献之纣。纣大说，曰："此一物足以释西伯，况其多乎！"乃赦西伯②，赐之弓矢斧钺，使西伯得征伐。曰："谮西伯者，崇侯虎也。"

崇侯虎报告纣王，说西伯积德行善，有政治图谋，并不是造谣，西伯的确"阴行善"③，崇侯虎是商纣的忠臣。费仲接受周族贿赂，是受贿者，是政治糊涂虫，是纣王的奸臣。

受赐兹醢，西伯上告。

西伯坐牢时，商纣杀姬昌长子伯邑考，制成肉酱，赐食姬昌。《帝王世纪》：

> 纣既囚文王，文王长子曰伯邑考，质于殷，为纣御。纣烹以为羹，赐文王，曰："圣人当不食其子羹。"文王得而食之，纣曰："谁谓西伯圣者？食其子羹，尚不知也。"

姬昌食子，是委曲求全的极至。一损内心，子醢在腹，负罪何其深重；二坏名誉，食子保

①羑里，地名，在今河南安阳汤阴，是国家重点保护的商周文化遗址。

②《左传·襄公三十一年》："纣囚文王七年，诸侯皆从之囚，纣于是乎惧而归之。"《史记》不取，大概因其说"大话"。

③《史记·周本纪》。

命，舆论何其难听；三增仇恨，杀子之仇，不共戴天。出狱后，姬昌在岐山举行了一个上告仪式，上，上帝，天帝。告，禀告。为"受赐兹醴"，禀告上帝。

何亲就帝罚，殷命不救？

亲，亲身。就，俯就，跪拜。姬昌俯伏于地，向上帝忏悔食子之罪，请求上帝处罚自己。屈原不信，既然如此，为何受罚的不是姬昌，而是殷商？这一问，讽刺周人说假话，揭露周人耍伎俩。西伯脱险回到岐山，召集众人，到宗庙举行了一个祭祖祭天的仪式，实即宣誓仪式，向祖宗与族人禀告杀子之仇、食子之辱和报仇之志，但对外则宣称罪己，以美化姬昌的仁义谦卑。屈原眼光犀利，看透了周人心机，所谓"受赐兹醴，西伯上告"，忏悔是假，控诉是真；"亲就帝罚"是假，发誓灭商是真。

姬昌灭商，步骤之一是网罗人才。

《诗·大雅·文王》：

> 思皇多士。生此王国。
> 王国克生，维周之桢。
> 济济多士，文王以宁

皇，盛美。多士，众多人才。桢，梁柱。宁，安宁。赞誉文王搜求人才，罗致人才。

《诗·大雅·思齐》：

> 古之人无斁，誉髦斯士。

古之人，是诗人称呼已经作古的姬昌。无斁（yì），无厌。意同曹操《短歌行》："山不厌高，水不厌深。"誉，推誉褒奖。髦，长发，喻人才英俊。《诗·鄘风·柏舟》："髧彼两髦，实维我特。"《尔雅·释言》："髦，俊也。"邢昺[①]疏："毛中之长毫曰髦，士之俊选者借譬为名焉。"赞誉文王，褒奖人才，推崇人才。其中，文王最倚重的高人是姜尚。

师望在肆，昌何识？

师是尊称，犹老师、国师。望，指东夷人士姜尚。《史记·周本纪》："武王即位，以太公望为师。"太公望即姜尚。姜尚或称师尚父。《诗·大雅·大明》："维师尚父，时维鹰扬。"裴骃《史记集解》引刘向《别录》：

> 师之，尚之，父之，故曰师尚父。父亦男子之美号也。

姜尚，又称吕望、吕尚。姜是族姓本姓，吕是祖先封地（今河南南阳）。从族姓，称姜尚；从祖地，称吕尚。望是其号，尚是其名。望之意，盼望；尚之意，愿望。司马迁说，望这个号出于文王。《史记·齐太公世家》：

> 太公望吕尚者，东海上人。其先祖尝为四岳，佐禹平水土甚有功。虞夏之际封于吕，或封于申，姓姜氏[②]。夏商之时，申、吕或封枝庶子孙，或为庶人，尚其后苗裔也。本姓姜氏，从其封姓，故曰吕尚。……周西伯猎，果遇太公于渭之阳，与语大说，曰："自吾先君太公曰'当有圣人适周，周以兴'。子真是邪？吾太公望子久矣。"故号太公望。

太公望的"太公"，指周文王的祖父古公亶

①邢昺（932-1010），曹州济阴今山东曹县人。北宋真宗时，官礼部尚书。所撰《论语正义》、《尔雅义疏》、《孝经正义》，均入阮元校刻《十三经注疏》。

②《国语周语》说大禹治水："共工之从孙四岳佐之。……，祚四岳国，命以侯伯，赐姓曰姜，氏曰有吕。"则姜尚是共工氏的后裔。

姜尚鼓刀　潘喜良　作

父。齐太公的"太公"，指姜尚。周灭商，姜尚受封于齐，是齐国创始者，称齐太公。有说姜尚本名牙。司马贞《史记索隐》谯周曰：

> 姓姜，名牙。炎帝之裔，伯夷[①]之后，掌四岳有功，封之于吕，子孙从其封姓，尚其后也。

世称姜子牙、姜太公。

姜尚虽祖上受封，却家境寒微，做过杀牛的屠夫，卖饭的贩夫，钓鱼的渔夫。谯周《古史考》：

> 吕望常屠牛于朝歌，卖饭于孟津。[②]

《史记·齐太公世家》：

> 吕尚盖尝穷困，年老矣，以渔钓奸周西伯。

奸，引诱。吕望如何渔钓？有说无饵而钓，清人马骕《绎史》引东晋符朗[③]《符子》：

> 太公涓钓隐溪，不饵而钓，五十六年矣，不得一鱼。……（后）得大鲤，有兵钤在其中。

涓，细小水流。兵钤，兵法。有说直钩而钓，俗称"姜太公钓鱼，愿者上钩"。师望三技，宰牛、卖饭、钓鱼，是以奇诡之举，作秀世俗，沽其名，钓其誉。屈原感兴趣的是师望宰牛。肆，屠肆，牛肉铺。师望在屠肆卖牛肉，姬昌如何结识他？

鼓刀扬声，后何喜？
鼓刀，操刀宰牛。扬声，高扬的刀声。

---

①此伯夷是上古传说人物，不是商末不食周粟的伯夷。尧时伯夷是氏羌一族的先祖，受封"西岳"，不是受封"四岳"，司马贞说姜尚是其后，不合《齐太公世家》。参见本书第434页"尧时伯夷"。

②朝（zhāo）歌，商纣之都，今河南淇县。孟津，今河南孟津。

③符朗，字元达，略阳临渭（今甘肃秦安）人，氐族。东晋时，官员外郎。

《庄子·养生主》庖丁解牛："奏刀騞（huō）然，莫不中音，合于桑林之舞，乃中经首之会。"①师望大概也有庖丁之术，宰牛的刀声抑扬顿挫，吸引了姬昌的脚步，一顾屠肆，一见倾心。《离骚》：

> 吕望之鼓刀兮，遭周文而得举。

《天问章句》：

> 吕望鼓刀在列肆，文王亲往问之，吕望对曰："下屠屠牛，上屠屠国。"文王喜，载与俱归也。

"下屠屠牛，上屠屠国"，口气巨大。《史记·齐太公世家》：

> 周西伯昌之脱羑里归，与吕尚阴谋修德以倾商政，其事多兵权与奇计，故后世之言兵及周之阴权皆宗太公为本谋。周西伯政平，及断虞芮之讼，而诗人称西伯受命曰文王。伐崇、密须、犬夷，大作丰邑。天下三分，其二归周者，太公之谋计居多。

师望屠国，为政以仁德，为战以诡计，外交以阴谋。西伯用师望，广结民心，招安邻国，扩充疆土，如成汤得伊尹，大业将兴，王霸将成。惜者际遇三年，西伯病故，师望以文韬武略辅助武王。

《史记·周本纪》："武王即位，以太公望为师，周公旦为辅，召公、毕公之徒左右王，师修文王绪业。"周公姬旦，文王姬昌第四子，武王姬发的弟弟，成王姬诵的叔叔，按孟、仲、叔、季的兄弟秩序②，称叔旦；文王

① 奏刀，有节奏的刀声。騞然，切肉断骨的声响。桑林，地名。《淮南子·主术训》："汤之时，七年旱，以身祷于桑林之际。"桑林之舞，在桑林祈祷仪式表演的舞蹈。经首，尧时乐章。成玄英疏《庄子》："《经首》、《咸池》，乐章名，则尧乐也。"

② 孟，老大，也称伯；仲，老二；叔，老三以下；季，最小的儿子。

时食采于周原，地在今陕西扶风，称周公；武王灭商，封于鲁（今山东曲阜）。召公姬奭(shì)，文王第五子①，因采邑在召（今陕西岐山西南），称召公或召伯；武王灭商，封于燕（今河南北部）；周成王时，任太保，与周公分陕而治，陕以东归周公治理，陕以西归召公治理。②毕公，名姬高，文王第十五子，武王灭商，封于毕（今陕西咸阳东北），称毕公。这些人都是周武革命的精英，而以姜尚为主谋。姜尚力主伐商，亲自指挥联军，打赢牧野会战，并为武王谋划战后政治。《史记·齐太公世家》说武王：

> 散鹿台之钱，发钜桥之粟，以振贫民。封比干墓，释箕子囚。迁九鼎，修周政，与天下更始。师尚父谋居多。

论功行赏，武王封师望于齐地（今山东北部、河北南部），都营丘（今山东昌乐），是为姜齐。周成王时，管蔡作乱，淮夷畔周，周室授命师望："东至海，西至河，南至穆陵，北至无棣，五侯九伯，汝实征之。"征，调度征用。齐国的大国地位由此奠定。

①召公，一说周宗室。

②武王去世，周公、召公辅政，分陕而治，陕，今河南三门峡陕县。《左传·隐公五年》："自陕而东者，周公主之；自陕而西者，召公主之。"《诗》有《周南》、《召南》，就是分陕而治的周地之南、召地之南的诗歌。南，江汉流域。

第二十八讲

周武革命

武发杀殷，何所悒？
载尸集战，何所急？
会鼍争盟，何践吾期？
苍鸟群飞，孰使萃之？
争遣伐器，何以行之？
并驱击翼，何以将之？
列击纣躬，叔旦不嘉。
何亲揆发，定周(之)命(以)咨嗟？

武王起兵讨伐殷商，胸中充满何等哀伤？
车载父尸率军开战，战争因何刻不容缓？
清晨结盟各国踊跃，诸侯为何按期守时？
伐商大军如鹰飞扬，是谁聚汇四方雄师？
争先恐后冲锋杀敌，何以激发高昂斗志？
集中战车攻击两翼，是谁指挥联军将士？
武王猛烈射击纣尸，唯有周公冷静非议。
昔为周武谋划造反，今为前途何来叹息？

这一节十六句七问，问武王革命。从武王兴兵问起，一直问到杀纣灭殷，事件完整。

武发杀殷，何所悒？

问武王杀纣的悒愤。

武发，武王姬发，文王与太姒所生次子[1]。约生于公元前1087年，即位时约公元前1056年。即位当年，尊文王为王，自称太子，举兵伐纣，建都镐京[2]，国号周，三年后去世，谥号武王。

"杀"字有讲究。

其实，纣王并不是武王亲手所杀，而是兵败自杀。《史记·周本纪》说牧野会战，纣王兵败，纵火自焚[3]：

> 纣兵皆崩畔纣。纣走，反入登于鹿台之上，蒙衣其殊玉，自燔于火而死。

《史记·周本纪》说武王：

> 至纣死所，武王自射之，三发尔后下车，以轻剑击之，以黄钺斩纣头，悬大白之旗。

悬其尸，当众射之；击其头，当众斩之；所作所为，无异亲手杀死。屈原用一个杀字，肯定武王杀纣。

"杀"，又是春秋笔法。《春秋》、《左传》微言褒贬，该杀为"诛"，不该杀为"杀"。《墨子·三辩》：

> 武王胜殷杀纣，环天下自立以为王，事成功立，无大后患。

意思是，当年武王杀纣，自立为王，很容易导致

①《史记·管蔡世家》："武王同母兄弟十人，母曰太姒，文王正妃也。其长子曰伯考，次曰武王发，次曰管叔鲜，次曰周公旦，次曰蔡叔度，次曰曹叔振铎，次曰成叔武，次曰霍叔处，次曰冉季载。"

②武王伐纣年份，参看本书第397-400页"载尸集战"。镐京，又称宗周。今陕西西安。

③《史记·齐太公世家》："十一年正月甲子，誓于牧野，伐商纣。纣师败绩。纣反走，登鹿台，遂追斩纣。"追斩，就不是自杀了，与《周本纪》有矛盾。

天下涂炭，幸亏治理有方，事成功立，才没有造成大的后患。屈原说"武发杀殷"，义同墨子，也是以"杀"为贬，谴责武王以臣杀君的不义，特别是残害君尸的残忍。

悒字有深度。悒，悒愤，忧郁于心的愤恨。

武发杀殷的悒愤，如果是为父亲文王坐牢，兄长伯邑考被醢，是报一家之私愤；如果是为忠良受害，民生凋敝，是报天下之公愤。屈原上问"受赐兹醢，西伯上告"，这一问"何所悒"，正是揭示武发杀纣击尸的悒愤，来自报复纣王囚父醢兄的仇恨，来自一家之私愤。周拱辰《离骚草木史》：

> 大抵屈原千古狷忠也，其于商周革命之际，扼腕久矣。……汤之伐桀，放之而已。桀死葬以天子之礼。是伐放中犹存一线揖让之意焉。武则荡然无复顾忌矣。吊伐同而放杀异，公愤乎？私愤乎？

周氏解读，屈原为武发杀殷扼腕叹息，成汤讨伐夏桀，尚顾及天子名份，待之天子之礼；武发杀君，射尸斩尸，毫无顾忌，与成汤相差太远，名为报公仇，实为泄私愤。

屈原谴责武王杀殷，实质是谴责周武革命。孔子所谓"怀恶而讨，虽死不服。"[1]汉儒所谓"怀恶而讨不义，君子不予也。"[2]所以清人贺宽[3]《饮骚》："武发二语即伯益、叔齐扣马之谏，此原甚不满于中者。"

谴责周武革命者，并非屈原一人。屈原之前有《庄子·盗跖》：

> 汤放桀，武王杀纣，贵贱有义乎？……自是之后，以强陵弱，以众

[1] 东晋范宁注，唐杨士勋疏。《春秋谷梁传·昭公四年》。

[2] 东汉何休注《春秋公羊传·昭公十一年》。

[3] 贺宽，清丹阳（今江苏丹阳）人，康熙进士。

暴寡。汤、武以来，皆乱人之徒也。

庄子指责汤、武，刮起历史上只讲实力、不顾道义，只讲暴力、不顾人命的腥风血雨。屈原之后有唐人赵蕤《反经·权议》[①]：

> 殷汤放桀，武王杀纣，此天下之所同闻也。为人臣而放其君，为人下而杀其上，天下之至逆也。

赵蕤坚持"君虽不君，臣不可以不臣。"[②] 指责汤、武、破坏君臣大义，破坏上下秩序，是谋反至逆，天下公敌。

载尸集战，何所急？

问武王起兵的急迫。

尸，一说，神位，文王神位，以木制之，又称木主，也即供奉死人的牌位。王逸《天问章句》：

> 尸，主也。集。会也。言武王伐纣，载文王木主。

《史记·周本纪》：

> 九年，武王上祭于毕。东观兵，至于孟津。为文王木主，载以车，中军。武王自称太子发，言奉文王以伐。……遂兴师。
>
> 居二年，闻纣昏乱暴虐滋甚，杀王子比干，囚箕子，太师疵、少师强抱其乐器而奔周。于是武王遍告诸侯曰："殷有重罪，不可以不毕伐。"乃遵文王，遂率戎车三百乘，虎贲三千人，甲士四万五千人，以东伐纣。

① 《反经》亦名《长短要术》，专讲王霸权谋。《新唐书·艺文志》："蕤，字太宾，梓州人。开元中召之不赴。"五代孙光宪《北梦琐言》："蕤，梓州盐亭人。博学韬钤，长于经世。夫妇俱有隐操，不应辟召。"

② 《春秋公羊传·宣公六年》。

司马迁说，武王第九年，太子发制作文王神位，载于兵车，供奉中军，挥师东进，观兵孟津；二年后，太子发又尊奉文王木主，征伐商纣。

按《周本纪》，武王既然自称太子，则武王必尊文王为王，年号必称文王年号，"九年"，是文王九年，"居二年"，是文王十一年。《周本纪》：

> 西伯盖即位五十年。其囚羑里，盖益《易》之八卦为六十四卦。诗人道西伯，盖受命之年称王而断虞芮之讼。后十年而崩。

"即位五十年"，指姬昌即位西伯五十年。这一年，囚于羑里演八卦。"受命之年称王"，指文王即位西伯的第一年称王。这是司马迁的一个失误。封为西伯，自称文王，岂不是公开造反？商纣岂能在五十年之后下手拘禁？《周本纪》说"诗人道西伯"，指《诗·大雅·緜》："虞芮质厥成，文王蹶厥生。"这两句诗，说得是古公亶父，说古公亶父在当年做了两件大事，一是调停虞国芮国的争议；二是获得了一个嫡亲孙子，即文王。[①]司马迁搞错了，不仅把两件事整为一件事，把"虞芮质厥成"即达成和解，归功于"文王蹶厥生"，归功于文王感化虞芮；而且把"文王蹶厥生"文王胎动出生误读为文王感动人性。实际上，调停虞芮之年，文王或者尚未出生，或者刚刚出生，那里能够感化虞人芮人。文王被尊文王的元年，应是放归岐山、"西伯上告"的当年，这一年，"周西伯昌之脱羑里归，与吕尚阴谋修德以倾商政"[②]，聚会宗庙，宣誓反商，决心造反，是岐周政治的分水岭，是实际称王

①《诗·大雅·緜》专写古公亶父由豳迁岐、治理岐山，断不会在诗中跳过儿子王季，以孙子文王治岐收尾。"虞芮质厥成，文王蹶厥生。"质，纳质，两国互纳人质，以示信任与保证。厥，语助。成，达成。在古公调停下，虞芮两国达成互纳人质的和解协议。蹶，动。《毛传》："蹶，动也。"郑玄注"动其緜緜民初生之道（指古公创业之道）。"按蹶，应指脚踢，胎动。生，诞生。古公之子王季的妻子大任胎动而生文王。

②《史记·齐太公世家》。

的开始，有标志性纪念意义。由这一年到文王死，大约十个年头。司马迁叙事粗说"十年而崩"，武王精算年号称九年。司马迁一不小心，又犯了一个错误，将文王九年，说成武王九年。又按《天问》诗意及其他，司马迁说的武王两次兴师，"东观兵"与"东伐纣"应为一回事，应在同一年，即文王死之年、武王自称太子之年。所谓《天问》诗意，就是"载尸集战，何所急"。所谓其他，说的是西汉褚少孙的《史记·龟策列传》。

尸，尸体，文王尸体。《龟策列传》：

> （文王）兴卒聚兵，与纣相攻，
> 文王病死，载尸以行，太子发代将，
> 号为武王，战于牧野。

① 褚少孙，号先生，颍川（治今河南禹州）人。汉成帝时博士。爱史记，为史记补写《景纪》、《武纪》、《礼书》、《兵书》、《将相年表》、《日者列传》、《三王世家》、《龟策列传》及《傅靳蒯成列传》十篇。

② "自号武王"，褚少孙出错。文王是谥号，武王也是谥号。姬发被称武王，元年应在纣王死年。

褚少孙，补撰《史记》十篇[1]，不可能不知道《周本纪》的"文王木主"，但他竟然写下"文王病死，载尸以行"，显然另据所闻，文王一死，太子发载文王尸体，自号武王[2]，东进伐纣，大战牧野。

屈原所闻与褚少孙相同，载尸是载文王尸体，不是木主。大概情况是，文王驾崩，武王发立刻起兵，"载尸集战"。集战，会战。朱熹《楚辞集注》："言武王载文王灵柩于军中以会战。"载灵柩就是载尸体。如果不是这样，而是按《周本纪》所说，在文王死后九年，载着文王木主出兵讨伐，屈原何须追问"何所急"？一个"急"字，凸显文王的尸骨未寒，凸显武王集战的迫不急待。

载尸伐纣，是武王利用父亲的威信，号召诸侯，凝聚哀情，悲愤求战，速战速胜。

屈原不满。父死应葬，不葬，是不孝；

父死应守丧，不守丧，是不孝；宁肯不孝，也要利用父亲的尸体鼓动军民，杀君之心何其强烈，谋反之心何其急促。清人陈本礼①《屈辞精义》：

> 何急，微词也。见武之已甚。

甚，过分。丧期发兵，载尸远征，过分。贺宽《饮骚》：

> 曰杀殷，曰载尸，抑何其深切而著明也。

屈原用"杀殷"、"载尸"这等字眼，深切指责武王，讽刺武王，讽刺之义正如伯夷所说"父死不葬，爰及干戈，可谓孝乎？以臣弑君，可谓仁乎？"②周拱辰《离骚草木史》：

> 曰何所悁，何所急。噫，原所以悼下土之分攘。

"悼下土之分攘"，就是《离骚》的"长太息以掩涕兮，哀民生之多艰"。周氏之评，拔高了。屈原的"何所急"，立足处是君君臣臣。

会晕争盟，何践吾期？

问武王结盟诸侯。

武王伐商，曾与诸侯相约结盟。结盟的时间，诸说有异；结盟的地点，则诸说相同，地在盟津，即孟津，今黄河南岸河南洛阳孟津县境。《史记·周本纪》说太子发于武王九年在孟津结盟诸侯，于武王十一年在孟津会师诸侯：

> 九年……，诸侯不期而会盟津者八百诸侯。诸侯皆曰："纣可伐矣。"武王曰："女未知天命，未可

①陈本礼（1759-1818），字嘉会，号素村，江都今江苏扬州人。清学者，勤于考订著述。

②《史记·伯夷列传》。

也。"乃还师归。

十一年十二月戊午，师毕渡盟
津，诸侯咸会。

《尚书·周书·泰誓》说十一年结盟，十三年
会师[1]：

惟十有一年，武王伐殷，一月戊
午，师渡盟津，作《泰誓》三篇。惟
十有三年春，大会于盟津。

屈原所问结盟，连同会师，时间应在文王死的
当年，即文王九年，太子发当政之年，"载尸
集战"之年。具体时节应在当年年底。[2]

会鼂，约会早晨。鼂，《楚辞补注》：
"朝夕之朝。"争盟，争相结盟。何，为何。
践，履行。吾期，我定的日期。司马迁写武王
伐纣忽略了《天问》"吾期"，要是看得仔
细，就不会在《周本纪》说"诸侯不期而会"
了。屈原拟武王口气："我约会诸侯，清晨结
盟，为何都能按照我的日期争相到达？"

这口气，在武王是得意，振臂一呼，天
下响应；在屈原是暗讽，各国准时，一定是精
心策划，哪里是不约而同？周拱辰《离骚草木
史》："此下四段，段段有不满武王意，亦屈
原自附夷、齐之意也。"[3]

苍鸟群飞，孰使萃之？
问联军会师。
结盟之地，在河西孟津；会师之地，于年
底先会孟津河东，于年初[4]再会商郊牧野；商
郊牧野，正是商纣会战的战场。在牧野。《尚
书·武成》：

① 先秦《尚书》，原有《泰
誓》。汉初《尚书》缺。
武帝时，有献《泰誓》，
时人疑是伪作。今本《尚
书·泰誓》记周武王十
三年在诸侯孟津大会上的誓
词，或疑晋人梅赜所托。
所言结盟十一年、会师在
十三年，与《史记》不
合，与《天问》所问更不
合。

② 《周本纪》："十二
月……诸侯咸会。""二
月……至于商郊牧野。"
是周历的年底年头。按殷
历，是十一月至一月，也
是年底年头。按夏历是，
是十月至十二月，是年
底。

③ 夷、齐，指伯夷、叔齐。

④ 周历。

> 既戊午，师逾孟津。癸亥，陈于
> 商郊，俟天休命。

商郊，商都朝歌（今河南淇县）郊野，即牧野。《尔雅》："邑外谓之郊，郊外谓之牧，牧外谓之野"。一说牧野是牧邑之野。《说文》牧邑："朝歌南七十里地"，"周武王与纣战于牧野"。牧邑之野与朝歌之野，近乎一地，均在今河南新乡。

牧野会战[①]，波澜壮阔。《诗·大雅·大明》说纣王阵营："殷商之旅，其会如林。"说武王阵营：

> 檀车煌煌，驷騵彭彭。
> 维师尚父，时维鹰扬。[②]

《史记·周本纪》说纣王："发兵七十万人。"武王统帅："诸侯兵会者车四千乘。"

司马迁说商军七十万，不免夸张；说武王联军四千乘，尚可思议。按《孙子·作战》："凡用兵之法，驰车千驷，革车千乘，带甲十万。"驰车，战车。革车，辎重车。一驷，一车四马，即一乘，《玉篇》："驷，四马一乘也。"孙子说二千乘带甲十万，则四千乘，带甲者应不下二十万。一说，一乘七十二人，则四千乘，接近三十万。

"苍鸟群飞"意犹《大明》的"时维鹰扬"。苍鸟，《天问章句》："鹰也。"群飞，比喻诸侯联军争先恐后奔向牧野。晋人王嘉《拾遗记》：

> 周武王东伐纣，夜济河。时云明
> 如昼，八百之族，皆齐而歌。

① 《商周断代工程》指交战时间为公元前1046年1月20日。若以文王即死，武王即东征伐纣，应为前1056年左右。

② 煌煌，光彩貌。驷騵，四匹红鬣白马。彭彭，强壮貌。

萃，荟萃，聚集。"孰使萃之"，是谁指使各国军队准时会师合成战阵？必有预谋，必有调度，必有指挥，且有预演。《史记·齐太公世家》：

> 文王崩，武王即位。九年，欲修文王业，东伐以观诸侯集否。师行，师尚父左杖黄钺，右把白旄以誓，曰："苍兕苍兕，总尔众庶，与尔舟楫，后至者斩！"遂至盟津。

这事发生在牧野会战之前，是一次周密策划的军事预演。有此预演，乘势再会牧野，自然是驾轻就熟。屈原"谁使萃之"如同"何践"之问，直指武王精心布局。精心操作，黄文焕《楚辞听直》：

> 曰何践，孰萃，致不满之微词。

王萌[①]：

> 曰何践，曰孰使，深为不满之辞，扫尽应天顺人等语。

黄、王两位的评注贴近屈原。

争遣伐器，何以行之？

问联军斗志。

遣，使用。争遣，争相使用。伐器，攻伐之器。于省吾[②]《泽螺居楚辞新证》：

> 古无伐器之称。伐乃戎字的形讹。

《礼记·王制》："戎器不粥[③]于市。"郑玄注："戎器，军器也。"粥，买卖。不粥，禁止买卖干戈矛盾刀枪等军用器具。"争遣伐器"，争先恐后举起战斗武器，有如《诗·大雅·皇矣》："同尔兄弟，以尔钩援。与尔临

① 《天问纂义》引王萌《楚辞评注》。

② 于省吾（1896-1984），字思泊，号泽螺居士，辽宁海城人。古文字学家，历任辅仁大学、北京大学、东北人民大学教授。

③ 粥（yù），同鬻。

冲，以伐崇墉。"钩援，带钩戈矛。临冲，攻城战车。屈原问，武王用什么办法激励将士挥舞兵器冲锋陷阵？

封赏是一法，重赏之下必有勇夫。但这个方法并不稀罕，武王会用，商纣也会用。封赏之外，武王效法夏后启，在两军对峙生死未卜之际，召开誓师大会，慷慨陈词，动员三军，激励三军。这篇陈词就是经周公润色的《牧誓》。《史记·鲁周公世家》："至牧野，周公佐武王，作《牧誓》。"演讲的场景与全文载《史记·周本纪》：

二月甲子昧爽①，武王朝至于商郊牧野，乃誓。

武王左杖黄钺，右秉白旄，以麾。曰："远矣，西土之人！"

武王曰："嗟！我有冢君，司徒、司马、司空，亚旅、师氏，千夫长、百夫长，及庸、蜀、羌、髳、微、纑、彭、濮人，称尔戈，比尔干，立尔矛，予其誓。"

王曰："古人有言'牝鸡无晨。牝鸡之晨，惟家之索'②。今殷王纣维妇人言是用，自弃其先祖肆祀不答，昏弃其家国，遗其王父母弟不用，乃维四方之多罪逋逃是崇是长③，是信是使，俾暴虐于百姓，以奸轨于商国。

今予发维共行天之罚。今日之事，不过六步七步，乃止齐焉④，夫子勉哉！不过于四伐五伐六伐七伐，乃止齐焉，勉哉夫子！尚桓桓，如虎如罴，如豺如离，于商郊，不御克犇⑤。

①二月，周正建子，夏历十一月为正月，则二月是夏历十二月。甲子，甲子日。《尚书》孔安国传："是克纣之月甲子之日，二月四日。"昧爽，拂晓，天蒙蒙亮。

②索，萧条衰败。

③崇，抬高。长，尊重。

④齐，终结。

⑤犇，奔跑，冲锋。役，《说文》："戍边也，执殳巡行也。"此处意谓战斗，为西土而战斗。

战胜，以役西土，勉哉夫子！尔所不勉，其于尔身有戮。"

周历二月四日拂晓，武王戎装临阵，左手持铜斧，右手持白旗，一挥肃静。开口一声问候：

> 西方将士，远道辛苦！

旋即号令联军：

> 各国国君、执事大臣、各位将官、各族士兵：举起戈，端起盾，竖起矛，听我号令。

继而声讨商纣：

> 古人说，牝鸡不司晨，牝鸡司晨，其家衰落。今纣王听信妇人之言，不祭祖先，抛弃家国，抛弃先王兄弟，信用四方的罪人与逃犯，任由歹徒暴虐百姓，为奸商国。

宣称替天行道：

> 今我姬发恭敬天命，执行天罚。

强调胜败在此一举：

> 今日之战，行不过六步、七步，胜败立判；努力吧，将士们！格斗不过四次、五次、六次、七次，胜败立判；努力吧，将士们！

号召将士勇猛作战，不战胜，即死亡：

> 让我们发扬威武，如虎如豹，如熊如螭，决战商郊，勇猛进攻，战胜战胜，为西土而战。努力吧，将士

们！如果不努力，自身遭杀戮！

篇幅短小精干，文辞干净利落，语气坚决果
断，特别是最后几句，置之死地而后生，刺激
拼命，极富效果，是临阵动员的优秀檄文，水
平胜于夏启伐有扈的《甘誓》。试想，在牧野
平川，在武王的激励下，几十万人同举戈矛，
大呼杀敌，景象何等雄壮，气势何等高昂。屈
原"争遣伐器，何以行之"，指的大约就是这
个临战动员的场景。

并驱击翼，何以将之？

这一问，问联军战术。

并驱，两马并驱。《诗·齐风·还》：
"并驱从两肩兮。"或是两车并驱，并驾齐
驱。翼，战阵两侧。实战现场，商纣中军强
劲，两翼薄弱；周武中军虚张，两翼厚重。开
战，周武中军不动，牵制敌之中军，左右两翼
并驱战车，集中攻击商纣军队的侧翼，两翼崩
溃，中军动摇。

将，统领。"何以将之？"如何指挥军队
"并驱击翼"？ 牧野大战，周武是统帅，姜
尚是军师，大战的胜利，归功于两人采用了正
确的避实击虚的战术，合乎《孙子》所谓"夫
战，以正合，以奇胜"，"水之行避高而趋
下，兵之形避实而击虚"。

《史记·周本纪》记牧野大战：

> 帝纣闻武王来，亦发兵七十万人
> 距武王。武王使师尚父与百夫致师，
> 以大卒驰帝纣师。纣师虽众，皆无战
> 之心，心欲武王亟入。纣师皆倒兵以
> 战，以开武王。武王驰之，纣兵皆崩

畔纣。

距，抗拒。致师，挑战。大卒，王者直辖的精锐部队。司马贞《史记正义》："谓戎车三百五十乘，士卒二万六千二百五十人，有虎贲三千人。"战法是以兵车冲锋，步兵与禁卫军掩杀。纣军虽然犀利，因心属武王，倒戈哗变，联军大胜。《尚书·武成》：

> 甲子昧爽，受率其旅若林，会于牧野。罔有敌于我师，前徒倒戈，攻于后以北，血流漂杵。

"罔有敌"，罔，无；敌，抵抗；周师所向，无人抵抗。商军前锋倒戈，周师随其后进攻，殷商军队尸横遍野，流血漂杵。这说法与《周本纪》有矛盾。若按《周本纪》"纣兵皆崩畔"，安能血流漂杵？如血流漂杵，必有恶战。屈原未提倒戈事，所说"并驱两翼"接近《周本纪》的"大卒驰之"，都是突出兵车进攻，类似现代战争的装甲开路。

列击纣躬，叔旦不嘉。

这一句，批武王辱尸侮纣。

列，猛烈。躬，纣王尸体。武王猛烈击打纣王尸体。一说列，队列。三军列队，武王当众击打纣王尸体。但列队击打，语意勉强，不如猛烈击打说得畅顺。《史记·周本纪》说武王不仅以多种兵器打击纣王尸体，并且：

> 至纣之嬖妾二女，二女皆经自杀。武王又射三发，击以剑，斩以玄钺，悬其头小白之旗。

这件事，武王做的过份出格。敌人既死，尸不
当辱，何况"一"为帝王，须忌名份；"二"
为妇女，须加怜悯；武王却射之、击之、斩
之、悬之，手法暴烈，心地残酷。屈原直陈其
事，是罪其所为，痛加揭露。黄文焕《楚辞听
直》：

> "列击纣躬"，则罪周之严词
> 也。夺其国，又不免其身。既死矣，
> 又忍击之乎？

屈原并借"叔旦不嘉"讽刺武王。

叔旦，周公姬旦。嘉，称许。不嘉，不称
许。周公不赞成武王辱尸，但与屈原反对辱尸
的立场不同，屈原是从君臣大义出发，周公是
从本族政治利益出发。周公考虑，物伤其类，
兔死狐悲，侮辱纣王尸体，等于侮辱过去、现
在和未来的帝王尊严，故而不嘉。特别是，周
公考虑到，侮辱纣王尸体容易激发殷商遗民的
严重对抗，难以安抚殷商遗民，故而不嘉。

这种"不嘉"促使周公思谋统战政策。
在周王室商量对付殷商遗民时，姜尚提议杀
掉；召公说有罪杀，无罪留；周公则提议善待
殷人，安其居，耕其地，用其人。刘向《说
苑·贵德》：

> 武王克殷，召太公而问曰："将
> 奈其士众何？"太公对曰："臣闻爱
> 其人者，兼屋上之乌；憎其人者，恶
> 其余胥；咸刘厥敌，使靡有余，何
> 如？"王曰："不可。"太公出，召
> 公入，王曰："为之奈何？"召公对
> 曰："有罪者杀之，无罪者活之，何

如？"王曰："不可。"召公出，周公入，王曰："为之奈何？"周公曰："使各居其宅，田其田，无变旧新，唯仁是亲，百姓有过，在予一人！"武王曰："广大乎，平天下矣。凡所以贵士君子者，以其仁而有德也！"

周公主张的安抚殷商遗民的方针与他不嘉武发辱尸的态度，是一致的，也是明智的。

这种"不嘉"也促使周公以殷为鉴，忧虑周天下的长治久安。屈原猜到了周公心思。

何亲揆发，定周命咨嗟？

这一句，紧承上句问周公。

一本作"何亲揆发足，周之命以咨嗟"[①]。亲，亲自。揆，考量，谋划。《离骚》："皇览揆余初度兮，肇锡余以嘉名。"发，武王姬发。揆发，为武王出谋划策。定，确定，确立。咨，吁叹。《诗·大雅·荡》："文王曰咨。"咨嗟，叹词叠用，吁声叹气。周公既然亲为"揆发"，策划了灭商兴周的大计，为何在定下周的天命即周的江山之后又为周的命运长吁短叹？难道是从殷商的灭亡预感到了姬周的凶险？

周公的确为此忧心忡忡。前车之覆，后车之鉴；我能亡人，人能亡我。将来的周天下，能否避免、如何避免以下犯上的革命？《尚书·周书》的诸多文告与讲话充满了周公对王室的担忧与焦虑，对周王的叮咛与教诲，并为周王朝的长治久安做了巨大的努力。周公总结商周兴亡的历史教训，创立天命无常、天惟民主、惟德是辅的周初天命观，为周武革命

①揆发足，疑足为定之讹，定属下句。

提供理论基础；辅弼成王，平定叛乱，制礼作乐，明德慎罚，巩固了周初政治秩序，建设了周代政治文明；保民康民，劝导稼穑，保护了人民利益，发展了社会经济；促成了"成康之治"，造就了周初的统一、稳定、繁荣。《尚书大传》说成王时周公摄政：

> 一年救乱，二年克殷，三年践奄，四年建侯卫，五年营成周，六年制礼乐，七年致政成王。

一年，成王元年。救乱，平定周初管蔡之乱。克殷，平定周初武庚之叛。践奄，平息奄国之乱。侯卫，自京城向外分封土地、分封诸侯，拱卫京师[1]。营成周，兴建洛阳。制礼乐，制礼作乐定周礼。致成王，还政于成王。但是，尽管周公鞠躬尽瘁，深谋远虑，历史依然无情，"靡不有初，鲜克有终"，到屈原时代，姬周王朝已经分崩离析，名存实亡。

　　"何亲揆发，定周命咨嗟？"似乎还有更深的含义。既然担忧重蹈覆辙，何必策划周武革命？夏启灭后益，商汤灭夏桀，周武灭商纣，将来灭周又是谁？政治的改善和社会的改善是否一定要诉诸暴力，以暴易暴？近代保守主义创始人柏克[2]，在他的《论法国革命》中宣称，社会发展的正常方式是进化，而不是革命的变革，一个文明国家有能力在保守的传统架构内部促成进步，文明的维持必须依靠一定的社会连续性。[3]未知屈原是否萌生过相似的念头？

[1]《国语·周语》："侯卫宾服。"韦昭注："此总言之也。侯，侯圻也；卫，卫圻也。言自侯圻至卫圻，其间凡五圻，圻五百里，五五二千五百里，中国之界也。谓之宾服，常以服贡，宾见于王也。五圻者，侯圻之外曰甸圻，甸圻之外曰男圻，男圻之外曰采圻，采圻之外曰卫圻。《周书·康诰》曰：'侯、甸、男、采、卫是也。'"

[2]柏克（1729-1797），爱尔兰人，迁居英格兰，大不列颠众议院议员，政治家、作家、哲学家，保守主义思想理论家。

[3]拙译《意识形态的世代》有专章介绍，同济大学出版社，2006年第二版。作者［美］I. 克拉莫尼克、F. M. 华特金斯。

第二十九讲

天命荒唐

授殷天下，其位安施？
反成乃亡，其罪伊何？
皇天集命，惟何戒之？
受礼天下，又使(至)代之？

皇天授殷治天下，为何中途又变卦？
不助成功反灭亡，殷商罪过何其大？
既把江山托殷王，为何放纵不监管？
既让殷商做天子，怎让姬周取代之？

这一节八句四问，就商周兴替，责难天命。

原始社会，崇拜万物有灵，崇拜图腾，崇拜鬼神。《论语·泰伯》："禹致孝乎鬼神。"殷商立国，崇拜祖神，《尚书·盘庚》："我先神后，……自上其罚汝，汝罔能迪①。"崇拜上帝，鼓吹君权神授，《盘庚》："上帝将复我高祖之德，乱越②我家。"按此

① 迪，逃。

② 乱越，治理。

逻辑，殷人江山永固，王权永恒。

武发杀殷，冲撞了传统的君权神授的观念，势必引发百姓的怀疑，怀疑周武革命违背上帝之命。如何解说，事关重大。解说不好，殷人不服，周人困惑，君权缺少神授的合法性、权威性。以周公为代表的思想家根据商周变革的实践，改造了商代绝对不变的上帝崇拜，提出了著名的周初天命观。

天命，上天的意志，上帝的意志。

上帝原是殷人对至上神[①]的专称。周人称至上神，既称帝，又称天。《文王》："有周不显，帝命不时。""假哉天命，有商孙子。"帝命即天命。称帝是周人对殷商上帝崇拜的继承，称天是周人对殷商上帝崇拜的创新，体现了周初思想家的思辨智慧。

天，本是自然范畴。《诗·大雅·旱麓》：

鸢(yuān)飞戾天，鱼跃于渊。

《诗·大雅·棫朴》：

倬彼云汉，为章于天。

在自然界，天似穹庐，笼盖四野，无处不在，无时不在，又无影无踪，无边无际，变化无常，高深莫测。《大雅·文王》："上天之载，无声无臭。"以天称帝，装饰了上帝的客观性、永恒性、多变性和神秘性。

更要紧的是，在周人意识形态中，天，既是上帝的替身，也是一种形而上的理念，指冥冥中主宰世界的力量，一种无情无义的超自然力量。只是两者（上帝与形而上的理念）如胶似漆，浑为一体。至东周，天道一词出，天命

[①]《卜辞》中的至上神一概称帝。《尚书·商书》，有时以天称帝，乃是周人的文字加工。参看顾颉刚、刘起釪《盘庚三篇校释译论》。

一词衰，天与上帝开始分道扬镳，此后，中国古典哲学，天的范畴日益显赫，上帝的范畴日益淡出。

以天命（帝命）为核心的周初天命观，论说于《尚书》，歌唱于《大雅》：

> 文王在上，於昭于天。
> 周虽旧邦，其命维新。
>
> 假哉天命，有商孙子。
> 商之孙子，其丽不亿。[①]
> 上帝既命，侯于周服。
> 侯服于周，天命靡常。
>
> 皇矣上帝，临下有赫。
> 监观四方，求民之莫。
> 维此二国，其政不获。
> 维彼四国，爰究爰度。
> 上帝耆之，憎其式廓。
> 乃眷西顾，此维与宅。[②]
>
> 无念尔祖，聿修厥德。
> 永言配命，自求多福。
> 殷之未丧师，克配上帝。
> 宜鉴于殷，骏命不易。[③]

① 《文王》。丽，数目。

② 《皇矣》。二国，上国。马瑞辰《毛诗传笺通释》引或说："古文上……与一二之二相似，二国当为上国之误。"上国，指殷商。四国，四方之国。究，讲究。度，思虑。"爰究爰度"，各怀算计。式廓，模样。耆，稽，考察。宅，安居。

③ 《文王》。师，民众。骏，长久。

这三段的意思是：

> 文王之灵，高高在上，光明灿烂，照耀河汉。我们姬周，原属殷商，天命维新，李代桃僵。伟大天命，曾佑商汤，商之天下，代代相传。商之子孙，成千上万，而今天命，归顺周邦。当初保你，如今保我，上帝意志，变化无常。

辉煌上帝，洞观天下，考察国家，监察四方，关注人民，是否安康，商之二邦（崇国、密国），政治黑暗，商之诸国，阴险多端。上帝察之，憎其模样。乃把目光，移向西方，眷顾周国，满意歧山。

尔等殷人，无须空想，若念祖先，修其德行。世世代代，顺应天命，好自为之，求天赐福。回首过去，殷有民心，所作所为，配合上帝。俯看今日，商亡周兴，前车之鉴，牢牢记取，天命在周，长久永恒。

其中"天命靡常"、"求民之莫（安定）"、"聿修厥德"、"自求多福"，是周人天命观的主要观点。

基本精神是：天命是伟大的，天命又是无常的。天命的有常还是无常，取决于人民的安定还是不安定。民生安定，天命常在；民生动乱，天命常去。谁能担负人民安定的责任，谁就能得到天命的眷顾。所谓"天视自我民视，天听自我民听"、"民之所欲，天必从之"[①]。要获得天命，保持天命，就要清明政治，"宜民宜人"[②]，以德配天。强调皇权在于天命，天命在于民事，民事在于人为，必须敬天命，重人事。

周初天命观是一套富有精致逻辑和精致思辩的天命说教，的确是周初统一思想、说服殷人、安定民心的强大思想武器。但自西周中叶，天灾频仍，人祸时生，天命威信跌落，责难天命已不绝于耳；到春秋战国，礼崩乐坏，

①《尚书·泰誓》。

②《诗·大雅·假乐》。

理性发达，天命在诸子书中市场锐减，老子、孔子、庄子、邹子概不买账。

屈原也不买账，在这里四问天命。

授殷天下，其位安施？

位[①]，王位。施，丁晏引《史记·卫绾传》"剑人之所施易"："施，移也。"移，改变。游国恩《天问纂义》引《论语·微子》"君子不施其亲"："施，易也。"易，也是改变。两句意同《诗·大雅·大明》："天位适殷，使不挟四方。"屈原一问天命，天命殷商，先予后夺。岂非出尔反尔？人无信不立，天无信焉立？冥冥中会有这种反复无常的在天之命吗？

反成乃亡，其罪伊何？

反，反而。成，成功。伊何，为何，犹言是什么。清人张诗《屈子贯》："其亡也，果何罪乎？"屈原二问天命，既许其成，却促其亡，是奸诈；不分皂白，不论功罪，是昏庸；冥冥中会有这种口是心非，阴险奸诈、刚愎昏庸的在天之帝吗？这样指责上天，在屈原已非一次。《天问》："天命反侧，何罚何佑？"指斥天命反复无常，赏罚无度。《涉江》："皇天之不纯命兮，何百姓之震愆？"指斥天命不纯洁，不仁慈。

皇天集命，惟何戒之？

集，降。集命，降下天命。语本《诗·大雅·大明》："天鉴于下，有命既集。"戒，训诫。屈原三问天命，就算殷商有罪，为何不告诫、不督促、不训导？不训不诫，不警不示，不教而诛，谁之过？子不教，父之过；天子不教，天父之过；冥冥中有这样不尽责、不负责的在天之父吗？

受礼天下，又使代之？

礼[1]，天子之礼。代，取代。屈原四问天命，既让殷商接受天下礼拜，为何又让姬周取而代之？意思雷同"授殷天下，其位安施"，是《天问》赘笔。

屈原的天命之问，是通过指责天命的无诚无信、无德无良，否定天命的存在。屈原的世界观本无上帝的位置，也没有天命的位置。屈原作品所提到的上帝天神，是当神话说的；所提到的天，通常是自然之天；凡提天命，均属责难。

屈原的天命之问，是通过否定天命，否定周武革命的合法性。天命是周武革命的旗帜，"周虽旧邦，其命维新"，灭纣灭商，"行天之罚"，"上帝之命，侯于周服"，诸如此类的口号，鼓噪不已。屈原揭露天命虚无，周武革命是事在人为，绝不是天要人为，是无关天命的谋反，是无关天命的叛逆。屈原不能容忍，也不能沉默。

上节"武发杀殷"到"叔旦不嘉"的十四句六问是对周武革命的事实批判；本节"授殷天下"到"又使代之"的八句四问是对周武革命的理论批判。

虽然如此，屈原仍然接受了周人天命观的德治观点。《离骚》"皇天无私阿兮，览民德焉错辅"，与《诗经》的"聿修厥德"、《尚书》的"惟德是辅"就是同声同调。

[1] 闻一多《天问疏证》："礼，履，汤名（见《论语·尧曰篇》、《白虎通·姓名章》）。至，太甲名（见《竹书纪年》）。《竹书纪年》曰：'仲壬崩，伊尹放太甲于桐，乃自立。'又曰：'伊尹即位，放太甲。七年，太甲潜出自桐，杀伊尹。'（《春秋经传集解·后序》、《尚书·咸有一德》疏、《通鉴外纪》三引）又《太平御览》八三引《汲冢琐语》、《文选·豪士赋序》并节引）此言天既将命于一姓，殆不知如何戒慎以保之勿失。不观伊尹之事乎，既使受汤之天下而正位矣，曾几何时，复使太甲代之，甚矣，天命之不常也！"一家见识，录以备考。

416

第三十讲

西周疑云

彭铿斟雉，帝何飨？

受寿永多，夫何(久)长？

惊女采薇，鹿何祐？

北至回水，萃何喜？

伯林雉经，维其何故？

(何)感天抑墬，夫谁畏惧？

昭后成游，南土爰底。

厥利惟何，逢彼白雉？

穆王巧梅，（夫）何为周流？

环理天下，夫何索求？

中央共牧，后何怒？

蜂蛾微命，力何固？

妖夫曳衒，何号于市？

周幽谁诛？焉得褒姒？

彭祖烹饪野鸡，上帝为何享用？

人说彭祖高寿，究竟活了多久？

兄弟逃难，惊吓采薇女子，白鹿为何保佑？

首阳山北，一道流水蜿蜒，兄弟为何欢喜？

管叔自经北林，原因到底何在？

风雷感天动地，究竟何人惧怕？

昭王南游，死于南国。

引诱之利，仅是白鸡？

穆王贪婪，为啥周游？

环行天下，搜求何物？

共和行政，厉王为何愤怒？

国人暴动，力量何等强大？

妖人招摇，当街吆喝叫买什么？

幽王谁杀？褒姒因何入宫受宠？

　　这一节二十八句十四问，问西周（公元前1046-前771）的著名人物和著名政治事件。

　　著名人物依次是彭铿、伯夷、叔齐、周公、管叔、周昭王、周穆王、周厉王、周幽王、褒姒。

　　著名政治事件依次是管蔡之乱、昭王南巡、穆王周游、共和行政、犬戎杀幽王。

彭铿斟雉，帝何飨？受寿永多，夫何长？

　　彭铿，即彭祖。

　　彭祖的原型，是一位原始氏族首领。《史记·楚世家》、《大戴礼记·帝系》说彭祖是黄帝之孙高阳的四代孙，祖父为吴回，父为陆终氏，母为鬼方氏，鬼方剖腹生产，一产六胎，彭祖为第三子。《帝系》：

　　　　黄帝居轩辕之丘，娶于西陵氏之子，谓之嫘祖氏，产青阳及昌意。青阳降居泒水，昌意降居若水。昌意娶于蜀山氏之子，谓之昌濮氏，产颛

彭祖万岁　潘喜良　作

项。颛顼娶于滕奔氏，滕奔氏之子，谓之女禄氏，产老童。老童娶于竭水氏，竭水氏之子，谓之高纲氏，产重黎及吴回。吴回氏产陆终。陆终氏娶于鬼方氏，鬼方氏之妹，谓之女隤氏，产六子，孕而不粥①，三年，启其左胁，六人出焉。其一曰樊，是为昆吾；其二曰惠连，是为参胡；其三曰篯(jiān)，是为彭祖；其四曰莱言，是为云郐人；其五曰安，是为曹姓；其六曰季连，是为芈(mǐ)姓。

①不粥(yù)，不育，不生育。

彭祖曾辅佐尧舜，《史记·五帝本纪》：

> 天下归舜。而禹、皋陶、契、后稷、伯夷、龙、垂、益、彭祖，自尧时而举用。

《国语·郑语》韦昭注：

> 陆终第三子曰篯，为彭姓，封于大彭，谓之彭祖，彭城是也。

大彭或彭城，地在今江苏徐州铜山。篯或写作铿，疑铿或读如篯。唐陆德明《经典释文·庄子》引《世本》说彭祖"姓篯，名铿"。《世本》错，篯是名不是姓。篯或写作翦，裴骃《史记·楚世家》集解：

> 虞翻云："名翦，为彭姓，封于大彭，谓之彭祖。"

彭翦、彭铿、彭篯，一名而三字，本字当作篯。

彭祖创始的大彭家国，起于尧舜，历夏至

商，亡于商。《卜辞》和《竹书纪年》说殷高宗武丁灭彭：

> 癸丑，王卜，在彭，贞。[①]

> 四十三年，王师灭大彭。[②]

大彭，即彭祖所立大彭国。《国语·郑语》：

> 彭姓彭祖、豕韦、诸稽，则商灭之矣。

彭姓三支，此处彭祖乃彭姓氏族的一支，可能是彭祖嫡传后裔。《史记·楚世家》说殷末灭彭：

> 彭祖氏，殷之时尝为侯伯，殷之末世灭彭祖氏。

这里的彭祖氏更不是彭祖本人，而是彭祖氏的子孙了。

商代王室贤臣或有称老彭者。《论语·述而》：

> 子曰："述而不作，信而好古，窃比于我老彭。"

"窃比于我老彭"，《定州汉墓竹简》[③] 作"窃比我于老彭"。《汉书·古今人表》列老彭为商代上等智人。《大戴礼记·虞戴德》：

> 子曰："昔商老彭及仲傀[④]，政之教大夫，官之教士，技之教庶人。扬则抑，抑则扬，缀以德行，不任以言。"

这位商代老彭，教大夫如何为政，教士人如何

① 罗振玉《殷墟书契前编》。

②《竹书纪年》。

③《定州汉墓竹简》是抄写于西汉的《论语》竹简本。1973年出土。定州，在今河北保定。

④ 仲傀，即仲虺，商汤大臣。封于薛，今山东滕县。《左传》、《墨子》、《尚书》有载。

做官，教平民如何学技术，学问渊博，精通政治，与《论语》提到的老彭应是同一人。

好事者将这位商代老彭渲染到周代任职。《经典释文》引《世本》彭祖：

> 在商为守藏吏，在周为柱下史，寿八百岁。

守藏吏，是商朝的图书馆馆长；柱下史，是周朝的图书馆馆长。又加喧染，老彭与上古彭祖合而为一。《庄子》说彭祖：

> 而今彭祖以久特闻。[1]
>
> 上及有虞，下及五伯。[2]

五伯，春秋五霸[3]。由此上溯，从东周、西周、殷商、禹夏、到尧舜，彭祖寿命，至少二千岁。《列子》："彭祖之智，不出尧、舜之上，而寿八百。"说得太少。《吕氏春秋》："彭祖至寿也。"至寿，极言其长，说得弹性。

至寿的原因，庄子有论。《庄子·大宗师》：

> 夫道有情有信，无为无形；可传而不可受，可得而不可见。……彭祖得之。

道，有情有义，有诚有信，却不做任何事情，不具任何形状；可以流传，不可以教授；可以心悟，不可以感知；彭祖觉悟此道，实践此道，所以长生。《庄子·刻意》：

> 刻意尚行，离世异俗，高论怨诽，为亢而已矣，此山谷之士，非

[1]《逍遥游》。

[2]《大宗师》。

[3]《庄子》成玄英疏："五伯者，昆吾为夏伯，大彭、豕韦为殷伯，齐桓、晋文为周伯。"按成注不当。有虞指一朝代，五伯指一朝代，始合上及下及之意。《吕氏春秋·当务》高诱注："五伯，齐桓、晋文、宋襄、楚庄、秦缪也。"《荀子·王霸》："虽在僻陋之国，威动天下，五伯是也。……故齐桓、晋文、楚庄、吴阖闾、越句践，是皆僻陋之国也，威动天下，强殆中国。"《汉书·诸侯王表》颜师古注："伯读曰霸。此五霸谓齐桓、宋襄、晋文、秦穆、吴夫差也。"

世之人，枯槁赴渊者之所好也。语仁义忠信，恭俭推让，为修而已矣，此平世之士，教诲之人，游居学者之所好也。语大功，立大名，礼君臣，正上下，为治而已矣，此朝廷之士，尊主强国之人，致功并兼者之所好也。就薮泽，处闲旷，钓鱼闲处，无为而已矣，此江湖之士，避世之人，闲暇者之所好也。吹呴（xǔ）呼吸，吐故纳新，熊经鸟申，为寿而已矣，此道引之士，养形之人，彭祖寿考者之所好也。若夫不刻意而高，无仁义而修，无功名而治，无江海而闲，不道引而寿，无不忘也，无不有也，澹然无极，而众美从之，此天地之道，圣人之德也。

"彭祖寿考者"不是彭祖，而是盼如彭祖长寿者。庄子说这些人祈求延年益寿，道引[①]"吹呴呼吸，吐故纳新，熊经鸟申"，是纵欲而求，刻意而为，不合天地无为之道，也不合圣人无为之德，不是彭祖得道长生的正路。

庄子讥讽的"吹呴呼吸，吐故纳新，熊经鸟申"应是他人归纳的彭祖长生术。"吹呴呼吸"，是吐纳之法，大力呼吸与平常呼吸相结合，吐出体内之气，吸纳自然之气。"熊经鸟申"，成玄英疏："如熊攀树而自悬，类鸟飞空而伸脚。"是仿效动物的身体锻炼，如熊之吊树，两手上抓；如鸟之凌空，双足伸直；犹体操之引体向上。彭祖因此成为华夏气功导引、仿生体操的的祖师。

《荀子·修身》：

① 道引，即导引，以肢体运动配合呼吸的养生方法。

扁善之度，以治气养生，则后彭祖。

扁，辨别。度，态度。荀子说，以辩善、向善的态度，治气养生，才能看齐至寿者彭祖。主张，性善主导养生，性善方可养生。这与庄子的得道养生有相同之处，得道者心无杂念，性善者心无邪念。

彭祖养生术除却气功导引、仿生体操，又有植物养生和房中养生。旧题刘向《列仙传》说彭祖饮食桂花与灵芝：

> 彭祖者，殷大夫也。历夏至殷末，八百余岁，常食桂芝，善导引行气。

马王堆帛书《十问》说彭祖主张节制房事，积蓄阴精。① 到魏晋隋唐，房中术成了"彭祖之法，最其要者"②。《抱朴子·遐览》的《彭祖经》，《隋书·经籍志》和《新唐书·艺文志》的《彭祖养性经》，讲的都是男女性事。

再往后，彭祖又升格为医学之祖。有人说精通医学养生的彭祖就是上古神医巫彭。《山海经·海内西经》：

> 开明东有巫彭、巫抵、巫阳、巫履、巫凡、巫相，夹窫窳之尸③，皆操不死之药以距之。

郭璞注："皆神医也。"《吕氏春秋·勿躬》："巫彭作医。"《说文》："古者巫彭初作医。"彭祖如果就是发明医术的神医巫彭，传他千年不死，也就不奇怪了。

彭祖长寿的秘诀，屈原所闻，不是《庄子》的得道，不是《荀子》的性善，不是"常

① 《马王堆帛书·十问》："王子乔父问彭祖曰：'人气何是为精乎？'彭祖答曰：'人气莫如朘精。朘气菀闭，百脉生疾；朘气不成，不能繁生，故寿尽在朘。……是故道者发明唾手循臂，摩腹从阴从阳。必先吐陈，乃吸朘气，与朘通息，……如养赤子。赤子骄悍数起，慎勿。緥使则可以久交，可以远行，故能寿长。……慎守勿失，长生累世。累世安乐长寿，长寿生于蓄积。'"

② 葛洪《抱朴子·微旨》。

③ 窫窳(yàyǔ)，怪兽。《山海经·北山经》："又北二百里，曰少咸之山，无草木，多青碧。有兽焉，其状如牛，而赤身、人面、马足，名曰窫窳，其音如婴儿，是食人。"《山海经·海内北经》："贰负之臣曰危，危与贰负杀窫窳。"距之，抵御尸体的死气。

食桂芝"，不是闭精不泄，也不是神医神药，而是施展烹调野鸡的手艺，讨好上帝，获得长寿。这等秘诀，荒谬透顶，屈原讥笑之："彭铿斟雉，帝何飨？受寿永多，夫何长？"

斟，斟酌，调和。雉，野鸡。斟雉，调合雉羹。受寿，得到寿命。永多，长久。帝，王逸说是唐尧。《天问章句》：

> 彭铿，彭祖也。好和滋味，善斟雉羹，进雉羹于尧，尧封于彭城。历夏经殷至周，年七百六十七岁而不衰。

说帝为唐尧，是把神话说成古史。帝，应指上帝。上帝好吃，享用祭品。后羿之"何献蒸膏，后帝不若"，伊尹之"缘鹄饰玉，后帝是飨"，均指上帝。《诗经》也是这样，《大雅·生民》"其香始升，上帝居歆"。

"彭铿斟雉，帝何飨？"语夹嘲讽。彭祖是人不是神，斟雉，自己吃，他人吃，尚可，如何能送达天庭给上帝吃？"受寿永多，夫何长？"仍是嘲讽。听说一碗鸡汤换来很长的寿命，请你告诉我，上帝赏赐彭祖多少年？这两层嘲讽归于一处，即彭祖至寿是三人成虎的荒诞。这态度符合屈原通达的生死观。《离骚》："汩余若将不及兮，恐年岁之不吾与。""老冉冉其将至兮，恐修名之不立。"生命短暂急迫，岂能长命不衰？

惊女采薇，鹿何祐？北至回水，萃何喜？

这四句的主角是伯夷、叔齐。

伯夷、叔齐，孔子说是"不降其志，不辱其身"、"饿于首阳之下"的"古之贤人"，[①]但语焉不详。庄子说伯夷、叔齐是孤竹高士，

[①] 《论语·公冶长》邢昺疏引《春秋少阳篇》："伯夷姓墨，名允，字公信。伯，长也；夷，谥。叔齐名智，字公达，伯夷之弟，齐亦谥也。"

并为他们描述了一个精彩的故事，《庄子·让王》：

> 昔周之兴，有士二人，处于孤竹。曰伯夷、叔齐。二人相谓曰："吾闻西方有人，似有道者，试往观焉。"至于岐阳，武王闻之，使叔旦往见之，与盟曰："加富二等，就官一列。"血牲而埋之。二人相视而笑曰："嘻，异哉！此非吾所谓道也。昔者神农之有天下也，时祀尽敬而不祈喜；其人也，忠信尽治而无求焉。乐与政为政，乐与治为治，不以人之坏自成也，不以人之卑自高也，不以遭时自利也。今周见殷之乱而遽为政，上谋而下行货，阻兵而保威，割牲而盟以为信，扬行以说众，杀伐以要利，是推乱以易暴也。吾闻古之士，遭治世不避其任，遇乱世不为苟存。今天下暗，周德衰，其并乎周以涂吾身也，不如避之以絜吾行。"二子北至于首阳之山，遂饿死焉。

商纣乱世，伯夷、叔齐观道岐周，武王、周公许以高官厚禄，二人大失所望，批评岐周利用殷商乱政，"推乱易暴"，不是圣人之道，拂袖而去，饿死首阳。孟子也做了一则报道，《孟子·离娄》：

> 夷、齐避纣，居北海之滨。

伯夷、叔齐为逃避商纣统治，远离中原，隐居北海之滨，今渤海之滨，未提姬周，未提首阳。列子也有报道。《列子·杨朱》：

> 伯夷、叔齐实以孤竹君让，而终
> 亡其国，饿死于首阳之山。

两人是孤独国君的公子，因让国引致孤竹亡国，在首阳山饿死，与商周争斗没有关系。战国晚期，庄子的故事占了上风。《吕氏春秋·诚廉》：

> 伯夷、叔齐西行如周，至于歧
> 阳，则文王已殁矣，武王即位。观周
> 德，则王使叔旦就胶鬲于次四内①，
> 而与之盟曰："加富三等，就官一
> 列。"为三书同辞，血之以牲，埋
> 一于四内，皆以一归。又使保召公就
> 微子开于共头②之下，而与之盟曰：
> "世为长侯，守殷常祀，相奉桑林，
> 宜私孟诸。"为三书同辞，血之以
> 牲，埋一于共头之下，皆以一归。伯
> 夷、叔齐闻之，相视而笑曰："异乎
> 哉！今周上谋而行货，阻兵而保威
> 也。割牲而盟以为信，因四内、共
> 头以明行，以此绍殷，是以乱易暴
> 也。"

① 四内，地名。次，疑衍字。

② 共头，山名。

这段文字大体沿袭《庄子》，仅将伯夷叔齐由姬周拉拢的对象变成了旁观者。司马迁综合取舍，著《史记·伯夷叔齐列传》：

> 伯夷、叔齐，孤竹君之二子也。
> 父欲立叔齐，及父卒，叔齐让伯夷。
> 伯夷曰："父命也。"遂逃去。叔齐
> 亦不肯立而逃之。国人立其中子。于
> 是伯夷、叔齐闻西伯昌善养老，盍往

归焉。及至，西伯卒，武王载木主，号为文王，东伐纣。伯夷、叔齐叩马而谏曰："父死不葬，爰及干戈，可谓孝乎？以臣弑君，可谓仁乎？"左右欲兵之。太公曰："此义人也。"扶而去之。武王已平殷乱，天下宗周，而伯夷、叔齐耻之，义不食周粟，隐于首阳山，采薇而食之。及饿且死，作歌。其辞曰："登彼西山兮，采其薇矣。以暴易暴兮，不知其非矣。神农、虞、夏忽焉没兮，我安适归矣？于嗟徂兮，命之衰矣！"遂饿死于首阳山。由此观之，怨邪非邪？

记写兄弟二人，谦让孤竹君位，投奔姬周文王，劝阻武王伐纣，商亡后，躲进首阳山，饿死首阳山。首阳，今日检之，或在陕西，或在甘肃，或在河南、或在山西，或在山东，或在河北。《史记》说武王起兵，伯夷、叔齐阻挡马头，则二人身在陕西，不会东向，首阳在河西陕甘地区比较合理。

屈原所问"惊女采薇，鹿何祐？北至回水，萃何喜？"与上引诸家又有不同，话题不在首阳山外，只在首阳山内，是伯夷、叔齐的山中异闻。惊，惊吓。女，采薇女。薇，野豌豆苗。北，首阳山北。回水，曲折回旋的水流。萃，草木荟萃。异闻梗概，大约是，首阳山中，女子采野豌豆苗，突然遇见两个蓬头垢面吞吃野菜的男人，女子惊恐，男人窘迫，丢下野菜，落荒而去，饿着肚子走得筋疲力尽，奄奄一息。老天怜悯，指派白鹿哺乳，两兄弟恢复体力，攀行到山北，遇见水流宛转绕芳甸，不禁喜笑颜开，从此隐居首阳，与世隔绝。这条异闻，司马迁未予采信，刘向、谯周有所发挥。刘向《列士传》：

> 武王伐纣，夷、齐不从，隐于首阳山，采薇而食。时王摩子入山，难之曰："君不食周粟，而隐周山，食周粟，奈何？"二人遂不食薇。经七日，天遣白鹿乳之。[①]

谯周《古史考》：

> 伯夷、叔齐隐于首阳山，采薇而食之。野有妇人谓之曰："子义不食周粟，此亦周之草木也。"于是饿死。[②]

这两则文字与屈原所说有所相近，也有所出入，最大的差别是，《古史考》与《列士传》是信以为真地记事，《天问》是满怀疑惑地提问。

伯夷、叔齐惊吓了采薇女子，白鹿为何哺乳？山北水草丰茂，二人为何喜悦？前一问是致疑，疑惑白鹿哺乳的真实性，犹如屈原所问"投之冰上，鸟何燠之"。动物哺乳较之鸟燠人体，可能性高，世界上确有动物为幼儿哺乳的真人真事。[③] 后一问是提示，水草丰茂可以生活，可以隐居，有如鲧之"咸播秬黍，莆藋是营"。这里，屈原不提二人之死，只说二人之喜，表示伯夷、叔齐并非饿死首阳，而是隐居首阳，逍遥世外。

如何评价伯夷、叔齐？诸子多有议论，孔子褒奖有加。《论语·公冶长》：

①清人马骕《绎史》引。

②唐人李善《文选·辩命论》注引。

③1344年德国黑森发现被狼哺育的小孩。1661年在立陶宛发现与熊长大的小孩；1672年伊朗发现绵羊哺育的小孩。1920年，在印度加尔各答米德纳波尔城的附近森林发现两个女性狼孩，大者七、八岁，起名卡玛拉；小者约两岁，起名阿玛拉。第二年阿玛拉死，卡玛拉活到1929年。

> 伯夷、叔齐不念旧恶，怨是用
> 希。

旧恶，纣王暴政，怨，怨恨暴政。希，罕有。
指伯夷、叔齐劝阻武王伐纣，是不念商纣旧
恶、是罕见的以德报怨的行为。《论语·微
子》：

> 子曰："不降其志，不辱其身，
> 伯夷、叔齐与？"

不降圣人之道，不污生命之躯，指伯夷、叔齐
秉持忠信，洁身山野，宁死不屈。《论语·述
而》：

> 曰："伯夷、叔齐何人也？"
> 曰："古之贤人也。"曰："怨乎?"
> 曰："求仁而得仁，又何怨。"

伯夷、叔齐饿死首阳，内心是否怨恨？孔子
说，追求仁义得到仁义，是实现理想与抱负，
还有什么怨恨与遗憾。《论语·季氏》：

> 齐景公有马千驷，死之日，民
> 无德而称焉。伯夷、叔齐饿于首阳之
> 下，民到于今称之。

景公无德，虽千乘富贵，民无口碑；伯夷、叔
齐有德，虽饥寒交迫，代有口碑。管仲也称道
之，《管子》：

> 故伯夷、叔齐非于死之日而后有
> 名也，其前行多备矣。

死后名声的传扬，在于生前行为的养成。庄周
也赞扬之，《庄子·让王》：

> 若伯夷、叔齐者，其于富贵也，
> 苟可得已，则必不赖。高节戾行，独
> 乐其志，不事于世，此二士之节也。

抛弃富贵，不附权势，乐其志，守其志，是高风亮节。《孟子·公孙丑》认同夷、齐的处世方式：

> 非其君不事，非其民不使；治则
> 进，乱则退，伯夷也。

忠于自己的国君，依靠自己的国民，治世进取，乱世退隐。《六韬》载录夷、齐反对暴力革命的铿锵言语：

> 武王伐纣，诸侯已至，未知士民
> 何如。太公曰：“天道无亲，今海内
> 陆沉于殷久矣，百姓可与乐成，难与
> 虑始。”伯夷、叔齐曰：“杀一人而
> 有天下，圣人不为。”①

一人，泛指任何一人。到唐代，韩愈作《伯夷颂》：

> 士之特立独行，适于义而已，不
> 顾人之是非，皆豪杰之士，信道笃而
> 自知明者也。一家非之，力行而不惑
> 者，寡矣；至于一国一州非之，力行
> 而不惑者，盖天下一人而已矣；若至
> 于举世非之，力行而不惑者，则千百
> 年乃一人而已耳。若伯夷者，穷天地
> 亘万世而不顾者也。昭乎日月不足为
> 明，崒乎泰山不足为高，巍乎天地不
> 足为容也！当殷之亡、周之兴，微子
> 贤也，抱祭器而去之；武王、周公圣

① 《太平御览》卷三百二十九
引。《六韬》又称《太公六
韬》，传为太公望姜尚所
著。1972年，临沂银雀山西
汉古墓出土《六韬》竹简
五十多枚。“可与乐成”，
可与百姓享受成就。“难与
虑始”，难与百姓谋划创
业。

也，从天下之贤士与天下之诸侯而往攻之：未尝闻有非之者也。彼伯夷、叔齐者，乃独以为不可。殷既灭矣，天下宗周，彼二子乃独耻食其粟，饿死而不顾。由是而言，夫岂有求而为哉？信道笃而自知明也。今世之所谓士者：一凡人誉之，则自以为有余；一凡人沮之，则自以为不足。彼独非圣人，而自是如此。夫圣人乃万世之标准也；余故曰：若伯夷者，特立独行，穷天地亘万世而不顾者也。虽然，微二子，乱臣贼子接迹于后世矣。

称颂伯夷、叔齐适义独行，不顾万世非议，明乎日月，高乎泰山。

先秦，大力批判伯夷、叔齐的是法家韩非。《韩非子·奸劫弑臣》：

古有伯夷、叔齐者，武王让以天下而弗受，二人饿死首阳之陵。若此臣者，不畏重诛，不利重赏，不可以罚禁也，不可以赏使也，此之谓无益之臣也。

不求名利、不惧赏罚、宁死不要天下的人，对于帝王政治没有任何好处。《韩非子·说疑》：

若夫许由、续牙、晋伯阳、秦颠颉、卫侨如、狐不稽、重明、董不识、卞随、务光、伯夷、叔齐，此十二人者，皆上见利不喜，下临难不恐，或与之天下而不取，有萃辱①之

① 萃，劳累、辛苦。王先谦《韩非子集解》引《说文》："萃，读若瘁。"萃辱，劳累屈辱。

名，则不乐食谷之利。夫见利不喜，
上虽厚赏无以劝之；临难不恐，上虽
严刑无以威之；此之谓不令之民也。
此十二人者，或伏死于窟穴，或槁死
于草木，或饥饿于山谷，或沉溺于水
泉。有民如此，先古圣王皆不能臣，
当今之世，将安用之？

许由，不接受唐尧让天下。续牙，虞舜贫困时
的朋友，及舜富贵，不与舜交往。《路史》：
"续牙友舜于贫，贵而弃之。"晋伯阳，疑为
虞舜的朋友伯阳[1]。秦颠颉、卫侨如，不详。狐
不稽，应是《庄子·大宗师》的狐不偕。《庄
子·大宗师》：

> 故圣人之用兵也，亡国而不失人
> 心。利泽施乎万世，不为爱人。故乐
> 通物，非圣人也；有亲，非仁也；天
> 时，非贤也；利害不通，非君子也；
> 行名失己，非士也；亡身不真，非役
> 人也。若狐不偕、务光、伯夷、叔
> 齐、箕子、胥馀、纪他、申徒狄，是
> 役人之役，适人之适，而不自适其适
> 者也。

成玄英注："姓狐，字不偕，尧时贤人，不受
尧让，投河而死。"重明，无考。董不识，舜
的朋友东不訾。《尸子》："舜七友有东不
訾。"皇甫谧《逸士传》："不訾或云不识、
不虚，或云不空。"卞随、务光，商汤时人。
《吕氏春秋·离俗》：

> 汤将伐桀，因卞随而谋，卞随
> 辞曰："非吾事也。"汤曰："孰

[1] 《太平御览》卷八十一引《尸子》："舜事亲养兄为天下法，其游也得六人，曰雒陶、方回、续牙、伯阳、东不识、秦不空，皆一国之贤者也。"《陶元亮集·圣贤群辅录》引《战国策》："舜有七友，雄陶、方回、续牙、伯阳、东不訾、秦不虚、灵甫。"

可？"卞随曰："吾不知也。"汤
又因务光而谋，务光曰："非吾事
也。"汤曰："孰可？"务光曰：
"吾不知也。"汤曰："伊尹何
如？"务光曰："强力忍诟，吾不知
其他也。"汤遂与伊尹谋夏伐桀，克
之。以让卞随，卞随辞曰："后之伐
桀也，谋乎我，必以我为贼也；胜桀
而让我，必以我为贪也。吾生乎乱
世，而无道之人再来诟我，吾不忍
数闻也。"乃自投于颍水而死。汤又
让于务光曰："智者谋之，武者遂
之，仁者居之，古之道也。吾子胡不
位之？请相吾子。"务光辞曰："废
上，非义也；杀民，非仁也；人犯其
难，我享其利，非廉也。吾闻之，非
其义，不受其利；无道之世，不践其
土。况于尊我乎？吾不忍久见也。"
乃负石而沉于募水。故如石户之农、
北人无择、卞随、务光者，其视天
下，若六合之外，人之所不能察。其
视贵富也，苟可得已，则必不之赖。
高节厉行，独乐其意，而物莫之害。
不漫于利，不牵于势，而羞居浊世。
惟此四士者之节。若夫舜、汤，则苞
裹覆容，缘不得已而动，因时而为，
以爱利为本，以万民为义。

① 成玄英《庄子》注：
"（务光）夏时人，饵药
养性，好鼓琴，汤让天
下，不受，负石自沉于庐
水。"

卞随，务光，拒绝为成汤讨伐夏桀出谋划策，
一人自沉颍水，一人自投募水①。数一数，韩非
子所举十二人，至少有七位，尧舜时的许由、
续牙、狐不稽，成汤时的卞随、务光，商周之

际的伯夷、叔齐，无视名利，羞居浊世，坚持在"体制外"高节厉行。这样的人，在韩非子眼里，古往今来，都是不肯与君王合作的不令之民，其意似乎是"五蠹"（儒学之士、纵横之士、游侠之士、逃役之民、工商之民）之外的第六蠹。

屈原看待伯夷、叔齐，与韩非相悖，与孔丘相仿。《九章·橘颂》：

> 年岁虽少，可师长兮。
> 行比伯夷，置以为像兮。

有人疑惑，这伯夷不是孤竹伯夷，而是尧时伯夷。按《山海经·海内经》确有伯夷之名：

> 伯夷父生西岳[①]，西岳生先龙，
> 先龙是始生氐羌，氐羌乞姓。

《吕氏春秋·尊师》："帝颛顼师伯夷父。"郭璞注："伯夷父，颛顼师。"或疑"父"字衍，应为"伯夷生西岳"。陈奇猷校释《汉书·古今人表》"柏夷亮父生西岳"，柏，通伯，柏夷即伯夷，伯夷是其氏，亮是其名，"父"男子美称，伯夷亮父，犹周人称古公为亶父、称姜尚为师尚父，伯夷父、伯夷亮父，就是伯夷。伯夷的第三代氐羌向中原帝王乞求姓氏，得姜姓。《国语·郑语》："姜，伯夷之后也。"则伯夷是西方姜姓氐羌一族的先祖。据说伯夷又是尧舜重臣。《郑语》史伯说："伯夷能礼于神，以佐尧者也。"《尚书·皋陶谟》记虞舜、禹、伯夷、皋陶四人议政。《大戴礼记·诰志》引孔子"虞史伯夷曰"，说伯夷是虞舜的史官。《尚书》说伯夷是虞舜的礼官，《舜典》：

[①]《国语·周语》："昔共工弃此道也，……共工之从孙四岳佐之，……上帝祚四岳国，命以侯伯，赐姓曰姜，氏曰有吕。"疑"四岳"应为"西岳"。即《山海经》所说的"伯夷生西岳"的西岳。

> 帝曰："咨！四岳。有能典朕三
> 礼？"佥曰："伯夷。"

《墨子·尚贤》也说："伯夷降典，哲民维刑。"如此德高望重的大臣，要做屈原的师长也是够格的。但是，屈原的"可师长兮"有其定义，主要指"苏世独立"的人格操守。讲操守，忠于君臣之义的操守，孤竹伯夷尤胜之。《楚辞·九歌章句》：

> 伯夷、叔齐不食周粟而饿死。屈
> 原亦自以修饰洁白之行，不容于世，
> 将饿馁而终，故曰以伯夷为法也。

《九章·悲回风》又说到伯夷：

> 求介子之所存兮，见伯夷之放迹。

介子，介子推，晋国人，早年跟随晋公子重耳逃难于外，历经十九年艰辛。重耳返国，介子推不言禄，隐居绵山。晋文公求其仕，放火焚山，子推竟抱树而焚，是古代"士甘焚死不公侯"[①]的典型。"求介子之所存兮"，求，寻找；存，归宿；寻找介子推抱树而焚的归宿。"见伯夷之放迹"，《楚辞·九章章句》："伯夷，叔齐兄也。"见，想见；放迹，流浪的踪迹；想见伯夷的流浪踪迹。子推、伯夷，是屈原忠贞于操守、孤独于世俗的榜样。

伯林雉经，维其何故？ 感天抑墬，夫谁畏惧？

这四句说周公、管叔与成王，事关周公摄政，三监之乱。

周公旦、管叔鲜、蔡叔度、霍叔处，都

① 黄庭坚《清明》。

是文王的儿子、武王的弟弟、成王的叔叔。兄弟秩序，武王是老二，管叔是老三，周公是老四，蔡叔是老五，霍叔是老八。

武王灭商，封商纣王的儿子武庚于殷地（今河南商丘），又把原来的殷商王畿地区[①]一分为三，北为邶[②]，南为鄘[③]，东为卫[④]，设"三监"监视商朝遗民。"三监"，封于卫地的管叔鲜、封于鄘地的蔡叔度、封于邶地的霍叔处。[⑤] 武王死，武王之子姬诵即位，是为周成王。成王年幼，周公摄政，"三监"觊（jì）觎王位，先是散布流言，造谣周公，离间朝廷，使得"周公恐惧流言日"[⑥]；继而武庚勾结管、蔡，策动奄、徐、楚等国，群起叛乱，史称"三监之乱"，或称"管蔡之乱"。《史记·周本纪》：

> 成王少，周初定天下，周公恐诸侯畔周，公乃摄行政当国。管叔、蔡叔群弟疑周公，与武庚作乱，畔周。

《尚书》孔安国传：

> 管叔、蔡叔疑周公，流言于国曰："公将不利于王。"奄君、薄姑谓禄父曰："武王既死矣，今王尚幼矣，周公见疑矣，此百世之时也，请举事！"然后禄父及三监叛也。

禄父，是武庚的名字。奄君、薄姑，是武庚的幕僚，策动武庚勾结"三监"。次年，周公东征，镇压叛乱。《尚书·作洛》：

> 周公立相，……二年，又作师旅，临卫征殷，殷大震溃，降辟三叔……管叔经而卒。

①郑玄《诗谱》说："邶、鄘、卫者，商纣畿内方千里之地，其封域在《禹贡》冀州太行东，北逾衡漳，东及兖州桑土之野。"郑杰祥《商代地理概论》："郑玄所说的商代王畿的大致范围，应包括今太行山东、古漳水两岸和濮阳市及其以南的广大地区。"

②邶，原商都朝歌（今河南淇县）北部商王畿。

③鄘，原商都朝歌（今河南淇县）南部商王畿。

④卫，原商都朝歌（今河南淇县）东部商王畿。

⑤"三监"与"邶、鄘、卫"，有争议。《尚书》孔安国传："禄父（武庚）及三监叛。"则武庚之外另有三监。《史记·周本纪》："封商纣子禄父殷之余民。武王为殷初定未集，乃使其弟管叔鲜、蔡叔度相禄父治殷。"则管、蔡，以辅助禄父的身份监视殷民，并非将殷之王畿一分为三，分封管、蔡、霍，以三国监视一国。《周本纪》并说武王："封弟叔鲜于管，弟叔度于蔡。"则管、蔡所封不是卫国、鄘国。

⑥白居易《放言》。

诛武庚，流蔡叔，贬霍叔，管叔自杀。经，绳索。"经而卒"，用绳索自吊死。《史记·田单传》："经其颈于树枝。"

管叔自杀，有人不平。《庄子·盗跖》：

> 王季为嫡，周公杀兄。

区区八字，一竹篙打了一船人。王季，是周文王的父亲，古公亶父的小儿子。古公传位，不给大儿子太伯，也不给二儿子仲庸，却给了小儿子王季，破坏了嫡长子继承制，也破坏了儿子之间的关系，是君不公，父不义①。王季受命，不推、不辞、不躲，迫使大哥二哥远走他乡，不仅违背了继承制度，也违背了兄弟之义，是弟不恭，那里谈得上"维此王季，因心则友，则友其兄。"②太伯、仲庸，不肯拥护父亲的传位选择，不肯支持小弟的上台，又害怕小弟的迫害，一跑了之，把谦让美誉留给自己，把幼子为嫡、不义不恭的恶名留给父亲和弟弟，是子不孝，兄不良。周公当朝，辅佐侄儿成王，管叔为兄不友，为叔不慈，竟要抢夺弟弟的权柄，抢夺侄儿的天下。周公不能柔化兄弟冲突和政治危机，却为弟不仁，兴兵讨伐，把管叔、蔡叔逼上绝路，无异亲手杀兄的凶手。

有人还说，周公平叛后，写诗要挟成王。《尚书·金縢》：

> 周公居东二年，则罪人斯得。于后公乃作诗以贻王，名之曰《鸱鸮》。王亦未敢诮公。秋，大熟，未获，天大雷电以风，禾尽偃，大木斯拔，邦人大恐……王执书以泣曰……

① 《礼记·礼运》："何谓人义？父慈，子孝，兄良，弟悌，夫义，妇听，长惠，幼顺，君仁，臣忠。"《史记·五帝本纪》："父义，母慈，兄友，弟恭，子孝。"北齐颜之推《颜氏家训》："父不慈，则子不孝。兄不友，则弟不恭。夫不义，则妇不顺。"

② 《诗·大雅·皇矣》。

今天动威，以彰周公。

叛乱前，管蔡造谣离间，周公受到王室怀疑，一度辞职。平定管蔡，周公对成王与朝廷心有芥蒂，作《鸱鸮》，即《诗·豳风·鸱鸮》：

鸱鸮鸱鸮，既取我子，无毁我室。
恩斯勤斯，鬻子之闵斯。①

迨天之未阴雨，彻彼桑土，绸缪牖户。
今女下民，或敢侮予？

予手拮据，予所捋荼，予所蓄租。
予口卒瘏，曰予未有室家。②

予羽谯谯，予尾翛翛，予室翘翘。
风雨所漂摇，予维音哓哓。③

① 恩，爱。勤，勤劳。鬻，育。闵，辛苦。

② 拮据，痉挛。荼，芦草。租，茅草。瘏(tú)，病。

③ 谯谯，枯焦。翛翛，干燥。翘翘，高高。

鸱鸮，猫头鹰。这首诗以鸱鸮喻管、蔡，以母鸟喻周公，以小鸟喻成王。首章，借鸱鸮夺子，喻管蔡叛乱：

猫头鹰，猫头鹰，
你已经掠夺了我的子女，
不要再毁坏我的居所。
我爱护家室，勤恳劳作，
养育子女可怜而辛苦。

次章，借加固鸟巢，喻加强统治：

趁天未阴，
天未雨，
培土桑树，
修理门户。
如今还有谁，
再敢来欺负？

三章，借劳作艰难，喻摄政艰难：

> 我的手已经痉挛，
> 摘了多少芦花，
> 捋了多少茅草。
> 我的嘴已经破烂，
> 居所依然未修缮。

末章，借鸟巢危殆，喻政治环境险恶：

> 羽毛枯焦，
> 鸟尾干燥，
> 鸟巢高高。
> 风吹雨打正飘摇，
> 我心惊恐哇哇叫。

周公把这首叫苦连天的诗送给成王看，是居功自傲，咄咄逼君，不合"功出于臣，名归于君"[①]的为臣之道；成王明知周公居功之意，却不敢责怪，也不合"德不可共，威不可分"[①]的为君之道；天降狂风暴雨，地遭自然灾害，成王诚惶诚恐，哭泣"今天动威，以彰周公"，倾吐了成王对周公的惧怕，君臣关系太不正常。

这两件公案，庄子说的"周公杀兄"，《金縢》说的"今天动威，以彰周公"，正是屈原所问"伯林雉经，维其何故？感天抑墬，夫谁畏惧"的内容。矛头所向，直指周公。

伯林，地名。《左传·宣公元年》："遇于北林。"北、伯通，北林即伯林。徐文靖《管城硕记》引《前汉志》："中牟县有管城，管叔邑。"引《后汉书》："中牟县有林乡。"说伯林在管叔封地管城，今河南郑州中牟县。

雉经，《释名》："屈颈闭气曰雉经，如雉之为也。"这个解释比较费解，人自杀，未

①董仲舒《春秋繁露》。

闻"曲颈闭气"而致死者。雉经，就是自缢，
上吊自杀。《国语·晋语》"太子雉经于新
城之庙"，《左传》写作"缢于新城"。徐焕
龙《屈辞洗髓》："人自经则项青紫，相间如
雉色，故曰雉经。"也比较牵强。人若悬梁自
尽，犹如被猎野鸡，以绳系颈，吊挂高处，所
以称作雉经。

　　屈原问，管叔在伯林自尽，其因为何？
表层原因是叛乱失败畏罪自杀。深层原因是什
么？管叔之所以走上叛乱的绝路，是因周公专
权，还是因管叔夺权？冰冻三尺，非一日之
寒，周公处理中央与诸侯的矛盾，处理兄弟
之间的矛盾，是否有逼人自危、铤而走险的过
错？周公主持王室，监管天下，是否采取了预
防叛乱的措施，是否采取了消除内部误会、化
解内部矛盾的措施？是否提醒、告诫王室成员
要精诚团结、忠于朝廷？

　　抑，压抑。墬，古地字。"感天抑墬"
即感天动地，指《金縢》说的那场恐怖的大雷
雨[1]。什么事感天动地？是三监之乱？是王室
平叛？还是周公蒙冤？什么人应该畏惧？是管
蔡？是成王？还是周公？《金縢》字面上说
"天彰周公"，成王畏惧；骨子里是说周公霸
道，欺负幼主。屈原的用意和《金縢》一样，
周室兄弟相残，干戈涂炭，天地发怒，畏惧天
意的应该是摄政者周公，不应该是年幼无知的
成王。屈原讥诮周公，十分尖锐，毫不留情。

　　一说，屈原所问不是问周公、管叔与周成
王的纷争，而是问东周晋国太子申生的冤
屈。《天问章句》：

　　　　谓晋太子申生为后母骊姬所谮，

[1] 元代关汉卿受此启发，作
《感天动地窦娥冤》，虚
构六月飞雪，彰显窦娥冤
屈。

> 遂雉经而自杀。言骊姬谗杀申生，其
> 冤感天。

王逸所说之事取材《左传》、《国语》。申生
是晋献公的太子。晋献公立骊姬为夫人，生育
公子奚齐。骊姬希望奚齐接班，陷害申生，在
申生献给献公的酒肉中下毒。献公洒酒祭地，
地面鼓包，狗食狗死，人吃人死。献公杀太子
老师杜原款，申生逃至晋国的新城。有人劝申
生申辩，申生说，如申辩，骊姬有罪，伤及父
君。或劝申生出奔，申生不愿背负罪名逃亡他
国，在新城上吊自杀。这件事，引起广泛的同
情，连上天也深感不平。据此，"伯林雉经"
是问申生在伯林自尽，犯下何等罪过？申生感
天动地，骊姬是否害怕？徐文靖、蒋骥、闻一
多均不赞成。蒋骥《山带阁注楚辞》："详
上下文势，当指殷周之世言，不宜忽入晋世
也。"

一说，屈原所问对象是商纣王。刘梦鹏
《屈子章句》说雉经："谓纣也。""纣乃缢
死。"游国恩并释"伯林"是纣王宫中树木，
释"何故"为"何辜"，辜，罪过。"维其何
辜"，是问纣王有何罪过。《天问纂义》：

> 故者本通作辜。《史记·贾生列
> 传·吊屈原赋》："般纷纷其离此尤
> 兮，亦夫子之辜也。"《汉书·贾谊
> 传》辜作故可证。

> 按《墨子·明鬼》下篇云，武王
> 逐奔入宫，万年梓株，折纣而系之赤
> 环，载之白旗。盖伯林者，即所谓万
> 年梓株也。或作梓，或作柏，传闻之

> 异耳。疑纣既自燔死，武王入其宫，
> 先以赤环系其尸于故梓之上而陈之，
> 若雉经者然，后复斩其首以悬太白之
> 旗。屈子以其事近惨酷，故问纣果何
> 辜而获此酷报也。

这二句"伯林雉经，维其何故"连同后二句
"感天抑墜，夫谁畏惧"，原文排在"武发杀
殷，何所悒？载尸集战，何所急"的后边，貌
似与杀殷相关联。或许因此，《天问纂义》把
"伯林"说成纣王的宫廷梓柏，把"雉经"说
成武王的悬吊纣尸，又把"感天抑墜，夫谁畏
惧"说成："言武王屡称天命以为伐商之口
实，果欲畏惧于谁乎？"但文义别扭，生硬生
涩。我意"伯林"四句错简，其事不在殷末纣
王时而在周初成王时。

**昭后成游，南土爰底。厥利惟何，逢彼白
雉？**

这四句说周昭王征讨南楚。

周昭王姬瑕，是周成王的孙子，周康王的
儿子①。

南土，南方楚国，地在江汉湖湘。中原与
南楚自古对抗，南北战争从未间断。尧、舜、
禹久攻不克，舜死于南征之途。商纣经略东
夷，无暇南顾。周公东征平叛，平定"三监"
及江淮徐戎；南向怀柔，封楚蛮熊绎为楚子②。
《史记·楚世家》：

> 熊绎当周成王之时，举文、武勤
> 劳之后嗣，而封熊绎于楚蛮，封以子
> 男之田，姓芈氏，居丹阳③。

《左传·昭公十二年》：

① 《夏商周断代工程》指周
昭王约公元前995年在世。

② 徐戎、楚蛮，周人对淮
徐、荆楚的蔑称。

③ 丹阳，在今湖北秭归。北
魏郦道元《水经注·江
水》："丹阳城，城据山
跨阜，周八里二百八十
步。东北两面，悉临绝
涧。西带亭下溪，南枕
大江，险峭壁立，信天
固也。楚子熊绎始封丹
阳之所都也。……楚子
先王陵墓在其间，盖为
征也。"并引东晋袁山松
《宜都记》："秭归，盖
楚子熊绎之始国。"一
说，丹阳，在今安徽当
涂。班固《汉书·地理
志》："丹阳属丹阳郡"
"楚之先熊绎所封，十八
世文王徙郢。""吴地
斗分野也，今之会稽、
九江、丹阳、豫章、庐
江、广陵、六安、临淮
郡，尽吴分也。"一说，
在今湖北枝江。一说，在
今河南淅川。地在陕豫鄂
三省交界地带的丹江北岸
与淅水交会处，又称"丹
淅之会"。司马贞《史记
索隐》释"（韩宣惠王）
十一年，与秦共攻楚，败
楚将屈丐，斩首八万于丹
阳""（丹阳）故楚都，
在今均州。"指地属均州
的丹淅之会。

　　昔我先王熊绎辟在荆山，荜路
蓝蒌，以处草莽，跋涉山林，以事天
子，唯是桃弧棘矢以共王事。

　　至周昭王，南楚异动，西周铜器铭文《周宗
钟》①记昭王时"南国楚子敢臽虐我土"，乃
御驾亲征，南征楚国。《史墙盘》②赞曰：
"弘鲁昭王，广批荆楚，唯狩南行。"

　　周昭王南征，前后两次。

　　第一次在周昭王十六年，经由唐（今湖北
随州西北）、厉（今湖北随州北）、曾（今湖
北随州）、夔（今湖北秭归东），抵达江汉，
大斩获。《周宗钟》：

　　楚子乃遣闲来逆邵王，南尸东尸
具见，二十又六邦。

　　邵王即昭王。南尸，南夷。东尸，东夷。此
战，楚子臣服，南夷东夷慑服，顶礼膜拜者，
大大小小，计有二十六家邦国。

　　第二次在周昭王十九年，周昭王统帅六
师，却在江汉全军覆没，昭王本人也死于汉水
之滨，葬于少室山（今河南登封县嵩山）。

　　战败的原因和周昭王的死因，《左传·僖
公四年》有说：

　　齐侯以诸侯之师侵蔡。蔡溃，
遂伐楚。楚子使与师言曰："君处北
海，寡人处南海，唯是风马牛不相及
也，不虞君之涉吾地也，何故？"管
仲对曰："……尔贡苞茅不入，王祭
不共，无以缩酒，寡人是征。昭王南
征而不复，寡人是问。"对曰："贡
之不入，寡君之罪也，敢不共给？昭

① 周宗钟，西周乐器，刻铭
文122字。存台北故宫博
物院。臽，陷。虐，谋。
"臽虐我土"，设计陷阱
夺取周室国土。

② 史墙盘，20世纪70年代周
原出土，穆王时铜器。史
墙，周室史官。周原，在
今陕西岐山、扶风。弘，
恢宏；鲁，正直。广，广
远；批，攻击。

王之不复，君其问诸水滨！"

问话的是齐国大臣管仲，答话的是楚国大使屈完。"问诸水滨"，是说昭王之死，与楚国无关，是昭王自己淹死的。《史记·周本纪》：

> 昭王之时，王道微缺，南巡守不
> 返，卒于江上。

"王道微缺"，指昭王不是以德招安，而是以兵压迫，不合先王的"耀德不观兵"[1]。南巡守，是修饰的话头，就是率兵南下，威胁、征讨。司马迁只说"南巡守不返，卒于江上"，未记战斗，似乎采信了楚人的"问诸水滨"死于水。

周昭王死于水，《竹书纪年》给了一个自然背景：

> 昭王十九年，天大曀，雉兔皆
> 震，丧六师于汉。[2]

是年，天大灾，可能是地震，野鸡野兔乱飞乱跳，昭王六师在汉水或长江遭遇大风大浪，翻船而死。《竹书纪年》又给了一个人为的缘故：

> 昭王末年，荆人卑词致于王曰，
> 愿献白雉。乃密使汉滨之人，胶船以
> 待。王遂南巡狩，抵汉中流，胶液船
> 解，与祭公、辛余靡皆溺。[3]

楚人以白雉为诱饵，以胶船为陷阱，请君入瓮。这事当笑话，可以；当史实，荒诞。荒诞的笑话，表达了南楚民众对周王朝辛辣的嘲弄。

屈原也讽刺有加："昭后成游，南土爰底。

① 《国语·周语》。

② 王应麟《初学记》引。

③ 蒋骥《山带阁注楚辞》引。

厥利惟何，逢彼白雉？"成游，成行。南土，荆楚。底，抵达。周昭王劳师远征，至于荆楚，要谋取的利益，仅仅是一只白色的野鸡？

屈原深知北方侵吞南方的野心，尧舜禹、夏商周，代代南侵，目的是占有南方的资源、土地和百姓。但屈原并不说破，而是利用白雉的传闻，讥笑周昭王偷鸡不着蚀把米，赔了性命又折兵。周昭王兵败，是周王朝盛极转衰的转折点，也是楚国走上强大的转折点。

穆王巧梅，何为周流？环理天下，夫何索求？

这四句说周穆王巡游。

周穆王姬满，是周昭王姬瑕的儿子。据说活了105岁，在位55年，这传说不大靠谱。但穆王确实是一位积极开拓的天子。穆王接受昭王南征惨败的教训，礼尚楚国，稳住南方，把消除动荡的重点指向东方，把疆域拓展的重点转向西方。向东，穆王平息徐国叛乱，在涂山（今安徽怀远东南）会合诸侯。向西，二次征讨犬戎，俘获了犬戎的五位首领，迁移戎人于太原（今甘肃镇原一带），是开通河西走廊、探险风沙西域的第一位帝王。昭、穆武功，对比鲜明，父亲以南征遗笑，儿子以西征流芳。

穆王西征，朝野渲染，到战国时，有人创作了一本光怪陆离的传记《穆天子传》。《穆天子传》是中国古典小说的雏形，描述周穆王携造父，驾八骏，北征流沙，西游昆仑，会王母，赋情诗，环履天下，亿有九万里。故事真相，是把穆王东征西伐、开疆拓土的兵车之旅，美化为巡行天下、周游环宇的浪漫之旅。

其人其事，尤其是周游传闻，屈原甚为关

注，深有洞察。

"穆王巧梅，何为周流？"《天问章句》以拇释梅："拇，贪也。"梅训贪，是因梅与拇形似音近，扬雄《方言》拇："贪也。"《离骚草木史》："拇，《说文》训贪。"巧梅，巧于贪求。周流，就是周行、周游。屈原问，穆王工于贪求，何事周游世界？王夫之《楚辞通释》：

> 梅与枚通。枚，马策也。巧梅，善御也。

马策比贪心有画面，并有传闻支持。《左传《左传·昭公十二年》："昔穆王欲肆其心，周行天下，将皆必有车辙马迹焉。"《穆天子传》也着意描写了周穆王的八骏西游。且贪心与下句的"索求"语义重叠，梅之为拇，不如梅之为枚。屈原问，穆王善于驾御，何事周游世界？是东征西讨，还是访山问水，还是访神问仙？

"环理天下，夫何索求？"环理，环行四面八方，清理天下万物。索求，搜索寻求。周穆王贵为天子，无所不有，还有什么需要搜寻和占有？

这一问，与东征西讨无关，与访山问水无关，只与访神问仙有关。因天子所缺天下亦缺的唯有生命的永恒，天子想要而天下所无的唯有神仙的长生药、神仙的长生术。

上有所好，下必鼓吹。《穆天子传》遂有穆王西游昆仑、情遇王母的铺张。影响所及，后世企慕。洪兴祖《楚辞补注》："如秦皇汉武，托巡狩以求神仙，皆穆王启之矣。"

屈原不信神仙，不信长生，一问穆王为何

而游，二问穆王游而何求，是讥刺朝野流传的穆王周游是痴心的神仙游和妄想的长生梦。

但讥刺归讥刺，屈原创作诗歌则大力借鉴、弘扬了穆王神游的浪漫题材。《离骚》：

> 遭吾道夫昆仑兮，路修远以周流；
> 扬云霓之晻蔼兮，鸣玉鸾之啾啾；
> 朝发轫于天津兮，夕余至乎西极；
> 凤皇翼其承旂兮，高翱翔之翼翼；
> 忽吾行此流沙兮，遵赤水而容与；
> 麾蛟龙使梁津兮，诏西皇使涉予；
> 路修远以多艰兮，腾众车使径待；
> 路不周以左转兮，指西海以为期；
> 屯余车其千乘兮，齐玉轪而并驰；
> 驾八龙之蜿蜿兮，载云旗之委蛇；
> 抑志而弭节兮，神高驰之邈邈；
> 奏《九歌》而舞《韶》兮，聊假日以媮乐。

重彩浓墨，幻游昆仑，铺张的程度远超《穆天子传》的穆王昆仑游，纵情抒发了楚不用我、我去天国的牢骚。

中央共牧，后何怒？蜂蛾微命，力何固？

这四句问周厉王与共和行政。

周厉王姬胡（？–前828），周夷王姬燮的儿子，西周第十位天子，在位37年（前878–前841），面临的是一个政治软弱、国库空虚、诸侯离心、外族入侵的艰难时局。

为扭转局势，厉王采取铁腕政策。铁腕之一，实行专利经济。将原本由贵族、诸侯掌控的山林川泽收归朝廷，作为专利，凡药材、柴薪、鸟兽、水产一概缴纳赋税，以增加国家财力。铁腕之二，重用专利派，不用老臣。不顾贵族公卿 "殷不用旧"①的怨恨，也不顾 "荣公好专利而不知大难"、"荣公若用，周必败"②的警告，委任擅长理财的荣夷公为卿士，负责变革经济，推行专利。铁腕之三，钳制言论，杀人灭口。《国语·召公谏弭谤》：

> 厉王虐，国人谤王。召公告曰："民不堪命矣！"王怒。得卫巫，使监谤者。以告，则杀之。国人莫敢言，道路以目。

铁腕之四，镇压叛乱，维护一统。厉王上台伊始，鄂国（今南阳东北）叛乱，率部攻周，一直打到成周（今洛阳东）附近，危及京畿安全，厉王临危不乱，运筹西北军队合围河洛，又依靠贵族亲兵，正面激战，歼灭了嚣张的鄂国，振作了朝廷声威。《史记·楚世家》："及周厉王之时，暴虐，熊渠畏其伐楚，亦去其王。"熊渠，楚国国君。政通人和，势力扩张，摆出了楚国问鼎中原、雄据南方的架势。熊渠尚且自去王号，其他诸侯更不敢与周厉王分庭抗礼。铁腕之五，以牙还牙，征伐入侵之寇。《后汉书·东夷传》：

> 厉王无道，淮夷③入寇，王命虢仲④征之，不克。

《后汉书·西羌传》：

> 戎狄寇掠，乃入犬丘，杀秦仲之族⑤。王命伐戎，不克。

尽管不克，也是寸土必争的抗击。

①《诗·大雅·荡》 "殷不用旧"，指纣王不用旧臣乃至亡国。

②《国语·周语》芮良夫语。

③淮夷，东南夷。

④虢仲，周厉王的权臣虢公长父，谥厉公，亦称厉公长父。《竹书纪年》："（厉王）三年，淮夷侵洛，王命虢公长父征之，不克。"1991年发掘的三门峡虢国墓地M2009大墓，疑即虢公长父之墓。

⑤秦仲，秦国国君，是首位国君秦嬴即秦非子的子孙，第三任国君秦公伯的儿子。秦国地处陕西西部，是周室的西方屏障。

这五项政策，后两项（平叛、抗夷）保全了国家，前三项则引发了王室地震。第一项中央专利，破坏了利益格局，开罪了王公贵族。《国语·周语》芮良夫说："今王学专利，其可乎？匹夫专利，犹谓之盗，王而行之，其归鲜矣。"第二项培植变法权臣，疏远触怒了保守势力。第三项防民之口，因言杀人，是暴虐专政，残酷灭口，激化了内部矛盾。公元前841年，国人暴动，逐厉王于彘（今山西霍县）。《史记·周本纪》说朝廷由"召公、周公二相行政，号曰共和"①。一说公卿执政，《国语》韦昭注："彘之乱，公卿相与和而修政事，号曰共和也。"一说，共国国君共伯和执政，《竹书纪年》："十二年王亡奔彘。国人围王宫，执召穆公之子杀之。十三年，王在彘，共伯和摄行天子事。"②史称"周召共和"或"共和行政"，屈原称"中央共牧"。

"中央共牧"，王逸《天问章句》说是两头蛇争吃牧草，比喻周室与夷狄的战争：

> 言中央之州，有歧首之蛇，争共
> 食牧草之实。

> 喻夷狄相与忿争。

明人汪仲弘说"中央共牧"是中国民众共同接受君王的统治与驱使：

> 中国之民，君作之牧。③

或解"中央共牧"为天子与诸侯共同管理天下，钱澄之《庄屈合诂》：

> 此指列国时事，言以王者居中，
> 与四方诸侯共牧其民。

①召公，召穆公，姓姬名虎，厉王到幽王时在任。周公，周定公，厉王到宣王时在任。

②共和伯，厉王时诸侯国君。共，国名。

③附见明汪瑗《楚辞集解》，《天问纂义》引。

黄文焕《楚辞听直》说"中央共牧"是秦、楚之争：

> 楚在南，秦在北，分居中央，以共牧其民。

吴世尚《楚辞疏》说"中央共牧"是吴、晋黄池争霸[1]。曹耀湘《读骚论世》说牧为牧野，"中央共牧"指武王伐纣。徐焕龙《屈辞洗髓》说"中央坤土万物皆致养而共牧"，更是莫名其妙。游国恩《天问纂义》谨按："旧解俱误，惟马说得之。"马，是马其昶[2]。马氏《屈赋微》潜水得珠，"案《史记》召公、周公二相行政，号曰共和"，"其为诸侯共治"，"故曰中央共牧"。

"中央共牧"即"共和行政"是周人以国人暴动的方式，剥夺厉王的王权，由公卿主持朝政，不取帝王名分，不杀下台厉王，只是把厉王隔离在一个偏僻的地方，等其老死，再拥戴其子，还政其子，历时14年（前841共和元年–前828共和十四年）。期间，厉王在彘，背负暴君的恶名，忍看"中央共牧"，心情如何？自然是愤怒不已。"后何怒"，后，厉王。

厉王愤怒什么？一则，国人暴动，以下犯上；公卿夺权，以臣犯君；均属大逆不道，厉王愤怒。二则，专利之策，充实国库，有利富国强兵，众人为一己之私利，坏一国之专利，厉王愤怒。三则，改革典章[3]，破格用人，旨在作为，不意公卿大臣群起而攻，厉王愤怒。四则，内平叛乱，使诸侯安分；外抗侵略，使夷狄却步；君主在保家卫国，尔等在串联阴谋，厉王愤怒。五则，天子政出，令行禁止，国民

① 周敬王三十八年（前482），应鲁哀公、晋定公之约，吴王夫差率军，大会诸侯于黄池（今河南封丘县西南），耀武扬威，史称"黄池会盟"。吴世尚，安徽贵池人，清代学者。

② 马其昶（1855–1930），字通伯，号抱润翁，安徽桐城人。清末民国学者。

③《国语·周语》记周灵王二十二年，太子晋谏曰："自后稷以来宁乱，及文、武、成、康而仅克安民。自后稷之始基靖民，十五王而文始平之，十八王而康克安之，其难也如是。厉始革典，十四王矣。"厉始革典，厉王开始改革典章制度。

说三道四，煽风点火，扰乱人心，破坏安定，杀他几个，有何不可？罪以暴虐，厉王愤怒。六则，所谓国人暴动，绝非群众自发，是计出大夫，肉食者谋，否则，满朝文武岂能安然无恙？厉王愤怒。这些愤怒，屈原或许同情。屈原忠君，恪守君臣大义，绝难容忍暴乱与政变。屈原是楚国的主战派，欣赏厉王的主战与战绩。屈原是楚国的改革派，容易体会厉王改革的艰难。屈原又是楚国的逐臣，也容易理解厉王流放的痛苦。何怒之问，是在回护厉王，针砭共和。

屈原也惊叹国人暴动的威力。"蜂蛾微命，力何固？"蜂蛾，蜂，蜂虫；蛾，蝼蚁。蒋骥《山带阁注楚辞》："《通雅》①云，经传多书蚁作蛾。"一说，蛾，飞蛾，成语飞蛾扑火。蜂与蝼蚁，或蜂与飞蛾，都是身形微小、生命薄弱的生物，《招魂》"赤蚁若象，玄蜂若壶"，正是利用细小，极尽夸张。但蜂蚁虽然个体微弱，却群体顽强。东晋葛洪《抱朴子》："蚁有兼弱之智，蜂有攻寡之计。"北宋陆佃《埤雅》②："蜂居如台，蚁居如楼。"《山海经图赞》："大蜂朱蚁，群帝之台。"《韩非子》："千丈之堤，以蝼蚁而坏。"屈原借蜂蛾，喻芸芸众生；借蜂蛾群力，喻国人暴动。问，芸芸众生，生命卑微，为何具有推翻厉王的强大力量？老子说："民不畏死，奈何以死惧之。"屈原恐怕也是这样想的，生命本来卑微，一旦拼命会无所顾忌。一人拼命，众人难挡；众人拼命，则无法抵挡。这问题也有质疑的成分。国人暴动是否是有组织的暴动？若无组织，一群乌合之众，如何进退，如何沟通公卿大夫协商共和行政的体制？若有

①《通雅》明代方以智撰，内容广泛，分24门：音义、读书、小学大略、诗说、文章、天文、地理、身体、称谓、姓名、官制、礼仪、乐曲、乐舞、器用、宫室、饮食、金石、算数、动植物、脉考等，是一部考证百科的著作。方以智（1611-1671），字密之，号曼公，又号鹿起、龙眠愚者等，安徽桐城人。崇祯时进士，官检讨。永历时任左中允，遭诬劾。清兵入粤，在梧州出家，法名弘智，著述同时，秘密反清。康熙十年（1671）被捕，押解途中自沉于江西万安惶恐滩。方以智学识渊源，主张中西合璧，儒、释、道三教归一。

②《埤雅》，补充《尔雅》，专释名物。作者陆佃（1042-1102），字农师，越州山阴（今浙江绍兴）人。北宋神宗时官尚书左丞，著有《尔雅新义》。

组织，谁是主谋？若是民间首领，即如盗跖、庄蹻，并无大的事迹也留名于后，则国人暴动的首领怎能一字不提？国人暴动，必有幕后推手，主要嫌疑人应是拥有广泛人脉和强大资源的公卿或诸侯。按《史记》、《国语》韦昭注，周公、召公嫌疑最小。按《竹书纪年》，共和伯嫌疑最大，不然，一个外地诸侯，在国人暴动时，岂敢跑到京城看热闹？

妖夫曳衒，何号于市？周幽谁诛？焉得褒姒？

这四句说宣王、幽王和褒姒。

周宣王姬靖，或姬静，是周厉王的儿子。国人暴动时，受召穆公庇护。共和十四年，厉王死于彘。姬靖被立为西周第十一代天子，在位46年（前827–前782）。

宣王上台，汲取厉王惨痛教训，励精图治，去暴戾，信老臣，亲贤臣；又秉持父王革典初衷，力行改革，废除藉田①，普查人口②；坚持厉王外伐敌寇、内肃分裂的国策，南征北伐，诸侯折服，王室一度强盛，王业一度繁荣，赞美之声，盈于二《雅》。《小雅·庭燎》：

> 夜如何其？夜未央，庭燎之光。
> 君子至止，鸾声将将。③
>
> 夜如何其？夜未艾，庭燎晣晣。
> 君子至止，鸾声哕哕。④
>
> 夜如何其？夜乡晨，庭燎有辉。
> 君子至止，言观其旂。⑤

这首诗赞美宣王夙兴夜寐，勤劳王政。《毛诗序》："美宣王也。"郑玄笺："诸侯将朝，

① 周制，天子藉田千亩，用于王室祭祀，宣王废除藉田，收租经营。

② 《史记·周本纪》宣王："料民于太原。"西周，奴隶往往有名无姓，人口管理困难极大。宣王普查户口，有利国家管治和兵源补充。

③ 未央，未尽。庭燎，火炬。将将，马车铃声，清脆悦耳。

④ 未艾，未止。哕哕，马车铃声，节奏鲜明。

⑤ 乡晨，乡，向，临近拂晓。

宣王以夜未央之时问夜早晚。美者，美其能自勤以政事。"《大雅·常武》：

> 王旅啴啴，如飞如翰。
> 如江如汉，如山之苞。
> 如川之流，绵绵翼翼。
> 不测不克，濯征徐国。
> 王犹允塞，徐方既来。
> 徐方既同，天子之功。①

赞美宣王大军南征徐国，如鹰击长空，如江河泻地。《大雅·江汉》：

> 江汉浮浮，武夫滔滔。
> 匪安匪游，淮夷来求。
> 既出我车，既设我旟。
> 匪安匪舒，淮夷来铺。
> 江汉汤汤，武夫洸洸。
> 经营四方，告成于王。
> 四方既平，王国庶定。
> 时靡有争，王心载宁。②

赞美宣王大军南征淮夷，平定江汉。《小雅·采薇》：

> 采薇采薇，薇亦作止。
> 曰归曰归，岁亦莫止。
> 靡室靡家，猃狁之故。
> 不遑启居，猃狁之故。
> 戎车既驾，四牡业业。
> 岂敢定居？一月三捷。③

赞美宣王大军北征猃狁，捷报频传。《小雅·出车》：

① 啴啴（tān），气盛貌。"王旅啴啴"，犹言周王军队士气高昂。苞，茂盛，聚集。"如山之苞"，言军队如排山而来。"绵绵翼翼"，绵绵不绝，浩荡不息。濯，涤荡、清除。犹，猷，谋划。塞，实。

② 浮浮，水势浩荡。滔滔，波涛汹涌。汤汤（shāng），犹浮浮。洸洸，水波闪光，形容意气风发，军容光彩。

③ 业业，强盛貌。猃狁，西北少数民族，或称西戎、犬戎、狄。东汉时称匈奴、胡。

王命南仲，往城于方。
出车彭彭，旂旐央央。
天子命我，城彼朔方。
赫赫南仲，獫狁于襄。①

执讯获丑，薄言还归。
赫赫南仲，獫狁于夷。②

①方，北方。彭彭，强盛貌。央央，鲜明。襄，攘除。

②讯，间谍，或即探子一类。丑，众多俘虏。

赞美宣王扫荡猃狁，占领朔方。纵览《诗经》，这等歌颂，西周诸王几人有之？《史记·周本纪》盛赞宣王"法文、武、成、康之遗风"。但是，宣王在晚期，刚愎自用，诛杀无辜大臣，君臣日渐疏离；又横加干涉各国内务，王室与诸侯日渐失和；对外战争也屡屡失利，尤其是宣王三十九年（前789）的千亩之战③，败于姜氏之戎，损失南国之师，元气大伤；国家显露衰败之象，舆论弹出乱世之音。

③千亩，地名，今山西介休县南。一说，王室藉田，地在镐京今西安附近。宣王千亩之战，《国语·周语》有载。

《国语·郑语》：

宣王之时有童谣曰："檿（yǎn）弧箕服，实亡周国。"于是宣王闻之，有夫妇鬻是器者，王使执而戮之。

童谣，不需合乐、徒口诵唱的童子歌。口气天真无邪，语言通俗易懂，唱诵朗朗上口。明人杨慎《丹铅总录》："童子歌曰童谣，以其出自胸臆，不由人教也。"其实，童谣并不是童子创作的歌谣，而是成年人模拟儿童腔调创作的歌谣，名为童谣，实为大人谣，目的是以儿童之音增加歌谣的神秘性，往往用于讥刺政治，预言世道变化和人事凶吉。现存最早的政治童谣就是这首宣王童谣："檿弧箕服，实亡周国。"③檿，桑木，《说文》："山桑

③《列子·仲尼》载尧时《康衢童谣》："尧乃微服游于康衢，闻儿童谣曰：'立我烝民，莫匪尔极。不识不知，顺帝之则。'尧喜问曰：'谁教尔为此言？'童儿曰：'我闻之大夫。'问大夫，大夫曰：'吉诗也。'"按《列子》成书在《国语》之后，且句法过于成熟，不可信。

也。"弧，弓。檿弧，桑木做的弓。箕，也是树木。服，箭袋。箕服，箕木做的箭袋，《国语》韦昭注："箕，木名，服，矢房也。"实，是。"檿弧箕服，实亡周國"即"执桑弓，挂箕服，亡周国"，预言一位手执桑木之弓、腰挂箕木箭袋的人，将消灭周王朝。童谣一唱，周宣王下令捕杀在大街上叫卖"檿弧箕服"的一对夫妻。

屈原"妖夫曳衒，何号于市"问的就是《国语》的这则记录。

妖，怪异，邪恶。《左传·庄公十四年》："人无衅焉，妖不自作。"[①]《庄子·人间世》："为声为名，为妖为孽。"妖夫，言行怪异邪恶的人，指叫卖檿弧箕服的夫妻。《国语·郑语》说这对夫妻也确实邪门，竟在宣王的捕杀中，逃之夭夭，并于逃亡途中收养了一名被人抛弃的女婴，这女婴非同一般，长大后，成了周幽王宠妃褒姒，培养褒姒的这对夫妇后来也人间蒸发，不知去向。屈原称为妖人，大约因此。

曳，牵引。衒，衒之误。曳衒，即曳衒，手上拖物，嘴上叼物，《天问》"鸱龟曳衒"。衒，又有行街卖物的意思。洪兴祖《楚辞补注》："衒，行且卖。"王夫之《楚辞通释》："曳衒，负物行卖。"毛奇龄《天问补注》："曳衒者，曳而卖之。"

号，叫卖。号于市，叫卖于市。一对妖人，手上拖着东西，嘴上叼着东西，在街市号叫什么？当真在叫卖"檿弧箕服"吗？妖人为何要这样做，为何敢这样做？无非是王权动摇谣言起，世道乖张民怨生。

宣王死，儿子姬湦（shēng）继位，是为幽

①衅，祸患。《后汉书·律历志》："夫功全则誉显，业谢则衅生。"

王。幽王时天灾严重，民生凋敝；加上嬖信佞巧、善谀、好利的虢石父，引起国人怨恨；又废申后及太子宜臼，立褒姒为后，立褒姒所生伯服为太子，激反申氏家族，公元前771年，申后之父申公，或称申侯，联络犬戎入寇[①]，杀幽王于骊山。

①犬戎，即猃狁。

"周幽谁诛？焉得褒姒？"周幽被犬戎杀死，家喻户晓。屈原用意，不是追问凶手，而是追问事件的主因和责任。当时的主流舆论，把主要原因和主要责任都推给了美女褒姒。《国语·郑语》史伯说：

> 《训语》有之曰："夏之衰也，褒人之神化为二龙，以同于王庭，而言曰：'余，褒之二君也。'夏后卜杀之与去之与止之，莫吉。卜请其漦（chí）而藏之，吉。乃布币焉而策告之，龙亡而漦在，椟而藏之，传郊之。"及殷、周，莫之发也。及厉王之末，发而观之，漦流于庭，不可除也。王使妇人不帏而噪之，化为玄鼋，以入于王府。府之童妾未既龀而遭之，既笄而孕，当宣王时而生。不夫而育，故惧而弃之。为弧服者方戮在路，夫妇哀其夜号也，而取之以逸，逃于褒。褒人褒姁有狱，而以为入于王，王遂置之，而嬖是女也，使至于为后而生伯服。天之生此久矣，其为毒也大矣，将俟淫德而加之焉。毒之酋腊者，其杀也滋速。

史伯是幽王史官。这段话为褒姒的出生编造诡异，也为幽王的灭亡编制了原因。褒姒原本不过是褒国人的女儿，到史伯嘴里，褒姒无父，是褒国神龙的龙精所孕，是周室宫女的无父而生；她的养父母是一对妖人，周宣王下令斩杀的叫卖弓箭的妖人；她本身是天生毒物，毒物遇淫德而发作，淫德，指好色品性；酋腊，是熟透的陈酒，"毒之酋腊者，其杀也滋速"，指熟透之毒，杀人快速。[①] 史伯说，褒姒是极毒的毒药，幽王好色，极毒上身，褒姒毒杀了幽王。

屈原追问"周幽谁诛"，是否认褒姒杀幽王。屈原的逻辑是，谁杀周幽？是犬戎；犬戎何来？因申公；申公何故？因申后、太子被废黜。申后、太子为何失宠？因为幽王宠褒姒。所以屈原接着追问"焉得褒姒？"褒人进贡美女，是号准了幽王好色的脉搏。幽王被诛的起爆点，是幽王因好色扰乱后宫秩序，不是褒姒因姿色破坏后宫秩序。归根结底，杀死幽王的真正凶手，不是犬戎，不是申公，也不是褒姒，而是周幽王自己。

①酋腊，熟透之酒。《国语》韦昭注："精熟为酋。腊，极也。滋，益也。"《说文》："酋，绎酒也。从酉，水半见于上。礼有大酋，掌酒官也。"绎酒，陈酒。段玉裁《说文解字注》："绎酒，谓日久之酒。"

第三十一讲

春秋公案

天命反侧，何罚何佑？
齐桓九会，卒然身杀。
兄有噬犬，弟何欲？
易之（以）百两，卒无禄？
吴获迄古，南岳是止。
孰期去斯，得两男子？
勋阖梦生，少离散亡，
何壮武历，能流厥严？
荆勋作师，夫何长？
吴光争国，久余是胜，
何环间穿社，以及丘陵，
是淫是荡，爰出子文？[1]
吾告堵敖，以不长。
何试上自予，忠名弥彰？

天命本无常，因何来赏罚？
齐桓成霸业，下场却凄惨。

[1] 王逸《天问章句》："何环穿自间社丘陵，爰出子文？"自注："一云：'何环间穿社，以及丘陵，是淫是荡，爰出子文。'"

秦伯有猛犬，弟弟为何要？
赐车不赐狗，弟弟为何逃？
自古有吴国，寻根在南岳。
谁知其祖先，竟是姬家子？
阖庐寿梦孙，少时常流浪。
为何能征伐，军中树威严？
楚国也善战，为何不久长？
吴楚两相争，吴胜楚不胜。
幽会村社中，偷情山野外。
一对淫男女，竟然生子文？
子文劝成王，谋杀亲兄长，
为何弑君上，居然美名扬？

周幽王死，公元前770年，申侯等拥立幽王与申后之子姬宜臼，是为周平王。周平王避让犬戎，东迁洛邑①，史称东周（前770-前221）。东周又称春秋战国，名称关系两本史书。一本是孔子编写的编年体史书《春秋》，《春秋》纪事自鲁隐公元年到鲁哀公十四年（前722-前481），共二百四十一年。另一本是《战国策》，《战国策》纪事大约在周元王元年（前475）到秦灭六国的始皇二十六年（前221），约二百五十四年。这两本史书加起来的时间大约相当于东周历史，只比东周历史少纪五十六年，史家因此称东周上半段为春秋，下半段为战国，合称春秋战国。

《天问》的这一节二十八句八问，问春秋大国，齐国、秦国、吴国、楚国；问春秋人物，齐国的桓公、秦国的景公与公子鍼、吴国的太伯、仲雍、阖庐，楚国的令尹子文。

①洛邑，又称成周，今河南洛阳。

天命反侧，何罚何佑？　齐桓九会，卒然身杀。

这四句说春秋霸主齐桓公。

齐桓公（前685-前643在位）姜小白，齐国的第十五位君主，在位43年，前四十年辉煌，后三年惨淡。

前四十年，齐桓任人唯贤，重用鲍叔牙，又重用政治对手公子纠的臂膀管仲，推进政治、经济、军事改革，富国而强兵，与宋襄公、晋文公、秦穆公、楚庄王，并称春秋五霸，且名列五霸之首，史称"九合诸侯，一匡天下"[1]。

后三年，管仲、鲍叔牙去世，桓公信任宦官竖刁，奸臣易牙。桓公病，奸宦弄权，五子争位，桓公孤立无助，凄凉病死，尸虫盈户。《史记·齐太公世家》桓公四十三年：

> 初，齐桓公之夫人三：曰王姬、徐姬、蔡姬，皆无子。桓公好内，多内宠，如夫人者六人，长卫姬，生无诡；少卫姬，生惠公元；郑姬，生孝公昭；葛嬴，生昭公潘；密姬，生懿公商人；宋华子，生公子雍。桓公与管仲属孝公于宋襄公，以为太子。雍巫有宠于卫共姬，因宦者竖刁以厚献于桓公，亦有宠，桓公许之立无诡。管仲卒，五公子皆求立。
>
> 冬十月乙亥，齐桓公卒。易牙入，与竖刁因内宠杀群吏[2]，而立公子无诡为君。太子昭奔宋。
>
> 桓公病，五公子各树党争立。及桓公卒，遂相攻，以故宫中空，莫

[1] 《史记·齐太公世家》。九，多次。诸如公元前681年北杏之盟、前681年柯地之盟、前679年鄄地（今山东鄄城北）之盟、前671年扈地之盟；前667年幽地之盟、前656年召陵之盟、前655年首止之盟；前653年宁母（鲁邑，今山东鱼台）之盟、前652年洮地之盟、前651年葵丘之盟、前647年咸地之盟；前645年牡丘（今山东聊城东北）之盟。

[2] 南朝宋裴骃《史记集解》引服虔曰："内宠如夫人者六人。群吏，诸大夫也。"杜预曰："内宠，内官之有权宠者。"

敢棺。桓公尸在床上六十七日，尸虫出于户。十二月乙亥，无诡立，乃棺赴。辛巳夜，敛殡。

桓公十有余子，要其后立者五人：无诡立三月死，无谥。次孝公，次昭公，次懿公，次惠公。孝公元年三月，宋襄公率诸侯兵送齐太子昭而伐齐。齐人恐，杀其君无诡。齐人将立太子昭，四公子之徒攻太子，太子走宋，宋遂与齐人四公子战。五月，宋败齐四公子师而立太子昭，是为齐孝公。宋以桓公与管仲属之太子，故来征之。以乱故，八月乃葬齐桓公。

《管子·小称》说桓公之死：

死十一日，虫出于户，乃知桓公之死也，葬以杨门之扇。

《吕氏春秋》专门为桓公暮年的遭遇，写了一段"小说"：

竖刁、易牙皆齐桓公臣。管仲有病，桓公往问之，曰："将何以教寡人？"管仲曰："愿君远易牙、竖刁。"公曰："易牙烹其子以快寡人，尚可疑邪？"对曰："人之情非不爱其子也，其子之忍，又将何爱于君！"公曰："竖刁自宫以近寡人，犹尚疑邪？"对曰："人之情非不爱其身也，其身之忍，又将何有于君！"公曰："诺。"管仲遂尽逐之，而公食不甘心不怡者三年。公曰："仲父不已过乎？"于是皆即

召反。明年，公有病，易牙、竖刁相
与作乱，塞宫门，筑高墙，不通人。
有一妇人逾垣入至公所。公曰："我
欲食。"妇人曰："吾无所得。"公
曰："我欲饮。"妇人曰："吾无所
得。"公曰："何故？"曰："易
牙、竖刁相与作乱；塞宫门，筑高
墙，不通人，故无所得。"公慨然
叹，涕出，曰："嗟乎，圣人所见岂
不远哉！若死者有知，我将何面目见
仲父乎？"蒙衣袂而死乎寿宫。虫流
于户，盖以杨门之扇，二月不葬也。

杨门，即蔽笪，竹制的席子或门帘。陈奇猷
《吕氏春秋》校释："杨门，疑为蔽笪门之通
称，故《左传》、《南史》、《释名》、《广
雅》皆有杨门之名。"

屈原佩服桓公辉煌一生的霸业，同情桓公
暴尸一旦的结局，反思桓公雄起惨跌的命运，
感喟"天命反侧"，佑罚无常，信不得，靠不
住，一切要靠自己的作为；桓公信任贤臣，为
政得当，可以九会诸侯，霸业荣；桓公信任奸
人，为政不当，则五子内讧，霸业枯；命运之
好坏，不认其人，只认其事；霸业之荣枯，也
不认其人，只认其政；为政者须一生谨慎，一
世英明，稍有放松，稍有糊涂，则前功尽弃，
"卒然身杀"。卒然，终然；杀，歹死也。

兄有噬犬，弟何欲？易之百两，卒无禄？

这四句，按《天问章句》，说的是秦景公
与秦公子鍼。

秦景公嬴石（前577–前537），秦桓公之
子，秦国第十八代君主，执政40年，与晋争

①1976年在陕西凤翔县南指挥村发掘的秦公一号大墓，面积5334平方米，是迄今为止中国发掘的最大古墓。墓主，秦景公。

②惧选，恐怕被逐。《说文》："选，遣也。"

霸；本人死后，墓地僭用天子标准①。秦公子鍼，秦景公之弟。父亲在世，兄弟已经争宠。景公立，母亲担心兄弟相残，劝老二出国。景公三十六年（前541），公子鍼出奔晋国，事在《左传·昭公元年》：

> 秦后子有宠于桓，如二君于景。其母曰："弗去，惧选②。"癸卯，鍼适晋，其车千乘。书曰："秦伯之弟鍼出奔晋。"罪秦伯也。

屈原所问，应是出奔前兄弟争斗的一个情节。

噬犬，凶猛噬咬的狗，类于藏獒、警犬。百两，百乘车辆。《天问章句》说"易之百两"是"以百两金易之"，大误。百两，不是黄金。《诗·召南·鹊巢》："之子于归，百两御之。"《毛传》："百两，百乘也。"弟要噬犬，兄送马车，是一种借物言志。要噬犬，隐喻要权力。送百两，是以赠送豪华车队隐喻坐车走人。鍼明白了，接受馈赠，开着车队，逃亡晋国。《左传·昭公元年》："鍼适晋，其车千乘。"千乘，夸大了。百乘，已经阵容豪华。

这一明争暗斗是文斗，不是武斗，不出人命，不算残酷，但也是宫廷之中"兄弟相煎"的典型案例。曹丕对曹植也是这个套路，封曹植陈留王，礼送出京，使之远离权力圈子。曹植《七步诗》："煮豆燃豆萁，豆在釜中泣。本是同根生，相煎何太急。"虽然陈情恳切，但他只埋怨兄长压迫，不检讨自己对权力的挑衅，也是一种矫饰。屈原公允，对秦国兄弟各打五十板，"何所欲"，批评弟弟觊觎哥哥君位，是不忠不恭；"卒无禄"，批评哥哥剥夺

· 463 ·

弟弟政治地位，是不慈不友。

又，刘梦鹏《屈子章句》说"兄有噬犬四句"指的是晋国赵简子家族的襄子、桓子及献子。

赵简子（？－前475），名鞅，晋国上卿，位高权重，封地等同诸侯。赵襄子（？－前425），简子的儿子，名毋恤，简子死，承其位。赵桓子赵嘉（？－前424年），《史记》说是襄子的弟弟，《世本》说是襄子的儿子。襄子死，献子立，桓子政变自立。赵献子赵浣是襄子已故兄长太子伯鲁的孙子，襄子死，继立献侯[1]；桓子死，复位献侯。《史记·赵世家》述说了赵氏一家与狗与百两的故事：

> 赵景叔卒，生赵鞅，是为简子。……简子曰："吾见儿在帝侧，帝属我一翟犬，曰'及而子之长以赐之'。夫儿何谓以赐翟犬？"当道者曰："儿，主君之子也。翟犬者，代之先也[2]。主君之子且必有代。晋出公十七年，简子卒，太子毋恤代立，是为襄子。……襄子姊前为代王夫人。简子既葬，未除服，北登夏屋，请代王。使厨人操铜枓以食代王及从者，行斟，阴令宰人各以枓击杀代王及从官，遂兴兵平代地。其姊闻之，泣而呼天，摩笄自杀。代人怜之，所死地名之为摩笄之山。遂以代封伯鲁子周为代成君。伯鲁者，襄子兄，故太子。太子蚤死，故封其子。……其后娶空同氏，生五子。襄子为伯鲁之不立也，不肯立子，且必欲传位与伯

[1] 献侯死，子赵籍立，称烈侯。公元前403年（周威烈王二十三年，晋烈公十七年），周王室诏命晋大夫魏氏家族的魏斯、赵氏家族的赵籍、韩氏家族的韩虔为诸侯，与晋公并列，是为三家分晋，标志春秋结束，战国开始。

[2] 代，地名，代地。

鲁子代成君。成君先死，乃取代成君
子浣立为太子。襄子立三十三年卒，
浣立，是为献侯。……襄子弟桓子逐
献侯，自立于代，一年卒。国人曰：
"桓子立，非襄子意。"乃共杀其子
而复迎立献侯。

事情相当复杂，梗概是，赵简子做梦，梦见上
帝赐他一条翟犬，并嘱咐他送给将来长大的儿
子。解梦者说，翟犬即狄犬，是有代氏的祖
先，上帝赐狄犬，是预言简子拥有有狄的土
地，代地。后来，简子死，其子襄子谋杀代
王，代王是襄子姐夫。姐姐悲伤，磨笄自杀。
襄子封其兄伯鲁之子赵周为代君，并立代君之
子赵浣为自己的太子。襄子死，赵浣接班，称
献侯。襄子弟弟赵桓子驱逐献侯，取其位。赵
桓死，传位其子。国人杀其子迎回献侯。若据
此勉强对号，"兄有噬犬，弟何欲？易之百
两，卒无禄？"则兄是赵襄子赵毋恤，噬犬是
狄犬，指代地；弟弟是桓子赵嘉，欲，欲望，
桓子贪图代地和赵氏领地的欲望；百两是赵襄
子姐姐出嫁代王的陪嫁车队，隐喻代地；易，
改易，指桓子赵嘉在襄子死后抢夺献侯拥有的
代地和赵氏领地；卒无禄，是桓子死后，国人
杀其子，迎归献侯，桓子一家终无所得。屈原
四句是说，哥哥（赵襄子）拥有代地，弟弟
（赵桓子）为何贪图？抢夺侄儿地盘，为何一
无所得？《天问纂义》："百两犹云千乘，指
代言，桓子能以力取，而不能久享，其子且为
国人所杀，是虽授之以地而卒无禄也。"
　　两说相比，以秦襄公与秦公子鍼的事，简
洁；以赵襄子赵桓子的事，迂曲。

吴获迄古，南岳是止。孰期去斯，得两男子？

这四句拷问春秋大国吴国的创业史与创业人。

吴国，西周初年分封的诸侯国。都城先在梅里（今江苏无锡），后在姑苏（今江苏苏州）。春秋时，吴王阖闾奠定强盛，名头跻身"五霸"①。阖庐死，其子夫差即位，公元前473年，吴越大战，吴军战败，夫差自杀，勾践灭吴。

历史上，吴国一向是楚国宿敌，更是劲敌。吴楚之间，长期战争，楚国屡遭重创。屈原时，尽管吴国已经消亡，但这段历史阴影，一直积压在屈原心头，有关吴国的来龙去脉和它辉煌一时的业绩，引起屈原的思索。

"吴获迄古，南岳是止"，是陈述史实，陈述吴国开国的古老史实。迄古，至古。获，获取国土，犹创建国家。止，语助。"南岳是"，犹言"是南岳"。吴国的基业创自远古，发迹的土地是在南岳。

南岳，如同西岳，在《山海经》用作首领之名。西岳是西羌的祖先，《海内经》："伯夷父生西岳，西岳生先龙。"南岳是南方一族的祖先。《大荒西经》：

> 南岳娶州山女，名曰女虔；女虔生季格，季格生寿麻。

《尚书》、《史记》也用到四岳一词，《尚书·尧典》：

> 帝曰："咨，四岳。朕在位七十载，汝能庸命，巽帝位。"岳曰：

① "五霸"，说法不一。司马迁《史记》：齐桓公、晋文公、秦穆公、宋襄公、楚庄王。《荀子·王霸》：齐桓公、晋文公、楚庄王、阖闾、勾践。西汉董仲舒《白虎通·号篇》：齐桓公、晋文公、秦穆公、楚庄王、阖闾。西汉王褒《四子讲德论》：齐桓公、晋文公、秦穆公、楚庄王、勾践。班固《汉书·诸王侯表序》：齐桓公、宋襄公、晋文公、秦穆公、夫差。

①巽(xùn)，逊。忝(tiǎn)，辱。否，无。

"否德忝帝位。"①

《史记·齐太公世家》：

先祖尝为四岳，佐禹平水土。

《史记·五帝本纪》：

四岳咸荐虞舜。

这四岳似乎是一种职位，管理天下氏族的职位。也可能是四方氏族的代表，一岳代表一方，四岳代表四方。

但《天问》的南岳，不是人名，是山名，指霍山，今安徽天柱山，上古四岳和五岳之一。

周代，四岳已经是标志性高山的特称，指东南西北四座高山。岳，本意是高峻。《诗·大雅·崧高》："崧高维岳。"《左传·昭公四年》："四岳三涂，九州之险。"三涂，疑指三大河流。其后，四岳增加一座，称五岳；河流增加一条，称四渎。《周礼·春官·大宗伯》："以血祭祭社稷、五祀、五岳。"《礼记·王制》："五岳视三公，四渎视诸侯。"②四渎，长江、淮河、黄河、济水③。《尔雅·释水》："江淮河济为四渎，四渎者，发源注海者也。"至西汉武、宣两朝，五岳成为皇家定制。《史记·封禅书》说上古五岳：

②视，视同。礼遇五岳、四渎，视同三公、诸侯。三公，太师、太傅、太保，或指司徒、司马、司空。

③济水，源于河南，流经河南、山东入海，今湮废。山东城市称济南、济阳，均因济水得名。

岱宗，泰山；南岳，衡山；西岳，华山；北岳，恒山；中岳，嵩高。

《封禅书》所言南岳衡山，不是湖南衡山，而是安徽霍山，即天柱山。霍山一地曾封衡山国，至今有衡山镇。司马迁或许是用衡山称霍山，或者就是写错了。《封禅书》武帝元封五年（前106）径称天柱山为南岳：

上巡南郡，至江陵而东。登礼潜
之天柱山，号曰南岳。

潜，潜山地区，即霍山地区，今皖西潜山、霍山。西汉宣帝神爵元年（前61），朝廷诏告天下，也是以霍山即天柱山为南岳：

东岳泰山，西岳华山，南岳霍
山，北岳恒山，中岳嵩山。

霍山，群山绕主峰，主峰是天柱山。《尔雅·释山》："大山宫小山，霍。"郭璞注："大山绕小山为霍。"清人郝懿行："今潜之天柱山，中峰小而四周有大山绕之，与此合矣。"所谓大山，谓群山连绵；小山，谓一峰突兀。霍山，又称潜山、皖山、天柱山。清人顾祖禹《读史方舆纪要》："盖以形言之，则曰潜山，谓远近山势皆潜伏也；以地言之，则曰皖山，谓皖伯所封之国也[①]；以峰言之，则曰天柱，其峰突出众山之上，峭拔如柱也。"人称"一峰擎日月，千仞锁云雷"[②]。晚唐皮日休游天柱山，作《霍山赋》，大笔抒写了天柱山的宏伟与博大。天柱山符合"嵩高维岳"的标准。且天柱山的霍山一名，成名久远，最早见于《尚书大传》，也符合武帝"礼名山大川"的标准。由中原王土观之，以霍山为南岳是合适的，它到嵩山的距离，和华山、恒山、泰山到嵩山的距离，大体呼应。五岳类似围棋棋盘的五个座子，嵩山居其中，四岳对其称。

隋代，文帝杨坚开拓南疆，于开皇九年

①皖伯，上古皖国国君。

②今人陈尚君《全唐诗补编》第三编《全唐诗续拾》卷二十八引《天柱山志》白居易《题天柱峰》："太微星斗拱琼台，圣祖琳宫镇九垓。天柱一峰擎日月，洞门千仞锁云雷。玉光白橘相争秀，金翠佳莲蕊斗开。时访左慈高隐处，紫清仙鹤认巢来。"此诗《白氏长庆集》未著录。

①《旧唐书·礼仪志》："五岳、四镇、四海、四渎，年别一祭，各以五郊迎气日祭之。东岳岱山，祭于兖州；东镇沂山，祭于沂州；东海，于莱州；东渎大淮，于唐州。南岳衡山，于衡州；南镇会稽，于越州；南海，于广州；南渎大江，于益州。中岳嵩山，于洛州。西岳华山，于华州；西镇吴山，于陇州；西海、西渎大河，于同州。北岳恒山，于定州；北镇医无闾山，于营州；北海、北渎大济，于洺州。其牲皆用太牢，笾、豆各四。祀官以当界都督刺史充。

②游国恩《天问纂义》引，附见王萌《楚辞评注》。

③《山带阁注楚辞》注引："《左传》襄三年，楚伐吴，克鸠兹，至于衡山。《日知录》云：即丹阳县之衡山，今名横山。《通雅》云：今溧水、广德、松江、湖州皆有横山，其地大抵与梅里相近。"《日知录》作者明末清初顾炎武。《通雅》，音韵训诂专著，作者明末清初人方以智。

（589年）诏定湖南衡山为南岳，民间遂称天柱山为古南岳，官方则称天柱山为"中镇"。隋唐定天下五镇：东镇沂山（山东），南镇会稽山（浙江），西镇吴山（陕西），北镇医巫闾山（辽宁），中镇霍山①。因此一改，加上衡山一名，各地多有，后人往往搞错《天问》的南岳。

明人王远说《天问》南岳是湖南衡山："南岳，楚地。""采药荆蛮。至于南岳。"②且不说先秦并不以湖南衡山为南岳，单看《汉书·地理志》：

> 吴地，斗分野也。今之会稽、九江、丹杨、豫章、庐江、广陵、六安、临淮郡，尽吴分也。

吴国虽掩有苏皖、占地浙赣，地理范围也不达湖南。

唐人陆广微《吴地记》说《天问》南岳是苏州的衡山：

> 姑苏山之东有衡山，一名踞湖山。横与衡通，或屈子因是讹为南岳也。

徐文靖说是浙江会稽山，《管城硕记》：

> "会稽山一名衡山。"《吴都赋》："指衡岳以镇野。"周时为扬州镇，故亦称南岳也。

或指《天问》南岳是江苏丹阳等地的横山、踞湖山③，寻找的眼光局限于吴国的内腹地区或吴越地区。

古人说对了《天问》南岳是安徽霍山的有蒋骥《山带阁注楚辞》：

> 今按庐州霍山，一名衡山，亦称
> 南岳，疑指此为是。

庐州，隋置，治所合肥，地处今安徽江淮之间。霍山，位于皖西大别山麓，西邻湖北，北通河南，南近长江，东倾苏皖，四面可图，而以东方平坦广阔。

吴氏族的祖地就在大别山中的霍山，祖先是霍山土著。因北有尧舜，西南有三苗，难以北上、西进、南下，遂东向迁徙，安家东海边的长江下游地区。

"孰期去斯，得两男子？"是质疑吴国的开国领袖。孰期，不意，不料。去，离开。斯，指南岳霍山。谁能料想吴氏族在离开霍山东向拓展之时，居然得到了两位开创吴国的男子？谁能料想这两位男子竟然不是霍山土著，而是两位外来户，周王室的太伯与仲雍？

屈原所疑，应是周代关于吴国开国的流行说法，这个说法被司马迁当作史实记录于《史记·吴太伯世家》：

> 吴太伯，太伯弟仲雍，皆周太王之子，而王季历之兄也。季历贤，而有圣子昌，太王欲立季历以及昌，于是太伯、仲雍二人乃奔荆蛮，文身断发，示不可用，以避季历。季历果立，是为王季，而昌为文王。太伯之奔荆蛮，自号句吴。荆蛮义之，从而归之千余家，立为吴太伯。太伯卒，无子，弟仲雍立，是为吴仲雍。仲雍卒，子季简立。季简卒，子叔达立。叔达卒，子周章立。是时周武王克殷，求太伯、仲雍之后，得周章。周

章已君吴，因而封之。乃封周章弟虞
仲于周之北故夏虚，是为虞仲，列为
诸侯。……自太伯作吴，五世而武王
克殷，封其后为二：其一虞，在中
国；其一吴，在夷蛮。十二世而晋灭
中国之虞。中国之虞灭二世，而夷蛮
之吴兴。……余读《春秋》古文，乃
知中国之虞与荆蛮句吴兄弟也。

按司马迁所说，吴国的开国国君吴太伯，是
岐周古公亶父的嫡长子姬太伯。太是尊称，
最大最高，伯是名，也是长子之称，太伯，
即老大，晋人范宁《论语》注："太者，善
大之称；伯者，长也。周太王之元子故曰太
伯。"伯又是周王室赐封的爵位。裴骃《史记
集解》引韦昭曰："后武王追封为吴伯，故曰
吴太伯。"仲雍，又称虞仲，古公亶父的二儿
子。仲是排行老二，雍是名字。季历，古公亶
父的三儿子。季是排行最末，历是名字。司
马迁说，老大老二为成全老三做岐周之君，
离家出奔，藏身荆蛮，受荆蛮拥护，创立句
吴，相继担任了句吴的第一任和第二任国君。
句吴即吴国，颜师古注《汉书》："句者，夷
语之发声，犹言於越耳。"元人张昱《西山亭
留题》："於越地形缘海尽，句吴山色过江
来。"武王灭商，吴国已有第五任国君周章，
武王正式册封周章为吴国国君，并把夏墟（今
山西运城地区）封给周章之弟虞仲，位列诸
侯。

史实是否如此，屈原既问，自有怀疑。怀
疑因何缘故，屈原虽未挑明，但仔细推敲《史
记·吴太伯世家》，审检《国语》、《左传》

等，疑点已经不少。

疑点一，封爵不当。太伯、周章如果是周武王的至亲，太伯又是谦让王位的长辈，封伯，量爵过低。周爵分五等，公侯伯子男。《孟子·万章》："天子之制，地方千里。公侯皆百里，伯七十里，子男五十里，凡四等。不能五十里，不达于天子，附于诸侯曰附庸。天子之卿受地视侯，大夫受地视伯，元士受地视子男。"武王追封太伯、册封周章，应当非公即侯，不至于落到第三等级，相当于一位大夫。《国语》："黄池之会，晋定公使谓吴王夫差曰：'夫命圭有命，固曰吴伯，不曰吴王。'是吴本伯爵也。"如此不合情理的封爵，只有一种可能，吴太伯并不是岐周的太伯。

疑点二，虞仲一名两用。《左传》："太伯、虞仲，大王之昭。"《史记·周本纪》："古公有长子曰太伯，次曰虞仲。"《吴太伯世家》又说："周章弟虞仲。"并说太伯弟虞仲即仲雍是周章与周章之弟的曾祖父[1]，岂不是曾祖父与曾孙子用了同一个名字。范成大《吴郡志·考证》："周章弟亦称虞，当时周章弟名仲，初封于虞，号曰虞仲。然太伯弟仲雍，又称虞仲者，当时周章弟封于虞，仲雍是其始祖，后代人以国配仲，故又号始祖为虞仲。"试图圆通，实难圆通。通览先秦王侯，未见以晚辈名号称本家前辈的，也未见以前辈名号称本家晚辈的。重名而不忌讳的最大可能，是姬周的虞仲不是吴国虞仲的曾祖父。

疑点三，吴国的国号上古已有，并不是太伯的发明。刘梦鹏《屈子章句》：

> 吴，舜始封国也。平陆[2]吴山虞

[1]《史记·吴太伯世家》："太伯卒，无子，弟仲雍立，是为吴仲雍。仲雍卒，子季简立。季简卒，子叔达立。叔达卒，子周章立。"

[2]平陆，今山西平陆。

城国本号吴，见《路史·国名纪》。
迄古，犹言自古。舜上世出于虞幕①，
国统中绝，至舜绍封，虽起畎亩，实
系世胄，其有土自昔然也。

《吴太伯世家》说太伯在殷商末世立国，"自
号句吴"，把"吴"作为国号的历史缩短了好
几个世纪，既不符合《路史》所记北方之吴，
更不符合屈原说的"南岳之吴"。

疑点四，太伯行为矛盾。《吴太伯世家》
说太伯"文身断发，示不可用"，又说"太伯
之奔荆蛮，自号句吴"，这岂不是示人可用？
《左传》哀公七年：

> 大伯端委以治周礼，仲雍嗣之，
> 断发文身，裸以为饰，岂礼也哉？

纹身断发，是随俗土化；治以周礼，是变俗雅
化；太伯要以周礼改变荆蛮土著，岂不是真人
露相，引人注目？

疑点五，《吴太伯世家》说太伯建国，
只泛泛地说了一句地在荆蛮，没有提到具体地
点，一般以为吴国建国是在今无锡、苏州一
带，如果在无锡、苏州，姬周的太伯、仲雍从
陕西的岐山跑到江苏的长江下游，是不是跑得
太远了？就算太伯兄弟起初到达的是南岳天柱
山，这段路程也足够艰难。

疑点六，东南氏族自古与中原氏族争争
斗斗、打打杀杀，设使太伯兄弟身体强壮脚力
好，跑到了南岳或无锡，东南土著怎能容得下
这两个岐周流浪者在南岳之地或东夷之地建立
国家？

疑似之迹，不可不察。吴国的建立与周王

---

① 虞幕，上古氏族首领。一说为有虞氏始祖。汉人刘耽《吕梁碑》："舜祖幕，幕生穷蝉，穷蝉生敬康，敬康生句望，句望生桥牛，桥牛生瞽叟，瞽叟生虞舜。"南宋罗泌《路史·后纪》："五帝之中，（舜）独不出于黄帝。自敬康以下，其祖也。"一说是颛顼后人，也是虞舜的祖上。《国语鲁语》："幕能帅颛顼者也，有虞氏报焉；杼能帅禹者也，夏后氏报焉；上甲微能帅契者也，商人报焉；高圉、大王能帅稷者也，周人报焉。"杼，夏少康之子，夏代第六帝。高圉，后稷氏族首领。大王，古公亶父。虞舜与颛顼的关系，参看本书第195页《史记·五帝本纪》之颛顼、虞舜。

室的太伯、仲雍毫无瓜葛，吴太伯、吴仲雍、
吴周章的真身是南岳土著，而不是岐周来客，
吴国的政治家要与周王室拉关系，有意用开国
先祖附会周室亲戚，攀缘天子血统。屈原"吴
获迄古，南岳是止。何期去斯，得两男子？"
揭了吴国的老底，揭露吴国出身荆蛮，竟数典
忘祖，借用姬周太伯、仲雍不知去向的传闻，
借其名头，把吴国变成了周天子"维屏维翰"①
的宗亲之国。

**勋阖梦生，少离散亡。何壮武历，能流厥
严**？

这四句说吴王阖庐。

阖（hé）庐，或阖闾，吴王诸樊之子，姓
姬，名光，又称公子光（？–前496），屈原称
吴光。诸樊死，按"兄终弟及"②传位二弟余
祭。余祭死，传位三弟余昧。余昧死，遗命传
位于四弟季札。季札精通礼乐，曾赴鲁观乐，
妙加评论，《左传》所载《季札观乐》，研究
《诗经》者，人人必读。季札侠义肝胆，刘向
《新序》：

> 延陵③季子将聘晋，带宝剑。徐
> 君不言，而色欲之。季子未献也，然
> 其心已许之。使反，而徐君已死。季
> 子于是以剑带徐君墓树而去。徐人为
> 之歌："延陵季子兮不忘故，脱千金
> 之剑兮挂丘墓。"

季札主张嫡长子继承制，闻知王兄遗命，出国
逃避。吴国立余昧的儿子僚为吴王。这样做，
设身处地，公子光显然不服。父辈排队轮班，
子辈也须排队轮班，首先继位者，应是老大诸
樊的儿子，不是老三余昧的儿子。隐忍一阵，

① 《诗·大雅·板》："大
邦维屏，大宗维翰。怀德
维宁，宗子维城。"屏，
屏障。翰，栋梁。城，
城，城池。宗，宗族。

② "兄终弟及"是上古时代
与嫡长子继承制并存的一
种继承制度，后世用之，
多属为弟一派的利用。

③ 延陵，今江苏丹阳境内。

王僚十二年（前515），公子光设宴，刺杀堂兄弟王僚，这就是《战国策·魏策》中有名的"专诸刺王僚，彗星袭月"，刺客之风由此煽行。《春秋公羊传·襄公二十九年》说王僚死，公子光致国于季子：

> 季子不受，曰："尔弑吾君，吾受尔国，是吾与尔为篡也，尔杀吾兄^①，吾又杀尔，是父子兄弟相杀，终身无已也。"去之延陵，终身不入吴国。

① "吾兄"应为"尔兄"或"吾侄"。王僚是季札侄儿。

于是公子光自立为王，号阖庐。在位十九年（前514-前496），重用伍子胥、孙武，改善政治，富国强兵，以战图强，一生腥风血雨，曾五次击楚，二次伐越，终因流箭，死于吴越战场。阖庐是吴国的杰出国君，也是楚国最胆寒的克星。

屈原佩服这位历史冤家的功业，询问这位春秋霸主的事迹。

"勋阖梦生"，勋，功勋，修饰阖庐，犹言功勋卓著的阖庐。梦，阖庐祖父吴国国君寿梦（前620-前561）。寿梦，名乘，字熟姑，又称攻卢王，在位25年，缔造了吴国的大国实力。梦生，寿梦所生。屈原不说阖庐是诸樊所生的亲儿子，却说阖庐是寿梦所生的亲孙子，是因寿梦，是阖庐家族最有作为的前辈。他对吴国的贡献和名望远远高于阖庐的父亲诸樊。

"少离散亡"。离，离家，少小离家老大回。散，与家人分开，不在家中生活。亡，不是逃亡在外，是奔波在外，指阖庐早年从军。

"何壮武历"，壮，雄壮；武历，从军履历；指阖庐出生入死，战功显赫，军旅辉煌。

"能流厥严"，流，流播、传播；严，威

严、威武；指阖庐的军事威严和政治威望。

屈原问，这位出身高贵、少小离家、四处奔波的寿梦之孙，为什么能够纵横沙场，扬威四方？原因固然很多，重要的一条是及早磨练。《孟子·告子》：

> 天将降大任于斯人也，必先苦其心志，劳其筋骨，饿其体肤，空乏其身，行拂乱其所为，所以动心忍性，曾益其所不能。

《战国策·赵策》触詟说赵太后，人君若"位尊而无功，奉厚而无劳"，将无以自托，劝太后让儿子长安君趁早临危赴难，"有功于国"。有功始有名，有为始有位，事功比名分重要。阖庐从小离开宫廷，长期投身军旅，不仅锻炼了军事才能，锻炼了心智意志，也为建立功劳树立威信捕捉了机遇。阖庐敢用刺杀的阴招谋取王位，正如后世唐太宗李世民敢于搞"玄武门兵变"，明成祖朱棣敢于搞"靖难之役"，依仗的就是在颠沛的军旅中建立的能力、势力、战功与权威。

阖庐是楚国宿敌，屈原羡慕有加，揣其意，是遗憾楚国缺少阖庐这样雄才大略的君主。由此，屈原想到春秋后期阖庐时代的吴楚战争。

荆勋作师，夫何长？吴光争国，久余是胜。

这四句说楚国武运与吴楚之战的胜负。

荆勋，荆，楚地；勋，军功；指楚国历史上战功卓著的先王。

楚国自熊绎立国（周成王时），到秦灭楚，共43朝，至屈原时，历39朝。屡建战功的国君，数得上的有西周时的楚君熊渠、春秋时的楚武王熊通、楚文王熊赀、楚成王熊恽、楚庄王熊旅、楚灵王熊虔。

楚君熊渠是熊绎的第四代孙，楚国第六代国君。《史记·楚世家》：

> 熊绎生熊艾，熊艾生熊䵣
> (dǎn)，熊䵣生熊胜。熊胜以弟熊杨
> 为后，熊杨生熊渠。

熊渠生当西周夷王时，此间，王室衰微，诸侯相伐，熊渠趁机兴兵扩张，伐庸国（今湖北竹山），占杨蚤(chài)，侵鄂国，基本上控制了江汉流域。并说：

> 我蛮夷也，不与中国之号谥。

周制，天子死后称王，熊渠却故意封儿子王号，封长子康为句亶王，句，今湖北江陵；封中子红为鄂王，鄂，今湖北鄂城；封少子执疵为越章王，越章，今湖北襄阳[1]；觊觎周室之心昭然若揭。及周厉王上台，为政强硬，熊渠为避免激化矛盾，保全既得成果，自去儿子王号，是楚国一位既能运用武力开疆拓土，又能审时度势适时进退的有为之君。

楚武王熊通（？－前690），楚君熊坎次子，楚君蚡冒之弟，蚡冒卒，熊通弒蚡冒之子，自占君位，是楚国第十七代国君。熊通强兵，灭权国，屡伐随国[2]。《左传·庄公四年》说楚武王最后一次伐随：

> 春，王三月，楚武王荆尸，授师
> 孑焉，以伐随。

荆，楚地；尸，祖神。《说文》："尸，神像也。"《诗·小雅·楚茨》：

[1] 参看刘玉堂，尹弘兵《楚蛮与早期楚文化》。刘玉堂，任职湖北省社会科学院。尹弘兵，任职湖北省社会科学院楚文化研究所。

[2] 权国，殷商遗民国，地在湖北境内。随国，周同姓诸侯国，地在今湖北随州。

> 神具醉止，皇尸载起。鼓钟送
> 尸，神保聿归。

荆尸，在荆地集合军队举行战前祭祖仪式。《左传·宣公十二年》也说"荆尸而举"，举，举兵，祭祖举兵。"授师孑焉"，孑，戟，杜预注引扬雄《方言》："孑者，戟也。"在祭祖仪式上附加象征性的武器颁发。祭祖授孑，相当于激励士气、激励出征的誓师大会。一说，"荆尸"是楚武王编创的兵法，"楚武王荆尸"是楚武王演练兵法。杜预注："尸，陈也。荆亦楚也，更为楚陈兵之法。"孔颖达疏：

> 楚本小国，地狭民少，虽时复出
> 师，未自为法式。今始言荆尸，则武
> 王初为此楚国陈兵之法，名曰荆尸，
> 使后人用之。宣十二年《传》称'荆
> 尸而举'，是遵行之。

一说，荆、刑，形似；尸、夷，互通[1]。"荆尸"，即刑夷或刑尸，楚国专有的月份名称，指楚四月，相当周历三月。"春，王三月，楚武王荆尸"就是"庄公四年春，周历三月，楚武王四月"。楚武王自恃武力，曾传话周王，公开挑衅：

> 今诸侯皆为叛相侵，或相杀。我
> 有敝甲，欲以观中国之政，请王室尊
> 吾号。[2]

周桓王拒绝，熊通大怒："王不加我，我自尊耳！"[2]自号"武王"，开楚君称王之制。

楚文王熊赀（前689-前675），楚武王之子。中年继位，所做第一件大事就是迁都于郢

[1] 参看《睡虎地秦墓竹简》，张君《荆尸新探》，《睡虎地秦墓竹简》，又称云梦秦简，1975年在湖北云梦县睡虎地出土。应是秦代文字、内容主要是秦朝制度、医学。

[2]《史记·楚世家》。

① 石泉《古代荆楚地理新探》："或正式都郢乃在此时（楚文王元年），而事实的迁郢则在十年前（武王晚期，前703-前699）。"

（今湖北江陵）①。尔后率军作战，兼并申、息、缯、应、邓、鄾、厉等国，疆域北抵汝水，东至淮河，雄据南方。文王十五年春，败于巴军，转战黄国，病死归途。

楚成王熊恽（约前682-前626），恽，又作頵。楚文王次子，在位45年。公元前672年，依靠随国支持，杀兄篡国。即位后结好北方，开拓江南。先后灭贰、谷、绞、弦、黄、英、蒋、道、柏、房、轸、夔等国。继而，挥师北进，争霸中原。楚成王十六年（前656），齐桓公尊王攘楚，亲率八国之师：齐、鲁、宋、陈、卫、郑、许、曹，共击楚国，成王沉着周旋，以战逼和，签召陵之盟。公元前638年，派兵救郑，与宋军战于泓水，射伤宋襄公，大败宋军，楚国军威大振。晚年因太子造反，被迫上吊。临死问谥号，得"灵"，不肯死；得"成"，方自杀。楚国做大做强，争霸中原，楚成王功莫大焉。

② 原名贲浑戎，北方游牧部落，寄居山西山东之间，常常抢掠周边，乃至江淮。周景王姬贵二十年（前525），晋顷公击破之，驱逐陇西，今甘肃敦煌地区，并将原来贲浑戎盘踞的地区改称陆浑。

楚庄王熊旅（？-前591，旅，或作吕、侣），楚穆王之子，在位23年，戎马倥偬，灭庸、伐宋、伐陆浑戎②、灭邓、灭舒、伐陈、围郑，败晋，围宋，筑就霸业，是《荀子》说的春秋"五霸"之一。身后留下两条脍炙人口的成语"一鸣惊人"和"问鼎中原"。刚即位时：

> 三年不出号令，日夜为乐，令国中曰："有敢谏者死无赦！"伍举入谏。庄王左抱郑姬，右抱越女，坐钟鼓之间。伍举曰："愿有进隐。"曰："有鸟在于阜，三年不蜚不鸣，是何鸟也？"庄王曰："三年不蜚，蜚将冲天；三年不鸣，鸣将惊人。举

> 退矣，吾知之矣。"居数月，淫益
> 甚。大夫苏从乃入谏。王曰："若不
> 闻令乎？"对曰："杀身以明君，臣
> 之愿也。"于是乃罢淫乐，听政，所
> 诛者数百人，所进者数百人，任伍
> 举、苏从以政，国人大说。

庄王八年（前605），亲征陆浑戎，途径洛邑，陈兵周郊：

> 周定王使王孙满劳楚王。楚王
> 问鼎小大轻重，对曰："在德不在
> 鼎。"庄王曰："子无阻九鼎！楚国
> 折钩之喙，足以为九鼎。"

公元前591年，庄王病逝。

楚灵王熊虔，本名围，庄王孙子，共王次子，杀侄自立。一大怪癖是爱好男人细腰。《墨子·兼爱》：

> 昔者楚灵王好士细腰，故灵王之
> 臣皆以一饭为节，胁息然后带，扶墙
> 然后起。比期年，朝有黧黑之色。

怪癖所致，楚国朝臣节食减肥，摒气束腰，一年后，满朝文武面目黧黑。楚灵王也爱女人细腰，这算不得怪癖，但也害人不浅。东汉马廖《上成德疏》：

> 吴王好剑客，百姓多创瘢；楚王
> 好细腰，宫中多饿死。

吴王阖庐爱好剑客，百姓比剑，身多伤疤；楚灵王癖好细腰，宫女节食，乃至饿死。楚灵王在位十一年，频繁征伐。三年（前538）攻吴，攻克朱方（今江苏镇江东南），诛杀投奔吴国的齐国大臣庆封，是楚国对吴战争的一次大胜；八年（前531），将兵灭陈；十年，召蔡侯，杀之，灭蔡；十一年（前530），又兵围徐国，胁迫吴国。十二年（前529），其弟弃疾策划政变，楚灵王逃亡山野，自经郊外。

这几位楚国国君都有军事成就，屈原说的"荆勋作师"，究竟指哪一位？蒋骥说是楚武王熊通，《山带阁注楚辞》："楚自武王始大，故曰荆勋，犹吴言勋阖之意。"楚武王固然是楚国一代枭雄，但他打来打去，打的是几个小国，楚成王、楚庄王、楚灵王则与大国抗衡。楚成王争霸，楚庄王称霸，楚灵王击吴，战功犹在楚武王之上，称作"荆勋"似比楚武王更为合适。但楚灵王有变态之癖，未必合乎屈原的心意，屈原属意的荆勋应是争霸中原的楚成王熊恽与楚庄王熊旅。

"夫何长？"夫，语助。长，持久。屈原问，楚国自楚武王，经楚文王、楚成王、楚庄王、楚灵王，军事一向强盛，为何强盛不能长久，到春秋后期竟武运不济，陷入"吴光争国，久余是胜"的败局？吴光，吴国公子光，即吴王阖庐。争国，争国家胜负。余，楚国。

吴楚争斗由来已久。吴国对楚国的强势始于吴王寿梦，寿梦之前，楚国占上风，寿梦上台，吴国占上风。"螳螂捕蝉，黄雀在后"就是臣下劝阻寿梦用兵于楚的成语。

楚国对吴国的弱势始于楚平王。楚平王熊弃疾，是楚共王第五子，是老二楚灵王的弟弟。为人阴险毒辣，逼死二哥楚灵王，立老三的儿子比为楚初王，旋即又骗杀初王及老四的儿子皙，改名熊居，自立为楚平王。楚平王重用奸臣费无忌，费无忌杀太子师傅伍奢，逼迫其子伍子胥逃奔吴国，一时间，楚国国内乱象丛生。吴国王僚乘机攻楚，《楚世家》说楚平王"恣尔所欲"，委曲忍让，一败再败。

鲁昭公十七年，王僚二年，楚平王四年（前525），公子光奉命伐楚，打长岸（今安徽当涂西南）之战，先败后胜：

> 战于长岸，……大败吴师，获其乘舟余皇。……吴公子光请于其众，曰："丧先王之乘舟，岂唯光之罪，众亦有焉，请藉取之以救死。"众许之，使长鬣者三人潜伏于舟侧，曰："我呼余皇，则对。师夜从之。"三呼，皆迭对，楚人从而杀之。楚师乱，吴人大败之，取余皇以归。

鲁昭公二十三年，王僚八年，楚平王十年（前519），吴伐州来国（地在今安徽凤台），王僚率中军、公子光率右军、王僚弟掩余率左军，大败楚国及诸侯救援之师：

> 吴人伐州来，楚薳越帅师及诸侯之师奔命救州来……戊辰晦，战于鸡父。吴子以罪人三千先犯胡、沈与陈，三国争之①。吴为三军以系于后，中军从王，光帅右，掩余帅左。吴之罪人或奔或止，三国乱，吴师击之，三国败，获胡、沈之君及陈大夫。舍胡、沈之囚使奔许与蔡、顿②，曰："吾君死矣。"师噪而从之，三国奔，楚师大奔。

《史记·楚世家》载王僚十年，楚平王十二年（前517），公子光奉命攻楚，攻占了楚国的城

① 胡，胡国。一说姬姓。原在今河南郾城，后被楚国迁于今安徽阜阳。一说，胡国归姓。《路史·国名记》："胡子国归姓。""盖楚之所立。"地在今安徽阜阳。沈，沈国。《左传·文公三年》朱骏声注"国在今河南汝州汝阳县东南。定(公)四年蔡灭之"。陈，陈国。建都宛丘（今河南淮阳附近），辖地大致在今之豫东皖北。

② 许，许国。姜姓。地在今河南许昌地区。蔡，蔡国。姬姓，地在今河南驻马店上蔡地区。顿，顿国，姬姓。初在河南商水，后迁河南项城。

邑钟离（今安徽凤阳东北）和居巢（今安徽巢湖地区），尔后，乘胜而击：

> 遂败陈、蔡，取太子建母而去。楚恐，城郢。初，吴之边邑卑梁与楚边邑钟离小童争桑，两家交怒相攻，灭卑梁人。卑梁大夫怒，发邑兵攻钟离。楚王闻之怒，发国兵灭卑梁。吴王闻之大怒，亦发兵，使公子光因建母家攻楚，遂灭钟离、居巢。楚乃恐而城郢。

当时的楚国只有招架之功，几无还手之力。幸亏王僚猜忌公子光，削其军权，楚国才喘了一口气。

公元前516年，楚平王卒，太子立，是为楚昭王。楚昭王熊壬（约前523–前489），即位时不满10岁。吴国大举入侵，蹂躏楚地。楚昭王元年，吴王僚指派两个儿子盖余、烛庸率军攻楚。《左传·昭公二十七年》：

> 楚莠尹然、工尹麇帅师救潜，左司马沈尹戌帅都君子与王马之属以济师，与吴师遇于穷，令尹子常以舟师及沙汭而还。左尹郤宛，工尹寿帅师至于潜，吴师不能退。[1]

这一次，吴军遇到楚军的有力反击，在潜山地区被楚军团团包围，进退失据，战局危殆。公子光乘机刺杀王僚，堂兄（弟）杀堂弟（兄），称王阖庐。当此之时，前线虽因王僚被杀而瓦解，后方却因阖庐当政而强大，攻楚之势稍作停顿，复加猛烈。阖庐三年，吴国消灭投靠楚国的徐国，俘虏亲近楚国的钟吾国

[1]都君子，都邑征集的私家亲兵。《国语·吴语》："越王以其私卒君子六千人为中军。"王马之属，楚国宫廷养马属官。《左传·昭公二十七年》杜预注："王马之属，王之养马官属校人也。"

君。阖庐四年，进攻潜山、六安。阖庐六年，击败来伐楚军，再占楚地居巢。阖庐七年，击败来伐楚军，三占居巢。阖庐八年，吴王将兵伐楚，占领舒城，诛杀逃亡的王僚二子，即自己的两位侄子。阖庐九年，吴王联合蔡国、唐国①，讨伐楚国，会战柏举（今湖北麻城），五战五胜，攻入楚国首都郢都（今湖北江陵）。阖庐十年，秦军救楚，秦楚联手，挫败入侵吴军，郢都失而复得，楚军与吴军再战，楚军又胜一场。阖庐十一年，阖庐命太子夫差将兵伐楚，掠取楚之番地（今江西鄱阳境内），楚国恐惧，迁都于鄀（今湖北宜城东南）。八年中，吴楚大战，七胜二负。这就是屈原说的"吴光争国，久余是胜"的惨痛历史。幸有楚昭王对外不投降，对内不透过，对己不信邪，苦撑危局，保存了楚国。孔子说："楚昭王通大道矣。其不失国，宜哉！"虽然如此，昭王也只是存亡继绝而已，直到阖庐去世，楚国近十年不敢东向窥吴。

屈原"荆勋作师，夫何长？吴光争国，久余是胜"，伤感楚国曾经的辉煌与其后的衰败，诗意有似辛弃疾《永遇乐》"想当年，金戈铁马，气吞万里如虎。元嘉草草，封狼居胥，赢得仓皇北顾"，而沉痛过之，沉痛吴国寿梦之后有阖庐，楚国荆勋之后少荆勋。思虑犹如李清照："南渡衣冠思王导，北来消息少刘琨。"

缅怀荆勋，思及名臣，屈原想到楚国名相，辅佐楚成王壮大楚国、威震南北的斗子文。

何环闾穿社，以及丘陵，是淫是荡，爰出子文？

这四句《天问章句》写作"何环穿自闾

① 一说姬姓。一说祁姓，尧之后。地在今湖北随县地区。

社丘陵，爰出子文"，句法忒别扭。《楚辞补注》："一云，何环闾穿社，以及丘陵，是淫是荡，爰出子文。"句法较通畅。

"环闾穿社"，犹言溜村审巷。环，环绕；闾，里巷；穿，穿行；社，土地神社，公共祭祀场所。"以及丘陵"，到于野外。淫荡，指不合礼义的男女幽会，男女野合。子文，即楚国令尹斗子文。

令尹是楚国宫廷最重要的职位，相当于后世所谓宰相。楚成王把这个职位给了一位姓斗的私生子。《左传·宣公四年》：

> 初，若敖娶于䢵（yún，今湖北安陆一带），生斗伯比。若敖卒，从其母畜于䢵，淫于䢵子之女，生子文焉。䢵夫人使弃诸梦中。虎乳之。䢵子田，见之，惧而归。夫人以告，遂使收之。楚人谓乳"谷"，谓虎"於（wū）菟"，故命之曰斗谷於菟。以其女妻伯比。实为令尹子文。

若敖，楚国第十四代国君。䢵子，䢵国国君。若敖的儿子斗伯比和䢵子之女偷情，所生一子，丢弃云梦泽（今湖北天门县境），因母虎喂乳奇迹存活，起名谷於菟，连名带姓称斗谷於菟。楚成王八年（前664），斗谷於菟出任令尹，改名子文。子文做令尹，几上几下，前后28年，是楚国强盛的关键人物，典籍赞赏有加。

《左传》说子文为国，毁家纾难。《庄公三十年》：

> 斗谷於菟为令尹，自毁其家以纾楚国之难。

《左氏会笺》[①]:

> 时楚国府库空竭，子文，财巨室，积财不少，故自减少家产，以纾其难也。

《国语》、《战国策》说子文做官，廉洁自律。《楚语》:

> 昔斗子文三舍令尹，无一日之积，恤民之故也。成王闻子文之朝不及夕也，于是乎每朝设一脯一束、糗一筐，以羞子文，至于今秩之。成王每出子文之禄，必逃，王止而后复。人谓子文曰："人之求富，而子逃之，何也？"对曰："夫从政者，以庇民也。民多旷者，而我取富焉，是勤民以自封也，死无日矣。我逃死，非逃富也。"

《楚策》:

> 昔令尹子文，缁帛之衣以朝，鹿裘以处，未明而立于朝，日晦而归食，朝不谋夕，无一日之积。故彼廉其爵，贫其身，以忧社稷者。

刘向《说苑》说子文理政，公正忠信:

> 楚令尹子文之族有干法者。廷理闻其令尹之族也，释之。子文召廷理而责之。遂致其族人于廷理，曰，不是刑也，吾将死。廷理惧，遂刑其族人。国人闻之，曰："若令尹之公也，吾党何忧乎？"乃相与作歌曰："子文之族，犯国法程。廷理释之，

① 《左氏会笺》，日本汉学家竹添光鸿（1842-1917）撰。明治三十六年（清光绪二十九年，公元1903年）刊印，以中文行文，日文旁注，资料完备，解说融通。

子文不听。恤顾怨萌，方正公平。"

史书并说子文内修国政，削封邑，富王室；外争霸权，消灭弦国①、黄国②、镇压随国③、蔡国④、徐国⑤，掌控了江汉江淮。又说子文在位，能进能退，逊己让贤，内举不避亲。《左传·僖公二十三年》说子文的弟弟子玉，建有军功，子文让以令尹，有人反对，子文说："吾以靖国也。夫有大功而无贵任，其人能靖者与有几？"⑥

屈原是否认同这类评价？看来不认同。屈原问："何环闾穿社，以及丘陵，是淫是荡，爰出子文？"一对男女为何偷偷摸摸地在村巷里钻来钻去，钻到山林里？原来是淫荡私通，生出了一个私生子子文。讥刺子文父母淫荡，揭发子文出身不洁，挑剔子文来路不正。本来，屈原是一位既重视出身，又不重视出身的人。他在《离骚》说自己"帝高阳之苗裔兮，朕皇考曰伯庸，皇揽揆余于初度兮。肇赐余以嘉名"，语气骄傲，是重视出身。他在《离骚》中称赞小臣伊尹、建筑苦工傅说、宰牛的姜尚，是不重视出身。重视还是不重视，因人而异，取决于佩服还是不佩服。屈原说淫荡生子文，是不佩服这位典籍褒奖的楚国令尹，并为下文追究子文做些舆论准备。

吾告堵敖，以不长。何试上自予，忠名弥彰？

这三句原本在《天问》的结尾。注家几乎都以为是屈原的告白。大意是："我（屈原）告诉楚国的先王或时贤，楚国的命运难以持久。我向楚王屡次进谏，哪里是为了搏取忠良的名声？"其实，这三句，不应该放在全诗的

---

① 弦国，江淮诸侯国，《春秋》僖公五年（前655）："楚人灭弦，弦子奔黄。"故城在今河南潢川县西南。

② 黄国，江淮诸侯国，弦国姻亲，公元前648年楚人灭之，地在今河南潢川县西北。

③ 随国，江汉诸侯国，在今湖北随州。

④ 周初蔡叔封国，地在今河南驻马店地区。

⑤ 徐国，又称徐夷、徐方，地在淮河流域，今安徽泗县、江苏泗洪一带。

⑥ 靖，治安，安定。与，参与。

结尾，也不是屈原自己的告白，而是揭露子文
在楚国干的一件大坏事。这件大坏事，就是策
动了一场袭杀楚王的政变。

吾，疑为晤，形脱而误。晤，会面。晤
告，面告，犹晤言、晤语。《诗·陈风·东门
之池》：

> 彼美淑姬，可与晤言。
> 彼美淑姬，可与晤语。

"吾告堵敖以不长"，会面晤告的消息是"堵
敖不长"，不长，政治气数不长。堵敖者，是
楚国国君堵敖熊艰。晤告的双方，是斗谷子文
与熊艰的弟弟熊恽。晤告的结果，子文、熊恽
谋杀堵敖熊艰，抢夺王位，熊恽做了楚成王，
子文做了楚令尹。

敖是楚国方言，原是头领的尊称。王廷
洽[1]《楚国诸敖考释》说敖有四类，一类如若
敖、霄敖、莫敖，是楚氏族部落酋长；一类是
阎敖、芳敖，是楚国宗族；另一类是堵敖、郏
敖、訾敖，是楚国短命国君；再一类共敖，是
楚国灭亡后，楚人拥戴的首领。又，敖也是楚
国的一种官职。《左传》有言，地位近似令
尹、大司马。

敖，常用作楚王谥号，义犹雄主。顾颉刚
《史林杂识》：

> 楚王之无谥而称敖者，盖即酋豪
> 之义。

《史记·楚世家》所列楚国先王的姓名、称
号、谥号依次是：

> 熊绎、熊艾、熊䵣、熊胜、熊

[1] 王廷洽，任教上海师范大学人文学院。

杨、熊渠、熊挚红、熊延、熊勇、熊
严、熊霜、熊徇、熊咢,

若敖熊仪、霄敖熊坎、蚡冒熊
眴、武王熊通、文王熊赀、庄敖(应
为堵敖)熊艰、成王熊恽、穆王商
臣、庄王熊侣、共王熊审、康王熊
招、郏敖熊员、初王熊比(訾敖)、
灵王熊虔、平王熊居,昭王熊珍、惠
王熊章、简王熊中、声王熊当、悼王
熊疑、肃王熊臧、宣王熊良夫、威王
熊商、怀王熊槐、顷襄王熊横、考烈
王熊元、幽王熊悍、哀王熊犹、王负
刍。

楚君四十二代,从熊绎到熊咢,十三代无称
号,无谥号,直接称名。自十四代起,熊仪、
熊坎、熊眴,三代称敖,若敖、霄敖、蚡敖
(蚡冒即蚡敖)。自十七代起到第四十二代
止,二十六代中,二十四代称王,谥为文、
成、穆、庄、共、康、初、灵、平、昭、惠、
简、声、悼、肃、宣、威、怀、顷襄、考烈、
幽、哀(武为熊通生前自称,负刍亡国无
谥),偶有二代称敖,堵敖、郏敖;一代既称
王或称敖,初王熊比称訾敖。楚王称敖,应是
楚国沿用氏族旧习,模拟周室谥号。

敖之前的修饰字,若、郏、訾,是地
名,葬身地名。《左传·昭公元年》熊员葬
于郏(今河南许昌襄城),熊员称郏敖。
《左传·昭公十三年》初王比葬于訾(今河南
巩县),称訾敖。若,都地(今河南淅川西
北)。疑霄、蚡、堵也是楚国地名。

楚堵敖熊艰与楚成王熊恽都是楚文王熊赀

与息妫的儿子。《左传·庄公十四年》：

> 楚子（楚文王）……灭息，以息
> 妫归，生堵敖及成王焉。

堵敖，《史记·楚世家》写作庄敖：

> 文王熊赀卒，子熊艰立，是为庄敖。

《史记·十二诸侯年表》又写作堵敖：

> 鲁庄公十八年，楚堵敖囏元年。[①]

写作堵敖正确，写作庄敖是笔误。楚王熊侣谥
称庄王，如果祖辈熊艰已称杜敖，则后人为熊
侣取谥不会再用庄字。堵敖或写作杜敖，唐
人陆德明《经典释文》说《史记·十二诸侯
年表》本作杜敖。杜通堵，洪兴祖《楚辞补
注》：

> 庄公十九年，杜敖生。二十三
> 年，成王立。杜敖即堵敖也。

洪补"杜敖生"应为"杜敖立"。哥哥堵敖，
鲁庄公十四年（前680）之后生，十九年立，
最大6岁。弟弟成王，鲁庄公十四年之后生，
二十三年立，最大9岁。都是小儿坐王庭，一个
坐了5年，一个坐了45年。

　　两个小儿的母亲息妫是一位引发战争的美
女，引发楚、蔡[②]、息[③]三国之战。《左传·庄
公十年》：

> 蔡哀侯娶于陈，息侯亦娶焉。
> 息妫将归，过蔡。蔡侯曰："吾姨
> 也。"止而见之，弗宾。息侯闻之，
> 怒，使谓楚文王曰："伐我，吾求救

[①] 十八年应为十九年，《左传·庄公十九年》："楚子……有疾。夏六月庚申卒。"囏，古艰字。

[②] 蔡国，周诸侯国，周武王弟叔度后人。蔡都在今河南驻马店市上蔡县。前447年亡于楚。

[③] 息国，周诸侯国，在前684年至前680年间亡于楚。

于蔡而伐之。"楚子从之。秋九月，
楚败蔡师于莘，以蔡侯献舞归。

弗宾，非礼。蔡哀侯非礼息妫，息国国君用苦
肉计：请求楚国讨伐息国，息将求救于蔡，蔡
若出兵助息，楚国可借机伐蔡。楚国采纳此
计，在莘地（今山东聊城）击败蔡国军队。
《左传·庄公十四年》：

> 蔡哀侯为莘故，绳息妫以语楚
> 子。楚子如息，以食入享，遂灭息。
> 以息妫归，生堵敖及成王焉，未言。
> 楚子问之，对曰："吾一妇人而事二
> 夫，纵弗能死，又其奚言？"楚子以
> 蔡侯灭息，遂伐蔡。秋七月，楚入
> 蔡。

绳，夸耀。蔡哀侯为报复息侯苦肉计，向楚文
王夸耀息妫美貌，鼓动楚国消灭息国，抢夺息
妫；楚文王又因息妫的怨恨，讨伐蔡国，占领
蔡国，灭亡蔡国。

息妫之事，历代诗人多有咏叹。王维作
《息夫人怨》：

> 莫以今时宠，而忘旧日恩。
> 看花满眼泪，不共楚王言。

泪眼看花，心念旧恩，辞调哀婉，赞叹息妫眷
念故国亡夫的品质。清人邓孝威《题息夫人
庙》：

> 楚宫慵扫黛眉新，只自无言对暮春。
> 千古艰难唯一死，伤心岂独息夫人。

感叹名节虽高，而生命宝贵，国亡家破时，果

能殉节者又有几人？诗意稳重，宅心宽恕。

也有讥讽息妫不曾殉死的，清人袁枚《咏绿珠》：

> 人生一死谈何易，看得分明胜丈夫。
> 犹记息姬归楚日，下楼还要侍儿扶。

不免尖刻轻薄，有失温柔敦厚。

楚文王死，堵敖熊艰继位，熊艰与熊恽虽然是一母所生，却势不两立。《史记·楚世家》：

> 庄敖五年，欲杀其弟熊恽。恽奔随，与随袭弑庄敖，代立，是为成王。

按照常理，两个小儿斗政治，身后必定由大人操纵。操纵哥哥的不知是谁，操纵弟弟的就是斗子文。闻一多《天问疏证》：

> 成王在随，子文盖尝与俱，而心知成王欲谋弑立，遂为言堵敖天命将终，以顺其欲而固其志。

闻一多说子文心知熊恽有谋弑之心，不妥。熊恽当时只是个9岁左右的小家伙，安知谋弑？谋弑的主谋应是斗子文。子文以堵敖命运不长的消息诱导熊恽，挟制熊恽，导演了熊恽杀君杀兄。

"何试上自予，忠名弥彰"。试上，弑君。《白虎通·杀伐》：

> 弑者，试也，欲言臣子杀其君父，不敢卒，候间司事可稍稍试之。

王闿运《楚辞释》：

> 试上，弑君也。

游国恩《天问纂义》：

> 试者，古通作弑。王闿运得其
> 义。《韩非子·外储说》："主贤
> 明则悉心以事之，不肖则饰奸而试
> 之。"试借为弑。

自予，自取，自取君位。忠名，忠臣的名望。弥彰，越发光彩。屈原问，子文这样一个挑动弟弟杀哥哥、挑动臣下杀君王的阴谋家，为何赢得了光彩照人的忠臣声誉？

在屈原心里，忠臣等同仁人义士，要忠于道德，忠于操守，要光明正大，不要阴谋诡计。《离骚》"夫孰非义而可用兮，孰非善而可服？"子文善治，是治世之能臣，但修能有余，内美不足，挑动弟弟杀兄长，哪里还有孝悌之仁？策划臣下杀君上，哪里还有忠诚之义？孔子比屈原宽容，孔子不把忠臣与仁人划等号，而把忠臣与仁人分为两个档次，仁人一定是忠臣，忠臣未必是仁人。《论语·公冶长》：

> 子张问曰："令尹子文三仕为令
> 尹，无喜色；三已之，无愠色。旧令
> 尹之政，必以告新令尹。何如？"子
> 曰："忠矣。"曰："仁乎？"曰：
> "未知。焉得仁？"

孔子肯定子文三上三下、面不改色、认真交接的仕途表现，是一位忠于楚国、忠于朝廷、忠于职守、富有政治定力的忠臣行为。但他否定子文是个仁人，"不知道他仁不仁。从哪里看出他的仁呢？"仁者爱人，己所不欲，勿施于人，子文教唆杀君，又征战杀伐，是权心权术，非仁心仁术，距离仁字，相差甚远。显然，屈原与孔子对忠的理解不大相同，屈原的忠是"大忠"，指忠于仁义，孔子的忠是"小忠"，指政治忠诚。政治忠诚容易做到，满朝文武，无论何代，均占多数。仁义忠诚难以做到，满朝文武，无论何代，都是凤毛麟角。政治忠诚，君王无不喜爱；仁义忠诚，君王大多厌恶。屈原以"大忠"从政，坚持道德，在诡谲的楚国政坛，不为同僚所容，不为世俗所好，也不为君王所喜，注定做不到子文的职位，干不成子文的事业。所以《离骚》充满了"謇吾法乎前修兮，非世俗之所服"的愤懑与孤独。

以上所问，针对春秋五大事件，美刺政治人物，痛惜齐国桓公未能善终，讥讽秦国景公兄弟勾心斗角，感佩吴国阖庐的武功霸业，哀伤楚国败于吴国的惨痛战争，批评楚国令尹子文的有才有能却无德无仁。

哀伤楚国战败，批评楚相子文，既是吊古，也是伤今。从前，楚国屡败于吴国，是缺少有为之君，如今楚国常败于秦国，也是缺少有为之君。当年子文劝说楚成王杀君，做了楚成王令尹，虽说不仁，却辅佐楚成王强大楚国；如今楚怀王囚秦，子兰劝楚顷襄王即位，做了楚顷襄王令尹，行为也属不义，但他能帮助顷襄王挽救楚国？为下一节提问楚国的时政时局，铺垫了氛围。

第三十二讲

绝境犹抒报国心

薄暮雷电，归何忧？
厥严不奉，帝何求？
伏匿穴处，爰何云？
悟过改更，我又何言？

薄暮黄昏，雷电交加，只身归去何所惧？
父仇不报，父志不继，不知君王何所为？
独处深山，藏匿山洞，忧国忧君向谁说？
只盼君王，改弦更张，我又何须发牢骚？

这是全篇压卷的最后一节。八句四问，说目前楚国，说本人境遇。

在王逸《天问章句》中，这八句并不是《天问》最后四句。原文是：

薄暮雷电，归何忧？
厥严不奉，帝何求？

伏匿穴处，爰何云？
荆勋作师，夫何长？
悟过改更，我又何言？
吴光争国，久余是胜。
何环间穿社，以及丘陵，是淫是荡，
吾告堵敖，以不长。
何试上自予，忠名弥彰？

"薄暮"六句说当今楚国，说屈原自己事；"荆勋"二句跳回春秋，说楚国先王事；"悟过"二句又跳回当今说自己事；"吴光"八句再跳回春秋，说吴国楚国事；颠颠倒倒，殊为凌乱；且以春秋子文之事，而不以屈原自己之事结尾，尤悖作诗常理。所以王逸等硬说"吾告"三句是屈原向楚国贤人堵敖诉说苦衷。

游国恩《天问纂义》指原文末段：

词义不属，韵复不谐，读者每病其难晓，良由脱简伪托，是以注家强为笺释。迄未能安。

经游先生调理，《天问》的最后八句应以"屈子自序之辞，结一篇之意"：

薄暮雷电，归何忧？
厥严不奉，帝何求？
伏匿穴处，爰何云？
悟过改更，我又何言？

这一改，不仅理清了原文结尾的混淆，并保障了全篇叙事逻辑的合理与叙事结构的完整，以遂古开篇，以当今作结；以无我开篇，以有我作结；恰到好处，是屈原知音，《天问》知音。

薄暮雷电，归何忧？

薄暮，黄昏，日薄西山，气息奄奄。屈原率先使用的苍凉意象，后来诗歌常用之。唐人王绩《野望》："东皋薄暮望，徙倚欲何依。"孟浩然《秋登兰山寄张五》："愁因薄暮起，兴是清秋发。"雷电，打雷闪电，震惊恐怖。也是屈原率先使用的险恶意象。李白《梦游天姥吟留别》："列缺霹雳，丘峦崩摧。"列缺，闪电。霹雳，惊雷。雷电一般夹带暴雨。《九歌·山鬼》："雷填填兮雨冥冥，猿啾啾兮狖夜鸣。"[①] 雷电雷雨，尤为骇人。"薄暮雷电"，是诗人借景抒情，形容楚国局势的危殆、宫廷政治的昏暗、自身处境的险恶和内心情感的痛苦。

① 狖（yòu），一种猴。

当时，约在楚顷襄王上台（前298）之后，屈原自杀（前278）之前，秦兵破楚，朝野动荡，楚国局势，危在旦夕。

《史记·楚世家》：楚顷襄王元年（前298），秦昭王发兵攻楚，大败楚军，斩首五万人，侵占十五城；六年（前293），秦昭王致书楚王："楚倍秦，秦且率诸侯伐楚，争一旦之命。愿王之饬士卒，得一乐战。"楚顷襄王十九年（前280），秦伐楚，楚军败，割地上庸、汉北[②]；顷襄二十年（前279），屈原死前一年，秦两路攻楚，一路由白起率军攻楚之邓城、鄢郡[③]，另一路由秦蜀郡守张若率军攻打楚之巫郡[④]，鄢之战，白起引西山长谷水，溃城东北角，"百姓随水流，死于城东者数十万"[⑤]；楚顷襄王二十一年（前278），秦将白起破郢都，烧楚王陵墓，顷襄王退守东北，保于陈城[⑥]。我们虽不能断定《天问》写在顷襄何年，却可以肯定它写在顷襄战败、山河

② 上庸，今湖北竹山西南。汉北，古地名，湖北境内汉水之北。

③ 邓城，今湖北襄阳一带。鄢郡，今湖北宜城东南。

④ 巫郡，今重庆巫山地区。

⑤ 《水经注·沔水》。

⑥ 陈城，今属河南淮阳。

破碎的阴影中。

楚顷襄王熊横（？－前263），楚怀王之子。性格暴躁，早年在秦国做人质，曾因一己私仇，手刃秦国大夫。《史记·楚世家》："秦大夫有私与楚太子斗，楚太子杀之而亡归。"又喜欢女色。宋玉《高唐赋》描写襄王和巫山神女的艳遇应是投其所好。他的上台，缘于秦、楚、齐的三国争斗。《史记·楚世家》说秦扣楚怀王时，楚顷襄正在齐国做人质，楚国大臣请齐愍王送回顷襄，齐国权衡利弊，同意顷襄回国继位：

> 楚大臣患之，乃相与谋曰："吾王在秦不得还，要以割地，而太子为质于齐，齐、秦合谋，则楚无国矣。"乃欲立怀王子在国者。昭雎曰："王与太子俱困于诸侯，而今又倍王命而立其庶子，不宜。"乃诈赴于齐，齐愍王谓其相曰："不若留太子以求楚之淮北。"相曰："不可，郢中立王，是吾抱空质而行不义于天下也。"或曰："不然。郢中立王，因与其新王市曰：'予我下东国，吾为王杀太子，不然，将与三国共立之。'然则东国必可得矣。"齐王卒用其相计而归楚太子。太子横至，立为王，是为顷襄王。乃告于秦曰："赖社稷神灵，国有王矣。"

这件事，楚国大臣做得既有理也无理。有理者，国不可受制于秦，你扣我王，我自有王，扣而无用；国不可一日无君，无君则无首，无君则无序；立君有利于护国抗秦。无理者，怀王在秦，另立新王，对内无异政变，对外无异示弱，不忠不孝不勇。弃君不救君，是大不忠；弃父不救父，是大不孝；畏秦不拼秦，是大不勇。楚国妥当的做法，鉴于怀王囚秦人健在，应该由顷襄王摄政，以救回怀王为号召，激励国人，同仇敌忾，无论成功与否，顷襄王或许万古流芳。秦国的狡猾做法，可在顷襄即位后，伺机放回怀王，以促发楚国内乱。明代的"土木之变"[①]，英宗朱祁镇被俘，于谦等拥立代宗朱祁钰，是没有吸取子兰等拥立顷襄的教训；瓦剌送回明英宗，造成"夺门之变"[②]，是吸取了秦国囚死怀王的教训。

楚顷襄王宠信令尹子兰。子兰，顷襄王之弟，同父异母，据说是郑袖所生，在楚国与秦国的斗争中是妥协派。《史记·屈原贾生列传》：

> 时秦昭王与楚婚，欲与怀王会。怀王欲行，屈平曰："秦虎狼之国，不可信，不如毋行。"怀王稚子子兰劝王行："奈何绝秦欢！"怀王卒行。

怀王囚秦后，因太子顷襄委质齐国，《史记·楚世家》说楚大臣"欲立怀王子在国者"，在国者即子兰。子兰大约赞成顷襄回国，赞成顷襄即位，受到顷襄王重用。《史记·楚世家》：

> 长子顷襄王立，以其弟子兰为令尹。

子兰才干平庸，性情奸诈，辅佐顷襄，岂有作为？

① 明朝正统十四年（1449），蒙古瓦剌部落进攻明朝，英宗朱祁镇率军50万御驾亲征，出居庸关，行至土木堡（今河北怀来东），瓦剌围之，击溃明军，俘虏英宗。史称土木之变。

② 正统十四年（1449）八月，"土木之变"。九月，兵部尚书于谦、吏部尚书王文等拥立英宗之弟郕王朱祁钰为明代宗即明景帝，遥尊英宗为太上皇。次年，瓦剌释放英宗，被景帝软禁于南宫。景泰八年正月，代宗病重，石亨、徐有贞等发动政变，引军潜入长安门，毁墙南宫，拥英宗，自东华门升奉天殿，宣称太上皇复位。史称"夺门之变"。英宗复位后，废代宗为郕王，以谋逆罪杀于谦、王文。

屈原恰恰得罪了子兰、顷襄，蒙冤受屈，流放江南，异常痛苦。

最痛苦的是，屈原人在羁旅，心在社稷，每闻战败，必受煎熬，盼归救国之心，如焚如炽。《九章·哀郢》：

> 羌灵魂之欲归兮，何须臾而忘反。
> 背夏浦而西思兮，哀故都之日远。
> 登大坟以远望兮，聊以舒吾忧心。
> 哀州土之平乐兮，悲江介之遗风。
> 当陵阳之焉至兮，淼南渡之焉如？
> 曾不知夏之为丘兮，孰两东门之可芜？
> 心不怡之长久兮，忧与愁其相接。
> 惟郢路之辽远兮，江与夏之不可涉。
> 忽若不信兮，至今九年而不复……
> 曼余目以流观兮，冀壹反之何时？
> 鸟飞返故乡兮，狐死必首丘。
> 信非吾罪而弃逐兮，何日夜而忘之？

《哀郢》也是流放江南之作，写于白起破郢之后，时间晚于《天问》，但《哀郢》所表达的"灵魂欲归"、"一返何时"的心志，正是《天问》的强烈愿望。

更加痛苦的是，"薄暮雷电"之际，屈原思归不得归。

"归何犹？"归，思归朝廷。忧，归去有何担忧？一忧，归去无路；二忧，不归何从？

归去无路。楚顷襄王朝，佞臣当道的状况比楚怀王时严重。楚怀王时，多阿谀奉承之辈，《离骚》讥为飘风云霓、茅草荆棘，口气是不屑的。楚顷襄王时，多颠倒是非之徒，《九章·惜诵》以弓箭在上、罗网在下，斥责群小蒙骗君王，陷害忠良：

> 矰弋机而在上兮，罻罗张而在下。
> 设张辟以娱君兮，愿侧身而无所。
> 欲儃佪以干傺兮，恐重患而离尤。

矰(zēng)，矰缴(zhuó)，箭矢。弋，也是箭。机，本是弓，张机待发。罻(wèi)罗：罗网。张，布设。张辟，乖张邪僻，歪门邪道。娱，讨好。侧身，躲避。儃佪(chánhuái)，徘徊。干傺，谋求进取。重患，增加祸患。离尤，遭难。屈原明白，群小不去，诽谤不止，自己得不到顷襄的谅解与召唤。《哀郢》：

> 信非吾罪而弃逐兮，何日夜而忘
> 之？

顷襄王何时才能幡然醒悟？何时才能想起蒙冤被逐的忠臣？屈原犹存希望，几近绝望。

屈原也在考虑，归去无路，不归何从？
出路一，隐居。《离骚》：

> 国无人莫我知兮，又何怀乎故
> 都！
> 既莫足与为美政兮，吾将从彭咸
> 之所居。

彭咸，王逸《离骚章句》："彭咸，殷贤大夫，谏其君不听，自投水而死。"读者多以为"居"是彭咸投水处。按《悲回风》：

> 孰能思而不隐兮，昭彭咸之所闻。
> 登石峦以远望兮，路眇眇之默默。

彭咸是一位高蹈世外、隐居深山的隐士，可能就是上古彭祖、殷商老彭、神人巫咸因传说而混一的人物。屈原"从彭咸之所居"，不是效法彭咸投水，而是"昭彭咸之所闻"，按照彭咸的传闻做隐士。

出路二，装疯佯狂。《涉江》：

> 接舆髡首兮，桑扈臝行。
> 忠不必用兮，贤不必以[1]。

接舆，光头狂人。髡首，光头。王逸《九章章句》："髡，剔也；首，头也。自刑身体，避世不仕也。"古时剃光头是违背礼义的，《孝经》："身体发肤，受之父母，不敢毁伤。"剃光头，表明绝裂世俗。桑扈，裸体狂人。臝行，裸行，赤身露体的行走，更是破坏礼义的疯狂举动。

接舆，春秋时楚国人。晋人皇甫谧说他本名陆通。《高士传·陆通》：

> 陆通，字接舆，楚人也。好养性，躬耕以为食。楚昭王时，通见楚政无常，乃佯狂不仕，故时人谓之楚狂。

孔子、庄子都知道他。《论语·微子》：

> 楚狂接舆歌而过孔子曰："凤兮凤兮，何德之衰！往者不可谏，来者犹可追。已而，已而！今之从政者殆而！"孔子下，欲与之言。趋而辟之，不得与之言。

《庄子·人间世》：

> 孔子适楚，楚狂接舆游其门曰："凤兮凤兮，何德之衰也。来世不可待，往世不可追也。天下有道，圣人

[1] 以，为，作为。《论语·为政》："视其所以。"

成焉；天下无道，圣人生焉。方今之
时，仅免刑焉！福轻乎羽，莫之知
载；祸重乎地，莫之知避。已乎，已
乎！临人以德。殆乎，殆乎！画地
而趋。迷阳迷阳，无伤吾行。吾行却
曲，无伤吾足。"

接舆虽狂，头脑清醒，告诫孔子，当今之世，
无道无圣，无所作为，应躲避政治，全身隐
退。

桑扈，可能就是《论语》提到的桑伯子，
《庄子》提到的的桑雽。《论语·雍也》：

仲弓问子桑伯子，子曰："可
也，简。"仲弓曰："居敬而行
简，以临其民，不亦可乎?居简而行
简，无乃大简乎?"子曰："雍之言
然。"

可也，不错，蛮好。简，生活简陋，待人简
慢。居敬，合于礼仪。居简，不合礼仪。仲弓
说，桑伯子不拘礼仪，不修边幅，程度已超出
正常。《说苑·修文》：

孔子曰："可也，简。"简者，
易野也，易野者，无礼文也。孔子见
子桑伯子，子桑伯子不衣冠而处，弟
子曰："夫子何为见此人乎？"曰：
"其质美而无文，吾欲说而文之。"
孔子去，子桑伯子门人不说，曰：
"何为见孔子乎？"曰："其质美而
文繁，吾欲说而去其文。"

桑伯子不衣冠，衣不蔽体，头发凌乱，近乎裸
体。孔子见桑伯子，意在劝其修饰；桑伯子见

孔子，意在去其修饰。《庄子·山木》：

> 异日，桑雩又曰："舜之将死，
> 真泠①禹曰：'汝戒之哉！形莫若
> 缘，情莫若率。缘则不离，率则不
> 劳；不离不劳，则不求文以待形。不
> 求文以待形，固不待物。'"

桑雩就是桑伯子，推崇天性，主张：形，顺应
自然；情，莫如率真；顺应自然则形不变形，
性情率真则心不劳苦；反对"求文待形"，是
一位自然主义的理论家和实干家。今日欧美时
有裸体出行，却不料它的倡导者与先行者是中
国2500年前的桑扈。

出路三，出国。《惜诵》：

> 欲高飞而远集兮，君罔谓汝何之？

高飞远集，良禽择木而栖、贤臣择主而仕。
《离骚》：

> 思九州之博大兮，岂惟是其有女？
> 何所独无芳草兮，尔何怀乎故宇？

说是这么说，屈原抱定故国故土，永不离开。
《离骚》："陟升皇之赫戏兮，忽临睨夫旧
乡。仆夫悲余马怀兮，蜷局顾而不行。"

出路四，从俗。《惜诵》：

> 欲横奔而失路兮，盖志坚而不忍。

横奔失路，是俯仰流俗、同流合污。屈原绝不
屈从，《离骚》："民生各有所乐兮，余独好
修以为常。虽体解吾犹未变兮，岂余心之可
惩。"

出路五，自杀。《惜往日》：

①真泠，疑古人抄写出错。
原词之义应为告诫。

临沅湘之玄渊兮，遂自忍而沉流。

卒没身而绝名兮，惜壅君之不昭。

《悲回风》：

①愀愀（tìtì）朱熹《楚辞
集注》："愀愀，忧惧
貌。"

吾怨往昔之所冀兮，悼来者之愀愀①。

浮江淮而入海兮，从子胥而自适。

望大河之洲渚兮，悲申徒之抗迹。

骤谏君而不听兮，重任石之何益。

②嚭（pǐ），大之义。

子胥，伍子胥（？-前484），名员（yún），楚国人，勇而多谋。楚平王时，家庭遭楚太子少傅费无忌陷害，父、兄被杀，子胥投奔吴国，辅助吴王阖庐攻打楚国，得胜，掘楚平王墓，鞭尸三百，后因力主抗越，反对伐齐，受吴国太宰伯嚭②的诬陷，吴王夫差勒令自杀，尸体被装进皮囊，沉浮于江。《史记·伍子胥列传》：

阖庐死。夫差既立为王，以伯嚭为太宰，习战射。二年后伐越，败越于夫湫。越王句践乃以余兵五千人栖于会稽之上，使大夫种厚币遗吴太宰嚭以请和，求委国为臣妾。吴王将许之。伍子胥谏曰："越王为人能辛苦。今王不灭，后必悔之。"

吴王不听，用太宰嚭计，与越平。

其后五年，而吴王闻齐景公死而大臣争宠，新君弱，乃兴师北伐齐。

伍子胥谏曰："句践食不重味，吊死问疾，且欲有所用之也。此人不死，必为吴患。今吴之有越，犹人之有腹心疾也。而王不先越而乃务齐，不亦谬乎！"吴王不听，伐齐，大败齐师于艾陵，遂威邹鲁之君以归。益疏子胥之谋。

其后四年，吴王将北伐齐，越王句践用子贡之谋，乃率其众以助吴，而重宝以献遗太宰嚭。太宰嚭既数受越赂，其爱信越殊甚，日夜为言于吴王。吴王信用嚭之计。伍子胥谏曰："夫越，腹心之病，今信其浮辞诈伪而贪齐。……若不然，后将悔之无及。"而吴王不听，使子胥于齐。

子胥临行，谓其子曰："吾数谏王，王不用，吾今见吴之亡矣。汝与吴俱亡，无益也。"乃属其子于齐鲍牧，而还报吴。吴太宰嚭既与子胥有隙，因谗曰："子胥为人刚暴，少恩，猜贼，其怨望恐为深祸也。……愿王早图之。"吴王曰："微子之言，吾亦疑之。"乃使使赐伍子胥属镂之剑[1]，曰："子以此死。"伍子胥仰天叹曰："嗟乎！谗臣嚭为乱矣，王乃反诛我。……"乃告其舍人曰："必树吾墓上以梓，令可以为器；而抉吾眼县吴东门之上，以观越寇之入灭吴也。"乃自刭死。吴王闻之大怒，乃取子胥尸盛以鸱夷革[2]，浮之江中。

[1]属镂之剑，名剑之称，属镂，为雕刻花纹。

[2]鸱夷，皮革改制的口袋。

屈原钦佩伍子胥直谏、自杀的品格和遭遇，在《悲回风》写下：我怨恨往日的期盼已经破灭，哀伤未来的前途充满忧愁，不如沿着江淮东去大海，追随伍子胥载沉载浮。但屈原转而想到，一死了之，有何益处？"望大河之洲渚兮，悲申徒之抗迹。骤谏君而不听兮，重任石之何益？"遥望江河州渚，遥想夏末投江的申徒，悲伤申徒的死而谏打动不了夏桀，挽救不了夏桀的灭亡，死而无用，死而无益。申徒，申徒狄，夏末忠臣。《庄子·盗跖》："申徒狄谏而不听，负石自投于河。"

这五种出路，对于志在爱国强国的屈原，每一种都是痛苦的下下策。屈原在不肯隐居、不肯装疯、拒绝出国、鄙视从俗、不甘自杀的困境中徘徊，思前思后，刨根求源，在《天问》中把一腔怨愤，泼给顷襄王。

厥严不奉，帝何求?

厥，语助。严，家严，父亲。奉，侍奉。按常情，父亲在世，儿子未能侍奉，是父亲的痛苦，也是儿子的痛苦。按孝道，是儿子的终身罪过。孝道，周代已经标榜。《诗·大雅·下武》：

> 永言孝思，孝思维则。

永远践行孝道，孝道是天下法则。《孟子·离娄》：

> 事，孰为大？事亲为大。守，孰为大？守身为大。不失其身而能事其亲者，吾闻之矣；失其身而能事其亲者，吾未之闻也。孰不为事？事亲，事之本也。

万事，事亲一事是最大的事，是最根本的事，也是能否守身即正当做人的标志。又说：

> 不得乎亲，不可以为人；不顺乎亲，不可以为子。

不能得到亲人的亲情，不配做人；不能顺从父
母的心意，不配做子女。并说：

> 养生者不足以当大事，惟送死可
> 以当大事。

养活父母不算什么大事，为父母送终才是大
事。父死，儿女不送终，是不孝的不孝。屈原
的"厥严不奉"，是指责顷襄王和子兰，既不
能从秦国救出怀王，又不能为怀王临死送终，
又不能为怀王报仇雪恨，是孟子所谓"不可以
为子"的丧失道德节操的"失其身"者。这一
指责极其严厉，也极其严重。

　　"帝何求？"帝，楚顷襄王。刘向《战
国策》序："横则秦帝，纵则楚王。"帝、王
对举。求，期求，追求。一个不能侍奉、尽孝
父亲的人，他还能有什么抱负，有什么追求？
屈原失望至极，悲愤至极。屈原这一判断是准
确的。楚顷襄王政治短视，外交反复，执政
三十五年，只能在强秦之下，苟延残喘，死后
留给儿子楚考烈王的是一个飘摇破碎的国家，
公元前223年，秦灭楚。

伏匿穴处，爰何云？

　　屈原放逐，独行山泽，草深林密，足以隐
身，是伏匿。晚间夜间，或雨天雪天，若无人
家，只能寄身山洞，是穴处。《涉江》：

> 深林杳以冥冥兮，乃猿狖之所居。
> 山峻高以蔽日兮，下幽晦以多雨。
> 霰雪纷其无垠兮，云霏霏而承宇。
> 哀吾生之无乐兮，幽独处乎山中。
> 吾不能变心而从俗兮，固将愁苦而终穷。

置身荒无人烟的深山老林，面临阴寒冷酷的风

霜雨雪，伏匿穴处是真切的纪实。

"爰何云？"爰，语助。云，说。鼠窜林莽，穴处山野，还能说些什么？还能说给谁听？说了还有何用？《惜诵》：

> 心郁邑余侘傺兮^①，又莫察余之中情。
> 固烦言不可结而诒兮，愿陈志而无路。
> 退静默而莫余知兮，进号呼又莫吾闻。

① 侘傺（chàchì），神情恍惚貌。

陈志无路，号呼莫闻，与《天问》"爰何云"是一个意思。《抽思》：

> 愁叹苦神，灵遥思兮。路远处幽，又无行媒兮。道思作诵，聊以自救兮。忧心不遂，斯言谁告兮。

"斯言谁告"，与"爰何云"也是同一意思。"爰何云"实为"我要说"，是屈原流放途中的不吐不快、常吐不快的强烈诉求。

悟过改更，我又何言？

悟，觉悟。过，过错。改更，改弦更张。屈原要楚王改正什么过错？通观《离骚》、《九章》所发牢骚，楚王（包括怀王和顷襄王）的过错主要有两条。第一条，是非不明，美丑失察。《惜往日》：

> 君无度而弗察兮，使芳草为薮幽，……
> 弗省察而按实兮，听谗人之虚辞。

度，思考。不用心思考，就不能明察是非，就要置美好于黑暗；不认真审视，就不能核查事实真假，就要听信佞人的虚话假话。第二条，亲近小人，疏远贤人。《哀郢》：

> 憎愠惀之修美兮，好夫人之慷慨。

众踥蹀而日进兮，美超远而逾迈。

憎，厌恶；愠惀(yùnlún)，言辞质朴；修美，贤良忠贞；好，喜爱；慷慨，夸夸其谈，大言不惭；踥蹀，小步徘徊，指围在君王身边转来转去；日进，与日俱进，亲近君王，升迁官阶；超远，疏远；逾迈，越来越远。屈原指责，顷襄王讨厌木讷忠良，宠信花言群小，致使小人受重用，忠良遭排挤。《天问》所谓"悟过改更"，就是要求楚王回头猛醒，察是非而辨美丑，远小人而亲贤人，让自己这样的修美之士导夫先路。

"我又何言？"言，心声，牢骚。楚王若是改弦更张，我又何必发牢骚？何须发牢骚？实际是说，楚王执迷，报国无门，我只能发牢骚，也必须发牢骚。是明知无望的一问！是无可奈何的一问！表达的是一种灰心的怨愤，一种彻底的绝望。

文由情生，屈原因顷襄王而怨愤，因顷襄王而绝望，所以，本节八句，立足自身，纠结顷襄，交叉发问。头两句问自己，次两句问楚王，再次二句问自己；最后二句，一句说楚王，一句问自己。且连用三个四三句式，表现口气的急促。最后两句，用四四句式，是回归全篇的四言主体。最后一字，用"言"字，是与开篇的"曰"字，遥相呼应。屈原到底是个天才诗人，收笔时，情感虽痛苦，用心仍精致。

《天问》尾声，结束怀古，回归当下，曲终言志，困顿忧国，绝地绝唱，余恨绵渺，压卷沉痛沉重。

第三十三讲

终篇三问

　　读完《天问》，也有三问，什么是《天问》的创作主题？创作精神？创作局限？

　　《天问》主题
　　历来诸家多有归纳。
　　或主讽喻，设疑问难，寄托政治讽喻。王夫之《楚辞通释》：

> 篇内言虽旁薄，而要归之旨，则以有道而兴，无道则丧，黩武忌谏，耽乐淫色，疑贤信奸，为兴废存亡之本，原讽谏楚王之心，于此而止。

　　旁薄，包罗广大。以涉及万物之例，喻示兴废存亡之道，讽劝楚王遵大道走正路。
　　或主抒愤，设疑问难，抒发政治悲愤。清人胡文英[①]《屈骚指掌》说《天问》"郁极无聊"，"借以抒愤"。明人冯觐：

屈大夫作忠造怨，正志离忧，
是以触目激哀，无之焉不为愤懑，若
曰此莫非天地之生物，而胡其顺逆得
丧，大小众寡之不齐若是。盖阴寓其
忠不见报之意。此《天问》之所以作
也。①

贺贻孙《骚筏》：

　　《天问》一篇，灵均碎金也。无
首无尾，无伦无次，无断无案，攸而
问此，攸而问彼，攸而问可解，攸而
问不可解。盖烦恼已极，触目伤心，
人间天上，无非疑端。即以自广，实
自伤也。

伤，忠臣蒙难的悲伤。自伤，自我抒愤。
　　或主明理，设疑问难，探究天地万物之
理。清人陈远新《屈子说志》：

　　天即理也。理有可信，亦有可
疑。理可疑，故有问。

戴震《屈原赋注音义》："天地之大，有非恒
情所可测者，设难疑之。"游国恩《天问纂
义》：

　　屈子以天问题篇，意若曰，宇宙
间一切事物之不可推者，欲从而究其
理也。

夏大霖《屈骚心印》：

　　求其主义之纲领，辟其异说之歧
趋，归于一理之大同，则得之矣。

"一理之大同"指万事万物兴盛衰亡的共同规

① 《天问纂义》引明人冯绍祖校正《楚辞章句》。冯觐，字晋叔，别号小海，浙江海宁人。明嘉靖进士，官广东按察使副使。

律。

或主批判，设疑问难，批判一切。郭沫若《屈原赋今译》说《天问》是屈原"对于自然和历史的批判"。

或主无题，设疑问难，大旨无归。明代蒋之翘《七十二家评楚辞》引王世贞说《天问》：

> 词旨散漫，事迹惝恍。

惝恍，不清不楚。散漫，无纲领，无指归。

诸说各有所长，也各有所短。"讽喻"、"抒愤"，用来说《天问》的人事，可以说通，但用来说《天问》的自然神怪，确实不通。屈原所问鸿蒙开辟、日月经天、茫茫大地、神山神境、怪兽异物、鬼仙鬼魂、与政治有何干系？诸如"一蛇吞象，厥大何如"，那里看得出有忠臣悲愤？游国恩《天问纂义》："《天问》之作，非直为抒情，亦非专为讽谏，与《离骚》、《九章》诸篇异也。……故以《天问》仅为舒愤写忧之作，未免皮相之论也。""明理"、"批判"也有局限。《天问》所问问题有不少是辨别真假的浅层次问题，如"鲮鱼何所？鬿堆焉处？"谈不上廓清道理；也有屈原自己根本不懂的问题，诸如"阴阳三合，何本何化"，更谈不上居高批判。"无题"更是误解误读。

屈原《天问》先问天（宇宙、天体、天文），次问地（方圆、峡谷、河海、神异山水、），次问物（怪兽、怪物），再问人（人鬼、人帝、人臣）；再按朝代先后，议论兴亡继绝，终以当今实际，秩序井然，有伦有次。并且《天问》以问持论，以问代叙，时含臧否，有断有案。凡四句一问，前三句大抵叙事。二句一问，前一句也有陈述。一句一问，亦含事端。机锋所向，褒贬已露，主题其实鲜明。

《天问》主题，是作者在流放途中，面对真假难辨、正邪难分的世界，以怀才蒙冤、抑郁悲愤的情感，拷问万物，质疑人事，求真、求证、求是，表达了自己的哲学观念，历史观念和政治观念。屈原的哲学观念主要是：不尚天命，注重人为；排斥神异，笃信常理。屈原的历史观念主要是：英雄创造历史，圣贤决定成败。屈原的政治观念主要是，反对以下犯上，反对以暴易暴，坚持讽谏救国，坚持忠君报国。

《天问》精神何在？

《天问》精神，就是《离骚》"路曼曼其修远兮，吾将上下而求索"的精神，就是求真、求证、求是的精神。

真，真相，是《天问》追求的目标。问自然，宏大如"天有九层"，微小如"萍号起雨"；屈原是在拷问自古传闻与流行学说的可靠性。问人事，事大如周武革命，事小如"环闾穿社"；屈原是在拷问正统说教的真实性。凡神话，基本否决。而传闻与说教，或赋予疑问，或揭橥事实，如周武革命的密谋策划，读其问，已见水落石出。日本汉学家星野清孝《楚辞的研究》说的到位，《天问》"绝非单纯表示怀疑、否定"，有些发问，也许是"暗示叙述法"。①

证，实证，是《天问》求真的方法。屈原问自然，常用"谁传道之"、"何由考之"、

①肖兵《楚辞的文化破译》引。

"谁能极之"、"何以识之",令人无法反驳。这一要求实际证明的论辩术,虽然低估了推理思维的科学性与洞察力,却体现了朴素的实证主义的唯物论。屈原问人事,主要问兴国与亡国,是以兴亡鉴定为政的好恶,从结果看过程;或者,是以为政鉴定兴亡的必然,从过程看结果。两种"是以",都是用实践检验成败。尽管落下成败论英雄的遗憾,却体现了朴素的唯物主义的历史观。

是,规律,是《天问》求真的宗旨。《天问》所问,多数问题都有是非的褒贬,包含着规律性看法。屈原问宇宙,传递的是宇宙难知;问怪异,表示的是神鬼难信;问兴废,宣扬明主贤臣,国家兴,昏君佞臣,国家亡;问君主,主张明察是非、扶正祛邪、无奢无逸、以德治国的为君之道;问大臣,推崇忠君爱国、恪守正义、怀抱操守、勤政廉政的为臣之道。

《天问》缺憾何在?

《天问》的缺憾主要在于历史观。屈原在这方面的思考深度远远不及他对宇宙发生学的思考。屈原基本上是从君王自身的品行和君王如何用人上考察兴亡之道。在他看来,只要有一个品行端正善于用人的明君,只要君王信任忠臣贤臣,则天下大治。没有意识到推动王朝更替的主要原因,是日益加剧的社会矛盾,他所提及的许多问题几乎没有一条触及国计民生。这与他在《离骚》、《九章》中反复哀叹"民生多艰"、"民离散流失"有很大差别。本质上屈原信奉英雄创造历史。《天问》所体现的历史唯物论的理性,还停留在幼稚的初级阶段。

《天问》表明，屈原也不是郭沫若说的"南方的儒者"。屈原博览群书，博闻强记，理应知悉诸子百家，但《天问》不称孔，不称墨，不称老庄，不称稷下，也不称其他各家各派，却与儒家相类，讲德治讲忠君；与法家相类，讲法度严明；与稷下学派相类，谈天而说地；又与儒家相左，质疑儒家宣扬的禅让、天命、圣王操守；与法家相左，主张法先王；与稷下相左，拷问稷下阔论的天地阴阳；诚然是一位复合型的思想独行侠。

屈原疑古有他的典型环境、典型遭遇和典型性格。典型环境，是楚国昏庸的政治环境；典型遭遇，是遭受排挤打击的自身遭遇；典型性格，是浪漫而固执的纯真性格。环境和遭遇粉碎了他"乘骐骥以驰骋兮，来吾导夫先路"的美好政治憧憬和政治情怀，使他对所接受的教育、所听闻的说教、所向往的政治产生了莫大的困惑。正如陆游《书愤》"早岁那知世事艰"，失望于早年灌输的世事光明；也正如今天有人因不满现实而怀疑一切信仰。这正是屈原"上下求索"的主要动因。屈原本色纯真，性格浪漫而倔强，思自然万物，咬定一个"真"字；想人间人事，咬定一个"理"字。特别是在政治上，屈原以德为理，以忠为理，以不变应万变，并不懂得政治协商和政治妥协，并不懂得委曲求全，随机应变。应该说，他与李白在政治上都不成熟，唐玄宗说李白"非廊庙器"，屈原也不是廊庙器。李白幸运的是，他遭受的是赐金还山，可以依托老庄的慰藉，"且放白鹿青崖间，须行即骑访名山"①。屈原则惨遭放逐，政治心结，根深蒂固，无

① 李白《梦游天姥吟留别》。

法超脱，只能因想不通道理而哀愤郁闷，因想不通道理而悲天悯人，只能披头散发，徬徨山泽，行吟泽畔，颜色憔悴，形容枯槁，怀石自沉，为后世留下一篇哀怨的《离骚》，一篇悲愤的《九章》，一篇思虑博奥的《天问》。

感谢屈原，感谢《天问》。屈原《天问》引领我们穿越宇宙，周游古今，涉猎天地万物，思考沧桑巨变。其事神神鬼鬼、虚虚实实；其情真真切切、悲悲愤愤；其形淳朴，其格高昂，声韵抑扬，力道铿锵。听之，如天风海涛；观之，如绝壁劲松。由此想到李贺的《箜篌引》："女娲炼石补天处，石破天惊逗秋雨。"《天问》就是一篇炼石补天的大手笔，一篇石破天惊的大文字，一篇秋雨滂沱的大乐章。

附录一

《天问》原文*

曰：

1. 遂古之初，谁传道之？

3. 上下未形，何由考之？

5. 冥昭瞢暗，谁能极之？

7. 冯翼惟像，何以识之？

9. 明明闇闇，惟时何为？

11. 阴阳三合，何本何化？

13. 圜则九重，孰营度之？

15. 惟兹何功？孰初作之？

17. 斡维焉系？天极焉加？

19. 八柱何当？东南何亏？

21. 九天之际，安放安属？

23. 隅隈多有，谁知其数？

25. 天何所沓？十二焉分？

---

* 《天问》原文取自王逸《楚辞章句》，载洪兴祖《楚辞补注》，计374句，172问。

27. 日月安属？列星安陈？

29. 出自汤谷，次于蒙汜，

31. 自明及晦，所行几里？

33. 夜光何德，死则又育？

35. 厥利维何，而顾菟在腹？

37. 女岐无合，夫焉取九子？

39. 伯强何处？惠气安在？

41. 何阖而晦？何开而明？

43. 角宿未旦，曜灵安藏？

45. 不任汩鸿，师何以尚之？

47. 金曰何忧，何不课而行之？

49. 鸱龟曳衔，鲧何听焉？

51. 顺欲成功，帝何刑焉？

53. 永遏在羽山，夫何三年不施？

55. 伯禹愎鲧，夫何以变化？

57. 纂就前绪，遂成考功。

59. 何续初继业，而厥谋不同？

61. 洪泉极深，何以寘之？

63. 地方九则，何以坟之？

65. 河海应龙，何尽何历？

67. 鲧何所营？禹何所成？

69. 康回冯怒，墬何故以东南倾？

71. 九州安错？川谷何洿？

73. 东流不溢，孰知其故？

75. 东西南北，其修孰多？

77. 南北顺樀，其衍几何？

79. 昆仑县圃，其凥安在？

81. 增城九重，其高几里？

83. 四方之门，其谁从焉？

85. 西北辟启，何气通焉？

87.　日安不到？烛龙何照？

89.　羲和之未扬，若华何光？

91.　何所冬暖？何所夏寒？

93.　焉有石林？何兽能言？

95.　焉有虬龙，负熊以游？

97.　雄虺九首，倏忽安在？

99.　何所不死？长人何守？

101.　靡蓱九衢，枲华安居？

103.　一蛇吞象，厥大何如？

105.　黑水玄趾，三危安在？

107.　延年不死，寿何所止？

109.　鲮鱼何所？魃堆焉处？

111.　羿焉彃日？乌焉解羽？

113.　禹之力献功，降省下土四方。

115.　焉得彼嵞山女，而通之于台桑？

117.　闵妃匹合，厥身是继。

119.　胡维嗜不同味，而快朝饱？

121.　启代益作后，卒然离蠥。

123.　何启惟忧，而能拘是达？

125.　皆归射鞫，而无害厥躬。

127.　何后益作革，而禹播降？

129.　启棘宾商，《九辨》、《九歌》。

131.　何勤子屠母，而死分竟地？

133.　帝降夷羿，革孽夏民。

135.　胡射夫河伯，而妻彼雒嫔？

137.　冯珧利决，封豨是射。

139.　何献蒸肉之膏，而后帝不若？

141.　浞娶纯狐，眩妻爰谋。

143.　何羿之射革，而交吞揆之？

145.　阻穷西征，岩何越焉？

147. 化为黄熊，巫何活焉？

149. 咸播秬黍，莆藋是营。

151. 何由并投，而鲧疾修盈？

153. 白蜺婴茀，胡为此堂？

155. 安得夫良药，不能固臧？

157. 天式从横，阳离爰死。

159. 大鸟何鸣？夫焉丧厥体？

161. 蓱号起雨，何以兴之？

163. 撰体协胁，鹿何膺之？

165. 鳌戴山抃，何以安之？

167. 释舟陵行，何之迁之？

169. 惟浇在户，何求于嫂？

171. 何少康逐犬，而颠陨厥首？

173. 女歧缝裳，而馆同爰止。

175. 何颠易厥首，而亲以逢殆？

177. 汤谋易旅，何以厚之？

179. 覆舟斟寻，何道取之？

181. 桀伐蒙山，何所得焉？

183. 妹嬉何肆，汤何殛焉？

185. 舜闵在家，父何以鱞？

187. 尧不姚告，二女何亲？

189. 厥萌在初，何所亿焉？

191. 璜台十成，谁所极焉？

193. 登立为帝，孰道尚之？

195. 女娲有体，孰制匠之？

197. 舜服厥弟，终然为害。

199. 何肆犬体，而厥身不危败？

201. 吴获迄古，南岳是止。

203. 孰期去斯，得两男子？

205. 缘鹄饰玉，后帝是飨。

207. 何承谋夏桀，终以灭丧？

209. 帝乃降观，下逢伊挚。

211. 何条放致罚，而黎服大说？

213. 简狄在台，喾何宜？

215. 玄鸟致贻，女何喜？

217. 该秉季德，厥父是臧。

219. 胡终弊于有扈，牧夫牛羊？

221. 干协时舞，何以怀之？

223. 平胁曼肤，何以肥之？

225. 有扈牧竖，云何而逢？

227. 击床先出，其命何从？

229. 恒秉季德，焉得夫朴牛？

231. 何往营班禄，不但还来？

233. 昏微遵迹，有狄不宁。

235. 何繁鸟萃棘，负子肆情？

237. 眩弟并淫，危害厥兄。

239. 何变化以作诈，后嗣而逢长？

241. 成汤东巡，有莘爰极。

243. 何乞彼小臣，而吉妃是得？

245. 水滨之木，得彼小子。

247. 夫何恶之，媵有莘之妇？

249. 汤出重泉，夫何罪尤？

251. 不胜心伐帝，夫谁使挑之？

253. 会鼂争盟，何践吾期？

255. 苍鸟群飞，孰使萃之？

257. 列击纣躬，叔旦不嘉。

259. 何亲揆发足，周之命以咨嗟？

261. 授殷天下，其位安施？

263. 反成乃亡，其罪伊何？

265. 争遣伐器，何以行之？

267. 并驱击翼，何以将之？

269. 昭后成游，南土爰底。

271. 厥利惟何，逢彼白雉？

273. 穆王巧梅，夫何为周流？

275. 环理天下，夫何索求？

277. 妖夫曳衒，何号于市？

279. 周幽谁诛？焉得夫褒姒？

281. 天命反侧，何罚何佑？

283. 齐桓九会，卒然身杀。

285. 彼王纣之躬，孰使乱惑？

287. 何恶辅弼，谗谄是服？

289. 比干何逆，而抑沉之？

291. 雷开阿顺，而赐封之？

293. 何圣人之一德，卒其异方？

295. 梅伯受醢，箕子详狂。

297. 稷维元子，帝何竺之？

299. 投之于冰上，鸟何燠之？

301. 何冯弓挟矢，殊能将之？

303. 既惊帝切激，何逢长之？

305. 伯昌号衰，秉鞭作牧。

307. 何令彻彼岐社，命有殷国？

309. 迁藏就岐，何能依？

311. 殷有惑妇，何所讥？

313. 受赐兹醢，西伯上告。

315. 何亲就上帝罚，殷之命以不救？

317. 师望在肆，昌何识？

319. 鼓刀扬声，后何喜？

321. 武发杀殷，何所悒？

323. 载尸集战，何所急？

325. 伯林雉经，维其何故？

327. 何感天抑墬，夫谁畏惧？

329. 皇天集命，惟何戒之？

331. 受礼天下，又使至代之？

333. 初汤臣挚，後兹承辅。

335. 何卒官汤，尊食宗绪？

337. 勋阖梦生，少离散亡。

339. 何壮武历，能流厥严？

341. 彭铿斟雉，帝何飨？

343. 受寿永多，夫何久长？

345. 中央共牧，后何怒？

347. 蜂蛾微命，力何固？

349. 惊女采薇，鹿何祐？

351. 北至回水，萃何喜？

353. 兄有噬犬，弟何欲？

355. 易之以百两，卒无禄？

357. 薄暮雷电，归何忧？

359. 厥严不奉，帝何求？

361. 伏匿穴处，爰何云？

363. 荆勋作师，夫何长？

365. 悟过改更，我又何言？

367. 吴光争国，久余是胜。

369. 何环穿自闾社丘陵，爰出子文？

371. 吾告堵敖，以不长，

373. 何试上自予，忠名弥彰？

附录二

《天问》新编*

曰：

1. 遂古之初，谁传道之？

3. 上下未形，何由考之？

5. 冥昭瞢暗，谁能极之？

7. 冯翼惟象，何以识之？

9. 明明暗暗，惟时何为？

11. 阴阳三合，何本何化？

13. 圜则九重，孰营度之？

15. 惟兹何功？孰初作之？

17. 斡维焉系？天极焉加？

19. 八柱何当？东南何亏？

21. 九天之际，安放安属？

23. 隈隅多有，谁知其数？

---

*全诗376句，172问。比附录一《天问》原文多出两句，是因原文"何环穿自闾社丘陵，爰出子文"采用王逸自注"何环间穿社，以及丘陵。是淫是荡，爰出子文"。括号内疑为衍字。

25. 天何所沓？十二焉分？

27. 日月安属？列星安陈？

29. 出自汤谷，次于蒙汜。

31. 自明及晦，所行几里？

33. 夜光何德，死则又育？

35. 厥利维何，（而）顾菟在腹？

37. 女岐无合，（夫）焉取九子？

39. 伯强何处？惠气安在？

41. 何阖而晦？何开而明？

43. 角宿未旦，曜灵安藏？

45. 九州安错？川谷何洿？

47. 东流不溢，谁知其故？

49. 东西南北，其修孰多？

51. 南北顺椭，其衍几何？①   ① "九州"八句在原文71-78
                              句。说地上事。

53. 昆仑县圃，其尻安在？

55. 增城九重，其高几里？

57. 四方之门，其谁从焉？

59. 西北辟启，何气通焉？

61. 日安不到？烛龙何照？

63. 羲和（之）未扬，若华何光？②   ② "昆仑"十四句在原文79-
                              92。地上事。

65. 何所冬暖？何所夏寒？

67. 何所不死？长人何守？③   ③ "何所"两句在原文99-
                              100。地上事。

69. 黑水玄趾，三危安在？

71. 延年不死，寿何所止？④   ④ "黑水"四句在原文105-
                              108。地上事。

73. 焉有石林？何兽能言？

75. 焉有龙虬，负熊以游？

77. 雄虺九首，倏忽安在？⑤   ⑤ "焉有"六句在原文93-
                              98。地上事。

79.　靡萍九衢，枲华安居？

① "靡萍"四句在原文101–104。地上事。

81.　一蛇吞象，厥大何如？①

83.　鲮鱼何所？鬿堆焉处？

② "鲮鱼"四句在原文109–112。地上事。

85.　羿焉彃日？乌焉解羽？②

87.　萍号起雨，何以兴之？

89.　撰体胁鹿，鹿何膺之？

③ "萍号"八句在原文161–168。地上事。

91.　鳌戴山抃，何以安之？

93.　释舟陵行，何以迁之？③

95.　白蜺婴茀，胡为此堂？

97.　安得（夫）良药，不能固臧？

④ "白蜺"八句，在原文153–160。说人鬼。

99.　天式从横，阳离爰死。

101.　大鸟何鸣？（夫）焉丧厥体？④

103.　女娲有体，孰制匠之？

⑤原文登立二句在前，"女娲"二句在后，原文序号193–196。上古女娲事。

105.　登立为帝，孰道尚之？⑤

⑥ "康回"两句"在原文69–70。上古共工事。

107.　康回冯怒，地何故（以）东南倾？⑥

⑦ "舜闵"四句在原文185–188。上古尧舜事。

109.　舜闵在家，父何以鳏？

111.　尧不姚告，二女何亲？⑦

113.　舜服厥弟，终然为害。

⑧ "舜服"四句在原文197–200。上古舜事。

115.　何肆犬豕，（而）厥身不（危）败？⑧

117.　眩弟并淫，危害厥兄。

⑨ "眩弟"四句在原文237–240。上古舜事。

119.　何变化（以）作诈，（而）后嗣逢长？⑨

121.　不任汩鸿，师何（以）尚之？

123.　金曰何忧，何不课（而行）之？

125.　鸱龟曳衔，鲧何听焉？

127.　顺欲成功，帝何刑焉？

129. 永遏（在）羽山，（夫）何三年不施
　　　（之）？[1]

131. 阻穷西征，岩何越焉？

133. 化为黄熊，巫何活焉？

135. 咸播秬黍，莆雚是营。

137. 何由并投，（而）鲧疾修盈？[2]

139. 伯禹愎鲧，（夫）何以变化？

141. 纂就前绪，遂成考功。

143. 何续初（继）业，（而）厥谋不同？

145. 洪泉极深，何以寘之？

147. 地方九则，何以坟之？

149. 河海应龙，何画何历？

151. 鲧何所营？禹何所成？[3]

153. 禹（之）力献功，降省下土（四方）。

155. 焉得彼（嵞山）女，（而）通（之）于
　　　台桑？

157. 闵妃匹合，厥身是继。

159. 胡（为）嗜不同味，而快朝饱？

161. 启代益作（后），卒然离蠥。

163. 何启惟忧，（而）能拘是达？

165. 皆归射鞠，（而）无害厥躬。

167. 何后益作革，而禹播降？

169. 启棘宾商，《九辨》、《九歌》。

171. 何勤子屠母，（而）死分竟地？

173. 帝降夷羿，革孽夏民。

175. 胡射夫河伯，（而）妻彼雒嫔？

177. 冯珧利决，封豨是射。

① "不任"十句在原文45–
　54。上古鲧事。

② "阻穷"八句在原文145–
　152。上古鲧事。

③ "伯禹"十四句在原文
　55–68。上古禹事。

179. 何献蒸（肉之）膏，（而）后帝不若？

181. 浞娶纯狐，眩妻爰谋。

183. 何羿之射革，（而）交吞揆之？①

185. 浇谋易旅，何以厚之？

187. 覆舟斟寻，何道取之？②

189. 惟浇在户，何求于嫂？

191. 何少康逐犬，（而）颠陨厥首？

193. 女岐缝裳，（而）馆同爰止。

195. 何颠易厥首，（而）亲以逢殆？③

197. 桀伐蒙山，何所得焉？

199. 妺嬉何肆？汤何殛焉？④

201. 厥萌在初，何所亿焉？

203. 璜台十成，谁所极焉？⑤

205. 简狄在台，喾何宜？

207. 玄鸟致贻，女何喜？

209. 该秉季德，厥父是臧。

211. 胡（终）弊于有扈，牧夫牛羊？

213. 干协时舞，何以怀之？

215. 平胁曼肤，何以肥之？

217. 有扈牧竖，云何而逢？

219. 击床先出，其命何从？

221. 恒秉季德，焉得（夫）朴牛？

223. 何往营班禄，不但还来？

225. 昏微遵迹，有狄不宁。

227. 何繁鸟萃棘，负子肆情？⑥

① "禹力"三十二句在原文
113—144。禹事，夏初启
事，羿事，寒浞事。

② "汤谋"四句在原文177—
180。夏初过浇事。

③ "惟浇"八句在原文169—
176。夏初过浇事，少康
事。

④ "桀伐"四句在原文181—
184。夏末桀事。

⑤ "厥萌"四句在原文189—
192。商族事。

⑥ "简狄"二十四句在原文
213—236。商族事。

229. 成汤东巡，有莘爰极。

231. 何乞彼小臣，（而）吉妃是得？

233. 水滨之木，得彼小子。

235. 夫何恶之，媵有莘（之）妇？

237. 汤出重泉，夫何罪尤？

239. （不）胜心伐帝，（夫）谁使挑之？①　　　① "成汤"十二句在原文
　　　　　　　　　　　　　　　　　　　　　　　241—252。商族商朝事。

241. 缘鹄饰玉，后帝是飨。

243. 何承谋夏桀，终以灭丧？

245. 帝乃降观，下逢伊挚。

247. 何条放致罚，（而）黎服大说？②　　　② "缘鹄"八句在原文205—
　　　　　　　　　　　　　　　　　　　　　　212。商族商朝事。

249. 初汤臣挚，后兹承辅。

251. 何卒官汤，尊食宗绪？③　　　③ "初汤"四句在与原文
　　　　　　　　　　　　　　　　　　333—336。商朝事。

253. 彼（王）纣之躬，孰使乱惑？

255. 何恶辅弼，谗谄是服？

257. 比干何逆，而抑沉之？

259. 雷开阿顺，而赐封之？

261. 何圣人（之）一德，卒其异方？

263. 梅伯受醢，箕子详狂。④　　　④ "彼纣"十二句在原文
　　　　　　　　　　　　　　　　　285—294。商末纣事。

265. 稷维元子，帝何竺之？

267. 投之于冰上，鸟何燠之？

269. 何冯弓挟矢，殊能将之？

271. 既惊帝切激，何逢长之？

273. 伯昌号衰，秉鞭作牧。

275. 何令彻（彼）岐社，命有殷国？

277. 迁藏就岐，何能依？

279. 殷有惑妇，何所讥？

281. 受赐兹醢，西伯上告。

283. 何亲就（上）帝罚，殷（之）命（以）
不救？

285. 师望在肆，昌何识？

287. 鼓刀扬声，后何喜？

289. 武发杀殷，何所悒？

291. 载尸集战，何所急？①

293. 会鼍争盟，何践吾期？

295. 苍鸟群飞，孰使萃之？②

297. 争遣伐器，何以行之？

299. 并驱击翼，何以将之？③

301. 列击纣躬，叔旦不嘉。

303. 何亲揆发，定周（之）命（以）咨嗟？

305. 授殷天下，其位安施？

307. 反成乃亡，其罪伊何？④

309. 皇天集命，惟何戒之？

311. 受礼天下，又使（至）代之？⑤

313. 彭铿斟雉，帝何飨？

315. 受寿永多，夫何（久）长？⑥

317. 惊女采薇，鹿何祐？

319. 北至回水，萃何喜？⑦

321. 伯林雉经，维其何故？

323. （何）感天抑墬，夫谁畏惧？⑧

325. 昭后成游，南土爰底。

327. 厥利惟何，逢彼白雉？

329. 穆王巧梅，夫何周流？

331. 环理天下，夫何索求？⑨

333. 中央共牧，后何怒？

① "稷维"二十八句在原文297–324。周族周朝事。

② "会鼍"四句在原文253–256。周族后稷事周朝文武事。

③ "争遣"四句在原文265–268。周武王事。

④ "列击"八句在原文257–264。周武王事。

⑤ "皇天"四句在原文329–332。周朝事。

⑥ "彭铿"四句在原文341–344。周朝事。

⑦ "惊女"四句在原文349–252。周朝事。

⑧ "伯林"四句在原文325–328。周朝事。

⑨ "昭后"八句在原文269–276。周昭王周穆王事。

335. 蜂蛾微命，力何固？①

337. 妖夫曳衔，何号于市？

339. 周幽谁诛？焉得褒姒？②

341. 天命反侧，何罚何佑？

343. 齐桓九会，卒然身杀。③

345. 兄有噬犬，弟何欲？

347. 易之（以）百两，卒无禄？④

349. 吴获迄古，南岳是止。

351. 孰期去斯，得两男子？⑤

353. 勋阖梦生，少离散亡。

355. 何壮武历，能流厥严？⑥

357. 荆勋作师，夫何长？⑦

359. 吴光争国，久余是胜？⑧

361. 何环闾穿社，以及丘陵。

363. 是淫是荡，爰出子文？

365. 吾告堵敖，以不长，

367. 何试上自予，忠名弥彰？⑨

369. 薄暮雷电，归何忧？

371. 厥严不奉，帝何求？

373. 伏匿穴处，爰何云？⑩

375. 悟过改更，我又何言？⑪

① "中央"四句在原文345—348。周厉王事。

② "妖夫"四句在原文277—280。周宣王周幽王事。

③ "天命"四句在原文281—284。春秋齐桓公事。

④ "兄有"四句在原文353—356。春秋秦景公事。

⑤ "吴获"四句在原文201—204。春秋吴国事。

⑥ "勋阖"四句在原文337—340。春秋吴国阖庐事。

⑦ "荆勋"两句在原文363—364。春秋楚国事。

⑧ "吴光"两句在原文367—368。春秋吴楚事。

⑨ "何环"八句在原文369—374，六句。春秋楚国事。

⑩ "薄暮"六句在原文357—362。战国楚国顷襄王与屈原事。

⑪ "悟过"二句在原文356—366。战国楚国顷襄王与屈原事。

附录三

《天问》今译

苍天在上，屈子请问：

茫茫宇宙的起始，谁能描述？

无天无地的模样，谁能考察？

昏昏暗暗、混混沌沌的形态，谁能识别？

元气弥漫、空洞无物的境界，谁能探查？

光明黑暗的消长，为何发生，如何发生？

阴气阳气的交合，以何为本，因何变化？

崇高的九层天穹，是谁测算？

浩大的九天工程，是谁开创？

旋转的天维，如何悬挂？

至高的天极，如何加装？

八柱顶天，立在哪里？

大地东南，何曾塌方？

天分九块，如何平铺？

天地角落，谁知数目？

天边是否脚踏实地？

周天为何十二等分？
经天的日月，怎样依托？
满天的星斗，怎样分布？
太阳朝起汤谷，夜入蒙汜，
昼夜赶路，多长旅途？
月亮何品何德，死而复苏？
何利何惠，腹中养兔？
女岐未曾有丈夫，哪来天上九儿女？
戾风何方来？和风何方出？
哪里的天门关，天就黑暗？
哪里的天门开，天就明亮？
东方的星星在闪烁，夜间的太阳何处躲？

天下九州如何分布？地上河谷为何峻深？
滔滔百川日夜东流，东海之水因何不漫？
量一量东西南北，看大地四边谁长谁短？
算一算南弧北弧，比东边西边长出多少？

昆仑山悬空的仙境，坐落何处？
昆仑山九重的增城，高度几何？
四方洞开的昆仑山门，什么人进出？
长开不闭的昆仑西北，什么风流通？
何处阳光不到？烛龙竟能照耀？
晨曦未出之地，若木居然发光？
冬天何地温暖？夏天何地寒凉？
何地永生不死？何地巨人把守？
黑水、玄趾在哪里？三危神山在哪里？
生活在其中，延年又益寿，到底活多久？

何方有石林？何兽能说话？
何处有龙虬，背熊去遨游？
安有一蛇生九头，刹那之间无踪迹？

安有浮萍覆九衢，疏麻叶子开玉花？
巴蛇吞巨象，胃口何其大？
吞舟之鱼在何处？食人之鱼在哪里？
后羿岂可射太阳？金乌岂可中箭亡？
萍叶叫，能唤雨？
鹿连体，能承受？
龟顶海岛，大风大浪怎安稳？
大鱼上岸，爬山越岭怎迁移？

白虹绕帘，凶兆因何显此堂？
良药到手，不能收藏为哪般？
死活定式，阳魂离散人死亡。
岂能死后，化为大鸟自哭丧？

女娲形体，是谁制作？
女娲帝位，是谁拥戴？

共工一怒，怒火满怀。
地陷东南，因其破坏？

家中已有发妻，岂可扬言未娶？
嫁女不告亲家，安能嫁出闺女？
兄长照顾弟弟，弟弟谋害兄长。
为何放纵猪狗，却能安然无恙？
弟弟垂涎嫂嫂，阴谋杀害哥哥。
为何使尽奸诈，照样绵延香火？

选鲧治水鲧无经验，民众如何听从配合？
诸侯虽说不用担心，帝尧岂能不加考核？
如鸟如龟衔土拽土，填土安能治理洪水？
顺从帝命谋求成功，帝尧为何判其死刑？
禁锢羽山日复一日，死刑为何三年不行？

受命西征艰难险阻，如何攀越千山万岭？
中途遇难化为黄熊，巫师怎样妙手回春？
穷山恶水播种庄稼，经营水草蛮荒求生。
帝舜弃鲧不闻不问，鲧之罪恶难道满盈？

鲧怀胎，怎生育？
承父业，竟成功。
治洪水，用何法？
洪源深，岂可填？
地形杂，如何筑？
应龙行河海，如何划水道？
父有何苦劳？子有何功劳？
大禹因功受禅让，巡视天下察四方。
涂山美女在台桑，为何一见就同床？
择求爱妃图子孙，保障王业有继承。
为何口味异常人，不喜明娶喜私通？

启代后益自立为王，有扈造反举兵东南。
心之忧矣决心平叛，如何一战俘敌凯旋？
当初夏启假装游玩，后益麻痹喜受禅让。
谋划新政议政朝堂，岂料小子阴谋抢班？
夏启之音安乐和畅，《九辩》、《九歌》优美
悠扬。
谁知天性凶狠歹毒，为出娘胎屠杀亲娘？

上帝派下夷羿，本为夏民除害，
为何射伤河伯，霸占河伯妻子？
弓箭镶贝饰玉，射杀凶猛野猪，
祭品虔诚贡献，为何上帝不喜？
亲信娶妻纯狐，合谋暗算主公。
羿能射穿皮革，为何惨遭吞噬？

浞子过浇，善制军装，用何方法，厚其甲胄？
浇伐斟寻，覆其舟船，用何计谋，战而能胜？
嫂嫂在家，浇不出户，举止暧昧，求嫂何事？
少康打猎，追逐猛犬，用何手段，砍浇脑壳？
女艾色诱，补衣缝裳，一馆而居，同床异梦，
召来杀手，为何出错？杀浇不成，却杀自己。

讨伐蒙山小国，夏桀索要什么？
妹嬉有何放肆，成汤偏要杀之？

殷民初生的情景，可否回忆？
玉石十层的高台，谁人堆积？
台上美女，帝喾岂能相配？
燕子送礼，简狄为何欢喜？

王亥秉持父德，学习父亲榜样。
为何放牧牛羊，横死有扈异乡？
猛男舞动干戚，勾起美女绮想？
美女滋润丰满，勾起猛男欲望？
小子放牛异国，居然幽会通奸？
主人捉奸在床，性命岂不遭殃？
王恒继承父德，为何也去牧羊？
不料离家经营，又是一去不返？
甲微寻迹讨伐，有扈紧张宣传：
"兄弟奸淫妇女，二人死不应当？"

成汤巡游东方，到达有莘之国。
为何讨要小臣，居然得到吉妃？
小臣名叫伊尹，生于水滨之木。
有莘为何讨厌，派他作了陪嫁？
成汤获释重泉，何罪加以关押？

原本不想造反，是谁挑动反心？
伊挚烹饪鸡汤，贡献上帝安享。
奉命扶助夏桀，为何灭夏兴商？
上帝君临天下，会见人间伊挚。
处罚流放夏桀，黎民因何喜悦？
身为商初大臣，辅弼成汤王业。
何能善终官场，世代享受爵禄？

纣王自掌身心，何人使他迷乱？
何故憎恶忠良，却爱信任奸党？
比干难道谋反，偏偏压制打击？
雷开有何孝顺，总要褒奖封赏？
圣德本来一种，为何行为两样？
梅伯直言致祸，箕子假装疯狂。

周族始祖后稷，上帝为何照顾？
抛弃寒冰之上，群鸟为何保护？
后稷张弓搭箭，挽弓竟能挽强？
出生惊吓上帝，子孙何以兴旺？

文王号令殷末衰世，勤劳治理有周一族。
为何修治本族宗庙，竟能夺取殷商王土？
姬周原本避难岐山，因何能够依存壮大？
人说殷有长舌惑妇，请问说了什么坏话？
儿子被杀做成肉酱，姬昌食后报告上帝。
岂料请求皇天罪己，却令殷商难逃一死？
姜尚卖肉街中小店，姬昌如何有缘结识？
刀切砧板如歌飞扬，西伯闻声为何大喜？

武王起兵讨伐殷商，胸中充满何等哀伤？
车载父尸率军开战，战争因何刻不容缓？
清晨结盟各国踊跃，诸侯为何按期守时？

伐商大军如鹰飞扬，是谁聚汇四方雄师？
争先恐后冲锋杀敌，何以激发高昂斗志？
集中战车攻击两翼，是谁指挥联军将士？
武王猛烈射击纣尸，唯有周公冷静非议。
昔为周武谋划造反，今为前途何来叹息？

皇天授殷治天下，为何中途又变卦？
不助成功反灭亡，殷商罪过何其大？
既把江山托殷王，为何放纵不监管？
既让殷商做天子，怎让姬周取代之？

彭祖烹饪野鸡，上帝为何享用？
人说彭祖高寿，究竟活了多久？
兄弟逃难，惊吓采薇女子，白鹿为何保佑？
首阳山北，一道流水蜿蜒，兄弟为何欢喜？
管叔自经北林，原因到底何在？
风雷感天动地，究竟何人惧怕？
昭王南游，死于南国。
引诱之利，仅是白鸡？
穆王贪婪，为啥周游？
环行天下，搜求何物？
共和行政，厉王为何愤怒？
国人暴动，力量何等强大？
妖人招摇，当街吆喝叫买什么？
幽王谁杀？褒姒因何入宫受宠？

天命本无常，因何来赏罚？
齐桓成霸业，下场却凄惨。
秦伯有猛犬，弟弟为何要？
赐车不赐狗，弟弟为何逃？
自古有吴国，寻根在南岳。
谁知其祖先，竟是姬家子？

阖庐寿梦孙，少时常流浪。
为何能征伐，军中树威严？
楚国也善战，为何不久长？
吴楚两相争，吴胜楚不胜。
幽会村社中，偷情山野外。
一对淫男女，竟然生子文？
子文劝成王，谋杀亲兄长，
为何弑君上，居然美名扬？

薄暮黄昏，雷电交加，只身归去何所惧？
父仇不报，父志不继，不知君王何所为？
独处深山，藏匿山洞，忧国忧君向谁说？
只盼君王，改弦更张，我又何须发牢骚？

附录四

主要参考文献

B

[1] 班固【东汉】.《汉书》.北京：中华书局，1962年.

C

[2] 蔡沈【南宋】.《书集传》.南京：凤凰出版社，2010年.

[3] 曹耀湘【清】.《读骚论世》.湖南官书报局，1915年.

[4] 策勒尔【德】，翁绍军译.《古希腊哲学史纲》.济南：山东人民出版社，1992年.

[5] 陈本礼【清】.《屈辞精义》.台北：台北新文丰图书公司，1986年.

[6] 陈继龙注.《韩偓诗注》.上海：学林出版社，2001年.

[7] 陈奇猷.《吕氏春秋校释》.上海：学林出版社，1990年.

[8] 陈一平.《淮南子校注译》.广州：广东人民出版社，1994年.

[9] 陈中梅译.《荷马史诗》.上海：上海译文出版社，1998年.

[10] 褚斌杰.《楚辞要论》.北京：北京大学出版社，2003年.

[11] 崔豹【晋】.《古今注》.芝秀堂本，《四部丛刊三编》影印本.

D

[12] 杜甫【唐】.《杜工部集》.台北：台北学生书局，1971年.

[13] 戴震【清】.《考工记图》.上海：上海古籍出版社，1995年.

[14] 戴震【清】.《屈原赋注》.北京：中华书局，1999年.

[15] 丁晏【清】.《楚辞天问笺》.台北：台北广文书局，1972年.

[16] 东方朔【西汉】.《十州记》,《顾氏文房小说》.上海：上海涵芬楼影印本.

[17] 董仲舒【西汉】.《春秋繁露》.北京：中华书局，2011年.

[18] 杜文澜【清】.《古谣谚》.北京：中华书局，1984年.

[19] 段玉裁【清】.《说文解字注》.上海：上海古籍出版社，1988年.

E

[20] 恩格斯【德】.《家庭、私有制和国家起源》.北京：人民出版社，1972年.

F

[21] 范祥雍整理.《国语》.上海：上海古籍出版社，1998年.

[22] 房玄龄【唐】.《晋书·束皙传》,《晋书》.北京：中华书局，1974年.

G

[23] 高启【明】.《高启诗选》.北京:中华书局，2005年.

[24] 高流水等.《白虎通疏证》.北京：中华书局，1994年.

[25] 顾成天【清】.《楚辞九歌解》.台南：庄严文化事业有限公司据上海图书馆藏清乾隆六年刻本影印，1997年初.

[26] 顾颉刚.《史林杂识》.北京：中华书局，1977年.

[27] 顾颉刚.《与钱玄同先生论古史书》,《读书杂志》，1923年第9期.

[28] 顾颉刚.《古史辨》.上海：上海古籍出版社，1982年.

[29] 顾野王【南朝】.《玉篇》,《续修四库全书》，上海：上海古籍出版社，2002年.

[30] 灌耕编译.《现代物理学与东方神秘主义》.成都：四

川人民出版社，1984年.

[31] 郭茂倩【北宋】.《乐府诗集》.北京：中华书局，
2004年.

[32] 郭沫若.《屈原》，历史剧《屈原、蔡文姬》.北京：
人民文学出版社，1997年.

[33] 郭沫若.《屈原赋今译》.北京：人民文学出版社，
1954年.

[34] 郭沫若.《屈原研究》，《郭沫若全集·历史篇》.北
京：人民文学出版社，1982年.

[35] 郭沫若.《甲骨文合集》.北京：中华书局，1982年.

[36] 郭璞【晋】.《穆天子传》，《四部丛刊初编》.上
海：上海书店，1989年.

[37] 郭璞【晋】.毕沅【清】校.《山海经》.上海：上海
古籍出版社，1989年.

[38] 郭庆藩【清】.《庄子集注》.北京：中华书局，1961
年.

[39] 郭世谦.《屈原"天问"今译考辩》.天津：天津古籍
出版社，2006年.

H

[40] 黄怀信.《鹖冠子汇校集注》.北京：中华书局，2004
年.

[41] 郝懿行【清】.《山海经笺疏》.成都：巴蜀书社，
1985年.

[42] 贺贻孙【明】.《骚筏》.北京：北京出版社影印道光
丙午重镌本，2000年.

[43] 赫西俄德【古希腊】，王绍辉译.《神谱》.上海：上
海人民出版社，2010年.

[44] 洪兴祖【南宋】.《楚辞补注》.北京：中华书局，
1983年.

[45] 胡适.《读楚辞》，《胡适文集》.北京：北京大学出
版社，1998年.

[46] 胡文英【清】.《屈骚指掌》.台北：台北新文丰图书
公司，1986年影印本.

[47] 黄宝生译.《摩诃婆罗多》.北京：中国社会科学出版
社，2005年.

[48] 黄奭辑【清】.《春秋元命苞》.汉学堂丛书，清光绪

年间刻本.

[49] 黄文焕【明】.《楚辞听直》.明崇祯16年刻本，北京
大学馆藏.

J

[50] 金荣权.《帝俊及其神系考略》，《中州学刊》.1998
年第1期.

[51] 季乃礼.《三纲六纪与社会整合》.北京：中国人民大
学出版社，2004年.

[52] 季羡林译.《罗摩衍那》.北京：人民文学出版社，
1984年.

[53] 姜亮夫.《楚辞今译讲录》.北京：北京出版社，1981
年.

[54] 蒋骥【清】.《山带阁注楚辞》.北京：中华书局，
1958年.

[55] 瞿昙悉达【唐】.《开元占经》.北京：中央编译出版
社，2006年.

[56] 瞿蜕园选注.《汉魏六朝赋选》.上海：上海古籍出版
社，1979年.

K

[57] 康有为.《新学伪经考》.北京：三联出版社，1998年.

L

[58] 廖平.《廖平选集》.成都：巴蜀书社，1998年.

[59] 黎翔凤.《管子校注》.北京：中华书局，2004年.

[60] 刘向【西汉】.《战国策》.上海：上海古籍出版社，
1993年.

[61] 赖永海.《宗教学概论》.南京：南京大学出版社，
1989年.

[62] 李陈玉.《楚辞笺注》.康熙十一年（1672年）魏学渠
刻本，复旦大学馆藏.

[63] 李淳风【唐】.《观象玩占》.日本京都大学人文科学
研究所藏，明抄本.

[64] 李泰【唐】.《括地志》.清贺次君辑，北京：中华书
局，1980年.

[65] 李岩.马王堆帛书与历史研究，《古籍整理研究学刊》.
2007年第3期.

[66] 李勇先，王蓉贵校.《范仲淹全集》.成都：四川大学

出版社，2007年.

[67] 郦道元【魏】，王先谦校.《合校水经注》.北京：中华书局，2009年.

[68] 刘勰【南朝】.《文心雕龙》.北京：人民文学出版社，1958年.

[69] 梁启超.《清代学术概论》.北京：中国人民大学出版社，2004年.

[70] 林庚.《楚辞研究两种》.北京：清华大学出版社，2006年.

[71] 林庚.《诗人屈原及其作品研究》.上海：上海古籍出版社，1981年.

[72] 林庚.《天问论笺》.北京：人民文学出版社，1983年.

[73] 林云铭【清】.《楚辞灯》.康熙三十六年（1697年）挹奎楼刻本.

[74] 刘敞【北宋】.《七经小传》，《四部丛刊续编》.北京：商务印书馆，民国二十三年影印本，上海书店，1984年重印.

[75] 刘逢禄【清】.《左氏春秋考证》，《皇清经解》.上海：上海鸿宝斋，1891年.

[76] 刘国建，戴庞海注译.《孙子兵法·孙膑兵法》.郑州：中州古籍出版社，2008年.

[77] 刘梦鹏【清】.《屈子章句》.济南：齐鲁书社，1997年.

[78] 刘盼遂.《论衡集解》.北京：中华书局，1959年.

[79] 刘熙【东汉】，毕沅【清】.《释名》，《释名疏证》.北京：商务印书馆，1936年.

[80] 刘向【西汉】.马国翰【清】.辑本.《五经通义》.

[81] 刘永济.《屈赋音注详解》.北京：中华书局，2007年.

[82] 柳宗元【唐】.《柳河东集》.上海：上海古籍出版社，2008年.

[83] 柳宗元【唐】.《天问天对注》.上海：上海人民出版社，1973年.

[84] 虞耸.《穹天论》.马国翰【清】辑本.

[85] 陆德明【唐】，黄焯汇校.《经典释文汇校》.北京：中华书局，2006年.

[86] 陆时雍【明】，有文堂.《楚辞疏》.清康熙四十四年

（1705年）刻本.

[87] 吕不韦【战国】.《吕氏春秋》.北京：中华书局，
2007年.

[88] 罗漫.《战国宇宙本体大讨论与"天问"的产生》，
《文学遗产》.1988年1期.

[89] 罗泌【南宋】.《路史》.北京：国家图书馆出版社，
2003年.

[90] 刘玉堂、尹鸿兵.《楚蛮与早期楚文化》，《安徽大
学学报》（哲学社会科学版），2010年第1期.

M

[91] 麦克伦南（英）.《原始婚姻》，重版时称《古代史
研究》，1876年.

[92] 马克思【德】.《政治经济学批判导言》，《马克思
恩格斯选集》.北京：人民出版社，1972年.

[93] 马国翰【清】.《春秋纬》，《玉函山房辑佚书》.扬
州：广陵书社，2005年.

[94] 马国翰【清】.《邹子》，《玉函山房辑佚书》.扬
州：广陵书社，2005年.

[95] 马其昶校注.《韩昌黎文集校注》.上海：上海古籍出
版社，1987年.

[96] 马骕【清】.《绎史》.济南：齐鲁书社，2000年.

[97] 毛奇龄【清】.《天问补注》.上海：上海古籍出版
社，1995年.

[98] 摩尔根【美】.《古代社会》.北京：中央编译出版
社，2007年.

O

[99] 欧阳修【北宋】.《诗本义》，《四部丛刊》.北京：商
务印书馆，1961年.

P

[100] 浦江清.《屈原生年月日的推算问题》.南京：凤凰
出版社，2010年.

[101] 浦起龙【清】.《史通通释》.上海：上海古籍出版
社，1978年.

Q

[102] 钱宝琮校.《周髀》，《算经十书》.北京：中华书
局，1963年.

[103] 钱澄之【明】，殷呈祥校.《庄屈合诂》.合肥：黄山书社，1998年.

[104] 钱穆.《先秦诸子系年考辨》.北京：中华书局，1985年.

[105] 秦嘉谟.《世本》，《世本八种》.北京：北京图书馆出版社，2008年.

[106] 屈复【清】.《天问校正》.昭代丛书.

R

[107] 阮元【清】校刻.《春秋公羊传注疏》，《十三经注疏》.北京：中华书局，1980年.

[108] 阮元【清】校刻.《春秋谷梁传注疏》，《十三经注疏》.北京：中华书局，1980年.

[109] 阮元【清】校刻.《春秋左传正义》，《十三经注疏》.北京：中华书局，1980年.

[110] 阮元【清】校刻.《尔雅注疏》，《十三经注疏》.北京：中华书局，1980年.

[111] 阮元【清】校刻.《论语注疏》，《十三经注疏》.北京：中华书局，1980年.

[112] 阮元【清】校刻.《毛诗正义》，《十三经注疏》.北京：中华书局，1980年.

[113] 阮元【清】校刻.《孟子注疏》，《十三经注疏》.北京：中华书局，1980年.

[114] 阮元【清】校刻.《尚书正义》，《十三经注疏》.北京：中华书局，1980年.

[115] 阮元【清】校刻.《礼记正义》，《十三经注疏》.北京：中华书局，1980年.

[116] 阮元【清】校刻.《孝经注疏》，《十三经注疏》.北京：中华书局，1980年.

[117] 阮元【清】校刻.《周礼注疏》，《十三经注疏》.北京：中华书局，1980年.

[118] 阮元【清】校刻.《周易注疏》，《十三经注疏》.北京：中华书局，1980年.

[119] 任继愈.《老子新译》.上海：上海古籍出版社，1978年.

S

[120] 石泉.《古代荆楚地理新探》，武汉大学出版社，

1988年.

[121] 杨雨安校注.《十一家注孙子校理》.北京：中华书局，1999年.

[122] 孙作云.《孙作云文集》.郑州：河南人民出版社，2003年.

[123] 邵懿辰【清】.《礼经通论》,《皇清经解续编》.南京：凤凰出版社，2005年.

[124] 沈德潜【清】.《古诗源》.北京：中华书局，2006年.

[125] 沈括【北宋】.《梦溪笔谈》.上海：岳麓书社，2002年.

[126] 史星海主编.《高士传》,《皇甫谧遗著集》.扬州：广陵书社，2008年.

[127] 司马光【北宋】.《太玄集注》.北京：中华书局，1988年.

[128] 司马迁【西汉】.《史记》.北京：中华书局，1959年.

[129] 范晔【南朝·宋】.《后汉书》.北京：中华书局，1973年.

[130] 苏雪林.《天问正简》.武汉：武汉大学出版社，2007年.

[131] 苏辙【北宋】.《诗集传》,《苏辙集》.北京：中华书局，1990年.

[132] 孙诒让【清】.《墨子间诂》.北京：中华书局，2001年.

[133] 孙作云.《天问研究》.郑州：河南大学出版社，2008年.

[134] 孙作云.《天问今本章次》,《历史研究》，1954年1期.

[135] 睡虎地秦墓竹简整理小组.《睡虎地秦墓竹简》.文物出版社，1978年版.

T

[136] 韦斯特马克（芬兰）.《人类婚姻史》.商务印书馆，2002年12月版.

[137] 谭家健.《中国文化史概要》.北京：高等教育出版社，1988年.

[138] 谭介甫.《屈赋新编》.北京：中华书局，1978年.

[139] 汤炳正.《屈赋新探》.济南：齐鲁书社，1984年.

[140] 陶渊明【东晋】.逯钦立校注.《陶渊明集》.北京：中华书局，1979年.

[141] 托马斯·布尔芬奇【美】.杨坚编译.《希腊罗马神话》.长沙：岳麓书社，2009年.

[142] 脱脱【元】.《宋史》.北京：中华书局，2004年.

W

[143] 闻一多.《古典新义》，《闻一多全集》.北京：三联书店，1982年.

[144] 汪继培【清】校正.《尸子》.上海：上海古籍出版社，2006年.

[145] 汪瑗【明】.《楚辞集解》.济南：齐鲁书社，1997年影印本.

[146] 王安石【北宋】.《诗经新义》，《三经新义辑考汇评》.上海：华东师范大学出版，2011年.

[147] 王柏【南宋】.《诗疑》，《古籍考辨丛刊》.北京：中华书局，1955年.

[148] 王夫之【清】.《楚辞通释》.北京：中华书局，1959年.

[149] 王国维.《观堂集林》.北京：中华书局，2004年.

[150] 王晖.《龙可招云致雨的性能成因考》，《人文杂志》.1992年3期.

[151] 王嘉【晋】.《拾遗记》.北京：中华书局，1981年.

[152] 王萌【明】.《楚辞评注》.清乾隆三十五年（1770年）刻本.

[153] 王念孙【清】.《广雅疏证》.南京：江苏古籍出版社，2000年.

[154] 王琦【清】注.《李太白全集》.北京：中华书局，1977年.

[155] 王文诰【清】辑注.《苏轼诗集》.北京：中华书局，1982年.

[156] 王先谦【清】.《韩非子集解》.北京：中华书局，1998年.

[157] 王孝廉.《中国的神话世界》.台北：台北时报文化出版有限公司，1987年.

[158] 王延寿【东汉】.《鲁灵光殿赋》,《文选》.北京：中华书局，1977年影印本.

[159] 王逸【东汉】.《楚辞章句》.北京：中华书局，2008年.

[160] 魏源【清】.《诗古微》,《魏源全集》.长沙：岳麓书社，2004年.

[161] 魏徵【唐】.《隋书》.北京：中华书局，2000年.

[162] 闻一多.《天问疏证》.上海：上海古籍出版社，1985年.

[163] 吴楚材，吴调侯【清】.《古文观止》.南京：凤凰出版社，2005年.

[164] 吴广平校注.《楚辞图文本》.长沙：岳麓书社，2006年.

[165] 吴淑【北宋】.《事类赋注》.北京：中华书局，1989年.

X

[166] 荀况【战国】.《荀子》.中华书局，2007年.

[167] 夏大霖【清】.《屈骚心印》.台南：庄严文化事业有限公司，1996年影印本.

[168] 向宗鲁.《说苑校证》.北京：中华书局，1987年.

[169] 肖兵.《楚辞的文化破译》.武汉：湖北人民出版社，1991年.

[170] 辛冠洁，丁建生.《中国古代佚名哲学名著评述》.济南：齐鲁书社，1985年.

[171] 徐焕龙【清】.《屈辞洗髓》.清康熙三十七年（1698年）刻本.

[172] 徐坚【唐】.《初学记》.北京：中华书局，1962年.

[173] 萧统【南朝·梁】.李善【唐】注《文选》.北京：中华书局，1977年影印本.

[174] 徐文靖【清】.《管城硕记》.北京：中华书局，1998年.

[175] 徐旭生.《中国古史的传说时代》.北京：文物出版社，1985年.

[176] 许慎【东汉】.《说文解字》.北京：中华书局，1978年.

[177] 薛居正【北宋】.《旧五代史》.北京：中华书局，

1976年.

Y

[178] 永瑢【清】.《四库全书总目提要》. 石家庄：河北人民出版社，2000年.

[179] 严可均【清】.《全上古三代秦汉三国六朝文》. 北京：中华书局，1958年.

[180] 严羽【南宋】，郭绍虞校.《沧浪诗话》. 北京：人民文学出版社，1961年.

[181] 阎若璩【清】.《尚书古文疏证》. 上海：上海古籍出版社，2010年.

[182] 杨伯峻.《列子集释》. 北京：中华书局，2007年.

[183] 杨万里【南宋】.《天问天对解》. 上海：上海书店，1994年影印本.

[184] 姚春鹏译注.《黄帝内经》. 北京：中华书局，2010年.

[185] 游国恩.《离骚纂义》. 北京：中华书局，1982年.

[186] 游国恩.《屈原》. 北京：中华书局，1980年.

[187] 游国恩.《天问纂义》. 北京：中华书局，1982年.

[188] 袁珂.《中国古代神话》. 北京：中华书局，1981年.

Z

[189] 张君.《荆尸新探》.：华中师范大学学报（人文社会科学版），1984年第5期.

[190] 张德纯【清】.《离骚节解》. 北京：北京出版社，据康熙读书松桂林刻本影印本，2000年.

[191] 张惠言【清】.《七十家赋抄》. 南京：江苏书局，清光绪二十三年（1897年）刻本.

[192] 张来芳.《离骚探赜》. 南昌：江西人民出版社，1997年.

[193] 张明华.《烛龙与北极光》，《学林漫录》. 北京：中华书局，1983年.

[194] 张溥【明】.殷孟伦注《汉魏六朝百三家集题辞注》. 北京：人民文学出版社，1960年.

[195] 赵辉.《天问——屈原给弟子的思考提纲》，《江汉论坛》.1985年12期.

[196] 赵逵夫.《屈骚探幽》. 兰州：甘肃人民出版社，1998年.

[197] 赵乐甡译.《吉尔迦美什》.北京： 译林出版社，
1999年.

[198] 赵晔【东汉】，张觉校.《吴越春秋校注》.长沙：
岳麓书社，2006年.

[199] 赵翼【清】，栾保群，吕宗力校，《陔余丛考》.石
家庄： 河北人民出版社，1991年.

[200] 赵仲邑.《新序详注》.北京：中华书局，1997年.

[201] 郑振铎.《插图本中国文学史》.北京：人民文学出
版社，1974年.

[202] 周拱辰【清】.《离骚草木史》.清嘉庆八年圣雨斋
刻本.

[203] 朱谦之校辑.《新辑本桓谭新论》.北京：中华书
局，2009年.

[204] 朱熹【南宋】.《楚辞集注》.上海：上海古籍出版
社，1979年.

[205] 朱熹【南宋】.《诗集传》.南京：凤凰出版社，
2007年.

[206] 祝鸿杰.《博物志全译》.贵阳：贵州人民出版社，
1992年.

后　记

　　2008年，深圳大学学生举办经典推介活动，我举荐的就是屈原《天问》。2009年为本科生开设选修课，我自报的课程也是《天问》。这本《天问讲稿》，就是为上课准备的讲义。

　　承蒙潘喜良教授绘制十二幅插图，以形写神，灵动潇洒，风趋电疾，满卷生辉。

　　王晓琪编审、黄芝华女士为编辑、录入、校订书稿费神费时，辛勤劳作，功莫大焉。书局李天飞先生精心审读，多有指正。一并致谢。

2013年2月18日深圳淘金山